Stephen Lawhead

# RÜCKKEHR DER HELDEN

STEPHEN LAWHEAD

# RÜCKKEHR DER HELDEN

DAS LIED VON ALBION
BAND 2

*Aus dem Englischen von*
*Christian Rendel*

Brendow Buch Kunst Verlag

*Für Donovan Welch*

Die Deutsche Bibliothek – CIP-Einheitsaufnahme

**Lawhead, Stephen:**
Das Lied von Albion / Stephen Lawhead. – Moers : Brendow.
Bd. 2. Rückkehr der Helden / aus dem Engl. von Christian
Rendel. – 1994
(Edition C : C ; 424)
ISBN 3-87067-564-0
NE: Edition C / C

ISBN 3-87067-564-0
Edition C, Reihe C 424

Originalausgabe: THE SILVER HAND.
Published by Lion Publishing plc, Oxford, England.

Einbandgestaltung: Büro für Gestaltung init, Bielefeld
Illustration: Rodney Matthews
Printed in Germany

# Inhalt

*„Da die ganze Welt nur eine Geschichte ist, tätest du gut daran, die dauerhaftere Geschichte zu erwerben statt der weniger dauerhaften.“*

Das Urteil des St. Colum Cille
(Hl. Columba von Schottland)

# *Die Prophezeiung der Banfáith von Ynys Sci*

*Höre, o Sohn Albions, das prophetische Wort:*

*Klage und sei bekümmert, tiefe Trauer wird Albion dreifach zuteil. Der Goldene König in seinem Reich wird mit seinem Fuß an den Stein des Anstoßes stoßen. Der Wurm mit dem feurigen Atem wird den Thron von Prydain beanspruchen; Llogres wird ohne Herrscher sein. Doch glücklich wird Caledon sein; der Flug der Raben wird sich in seinen vielschattigen Tälern sammeln, und Rabengesang wird sein Lied sein.*

*Wenn das Licht der Derwyddi erlischt und das Blut der Barden nach Gerechtigkeit schreit, dann sollen die Raben ihre Flügel über dem geweihten Wald und dem heiligen Hügel ausbreiten. Unter den Flügeln der Raben wird ein Thron errichtet werden. Auf dem Thron sitzt ein König mit einer silbernen Hand.*

*Am Tag des Ringens tauschen Wurzel und Ast ihre Plätze, und die Neuheit wird als ein Wunder gelten. Die Sonne sei trübe wie Bernstein, der Mond berge sein Angesicht: ein Greuel durchwandert das Land. Mögen die vier Winde in entsetzlicher Gewalt miteinander ringen; möge ihr Klang zwischen den Sternen zu hören sein. Der Staub der Alten wird auf den Wolken aufsteigen; das Wesen Albions wird zerstreut und zerrissen von widerstreitenden Winden.*

*Die Meere erheben sich mit mächtigen Stimmen. Nirgendwo ist ein sicherer Hafen. Arianrhod schläft in ihrem seeumgürteten Festland. Obwohl viele sie suchen, wird sie nicht zu finden sein. Nur der keusche Kuß wird ihr wieder den Platz verschaffen, der ihr zukommt.*

*Dann wird der Riese der Bosheit wüten und alle mit der scharfen Schneide seines Schwertes in Angst versetzen. Seine Augen werden Blitze schleudern; von seinen Lippen wird Blut tropfen. Mit seiner großen Streitmacht verwüstet er die Insel. Alle, die sich ihm entgegenstellen, werden von der Flut der Übeltaten hinweggespült, die aus seiner Hand hervorfließt. Die Insel der Mächtigen wird zu einem Grab werden.*

*All dies ist durch den ehernen Mann geschehen, der ebenso auf seinem Reittier aus Messing große und entsetzliche Not bewirkt. Erhebt euch, Männer von Gwir! Nehmt Waffen in die Hände, und widersteht den falschen Männern in eurer Mitte! Der Klang des Schlachtengetümmels wird zwischen den Sternen des Himmels zu hören sein, und das Große Jahr wird seiner endgültigen Erfüllung entgegengehen.*

*Höre, o Sohn Albions: Blut ist aus Blut geboren. Fleisch ist aus Fleisch geboren. Doch der Geist ist aus Geist geboren und bleibt immerdar beim Geist. Bevor Albion eins ist, muß die Heldentat getan werden, und die Silberhand muß herrschen.*

# 1

## Unheilsverkünder

Wir trugen den Leichnam Meldryn Mawrs vom hochgelegenen Findargad hinab, um ihn im Hügel der Könige zu begraben. Drei Pferde zogen den Wagen: Ein Fuchs und ein Schimmel zogen die Bahre, und ein Rappe führte sie. Ich ging neben dem Kopf des schwarzen Pferdes und geleitete den Leichnam des großen Königs zu seiner Ruhe.

Sechs Krieger gingen an jeder Seite der Bahre. Die Hufe der Pferde und die Räder des Wagens waren mit Lumpen umhüllt, ebenso die Speere und die Schilde der Krieger. Die Llwyddi folgten, und jeder Mann, jede Frau und jedes Kind trug eine nicht brennende Fackel.

Auf diese Weise wurden die Könige seit uralter Zeit zu Grabe getragen. Die Räder und Hufe sind umwickelt, damit die Bahre lautlos durch das Land zieht; die Waffen sind bedeckt und die Fackeln ausgelöscht, damit kein Auge die vorbeiziehende Prozession bemerkt. Es herrschen Heimlichkeit und Schweigen, damit die Grabstätte auch niemals von einem Feind entdeckt und entweiht werde.

Als die Nacht ihren Mantel aus Sternen über den Himmel zog, erreichten wir Glyn Du, ein enges Tal, das in das Tal des Modornn einmündet. Die Begräbnisprozession zog an dem stillen, schwarzen Wasser entlang in das dunkle Tal. In dem tief eingeschnittenen Tal war es noch finsterer als oben am Himmel, der noch im blauen Zwielicht schimmerte. Auf der Kuppe stand der Grabhügel wie ein Haufen dichter Schatten.

Am Fuße von Cnoc Righ, dem Hügel der Könige, entfachte ich ein kleines Feuer, um die Fackeln in Brand zu setzen. Die Leute nahmen ihre Plätze ein, bildeten zwei lange Reihen zu beiden Seiten des Pfades, der hinauf zum Hügel führte, und reichten die Flamme von Fackel zu Fackel weiter. Das ist der *Aryant Ol*, ein leuchtender Weg, über den der König zu seinem Grab getragen wird. Als die Leute sich versammelt hatten, begann ich den Begräbnisritus, indem ich sagte:

„Das Schwert an meiner Hüfte war eine Mauer, hoch und stark – der Fluch plündernder Feinde! Nun ist es zerbrochen.

Die Fackel in meiner Hand war ein Licht scharfen Urteils – die Flamme gerechter Gunst, die von einem fernen Hügel leuchtete. Nun ist sie erloschen.

Der Schild an meiner Schulter war eine Schale des Überflusses in der Halle der Ehre – die Speise für Helden. Nun ist er gespalten, und die Hand, die ihn trug, ist kalt.

Der bleiche, weiße Leib wird bald bedeckt sein von Erde und blauen Steinen: Weh mir, der König ist tot.

Der bleiche, weiße Leib wird bald bedeckt sein zwischen Erde und Eiche: Weh mir, der Herrscher der Clans ist gefallen.

Der bleiche, weiße Leib wird bald bedeckt sein unter der Grasnarbe des Hügels: Weh mir, Prydains Häuptling wird zu seinen Vätern im Heldenhügel gehen.

Männer von Prydain! Fallt nieder, denn Trauer hat euch erfaßt. Der Tag des Ringens ist angebrochen! Groß ist der Kummer, schmerzend die Trauer. Kein frohes Lied wird mehr ertönen im Land, nur noch Klagelieder. Ein jeder stimme die bittere Klage an. Die Säule Prydains ist zerschmettert. Die Halle der Stämme ist ohne Dach. Der Adler von Findargad ist fort. Der Keiler von Sycharth ist nicht mehr. Der große König, der Goldene König, Meldryn Mawr ist ermordet. Der Tag des Ringens ist angebrochen!

Bitter ist der Tag der Geburt, denn der Tod ist sein Begleiter. Doch wenn auch das Leben kalt und grausam ist, so haben wir doch einen letzten Trost. Denn in einer Welt zu sterben heißt, in einer anderen geboren zu werden. Ein jeder höre und bewahre es!"

Nach diesen Worten wandte ich mich an die Krieger an der Bahre und gab ihnen ein Zeichen. Die Pferde wurden ausgeschirrt, der Wagen hochgehoben und seine Räder entfernt. Dann hoben die Krieger die Bahre auf die Schultern und setzten sich in Richtung des Cairns in Bewegung, zwischen den beiden Fackelreihen hindurch und langsam den leuchtenden Weg hinauf zum Grabhügel.

Als die Bahre an mir vorbeizog, nahm ich meinen Platz hinter ihr ein und begann die *Klage für einen gefallenen Meisterkämpfer.* Ich sang leise, langsam und ließ die Worte wie Tränen in die Stille des Tales fallen. Anders als andere Klagelieder wird dieses ohne Harfe gesungen. Es wird vom Obersten Barden gesungen, und obwohl ich es bisher noch nie gesungen hatte, kannte ich es gut.

Es ist ein kraftvolles Lied, voller Bitterkeit und Zorn über die Art, wie das Leben des Meisterkämpfers abgeschnitten und sein Volk seiner Tapferkeit und der Geborgenheit seines Schildes beraubt wurde. Ich sang das Klagelied; meine Stimme erhob sich voll und frei und erfüllte die Nacht mit rauher, karger Trauer. Es liegt kein Trost in diesem Lied: Es singt von der Kälte des Grabes, der Obszönität der Verwesung und der Leere, Vergeudung und Sinnlosigkeit des Todes. Ich sang von der Bitterkeit des Verlustes und der schmerzenden Einsamkeit der Trauer. Ich sang das ganze Lied, stieß die Worte hart hervor und zerbiß sie mit meinen Zähnen.

Die Leute weinten. Und auch ich weinte, als wir immer weiter den Aryant Ol hinaufgingen und uns dem Grabcairn näherten. Das Lied endete: eine einzige, aufsteigende Note, die sich in einen scharfen, wilden Schrei verwandelt. Er steht für die Wut über ein grausam abgeschnittenes Leben.

Meine Stimme stieg zu diesem letzten Ton auf, dehnte sich, schwoll an und erfüllte die Nacht mit ihrer Anklage. Meine Lungen brannten, meine Kehle tat weh; ich dachte, mir würde vor Anstrengung das Herz zerspringen. Auf seinem Höhepunkt barst und verklang der rauhe Schrei in der Luft. Ein abgerissenes Echo widerhallte entlang der Seiten des Glyn Du und schwebte hinauf in die sternenbesetzte Leere – wie ein in die Augenhöhle der Nacht geschleuderter Speer.

Die Krieger, die den Leichnam des Königs trugen, blieben bei dem Klang stehen. Alle Kraft verließ ihre Hände, und die Bahre kippte und schwankte. Einen Augenblick lang glaubte ich, sie würden den Leichnam fallen lassen, doch sie machten Ausfallschritte, strafften sich und hoben die Bahre langsam wieder empor. Es war ein furchtbarer, erbärmlicher Augenblick, der klarer als die Worte meines Klageliedes von der Qual und Not unseres Verlustes sprach.

Die Träger erreichten den Eingang des Cairns, wo sie warteten, während zwei Männer mit Fackeln ihnen voraus ins Grab gingen. Als nächstes wurde die Bahre in den Grabhügel getragen, und ich folgte. Entlang der Innenwände befanden sich steinerne Nischen, kleine Kammern, die die Gebeine der Könige Prydains enthielten; ihre Schilde verdeckten die Öffnungen.

Meldryns Leichnam wurde auf seiner Bahre in die Mitte des Cairns gelegt, und die Krieger erwiesen ihrem König einen letzten Ehrengruß, indem jeder den Handrücken gegen die Stirn legte. Dann gingen sie einer nach dem anderen hinaus. Ich verharrte noch lange, den Blick auf das Gesicht des Herrschers gerichtet, den ich geliebt und dem ich gedient hatte. Aschfahl, die Wangen eingesunken, hohläugig, bleich die Stirn, bleich wie Knochen, doch hoch und edel. Selbst im Tode war es ein edles Antlitz.

Ich betrachtete die Schilde der anderen Könige an den Wänden des Cairns: Könige aus anderen Zeiten, jeder von ihnen ein berühmter Herr, der zu seiner Zeit über Prydain geherrscht hatte. Nun hatte Meldryn Mawr, der große Goldene König, den Sitz der Macht verlassen. Wer war würdig, seinen Platz einzunehmen?

Ich ging als letzter und überließ den Leichnam des Königs seinem langen Schlaf. Eines Tages, wenn die Dienstmägde des Todes ihre Arbeit getan haben würden, würde ich zurückkehren, um die Knochen zu sammeln und in eine der leeren Nischen zu legen. Für heute jedoch nahm ich einen letzten Abschied von Meldryn Mawr und trat aus dem Cairn. Während ich langsam den schimmernden Pfad des Aryant Ol hinabging, erhob ich meine Stimme zum *Klagelied der Königin.*

Als ich sang, fielen die Frauen ein und vermischten ihre geschmeidigen Stimmen mit meiner. In diesem Lied steckt ein gewisses Maß an Trost, und während ich es sang, wurde ich nicht nur dem Namen nach zum Obersten Barden. Denn ich sang und sah, wie das Leben des Liedes in meinem Volk geboren wurde; ich sah, wie sie Kraft und Stärkung aus seiner Schönheit schöpften. Ich sah, wie sie in dem Lied lebten, und dachte: „Heute nacht ergreife ich Ollathirs Stab, und ich bin würdig. Ich bin würdig, der Barde eines großen Volkes zu sein. Aber wer ist würdig, unser König zu werden?"

Ich betrachtete die Gesichter all derer, die sich an den Hängen des Cnoc Righ versammelt hatten, und fragte mich, wer von ihnen den Torc tragen würde, den Meldryn Mawr zurückgelassen hatte. Wer würde die Eichenblattkrone tragen? Es waren gute Männer unter uns, edel und stark, Häuptlinge, die eine Schlacht anführen konnten – aber ein König ist mehr als ein Schlachtenführer.

„Wer ist würdig, König zu sein?" dachte ich. „Ollathir, mein Lehrer und Führer, was soll ich tun? Sprich zu mir, wie du es früher getan hast. Schenk deinem *Filidh* die Gunst deiner erhabenen Weisheit. Ich warte auf dein Wort, weiser Ratgeber. Zeig mir den Weg, den ich gehen soll ..."

Doch Ollathir war tot, wie so viele der stolzen Söhne Prydains, und seine Stimme nur noch ein Widerhall, der in der Erinnerung verklang. Ach, sein *Awen* hatte dieses Weltenreich verlassen, und ich mußte meinen Weg allein finden. „Nun gut", dachte ich und wandte mich endlich meiner Aufgabe zu. „Ich bin ein Barde, und ich kann alles tun, was ein wahrer Barde tun kann."

Ich verbarg meinen Kopf in einer Falte meines Umhangs und hob meinen Stab hoch empor. „Ich bin Tegid Tathal, der Sohn Teithis, des Sohnes Talaryants, ein Barde und Sohn von Barden. Hört auf mich!"

Ich sprach kühn, wohl wissend, daß es Leute gab, denen es lieber gewesen wäre, wenn ich geschwiegen hätte. „Endlose Trauer erfüllt mich, denn der Herr, der mir mein Amt gab, wurde heimtückisch ermordet. Meldryn Mawr ist tot. Und vor mir sehe ich nichts als Tod und Dunkelheit. Unser strahlender Sohn ist uns geraubt worden. Unser König liegt steif und kalt in seinem Haus aus Erde, und Verrat sitzt auf dem Ehrenplatz.

Es ist der Tag des Ringens! Ein jeder suche Schutz durch die Schneide seines Schwertes. Der Krieg im Paradies hat begonnen, und der Lärm der Schlachten wird rings im Land zu hören sein, wenn Ludd und Nudd miteinander um die Königsherrschaft Albions ringen."

„Unheilsverkünder!" rief Meldron und schob sich durch die Menge. Er hatte die Kleider seines Vaters angelegt – Siarc, Breecs und Stiefel, purpurrot, mit Gold umsäumt. Er trug Meldryn Mawrs goldenen Dolch und den Gürtel aus winzigen goldenen Scheiben, fein wie Fischschuppen. Und als ob das noch nicht ausreichte, hatte er auch noch sein braunes Haar zurückgebunden, damit jeder den goldenen Torc des Königs sehen konnte, den er um den Hals trug.

Meine Worte hatten getroffen. Meldron war wütend. Seine Kiefernmuskeln spannten sich, und seine Augen glühten wie Funken im Fackellicht. Siawn Hy, Meldrons dunkler, glattgesichtiger Meisterkämpfer, folgte zur Rechten seines Herrn.

„Tegid ist verwirrt. Achtet nicht auf ihn!" rief Meldron. „Er weiß nicht, was er redet."

Unsicheres Gemurmel erhob sich unter den Llwyddi, und Meldron wandte sich mir zu. „Warum tust du das, Barde? Warum mußt du immer allen Angst einjagen? Wir haben genug zu tun, ohne uns dieses gedankenlose Geschwätz von dir anzuhören."

„Ich sehe, daß du in der Tat sehr beschäftigt bist", erwiderte ich und sah ihn direkt an. „Nämlich damit, Meldryn Mawrs Gürtel und Torc zu stehlen. Aber denke nicht, du könntest den Platz deines Vaters einnehmen, indem du seine Kleider trägst."

„So redet niemand mit dem König, Barde!" fuhr Siawn Hy mich an und trat näher. „Hüte deine Zunge, sonst wirst du sie verlieren!"

„Er ist kein Barde", sagte Meldron. „Er ist nichts als ein Unheilsverkünder!" Der Prinz lachte plötzlich laut auf und winkte mich zur Seite. „Geh deines Wegs, Tegid Tathal. Ich habe genug von deinen Ränken. Weder du noch deine giftige Zunge seid hier erwünscht. Wir brauchen dich nicht mehr."

Siawn Hy lächelte dünn. „Es scheint, daß du dem König nicht länger nützlich sein kannst, Barde. Vielleicht wären deine Dienste anderswo willkommener."

Zorn flackerte in mir auf wie eine Stichflamme. „Meldron ist nicht der König", erinnerte ich ihn. „Ich allein halte das Königtum in der Hand; ich gebe es, wem ich will."

„Und ich halte die Singenden Steine!" brüllte Meldron. „Kein Mensch kann jetzt noch gegen mich bestehen."

Seine Prahlerei rief ein zustimmendes Gemurmel unter den Umstehenden hervor. Mir wurde klar, wie er es geschafft hatte, seine Anhänger zu locken und Llews große Tat zu seinem eigenen Nutzen zu wenden. Er hatte die gesammelten Bruchstücke der Steine, in denen das Lied eingeschlossen war, an sich genommen und zu einem Talisman seines Herrschaftsanspruches gemacht.

„Dein Mut ist fehl am Platz", erwiderte ich. „Das Lied von Albion ist keine Waffe."

Siawns Schwert kam zum Vorschein; die Klinge schimmerte im Fackelschein. Er beugte sich näher und drückte die Spitze gegen meine Kehle. „Wir haben noch andere Waffen", zischte er, und ich spürte seinen heißen Atem im Gesicht.

Seine Drohung war unbesonnen und leichtsinnig. Die Leute drängten sich dichter um uns, unsicher, auf welche Seite sie sich schlagen sollten. Wer einen Barden vor seinem Volk angriff, konnte damit nur eine Katastrophe heraufbeschwören. Doch Meldron hielt sie mit seiner drohenden Autorität in Schach – gestützt auf Siawn Hy und das Wolfsrudel. Sie wußten nicht, wem sie mehr glauben oder vertrauen sollten.

Ich sah Siawn Hy mit eisiger Verachtung an. „Töte mich doch, wenn du willst", spottete ich. „Denn Meldron wird niemals König sein."

Siawn verstärkte seinen Druck mit der Schwertspitze. Ich fühlte, wie er seine Kraft sammelte. Die Klinge biß mir ins Fleisch. Ich umklammerte meinen Stab und machte mich bereit, zuzuschlagen.

Da rief eine Stimme aus der Menge: „Schaut!"

Ein anderer rief: „Das Cairn!"

Siawns Blick fuhr zum Grabhügel hin. Überraschung verdrängte die Böswilligkeit in seinem Gesicht, und der Druck seiner Klinge an meiner Kehle ließ nach.

Ich blickte zur Hügelkuppe hinüber. Im Schein der Fackeln sah ich im Innern des Cairns sich etwas bewegen. „Eine Täuschung durch das flackernde Licht", dachte ich, „der Schatten einer Flamme oder der Rauch der erhobenen Fackeln." Ich wollte mich schon abwenden, doch da sah ich es wieder ... irgend etwas da oben ... Bewegungen in der Dunkelheit ...

Als wir zum Cairn hinaufspähten, sahen wir alle die Gestalt eines Mannes herauskommen.

Eine Frau schrie: „Es ist der König!"

„Der König!" keuchten die Leute. „Der König lebt!"

Ein Zittern der Furcht und des Staunens ging durch die Schar.

Um die Wahrheit zu sagen: Auch ich dachte, der König sei ins Leben zurückgekehrt. Doch der Gedanke verflog sofort. Es war nicht Meldryn Mawr, der sich zurück ins Leben kämpfte.

Der Mann trat aus dem Grabhügel, richtete sich auf und kam dann den Hügel der Könige hinab auf uns zu. Ich erspähte den goldenen Schimmer des Meisterkämpferringes an seinem Finger.

„Llew!" rief ich. „Es ist Llew! Llew ist zurückgekehrt!"

Der Name Llew ging wie eine Welle durch die Versammlung. „Llew ... es ist Llew ... siehst du ihn? Llew!"

Wahrhaftig, der Reisende aus der Anderwelt war zurückgekehrt. Die Llwyddi traten vor ihm auseinander und bildeten einen leuchtenden Pfad, als er zwischen ihnen hindurchschritt. Er blickte weder nach links noch nach rechts, sondern kam mit entschlossenen Schritten den Hang hinab.

Ich beobachtete ihn und sah, wie sein Anblick die Leute gleichzeitig in Erstaunen versetzte und ermutigte: Sie begrüßten ihn und streckten ihre Hände aus, um ihn zu berühren; Fackeln erhoben sich vor ihm. „Llew! Llew!" riefen sie; wie leicht ihnen sein Name von der Zunge sprang.

Ich sah zu, wie er auf dem leuchtenden Weg vom Hügel der Könige herabkam, und dachte: „Auf diesem Rahmen wird die Schnelle Sichere Hand vielleicht noch einen König sticken."

## 2

## Die Rückkehr des Helden

„Sei gegrüßt, Bruder", sagte ich, als Llew vor mir stehenblieb. Ich hätte ihn als Clansmann umarmt, doch sein Kinn war entschlossen nach vorn gereckt, und in seinen Augen brannte eine entsetzliche Zielstrebigkeit. „Ich bin froh, dich zu sehen."

Er grüßte mich nicht, sondern trat Siawn Hy entgegen. „Es ist vorbei", sagte er, und obwohl er leise sprach, klangen seine Worte hart. „Wirf dein Schwert weg. Wir gehen nach Hause."

Siawn Hy versteifte sich. Die Klinge in seiner Hand schwang sofort von meiner Kehle zu der Llews herum. Doch Llew packte die scharfe Klinge mit der bloßen Hand und schleuderte sie zur Seite.

„Ergreift ihn!" rief Meldron und griff nach seinem Messer.

Ein Dutzend Speere richtete sich auf Llew. Doch die Speerspitzen, die immer noch mit Tüchern umwickelt waren, zitterten unsicher. Die Krieger aus Meldrons Wolfsrudel gehorchten, obwohl es ihnen widerstrebte, ihren eigenen Meisterkämpfer anzugreifen. Eine gefährliche Unruhe erhob sich in der Menge, und sie drängte sich dichter um uns zusammen; einige widersprachen dem Befehl Meldrons trotzig. Die Leute verstanden nicht, was vor sich ging, aber offensichtlich gefiel es ihnen nicht.

„Llew!" rief ich und stieß die Speere mit dem Schaft meines Stabes beiseite. „Sei gegrüßt, Llew!" Ich erhob meinen Speer und rief zu der Menge: „Der Meisterkämpfer ist zurückgekehrt! Begrüßt ihn alle!"

Die Llwyddi ließen einen mächtigen Ruf ertönen. Llew wandte seinen Blick den Menschen um ihn her zu, die ihre Fackeln hoch erhoben hielten und ihn erwartungsvoll ansahen. Mir kam der Gedanke, daß Llew wahrscheinlich nicht wußte, was sein Erscheinen für die Leute bedeutete: Meldryns Meisterkämpfer kam aus dem Grabhügel der Helden hervor. Ein toter König war durch die dunkle Pforte gegangen, ein lebender Mann war wieder herausgekommen – geheimnisvoll, unerklärlich, doch unter den Augen aller: Ein Held aus der Anderwelt erklärte seine Gleichrangigkeit mit dem König, den wir gerade begraben hatten.

Bevor Meldron reagieren konnte, hob ich meine Hände, um Ruhe zu schaffen, und sagte: „Der König ist tot, Bruder, aber du bist am Leben. Du bist zu deinem Volk zurückgekehrt, und das ist ein Grund zum Feiern."

Die Leute begrüßten das mit lautstarker Zustimmung. Meldrons Gesicht verfinsterte sich, als er spürte, daß ihm die Situation entglitt. Er hatte seinen Rückhalt im Volk überschätzt und die Achtung der Leute vor Llew unterschätzt.

Dennoch versuchte er noch einmal, die Situation zu retten. „Was denkst du dir dabei, hier so zu erscheinen?" fragte er.

„Ich bin gekommen, um dem König die Ehre zu erweisen", erwiderte Llew langsam. Sein Blick schweifte vom Prinzen zu Siawn Hy. Zwischen Siawn und Llew spielte sich etwas ab, das ich nicht verstand. Doch ich sah, wie Siawn vor Zorn zitterte und wie sich Llews Gesicht wieder verhärtete, als seine Entschlossenheit zurückkehrte. „Und um etwas zu tun, was ich schon vor langer Zeit hätte tun sollen."

„Du sprichst von Ehre", höhnte Meldron, „und doch stiehlst du sie dem Toten."

„Llew war der Meisterkämpfer des Königs", erklärte ich, da ich es für klug hielt, alle daran zu erinnern, daß Meldryn Mawr selbst Llew für diese Ehre auserwählt hatte; es war die letzte Tat des Königs, die ihn auch das Leben kostete. „Wer will den Meisterkämpfer des Königs daran hindern, seinem Herrn zu huldigen?"

„Du hast hier keine Autorität, Barde!" sagte Meldron mit einer Stimme voller Haß und Hohn. „Du und deinesgleichen, ihr mögt meinen Vater mit euren tückischen Worten und Winkelzügen getäuscht haben. Glaub nicht, daß du mich täuschen kannst."

„Warum sprichst du von Täuschung, Meldron?" fragte ich. „Du bist doch von weisen Ratgebern umgeben." Siawn zuckte vor Zorn. „Könnte es sein, daß du ihnen nicht traust?"

„Ich traue der Klinge in meiner Hand", spie der Prinz. „Ich traue meiner Kriegerschar. Die Gesellschaft von Kriegern ist mir lieber als das leere Geschwätz eines Barden."

Nachdem er sich zu weit vorgewagt hatte, wußte Meldron nicht, wie er sich mit Würde aus der Affäre ziehen könnte. Statt Llew zu begrüßen, was seinen eigenen Rückhalt verstärkt hätte – denn daß die Leute große Stücke auf Llew hielten, war offensichtlich –, entschied er sich für Spott und Hohn.

Der Prinz wandte sich an die versammelte Menge. „Llew ist zurückgekehrt! Wir haben nichts zu fürchten, nun da der Meisterkämpfer meines Vaters wieder unter uns ist." Er sprach mit unverhohlener Verachtung. Langsam erhob er einen anklagenden Finger und deutete auf Llew. „Allerdings kann ich den Gedanken nicht abschütteln", fuhr er fort, „daß, hätte Llew den König so hoch in Ehren gehalten, wie er behauptet, Meldryn Mawr immer noch unter uns wandeln würde. Wie kommt es eigentlich, daß der König tot im Grab liegt und sein Meisterkämpfer noch am Leben ist?"

Was der Prinz mit dieser unüberlegten Rede zu erreichen hoffte, wußte ich nur zu gut: Er wollte das Wohlwollen des Volkes gegenüber Llew vergiften. Offenbar dachte er, es würde ihm helfen, wenn er ein zweifelhaftes Licht auf Llews Loyalität und Fähigkeiten warf. Doch statt Zweifel zu säen, richtete er nur Verwirrung an.

Die Leute sahen sich verdutzt an. „Was redet Meldron da? Es war doch Llew, der uns vor den Coranyid gerettet hat!" Einige erhoben sogar laut Widerspruch: „Paladyr hat den König ermordet! Es war Paladyr – nicht Llew!" riefen sie.

„Ja", dachte ich. „Paladyr hat den König ermordet. Und wo ist Paladyr jetzt?"

Aber ich hielt den Mund. Wenn schon Argwohn geweckt werden sollte, dann sollte er sich unter Prinz Meldrons Dach sammeln, dachte ich. Oh, aber es ist ein gefährliches Unterfangen, einen Helden anzuschwärzen, der sich zu Recht die Zuneigung des Clans erworben hat. Daß Meldron es versuchte, bewies seinen Mangel an Urteilskraft. Die Menschen vergessen solche Beleidigungen nicht und rächen sich dafür.

Nachdem er alles getan hatte, was er im Augenblick wagte, gab Meldron den Befehl zum Aufbruch der Prozession; dann wandte er sich um und bahnte sich seinen Weg durch die versammelte Schar. Siawn Hy erlaubte sich ein schmales Lächeln; dann eilte er hinter Meldron her. Das Wolfsrudel zog sich verlegen zurück und folgte dem Prinzen.

Ich war erleichtert, sie gehen zu sehen, und ebenso erleichtert, Llew wieder an meiner Seite zu haben.

„Ich habe schon gefürchtet, du seist tot", flüsterte ich. Menschen strömten an uns vorbei, und alle Blicke waren auf Llew gerichtet. Manche begrüßten ihn herzlich und mit tief empfundener Achtung. Die meisten jedoch waren zu sehr in Ehrfurcht versunken, um zu sprechen, und berührten nur im Vorbeigehen ihre Stirn mit dem Handrücken.

Llew lächelte bedauernd. „Ich hätte dir sagen sollen, was ich vorhatte", sagte er. „Ich hielt es für das beste, allein zu gehen. Es tut mir leid. Beim nächsten Mal wird es nicht wieder so sein."

„Willst du etwa wieder fort?" fragte ich.

„Ja", antwortete Llew und spannte sich erneut. „Es tut mir leid, Tegid. Es muß sein. Du verstehst."

„Ich verstehe gar nichts", erwiderte ich.

„Dann wirst du einfach akzeptieren müssen, was ich dir sage."

„Aber du sagst mir ja nichts."

Als er nicht antwortete, streckte ich die Hand aus und ergriff seinen Arm; er fühlte sich starr und steif an. „Llew, wir sind Brüder, du und ich. Wir haben aus demselben Becher getrunken, und ich werde dich nicht wieder gehen lassen, ohne eine bessere Erklärung zu hören als die, die ich eben gehört habe."

Llew runzelte unglücklich die Stirn, doch er schwieg und sah den aufbrechenden Llwyddi nach. Ich spürte, daß ihm die Entscheidung, die er getroffen hatte, schwerfiel. Er wollte es mir sagen, glaube ich, aber er wußte einfach nicht, wo oder wie er anfangen sollte. Darum sagte ich: „Sag jetzt noch nichts. Wir werden warten, bis die anderen ein Stück vorausgegangen sind, und dann mit etwas Abstand folgen, so daß uns niemand hören kann. Du kannst es mir erzählen, während wir gehen, und niemand wird uns stören."

Llew stimmte zu, und wir warteten, bis das Ende der Prozession sich durch Glyn Du in Bewegung gesetzt hatte. Dann folgten wir ihnen und gingen lange schweigend, bevor Llew die Worte fand, die er suchte.

„Es tut mir leid, Tegid", sagte er. „Ich hätte es dir sagen sollen, aber ich dachte, du würdest mich hindern."

„Dich hindern zu gehen?"

„Zu tun, was ich tun mußte – was ich tun muß", sagte er, und ich spürte seinen inneren Aufruhr. Ich wollte etwas Beschwichtigendes sagen, doch er kam mir zuvor: „Nein, Tegid, noch nicht. Ich muß es dir sagen."

Er schwieg noch eine Weile. Wir lauschten auf das leise Rascheln unserer Füße im hohen Gras. Vor uns hatte die Spitze des Zuges den Eingang des Tales erreicht, und die Leute löschten ihre Fackeln im Bach. Als wir schließlich die Stelle erreichten, hing nur noch der Geruch von Dampf und Rauch in der Luft. Der Zug hatte sich hinaus ins Modornntal bewegt. Ein bleicher Mond war aufgegangen, und wir sahen, gezeichnet in Silber vor der Dunkelheit des Talbodens, die langen Reihen der Wanderer, die sich vor uns erstreckten.

Mein Herz wurde schwer bei dem Anblick, denn mir schien, als wären wir eine sterbende Rasse, die durch das schwindende Licht in die Finsternis der Vergessenheit wanderte. Doch davon sagte ich nichts, sondern ich wartete, bis Llew mir sagen würde, was er auf dem Herzen hatte.

Er sprach weiter, als wir aus der Mündung des dunklen Tals heraustraten. „Ein Krieg tobt in meiner Welt", sagte Llew leise. „Es ist kein Krieg, der mit Schwertern und Speeren geführt wird – ich wünschte, es wäre so; dann könnten wir wenigstens gegen den Feind kämpfen. Aber unser Feind ist hier", sagte er und schlug sich mit der Faust auf die Brust. „Der Feind sitzt in uns selbst – er hat uns vergiftet und macht uns krank. Wir sind innerlich krank, Tegid. Siawn und ich sind vergiftet, und wir haben unser Gift nach Albion gebracht. Wenn wir hierbleiben, werden wir alles vergiften – wir werden alles zerstören."

„Llew, ohne dich wäre bereits alles zerstört. Du hast uns gerettet, als niemand sonst es vermochte."

Er schien mich nicht zu hören, denn er fuhr unbeirrt fort. „Simon – Siawn hat sein Gift bereits weit verbreitet. Er hat dem Prinzen Gedanken in den Kopf gesetzt – Gedanken, die hier in Albion keinen Platz haben."

„Das dürfte ihm nicht schwergefallen sein. Meldron war schon immer begierig auf mehr, als ihm zustand."

„Ich glaube, der Mord an Meldryn Mawr war Siawns Idee. Er dachte, die Könige würden nach dem Recht der Erbfolge eingesetzt, und er –"

„Dem Recht der Erbfolge?" fragte ich erstaunt und blieb stehen. „Von einem solchen Recht habe ich noch nie gehört."

*„Dilyn hawl"*, sagte er es mit anderen Worten. „Es bedeutet, daß das Königtum vom Vater auf den Sohn übergeht. In unserer Welt wird es so gemacht. Simon – das heißt, Siawn Hy – wußte nicht, daß es hier anders ist. Er dachte, wenn Meldryn Mawr stürbe, würde das Königtum direkt auf Prinz Meldron übergehen."

„Hat er dir das gesagt?"

„Nicht mit diesen Worten, nein. Aber ich kenne Simon; ich weiß, wie er denkt. Und er hat Meldron eingeredet, zusammen könnten sie bewirken, daß das Königtum anders bewahrt und weitergegeben wird – sie könnten die Riten der Königsherrschaft verändern."

„Darum also haben sie versucht, das Lied zum Schweigen zu bringen", sagte ich. „Und darum haben sie jetzt die Singenden Steine in ihrer Gewalt."

„Das Lied von Albion ..." Er verstummte und verlor sich in Erinnerungen.

„Sie glauben, daß die Steine ihnen Macht verleihen", klärte ich ihn auf. „Sie hoffen, das Lied als Waffe einsetzen zu können."

„Dann ist es sogar noch schlimmer, als ich dachte", murmelte Llew. „Hätte ich getan, wozu ich hergekommen bin, wäre das alles nicht passiert."

Er blieb stehen und ergriff meinen Arm. „Hörst du mich, Tegid? All diese Menschen – deine Clansleute, Tegid, der König und all die anderen –, sie wären noch am Leben, wenn ich getan hätte, wozu ich hergekommen bin. Meldryn Mawr und alle, die Fürst Nudd zum Opfer gefallen sind, wären noch am Leben."

„Warum redest du so?" fragte ich. „Nur dir verdanken wir es, daß überhaupt noch jemand von uns am Leben ist. Dir verdanken wir unser Leben."

„Nur mir verdankt ihr es, daß so viele sterben mußten!" beharrte er. „Tegid, hör mir zu. Ich bin hergekommen, um Simon zurückzubringen, und ich habe versagt. Ich habe mich verzaubern lassen von diesem Ort und geglaubt, ich könnte für immer hierbleiben."

„Wärest du nicht gekommen", erwiderte ich beschwichtigend, „so hätten Meldron und Siawn Erfolg gehabt."

„Tegid", sagte er mit grimmiger Entschlossenheit in der Stimme, „wir müssen Siawn stoppen. Er gehört nicht hierher – und ich auch nicht. Wir müssen in unsere eigene Welt zurückkehren. Ich muß ihn von hier fortbringen, aber dazu brauche ich deine Hilfe, Bruder. Hilf mir, Tegid."

Ich ergriff seine Arme, wie es Clansleute tun, und sagte: „Llew, du weißt, daß ich alles tun würde, worum du mich bittest. Aber ich möchte dich auch um etwas bitten."

„Dann nenn mir deine Bitte, ich werde sie erfüllen, wenn ich kann."

„Laß mich dich zum König machen", sagte ich.

Er fuhr zurück. „Du hast kein Wort von dem verstanden, was ich dir gerade gesagt habe", rief er und schüttelte meine Hände von sich ab. „Wie kannst du mich um so etwas bitten?"

„Du warst der Meisterkämpfer des Königs. Durch die Heldentat hast du uns gerettet, als niemand sonst es vermochte. Die Leute achten dich; sie würden dich eher unterstützen als Meldron."

„Tegid, es darf nicht sein!" Er setzte sich mit raschen, zornigen Schritten wieder in Bewegung.

Ich ging neben ihm her. „Ich kann nicht zulassen, daß Meldron König wird. Er soll seine Greueltaten nicht mit meiner Hilfe fortsetzen. Doch irgend jemandem muß ich das Königtum geben – und zwar bald."

„Gib es einem anderen."

„Es *gibt* keinen anderen."

Er wirbelte zu mir herum. „Du verstehst nicht! Wir müssen Simon stoppen, bevor er alles zerstört. Ich muß dafür sorgen, daß er dahin zurückgeht, wo er hingehört. Hörst du, was ich dir sage?"

„Ich höre dich, Bruder", erwiderte ich leise. „Aber bedenke auch, was ich sage. Als König könntest du Siawn Hy und Meldron stoppen. Du könntest all das Unheil, das Siawn angerichtet hat, zunichte machen, indem du auf den Thron steigst."

Er wollte sich abwenden, doch ich ergriff seine Schulter und hielt ihn fest. „Hör mich an, Llew", sagte ich ernst. „Du sagst, daß Siawn hier ein tödliches Gift verbreitet hat. Wenn das die Wahrheit ist, dann lege ihm das Handwerk. Ich biete dir die Chance dazu."

## 3

## Tán n'Righ

„Ich würde lieber im kalten Grab sein", schwor ich, „bevor ich das Königtum meines Volkes dieser zischenden Viper Meldron übergebe. Wäre er eine Schlange, würde ich seinen Kopf abschlagen und seinen zuckenden Leib in die Feuergrube werfen."

„Aber Meldron hat sich selbst zum König gemacht."

„Er ist nicht der König! Nur das wahre Königtum macht einen Mann zum König. Und nur ein wahrer Barde kann das wahre Königtum verleihen", erklärte ich. „Ich allein halte das Königtum von Prydain in meiner Hand. Und ich gebe es, wem ich will. Das ist der alte und ehrwürdige Weg."

Wir saßen allein an dem Berghang unterhalb des zerstörten Sycharth und unterhielten uns leise. Ich hielt es für das beste, im Geheimen zu verhandeln, fern von Meldrons Augen und Ohren, und ich wußte, daß niemand uns so nahe der verwüsteten Festung belästigen würde.

Llew schüttelte langsam den Kopf. „Mir gefällt das nicht, Tegid. Erwartest du, daß Meldron einfach dabeisteht und zusieht, wie du die Krone einem anderen gibst? Er hätte uns heute abend getötet, wenn das Volk ihn nicht gehindert hätte."

„Und es wird ihn wieder daran hindern. Du hast ja gesehen, was passiert ist; sie werden nicht zulassen, daß Meldron dir etwas tut. Sie halten dich hoch in Ehren, Llew. Sie achten dich. Wenn sie die Wahl zwischen dir und Meldron haben, werden sie dir folgen."

Llew schwieg lange. Dann sagte er: „Also schön, Tegid. Ich werde es tun." Bevor ich antworten konnte, hob er einen Finger und fügte rasch hinzu: „Aber nur so lange, bis meine Aufgabe hier erfüllt ist. Dann wirst du dir einen anderen König suchen müssen."

„Einverstanden", sagte ich schnell.

„Ich meine es ernst, Tegid! Ich werde nur so lange König sein, bis ich einen Weg gefunden habe, Simon zurück auf die andere Seite zu bringen, wo er hingehört. Verstanden?"

„Verstanden."

Er starrte mich an.

„Nur so lange, bis Siawn Hy das Handwerk gelegt ist. Ich habe verstanden, Bruder. Wirklich."

Endlich verließ ihn die Spannung. „Also, was müssen wir tun, um mich zum König zu machen?"

„Es gibt viele Wege, das Königtum zu verleihen", antwortete ich. „Ich werde einen Weg wählen, den Meldron nicht kennt – einen sehr alten Weg. Ich werde ein *Tán n'Righ* veranstalten."

„König durchs Feuer?" wiederholte Llew. „Das klingt schmerzhaft – ist es das?"

„Nein", erwiderte ich. „Nicht, wenn man es richtig macht. Aber es ist notwendig, daß du mir aufmerksam zuhörst und alles genauso machst, wie ich es dir sage."

Wir redeten bis tief in die Nacht, die Köpfe zusammengesteckt, fröstelnd in unsere Umhänge gehüllt und den Blick auf die Lagerfeuer weit unter uns gerichtet. Die Morgendämmerung war nicht mehr weit, als wir fertig waren.

„Und was jetzt?" fragte Llew gähnend.

„Jetzt werden wir uns ausruhen. Und du wirst außer Sicht bleiben. Meldron darf keinen Vorwand finden, dich herauszufordern. Außerdem darf er keinen Verdacht schöpfen, sonst wird er uns ins Handwerk pfuschen. Ich weiß, wo du dich verstecken kannst."

Ich beschrieb ihm einen Ort, wo er ungestört schlafen konnte, und wir standen gemeinsam auf. „Bist du sicher, daß es an einem Tag zu schaffen ist?" fragte Llew.

„Mehr als einen Tag brauche ich nicht. Überlaß alles mir. Ich werde dich holen oder jemanden schicken, wenn alles bereit ist."

Wir trennten uns und gingen unserer Wege. Als ich den Hang hinab zum Lager ging, eilten meine Gedanken bereits weit, weit voraus. Ja, es gab noch viel zu tun, und alles mußte schnell geschehen. Schon heute abend würde die Zeremonie stattfinden!

Ich arbeitete den ganzen Tag hindurch – still und ohne unangemessene Hast. Ich sammelte Steine aus den vier Himmelsrichtungen – schwarze aus dem Norden, weiße aus dem Süden, grüne aus dem Westen und purpurne aus dem Osten. Dann holte ich Wasser aus einer frisch sprudelnden Quelle. Ich sammelte die neun heiligen Hölzer: vom Ufer eines fließenden Baches die Weide; Hasel von den Felsen; Erle aus den Sümpfen; vom Wasserfall die Birke; vom freien Feld die Eibe; Schwarzdorn aus dem verborgenen Dickicht; Ulme aus dem Schatten; vom Hügel die Eberesche; von der Sonne die Eiche. Zu diesen *Nawglan*, den Heiligen Neun, fügte ich hinzu die Stechpalme mit ihren leuchtenden Speerspitzen, Holunder mit seinen kräftigen, purpurnen Beeren, und Apfel mit seiner süßen, glatten Härte.

Diese Hölzer verbrannte ich in einem Feuer, das ich auf einem flachen Stein aufschichtete. Dann sammelte ich sorgfältig die Asche und steckte sie in einen Lederbeutel, den ich mir an den Gürtel band. Nach diesen Vorbereitungen kehrte ich ins Lager zurück und machte mich daran, Holz für das Tán n'Righ zu sammeln, das Königsfeuer. Dazu holte ich glühende Kohlen von jeder der Feuerstellen, die das Volk am Abend zuvor angelegt hatte, und Feuerholz aus den Vorräten jedes Lagers.

Die einzige Schwierigkeit war, an Kohle und Zweige von der Feuerstelle des Prinzen heranzukommen. Doch der Gütig-Weise war mir gewogen, und Meldron – gelangweilt von den Pflichten des Lagerlebens, die er für unter seiner Würde hielt – ritt gegen Mittag zur Jagd. Ich brauchte nur zu warten, bis er und die Krieger seines Wolfsrudels außer Sicht waren. Ich nahm mir, was ich brauchte, ohne daß er etwas davon ahnte.

Bei Einbruch der Dämmerung holte ich Llew aus seinem Versteck und eilte zurück ins Lager, um Meldrons Rückkehr von der Jagd zu erwarten.

In der Zeit zwischen den Zeiten, den gerade aufgegangenen Mond zu meiner Linken und die untergehende Sonne zu meiner

Rechten, entfachte ich das Königsfeuer innerhalb eines Kreises aus Steinen, die ich aus den vier Himmelsrichtungen gesammelt hatte. Dann rief ich das Volk mit dem Horn des Urs herbei. Dieser Klang war unter uns nicht mehr zu hören gewesen, seit Meldryn Mawr uns nach Findargad geführt hatte, und die Clansleute waren erschrocken, ihn jetzt zu hören. Sie versammelten sich rasch und umringten den Feuerkreis. Dann rief ich Llew aus meinem Zelt.

Als Llew vortrat, um seinen Platz einzunehmen, schob sich Prinz Meldron, begleitet von Siawn Hy, durch die Menge. „Was soll das, Tegid?" rief Meldron. „Ist das wieder einer deiner törichten Späße?"

Ich nahm keine Notiz von der Beleidigung, denn ich wollte ihnen nicht das Wort überlassen.

„Zieh deine Stiefel aus", sagte ich zu Llew. Als er die Bänder gelöst und die weichen Lederstiefel von den Füßen gezogen hatte, sagte ich: „Breite deinen Umhang hinter dir auf dem Boden aus."

Er tat es und wandte sich wieder zu mir. „Zieh deinen Siarc, deinen Gürtel und deine Hosen aus", befahl ich ihm.

Llew zögerte bei diesem Befehl, doch dann gehorchte er. „Leg deine Kleider zur Seite", sagte ich, „und tritt vor mich."

Unter den Augen des versammelten Clans streifte Llew widerwillig seine Kleider ab und legte sie auf den ausgebreiteten Umhang. Dann trat er vor mich, und ich befahl ihm, mich dreimal rechtsherum zu umkreisen.

„Das ist peinlich", knurrte er mir durch zusammengebissene Zähne zu, als er das erste Mal an mir vorbeikam.

„Geh weiter."

„Sie lachen über mich!" flüsterte er, als er die zweite Umkreisung vollendete.

„Laß sie lachen. Nicht mehr lange, und sie werden quieken wie Schweine am Spieß."

Er ging langsam weiter, und nachdem er die dritte Umkreisung vollendet hatte, blieb er wieder vor mir stehen. „Können wir jetzt weitermachen?"

„Es ist von höchster Wichtigkeit. Jeder muß sehen, daß kein Makel an dir ist", sagte ich ihm. „Streck deine rechte Hand aus."

Er tat es. „Und jetzt die linke", wies ich ihn an. Und als er die linke Hand ausstreckte, bückte ich mich zum Feuer und ergriff zwei brennende Äste, die ich vorbereitet hatte. Ich zog sie aus den Flammen und trat hinter ihn hin. „Vergiß nicht", flüsterte ich im Vorbeigehen. „Sag kein Wort. Und zucke mit keinem Muskel."

Mit einem Ast in jeder Hand begann ich, seinen nackten Leib mit den Flammen zu bestreichen. Ich fing an den Fersen an und strich mit den Fackeln über seine Waden und Oberschenkel, sein Gesäß, seine Rippen und dann entlang seiner ausgestreckten Arme. Llew stand steif da, blickte weder nach rechts noch nach links, sondern starr geradeaus, die Augen fest auf den aufgehenden Mond gerichtet.

Ich strich mit den Flammen über seine Brust und seinen Bauch, dann hinab über seine Lenden und Genitalien, Beine und Füße. Das Haar auf seiner Brust und seinen Beinen wurde versengt, wo die Flammen seine Haut berührten, und erfüllte die Luft mit dem Gestank brennender Haare. Seine Kiefermuskeln wölbten sich, und er funkelte mich mörderisch an, aber er zuckte nicht zusammen und schrie nicht auf.

„Llew!" sagte ich laut und erhob mich, so daß ich ihm Auge in Auge gegenüberstand. „Du hast dich vor dem Volk gezeigt. Ich finde keinen Makel an dir."

Daraufhin rief einer aus dem Wolfsrudel: „Wie kannst du durch all den Ruß noch etwas erkennen?" Wieder lachten sie, selbst jetzt noch ohne Argwohn – was nur beweist, wie unwissend sie waren.

„Da die Flammen reinigen und läutern", fuhr ich fort, während ich sorgfältig die Äste wieder an ihren Platz im Feuer legte, „verkünde ich, daß du von allem Verderblichen gereinigt und geläutert bist." Ich nahm den Lederbeutel vom Gürtel, schüttete den Inhalt auf meine linke Hand und zeichnete Llew mit den Fingerspitzen der rechten mit den Nawglan, den Heiligen Neun: unter den Fußsohlen, auf dem Bauch, über dem Herzen, an der Kehle, auf der Stirn, an der Wirbelsäule entlang und um die Handgelenke herum.

Die Llwyddi sahen verständnislos zu. Ich warf einen verstohlenen Blick auf den Prinzen und sah, daß sein hochmütiges Grinsen verblaßt war und er sich jetzt doch ein wenig Sorgen machte um das, was da vor ihm geschah. Siawn Hy sah mit einer kalten Drohung in seinen verschleierten Augen zu.

Als ich fertig war, trat ich wieder vor ihn hin. „Erhebe deine Stimme, Llew. Erkläre vor dem Volk: Wem dienst du?"

Er antwortete, wie ich ihn angewiesen hatte: „Ich diene dem Volk!"

„Woher kommt dein Leben?"

„Das Leben des Volkes ist mein Leben!"

„Wo wird dein Sitz sein?"

„Mein Sitz wird im Willen des Volkes sein!"

„Wie wirst du herrschen?"

„Ich werde durch die Weisheit des Volkes herrschen!"

„Wie wirst du dir Reichtum erwerben?"

„Ich werde mir Reichtum erwerben durch den Wohlstand des Volkes!"

Ich hob meine Hände mit den Handflächen nach außen vor sein Gesicht. „Ich habe deine Erklärung gehört", rief ich laut, so daß es alle hören konnten. „So soll sie bestätigt sein!"

Mit diesen Worten drehte ich mich um und ergriff von neuem die brennenden Äste. Rasch, so daß Llew keine Zeit blieb, darüber nachzudenken, stieß ich eine brennende Fackel in jede seiner Hände – mit den brennenden Enden nach unten. Das Feuer schoß an den Ästen empor, und sofort waren Llews Hände in Flammen gehüllt. Doch er stand vor dem Volk und umklammerte die Fakkeln, während die Flammen an seinem Fleisch leckten. Er schrie nicht auf; er zuckte nicht zusammen und ließ die Fackeln nicht fallen.

Die Leute schnappten erschrocken nach Luft. Prinz Meldron und seine Spötter sahen verblüfft zu.

„Durch die Flammen des Feuers", verkündete ich, „ist deine Erklärung bestätigt."

Llew hob die brennenden Fackeln hoch über seinen Kopf und drehte sich langsam herum, so daß jeder sehen konnte, daß das Feuer zwar die Äste verzehrte, aber sein Fleisch nicht verbrannte.

Da aller Augen auf das Wunder des mit Fäusten umklammerten Feuers gerichtet waren, sah niemand, wie ich mit der Hand unter meinen Umhang fuhr und den Torc hervorholte. Während Llew mit dem Rücken zu mir die Fackeln hoch emporhielt, trat ich hinter ihn und legte den goldenen Torc um seinen Hals. Dann hob ich meine Hände über ihn und sagte: „Durch die Vollmacht des Tán n'Righ erkläre ich dich zum König!"

Ich wandte mich dem Volk zu und erhob meine Stimme zum Gesang:

„Durch die Vollmacht des Windes, der die Wellen aufpeitscht, bist du König.

Durch die Vollmacht der Sonne, die die dunkle Nacht besiegt, bist du König.

Durch die Vollmacht des Regens, der die fernen Hügel begrünt, bist du König.

Durch die Vollmacht der Erde, die die hohen Berge erhebt, bist du König.

Durch die Vollmacht der Felsen, die das schimmernde Eisen gebären, bist du König.

Durch die Vollmacht des Stieres und des Adlers und des Lachses und aller Geschöpfe, die auf ihren verborgenen Wegen auf der Erde, am Himmel und im Meer schwimmen und fliegen und laufen, bist du König.

Durch die Vollmacht des Gütig-Weisen, der mit seiner Schnellen Sicheren Hand alles in diesem Weltenreich aufrichtet und erhält, bist du König."

Das Lied endete, und ich erhob meinen Stab und verkündete: „Seht! Llew, Herrscher von Prydain, König der Llwyddi! Huldigt ihm von Herzen! Macht euch bereit, ihm die Ehre zu erweisen!"

Einige waren schon dabei niederzuknien, als die Stimme des Prinzen sie aufhielt. „Nein! Nein! Er ist nicht euer König!" Meldron sprang in den Feuerkreis und riß Llew gewaltsam den Torc vom Hals. „Ich bin der König!"

Bevor jemand auch nur eine Hand heben konnte, um ihn daran zu hindern, hatte Siawn Hy seine Speerspitze an Llews Rippen, und er schrie: „Meldron ist König! Meldron ist König!"

Siawn zog Llews Arme herab und stieß ihm die brennenden Äste aus den Händen. Er winkte dem vordersten Mann aus dem

Wolfsrudel, der daraufhin in den Kreis trat, wobei er den dicht ringsum Versammelten nervöse Blicke zuwarf. Ich bemerkte, daß sie meinen Blicken auswichen.

Meldron hielt sich den Torc über den Kopf, erklärte sich zum König und sagte. „Hört mich an! Ich halte den Torc der Llwyddikönige in den Händen! Mein ist das Recht auf das Königtum meines Vaters!"

„Ein solches Recht gibt es nicht!" entgegnete ich. „Nur ein Barde kann das Königtum verleihen. Und ich habe es Llew verliehen!"

„Du hast hier keine Macht!"

„Ich bin der Oberste Barde unseres Volkes", erwiderte ich ruhig und zuversichtlich. „Ich allein halte das Königtum in meiner Hand. Ich allein habe die Macht, das Königtum zu verleihen."

„Du bist gar nichts!" brüllte der Prinz und schüttelte mir seine Faust, die den Torc umklammert hielt, entgegen. „Ich habe den Torc meines Vaters. Ich bin König!"

„Und ich sage dir, daß der Torc in deiner Hand dich nicht zum König macht, genausowenig, wie es dich zum Baum macht, wenn du im Wald stehst!"

Einige lachten darüber, und Meldrons Wut wurde durch das Gelächter noch mehr angestachelt. Ich preschte tollkühn weiter vor. „Los doch! Leg dir den goldenen Torc um den Hals, und befehlige das *Gosgordd* der Krieger!" forderte ich ihn heraus. „Schmücke dich mit feinen Kleidern, und häufe Geschenke aus Gold und Silber auf das wimmernde Pack, das dir zujubelt. Tu, was du willst, Meldron! Aber denke daran: Die Königsherrschaft sitzt nicht in dem Torc, nicht in dem Thron, nicht einmal in der Macht des Schwertes."

Ich wandte mich dem Volk zu. Es war an der Zeit, daß sie handelten, daß sie Meldron ein für allemal in die Schranken wiesen. „Hört mich an! Meldron ist nicht der König. Ihr habt gerade die Einsetzung eines Königs gesehen: Llew ist der erwählte König! Widersteht Meldron! Trotzt ihm! Er hat hier keine Macht. Er kann nichts –"

Dann, bevor ich noch ein weiteres Wort sagen konnte, schrie Meldron seinem Wolfsrudel zu: „Ergreift sie! Ergreift sie beide!"

# 4

## Das Kerkerloch

„Es tut mir leid, Bruder."

Genausogut hätte ich zu dem Schlamm unter meinen Füßen reden können. Llew saß da, die Knie vor die Brust gezogen, den Kopf auf die Arme gelegt. Er war ein Schatten im trüben Licht der Grube – ein griesgrämiger und unglücklicher Schatten.

Nach sieben Nächten und Tagen in Meldrons Kerkerloch konnte ich es ihm nicht verübeln. Es war meine Schuld. Ich hatte Meldron und seine Bereitschaft, die altehrwürdigen Bräuche unseres Volkes über den Haufen zu werfen, unterschätzt. Ich hatte nicht berücksichtigt, welchen Rückhalt er im Wolfsrudel, seiner Kriegerschar, hatte und wie entschlossen sie waren, ihn gegen ihre eigenen Clansleute zu stützen. Ja, und ich hatte meine eigene Fähigkeit, die Achtung des Volkes vor Llew auszunutzen, überschätzt. Vielleicht hätten sie Llew zum König erhoben, aber Meldron kannten sie, und er war einer von ihnen. Llew war der Außenseiter, der Fremde in unserer Mitte.

Dennoch hatte ich gedacht – nein, ich hatte bis ins Mark daran geglaubt –, daß das Volk nicht tatenlos zusehen würde, wie Meldron sich gegen seinen letzten überlebenden Barden stellte. Ein König ist ein König, aber ein Barde ist das Herz und die Seele des Volkes; er ist sein Leben im Lied und die Fackel, die ihm auf den Pfaden des Schicksals vorangeht. Ein Barde ist der innerste Geist des Clans; er ist das Kettenglied, die goldene Schnur, die die vielen Zeitalter des Clans vereint und alles Vergangene mit allem Kommenden verbindet.

Doch die Furcht macht die Menschen blind und dumm. Und wir befanden uns in einer unruhigen Zeit. Ich hätte wissen müssen, daß das Volk sich Meldron nicht bis hin zum Blutvergießen entgegenstellen würde. Am Tag des Ringens wollten nicht einmal tapfere Männer ihr Leben für die Wahrheit riskieren, nach der wir immer gelebt haben.

„Es tut mir leid, Llew."

„Hör auf damit, Tegid", murmelte er. „Ich kann es nicht mehr hören."

„Ich wollte nicht, daß das passiert."

Er hob sein Gesicht zu dem schwarzen Dach über seinem Kopf. „Es ist meine eigene Schuld, daß ich mich von dir dazu habe überreden lassen. Ich hätte nie auf dich hören sollen."

„Es tut mir leid, Llew –"

„Hör schon auf!" Sein Kopf fuhr zu mir herum. „Es – es ist ..." Er rang darum, sich aus der Lethargie unserer Lage zu erheben, doch dann sackte er in sich zusammen und glitt zurück in sein Elend. „Was nützt das? Es spielt keine Rolle."

Er schwieg lange, und ich dachte schon, er würde nie wieder sprechen. Doch dann sagte er: „Ich erinnere mich jetzt, Tegid. Ich erinnere mich an alles – bisher konnte ich mich nicht erinnern."

„Woran erinnerst du dich?"

„An meine eigene Welt", antwortete er. „Bevor ich zurückging, hatte ich beinahe vergessen, daß sie überhaupt existiert. Ich wollte mich nicht erinnern, verstehst du? Und beinahe wäre es mir gelungen, sie völlig zu vergessen. Ohne Simon hätte ich nie daran gedacht zurückzugehen, und ich hätte sie verloren."

Ich beobachtete ihn in der Dunkelheit der Grube. Er hatte mir noch nie von seiner Welt erzählt, und es ist nicht unsere Art nachzubohren. Diejenigen aus anderen Welten, die zu uns kommen – die *Dyn Dythri,* die Fremden –, werden mit Achtung behandelt. Wir nehmen sie auf und lassen sie an unserem Leben teilhaben; wir lehren sie unsere Wege und geben ihnen die Freiheit, sich zu beweisen und sich soviel Ehre zu erwerben, wie sie können.

Früher reiste auch unsere Rasse in ihre Welt, und wir gaben ihnen Geschenke, um ihnen die Last ihres Lebens zu erleichtern.

Aber jetzt nicht mehr. Die Kluft zwischen den Welten ist breiter geworden, und die Brücke ist tückisch und dunkel. Wir heißen die Fremden immer noch unter uns willkommen, aber wir gehen nicht mehr freiwillig in ihre Welt hinüber und ermutigen sie auch nicht, wie wir es früher taten.

„Sie hatte sich verändert", fuhr Llew ernst fort. „Die Welt, meine Welt, hatte sich verändert. Es war noch schlimmer als damals, als ich sie verließ – dabei glaube ich, daß auf der anderen Seite nur ein oder zwei Tage vergangen sind. Keine Farbe, kein Leben – alles war dabei, zu verblassen, zu verfallen, sich aufzulösen."

Er schien zu versuchen, sich in Gedanken über etwas klar zu werden, vielleicht es sich selbst zu erklären; also unterbrach ich seine Gedanken nicht, sondern ließ ihn reden.

„Es ist der Krieg im Paradies", fuhr er fort. „Was hier in dieser Welt geschieht, beeinflußt das Leben drüben. Profes... – ich meine, mein Freund Nettles hat es mir gesagt, er hat mir alles erklärt. Und ich habe ihm geglaubt. Aber ich hatte keine Ahnung, daß es so – daß die Veränderung so verheerend sein würde. Es war, als würde die Welt vor meinen Augen verschwinden."

Ich dachte daran, was er darüber gesagt hatte, daß Siawn Hy unsere Welt vergifte – oder zumindest den schwachen Prinzen Meldron verderbe. „Korruption ist immer ein mächtiger Feind", bemerkte ich.

„Es ist mehr als das, Tegid", erwiderte er rasch und beugte sich in der Dunkelheit zu mir vor. „Viel mehr als das. Es besteht ein Gleichgewicht, weißt du – eine Harmonie zwischen dieser Welt und der anderen. Simon hat dieses Gleichgewicht gestört; seine Gedanken, seine Pläne – seine bloße Gegenwart hier hat alles verändert."

„Und Veränderungen in dieser Welt rufen Veränderungen in der anderen Welt hervor", sagte ich. „Ich verstehe."

„Glaub mir, wenn noch irgend etwas übrigbleiben soll, das sich zu retten lohnt – von beiden Welten –, dann muß Simon gestoppt werden."

„Ich glaube dir, Bruder", erwidert ich. „Aber bevor wir die Welt retten können, müssen wir erst einmal uns selber retten."

„Wir müssen hier heraus. Wir müssen uns befreien!" Er stand auf – wie er schon unzählige Male aufgestanden war, um sich gegen die Holzplanken über unseren Köpfen zu stemmen. Aber es war sinnlos, und er sackte bald wieder zusammen.

„Glaubst du, er wird uns töten?" fragte er nach einiger Zeit. „Jetzt, wo er König ist –"

„Meldron ist nicht der König. Du bist der König."

„Vergib mir", höhnte er bitter. „Das vergesse ich immer wieder."

„Ich habe dir das Königtum verliehen", sagte ich ihm. Wie oft hatte ich ihm das schon gesagt? „Du bist der König. Und ich kann nicht voraussagen, was Meldron tun wird", antwortete ich. „Wenn ich es könnte, wären wir jetzt nicht hier."

„Sag mir nicht, daß es dir leid tut, Tegid. Ich will es nicht noch einmal hören."

Nachdem er uns während der Einsetzungszeremonie ergriffen hatte, hatte Meldron uns hinauf in die Ruinen des Caers geschleppt und uns in der Abfallgrube hinter der Halle gefangengesetzt. Die Grube hatte er mit verkohlten Balken abgedeckt und mit einem Haufen Geröll und Schutt aus der ausgebrannten Festung versiegelt. Dort ließ er uns unter Bewachung zurück. Was er mit uns vorhatte, konnte ich nicht erraten. Und ich vermutete, daß Meldron selbst es auch noch nicht wußte.

Uns einfach umzubringen war ihm vermutlich zu riskant, sonst wären wir schon tot gewesen. Er hatte seinen Rückhalt im Volk bis zum Zerreißen auf die Probe gestellt; falls es jetzt noch mehr Ärger gab, würde er die wenige Gunst, die er im Augenblick genoß, auch noch verlieren. Doch uns freilassen, damit wir die Rebellion gegen ihn anheizten, konnte er auch nicht. Also würden wir wohl seine Gefangenen bleiben, bis er eine bessere Gelegenheit fand, sich unserer zu entledigen.

Die Grube wurde Tag und Nacht bewacht, damit niemand uns zur Flucht verhelfen konnte. Ständig waren mindestens zwei Wachen da; oft waren es mehr. Manchmal hörten wir sie reden, wenn sie beim Wachwechsel kamen und gingen. Wann Wachwechsel war, merkten wir daran, daß die neuen Wachen uns durch einen kleinen Spalt in einer der Planken Wasser und etwas zu essen herabließen.

So vergingen die Tage. Llew und ich saßen in unserem stinkenden, schmutzigen Gefängnis fest, abgeschirmt vom Tageslicht und von jeglicher Hilfe. Und mit jedem Tag, der verging, wuchs Meldrons Haß gegen uns – doch er konnte nicht unumschränkt herrschen, solange Llew und ich noch am Leben waren. Das war der einzige Gedanke, der mich aufheiterte. Denn wenigstens auf diese unscheinbare Weise hinderten wir ihn daran, seine unrechtmäßige Herrschaft zu beginnen.

Eines Nachts erwachte ich von einem leisen, kratzenden Geräusch. Zuerst achtete ich nicht darauf, da ich es nur für das Nagen der Ratten hielt, die sich im Caer breitgemacht hatten. Doch allmählich drang mir ins Bewußtsein, daß das langsame Kratz-kratz-kratz einen deutlichen Rhythmus hatte.

Da grub jemand.

Ich wartete und lauschte in die Dunkelheit. Das Geräusch wurde lauter, und ich wagte es, den Grabenden anzusprechen. „Wer ist da?“ fragte ich, wobei ich meine Stimme kaum über ein Flüstern zu erheben wagte.

Llew schlief. Doch als ich sprach, regte er sich. „Tegid? Was ist los?“ fragte er und wälzte sich auf die Knie.

„Pst! Horch!“

„Seid still da unten ... ihr weckt noch die Krieger auf ...“ Es war die Stimme eines Kindes.

„Wer bist du?“ beharrte ich.

„Ich bin Ffand“, kam die Antwort. „Jetzt seid still.“

„Wer ist Ffand?“ fragte Llew.

„Wer ist bei dir, Ffand?“ fragte ich, wobei ich mein Gesicht gegen die Dachbalken unseres Gefängnisses preßte.

„Niemand ist bei mir“, antwortete sie, und das kratzende Geräusch begann von neuem. Es war noch eine Weile zu hören und verstummte dann.

„Was machst du da, Ffand?“

„Pst!“ kam ihr scharfes, drängendes Flüstern. Schweigen folgte. Und dann: „Es war einer der Krieger. Er ist aufgewacht, aber jetzt schläft er wieder. Ich muß jetzt gehen.“

„Warte –“

„Es wird bald hell.“

„Ffand! Warte, ich –"

„Ich komme wieder, wenn es Nacht wird."

„Bitte –"

Aber sie war schon weg. Ich sackte wieder zu Boden.

„Wer ist Ffand?" fragte Llew wieder.

„Es ist das Mädchen, das sich um deinen Hund kümmert", erklärte ich.

„Meinen Hund?" stutzte er, und ich merkte, daß er Twrch völlig vergessen hatte. „Ach ja ... meinen Hund."

„Du hast Twrch einem kleinen Mädchen anvertraut. Auf dem Weg nach Findargad –"

„Vor der Schlacht von Dun na Porth", sagte er. „Ich erinnere mich. Ihren Namen habe ich nie erfahren."

Wir warteten den ganzen langen Tag hindurch. Die Nacht konnte gar nicht schnell genug herbeikommen. Die Finsternis in unserem Gefängnis vertiefte sich, und wir hielten den Atem an und lauschten, wann das leise Kratzen wieder beginnen würde. Als es nicht kam, grübelten wir nach, was ihr passiert sein könnte: Vielleicht konnte sie heute nacht nicht weg; vielleicht schliefen die Wachen heute nacht nicht ... oder schlimmer: Vielleicht war sie entdeckt worden ... was würden sie mit ihr machen, wenn sie sie erwischten?

Wir hatten schon die Hoffnung aufgegeben, als das langsame Kratz-kratz-kratz wieder begann. „Sie ist wieder da!" flüsterte ich. „Ffand!" Ich klopfte leise gegen den Balken über meinem Kopf. „Ffand!"

Einen Augenblick später antwortete ihre Stimme: „Pst! Seid still! Sie werden euch hören!"

Ich wollte wieder sprechen, aber Llew warnte mich. „Laß es sein, Tegid. Laß sie arbeiten."

Ich lehnte mich zurück, und wir lauschten auf das rhythmische Kratzen über uns. Doch es hatte kaum begonnen, da hörte es schon wieder auf. Und es begann in dieser Nacht nicht noch einmal. Wir lauschten lange, doch es war nichts mehr zu hören.

Ängstlich und unruhig warteten wir den nächsten Tag hindurch und hofften, daß man sie nicht entdeckt hatte. Warum hatte sie aufgehört?

In der nächsten Nacht kam Ffand nicht, und wir fürchteten das Schlimmste.

So niedergeschlagen waren wir, daß wir nicht mehr mit ihr rechneten. Darum erschraken wir regelrecht, als in der folgenden Nacht das Kratzen wieder begann, und merkten, daß wir gewartet hatten – wir hatten darauf gewartet und es herbeigesehnt.

Sie arbeitete die ganze Nacht hindurch, mit nur zwei Unterbrechungen: einmal, um auszuruhen – ihre Hände seien ermüdet, sagte sie –, und einmal, als eine der Wachen aufwachte und sich erleichterte.

In den nächsten beiden Nächten kam sie nicht wieder. Aber wir wußten jetzt, daß wir uns keine Sorgen zu machen brauchten. Die kleine Ffand war offenbar sehr vorsichtig und geschickt. Sie wählte die Zeitpunkte umsichtig und ging kein unnötiges Risiko ein, entdeckt zu werden. Wie auch immer, uns blieb nichts übrig, als auf sie zu warten.

In der folgenden Nacht kehrte Ffand zurück und berichtete, König Meldron hätte angekündigt, am nächsten Morgen Hof zu halten. „Er hat gesagt, wir müßten uns alle bereitmachen, diesen Ort zu verlassen. Wir sollen zum Caer Modornn ziehen."

„Wann?"

„Sehr bald", kam die Antwort. „Im Morgengrauen nach der Hofversammlung."

Llew legte mir seine Hand auf den Arm. „Frag sie, wie lange sie noch braucht, um uns zu befreien? Schafft sie es heute nacht?"

„Ffand", sagte ich, die Wange hart an die Planke über mir gepreßt, „wirst du heute nacht fertig? Kannst du uns heute nacht befreien?"

Sie schwieg einen Augenblick. Dann sagte sie: „Ich glaube nicht."

„Hör zu, Ffand, es muß heute nacht sein. Morgen werden sie uns holen kommen. Wir müssen heute nacht frei sein."

„Ich werde es versuchen."

„Vielleicht können wir helfen", sagte Llew. „Ffand, sag uns, was wir tun sollen."

Das Kratzen begann von neuem – schneller diesmal und lauter, da das Mädchen härter und schneller arbeitete, um uns zu befreien. Sie arbeitete die ganze Nacht hindruch, ohne eine Pause zu machen oder in ihrem Tempo nachzulassen. Kratz-kratz-kratz ... kratz-kratz ... kratz-kratz-kratz ... die ganze Nacht hindurch.

Und dann ... kam ein dumpfer Schlag, als wäre etwas Schweres umgefallen.

„Da!“ kam Ffands Stimme zu uns herab. „Geschafft.“

„Gut. Sag uns, was wir tun sollen, Ffand“, sagte ich.

„Der Balken liegt jetzt frei“, kam die Antwort. „Aber er ist zu schwer für mich – ihr müßt ihn wegschieben.“

„Welcher Balken, Ffand? Klopf an den, den wir wegschieben sollen.“

Ein kräftiger Schlag ertönte auf einem Balken in einer Ecke der Grube. „Gut. Jetzt hör genau zu, Ffand. Den Rest werden wir erledigen. Aber du mußt uns jetzt verlassen. Ich möchte, daß du dich in Sicherheit bringst.“

Es kam keine Antwort.

„Ffand?“

„Ich will nicht gehen.“

„Du mußt. Ich will nicht, daß dir etwas passiert, wenn etwas schiefgeht. Geh jetzt.“

Llew sprach in Richtung des Balkens. „Ffand –“ sagte er ernst, „hör mir zu.“

„Ja?“

„Danke, Ffand. Du hast uns das Leben gerettet. Aber du mußt von hier verschwinden, wenn deine harte Arbeit nicht umsonst sein soll. Verstehst du? Außerdem, denk an Twrch – was soll ohne dich aus ihm werden? Ich möchte, daß du dich noch eine Weile um ihn kümmerst. Tust du das für mich, Ffand?“

„Also gut“, seufzte sie.

„Noch eines“, sagte ich rasch. „Wie viele Wachen sind da?“

„Nur zwei heute nacht, und sie sind gute Schläfer.“ Sie hielt inne und preßte ihr Gesicht dicht an den Balken. „Lebt wohl.“

„Ffand?“

Keine Antwort.

„Sie ist weg“, mutmaßte ich. „Fertig?“

Llew kniete neben mir am anderen Ende der Grube nieder. Gemeinsam packten wir den Balken und schoben unsere Finger in die Spalten zwischen den Balken zu beiden Seiten. Endlich begriff ich, was Ffand getan hatte: Sie war hinter dem Geröllhaufen vor den Wachen in Deckung gegangen und hatte den Schutt und die Erde abgetragen, um einen Balken freizulegen. Es lag immer noch einiges an Geröll darauf, doch indem wir den schweren Balken immer ein kleines Stück hin- und herrückten, bekamen wir ihn los und konnten ihn schließlich wegschieben. Schutt und Dreck regnete durch den Spalt auf uns herab. Doch wir arbeiteten an der Planke und schoben sie Stück für Stück immer weiter zurück, bis die Lücke groß genug war, damit ein Mann seine Schultern hindurchzwängen konnte.

Dann hockten wir uns nieder, starrten hinauf zu dem Loch, das wir gemacht hatten, und lauschten. Als keine der Wachen sich rührte, sagte ich: „Ich gehe zuerst."

Vorsichtig steckte ich den Kopf durch den Spalt. Wie Ffand gesagt hatte, waren zwei Wachen da, und beide schliefen. Ich zwängte mich hinauf in den Spalt und schob mich strampelnd und mich windend höher, bis ich mich hindurchziehen konnte.

Gespannt und schwitzend kniete ich mich hinter den Schutthaufen, der die Grube bedeckte. Die Wachen schliefen in einiger Entfernung – vermutlich wollten sie sich von dem Gestank fernhalten. Darum hatten sie Ffand oder uns nicht gehört.

„Komm", flüsterte ich Llew zu.

Augenblicke später kauerte er neben mir. Rasch und leise bewegten wir uns mit übertriebener Vorsicht durch die Trümmer der einst so großartigen Festung Meldryn Mawrs und eilten davon, immer auf der Hut vor weiteren Wachen. Doch wir begegneten niemandem, und das erstaunte mich auch nicht. Das Caer war ein einziger Grabhügel, stinkend und verlassen. Den Kriegern, denen das Los zugefallen war, hier Wache zu halten, hätte man keine widerwärtigere Aufgabe zuschieben können.

Ich staunte über den Mut der kleinen Ffand. Das Kind hatte etwas gewagt, wovor kühne Männer zurückgeschreckt waren.

Wir eilten zu der Stelle, wo einst die Tore gestanden hatten, und blieben dort stehen, um die Ebene zu überblicken. Ich sah den Ring der Lagerfeuer unter uns und in Richtung der Biegung des Muir Glain die Koppel mit den angepflockten Pferden. Wenn wir das Lager an der Ostseite umgingen, konnten wir die nächststehenden Pferde erreichen, ohne gesehen zu werden.

Aber wir würden uns beeilen müssen – der Himmel im Osten begann sich bereits zu erhellen. Bald würde der Morgen dämmern, und im Lager würde das Leben erwachen. Wir wollten weit weg sein, bevor jemand merkte, daß wir entkommen waren.

Ohne ein Wort setzten wir uns auf dem Pfad, der vom Caer hinabführte, in Bewegung. In gebührendem Abstand zu den Zelten umgingen wir mit wild klopfenden Herzen das Lager und erreichten die erste Reihe von Pferdepflöcken genau in dem Augenblick, als die ersten Sonnenstrahlen über den Horizont drangen.

Die Pferde waren bewacht: zwei Krieger vom Wolfsrudel – achtlos und gleichgültig, aber immerhin anwesend. Also hielten wir inne, um uns darüber klar zu werden, wie wir die Pferde am besten an uns bringen könnten, ohne die Wachen auf uns aufmerksam zu machen. Im nächsten Augenblick stand einer von ihnen an ihrem Lagerfeuer auf und ging entlang der Reihe der Pferde davon. Der andere Wächter blieb zusammengesunken am Feuer sitzen; offenbar schlief er.

„Jetzt oder nie“, sagte Llew und machte sich bereit, zwischen den Pferden in Deckung zu gehen. Doch er hatte sich noch nicht von der Stelle gerührt, als wir sahen, wie zwei Pferde sich von der Koppel entfernten und auf uns zukamen. Wir beobachteten sie verständnislos, bis sie sich drehten und wir zwischen ihnen ein schlankes, zerbrechlich aussehendes Mädchen erblickten. Es war Ffand. Sie hielt die Tiere kurz am Halfter und führte sie auf uns zu.

Sie kam ans abgelegene Ende der Koppel, wo wir warteten. Sie war jünger, als ich sie in Erinnerung hatte; dünn, das Gesicht mit Erde beschmiert, lächelte sie uns mit ihren Zahnlücken, ihrem zerzausten Haar und ihren vom Graben verschmutzten Kleidern an.

„Prachtmädchen!“ rief Llew leise.

„Möge der großmütige Gott sie reich segnen“, murmelte ich, während ich die Koppel nach Anzeichen für die Rückkehr des Wächters absuchte. Doch ich sah niemanden, und ein paar Augenblicke später stand Ffand vor uns und überreichte uns die Zügel.

„Ich wußte nicht, welche euch gehören, darum habe ich die besten ausgesucht“, sagte sie fröhlich. „Habe ich es richtig gemacht?“

„Du hast es wunderbar gemacht!“ sagte ich.

„Ich liebe dich, Ffand.“ Llew drückte ihr einen dicken Kuß auf die runde Wange. Ihr Gesicht leuchtete plötzlich auf vor Freude.

Wir ergriffen die Zügel und schwangen uns auf die ungesattelten Rücken unserer Reittiere. „Was ist mit Twrch?“ fragte Ffand.

„Darf ich ihn dir noch für eine Weile anvertrauen, Ffand?“ fragte Llew. Sie nickte feierlich. „Gut. Eines Tages werde ich ihn holen.“

„Leb wohl, Ffand“, sagte ich. „Wir werden nicht vergessen, wie du uns geholfen hast.“

„Lebt wohl“, erwiderte das Mädchen. „Ich werde gut auf Twrch aufpassen.“

Wir wendeten unsere Pferde nach Norden und ritten auf den Fluß zu. Jenseits der Sümpfe lagen die bewaldeten Hügel, und dahinter das Modornntal. Wir würden den Modornn überqueren und uns nach Osten in Richtung Llogres halten, denn in Prydain würde uns niemand mehr helfen können. Zwei Tagesritte würden uns nach Blár Cadlys bringen, der Hauptfestung des Königs der Cruin.

Als wir den Rand des Sumpfes erreichten, rief Llew mir zu: „Warte! Horch!“ Ich blieb stehen.

In der Ferne hörte ich den scharfen Klang eines Horns, das einen Alarmruf ertönen ließ. Unsere Flucht war entdeckt worden.

# 5

## Gejagt

Nebel hing schwer und dicht über dem Sumpfland. Wir ritten geradewegs ins Herz des Sumpfes hinein, wo der Nebelschleier am dichtesten war. Wenn wir dort den Verfolgern entgehen konnten, hatten wir eine Chance zu entkommen.

Doch bevor diese leise Hoffnung Wurzeln schlagen konnte, hörte ich die Hunde: das scharfe, wilde, furchteinflößende Heulen eines Jagdhundes auf der Fährte der Beute. Es waren noch drei vom Rudel des Königs übrig, und Meldron hatte nicht gezögert, sie uns nachzuhetzen.

Llew erreichte den Rand des Sumpfes kurz vor mir und verschwand im Dunst. Ich folgte ihm und stieß am Rand des Wassers beinahe mit ihm zusammen.

„Wohin?" fragte er.

„Steig ab! Wir schicken die Pferde allein weiter!"

„Im Nebel können wir die Hunde abschütteln."

„Sie würden unseren Geräuschen folgen", sagte ich. „Wenn wir die Pferde allein weiterschicken, können wir ihnen noch entkommen."

Er glitt vom Rücken seines Pferdes und gab ihm einen Klaps. „Hü!" Das Pferd schoß reiterlos über den Sumpf davon. Ich glitt in knietiefes Wasser hinab und schickte mein Tier mit einem Klaps und einem Schrei davon – dann folgte ich Llews rasch im Nebel verschwindender Gestalt.

Es tat mir leid, die Pferde schon so bald zu verlieren, aber darin lag unsere einzige Chance zu entkommen. Hunde können ein Pferd bis zur Erschöpfung jagen, und mit ihrem scharfen Geruchssinn würden wir sie nicht abschütteln können. Im Sumpf jedoch waren die Hund auf ihre Ohren angewiesen; sie würden die Pferde verfolgen, und die Reiter würden den Hunden folgen.

Das Wasser war kalt, die Sonne trüb und fern. Wir liefen zu einem nahen Schilfbestand. „Da hinein", sagte ich. Die Halme waren trocken – die neuen Triebe waren noch nicht zum Vorschein gekommen –, und die toten Stiele raschelten, als wir uns hineinschoben. Nach einem Dutzend Schritten blieb ich stehen. „Wir warten hier", erklärte ich. „Sobald die Reiter an uns vorbei sind, rennen wir zum Fluß."

„Falls sie nicht vorher über uns hinwegreiten", meinte Llew.

„Horch!"

Ich hörte das Klatschen von Pferdehufen im Wasser und das Knurren eines Hundes. Wir bissen die Zähne zusammen, kauerten uns im Wasser nieder und zogen die Schilfhalme um uns zusammen.

In geringer Entfernung hörten wir ein weiteres Pferd das Wasser erreichen und mit klatschendem Hufschlag in den Sumpf traben. Im nächsten Augenblick folgte noch ein Reiter ... dann zwei weitere.

Nachdem sie einmal im Sumpf waren, zerstreute der Nebel die Geräusche der Reiter, so daß sie aus allen Richtungen zu uns zu dringen schienen. Es war unmöglich auszumachen, wo sie sich befanden oder wie nahe sie waren. Llew und ich hockten zitternd im Wasser und lauschten auf die Geräusche der Reiter um uns her. Wir hörten ihre Rufe untereinander und zu den Hunden, hörten das Bellen und Kläffen der Hunde.

Der Lärm wurde stetig leiser, je weiter sich die Verfolger von uns entfernten. Wir warteten zitternd im Wasser. „Der Nebel wirbelte in der Luft, und ich sah den blauen Himmel über uns, als die aufsteigende Sonne sich ihren Weg durch den Nebel bahnte. „Wir sollten lieber verschwinden", flüsterte Llew. „Der Nebel verzieht sich. Sie werden uns sehen."

Er stand auf und setzte sich in Bewegung.

„Warte", flüsterte ich, packte sein Handgelenk und zog ihn wieder zu mir herab.

Das Platschen der Hufe im Wasser war die einzige Vorwarnung, die wir bekamen. Ein Pferd stürmte ins Schilf hinein; der Reiter schlug mit seinem Schwert auf die Halme ein.

Llew warf sich zur einen Seite, ich zur andern.

Das erschrockene Pferd erhob sich auf die Hinterbeine. Der Reiter schlug mit seinem Schwert zu.

Llew wälzte sich herum, kam auf die Beine und duckte sich unter den Bauch des Pferdes, als der Reiter gerade wieder zuschlug. Er packte den Schwertarm des Kriegers und zog ihn von seinem Reittier. Ich holte aus und versetzte dem Pferd einen kräftigen Schlag auf die Halsseite. Das verängstigte Tier schoß in den Sumpf davon.

Der Reiter schrie etwas. Llew schlug ihm mit der Faust ins Gesicht – einmal und noch einmal. Sein Widerstand erlahmte.

Wir verharrten reglos und lauschten.

Kein Antwortruf war zu hören, kein Zeichen der Entdeckung.

„Hilf mir, ihn hochzuheben", sagte Llew. Wir hievten den bewußtlosen Reiter auf unsere Schultern und schleppten ihn über den Sumpf zum Ufer, wo wir ihn zurückließen.

„Der Fluß liegt in dieser Richtung", sagte ich, den Blick nach Osten gerichtet. „Wenn wir uns beeilen, erreichen wir ihn vielleicht, bevor sie zurückkommen."

„Also dann, zum Fluß", erwiderte Llew.

Wir wateten durchs Wasser, hielten uns am Rande des Sumpfes und kämpften uns abwechselnd über feuchte Torfhügel hinweg und durch schenkeltiefes Wasser. Unsere Lungen brannten, unsere Herzen schlugen wild, unsere Muskeln schmerzten, doch wir stolperten weiter auf den vor uns aufragenden Wald zu, der das diesseitige Ufer des Modornn markierte.

Triefend vor kaltem Wasser, unsere Kleider durchnäßt und schwer an den Gliedern hängend, erreichten wir das Unterholz und kämpften uns durch ein Dickicht aus Holunder, Weiden und Haselsträuchern. Dornen rissen uns die Haut auf. Wir zwängten uns durch das Unterholz, bis wir den Schutz der Bäume erreichten und hinab zu der steilen Uferböschung des Modornn liefen.

Wenn das Wasser hoch steht, ist der Modornn eine weite, flache, graugrüne Wasserfläche. Steht es niedrig, so ist er ein breites Band aus Schlamm, durch das sich ein einziger, tiefer Kanal zieht. Auf jeden Fall würden wir schwimmen müssen, doch ich hoffte, daß das Wasser hoch genug stand, um unsere Spuren über die schlammigen Streifen zu beiden Seiten des Kanals zu verwischen.

Als wir das Ufer erreichten, sah ich, daß der Wasserspiegel sank, aber er stand noch hoch genug, um unsere Spuren zu bedekken; und wenn wir uns beeilten, konnten wir es zum anderen Ufer schaffen, bevor der Schlamm freilag.

Ohne einen Blick zurück taumelten wir über die Flußmündung hinweg: Strauchelnd, fallend, einander wieder auf die Beine zerrend, kämpften wir uns durch den Schlamm. Wir durchschwammen den Kanal und glitten durch das seichte Wasser auf der anderen Seite. Klebriger, übelriechender Schlamm saugte an unseren Füßen und Beinen.

Als wir das andere Ufer erreichten, füllte das Wasser kaum noch unsere Fußspuren aus. Doch wir schleppten uns ins Unterholz, blieben, nach Luft schnappend, auf dem Rücken liegen – und lauschten auf das gefürchtete Geräusch: einen Ruf der Entdeckung und das Klappern von Hufen jenseits der Flußmündung.

Wir warteten, aber der Ruf kam nicht. Die Hufschläge ertönten nicht.

Als es so aussah, als ob wir den Verfolgern zumindest fürs erste entkommen seien, rafften wir den letzten Rest unserer Kräfte zusammen und stolperten tiefer in den Wald hinein, weg vom Ufer. Erst dann begann sich in mir die Hoffnung zu regen, daß uns die Flucht glücken könnte.

Seit unserer Gefangennahme hatten wir nur wenig gegessen – trockenes Brot und saures Bier, das uns die Wachen durch den Spalt herabgelassen hatten – und unsere Ausdauer war durch den Hunger geschwächt. Wir gingen nach Osten, weg vom Fluß, und hielten auf einer Lichtung, um uns auszuruhen und unsere Kleider an der Sonne zu trocknen.

Dort lauschten wir wieder aufmerksam auf irgendein Geräusch der Verfolger. Doch wir hörten weder Hunde noch Pferde. Und langsam begann die Stille des Waldes uns zu beruhigen.

„Wir haben keine Waffen, keine Vorräte, keine Pferde", sagte Llew, während er sich auf die Seite rollte. „Meinst du, wir können damit rechnen, bei den Cruin mit einem Willkommenskelch begrüßt zu werden?"

Die Llwyddi und die Cruin standen sich schon oft auf dem Schlachtfeld gegenüber. Aber ebenso oft haben wir uns auch gegenseitig bewirtet. Meldryn Mawr hatte stets König Calbhas Achtung genossen, wenn auch nicht seine Freundschaft. „Nun", sagte ich, „ein Barde ist überall willkommen."

„Dann führe uns, weiser Barde", sagte Llew. „Und hoffen wir, daß Fürst Calbha ebenso dringend eines Liedes bedarf wie ich einer warmen Mahlzeit."

Wir erhoben uns auf müden Beinen und begannen unsere Wanderung über die bewaldeten Hügel und die sumpfigen Niederungen zu der Cruin-Festung in Blár Cadlys. Den ganzen Tag wanderten wir – mit vielen Blicken zurück und vielen Pausen, um auszuruhen und auf die Geräusche der Verfolgung zu lauschen. Als die Sonne hinter den Hügeln versank, erreichten wir das grasbewachsene Ufer eines abgeschiedenen Baches.

Dort richteten wir uns erschöpft und fußlahm für die Nacht ein, tranken aus dem Bach und hüllten uns dann in unsere Umhänge, um in dem hohen, wintertrockenen Gras zu schlafen. Ich erwachte in der Morgendämmerung und weckte Llew. Wir wuschen uns im Bach und setzten uns dann wieder in Marsch.

Vier Tage waren wir so unterwegs, schliefen nachts neben einem Bach oder Teich und gingen im Morgengrauen weiter. Vier Tage zu Fuß durch dichte Wälder und stinkendes Sumpfland. Es war noch zu früh im Jahr für Beeren, und zum Jagen hatten wir weder Waffen noch Zeit. Doch wir hielten den Hunger mit Sprossen und Wurzeln, die ich zu finden wußte, auf Abstand; und frisches Wasser fanden wir in Bächen oder Tümpeln.

Am Abend des letzten Tages und am Ende unserer Kräfte kam die Cruin-Siedlung in Sicht. Mit unaussprechlichem Hunger standen wir am Rande des sie umgebenden Waldes und sahen den silbernen Rauch von den Kochfeuern innerhalb des Caers aufsteigen. Der Duft des Rauches ließ mir das Wasser im Mund zusammenlaufen und verursachte ein scharfes Stechen in meinem leeren Magen.

Blár Cadlys steht auf einem hohen, länglichen Hügel, der den Eingang zum Ystrad Can Cefyl überragt, dem Tal des Weißen Pferdes, der wichtigsten Route ins Innere von Llogres. Auf den weiten Ebenen des ausgedehnten Tales galoppieren die riesigen

Pferdeherden, die die Grundlage für den Stolz der Cruin sind, die besten Reiter von allen zu sein. Dieser Stolz ist tatsächlich nicht ganz unbegründet.

„Glaubst du, sie wissen, was mit Meldryn Mawr geschehen ist?" sinnierte Llew.

„Nein, sie können es noch nicht wissen – es sei denn ..."

„Es sei denn, Paladyr ist uns zuvorgekommen?"

Er hatte genau meinen Gedanken ausgesprochen. „Komm, wir werden bald erfahren, was sie wissen."

Wir stolperten aus dem Wald hervor und schleppten uns hinauf zum Caer – jedoch langsam, damit die Cruin Zeit hatten, unser Nahen zu bemerken. Und sie taten es. Denn als wir die Füße auf den Pfad setzten, der hinauf zum Tor führte, erschienen drei Krieger an der Brüstung des Torhauses. Der vorderste von ihnen rief uns zu, stehenzubleiben und uns zu erkennen zu geben.

„Ich bin Tegid Talaryant", rief ich zurück, „Oberster Barde von Meldryn Mawr von den Llwyddi. Der Mann, der bei mir ist, ist der Meisterkämpfer des Königs. Wir haben etwas mit deinem Herrn zu besprechen."

Der Torhüter betrachtete uns zweifelnd, tauschte ein paar Worte mit seinen Kameraden aus und erwiderte dann: „Ihr behauptet, Männer von Ansehen und Ehre zu sein, doch ihr kommt zu uns wie Bettler. Wo sind eure Pferde? Wo sind eure Waffen? Warum kommt ihr in Lumpen und zu Fuß?"

„Was das betrifft", antwortete ich, „so geht es wohl niemanden außer mir etwas an. Doch vielleicht wird es Calbha für der Mühe wert erachten, uns willkommen zu heißen, wie es Männern von unserem Rang und Ruf gebührt."

Darüber lachten sie laut, doch ich brachte sie rasch zum Schweigen. „Hört mich an! Wenn ihr meine Botschaft nicht zu eurem Herrn bringt, werde ich gegen euch und all eure Clansleute einen Bann aussprechen."

Das gab ihnen zu denken.

„Meinst du, daß sie dir das geglaubt haben?" fragte Llew, während die drei über meine Drohung debattierten.

„Vielleicht nicht. Aber jetzt werden wir sehen, wie weit sie sich auf ihr Glück verlassen."

Offenbar waren die Wachen der Cruin nicht in der Stimmung, ein Risiko einzugehen. Denn schon nach kurzer Beratung verschwand einer von ihnen, und einen Augenblick später öffnete sich das Tor. Vier Krieger traten aus dem Caer heraus und kamen uns entgegen, um uns zur Halle des Königs zu geleiten. Sie sprachen nicht, sondern gaben uns nur Zeichen, ihnen zu folgen.

Ich war schon einmal mit Ollathir in Blár Cadlys gewesen und fand es kaum anders, als ich es in Erinnerung hatte. Einige Veränderungen gab es freilich: Es waren mehr Kornspeicher angelegt worden, und wo früher nur ein Haus der Krieger gestanden hatte, standen jetzt zwei. Vor den Handwerkerhütten waren Männer damit beschäftigt, Speerschäfte herzustellen; die Viehhürden waren vergrößert worden.

Als wir uns der Halle näherten, eilte einer der Krieger voraus, um uns bei seinem Herrn anzukündigen. König Calbha empfing uns vor seiner Halle. Er war breitschultrig und stiernackig; sein dunkles Haar und sein Bart waren kurz geschnitten; nur den Schnurrbart trug er lang. Eine Hand auf den Griff seines Schwertes gelegt, kam er mit leicht gerunzelter Stirn auf uns zu. Seine Leute beobachteten neugierig, wie der König mit uns verfahren würde. „Seid gegrüßt, Llwyddi“, sagte der Herr der Cruin, doch er streckte uns nicht die Hände entgegen. „Es ist lange her, seit wir Angehörige eures Stammes in diesen Mauern willkommen geheißen haben. Ich kann nicht behaupten, daß ich das Vergnügen vermißt habe.“

„Sei gegrüßt, Fürst Calbha“, erwiderte ich und neigte achtungsvoll meinen Kopf. „Lange ist es her, seit die Llwyddi den Modornn überquert haben. Doch zweifellos werdet ihr bald das Vergnügen haben, uns häufiger willkommen zu heißen.“

Die Augen des Herrn der Cruin verengten sich. Er hatte die versteckte Warnung in meinen Worten erkannt. „Sie mögen kommen“, erwiderte er. „Ob im Frieden oder im Krieg, sie werden uns bereit finden, sie zu empfangen.“

Er musterte uns von Kopf bis Fuß, und was er sah, beeindruckte ihn wenig, denn sein Gesicht verfinsterte sich noch mehr. „Warum seid ihr auf diese Weise zu mir gekommen?“

„In Prydain“, antwortete ich, „wird einem Barden die Wärme der Feuerstelle zuteil, bevor man ihn bittet zu singen.“

Calbha rieb sich das Kinn. „In Llogres“, sagte er langsam, „wandert ein Barde nicht durchs Land wie ein Flüchtling aus dem Kerkerloch.“

„Deine Worte sind treffender, als du ahnst, Herr. Und wenn meine Kehle nicht vom Durst so ausgedörrt wäre und mein Magen so schlaff vom Hunger, so würde ich dir eine Geschichte erzählen, die zu hören sich lohnte.“

Calbha warf den Kopf zurück und lachte. „Gut gesprochen, Barde. Kommt in meine Halle. Eßt und trinkt mit mir; laßt euch nieder und schlaft. Es soll euch an nichts mangeln, ihr seid meine Gäste – du und der schlammliebende Meisterkämpfer, der bei dir ist.“

Ich hob meine Hände und segnete ihn. „Friede sei mit dir, während wir unter deinem Dach Zuflucht finden, und mögen alle Menschen dich von diesem Tag an Calbha den Großmütigen nennen.“

Das gefiel dem Herrn von Blár Cadlys. Er ging uns voraus in die Halle und ließ sich den Willkommenskelch bringen. Der Braumeister trat eilends vor, einen großen, silbernen Kelch in den Händen. Er reichte den Kelch seinem Herrn, der einen tiefen Zug daraus nahm.

„Trinkt! Trinkt, meine Freunde, und erfrischt euch“, sagte Calbha, während er sich den Schnurrbart am Ärmel seines Siarc abwischte. Er reichte mir den Kelch, und ich trank. Es kam mir vor, als hätte ich noch nie so reichhaltiges und gutes Bier gekostet.

Dann reichte ich den Kelch an Llew weiter, der eigentlich vor mir hätte trinken müssen – schließlich war er der Herrscher von Prydain. Doch ich hielt es für besser, seinen Rang jetzt noch nicht zu erkennen zu geben. Er achtete nicht auf die Zurücksetzung und war nur froh, den Kelch in den Händen zu halten.

Stühle wurden gebracht, und wir setzten uns mit Calbha nieder und reichten den Willkommenskelch herum, bis er leer war. Der König hätte ihn erneut füllen lassen, doch ich hielt ihn auf und sagte: „Dein Bier ist das beste, das ich seit vielen, vielen Tagen getrunken habe. Doch wenn ich jetzt noch mehr trinke, werde ich nicht mehr singen können.“

Der König wollte protestieren. Da ergriff Llew das Wort: „Herr, wie du siehst, sind wir nicht in der rechten Verfassung, um als deine Gäste hier mit dir zu sitzen." Er wies mit den Händen auf seine zerrissenen und schlammverkrusteten Kleider. „Erlaube uns zu baden, und du wirst unsere Gesellschaft angenehmer finden."

„Ich sehe, daß ihr eine schwere Reise hinter euch habt", räumte Calbha ein. „Wascht euch und kommt wieder, wenn ihr fertig seid. Ich werde euch hier erwarten."

Wir wurden zu dem Hof hinter dem nähergelegenen der beiden Kriegerhäuser geführt, wo ein großer Steintrog mit Wasser stand, den die Krieger benutzten, um sich zu waschen, wenn sie mit ihren Übungen auf dem Hof fertig waren. Man brachte uns eine Schüssel, Talgseife und Tücher, um uns abzutrocknen. Wir streiften unsere schmutzigen Kleider ab und stiegen in den Trog. Das Wasser war kalt, aber wir sanken dankbar hinein und spürten die erfrischende Wirkung. Wir seiften Haare und Gliedmaßen ein und wechselten uns ab, uns mit der Schüssel mit Wasser zu übergießen.

Während wir uns wuschen, kam eine Frau und brachte uns frische Kleider, so daß wir nach unserem Bad nicht wieder in unsere dreckigen Lumpen steigen mußten. Während wir uns abtrockneten, fragte Llew plötzlich: „Warum haben die Coranyid nur Prydain angegriffen?"

Die Frage überraschte mich. Es stimmte, daß Fürst Nudd und seine widerliche Horde in ihrem ungezügelten Haß beinahe jede Siedlung in Prydain zerstört hatten. Doch diese Cruin-Festung war der Vernichtung entgangen, obwohl sie nicht weit von Sycharth entfernt lag. Warum nur Prydain? Warum nicht Llogres? Warum hatte Fürst Nudd seinen Zorn nur gegen Prydain gerichtet, während Llogres – nach Blár Cadlys zu urteilen – verschont geblieben war?

„Eine gute Frage", antwortete ich endlich. „Ich weiß keine Antwort."

„Aber du wußtest, daß die Cruin hiersein würden", beharrte er. „Du wußtest es, Tegid. Du hast nie daran gezweifelt."

„Ich habe überhaupt nicht darüber nachgedacht. Ich dachte nur an unser Entkommen – und dies war die nächste Zuflucht", sagte ich.

Llew blieb hartnäckig. „Vielleicht. Dennoch bist du davon ausgegangen, daß die Coranyid die Cruin nicht vernichtet haben. Das sieht dir nicht ähnlich, Tegid."

Wir zogen uns rasch die sauberen Kleider an, die uns gebracht worden waren, und gingen zurück zur Halle. Das Feuer auf der Feuerstelle war entzündet, und Stühle waren rundherum aufgestellt worden. Calbha saß dort, und einige seiner Ratgeber und Mitglieder seiner Kriegsschar hatten sich zu ihm gesellt – insgesamt vielleicht zwanzig Männer. Neben ihm saß eine dunkelhaarige Frau, und nahebei standen seine Krieger mit Bechern in den Händen und unterhielten sich lautstark.

„Wer ist die Frau neben Calbha?" fragte Llew.

„Es ist Eneid", antwortete ich. „Sie ist die Königin."

Fürst Calbha und seine Frau waren in ein Gespräch vertieft gewesen, als wir eintraten. Als wir näher kamen, unterbrachen sie ihre Unterhaltung; die Königin richtete sich auf ihrem Stuhl auf und betrachtete uns mit Interesse. Wir traten vor sie, und ich begrüßte die Königin, die ihren Kopf neigte und sagte: „Mein Mann sagt mir, daß ihr von Prydain zu Fuß hierhergewandert seid und in Dickichten und Sümpfen geschlafen habt. Ich hoffe, daß ihr die Gastfreundschaft in Blár Cadlys angenehmer finden werdet."

„Danke, Fürstin", erwiderte ich. „Schon jetzt ergeht es uns hier besser als an unserer eigenen Feuerstelle."

Daraufhin erhob sich die Königin und sagte: „Ich werdet hungrig sein. Setzt euch zu meinem Mann. Er ist begierig, mit euch zu sprechen. Während ihr redet, werde ich mich anderswo um angenehmere Dinge kümmern."

Sie bot mir ihren Stuhl an und winkte Llew zu dem leeren Sitzplatz daneben; dann verabschiedete sie sich von uns.

„Ihr seid seit langer Zeit die ersten Gäste hier", sagte der König. „Meine Frau würde es für eine Beleidigung halten, wenn ihr nicht bei jeder Mahlzeit nach Kräften eßt und trinkt. Was mich betrifft, so würde ich mich freuen, zu hören, was sich in den Ländern jenseits des Modornn tut."

„Frage, was du willst, Herr. Ich werde dir alles sagen, was ich kann."

„Dann sage mir folgendes", erwiderte Calbha, während wir uns zu ihm setzten, „seid ihr aus Meldryn Mawrs Kerkerloch geflohen?"

Calbha war unverblümt – bis hin zur Grobheit. Doch er hatte uns die Freiheit und Behaglichkeit seiner Feuerstelle zugesagt. Ich erkannte in ihm oder in seiner brüsken Art keine schlechte Absicht und beschloß, ihm geradeheraus zu antworten, ebenso unverblümt, wie er gefragt hatte. „Ja. Wir sind aus dem Kerkerloch in Sycharth geflohen und kommen zu dir, um dich um Hilfe zu bitten."

Mein freies Eingeständnis erregte einiges Aufsehen unter Calbhas Leuten. Er brachte das Gemurmel mit einer erhobenen Hand zum Verstummen. „Ein Barde und ein Meisterkämpfer im Kerkerloch?" sinnierte er. „Es sieht Meldryn Mawr nicht ähnlich, die Fähigkeiten solcher Männer unnötig zu vergeuden. Eure Verbrechen müssen wirklich schwer sein."

„Wir haben kein Verbrechen begangen, Herr", erwiderte ich, „außer dem einen: daß wir jemandem ein Dorn im Auge waren, der sich selbst unrechtmäßig zum König erklärt hat."

Wenn meine erste Antwort Funken schlug, so ließ diese die Flammen auflodern. Die Ratgeber und Krieger des Königs begannen wild durcheinanderzureden. „Erzählt!" riefen sie. „Was hat das zu bedeuten? Ein neuer König? Wer ist es? Erzählt!"

Fürst Calbha beugte sich mit vor Sorge gerunzelter Stirn vor. „Ein neuer König? Was ist mit Meldryn Mawr?"

„Meldryn ist tot. Ermordet von seinem Meisterkämpfer."

Diese Eröffnung ließ es in der Halle still werden. Calbha hob staunend die Augenbrauen und wandte seinen Blick Llew zu.

„Nein", sagte ich, „Llew ist nicht der Mörder. Paladyr hat es getan, der Mann, an dessen Stelle Llew trat."

„Und wer ist jetzt König?" fragte Calbha.

„Der Sohn des großen Königs, Meldron, nennt sich jetzt König", antwortete ich. „Er hat die Königsherrschaft an sich gerissen."

Fürst Calbha schüttelte ungläubig den Kopf, und seine Ratgeber murmelten untereinander. „Was ist geschehen? Du bist der Oberste Barde – so behauptest du zumindest –, wie konntest du zulassen, daß das Gesetz des Königtums auf diese Weise herausgefordert wurde?"

„Ich verlieh das Königtum, wie ich es für richtig hielt", erwiderte ich schlicht. „Prinz Meldron war mit meiner Wahl nicht einverstanden. Er ergriff uns und warf uns in das Kerkerloch."

„Ah!" sagte Calbha, dem endlich alles klar wurde. „So liegen also die Dinge."

„Ja."

„Und Meldron? Werden die Krieger ihn unterstützen?"

„Das werden sie."

„Ich verstehe." Calbha schwieg, wandte sich an einen seiner Ratgeber und winkte ihn zu sich. Die beiden sprachen einen Moment lang leise miteinander; dann wandte sich der König wieder um und sagte: „Ich kenne diesen Meldron. Wie ich mich erinnere, führte er die Kriegsschar der Llwyddi bei den Feindseligkeiten im Norden vor einiger Zeit."

„Das ist richtig, Herr", antwortete ich. „Er ist ein fähiger Feldherr. Meldryn hatte ihm die Führung der Kriegsschar übertragen."

„Was hat Meldron im Sinn – Frieden oder Krieg?" fragte der Herr der Cruin, und durch diese Frage offenbarte er mir seine eigenen Gedanken. Da erkannte ich, daß ich recht darin tat, ihm zu vertrauen.

„Meldron wird alles tun, um sich Vorteile zu verschaffen, sei es durch Krieg oder durch Frieden – doch er hält Frieden für den bei weitem langsameren Weg."

„Aber was ist mit dem König?" fragte Calbha. „Du sagtest, du hättest das Königtum einem anderen gegeben. Was ist aus ihm geworden?"

Ich war mir jetzt über die Stimmung am Hof Calbhas im klaren und konnte ihm eröffnen, was ich bislang bewußt zurückgehalten hatte. „Er sitzt vor dir, Herr", antwortete ich und berührte Llew an der Schulter.

Calbha wandte seinen Blick Llew zu und beobachtete ihn einen Moment, bevor er antwortete. „Ich wußte nicht, daß ich einen König an meiner Feuerstelle empfing. Ich hoffe, meine Unwissenheit hat dich nicht beleidigt."

„Fürst Calbha", antwortete Llew, „mit meinem Königtum ist es nicht so weit her, daß du davon Notiz nehmen müßtest. Außerdem bin ich kein Mann, der sich eine Beleidigung einbildet, wo keine ist. Ich komme zu dir als ein Verbannter und habe die Aufnahme gefunden, die mir anderswo verweigert wurde. Dafür danke ich dir, und ich werde es dir nicht vergessen."

Llews Antwort hätte den König der Cruin nicht mehr erfreuen können. Sofort verstummten alle Fragen, Krüge erschienen, und unsere Becher wurden gefüllt. Wir tranken, und die Königin und ihre Dienerinnen betraten die Halle. Andere eilten mit Tischen herbei, so daß das Essen aufgetragen werden konnte. An jenem Abend aßen wir uns satt und schliefen in Sicherheit unter Calbhas festem Dach.

## 6

# Ein sicherer Hafen

Wir verbrachten die nächsten Tage in Blár Cadlys damit, uns auszuruhen und wieder zu Kräften zu kommen. König Calbha erwies sich als rücksichtsvoller Gastgeber. Er geizte nicht mit Essen und Trinken und versuchte nicht, unsere Notlage zu seinem Vorteil auszunutzen. Und es gab vieles an unserer Situation, das ein weniger ehrenwerter Fürst zu seinem Nutzen verwendet hätte. Doch Calbha überließ uns unseren eigenen Plänen und stellte keine Forderungen an uns. Mein Vertrauen zu ihm festigte sich.

Daher beschloß ich, ihm auch in der größeren Sache zu vertrauen: Ich erzählte ihm alles, was sich in Prydain während der unnatürlich langen Sollen-Jahreszeit ereignet hatte. Ich berichtete ihm von der Vernichtung, die durch Fürst Nudd und seine dämonischen Coranyid über Prydain gekommen war. In erschüttertem Schweigen hörte er mich an.

Als ich fertig war, erwiderte Calbha: „Der Sollen war über die Maßen lang und bitterer als sonst, das ist wahr. Doch wir haben uns nichts Ungewöhnliches dabei gedacht." Er schüttelte langsam den Kopf. „Aber dies ... Prydain zerstört, sagst du? Das ist mehr, als ich mir je hätte vorstellen können."

Calbha konnte kein neues Licht auf das Geheimnis der Zerstörung Prydains werfen. Er wußte nichts über die Attacke Fürst Nudds und konnte auch nicht sagen, warum Llogres dem Wüten der Dämonenhorde entgangen war.

„Was wollt ihr von mir?" fragt König Calbha, als er erkannte, daß wir endlich zum Zweck unseres Besuches kamen.

„Ich bitte dich, uns dabei zu helfen, Llew wieder auf dem Thron von Prydain einzusetzen", sagte ich.

Er zupfte sich nachdenklich am Schnurrbart. „Du bittest um Hilfe, und ich würde sie dir geben", sagte er endlich. „Doch es ist nicht mein Blut, das in einem solchen Kampf fließen würde. Deshalb werde ich die Angelegenheit meinen Häuptlingen vorlegen und ihnen die Entscheidung überlassen."

Er sandte sofort Boten aus, um die Fürsten und Häuptlinge aus den umliegenden Siedlungen herbeizurufen. Sie kamen nach Blár Cadlys, es waren fünfzehn Männer, und als sie sich in der Halle versammelt hatten, bat mich der König, vor sie zu treten. „Sprich, Barde", forderte er mich auf. „Wir werden dich jetzt hören."

Ich stand vor ihnen auf und berichtete noch einmal alles, was während der Jahreszeit des Schnees geschehen war. Ich erzählte ihnen, daß Sycharth zerstört und die Bevölkerung Prydains niedergemetzelt war. Ich berichtete von Fürst Nudd und dem Heer der Dämonen und davon, wie der große König durch Verrat den Tod gefunden hatte. Ich erzählte ihnen, wie der Prinz unrechtmäßig den Torc an sich gerissen hatte, und gab ihnen zu verstehen, daß Meldron einem Angriff nichts entgegenzusetzen hatte und daß wir, wenn wir schnell handelten, den Usurpator schlagen konnten, bevor er Zeit fand, Stärke und Macht im Land anzusammeln.

Und dann bat ich sie um ihre Unterstützung dabei, Llew zu seiner rechtmäßigen Stellung als König der Llwyddi zu verhelfen. Calbha dankte mir und bat mich, sie allein zu lassen, und dann berieten sich der Herr der Cruin und seine Häuptlinge über alles, was ich gesagt hatte.

Den ganzen Tag hindurch hielten sie Rat, während Llew und ich es uns wohl sein ließen und die Wärme des Gyd genossen, der seine sanften, heilenden Hände über das wunde, vom Sollen verwüstete Land ausstreckte. Llew war still und nachdenklich. Ich spürte, daß etwas in ihm vorging, und unterbrach seine Gedanken nicht. Am Abend des zweiten Tages wurden wir vor den Rat des Königs gerufen, um das Ergebnis der Beratungen zu hören.

In der Halle war es dunkel, und es roch nach kaltem Rauch. Die Feuerstelle war erloschen. Wir näherten uns dem Stuhl des

Königs und blieben vor ihm stehen; man lud uns nicht ein zu sitzen. An den Gesichtern, die uns im Dämmerlicht umringten – verschlossen und ernst –, sah ich, daß Calbhas guter Wille nun sein Ende gefunden hatte. Er versuchte den Schlag auch nicht zu beschönigen, sondern sprach mit seiner gewohnten Unverblümtheit. „Wir haben die Warnung in deinen Worten gehört, Barde", sagte er. „Und wir glauben, daß sie vielen Menschen das Leben retten wird. Dafür sind wir dir verpflichtet. Dennoch können wir dir keine Unterstützung gegen Meldron geben."

„Fürst Calbha", erwiderte ich, „ich akzeptiere deine Entscheidung, obwohl sie mein Herz mit großer Sorge erfüllt. Denn indem ich Meldrons Schwäche offenbart habe, habe ich das Leben meiner Clansleute in deine Hände gelegt – doch dafür habe ich keine Zusicherung verlangt."

„So ist es, du hast keine Zusicherung verlangt", stimmte er bereitwillig zu. „Ich sage dir die Wahrheit: Ich bin es zufrieden, die Sache auf sich beruhen zu lassen. Ich werde nicht gegen die Llwyddi zu den Waffen greifen oder mir Ländereien in Prydain aneignen."

Ich wollte ihm danken, doch der Herr der Cruin hob seine Hand. „Allerdings bin ich überzeugt, daß Meldron nicht so leicht zu beschwichtigen ist. Wenn ihr hierbleibt, wird Meldrons Zorn gegen uns entflammen, und ich will ihm keinen Anlaß zum Krieg bieten. Deshalb müßt ihr von hier fort, bevor morgen die Sonne untergeht."

Die Fürsten der Cruin murmelten rauh ihre Zustimmung zu der Entscheidung ihres Herrn. „Doch wegen des Vertrauens, das ihr in mich gesetzt habt", fuhr Calbha fort, „werde ich euch Pferde eurer Wahl geben; außerdem jegliche Waffen, die ihr wünscht, und die Vorräte, die euch am nützlichsten erscheinen." Er betrachtete uns hoffnungsvoll. „Was sagt ihr dazu?"

„Du bist mehr als gerecht, Fürst Calbha", antwortete ich und neigte achtungsvoll meinen Kopf. „Wir nehmen deine Gaben an."

Doch Llew ergriff das Wort. „Deine Großzügigkeit ist groß, Fürst Calbha. Doch ich frage mich – wenn sie so weit geht, könnte sie vielleicht auch noch ein wenig weiter gehen?"

„Ja?“ fragte der Herr der Cruin wachsam. „Sprich es aus. Was wollt ihr haben?“

„Wir möchten ein Boot haben, Fürst Calbha.“

Calbha betrachtete Llew verstohlen und zupfte an seinem Schnurrbart. „Ein Boot?“ wiederholte er und blickte sich langsam in der Runde seiner Ratgeber um; keiner schien dieser Bitte widersprechen zu wollen. „Nun gut, ich werde euch ein Boot geben. Doch für ein Boot erbitte ich eine Gegenleistung von euch.“

„Sprich“, erwiderte Llew. „Was ich tun kann, das werde ich tun.“

„Ich bitte dich, daß du mir schwörst, Frieden zu halten, solange wir beide herrschen.“

„Herr, wenn ich ein König bin, so doch nur ein König ohne Reich und Volk. Doch mit aller Vollmacht, die ich habe, schwöre ich dir den Frieden meiner Herrschaft, solange ich lebe.“

Das war mit schlichter und freimütiger Überzeugung gesprochen, und es gefiel Calbha ungemein. Nach dem Austausch der Schwüre befahl König Calbha, einen Kelch zu bringen, und er und Llew tranken daraus. Ich merkte mir dieses Ereignis gut, denn es war das erste Mal, daß Llews Königtum nicht nur durch Worte, sondern auch durch eine Tat bestätigt wurde.

In der Morgendämmerung des folgenden Tages führte uns Calbha zu einem Pferch, wohin er zwölf Pferde hatte bringen lassen, von denen wir uns zwei aussuchen sollten. Es waren alles vorzügliche Tiere, und ich schickte mich schon an, für uns beide zu wählen, als Llew sich an Calbha wandte und sagte: „Wir haben eine lange Reise vor uns, die uns zweifellos durch viele Gefahren führen wird. Die Pferde der Cruin sind in ganz Albion berühmt, und diese hier übertreffen tatsächlich alle, die ich je gesehen habe. Wenn du an meiner Stelle wärst, welche würdest du wählen?“

Das gab Calbha die Gelegenheit, seine überragende Pferdekennerschaft unter Beweis zu stellen, was er auch mit großem Eifer tat. „Jedes dieser Tiere würde auf dem Markt einen prächtigen Preis erzielen“, sagte er. „Jedes würde euch gute Dienste leisten.“ Er hielt inne und zwinkerte. „Aber du tust recht daran, meinen Rat zu erbitten, denn es ist nicht immer der schnellste Fuß oder das glatteste Fell, das am besten dient.“

Er wandte sich um und trat in den Pferch, ging zwischen den Pferden umher, klopfte ihnen auf die Hälse und ließ seine Hände über ihre Flanken wandern. Llew ging mit ihm, und sie redeten miteinander, begutachteten jedes Pferd und erörterten seine Vorzüge. Ich sah zu, wie die beiden sich unterhielten. Wieder spürte ich, daß Llew entschlossener und zielstrebiger geworden zu sein schien. Sein Verhalten hatte sich verändert. Zum ersten Mal, seit er aus dem Heldengrab auf dem Cnoc Righ getreten war, wirkte er sicher und selbstbewußt.

Calbha und Llew inspizierten die Pferde und wählten nach langem Überlegen zwei aus: eine langbeinige schwarze Stute und einen braunen Hengst mit weißen Fesseln. Beides waren lebhafte Tiere, jung und stark. Und als sie gesattelt waren, ritt Calbha selbst auf seinem Schecken, einem kühnen schwarzweißen Hengst, mit uns zur Küste.

Wie die Llwyddi hatten die Könige der Cruin sich seit langem einen Küstenstreifen entlang des Muir Glain gesichert, um eine Werft zu unterhalten. Anders als die Llwyddi jedoch hatten die Cruin nie eine große Liebe zum Meer entwickelt. Ihnen waren ihre Pferde und der feste Boden unter ihren Füßen lieber.

Dennoch waren ihre Boote seetüchtig und solide: schwarz, mit dicken Planken, tief im Wasser liegend, mit schweren, rechteckigen Segeln. Und obwohl er nur vier Boote besaß, die groß genug waren, um sowohl uns als auch unsere Pferde zu tragen, bestand Calbha darauf, uns das beste der vier zu geben. Während seine Bootsleute das Gefährt für uns bereitmachten, ging der König der Cruin am Ufer auf und ab, sorgte sich um jede kleine Einzelheit und rief seinen Männern Befehle zu, während sie die Pferde in der Mitte des Bootes festmachten.

Ich glaube, es tat ihm leid, uns ziehen zu lassen. Er hatte keinen Barden, und es hätte ihm gefallen, wenn ich hätte bleiben können. Außerdem hatte er große Achtung vor Llew entwickelt; wäre Meldron nicht gewesen, so hätte er vielleicht einen Platz in seiner Kriegsschar für Llew gefunden.

So half uns König Calbha, wie er nur konnte. Und als für uns die Zeit gekommen war, uns vom Ufer abzustoßen, stand er mit vor der Brust gekreuzten Armen am Strand und sah zu, bis wir das tiefe Wasser erreicht und Segel gesetzt hatten.

„Er war gut zu uns“, sagte Llew, als er sich neben mir am Ruder niederließ. „Ich würde ihm seine Freundlichkeit gern eines Tages vergelten.“

„Und jetzt? Nun hast du dein Boot – wohin soll die Reise gehen?“ fragte ich und wandte meinen Blick dem Meer zu, das sich glitzernd vor uns erstreckte. „Die See ist ruhig; der Wind ist gut. Meldron ist weit hinter uns. Wohin willst du?“

„Nach Ynys Sci“, erwiderte er, ohne zu zögern. „Dort wird man uns ein Willkommen bereiten, das unserer würdig ist.“

Also segelten wir nach Sci – der schönsten unter den verstreuten Inseln Albions – und eilten über die Walroute hinweg unserem sicheren Hafen entgegen. Unser Boot war nicht schnell, aber es segelte sich wie von selbst. Wir mußten nur den Wind in den Segeln und den Bug gegen die Wellen halten. Das Wissen, daß Meldron uns nicht folgen konnte – es gab keine Boote mehr in Sycharth –, ließ uns gelassen reisen. Als wir erst einmal außer Sichtweite des Muir Glain waren, scheuten wir uns nicht, an Land zu gehen, wo und wann wir wollten, um unser Lager aufzuschlagen und Wasser und Futter für die Pferde zu suchen.

Alles in allem war es eine angenehme Reise – bis auf die Tatsache, daß das Land, an dem wir entlangsegelten, leer und verlassen war. Prydain war eine Wildnis. Wir sahen kein Zeichen von Leben, und ich fing schon an, mir Sorgen zu machen, ob wir Sci bewohnt finden würden, wenn wir ankamen.

Als nach Tagen auf See das felsige Kap von Sci in Sicht kam, stand ich am Bug und beobachtete die Klippen über der Bucht. „Da!“ rief ich und deutete auf die dünne Rauchfahne, die von den Küchen hinter Scathas Halle aufstieg. „Nudd hat sie doch nicht verschleppt!“

„Gut“, erwiderte Llew. Mehr sagte er nicht, aber ich spürte, daß er sehr erleichtert war. Während seines langen Aufenthalts auf der Insel hatte er diesen Ort liebgewonnen. „Wenn ich überhaupt eine habe“, sagte er mir einmal, „dann ist Ynys Sci meine Heimat.“

Doch er hatte noch einen anderen Grund dafür, nach Sci zurückkehren zu wollen. Die Insel lag außerhalb von Meldrons

Reichweite; es würde lange dauern, bis der Thronräuber hier nach uns würde suchen können. Doch so abgelegen es war, stand Sci doch mit ganz Albion in Verbindung: Die Söhne der Fürsten und Meisterkämpfer aus allen Reichen kamen zu Scathas Insel, um die Kunst der Krieger zu erlernen. So würden wir auch erfahren, wie die Dinge in Caledon und Llogres standen.

Diese Gedanken beschäftigten mich, als wir in die flache, sandumsäumte Bucht einliefen. Unsere Ankunft war beobachtet worden, und wir wurden von Boru begrüßt, dem obersten Ausbilder in Scathas Schule. Er kam vom Caer auf der Klippe zum Strand herabgeritten, um uns zu empfangen.

„Tegid!" rief er, als er mich am Bug stehen sah. Er trieb sein Pferd in die schäumende Brandung, sprang aus dem Sattel und watete uns entgegen. „Tegid, wie gut, dich zu sehen. Willkommen!" Ich warf ihm das Seil zu; er schlang es sich um die Hände und setzte sich rückwärts zum Ufer in Bewegung. „Und wer ist bei dir, Tegid?"

„Boru!" rief Llew und sprang aus dem Boot. „Kennst du mich nicht mehr?"

Der schlaksige Krieger stutzte beim Klang der Stimme und starrte ihn an. „Llyd?" sagte er. „Kann das sein?"

„Es ist Llyd – oder er war es", antwortete ich. „Jetzt heißt er Llew. Vieles ist geschehen, seit wir zuletzt zusammen waren."

„Sei gegrüßt, Bruder!" Llew watete spritzend auf ihn zu und streckte ihm die Arme zum Gruß unter Clansleuten entgegen.

„Llew also?" lachte Boru, ließ das Seil fallen und packte Llew an den Armen. „Dann hast du dir also endlich einen richtigen Namen erworben. Erzähl mir alles darüber!"

„Alles zu seiner Zeit", sagte Llew. „Tegid platzt vor Begierde, dir alles zu berichten.

Boru half uns, das Boot zu sichern und die Pferde von Bord zu bringen, auf denen wir dann ohne Sattel über den Strand und den schmalen, gewundenen Pfad hinauf zum Caer ritten. Scathas Caer hat weder Mauern noch ein Tor – sie braucht keine Befestigung außer ihrem Ruhm als Kriegerin. So ritten wir direkt zum Eingang der Halle und stiegen ab.

„Riech diese Luft, Tegid!“ sagte Llew und holte tief Atem. Er wandte sein Gesicht zum Himmel empor. „Und schau – ahh, dieses Sonnenlicht! –, so ist es nirgendwo sonst.“

Boru ging uns voraus in die Halle, schleuderte die Ochsenhaut vor dem Eingang beiseite und rief laut hinein. Doch es war nicht Scatha, die antwortete, sondern Goewyn, ihre goldhaarige Tochter. Sie erhob sich von ihrem Sitz an der Feuerstelle, und ihre Überraschung wich der Freude, als sie uns entgegeneilte, um uns willkommen zu heißen.

„Willkommen, Tegid. Es ist gut, dich zu sehen. Es scheint eine Ewigkeit her zu sein, daß du von hier aufbrachst; dabei war es nur eine Jahreszeit.“

Dann wandte sie sich höflich zu Llew. Ihr Lächeln verblaßte, als ihr Blick über seine Züge wanderte.

„Goewyn ... ich –“ fing Llew an.

Beim Klang ihres Namens auf seiner Zunge sagte sie: „Llyd?“

Er nickte. Sie trat zögernd näher, hob ihre Hände, um ihn zu berühren, doch etwas hielt sie ab.

„Llyd war er einmal“, erklärte ich, „doch jetzt nicht mehr. Der Mann, den du vor dir siehst, heißt jetzt Llew, und er ist König von Prydain.“

„Wirklich?“ Goewyns Augen weiteten sich. „Ein König?“

„Das ist Tegids Werk“, gab Llew zu. „Es ist eine lange Geschichte.“

„Diese Geschichte möchte ich hören! König von Prydain?“ rief Boru in echter Überraschung. „Wer hätte das gedacht?“

„Du hast dich verändert“, sagte Goewyn leise. „Und nicht nur dem Namen nach. Du bist nicht derselbe Mann, der vor nur einer Jahreszeit von hier aufbrach.“ Sie hob ihre Hand und berührte sein Haar, sein Gesicht. Dann, als hätte sie sich vergewissert, daß der Mann, der vor ihr stand, derselbe war, den sie in Erinnerung hatte, umarmte sie ihn. „Ich habe dich vermißt.“

Diese Worte galten Llew allein – es war unübersehbar, daß das Willkommen in ihren weichen, braunen Augen nur für ihn allein bestimmt war. Ich sah, wie leicht sie in seine Arme fiel, und wußte, daß sie den ganzen dunklen, schneeverwüsteten Sollen hindurch einen glühenden Scheit in ihrem Herzen getragen hatte.

Dieser Scheit flammte auf, als sie Llew umarmte, und begann von diesem Augenblick an, hell zu lodern.

Und warum nicht? Sie kannten einander gut. Llew hatte sieben Jahre auf der Insel verbracht: Jeweils drei Jahreszeiten war er als Krieger ausgebildet worden; in der vierten, kalten Jahreszeit hatte er ausgeruht – ausgeruht und die Zeit mit Scathas drei schönen Töchtern genossen, von denen jede am Hof eines Königs diente und jedes Jahr nach Ynys Sci zurückkehrte, um dort zu überwintern, während die meisten der Krieger in Ausbildung zu ihren Clans heimkehrten.

Llew jedoch war gemäß Meldryn Mawrs Befehl nicht nach Sycharth zurückgekehrt, sondern hatte die wilden, kalten Sollenzeiten auf Sci verbracht, gemeinsam mit den wenigen, die das Vorrecht hatten, in dieser strahlenden Gemeinschaft zu bleiben.

Ich wandte mich an Boru. „Wie viele Krieger sind hier?"

„Sechzehn", erwiderte er. „Sie sind auf der anderen Seite der Insel auf die Jagd gegangen und werden nicht zurückkehren, bis ihren Pferden die Hufe qualmen. Mehr sind bisher nicht eingetroffen."

„Wo ist Scatha?"

„Sie ist ausgeritten", antwortete Goewyn. Plötzlich erinnerte sie sich ihrer Pflichten als Gastgeberin und wandte sich rasch zum Gehen. „Ihr seid müde von der Reise. Setzt euch und ruht euch aus. Ich bringe euch zu essen und zu trinken."

Sie eilte davon, und Llew sah ihr nach, bis sie hinter einem Wandschirm am anderen Ende der Halle verschwand. „Es ist gut, wieder hier zu sein. Mir kommt es vor, als wäre ich ewig fort gewesen."

„Setzt euch, Brüder", sagte Boru und zog Stühle für uns heran. Er ließ sich auf einen Sitz nieder und verschränkte seine langen Arme vor der Brust. „Was gibt es Neues von Meldryn Mawr? Wo sind eure Kriegerwelpen?" fragte er und strahlte uns an.

Ich war erstaunt. War es möglich, daß die Bewohner der Insel nichts von alledem ahnten, was sich in der Welt jenseits ihrer Ufer ereignet hatte?

„Was habt ihr aus Prydain gehört?" fragte ich, während ich mich setzte.

„Keinen Ton, nicht das geringste“, antwortete Boru. „Aber das ist nicht erstaunlich. Die Meerenge zwischen Sci und dem Festland war dieses Jahr zugefroren. Ich habe noch nie eine solche Kälte erlebt – ich dachte, es würde nie vorbeigehen.“

In diesem Augenblick kam Goewyn zurück, und Govan tanzte geradezu hinter ihr her. Sie waren Schwestern und dennoch einander so unähnlich, wie zwei Frauen es nur sein können. Goewyns Haar war golden und so fein wie Flachs, ihre Haut hell und weiß; Govans Haar war braun und ihre Haut dunkel, wie von der Sonne geküßt. Govan hatte blaue Augen, ihre Schwester braune. Und während Goewyn groß und von eleganter Anmut war, war Govan behende und geschmeidig, und es war eine Freude, ihren Bewegungen zuzuschauen. Sie war selten leise und niemals ganz still. Wo immer Govan war, da war Lachen – und Tränen, ja –, aber selten Stille.

Und auch jetzt kamen sie lachend zu uns. Govan ging direkt auf Llew zu. Sie hob ihre großen Augen zu ihm auf und musterte sein Gesicht, fasziniert von der Veränderung, die sie dort sah. „Llyd?“ flüsterte sie mit vor Scheu gedämpfter Stimme. „Was ist mit dir geschehen?“

„Es war ein harter Winter“, erwiderte Llew.

„Meine Schwester hat mir gesagt, daß du dich verändert hast, aber ...“ Sie schüttelte staunend den Kopf und lachte, ohne den Satz zu beenden.

„Ich freue mich auch, dich zu sehen, Govan“, erwiderte Llew.

„Du warst hier immer willkommen“, sagte Govan plötzlich ernst – während das unterdrückte Lachen an ihren Mundwinkeln zupfte. „Und jetzt, wo du ein König bist, wirst du nicht weniger willkommen sein.“

Von draußen hörten wir den hohlen Schlag von Pferdehufen, und kurz bevor sie verstummten, war sie da – Scatha, gehüllt in einen scharlachroten Umhang, mit einem pflaumenfarbenen Gürtel. Ihr langes Haar war offen und vom Ritt windzerzaust. Ihre Wangen glühten von der Bewegung, und sie betrat die Halle mit leuchtenden Augen, denn sie hatte unser Boot am Strand gesehen und wußte, daß sie Gäste willkommen zu heißen hatte.

„Tegid!" rief sie beim Eintreten. „Sei gegrüßt und willkommen." Sie wandte sich an Llew. „Und auch du –" Scatha stutzte, trat näher und musterte Llew sorgfältig. „Llyd? Bist du das?"

„Ich bin zurückgekehrt, Pen-y-Cat", antwortete er, indem er sie mit dem informellen Titel anredete, den ihr ihre Schüler verliehen hatten: Haupt der Schlacht.

„Komm zu mir, mein Sohn", sagte sie. Sie betrachtete alle, die die Anforderungen in ihrer harten Schule gemeistert hatten, als ihre Söhne.

Llew trat vor sie. Sie legte ihre Hände auf seine Schultern und schaute ihm lange in die Augen. „Ja, es ist Llyd", sagte sie, beugte sich vor und küßte ihn auf beide Wangen. „Willkommen, mein Sohn."

„Ich werde jetzt Llew genannt", sagte er schlicht.

„Und er ist ein König!" fügte Govan hinzu.

„Tatsächlich?" fragte Scatha und betrachtete Llew gelassen. „Das ist eine Geschichte, die ich mir gern anhören werde." In diesem Augenblick traten Diener mit Platten voller Brot und kaltem Braten und Krügen mit Bier ein. „Macht das Feuer an, und füllt die Becher!" rief Scatha ihnen zu. Zu mir gewandt, sagte sie: „Und du, Tegid Tathal, wirst uns erzählen, wie es zu dieser erstaunlichen Wendung gekommen ist."

„Endlich!" rief Boru. „Ich fing schon an zu fürchten, er hätte seine Zunge verschluckt."

In diesem Augenblick trat Gwenllian, Scathas älteste Tochter, in die Halle. Sie war mit ihrer Mutter ausgeritten und hatte die Pferde versorgt, bevor sie hereinkam. Jetzt gesellte sie sich zu uns und rief uns einen Gruß zu, während sie rasch von einem zum anderen blickte.

Als sie Llew sah, erstarrte sie mitten im Schritt.

Das Willkommenslächeln verschwand von ihrem Gesicht, und ihr Körper versteifte sich. Ich glaubte schon, sie würde in Ohnmacht fallen, denn sie schwankte – doch ihre Augen blieben hell und wach. Wir alle verstummten und beobachteten sie. „Sei gegrüßt, Llew", hauchte sie beinahe lautlos, während ihr Blick über seine Züge wanderte. „Du bist endlich gekommen."

Ich wunderte mich nicht über diese merkwürdige Begrüßung, denn es war Gwenllian gewesen, deren smaragdgrüne Augen als erste die entsetzlichen Ereignisse gesehen hatten, die über Albion gekommen waren. Und die flammenhaarige Gwenllian war es gewesen, die auf Llyd die Prophezeiung gelegt hatte, der er seinen neuen Namen verdankte. Als sie ihn jetzt sah, die weise *Banfáith*, erkannte sie ihn trotz seines veränderten Aussehens oder vielleicht auch gerade deswegen.

Der Moment verstrich, und Gwenllian ging zu ihm; sie drückte seine Hand und küßte ihn zum Gruß auf die Wange. Scatha beobachtete diese Begegnung mit scharfem Interesse. Und auch als ihre Tochter zurücktrat, blieb Scathas Blick an Llew hängen, der jetzt entspannt dastand, nun wieder seiner Stellung unter ihnen sicher. Ich weiß nicht, was die Pen-y-Cat sah – vielleicht erinnerte sie sich an den Mann, den sie erst vor kurzem aus der Ausbildung entlassen hatte, oder sie machte sich ein Bild von einem starken neuen Verbündeten.

Wir setzten uns ans Feuer, und ich begann meine traurige Schilderung all dessen, was sich ereignet hatte, seit Llew und ich zuletzt in dieser lichten Halle gesessen hatten. Ich erzählte ihnen von der Heimsuchung Prydains durch Fürst Nudd und seine Dämonenschar der Coranyid – von der Zerstörung Sycharths und aller großen und kleinen Siedlungen des Landes. Ich berichtete von unserer verzweifelten Flucht nach Findargad und der langen Belagerung, die erst dadurch beendet werden konnte, daß Llew die Singenden Steine entdeckte, in denen der sterbende Phantarch das Lied von Albion eingeschlossen hatte.

Schließlich erzählte ich ihnen von Llews Heldentat auf der Mauer von Findargad und Prinz Meldrons Verrat, der mit dem Tode des großen Königs endete; ich schilderte Meldryn Mawrs Begräbnis und wie vor aller Augen Llew aus dem Heldengrab getreten war. Ich berichtete, wie ich das Königtum an Llew verliehen hatte und wie Meldron, der verdorbene Nachkomme, es an sich gerissen und uns eingekerkert hatte. Dann schilderte ich unsere Flucht aus dem Kerkerloch und unseren Weg nach Ynys Sci.

Kurz, ich berichtete ihnen alles, was sich im Land zugetragen hatte, seit wir zuletzt auf der Insel gewesen waren. Ich wußte, daß wir in Zukunft Scathas Hilfe brauchen würden, und hielt nichts zurück. In meinem Geist bildete sich bereits ein Plan heraus, wie wir den Thron von Prydain zurückerobern könnten.

Die anderen hörten sich meine traurige Erzählung schweigend an, ohne das Brot und die Becher anzurühren, die sie vor sich hatten. Als ich endete, war die Nacht hereingebrochen, und in der Halle war es dunkel geworden. Wir saßen im Kreis um die Feuerstelle in der Mitte, in der die Flammen zusammengesunken waren. Das Knistern der Scheite hallte laut in der Stille der Halle. Meine Erzählung hatte die anderen getroffen wie ein Hammer. Boru starrte in die glühenden Kohlen, das Gesicht von tiefen Schatten bedeckt und undurchdringlich. Scatha und Govan machten finstere Gesichter, und in ihren Augen schimmerten unvergossene Tränen. Gwenllian saß aufrecht da, die Fingerspitzen gegeneinander gelegt, und verbarg ihre Gedanken hinter geschlossenen Augen. In Goewyns Gesicht mischten sich Mitleid und Stolz, und ich fragte mich, was sie in meinen Worten gehört hatte, das eine solche Reaktion in ihr hervorrief.

Schließlich blickte Scatha auf, holte tief Atem und sagte: „Ich trauere um Meldryn und bin betrübt über das schändliche Verhalten seines machtgierigen Sohnes. Wenn es irgend etwas gibt, wodurch ich euch helfen kann – seid gewiß, daß ich es tun werde.“

Scatha bot mir aus freien Stücken das an, was ich ihr durch Überzeugung zu entlocken gehofft hatte. Froh nahm ich das Angebot an. „Ich danke dir“, erwiderte ich. „Mit deiner Hilfe werden wir Llews Anspruch durchsetzen und seine rechtmäßige Herrschaft aufrichten können.“

Doch Gwenllian hob warnend die Hand. „Ihr solltet folgendes wissen: Meine Mutter ist durch ein starkes *Geas* gebunden, niemals einen König in der Schlacht gegen einen anderen zu unterstützen oder ihr Schwert gegen irgend jemanden zu erheben, der seine Clansleute ihrer Ausbildung anvertraut hat, es sei denn, er erhebt zuerst seine Hand gegen sie.“ Sie hielt inne und gab mir Zeit, die volle Bedeutung ihrer bedrückten Worte zu erfassen.

Ich verstand den Sinn dieses Verbots, selbst wenn ich seine bedauerlichen Folgen beklagte. Denn Scathas Tabu bedeutete, daß wir nicht auf ihre großen Fähigkeiten und ihre Unterstützung in der Schlacht zählen konnten.

„Das ist wahr", erwiderte Scatha. „Es gibt Mittel, die ich nicht anwenden kann."

„Pen-y-Cat", sagte Llew, „wenn auch deine Klinge allein soviel wert ist wie hundert, so ist es doch genug, daß du uns aufgenommen und Unterkunft gewährt hast. Fürchte nicht um dein Geas. Wir werden einen anderen Weg finden, um Meldron zu überwinden."

„Nun, ich bin durch keinen solchen Schwur gebunden", sagte Boru und sprang auf die Füße. „Ich werde nur zu gern die Waffen gegen Meldron und seine Anhänger ergreifen. Ich unterstütze dich, Bruder. Verfüge über alles, was ich habe."

„Danke", sagte Llew. „Ich nehme dein Angebot an. Zweifellos werde ich deinen starken Arm brauchen."

„Kommt", sagte Scatha und stand auf. „Wir wollen jetzt nicht weiter davon reden. Ihr seid Freunde, die schon zu lange von dieser Feuerstelle fort gewesen sind. Heute nacht werden wir zusammen essen und trinken und uns über eure sichere Rückkehr freuen." Sie gab Anweisung, das Feuer neu aufzuschichten, und ließ neue Speisen und Getränke auftragen. Die Gespräche wandten sich erfreulicheren Dingen zu, und wir dachten nicht mehr an Meldron und seinen niederträchtigen Verrat.

Die Nacht war weit vorgerückt, als wir unsere Schlafplätze aufsuchten. Wir verließen die Halle und folgten Boru über den mondbeschienenen Hof zum Haus der Krieger. Plötzlich blieb Llew stehen und blickte hinauf zum sternenübersäten Himmel.

„Was ist? Was siehst du?" fragte ich ihn.

Er antwortete nicht sofort. „Ich hatte vergessen, wie hell sie hier sind", murmelte er endlich. „Und wie nahe."

7

# Schwarzer Beltain

Wie lärmende Möwen, die zu ihren Sommernestern zurückkehren, trafen die jungen Krieger nach und nach in Scathas Schule ein. Sie kamen auf den Flügeln des Windes – aber keiner kam aus dem verwüsteten Prydain. Doch dieser Mangel wurde durch andere aus Llogres und Caledon mehr als ausgeglichen.

Llew und ich standen auf der Klippe, als die ersten Boote ihre tatenhungrigen Passagiere an Land brachten. Die Jungen, manche nicht älter als acht Sommer, wateten ans Ufer, die Köpfe voller Ehren, die sie sich mit den Fähigkeiten, die sie erst noch erlernen mußten, erwerben wollten.

„Scathas Felder werden dieses Jahr voll sein", bemerkte ich. „Wieder eine reiche Ernte."

„Hm?" sagte Llew geistesabwesend. Er beobachtete einen Mann, der ein Boot nur mit dem Seil, das er sich um die breiten Schultern gelegt hatte, sicherte. Die Muskeln an seinem Rücken und seinen kräftigen Beinen wölbten sich mächtig, als er das Boot auf den Strand zog.

„Da haben wir einen zähen Feldherrn", sagte ich, und als ich Llews gespannte Aufmerksamkeit bemerkte, fragte ich ihn: „Kennst du ihn?"

„Ja, ich glaube schon", antwortete er und begann sofort, den Klippenpfad zum Strand hinabzuklettern.

Ich folgte ihm und hörte in rufen: „Cynan!"

Der junge Mann blickte sich um, und ein breites Grinsen zog sich über sein Gesicht. Wilde rote Locken, leuchtend wie poliertes Kupfer, zerzaust wie Federn in der Meeresbrise; die Augen, kühl und blau wie Eisstücke, suchten das Ufer ab, um zu sehen, wer ihn gerufen hatte. Ein schwerer silberner Torc schimmerte an seinem Hals.

„Hier, Cynan!" rief Llew, während er spritzend ins Wasser rannte.

„Sei mir gegrüßt, mein Freund", sagte er, als Llew vor ihm stehenblieb. „Cynan ap Cynfarch ist mein Name." Er lächelte weiterhin, aber in seinen Augen war kein Funke des Wiedererkennens zu sehen.

„Cynan, ich bin es – Llyd!"

Der junge Krieger stutzte und kniff prüfend die Augen zusammen. „Nein – das kann doch nicht ... Llyd?"

„Dann kennst du mich also doch noch!"

„Llyd ap Dicter!" rief Cynan. „Bist du das, Mann?"

Ein seltsamer Name: Zorn, Sohn der Wut. Was hatte er zu bedeuten?

Llew lachte und ergriff seine Arme. Sie umarmten sich wie Clansleute, redeten durcheinander und lachten, ohne auf die Wellen zu achten, die ihre Beine umspülten. Die beiden Freunde ergriffen das Seil, zogen das Boot an den Strand und kamen auf mich zu.

„Tegid", sagte Llew, „dies ist Cynan Machae. Er ist mein Schwertbruder, und ihm verdanke ich alles, was ich über Demut weiß."

„Demütigung meinst du wohl", lachte Cynan und legte seinen Arm um Llews Schultern. „Ah, aber du warst ein armseliger Gegner!"

„Cynans Vater ist König Cynfarch von Caledon", erklärte Llew. „Sein Clan ist der größte im Süden."

„Wenn du die Schafe mitzählst", fügte Cynan fröhlich hinzu. „Sei mir gegrüßt. Wer Llyd seinen Freund nennt, ist auch mein Freund."

„Sei gegrüßt, Cynan Machae", sagte ich. „Möge dein Speer so sicher fliegen wie dein Wort."

Llew deutete auf mich. „Das ist Tegid Tathal, Penderwydd von Prydain", stellte er mich Cynan vor. „Er hat mir erlaubt, mit ihm zu reisen."

„Du dienst einem Obersten Barden?" Cynan hob seine schmalen roten Augenbrauen. „Du bist weit gekommen, seit ich dich zuletzt gesehen habe, Llyd."

„Das ist wahr", antwortete ich, „obwohl er es selbst nie sagen wird. Er heißt nicht mehr Llyd. Sein Name ist jetzt Llew, und er ist der König, dem ich diene."

Das Erstaunen in Cynans blauen Augen war echt, ebenso wie seine Freude. „*Clanna na cù!*" rief er. „Dieser abgebrochene Riese von einem Speerkämpfer hatte noch nicht einmal das Zeug zu einem Häuptling, geschweige denn zu einem König." Er legte seinen Finger in Llews Halsbeuge. „Wo ist dein goldener Torc, Mann?"

„Komm in die Halle, wir wollen unsere Becher zusammen erheben", sagte Llew.

„Ein Mann nach meinem Herzen", erwiderte Cynan. „Geh voraus."

Sie setzten sich über den Strand in Richtung des Bergpfades in Bewegung, und Llew drehte sich nach mir um. „Kommst du mit, Tegid?"

„Ich komme später nach. Es ist ein schöner Tag; ich will ein Stück spazierengehen und ein wenig nachdenken. Hebt mir einen Krug auf."

Ich sah den beiden zu, wie sie den steilen Pfad emporstiegen, der zum Caer hinauf führte. Dann wandte ich mich um und begann, in westlicher Richtung den Strand entlangzuwandern. Das Meer glitzerte und schimmerte wie gehämmertes Silber, und der Himmel strahlte leuchtend blau. Die salzige Luft war rauh und frisch; eine bleiche Sonne erwärmte langsam Land und Wasser. Die kleinen Steine unter meinen Füßen klangen hohl, als ich darüber hinwegging, und die Möwen, die weit über mir ihre Kreise zogen, erfüllten die Luft mit ihren schrillen Schreien.

Ja, ein schöner Tag, um ein Stück zu gehen und nachzudenken – und es gab vieles, worüber ich nachdenken mußte. Meine erste Sorge war es, eine Kriegsschar zu sammeln, um unseren Anspruch gegen Meldron durchzusetzen und das Königtum zurückzuerobern. Die Kriegsschar der Llwyddi war zwar stark dezimiert, aber es waren immer noch achtzig Krieger. Und das Wolfsrudel des Prinzen war unversehrt – eine Elitetruppe von zwanzig der besten Krieger Prydains.

Wir würden mehr tun müssen, als nur Mann für Mann gegen Meldron anzutreten. Wir mußten ihm zahlenmäßig weit überlegen sein. Ich hatte keinen Wunsch, Krieg gegen Mitglieder meines eigenen Clans zu führen, aber wenn wir genug Männer versammeln konnten, würde das Blutvergießen am Ende vielleicht geringer ausfallen. Doch eine Kriegsschar zu versammeln, von welcher Größe auch immer ... da war es leichter, Austern aus dem Meer oder Vögel vom Himmel zu locken. Doch das war die Aufgabe, die wir vor uns hatten.

Ich kletterte über die wellenumpeitschten Felsen und umrundete das Kap. Der Wind fegte mir voll und frisch entgegen. Ich sog die Luft tief in die Lungen und stapfte über glatten, feuchten Sand, den das Meer gerade erst freigegeben hatte.

Die Schwierigkeit, eine Kriegsschar zu versammeln, beschäftigte mich für eine Weile, doch dann schweiften meine Gedanken ab. Unerklärlicherweise mußte ich an die Nacht auf dem heiligen Hügel auf Ynys Bàinail denken – als aus dem Sturm heraus der Cythrawl, das uralte Böse, über das Land hereinbrach. Ich grub in den Schatten meiner Erinnerung nach jener fluchbeladenen Nacht, in der Ollathir, der Oberste Barde von Albion, starb.

Wieder hörte ich Ollathirs Stimme, wie sie in der geheimen Sprache der *Derwyddi* ihre verzweifelte Beschwörung hinausschrie. Der heilige Hügel erzitterte von dem Klang. Das letzte, was ich gesehen hatte, war der Oberste Barde gewesen, wie er allein mit dem Rücken zum Säulenstein von Prydain stand, seinen Stab der Macht über den Kopf erhoben und mit aller Macht gegen das Vordringen des wabernden Cythrawl ankämpfend.

Kurz vor seinem Tod hatte Ollathir Llew seinen Awen eingeblasen. Ich hatte nicht gesehen, wie das geschah, doch ich zweifle nicht, daß es genauso vor sich ging, wie Llew es mir geschildert hatte: durch den Kuß eines sterbenden Mannes.

Llew besaß also den Awen des Obersten Barden, doch er war kein Barde. Der Awen ist die leitende Vision eines Barden, der erleuchtende Geist seines Handwerks; er ist die Essenz des Wissens, das sich in Macht manifestiert. Bei einem Barden wie Ollathir war der Awen ein mächtiges Werkzeug und eine starke Waffe. Und dieser Awen ruhte nun in Llew, doch da er kein Barde war, konnte er sich seiner nicht willkürlich bedienen.

Dennoch war der Awen nicht spurlos an ihm vorbeigegangen. Ich hatte ihn im Herzen des Herzens aufblitzen sehen, in der verborgenen Kammer des Phantarchen tief unter dem Felsen Findargads. Dort, beflügelt von der Macht des Liedes von Albion, hatte ihn der Awen verwandelt: Aus Llyd, dem widerstrebenden Krieger, war Llew, der Meisterkämpfer, geworden.

Der Awen des Obersten Barden lebte in Llew, doch er blieb tief in ihm vergraben. Es wäre uns eine unschätzbare Hilfe gewesen, wenn Llew hätte lernen können, seinen Awen zu gebrauchen. Doch die Ausbildung eines Barden ist schwierig und dauert lange. Selbst mit der Ausbildung wird die disziplinierte Harmonie von Verstand und Herz, die sich im Geist des Liedes vereint, nicht allen zuteil, die das enge Tor der Derwyddi durchschreiten, und nicht jeder Barde kann den Awen gebrauchen, wie er will.

Es tat gut, so zu gehen – den Wind im Gesicht, die wärmenden Sonnenstrahlen auf der Haut und das Meer an meiner Seite. In meinem Geist begann sich ein Plan zu formen. Ich war der letzte Barde meines Volkes; alle anderen waren untergegangen. Doch nach dem, was ich in Llogres und auf Sci gesehen hatte, schienen sich Fürst Nudds Verheerungen auf Prydain beschränkt zu haben. Wahrscheinlich wußten die Barden der Stämme von Caledon und Llogres nicht einmal, was sich in ihrer unmittelbaren Nachbarschaft ereignet hatte.

Mir kam der Gedanke, ihnen durch die Krieger-*Mabinogi*, die Scathas Insel anliefen, eine Nachricht zu senden. Ja, ich würde die gelehrte Bruderschaft versammeln und ihnen berichten, was geschehen war. Ich würde sie über Meldrons Verstoß gegen das Gesetz des Königtums unterrichten und sie um ihre Hilfe bitten, das Königtum Prydains wiederaufzurichten.

Während der nächsten Tage redete ich mit den Jungen und jungen Männern, die auf der Insel eintrafen, und brachte in Erfahrung, welche der Könige in Caledon und Llogres über Barden verfügten. Von den Krieger-Mabinogi erfuhr ich die Namen meiner Brüder und auch, wo ich sie finden konnte. Und dann wartete ich und widmete mich den Aufgaben, die ich im Dienst Scathas fand.

Ein Tag folgte dem anderen, süß und köstlich wie goldener Met. Das Rad des Himmels drehte sich und durchwanderte seinen vorgesteckten Pfad: Durch Pflanzzeit und Blütezeit – wenn die Hügel vor winzigen gelben Blumen leuchten und selbst die tiefbeschatteten Täler sich in Rot und Purpur kleiden – wirkten die Jahreszeiten ihren langsamen Zauber. Ich beobachtete die Zeichen, das Vergehen eines jeden Tages und beachtete die heiligen Feiern und Festtage unseres Volkes.

Außerdem beobachtete ich das stärker werdende Band zwischen Goewyn und Llew.

Sie verbrachten viel Zeit miteinander, manchmal sogar ganze Tage: In der jungen Morgendämmerung ritten sie gemeinsam aus; bei Sonnenuntergang gingen sie miteinander durch die Hügel oder im Mondlicht über den silbrig schimmernden Strand. Ich sah, wie Goewyn ihn beobachtete und sich an seiner Gegenwart freute. Es war nicht das Licht des Sonnenaufgangs, das in ihren dunklen Augen aufstieg, sondern etwas noch Helleres, doch ebenso klar und stark.

Llew war verzaubert von ihrer Anmut – von ihren zu leuchtenden Zöpfen geflochtenen Locken wie von ihrem Lachen, von der geschwungenen Linie ihrer Lippen wie von der kühlen Berührung ihrer schlanken Finger. Llew war niemals einsam, solange Goewyn in Sichtweite war.

Rhylla, die Jahreszeit der fallenden Blätter und der Lieder, kam zu ihrer Zeit und brachte ihre kurzen, bernsteinfarbenen Tage und den ersten Frosthauch in den Nächten. Die Jahreszeit des Schnees folgte mit kalten, feuchten, windigen Tagen. Doch bevor die eisigen Böen sich verschworen, um die Seefahrt zu beenden, reisten die Jungen aus Scathas Schule zurück zu den Feuerstellen ihrer Clans.

Bevor die Schiffe ablegten, sprach ich mit denen, die aufs Festland zurückkehrten und nahm ihnen das feierliche Versprechen ab, den Barden meine Botschaft auszurichten: daß auf den Wunsch des Obersten Barden von Prydain einen Mond nach Beltain ein *Gorsedd* auf Ynys Bàinail stattfinden sollte.

Der Wind peitschte mir den Umhang um die Beine, als ich auf der Klippe stand und zusah, wie die Schiffe ihre Reise antraten. Die Nachricht von der Versammlung wanderte mit meinen eingeschworenen Boten ins Land; ich hatte keine Befürchtung, daß sie auf der Strecke bleiben würde. Als das letzte Schiff aus der Bucht ausgelaufen war, eilte ich zurück in die Halle und wärmte mich mit dem Wissen, daß mein seit so langer Zeit gehegter Plan endlich in Bewegung kam.

Wahrhaft glücklich ist, wer das Obdach in Scathas Halle genießen kann, wenn die grausamen Winde heulen. Man labt sich an würzigem Fleisch und süßem Brot und Honigmet; da gibt es Gesang und unvergleichliche Harfenmusik und staunenerregende Erzählungen; da gibt es ausgelassene Spiele und Jagd und Ausritte im Schnee, von denen man mit geröteten Wangen zurückkehrt, um aus dampfenden Bechern heißes Bier zu schlürfen; da gibt es endlose Gespräche am knisternden Feuer; da gibt es Wärme im Kreis großartiger Freunde, während der Sturm mit eisigen Fingern an der Dachbedeckung zerrt und der Dachmast ächzt.

Tag um Tag verging, und das Rad des Jahres drehte sich weiter. Die Jahreszeit des Eises und der Dunkelheit verlor ihre Kraft; die Wut des Winters verrauchte, und er sammelte seine erlahmenden Truppen und trat den Rückzug an. Die Tage wurden länger, und der Wind erwärmte sich. Der Mond durchlief seine Phasen, bis wir eines Morgens, als sich in der Zeit zwischen den Zeiten ein Neumond erhob, das Ritual vollzogen, das ein neugeborenes Jahr markiert: das Entzünden des Beltainfeuers.

An jenem Tag werden alle anderen Feuer gelöscht, damit die Beltainflamme, rein und vollkommen, die Mutter aller Flammen während des kommenden Jahres sein kann. Im Haus des Häuptlings wird dieses Feuer unaufhörlich am Leben erhalten, und wenn jemand Feuer braucht, bekommt er brennende Scheite aus dem Bett des Beltainfeuers, so daß jedes Haus Wärme und Licht aus derselben reinen Flamme empfängt.

Also zogen Gwenllian und ich in der Dunkelheit des Mondes los, um die Nawglan zu sammeln, die neun Hölzer, deren einzigartige Eigenschaften solch wunderbaren Segen spenden. Wir sammelten eine große Menge, die ich mit Lederstreifen zu Bündeln schnürte. Auf dem höchsten Hügel von Ynys Sci zogen wir einen breiten, flachen Graben in die Erde – einen Kreis, der groß genug war, um die gesamte Gemeinschaft in Scathas Haus zu umfassen. In der Mitte des Kreises legten wir das gebündelte Holz auf das weiße Vlies eines neugeborenen Lammes.

Vor der Dämmerung versammelte sich die Gemeinschaft auf der Kuppe des Hügels: Gwenllian, Govan, Goewyn, Llew, Scatha, Boru, die Diener und die wenigen Krieger, die mit uns überwinterten. Und dann, in der Zeit zwischen den Zeiten, entfachten wir die Flamme. Gwenllian ergriff den Grünholzbogen, spannte die Darmsaite auf und drehte damit den gerundeten Eibenstock in der tief eingeschnittenen Kerbe eines Eichenblockes. Sobald das Holz zu glühen begann, hielt ich die getrocknete Pflanze daran, die wir *Tán Coeth* nennen und die die Flamme hellrot aufflackern läßt – als ob sie einfach aus der Luft Leben saugte.

Ich habe das schon unzählige Male getan. Doch als ich diesmal mit dem Tán Coeth das Holz berührte, glomm der Funke nur schwach auf und erstarb mit einer kleinen Rauchfahne. Gwenllian sah die Flamme erlöschen und sog scharf die Luft ein; der Bogen entfiel ihren Händen, und ihr Gesicht wurde weiß. Mir sank das Herz in der Brust.

Ich blickte nach Osten, der aufgehenden Sonne entgegen, während meine Hände nach dem Bogen und dem Eibenstock tasteten. Die ersten Strahlen der Sonne berührten die Hügelkuppe, und wir hatten kein Feuer, um den neuen Tag zu begrüßen. Das Beltainfeuer war gescheitert. Das Jahr dämmerte schwarz.

Rasch, rasch setzte ich den Bogen wieder an und drehte den Eibenstock so schnell, wie es meine zitternden Finger erlaubten – als ob Eile das Versäumte hätte wettmachen können. Ein schwarzer Beltain! Wie hatte das geschehen können? Ich hielt den Atem an und richtete meinen ganzen Willen darauf, die Flamme zu entfachen.

Einen Augenblick später kräuselte sich ein winziges Fädchen silbrigen Rauches von dem Eichenblock empor. Ich blies den Funken vorsichtig an und entfachte ihn zur Flamme. Innerhalb von zwei Herzschlägen flackerte das Feuer rasch und hoch auf. Falls jemand von den anderen etwas bemerkt hatte, so ließen sie es sich nicht anmerken; ich glaube, nur Gwenllian und ich wußten, was geschehen war. So stark war mein Wunsch, das neue Jahr auf die richtige Weise begonnen zu sehen, daß ich meinen Blick von der unheilverkündenden Flamme abwandte und statt dessen aufstand, um das erneuerte Jahr zu begrüßen.

Dann buken wir das Beltainbrot, indem wir kleine Laibe aus Mehl und Honig formten und sie zum Backen auf flache Steine am Rande des Feuers legten. Gwenllian bereitete ein Porridge aus Milch, Hafer und Eiern zu, während ich das Fleisch von Fischen, Geflügel und Rindern an Spießen über dem Feuer röstete. Goewyn teilte Äpfel und Haselnüsse aus, die wir während des dunklen Sollen gelagert hatten, und Govan goß Bier und süßen, gelben Met in Schalen. Eigentlich sind nur die am Feuer gebackenen Brote erforderlich, doch jeder Clan kann auch andere Dinge hinzufügen, um die Fülle während des ganzen Jahres zu gewährleisten.

So aßen, tranken und sangen wir im neuen Licht des wiedergeborenen Jahres. Gwenllian legte ihre Harfe an die Schulter und sandte ihre funkelnde Melodie himmelwärts. Sie erhob ihre Stimme und bot dem Tag eine kostbare musikalische Gabe dar. Doch obwohl auch ich sang und das Lied aufsteigen hörte wie den Rauch des Feuers vor uns, war mein Herz nicht bei der Sache. Furcht hatte in meiner Seele Wurzeln geschlagen, und ich konnte nicht aufrichtig singen.

Als das Feuer niedergebrannt war, sammelte ich die glühenden Scheite, um die Feuerstelle in Scathas Halle neu zu schüren. Dann sammelte ich die Asche ein und teilte sie in vier gleiche Mengen für Gwenllian und ihre Schwestern und mich selbst auf. Damit war das Beltainritual abgeschlossen, und wir kehrten alle ins Caer zurück.

Ich verbannte das unselige Feuer aus meinen Gedanken und beschäftigte mich statt dessen mit der bevorstehenden Versammlung. Innerlich ordnete ich die verschiedenen Angelegenheiten und wägte die Worte ab, die ich gebrauchen wollte, um die Bruderschaft zu vereinen und die Barden von Albion zum Handeln aufzurufen – ich erinnerte mich nur zu gut daran, daß die letzte Versammlung mit heftigen Diskussionen geendet hatte. Und dann, als der Tag näher rückte, machten Llew und ich unser Boot für die Reise nach Ynys Bàinail bereit, die Insel des Weißen Felsens, wo das Gorsedd stattfinden würde.

An einem strahlenden, windigen Tag sagten Llew und ich unseren Freunden Lebewohl und setzten Segel, um nach Ynys Bàinail zur Versammlung der Barden aufzubrechen.

Ich wußte nicht, wie viele Derwyddi dem Ruf folgen würden, aber unsere Regeln besagen folgendes: Wenn der Oberste Barde eines der drei wichtigsten Reiche von Albion beschließt, eine Versammlung einzuberufen, sind alle Barden durch die Schwüre der Bruderschaft verpflichtet, an dem Gorsedd teilzunehmen, falls nicht eine höhere Pflicht sie daran hindert. Als Oberster Barde von Prydain hatte ich das Recht, die anderen Barden herbeizurufen.

Ein Gorsedd führt Barden aus allen Clans und Reichen zusammen, denn die Derwyddi sind nicht an die Blutsverwandtschaft gebunden wie andere Menschen; sie schwören auch keinem Herrscher oder Häuptling die Treue, nur dem einen, der unser Haupt ist. Wir, die wir das Königtum für unser Volk in Händen halten, sind nur an das Gesetz des Königtums gebunden: Unsere Treue gehört dem Königtum, nicht dem König.

So muß es auch sein. Könige kommen und gehen, doch das Königtum bleibt. Könige sind Menschen, und Menschen fallen den Lastern und der Korruption anheim, doch das Königtum ist so rein und unbefleckt wie seine Quelle. Die Barden Albions haben die Aufgabe, die Reinheit des Königtums von Albion zu schützen und zu erhalten. Wir, die Hüter des Königtums, sind stets wachsam gegenüber jenen, die diesem Gesetz, das wir durch alle Zeiten hindurch zu erhalten geschworen haben, Gewalt antun wollen.

Ich hielt unser wackeres Boot hart am Wind, so daß der Bug die Wellen teilte und die silbernen Fische vor uns hertrieb. Ich war begierig, Ynys Bàinail zu erreichen, um zu sehen, wer als erster der Derwyddi dort eintreffen würde, und auch, um mich um Ollathirs Grab kümmern zu können. Ich hatte ihn in aller Eile begraben und wollte ihm jetzt die seiner Person angemessene Ehre erweisen.

„Was wirst du ihnen sagen?“ fragte Llew, als er endlich seinen Blick von der verschwommenen, blauen Silhouette von Ynys Sci abwandte.

„Ich werde ihnen sagen, daß Prinz Meldron das Königtum von Prydain geraubt hat“, antwortete ich schlicht.

„Und was erwartest du, daß sie tun werden?“

„Wir werden uns beraten und sehen, was zu tun ist“, antwortete ich. „Dazu habe ich den Aufruf erlassen.“

Llew nickte und richtete seinen Blick auf den fernen Horizont des Meeres. „Wie viele werden kommen?“

„Das weiß ich nicht. Ich glaube, daß die Barden von Caledon und Llogres noch am Leben sind.“

„Zweimal dreißig und zwei?“

„Wie hast du diese Zahl errechnet?“

„Du hast mir einmal gesagt, daß es in ganz Albion dreimal dreißig und drei Barden gibt“, erwiderte Llew. „Das ergibt dreißig und einen für jedes der drei Reiche. Da in Prydain kein Barde mehr übrig ist – außer dir allein –, bleiben also noch zweimal dreißig und zwei.“ Er lächelte. „Nun? Habe ich richtig geraten?“

„Ja, wenn alle dem Ruf folgen. Einige können verhindert sein.“

„Was könnte sie hindern?“

„Die Notwendigkeit, das Königtum oder das Volk zu schützen“, antwortete ich. „Es kommt jedem Barden selbst zu, zu entscheiden, wo und wann sein König und sein Volk seiner Fähigkeiten bedarf.“

„Ich verstehe.“ Llew setzte sich mit dem Rücken gegen den Mast und verschränkte seine Arme über den Knien. „Was ist mit dem Phantarchen – wirst du ihnen vom Tod des Phantarchen erzählen?“

„Natürlich. Das ist eine Sache von höchster Bedeutung“, sagte ich, und mir kam der Gedanke, daß selbst ich diese Bedeutung vielleicht nicht vollständig begriff. „Die Bruderschaft wird befinden, was zu tun ist, um das Lied von Albion wiederherzustellen.“

Das Lied von Albion ist von Anbeginn dieses Weltenreiches gesungen worden; von Anfang an war immer ein Phantarch da, der es singen konnte. Verborgen in seiner Felsenkammer unter hohen Bergen, sang der Oberste Barde von Albion das Lied;

durch ihn gewann das Lied von Albion Leben und erhielt und trug alles, was existierte.

Der Phantarch war tot, doch das Lied war noch da. Denn der Oberste Barde von Albion hatte es noch im Tode beschützt, wie er es auch während seines Lebens erhalten hatte. Durch einen starken Zauber hatte der Phantarch das Lied von Albion an dieselben Steine gebunden, die ihn zermalmten und seinen Grabhügel bildeten. Das hatte er getan, damit das Lied nicht aus diesem Weltenreich verschwände und Albion nicht der völligen Finsternis und dem Chaos anheimfiele. Dies waren die Singenden Steine, die nun Meldron in seiner Gewalt hatte – und durch die er seinen unrechtmäßigen Anspruch auf das Königtum Prydains zu rechtfertigen suchte.

„Werden sie versuchen, das Lied von Meldron zurückzufordern?" fragte Llew. Unsere Zeit auf Scathas Insel hatte viel dazu beigetragen, seine alte Tatkraft wiederherzustellen. Der Blick aus seinen hellgrauen Augen, als er über die Meeresdünung hinwegspähte, war fest und unbesorgt.

„Das weiß ich nicht", antwortete ich. „So etwas ist noch nie zuvor geschehen."

Dann redeten wir von anderen Dingen und aßen etwas von dem Brot aus unseren Vorräten. Unser solides Boot teilte die Wellen, und über dem geblähten Segel schwebten die Möwen. Wenn der Wind günstig blieb, würden drei Tage auf See uns an unser Ziel bringen: Ynys Oer, die größere Nachbarinsel von Ynys Bàinail.

Wir sichteten die große Insel am frühen Morgen des dritten Tages. Da der Wind günstig blieb, segelten wir sogleich um das weitläufige nördliche Kap und näherten uns Ynys Bàinail von Westen. Das verlängerte zwar unsere Seereise etwas, ersparte uns aber einen beschwerlichen Marsch über den Küstenvorsprung.

Als wir das Kap umrundeten, kam die Insel des Weißen Felsens in Sicht, leuchtend wie ein Signalfeuer in der Sonne. Ich schirmte meine Augen mit der Hand von der Sonne ab und glaubte beinahe, die Steinsäule auf dem Hügel in der Mitte der Insel erkennen zu können. Wir segelten an der Insel vorbei in die Meerenge hinein, die den Weißen Felsen von seiner größeren Nachbarinsel trennt. Diejenigen, die nach Ynys Bàinail reisen, kampieren oft an der westlichen Küste von Ynys Oer und überqueren dann die Meerenge zur heiligen Insel mit einer Barke, einem der kleinen, lederbespannten Boote, die von den Derwyddi eigens für diesen Zweck bereitgehalten werden.

An der Westküste von Ynys Oer befindet sich ein sandiger Felseinschnitt mit einer Steinhütte, in der Vorräte gelagert werden können und für diejenigen, die die heilige Insel besuchen, ein paar nützliche Werkzeuge bereitstehen. Die Hütte steht am Eingang eines grasbewachsenen Tals, in dem Pferde grasen können; durch das Tal fließt ein klarer Bach, an dem man die Pferde tränken kann. Pferde haben keinen Zugang zum Weißen Felsen, ebensowenig wie Waffen oder unwürdige Personen; denn Ynys Bàinail, die Insel des Weißen Felsens, ist der heilige Mittelpunkt Albions.

Wir gingen am Ufer des von schützenden Felsen umgebenen Einschnitts an Land und verankerten das Boot. Llew sammelte Feuerholz und holte Wasser. Er brachte unsere Vorräte aus dem Boot in die Hütte, und nachdem alle Vorbereitungen getroffen waren, ging er am Ufer entlang und hing seinen eigenen Gedanken nach.

Inzwischen nahm ich eine Barke und setzte allein zum Weißen Felsen über, um Ollathirs Grab zu besuchen. Ich säuberte den kleinen Hügel und schichtete weitere glatte, schwarzweiße Steine auf. Dann setzte ich mich neben den Grabhügel, bis die Sonne weit im Westen die Oberfläche des Meeres berührte; schließlich stand ich auf und kehrte über die Meerenge zurück, um die Ankunft der Barden zu erwarten.

## 8

# Das letzte Gorsedd

Die ersten Barden trafen am nächsten Morgen ein; es waren siebzehn, alle aus Llogres. Sie hatten sich an der Ostseite der Insel versammelt und, nachdem sie am Vortag unser Schiff gesehen hatten, das Kap überquert, um zu uns zu stoßen. Gegen Abend trafen elf Barden aus Caledon in zwei Booten ein. Und drei Boote aus Llogres mit vierzehn Barden und den Mabinogi, die sie begleiteten, erschienen gleich nach Sonnenaufgang am folgenden Tag. Gegen Mittag kamen zwölf Barden aus Caledon zu Pferd, und die übrigen acht folgten in der Abenddämmerung.

Somit nahmen alle Barden Albions an der Versammlung teil. Sie hatten meinen Ruf erhalten und waren gekommen, begierig, über die Zeichen und seltsamen Omen zu sprechen, die sie seit der letzten Versammlung beobachtet hatten.

Die meisten Angehörigen der Bruderschaft waren mir bekannt, und ich begrüßte sie mit Namen. Es erleichterte mir das Herz, sie wiederzusehen, denn seit Ollathirs Tod war ich meinen Weg allein gegangen. Die Derwyddi hingegen waren besorgt zu sehen, daß Ollathir nicht bei mir war. Da sie nicht wußten, daß Ollathir tot war, hatten sie erwartet, ihn hier anzutreffen. Doch obwohl sie sahen, daß ich nun den Ebereschenstab von Prydain trug, sagten sie nichts, sondern warteten ab, bis ich ihnen den Grund für die Versammlung erklären würde.

Der Ablauf eines Gorsedds ist eine sehr förmliche Angelegenheit und folgt strengen Regeln des Ranges und der Reihenfolge. Diese Regeln sind uralt und werden in hohen Ehren gehalten. Es wurden schon Kriege mitten in der Schlacht unterbrochen, um

Raum für eine Bardenversammlung zu schaffen! Eine solche Versammlung ist eine ernste Sache.

Die Wurzeln des Wortes „Gorsedd" selbst reichen sehr weit zurück. Man kann es für den Stuhl oder Thron eines Königs verwenden, denn die ersten Könige empfingen ihr Königtum auf den Kuppen der heiligen Hügel oder in heiligen Hainen. Daher ist das Wort für Thron gleichbedeutend mit „Hügel". Und da Barden oft in solchen heiligen Hügeln begraben werden, bedeutet Gorsedd auch „Grab". Der heilige Hügel auf Ynys Bàinail war Ollathirs Grab; selbst wenn er nicht auf dem Hügel gestorben wäre, wäre er wahrscheinlich dennoch dort begraben worden.

Der Oberste Barde von Caledon war ein hochgewachsener Mann mit langem, dunklem Schnurrbart und zu einem Zopf geflochtenem Bart. Sein Name war Bryno Hir, und jetzt, da Ollathir nicht mehr da war, war Bryno der Große der hervorragendste Barde auf der Insel der Mächtigen. Ollathir hatte Bryno sehr geachtet; bei vielen Gelegenheiten hatte er seinen Rat eingeholt und war stets gern in seiner Gesellschaft gewesen.

Als Brynos Schiff eintraf, stand ich bereit, um ihn zu empfangen, sobald er an Land ging. Er hob grüßend seine Hände. „Sei gegrüßt, Tegid ap Talaryant! Möge dein Lied Bestand haben!" Noch während er den Gruß aussprach, glitt sein Blick auf der Suche nach Ollathir von mir ab. Er beabsichtigte keine Beleidigung; es geschah instinktiv.

„Sei gegrüßt, Bryno!" Ich berührte achtungsvoll meine Stirn mit dem Handrücken, obwohl wir nun auf gleichem Rang standen. Doch ich wußte, wenn die Zeit herankäme, einen neuen Phantarchen zu wählen, würde es wahrscheinlich Bryno Hir sein. „Ich hoffe, du hattest eine gute Reise."

Er sah mich mit forschenden dunkeln Augen an. „Was ist geschehen?" fragte er leise.

Ich führte ihn ein Stück von seinen Begleitern weg. „Ollathir ist tot", erklärte ich ihm schlicht. Bevor er fragen konnte, wie das geschehen sei, fügte ich hinzu: „Und alle anderen Barden von Prydain mit ihm. Ich habe als einziger überlebt."

Bryno schien in sich zusammenzusinken; die Farbe wich aus seinem Gesicht. „Wie?" fragte er mit brüchiger Stimme.

Ich erklärte es ihm in Kürze, und Bryno schüttelte ernst den Kopf, während er mir zuhörte. Als ich fertig war, wandte er seinen Blick dem Weißen Felsen zu. „Doch der heilige Mittelpunkt ist nicht entweiht worden."

„Llew", erwiderte ich, „der Mann, der bei mir ist, hat es verhindert. Er hat Ollathirs Awen empfangen, und ich habe ihn zum König von Prydain gemacht."

Bryno schwieg lange und versuchte die Bedeutung all dessen zu erfassen, was ich ihm gesagt hatte. In seiner Weisheit und Weitsicht begriff der Oberste Barde von Caledon die Gefahr, der wir gegenüberstanden. „Der Tag des Ringens", sagte er endlich. Dann fragte er: „Und der Phantarch? Tot?"

„Ja."

Er fragte nicht, wie es dazu gekommen war oder woher ich wußte, daß es so war. „Und das Lied von Albion?"

„Es wurde bewahrt", antwortete ich und berichtete ihm von Llews Heldentat mit den Singenden Steinen.

„Wo sind die Steine jetzt?"

„Prinz Meldron hat sie", antwortete ich. „Doch wenn wir Hilfe finden, bin ich sicher, daß wir sie zurückbekommen können."

Trotz dieser Versicherung fuhr sich Bryno mit der Hand über die Augen. Einige Momente verharrte er in schweigender Trauer über das Zeitalter, das er vor unseren Augen vergehen sah. „Der Tag des Ringens", wiederholte er langsam, schwerfällig, als ob die Worte von der Trauer der ganzen Welt beschwert wären.

Nach einer Weile wandte er sich zu mir. „Ollathir versuchte, es uns zu sagen, aber wir wollten nicht auf ihn hören." Er erinnerte sich an die letzte Versammlung der Barden, bei der Ollathirs Warnung in den Wind geschlagen worden war und die in Streit und Uneinigkeit geendet hatte.

„Nicht einmal Ollathir wußte, was geschehen würde", beschwichtigte ich ihn. „Hätte er es gewußt, so hätte er niemals –"

Der Barde hob die Hand und ergriff meine Schulter. „Nein", sagte er sanft, „wir tragen die Schuld. So muß es sein." Er blickte hinüber zu den verstreuten Grüppchen von Barden, die sich am Strand zusammengefunden hatten, und holte tief Atem. „Es gibt Verrat unter uns."

„Der Verräter hat für seine Verbrechen bezahlt", erwiderte ich. „Er wählte den Verrat, und Verrat wurde sein Verhängnis." Sodann berichtete ich ihm von Ruadh, dem Barden Prinz Meldrons, und davon, wie Llew und ich seinen Leichnam auf dem Grund des ausgetrockneten Brunnenschachtes in Findargad gefunden hatten.

Bryno nahm das hin und richtete seine Gedanken auf die Aufgabe, die vor uns lag. „Du hast recht getan, das Gorsedd einzuberufen", sagte Bryno. „Es gibt vieles für uns zu tun an diesem Tag und in den kommenden Tagen."

Wir ließen die Mabinogi im Lager zurück, ließen die Barken zu Wasser und pendelten über die schmale Wasserstraße zwischen Ynys Oer und Ynys Bàinail. Immer wieder überquerten die kleinen Boote das blaugrüne Wasser, bis alle drüben am weißen Strand standen. Dann setzten wir uns in Bewegung und stiegen den langen, schmalen Pfad zur Kuppe des großen Weißen Felsens hinauf, bis wir durch das Loch im Fels auf die weite Ebene oben auf dem Felsen gelangten. In der Mitte dieser Ebene steht der heilige Hügel, und mitten auf dem Hügel erhebt sich wie ein Stachel der große Säulenstein. Die Barden von Albion wanderten über die Ebene bis zum Fuß des Hügels. Als alle versammelt waren, umkreisten wir den Hügel dreimal im Sonnensinn und erstiegen dann die steilen Hänge.

Die Kuppe des Hügels ist flach, und der Umkreis ist mit weißen Steinen markiert; diese bilden ein Rad, dessen Nabe der Säulenstein ist. Die verschiedenen Rangstufen der Barden – *Filidh, Brehon, Gwyddon* und *Derwydd,* jeweils ausgestattet mit ihren Hasel- oder Ebereschenzweigen beziehungsweise Stäben aus Eiche, Buche oder Eibe als Insignien – versammelten sich in Reihen innerhalb des heiligen Kreises rund um den Säulenstein.

So begann die Versammlung der Barden. Da Llew nun den Awen des Obersten Barden besaß, war es ihm erlaubt, mit uns auf die Kuppe des Hügels zu kommen, was unter anderen Umständen nicht zulässig gewesen wäre. Mit Bryno dem Großen zu meiner Rechten und Llew zu meiner Linken stellte ich mich vor den blau gefärbten Säulenstein und verkündete den versammelten Derwyddi meine schrecklichen Botschaften: Ich berichtete vom

Tode Ollathirs und des Phantarchen, der Zerstörung Prydains und der Ermordung der Barden Prydains durch Fürst Nudd und vom Anbruch des Tages des Ringens.

Meine Worte ließen die Bruderschaft erzittern. Als ich geendet hatte, zerrissen sie ihre Kleider, sanken auf die Knie und hämmerten mit den Fäusten auf den Boden. Sie erfüllten die Luft mit Geheul und lauten Klagen, streuten sich den weißen Staub des Hügels über die Köpfe und rieben ihn sich ins Haar und in die Bärte. Sie schrien ihre Empörung der Sonne entgegen und beschworen die Elemente, Zeugen ihres Entsetzens zu sein. Viele stießen Schwüre in der dunklen Sprache aus und banden ihre Seelen an die Sache der Gerechtigkeit für ihre ermordeten Brüder.

Llew beobachtete alles grimmig, ohne ein Wort zu sagen, die Arme vor der Brust verschränkt. Er allein blieb von all dem, was ich berichtete, ungerührt.

Als der Aufschrei der Barden verebbte, stellte ich mich wieder vor die Bruderschaft und forderte sie auf, sich zu erheben und die Prophezeiung über den Meisterkämpfer zu hören, die die Banfáith uns gegeben hatte. „Barden von Albion, weise Männer, laßt eure Klage verstummen! Steht auf und hört das prophetische Wort, das ich reden werde."

Sie erhoben sich und wurden still, um zu hören, was ich sagen würde. Die Worte kannte ich gut. Ich hatte sie in meinem Herzen gehütet. Ich brauchte nur den Mund zu öffnen und sie auszusprechen. Doch als ich sie vor mir stehen sah, konnte ich es nicht. Irgend etwas hinderte mich. Ich stand mit offenem Mund da und starrte meine Brüder an, und mir kam der Gedanke, daß es Leichen seien, die mir gegenüberstanden: graugesichtige Gestalten in schmutzigen Umhängen, das Haar zerzaust, die Augenhöhlen leer.

*Wenn das Licht der Derwyddi erlischt und das Blut der Barden nach Gerechtigkeit schreit ...*

Die Worte der Prophezeiung der Banfáith – sie hatte von dieser Zeit gesprochen. Das Licht der Derwyddi war der Phantarch, und das Blut meiner Clansleute, der Barden von Prydain, schrie nach Gerechtigkeit. Die Versammlung hatte nach Gerechtigkeit geschrien. Ich staunte. Erfüllte sich so die Prophezeiung?

Wie zur Antwort auf meine unbedachte Frage ertönte ein Ruf – fern und doch deutlich –, eine Herausforderung. Ich drehte mich zu Llew um. Er stand bewegungslos da und lauschte auf das, was ich nicht verstanden hatte. Der Ruf erscholl erneut: ein Wort – ein einziges geschrienes Wort. Ich hörte es und erkannte es nun ... es war mein Name.

„T-e-e-g-i-i-i-d-d!" erscholl der Ruf zum dritten Mal.

Wer wagte es, in die Abgeschiedenheit der heiligen Insel einzudringen?

Die Derwyddi strömten dem Laut entgegen. Diejenigen, die dem Rand des Rades am nächsten standen, sprangen zum Rand der Hochebene und blickten auf die Ebene unter uns hinab. Ihre Reaktion war spontan und tödlich.

Als sie das Greuel an diesem geheiligten Ort erblickten, stürzten sich einige der Barden über den Rand der Hochebene hinab und rannten mit wütenden Schreien die Hänge hinab. Andere fielen zurück und riefen den Zurückgebliebenen zu. Innerhalb eines Augenblicks war alles von Verwirrung erfaßt. Das Geschrei war markerschütternd und ohrenbetäubend. Ich konnte nicht heraushören, was los war.

„Komm mit, Tegid!" Es war Llew, der sich durch die wirbelnde Menge schob.

Immer mehr Derwyddi rannten die Hänge des Hügels hinab. Ich hörte ihre Stimmen, als sie im Laufen schreiend die Schnelle Sichere Hand beschworen einzugreifen. Aber warum? Was war los? Was sahen sie?

Llew und ich erreichten den Rand der Hochebene und blickten hinab. Unten auf der Ebene rückte eine Schar von hundert Kriegern mit in der Sonne blitzenden Waffen und Schilden vor. Das war es, was die Derwyddi gesehen hatten – und was sie in diese wütende Raserei versetzt hatte.

„Meldron!" sagte Llew; der Name klang wie ein Fluch, den er zwischen den Zähnen hindurchpreßte.

Der Thronräuber war dort, inmitten seines Wolfsrudels, und befehligte den Angriff auf die wehrlosen Barden. Neben Meldron stand Siawn Hy, den Speer in der Hand, den Schild über der Schulter.

Hilflos sah ich zu, wie meine Brüder sich in die Speere und Schwerter der wartenden Krieger stürzten. „Halt sie auf!“ rief Llew.

Aber sie waren nicht aufzuhalten. Kopflos rannten sie ihrem Tod entgegen, um den heiligen Boden mit ihren Leibern zu verteidigen. Die Schreie der Sterbenden dröhnten in der Luft.

Die Barden eilten mit fliegenden Umhängen und Mänteln in den Tod. Meldrons Wolfsrudel schlug unaufhörlich zu. Speere wurden gestoßen, Schwerter blitzten hinter erhobenen Schilden auf. Die Krieger stiegen einfach über die zuckenden Leiber hinweg und rückten weiter vor.

„Tegid, tu etwas!“ schrie Llew. „Halt sie auf!“

Neben mir tauchte Bryno Hir auf. Er hielt seinen Ebereschenstab mit beiden Händen hoch über den Kopf, das Gesicht vor Zorn verfinstert, die Lippen über den Zähnen gespannt. Er öffnete den Mund, und die Erde erzitterte beim Klang des *Taran Tafod,* der dunklen Sprache. *„Cwmwl dyfod! Gwynt dyrnod!“* rief er und beschwor die Wolken und den Wind. *„Cwmwl dyfod! Gwynt dyrnod!“*

Auf dieses Wort hin fegte Wind über die Ebene und wirbelte um den Fuß des Hügels. Dichte Wolken erschienen über dem Säulenstein, brodelten aus der Luft hervor und verteilten sich über den klaren Himmel.

*„Dyrnod! Dyfod! Tymestl rhuo!“* rief Bryno Hir und wirbelte seinen langen Stab durch die Luft. Die Wolken verdichteten sich und verdunkelten die Ebene unter uns. Der Wind peitschte das hohe Gras und preßte es zu Boden. *„Cwmwl dyfod! Gwynt dyrnod! Tymestl rhuo!“*

Der Klang erzitterte in der Luft, als die dunkle Sprache dröhnend von der Kuppe des Hügels kam und über die Ebene hallte. *„Dyrnod Tymestl, rhuo tymestl! Terfesgu! Terfesgu!“*

In der Höhe erscholl das Pfeifen kalter Winde; Wolken – wirbelnd, brodelnd, anschwellend – strömten über die Ebene hinweg. Mit entfesselter Urgewalt brach der Sturm herein. Der Regen prasselte in stechenden Kaskaden nieder auf die Ebene.

Der Sturm tobte. Donner erschütterte die Luft. Die Krieger rückten vor und hatten bereits die Hänge des heiligen Hügels erreicht. Llew schrie etwas und ergriff einen Eichenstab als Waffe. Bryno erhob sein Gesicht zum Himmel und rief den Wind und den Regen herab.

Der Feind rückte weiter vor. Die übriggebliebenen Derwyddi rannten ihnen entgegen die Hänge hinab; lieber wollten sie sterben, als zu dulden, daß die Feinde ihren Fuß auf den heiligen Hügel setzten. Und sie starben. Grimmig und entschlossen machten die Angreifer kurzen Prozeß mit den wehrlosen, unbewaffneten Barden. Leichen lagen auf den Hängen verstreut wie dunkle Felsbrocken. Die Feinde wischten an den Leibern zu ihren Füßen das Blut von ihren Klingen und zogen weiter voran.

Schon erreichten die ersten Krieger die Kuppe des Hügels. Ich ergriff meinen Stab und stürmte ihnen entgegen, wobei ich den starken Ebereschenstab wie eine Keule schwang. Der Krieger – ich kannte den Mann; er war mein Clansmann! – taumelte zurück. Ich schlug mit dem Stab nach ihm und traf ihn an der Schulter. Er schrie vor Schmerzen auf und ließ sein Schwert fallen.

Bevor ich noch einmal zuschlagen konnte, blitzte eine Klinge auf und zerschlug meinen Stab in zwei Stücke. Ich hörte ein Geräusch hinter mir und spürte kräftige Hände an meiner Kehle. Ich riß an den Händen, doch weitere Hände packten meine Arme und rissen sie zurück.

„Llew!“ schrie ich, während ich mich verzweifelt wehrte. Aus dem Augenwinkel sah ich, wie Llew mit drei Feinden rang. Sie hielten ihn auf dem Boden nieder und bearbeiteten sein Gesicht und seine Brust mit ihren Fäusten, um ihn kampfunfähig zu machen. Einer von ihnen holte aus und ließ den Griff seines Schwertes von oben auf Llews Schädel krachen. „Llew!“

Ich schrie wie ein Tier, schlug mit den Beinen aus und wurde von meinen Peinigern zu Boden gezerrt. Noch im Fallen sah ich Bryno auf dem Boden sitzen, den Rücken gegen den Säulenstein gelehnt. Der Regen strömte an seinem Gesicht herab und vermischte sich mit dem Blut, das reichlich aus dem Schnitt in seiner Kehle strömte. Der Säulenstein hinter ihm war blutverschmiert, und sein Blut sickerte rund um ihn her in den Boden. Ein Krieger aus dem Wolfsrudel stand über ihm und wischte seine Klinge an Brynos Bart ab.

Blut und Regen und heulender Wind. Die Schreie der Sterbenden ... Tod ... der heilige Mittelpunkt geschändet ... Greuel und Tod ...

Es war rasch vorbei. Nachdem Bryno zum Schweigen gebracht war, legte sich der Sturm, schmolz dahin, und Sonnenlicht brach durch die sich rasch auflösenden Wolken. Ich blinzelte ins Licht und sah die Leiber meiner Brüder liegen, wo sie gefallen waren. Der heilige Hügel, das Gorsedd, war ihr Grab geworden.

Alle, die noch nicht tot waren, erhielten den Gnadenstoß. Nur Llew und ich wurden verschont.

Llew wurde bewußtlos vom Hügel herabgezerrt. Ich wurde halb den Hang hinabgeworfen, halb geschleppt, bis ich vor Prinz Meldron stand, der mich mit einem Faustschlag ins Gesicht empfing. Siawn Hy lachte, als er es sah, und sein bösartiges Gelächter durchbohrte mein Herz grausamer, als es die rotverschmierte Speerklinge in seiner Hand vermocht hätte. Sein Blick war wild und kalt vor Haß.

„Hast du geglaubt, du könntest mir entkommen, Barde?“ fragte Meldron.

Ich spie ihn an. Er schlug mich erneut, und mein Mund füllte sich mit warmem Blut.

„Bei den Cruin nach Verbündeten zu suchen“, fuhr er mit einem Kopfschütteln gespielter Enttäuschung fort. „Das war sehr riskant. Du hofftest, dort Unterstützung zu finden, aber statt dessen hat Calbha dich vor die Tür gesetzt.“

Llew, der auf dem Boden lag, stöhnte. Meldron trat zu ihm, ergriff seinen Schopf und riß seinen Kopf hoch. „Sehr dumm von dir, ohne Waffen zu reisen“, bemerkte der Prinz milde tadelnd. „Besonders für einen König.“

„Vielleicht ist er der König der Narren“, fiel Siawn Hy ein.

Der Prinz lachte und ließ Llews Kopf los. Wieder zu mir gewandt, sagte er: „Ihr seid gegangen, bevor ich mit euch fertig war. Ich bringe immer zu Ende, was ich angefangen habe; das solltest du wissen, Tegid.“

„Tu, was du willst, Meldron“, murmelte ich mit blutenden Lippen. „Mach endlich Schluß und töte mich. Du wirst nichts von mir bekommen.“

„Ich will auch gar nichts von dir, Barde“, höhnte er, „nur das, was mir gehört.“

Ich wußte, was er wollte, aber ich würde eher sterben, als es ihm zu geben. „Ich habe das Königtum Llew gegeben. Er ist König von Prydain.“

„*Ich* bin König von Prydain“, beharrte Meldron mit einem Knurren.

„Ich werde dich niemals als König sehen“, erwiderte ich.

„Für einen weisen Mann bist du sehr dumm“, sagte er mit einer Stimme, die so scharf war wie die Klinge an seiner Seite. „Behauptest du allen Ernstes immer noch, daß Llew der König von Prydain ist?“

„Ja, das behaupte ich!“

Meldron warf dem böse lächelnden Siawn Hy einen Blick zu.

„Aber stimmt es nicht, daß ein verstümmelter Mann niemals König sein kann?“ fragte Siawn, lässig auf seinen Speer gelehnt.

„Das ist die Wahrheit“, erwiderte ich. „Wer einen Makel hat, kann nicht König sein.“

Llew stöhnte und öffnete die Augen. Sein Bewußtsein kehrte zurück, und er kämpfte gegen die Arme seiner Peiniger an. „Simon!“ stieß er Siawns früheren Namen hervor, als er ihn erblickte.

„Wie nett von dir, dich zu uns zu gesellen, alter Freund“, erwiderte Siawn finster und nickte dann Meldron zu.

„Streckt seinen Schwertarm aus“, befahl Meldron, während er seine Klinge zog.

Die Männer, die Llew festhielten, zerrten ihn auf die Knie hoch. Nach einem kurzen Gerangel erhob einer von ihnen Llews rechten Arm, der andere packte seine Hand, und gemeinsam zogen sie den Arm straff. „Nein!“ schrie Llew und versuchte, seine Hand zurückzuziehen.

„Tu es nicht, Meldron!“ schrie ich.

Meldron ging auf die kniende Gestalt zu. „Ich will, daß er das sieht“, sagte er. „Ich will, daß jeder das sieht.“

Der dritte Krieger schließlich ergriff Llews Haar und drehte seinen Kopf so, daß er an seinem ausgestreckten Arm entlangblickte. „N-n-n-e-e-i-i-n!“ stöhnte Llew.

Auch mein Kopf wurde festgehalten, so daß ich nicht wegsehen konnte. „Halt!“ schrie ich.

Meldron holte aus und ließ die Klinge scharf herabfallen. Ein dumpfer Schlag ertönte, das Schwert klang auf, helles Blut spritzte, und Llews rechte Hand fiel zu Boden. Seine Augenlider flatterten, und er brach zusammen.

Meldron hob die abgetrennte Hand auf und hielt sie vor meine Augen. Er zog den goldenen Ring ab, den sein Vater Meldryn Mawr Llew gegeben hatte, und steckte ihn sich selbst auf den Finger. Ich versuchte den Blick abzuwenden, aber ich konnte es nicht. „Siehst du?“ sagte er und ließ die Hand am Zeigefinger vor meinen Augen baumeln. „Llew hat einen Makel. Er ist verstümmelt. Er kann nicht mehr König sein. Nun mußt du einen anderen wählen.“

„Ich werde dich niemals als König sehen.“

„So sei es“, erwiderte Meldron wütend.

Das Schwert in seiner Hand zuckte vor. Instinktiv versuchte ich den Kopf zurückzureißen, aber er war fest umklammert von den Händen meiner Peiniger. Meldrons Klinge fuhr mir quer über die Augen.

Ich schrie. Die Welt flammte rot auf – glühend rot, schmelzend rot, und dann ... schwarz.

# 9

## Treibgut

Wir wurden vom Weißen Felsen hinab zum Ufer geschleppt und in eine der Barken gestoßen, die wir dort zurückgelassen hatten. Nur halb bei Bewußtsein, spürte ich, wie das Boot über den Sand ins Wasser geschoben wurde, und dann waren wir der Gnade der Wellen überlassen.

Meine Augen standen in Flammen. Ich lag auf dem Boden der Barke und nahm nichts wahr außer meinen quälenden Schmerzen. Ich schrie und hörte Männerstimmen, die zur Antwort in dröhnendes Gelächter ausbrachen, dann allmählich verklangen und dem Geschrei der Möwen wichen. Ich hörte Wellen gegen die Planken des Bootes schlagen ... und verlor das Bewußtsein.

Ich weiß nicht, wie lange ich ohnmächtig dalag. Irgendwann weckte mich der flammende Schmerz in meinem Kopf, und ich setzte mich auf. Die Bewegung brachte eine solche Welle des Schmerzes mit sich, daß mein Magen sich aufbäumte und ich mich mit Erbrochenem besudelte. Ich sackte zurück und fiel über Llew.

Er stöhnte, und seine Hand fiel mir ein. Seine Hand!

Ich klammerte mich an die Reling des Bootes und rappelte mich auf. Mein Kopf fühlte sich an, als wollte er zerspringen. In meinem Gesicht pulsierte der Schmerz. Ich beugte mich über die Reling, schöpfte mit den Händen Meerwasser und spritzte es mir ins Gesicht. Das Salzwasser brannte in meinen verwundeten Augen, und der Schmerz loderte weißglühend auf wie ein brennender Scheit, der in meine Augen gestoßen wird. Ich würgte und sank zurück.

Als es in meinem Kopf wieder klar wurde, zog ich mich hoch. Meldron und meine eigenen Qualen verfluchend, streckte ich meine Hände nach Llews reglosem Körper aus und begann ihn zu untersuchen.

Er lag auf der Seite, den Arm am Ellbogen abgewinkelt, so daß der Unterarm über seine Brust herabhing. Ich tastete vorsichtig an dem Arm entlang bis zum Handgelenk und der Hand hinunter. Er war unversehrt; er mußte also auf seinem verwundeten Arm liegen.

Ich erhob mich neben ihm auf die Knie, hob ihn mühsam etwas an und rollte ihn auf den Rücken. Der verletzte Arm kam frei. Vorsichtig, vorsichtig hob ich den Arm und zog ihn an mich, um mit behutsamen Fingern die Wunde zu ertasten.

Warm und dick sprudelte das Blut aus dem Stumpf. Ich glaube, er hatte auf der Wunde gelegen, und das Gewicht seines Körpers auf dem abgewinkelten Arm hatte den Blutfluß gedämpft; das hatte ihm das Leben gerettet. Indem ich ihn auf den Rücken gedreht hatte, hatte ich die Blutung wieder in Gang gebracht, aber mir blieb keine andere Wahl; und wenn ich ihm helfen wollte, mußte ich meine Untersuchung zu Ende bringen. Mit den Fingerspitzen fuhr ich vorsichtig über den rohen Armstumpf. Meldrons Klinge war scharf gewesen; Knochen und Muskeln waren sauber durchtrennt.

Ich ließ den Stumpf behutsam sinken, packte mit beiden Händen den Saum meines Siarc und zerriß ihn. Dann riß ich einen breiten Streifen aus dem Tuch, tastete nach der Reling und tauchte den Streifen ins Meer.

Mein Kopf schien jeden Augenblick zerspringen zu wollen. Zähneknirschend vor Schmerz zwang ich mich, zu Ende zu bringen, was ich angefangen hatte. Ich zog den verwundeten Arm an mich und begann den handlosen Stumpf mit dem nassen Tuch zu umwickeln.

Mit jedem Schlag, den Llews Herz tat, schoß Blut aus der Wunde. Ich spürte, wie es durch das Tuch sickerte. Ich riß einen weiteren Streifen ab und wickelte ihn um den ersten; dann einen dritten, dessen Enden ich so eng zusammenschnürte, wie ich konnte. Ich winkelte den Arm am Ellbogen ab und legte ihn auf seine Brust, in der Hoffnung, er würde nicht verbluten. Mehr konnte ich nicht für ihn tun.

Schwindlig und geschwächt von meiner Anstrengung riß ich noch einen Streifen Tuch von meinem Siarc ab, tauchte ihn ins Meer, wappnete mich gegen das stechende Eindringen des Salzwassers und band mir den Streifen um die Augen. Wieder mußte ich mich erbrechen. Dann war meine Kraft zu Ende; ich sank im Boot zurück und stöhnte vor Erschöpfung und Schmerz.

Blind! Alles war schwarz und formlos für mich. Nie wieder würde ich die Gesichter meiner Clansleute und Brüder sehen – nie wieder das Licht. Blind! Meine Welt war so finster geworden wie die Trauer, so finster wie das versiegelte Grab, so finster wie der schwarze Abgrund von Uffern, so finster wie der endlose Tod.

Zusammengerollt lag ich auf dem Boden des kleinen Bootes und weinte voller Bitterkeit über meine verlorene Sehkraft und über den quälenden Schmerz in meinen zerstörten Augen – bis ich schließlich, erschöpft von meinem Elend, in einen bleiernen Schlaf sank.

Die Qual in meinen zerschnittenen Augen weckte mich. Ich rührte mich nicht, sondern blieb einen Moment lang lauschend liegen. Es herrschte immer noch nur leichter Wind; die Wellen schwappten kraftlos gegen die Seiten des Bootes. Die Gezeitenströmung rund um die Inseln ist nicht sehr stark; sie würde uns von der Westküste von Ynys Oer nur ein kleines Stück hinausziehen. Von da an würden wir den Meeresströmungen und dem Wetter ausgeliefert sein.

Falls der Wind weiterhin stetig aus Norden blies, würde er uns nach Süden entlang der Westküste Albions treiben, bis wir irgendwo an einem verlassenen Küstenstreifen auf Grund liefen. Wurden die Winde jedoch stärker und unberechenbarer – was in dieser wechselhaften Jahreszeit erheblich wahrscheinlicher war –, würden wir noch weiter nach Westen hinausgetrieben werden, und wo wir dann ankommen würden, wußte ich nicht.

Daß wir Land erreichen würden, war ohnehin bestenfalls eine theoretische Möglichkeit. Wir hatten keine Ruder, kein Segel, keine Vorräte. Eine einzige große Welle würde uns mit Leichtigkeit kentern lassen; eine kleine, scharfkantige Felsspitze konnte die gespannte Lederhaut unserer Barke aufschlitzen. Wir waren dem Wind, den Felsen und dem Wetter ausgeliefert.

Meldron hatte es schlau angefangen. Er hatte uns nicht geradeheraus ermordet, sondern unser Schicksal dem Meer überlassen. Auf diese Weise konnte er vollkommen wahrheitsgemäß behaupten, er wisse nicht, was aus uns geworden sei. So würde ihm wegen unseres Todes keine Blutschuld angerechnet.

Oh, aber die Blutschuld, die er wegen des Todes der Derwyddi auf sich geladen hatte, war gewaltig. Hätte er einen glitzernden Berg aus purem Gold besessen und alle Schafe, Rinder, Mägde und Knechte der Drei Reiche, so hätte er sie dennoch nicht bezahlen können.

Sonne und Sterne, seid meine Zeugen! Nudd, Fürst von Uffern und Annwn, König der Coranyid, Herrscher der Ewigen Nacht – er war es, der die Barden von Prydain erschlagen hatte. Doch Prinz Meldron hatte den Rest erschlagen. Kein Barde war mehr übrig in Caledon oder Llogres. Keine Barden gab es mehr auf der Insel der Mächtigen.

Nein, nein ... ich war ja noch am Leben, wenn auch wohl nur für eine kleine Weile noch, und Scathas Töchter waren auf Ynys Sci in Sicherheit.

Llew gab ein Stöhnen von sich und erwachte mit einem Schrei. Ich hob meinen pulsierenden Kopf und streckte meine Hand nach ihm aus. „Ruhig, Bruder“, sagte ich. „Ich bin hier. Bleib still liegen.“

„Tegid!“ begann er, doch dann krümmte er sich vor Schmerzen. Er schloß den Mund und unterdrückte einen Schrei; das Geräusch drang als gequältes Wimmern nach außen. Meine tastende Hand fand seinen Rücken. Ich spürte, wie er sich gegen den Schmerz auflehnte, die Muskeln gespannt, die Kleider naß von Schweiß. Er verlor wieder das Bewußtsein und lag still.

Ich döste ein.

Als ich wieder erwachte, spürte ich kühle Luft auf meinem Gesicht, und das Meer war ruhig. Daraus schloß ich, daß es Nacht war. Llew mußte darauf gewartet haben, daß ich erwachte, denn als ich mich rührte, fragte er: „Wo sind wir? Was ist geschehen?“

Seine Stimme klang heiser, und seine Worte kamen vor Schmerzen nur undeutlich heraus.

„Wir treiben auf See“, sagte ich. „Meldron hat uns unserem Tod überlassen.“

Er schwieg eine Weile, dann sagte er elend: „Mir ist so kalt.“

„Hier, nimm das.“ Ich suchte nach meinem Umhang und reichte ihn ihm. Er nahm ein Ende und ich das andere; wir teilten uns den Umhang.

„Meine Hand und deine Augen ... Tegid, was sollen wir tun?“

„Darüber muß das Meer entscheiden. Wir können nichts tun, wir können nur warten.“

Und wir warteten – eine endlose, ewige Nacht hindurch. Den ganzen nächsten Tag über lagen wir im Boot und rührten uns kaum. Als die Sonne unter den Rand der Welt hinabglitt, kauerten wir uns auf dem Boden des Bootes zusammen, um uns warmzuhalten. Wir dösten unruhig vor uns hin; richtig schlafen konnten wir wegen der pulsierenden Schmerzen in unseren Wunden nicht. Meine Augen, seine Hand – was konnten wir tun?

Das Wetter blieb gut, was wir als Segen betrachteten. Von Zeit zu Zeit richtete Llew sich auf, um sich umzuschauen. Doch wir waren weit entfernt vom Land, und aus Llews spärlicher Beschreibung konnte ich nicht entnehmen, wo wir uns befanden.

Am vierten Tag nahm der Wind stark zu und drehte in Richtung Westen. Die Wellen schwollen an, hoben unser kleines Boot hoch empor und stießen es hin und her. Bei jedem Schlingern und Zittern wurden wir gegen die Seiten geschleudert, gegen die geschwungenen Holzrippen der Barke. Llew schrie auf, wann immer sein wunder Armstumpf angestoßen wurde.

Die Nacht brachte keine Erleichterung. Der Sturm verstärkte sich. Die See wälzte sich in ihrem Bett; die Wellen schwollen an und brachen sich über uns. Erschöpft verlor Llew das Bewußtsein, und ich zog ihn an mich und hielt ihn fest, damit er sich nicht noch weitere Verletzungen zuzog. In meinen Armen murmelte er unzusammenhängende Sätze, während die rastlose See unser kleines Gefährt durchschüttelte. Ich hörte ein merkwürdiges, kratzendes Geräusch und lauschte eine Weile darauf, bis ich merkte, daß es Llew war, der mit den Zähnen knirschte. Ich machte einen Knoten in den Zipfel meines Umhangs und preßte ihn zwischen seine Zähne, damit er sich nicht die Zunge abbiß.

Die ganze Nacht hindurch nahm der Sturm weiter zu. Ich hörte das Grollen des Donners und spürte das Stechen der vom Wind angepeitschten Regentropfen in meinem Gesicht, doch die Blitze sah ich nicht. Als das wütende Herz des Sturms über uns herfiel, richtete Llew sich auf. „Sing, Tegid!“ schrie er über das Getöse des Windes hinweg.

Ich dachte, er sei im Fieberwahn. „Still, Bruder. Ruhig. Es wird bald vorbei sein“, sagte ich in der Meinung, unser Boot werde bei der nächsten Welle kentern und uns dem Meer übergeben, so daß wir ertrinken würden. Bald würden wir uns im Tode zu den Barden von Albion gesellen – nur zwei weitere unter all den anderen, die Meldron ermordet hatte.

Llew kämpfte sich hoch. „Sing!“ beharrte er. „Sing uns an Land!“

Obwohl der Wind wild und schrill über uns heulte und das Meer um uns her tobte, erhob ich meine Stimme und sang – zuerst zögernd, tastend. Der Sturm riß mir die Worte aus dem Mund und schleuderte sie mir zurück ins Gesicht. „Was soll das bringen?“ schrie ich.

„Sing!“ forderte Llew. „Sing an die Schnelle Sichere Hand, Tegid!“

Ich erhob meine Stimme zu einem Lied der Errettung an den Großen Geber. Ich besang die vielfältigen Tugenden des Großen Guten Gottes; ich besang den freudigen Eifer der Schnellen Sicheren Hand, all denen Schutz und Hilfe zu gewähren, die ihn anrufen.

Und während ich das Lied gestaltete und sang, stiegen vor meinem Geist Bilder auf, scharf und klar. Ich sah ... ein tief eingeschnittenes Tal in einem tiefen Wald, hohe Kiefern, die sich dem Himmel entgegenreckten ... ich sah einen verborgenen See und eine Festung aus Holz ... ich sah einen Thron aus Geweih auf einem grasbedeckten Hügel, geschmückt mit einer schneeweißen Ochsenhaut ... ich sah einen glänzenden Schild, auf dessen Rand ein schwarzer Rabe hockte ... ich sah ein Signalfeuer, das hell auf einer fernen Bergkuppe loderte und vom Gipfel näher gelegener

Berge beantwortet wurde ... ich sah einen Reiter auf einem blaßgelben Pferd, der aus dem Nebel hervorgaloppierte, daß die Hufe des Pferdes auf den Felsen Funken schlugen ... ich sah eine mächtige Schar von Kriegern, die sich in einem hochgelegenen Bergsee wuschen, daß sich das Wasser vom Blut rot verfärbte ... ich sah eine Frau in weißer Robe, die unter grünen Bäumen stand, das Haar von der Sonne in goldenes Feuer verwandelt ... ich sah ein Cairn in einem verborgenen Tal, einen geheimen, abgeschiedenen Grabhügel ...

Ich sang, und der Sturm tobte. Unser Lederboot rollte und schlingerte, erklomm riesige Höhen und stürzte in tiefe Täler. Wir wurden über die wogende See geweht wie ein Fetzen Meeresschaum vor dem Sturm. Brecher ergossen sich über uns, durchnäßten uns und ließen uns bis ins Mark frieren. Das Salzwasser brannte in meiner Wunde und füllte mir den Mund.

Bei jedem Schlingern des Bootes jaulte Llew vor Schmerz. „Sing, Tegid, sing!“ rief er immer wieder, und ich glaubte schon, er hätte vor Qualen den Verstand verloren. Doch er blieb hartnäckig, und ich sang. Und die Visionen wirbelten und tanzten in meinem Kopf, so verrückt wie der Sturm, der um uns wirbelte.

„Hörst du das, Tegid!“ schrie Llew gegen das Dröhnen des Windes an. „Hörst du das?“

Ich lauschte und hörte nichts als das wilde Brüllen des Windes und das Donnern der Wellen, die sich an den Felsen brachen – an den Felsen!

„Hörst du es, Tegid?“

„Ja! Ich höre es!“ Es war das Geräusch von Wellen, die gegen Felsen schlugen und sich darüber brachen. Der Sturm trieb uns der Küste entgegen. „Kannst du etwas sehen?“

„Nein“, erwiderte er. „Warte! Ich sehe etwas. Ich sehe die Felsen. Ich kann sehen, wo sich die Wellen brechen.“

„Kannst du Land sehen?“

„Es ist zu dunkel.“

Er packte mich mit seiner verbliebenen Hand am Arm. „Sing wieder, Tegid! Sing uns an Land!“

Ich sang, und das Geräusch der brechenden Wellen schwoll an und erfüllte schließlich die stürmische Nacht. Es kam näher; ich spürte förmlich die zerklüfteten Zähne der Felsen, wie sie im Sturm knirschten, immer näher schoben sie sich aus der Dunkelheit, um zu zerreißen, zu zermalmen und zu zerstören. Wasser ergoß sich in Strömen über uns, als das Meer sich an den Felsen zerriß. Meine Stimme ging im Getöse der Wellen unter, doch ich sang unbeirrt weiter und beanspruchte mit meinem Lied einen kleinen Kreis der Geborgenheit für unser winziges Boot inmitten der tobenden See.

Ich spürte, wie das Meer sich unter uns zusammenzog wie ein sich aufbäumendes Tier. Wir wurden hoch emporgeschleudert, herumgewirbelt und leicht wie ein Blatt davongeschnippt. Das Donnern der See drang von allen Seiten her auf uns ein, erschütterte Ohren, Geist und Seele.

Hinunter ins Tal und wieder hoch, hoch. Ich hörte das Wasser an den Felsen schmatzen und spürte, wie das Boot seitwärts schlingerte, als die Welle sich wieder zurückzog. Einen Herzschlag lang schwebte das Boot zwischen Meer und Himmel. Die See bäumte sich auf, packte das Boot und wirbelte es empor. Wir stürzten wieder hinab, trafen einen weiteren Felsen und hörten ein scharfes Krachen, als einige der hölzernen Rippen nachgaben.

„Halt dich fest“ brüllte Llew.

Ich streckte die Hände aus, um die Seiten des Bootes zu ergreifen, und fühlte statt dessen kalten Fels. Ich versuchte uns abzustoßen, aber das Boot glitt bereits herab. Noch einen Moment, und wir würden in die tosende See geschleudert werden. Ich schluckte Luft und schrie mit letzter Kraft nach Errettung vor dem nassen Grab, das unter uns gähnte.

Die Wellen zogen sich zurück, und ich spürte, wie ich fiel. Das Boot fiel zur Seite und überschlug sich, und dann noch einmal. Wasser schoß in meinen Mund und meine Lungen. Das Meer verdrehte mir Arme und Beine und zog mich hinab in die brodelnde Tiefe. Ich wurde herumgeschleudert und herumgewirbelt und immer tiefer gezogen.

Ich stieß hart mit dem Knie irgendwo an, und meine rechte Schulter prallte an etwas, das sich anfühlte wie eine massive Wand. Das Gewicht des Wassers preßte mich flach gegen diese Wand wie eine gewaltige Hand und drückte mir die Luft aus der

Lunge. Ich kämpfte mit beiden Händen, um mich von der Felswand abzustoßen.

Und dann –

Luft überströmte mich! Ich keuchte und verschluckte mich am Meeresschaum. Dann zog sich das Wasser zurück, und ich strandete auf einem steinigen Ufer. Eine Welle brach sich über mir und begrub mich zuerst unter ihrem Gewicht, dann hob sie mich an und schleuderte mich weiter den Strand hinauf. Keuchend kroch ich wie ein Krebs über die glitschigen Felsblöcke durch das zurückströmende Wasser.

Das Meer zerrte an meinen Beinen. Seetang schlang sich um meine Arme und Beine. Wieder kam eine Welle heran und stieg bis zu meinen Hüften, bis zum Bauch, bis zur Brust. Ich wurde wieder emporgehoben und vorwärtsgetragen. Als das Wasser wieder zurückströmte, lag ich auf den Knien und spürte kleine, harte Kieselsteine unter meine Händen.

Ich stand auf und stolperte vorwärts, stieß mit dem Fuß gegen einen Stein und schlug lang hin. Wieder hörte ich das Tosen der Wellen näher kommen. Wild tretend suchte ich mit den Füßen nach einem Halt, doch ich wurde zurückgezogen, meine Hände wurden von den Steinen weggerissen, als das Meer mich zurückforderte.

Plötzlich spürte ich, wie ich gepackt wurde. Und dann hörte ich Llews Stimme, die gegen den Wind und das Getöse der Wellen anschrie: „Tegid! Ich habe dich!“ rief er. „Steh auf!“

Er packte mich am Arm und zerrte mich auf die Beine. Wir stützten uns aufeinander und kämpften uns weiter die steinige Küste empor, bis wir auf einem kleinen Flecken Sand zusammenbrachen.

„Du hast es geschafft, Tegid. Du hast uns an Land gesungen!“ sagte Llew und sog dann scharf die Luft ein. Ich fühlte, wie er sich neben mir krümmte, und erkannte, daß er sich vor Schmerzen hin und her wälzte.

„Llew!“ Ich streckte meine Hände nach ihm aus. Er klammerte sich mit seiner verbliebenen Hand an meinen Arm und stöhnte – ein hoffnungsloser, herzzerreißender Laut. Ich hielt ihn fest, bis der Schmerz verebbte.

„Du hast uns an Land gesungen", sagte er, als er wieder sprechen konnte. Seine Stimme klang so rauh wie ein zerfasertes Seil. „Du hast uns gerettet, Tegid. Wir waren verloren."

„Der Gütig-Weise hat unser Lied gehört und seine Schnelle Sichere Hand ausgestreckt, um uns aus dem Meer zu reißen – und aus dem Grab, das Meldron uns zugedacht hatte."

Zitternd vor Kälte und geschwächt vom Schmerz unserer Wunden, lagen wir auf dem Strand. Llew wimmerte von Zeit zu Zeit, wenn die Qualen unerträglich wurden; aber er schrie nicht laut auf. Die ganze Nacht hindurch blieben wir auf dem Sand liegen, während um uns her allmählich der Sturm verebbte. Dann, als die Dämmerung durch die letzten Fetzen der Sturmwolken im Osten sickerte, spürte ich, wie mir die ersten Strahlen der Sonne das Gesicht erwärmten. Ich sang das Lied, das mir gegeben wurde:

Ich sang von dem tief eingeschnittenen Tal im tiefen Wald, von der Festung auf dem See und dem Thron aus Geweih hoch auf dem grasbedeckten Hügel, mit der weißen Ochsenhaut darauf. Ich sang von dem glänzend polierten Schild und dem schwarzen Raben, der auf seinem Rand hockte, die Flügel ausbreitete und das Tal mit seinem strengen Gesang erfüllte, und von dem Signalfeuer, das den Nachthimmel erhellte und dessen Botschaft von Hügel zu Hügel beantwortet wurde. Ich sang von dem schattenhaften Reiter auf seinem blaßgelben Pferd, von dem Nebel, der sie umhüllte, und von den Funken, die die Hufe des Pferdes auf den Felsen schlugen. Ich sang von der großen Schar von Kriegern, die in dem Bergsee badeten, und von dem Wasser, das von ihren Wunden rot gefärbt wurde. Ich sang von der goldhaarigen Frau in ihrem sonnenhellen Pavillon aus Bäumen, und ich sang von dem verborgenen Heldengrab.

Als ich endete, war Llew neben mir eingeschlafen. Ich ließ mich zurück auf den Sand sinken, und beim Seufzen der Wellen auf den Felsen schlief ich ein.

## 10

## Das Nemeton

Immer noch hörte ich das rastlose Seufzen der See in ihrem steinigen Bett, doch das Geräusch wurde immer leiser, je weiter landeinwärts wir gingen. In meiner linken Hand hielt ich einen vom Meer glattgehobelten Eichenast, der mir als Stab diente; meine rechte Hand lag auf der Schulter Llews, der mich führte. Da meine Schritte stets bergab zu führen schienen, vermutete ich, daß das Gelände von der felsigen Landzunge direkt hinter uns abfiel.

Nach einer elenden Nacht voller Schmerzen am Strand war mit dem Anbruch des Tages unser Wille erwacht, aufzustehen und uns weiter landeinwärts zu schleppen, was bedeutete, daß wir die Steilküste der Landzunge erklimmen mußten. Keiner von uns hätte das allein bewerkstelligen können. Selbst jetzt weiß ich nicht, wie wir überlebt haben. Wir brauchten fast den ganzen Tag dazu, doch als die Landzunge erst einmal hinter uns lag, ruhten wir uns in einer grasigen Spalte zwischen zwei Felsen aus und begannen zu frösteln, als die Sonne unterging. Als es wieder Morgen wurde, begannen wir unseren langsamen Marsch landeinwärts.

Während unserer Wanderung schilderte mir Llew, was er vor uns sah. „Voraus liegen Hügel", sagte er, „die sich in der Ferne zu hohen Bergen auftürmen. Auf einigen der höheren Gipfel sehe ich Schnee."

„In welcher Richtung?"

Er blieb stehen, um die Himmelsrichtung von der Sonne abzulesen. „Südost, würde ich sagen", antwortete er. „Die nähergelegenen Hügel sind rund und bewaldet – größtenteils Eichen und

Buchen, auch ein paar Kiefern. Direkt voraus ist ein Bach, aber wir werden zu ihm hinabklettern müssen. Der Wald beginnt auf der anderen Seite. Wir können uns am Bach ausruhen, bevor wir den Wald betreten, und –"

Er keuchte. Seine Schulter spannte sich, und er beugte sich vornüber.

Es war wieder einer der lodernden Schmerzanfälle, die ihn befielen – scharfe, brennende Pfeile der Qual, die plötzlich ohne Vorwarnung aufflammten. Wann immer das geschah, hielten wir, bis der Anfall vorüber war und er weitergehen konnte. Ich konnte mir den Schmerz seiner Wunde nur vorstellen – vielleicht kam er den glühenden Speeren gleich, die meine Augen durchbohrten und meinen Kopf durchdrangen.

„Was glaubst du, wo wir sind?" fragte er nach einem Augenblick durch zusammengebissene Zähne.

„Sind die Gipfel bewaldet?"

„Ich glaube ja", sagte Llew; er schnappte nach Luft und richtete sich etwas auf. „Sie sind weit entfernt. Ich bin nicht sicher, aber es sieht so aus, als wären die Hänge dunkel vor Bäumen."

Wir setzten uns wieder in Bewegung. „Vielleicht sind wir irgendwo an der Küste des nördlichen Caledon gelandet. Wenn das stimmt, sind die Gipfel, die du vor uns siehst, die *Monadh Dubh.*"

„Der Clan Galanae, Cynans Leute – sie wohnen im Süden Caledons", meinte Llew.

„Sehr weit im Süden. So weit nördlich wie hier gibt es nur wenige Menschen", erklärte ich ihm. „Das Land ist wild und unbesiedelt. Dieses Hochland wird von verheerenden Winden und Stürmen heimgesucht – wie wir es ja auch erlebt haben. Das ist kein freundlicher Ort, den du vor uns siehst; hier werden wir keinen König finden, der uns aufnimmt."

Vorsichtig tasteten wir uns den Steilhang hinab zu dem Bach, wo wir niederknieten und tranken; dann ruhten wir uns aus. Während ich am grasigen Ufer des Baches lag, kehrten meine Gedanken zu dem Massaker auf dem heiligen Hügel zurück. Mir stieg der Kehlkopf im Hals empor, und ein Stöhnen entfuhr meinen Lippen. Wie hätte ich eine solche Greueltat voraussehen können? Selbst jetzt konnte ich es noch nicht fassen. Wie konnte ich einen solchen Angriff begreifen? Ich konnte kaum glauben, was geschehen war.

Wenn das Licht der Derwyddi erlischt und das Blut der *Barden nach Gerechtigkeit schreit, dann sollen die Raben ihre Flügel über dem geweihten Wald und dem heiligen Hügel ausbreiten ...*

So hatte die Banfáith gesprochen. Ihre Worte erfüllten sich jetzt mit grausiger Sicherheit. Die gelehrte Bruderschaft war dahingemetzelt worden, das Licht ihrer Weisheit erloschen; das Blut der Barden schrie von der Erde empor nach Gerechtigkeit. So sei es!

Während ich mich am Bachufer ausruhte, ließ ich mir diese Gedanken durch den Kopf gehen. Nach einer Weile rührte sich Llew neben mir. „Was jetzt?"

„Wir brauchen Ruhe", antwortete ich. „Und Zeit, damit unsere Wunden heilen können."

„Hast du Schmerzen?" fragte er mit zugeschnürter Stimme und kurzem Atem.

„Ich weiß nicht, was mich mehr schmerzt, der Verlust meines Augenlichtes oder der Verlust meiner Brüder. Ich fühle mich, als ob mir die Seele aus dem Leib gerissen worden wäre."

Llew schwieg eine Weile. „Wir können nicht hierbleiben", sagte er endlich. „Hier gibt es zwar Wasser, aber weder Essen noch ein Obdach. Wir müssen weiter."

„Obdach werden wir im Wald finden."

Lange Zeit rührte sich keiner von uns. Schließlich stand Llew langsam auf. Ich spürte seine Hand auf meinem Arm, als er mich auf die Beine zog. „Ich schlage vor, wir folgen dem Bach und sehen, wohin er führt."

Das Buschwerk entlang des Bachbetts wurde zunehmend dichter und machte das Vorwärtskommen mühsam und schwierig. Doch bald mündete der Bach in einen Fluß. Am Ufer des Flusses standen höhere Bäume, und zu beiden Seiten erstreckten sich weite Uferwiesen, so daß wir leichter vorankamen.

Wir gingen langsam und ruhten uns lange und oft aus. Als die Nacht anbrach, hatten wir uns noch nicht weit von unserem Ausgangspunkt entfernt. Doch das Flußtal bot uns viele Senken und Felseinschnitte, die uns ausreichend Obdach boten. Ich hatte nichts, womit ich Feuer hätte machen können, doch ich gab Llew Anweisungen, wie er eine Anzahl eßbarer Wurzeln finden könnte – er grub sie mit einem Stock aus und wusch sie im Fluß. Vielleicht würden wir in der kalten Nachtluft erfrieren, aber zumindest würden wir nicht verhungern.

In dieser Nacht weckten mich Llews Schreie. Er litt Schmerzen und zitterte vor Kälte. Ich zog ihn hoch, und unsicher stolpernd schleppten wir uns zum Fluß hinab, wo ich ihn zwang, seinen Armstumpf in das eisige Wasser zu tauchen, bis das Fleisch gefühllos wurde. Das verschaffte ihm etwas Erleichterung, doch als wir in unser kaltes Lager zurückkehrten, überwältigte uns die Kälte, und wir fanden in dieser Nacht keinen Schlaf mehr.

Am nächsten Tag ruhte ich nicht, bis Llew einen Feuerstein und jede Menge trockenes Moos als Zündmaterial gefunden hatte, damit wir von nun an nicht mehr auf ein Feuer verzichten müßten.

„Was nützt ein Feuerstein allein?“ fragte Llew.

„Es gibt noch anderen Steine, die mit einem Feuerstein zusammen einen Funken schlagen können. Ich werde es dir zeigen. Überhaupt“, fügte ich hinzu, „werde ich noch einen Barden aus dir machen, bevor wir am Ende sind. Wir werden Ollathirs Awen schon noch zum Vorschein bringen.“

„Sag mir, was ich tun soll, o Haupt der Weisheit“, sagte Llew. „Dein Wunsch ist mir Befehl.“

So wanderten wir ins Herz Caledons hinein: mit stockenden, langsamen, von Schmerzen geplagten Schritten und vielen Pausen, um unsere entzündeten Wunden im klaren, kalten Wasser des Flusses zu baden. Während einer dieser Pausen forderte ich Llew auf, den Verband von seinem Handgelenk abzuwickeln. „Beschreibe mir die Wunde“, sagte ich.

„Sie heilt.“

„Beschreibe sie mir. Ich muß wissen, ob sie richtig heilt.“

Er holte tief Atem und löste die Tuchstreifen, mit denen ich seine Wunde verbunden hatte. Er stöhnte – teils vor Schmerz und teils vor Kummer –, als das Tuch sich von seinem blutigen Stumpf löste. „Sie ist schwarz“, sagte er. „Es sind weiße Knochensplitter darin.“

„Wasch sie im Wasser, und sag mir dann, was du siehst“, wies ich ihn an.

Er senkte den Arm vorsichtig, und ich hörte, wie er den Stumpf im Wasser hin und her schwenkte. „*Clanna na cù*“, murmelte er durch zusammengebissene Zähne.

„Wie sieht es jetzt aus?“ fragte ich, als er fertig war.

„Mehr rot als schwarz. Einige der Knochensplitter sind weggespült worden. Es blutet wieder.“

„Das Blut – ist es dick und rot? Oder dünn und wäßrig?“

„Dick und rot, denke ich.“

„Und das Fleisch um die Wunde herum – ist es entzündet und heiß? Oder ist es kühl? Was für eine Farbe hat es?“

„Nun“, antwortete er nach einem Augenblick, „es fühlt sich warm an, aber nicht heiß. Die Haut ist rot und geschwollen, aber nicht entzündet. Hier, fühl du einmal“, sagte er, und ich spürte, wie er nach meinem rechten Handgelenk griff und meine Hand zu seinem Arm führte. Er drückte meine Fingerspitzen auf sein Handgelenk. „Da.“

Behutsam betastete ich das Fleisch rund um die Wunde. Es fühlte sich warm an, ja, aber nicht fiebrig heiß, wie es der Fall gewesen wäre, wenn die Wunde entzündet gewesen wäre. Als ich die Wunde selbst berührte, zuckte er zusammen und riß seinen Arm zurück. „Tut mir leid.“

„Nun? Was denkst du?“

„Ich glaube, es hat angefangen zu heilen. Wir sollten die Wunde neu verbinden, aber mit sauberem Tuch.“

„Und wo sollen wir das hernehmen?“

Ich zog meinen Siarc über den Kopf und begann ihn zu zerreißen. Llew protestierte. „Nicht deinen Siarc, Tegid. Du brauchst das, was davon noch übrig ist, um dich warmzuhalten.“

„Ich habe noch meinen Umhang“, erwiderte ich und fuhr fort, das Hemd in Streifen zu reißen. „Jetzt hilf mir, die Streifen im Wasser zu waschen.“

Gemeinsam knieten wir am Flußufer und wuschen die Stoffstreifen so gut es ging. Als wir fertig waren, gab ich sie Llew und sagte: „Breite sie auf einem Strauch aus und laß sie in der Sonne trocknen.“

Llew tat es, und wir legten uns in der warmen Sonne schlafen. Als die Stoffstreifen trocken waren, half ich Llew, seinen Arm zu verbinden, worauf er sagte: „Jetzt bist du dran."

Ich hob eine Hand zu dem Verband um meine Augen. „Es ist schon in Ordnung."

„Nein", gab er ohne Umschweife zurück, „es ist nicht in Ordnung, Tegid. Es ist alles voller Blut und Dreck. Du mußt den Verband wechseln."

Ich knotete die Enden auf und wickelte den Verband ab; der Stoff klebte an der Wunde, und wir mußten ihn abziehen, wodurch die Wunde wieder zu bluten begann. Ich mußte mir auf die Lippen beißen, um nicht laut aufzuschreien. „Jetzt mußt du sie waschen", beharrte Llew.

Mit Llews Hilfe und einiger Mühe senkte ich mein Gesicht zum Wasser hinab und benetzte behutsam mein Gesicht und die offene Wunde, wo einmal meine Augen gewesen waren. Das Stechen des kalten Wassers linderte das Feuer des Schmerzes etwas, und ich fühlte mich ein wenig besser.

Ich hob meinen Kopf vom Wasser empor und drehte mich zu Llew. „Wie sieht es aus? Beschreibe es mir."

„Es ist ein glatter Schnitt", sagte er. „Das Fleisch rund um die Wunde ist rot und geschwollen, und es kommt etwas gelbliche Flüssigkeit heraus. Aber das Blut sieht gut aus – es ist nicht wäßrig."

Ich drückte mit den Fingerspitzen auf die Wundränder und tastete das Fleisch ab. Es war wund und entzündet. „Was ist mit meinen Augen?"

Obwohl er sich bemühte, gleichmütig und gelassen zu sprechen, spürte ich sein Entsetzen über das, was er sah. „Da ist soviel geronnenes Blut, so viele Schwellungen ... Bruder, ich kann es dir nicht sagen. Ich glaube, du solltest sie weiterhin bedeckt halten."

Er fürchtete sich, mir zu sagen, was ich bereits wußte: daß meine Augen völlig zerstört waren. Seit Meldrons grausamem Schwertstreich hatte ich weder Funken noch Lichtschimmer gesehen. Ich merkte keinen Unterschied zwischen dem Glanz der Sonne und der Finsternis der Nacht. Ich würde nie wieder sehen können.

Zwei Nächte lang blieben wir in einer grasigen Senke und sammelten Kräfte. Wir aßen die Wurzeln von Wasserpflanzen, die im Fluß wuchsen, und machten Feuer mit herabgefallenen Zweigen aus dem Wald, um uns zu wärmen. Nachdem wir uns auf diese Weise etwas erfrischt hatten, zogen wir weiter, immer flußaufwärts, da mir das als das beste erschien. Während unserer Wanderungen unterrichtete ich jeden Tag meinen geduldigen Begleiter in allem, was es über Wälder und Felder zu wissen gab. Llew war die Ablenkung von seinen Schmerzen willkommen, die ihm mein Unterricht bot, und er erwies sich als aufmerksamer, rasch lernender Schüler. Er behielt alles, was ich ihm sagte, und verwickelte mich oft in scharfsinnige Debatten über diese oder jene Einzelheit. Sobald ich ihm etwas nur einmal erklärte, eignete er es sich an.

Nach vielen Tagen kamen wir zu einem Wasserfall. Der Fluß, der sich immer weiter nach Süden gewandt hatte, wurde schmaler und tiefer, die Felsen entlang des Wasserlaufs größer, je steiler das Gelände zu den Bergen hin anstieg. Wir blieben stehen, und das Getöse des herabstürzenden Wassers füllte unsere Ohren. Llew betrachtete die Kaskaden vor uns und sagte: „Wir werden uns einen Weg suchen müssen, um diese Steigung zu umgehen. Die Felsen sind hier zu groß und die Klippen zu steil, um zu klettern."

„Dies ist eines der Tore zu den Bergen", sagte ich. Während ich die Worte aussprach, stieg in mir plötzlich die Überzeugung auf, daß wir zu diesem Ort geführt worden waren; der Gütig-Weise hatte unsere Schritte geleitet. „Es ist unsere Bestimmung, hier hindurchzugehen."

„Bist du sicher? Ich weiß nicht, wie wir da hinaufkommen sollen."

„Nun, laß es uns versuchen."

Llew erhob keine Einwände, sondern setzte sich hin und musterte das Durcheinander von Felsbrocken. Nach einiger Zeit sagte er: „Die Felsblöcke sind so groß wie Häuser und glatt – unmöglich, sie zu erklettern. Wir könnten einen Weg durch die kleineren Felsen finden, aber die sind mit dickem, grünem Moos bedeckt und vom Wasser überspült, so daß sie ziemlich glitschig sein dürften." Er hielt inne und fragte mich: „Bist du sicher, daß du das tun willst?"

„Ja, ich bin sicher."

„Wir könnten umkehren und vielleicht einen anderen Weg finden."

„Hier entlang führt unser Weg", sagte ich. Ich stand auf und warf den Eichenast beiseite, den ich als Stab benutzt hatte. „Ich fühle es – dies ist der Weg, den wir gehen müssen."

Llew erhob keine weiteren Einwände, und wir begannen uns einen Weg an den Felsen empor zu suchen. Binnen Sekunden waren wir durch die Gischt des Wasserfalls bis auf die Haut durchnäßt. Bei dem ständigen Getöse des herabstürzenden Wassers war es schwierig, sich verständlich zu machen, aber Llew schrie mir Anweisungen zu, um mich zu führen. Mühsam, immer wieder abrutschend, um jeden noch so unsicheren Halt kämpfend, krochen wir die Felswand empor.

Ich bewegte mich durch undurchdringliche Finsternis und spürte die kühle Härte der Felsen unter meinen tastenden Händen. Ich mußte an alle möglichen Arten von Steinen denken: stehende Steine, Säulensteine, die Steinkreise, mit denen Orte besonderer Macht markiert werden. Ich dachte an Oghamsteine und Cairns aus Stein. Und in all diese Steine war das *Môr Cylch* eingraviert, das Labyrinth des Lebens.

Ich stellte mir das genaue Muster des gewundenen Pfades wie in Indigo gemalt vor. Ich sah mich selbst in das Môr Cylch eintreten und blind meine Füße auf den verschlungenen, verdrehten Weg setzen, im Vertrauen darauf, daß der Schöpfer des Labyrinths meine Schritte lenken würde.

„Weiter kommen wir nicht", rief Llew über die Schulter zurück. „Wir müssen umkehren und einen anderen Weg suchen."

Er tastete sich vorsichtig zurück zu der Stelle, wo ich mich an die Felswand gepreßt hielt. Als er wieder sprach, klang seine Stimme näher. „Es ist zu steil, zu gefährlich. Was schlägst du vor?"

„Ich gehe voraus."

„Tegid, du bist –" Er sprach das Wort nicht aus. „Wie?"

„Ich gehe voraus", beharrte ich.

Llew widersprach meinem Urteil nicht, so groß seine Bedenken auch sein mochten. Er sprach kein Wort der Furcht, sondern schob sich über die schmale Felskante, auf der ich stand. Ich preßte mich so eng an die Felswand, wie ich konnte, und wir tauschten mit größter Vorsicht und Mühe die Plätze. Und dann begann ich mich langsam und mit äußerster Behutsamkeit die glatte Felswand emporzutasten.

„Beobachte meine Hände und Füße", rief ich zu Llew hinter mir. „Tu genau das, was du mich tun siehst."

„Das ist Wahnsinn!" rief er zurück.

„Das weiß ich selbst!"

Dennoch setzten wir unseren Aufstieg fort. Zitternd, zögernd, voller Furcht bei jedem Schritt, suchte ich mir in meiner blicklosen Finsternis den Weg. Nur auf meine Fingerspitzen und Zehen vertrauend, fand ich erst einen Halt für meinen Fuß, dann für meine Hand, dann wieder einen für meinen Fuß. Schritt für Schritt kletterten wir schaudernd hinauf. Vor meinem geistigen Auge schwebte immer noch das Bild des Labyrinths des Lebens, und jeder Halt für die Füße wurde zu einem Schritt auf dem verschlungenen Weg.

Hoch und immer höher stiegen wir an der Felswand empor. Die Gischt durchnäßte uns. Hin und wieder machten wir eine Pause, um unsere erlahmenden Kräfte zu sammeln; dann kletterten wir weiter. Llew rief mir Ermutigungen zu und trieb mich mit aufmunternden Worten vorwärts.

Nach einer Ewigkeit schien mir das Getöse des Wasserfalls nachzulassen. „Llew, was siehst du?" rief ich über die Schulter zurück.

„Nichts", erwiderte er. „Die Gischt – ich sehe nicht das geringste."

Ich wollte weiter, doch so sehr ich mich auch bemühte, ich fand keinen weiteren Halt. Schließlich griff ich in einem Anflug von Verzweiflung so hoch, wie ich mich in meinem erschöpften Zustand nur recken konnte, preßte meine Finger tief in die Felsspalte und schwang mich empor ...

Ich spürte, wie mein Fuß eine Stufe traf, die ich nicht sehen konnte, doch der Fels war glatt, und mein Fuß rutschte wieder ab.

Wären meine Finger nicht in die Spalte eingekeilt gewesen, wäre ich abgestürzt. Ich glitt wieder zurück.

„Tegid! Alles in Ordnung?"

„Ja", antwortete ich. „Ich versuche es noch einmal."

„Nein! Warte –"

Ich stieß mich noch einmal ab, und diesmal konnte ich meine Ferse auf die schmale, unsichtbare Kante setzen. Rasch griff ich mit den Händen um und zog das andere Bein nach, bis der Fuß die Stufe erreichte. Ich richtete mich auf und spürte frischen Wind im Gesicht. Als ich die Hand nach vorne ausstreckte, fühlte ich, wie sich die Felswand abrupt abflachte. Nach zwei weiteren raschen Schritten hatte ich herausgefunden, daß ich auf einer weiten, ebenen Fläche stand.

Ich rief Llew zu, mir zu folgen, und er rief zurück: „Bleib da! Warte auf mich."

Einen Augenblick später rief er wieder: „Tegid, es ist zu weit. Die Stufe – ich habe nichts, wo ich mich festhalten kann."

Ich legte mich auf den Bauch und streckte meine Hand über die Kante nach ihm aus. „Nimm meine Hand", rief ich.

„Ich komme nicht dran, Tegid", gab er zurück; ich hörte den Schmerz und die Verzweiflung in seiner Stimme. „Ich kann mich nicht mit einer Hand festhalten!"

„Nimm meine Hand, Llew. Streck dich danach aus, ich kann dich festhalten. Streck deinen Fuß nach der Stufe aus und nimm meine Hand. Ich werde dich heraufziehen."

„Nein, Tegid. Es ist zu weit. Ich kann nicht –"

„Nimm meine Hand, Llew."

„Ich sage dir doch, es ist zu weit. *Ich habe nur eine Hand!*"

„Vertrau mir, Llew. Ich werde dich nicht fallen lassen." Er schwieg eine Weile. „Llew?"

„Also gut", antwortete er langsam. „Ich werde bis drei zählen. Fertig? Auf drei: eins ... zwei ... DREI!"

Ich versteifte mich. Als ich seine Hand spürte, schloß ich meine Finger um sein Handgelenk und umklammerte es fest. Unten hörte ich, wie ein paar losgetretene Steine hinabprasselten und sich im Getöse des Wasserfalls verloren. Einen Augenblick später kroch Llew neben mir auf die Klippe.

„Tegid, du hast es geschafft!“ sagte er, nach Atem ringend. „Sei gesegnet, Bruder, wir haben es geschafft!“

Keuchend lagen wir auf dem Fels. Und wie um uns für unsere Mühe zu belohnen, schien die Sonne auf uns herab, erwärmte die Felsen und trocknete unsere Kleider. Wir lagen auf dem Rücken, saugten die Wärme in uns auf und lauschten auf das Rauschen des Wassers, das nun von weit, weit unter uns leise heraufzudringen schien.

Als wir uns ein wenig ausgeruht hatten, rafften wir uns endlich auf und setzten unseren Weg fort. Zuvor bat ich Llew, unsere Umgebung zu beschreiben.

„Es ist der Eingang zu einem Tal, glaube ich“, erwiderte er. „Der Fluß hat hier eine kesselförmige Schlucht ausgehöhlt. Sehr viel Grün. Das Gras ist kurz und dicht. Es gibt eine Menge Felsen zwischen den Bäumen, und die Bäume sind sehr hoch. Der Fluß ist hier breiter und auch tiefer. Das Tal macht nach einem kurzen Stück eine Biegung. Was dahinter liegt, kann ich nicht sehen, auch nicht, was oberhalb der Ränder des Tals liegt.“ Er hielt inne und wandte sich zu mir. „Nun? Was sagst du, Bruder?“

„Laß uns dem Fluß folgen und uns eine Stelle zum Lagern suchen“, antwortete ich. „Und falls du einen Ast entdecken solltest, der mir als Stab dienen könnte, wäre mir das sehr willkommen.“

Nach diesen Worten setzten wir uns in Bewegung. Llew führte mich, und wir bahnten uns unseren Weg über und zwischen den Felsen entlang des Flußbetts. Ich lauschte auf die Geräusche um mich her und sog die klare Luft ein, immer auf der Suche nach irgendwelchen Zeichen. Über das Plätschern des Wassers hinweg hörte ich Vogellaute: den dünnen Ruf des Spechtes, das pfeifende Trillern des Sperlings, und hoch über uns den miauenden Ruf eines Bussards, der gemächlich über den Bäumen kreiste. Hin und wieder hörte ich den Flossenschlag eines Fisches oder das flüchtige Rascheln eines Tiers, das sich bei unserem Näherkommen im Unterholz verkroch. Ich roch den erdigen Duft vermodernden Laubs und feuchten, faulenden Holzes, den sauberen, frischen Duft der von der Sonne gereinigten Luft und die schwache Süße von Blumen.

Nach einer Weile blieb Llew stehen. „Ein kleines Stück voraus ist ein Kiefernhain", sagte er mit schmerzverzerrter Stimme. Die Kletterpartie hatte ihn erschöpft, und seine Wunde machte ihm wieder zu schaffen. „Ich glaube, wir sollten dort rasten und unser Lager aufschlagen."

Wir gingen hin und fanden zwischen den Bäumen eine gut geschützte Lichtung. Der Boden war von herabgefallenen Kiefernnadeln bedeckt, die sich unter unseren Füßen dick und weich anfühlten; die Äste über uns bildeten ein hinreichendes Dach. Ein paar große Steine lagen etwa in Ringform verstreut – diese bildeten eine Art Caer, in dem wir Feuer machen und schlafen konnten. Nach einer Pause machte sich Llew daran, Feuerholz zu sammeln, während ich mich der Aufgabe widmete, einen Platz für das Feuer frei zu machen.

Während ich arbeitete und mich tastend in unserem Caer umherbewegte, hörte ich die Brise in den Baumwipfeln seufzen. Der Ostwind wurde stärker, je weiter die Sonne herabstieg. Es würde eine kalte Nacht werden, so daß wir froh sein würden, ein Feuer zu haben. Das sagte ich Llew, als er mit dem Feuerholz zurückkehrte.

„Dann hole ich noch mehr Holz", sagte er. Ich spürte, daß dies das letzte war, wozu er Lust hatte, doch er stapfte klaglos durch die Bäume davon.

Langsam tastend kroch ich hinab zum Flußufer und holte mehrere glatte, runde Steine. Nach mehreren Wegen hatte ich genug beisammen, um einen einfachen Feuerring zu bauen. Als ich begann, die Steine zu einem Ring anzuordnen, fing ich den leisen Anflug eines vertrauten Geruchs auf.

Ich hielt inne und setzte mich auf, hob den Kopf und hielt mein Gesicht in den Wind. Ich wartete, aber ich konnte den Geruch nicht wieder wahrnehmen. Vielleicht hatte ich ihn mir nur eingebildet.

Ich arbeitete weiter, und als wenig später ein Windstoß durch die Lichtung fuhr, roch ich es wieder. Diesmal war ich sicher, daß ich es mir nicht nur eingebildet hatte: Eichenrauch. Ich drehte mein Gesicht in den Wind. So stand ich immer noch, als Llew zurückkehrte.

„Was ist los?“ fragte Llew und ließ seine Armladung Holz fallen. „Was hast du gehört?“

„Nichts“, erwiderte ich. „Aber ich habe etwas gerochen – ein Eichenfeuer.“ Ich deutete in die Richtung des Windes. „Es kommt aus dieser Richtung. Weit kann es nicht sein, glaube ich.“

„Eine Siedlung?“

„Keine Ahnung.“

„Es wird bald dunkel sein“, bemerkte Llew. „Trotzdem, ich glaube, wir sollten nachsehen.“

„Wir werden gemeinsam gehen.“

„Hier“, sagte Llew – er blieb stehen und griff nach meinem Handgelenk –, „das habe ich dir mitgebracht.“

Er drückte mir das Ende eines Astes in die Hand. Das Stück war schlank, die Rinde glatt, das Holz geschmeidig und doch kräftig: Esche, vermutete ich. „Wenn ich ein Messer finde, werden wir dir einen richtigen Stab schnitzen“, sagte er.

Wir gingen langsam am Fluß entlang, immer dem Rauchgeruch nach. Bald sagte Llew: „Jetzt rieche ich es auch. Wir müssen schon ziemlich nah dran sein – aber es ist keine Spur von jemandem zu entdecken.“

„Vielleicht sind es Jäger“, erwiderte ich.

Plötzlich blieb Llew stehen. Er legte mir die Hand gegen die Brust, um mich aufzuhalten. „Ich sehe es!“ flüsterte er. „Ich sehe den Rauch – er zieht über das Wasser hinweg. Das Lager muß ganz dicht vor uns sein.“

Leise gingen wir weiter, und schon nach wenigen Schritten blieb Llew wieder stehen. „Ich glaube, hier ist eine Furt.“ Noch während er sprach, hörte ich das Geräusch von Wasser, das über Steine plätscherte. „Wir können auf die andere Seite hinüber. Soll ich hinübergehen und nachsehen, wer das Feuer gemacht hat?“

„Führe mich. Wir werden gemeinsam gehen.“

In einer Hand meinen Stab, die andere auf Llews Arm gelegt, folgte ich ihm durch die Furt. Die Steine lagen in günstigem Abstand, so daß ich keine Schwierigkeiten hatte, meinen Weg hinüber zu finden. Kaum hatte ich jedoch meinen Fuß auf das jenseitige Ufer gesetzt, als mir eine merkwürdige Stille in der Luft, ja in der Erde selbst bewußt wurde.

„Vor uns steht ein Eichenhain", sagte Llew flüsternd. „Die Bäume sind sehr groß."

„Gehen wir hinein", erwiderte ich. „Halt die Augen offen."

Wir setzten uns in Bewegung, und nach ein paar Schritten spürte ich eine Veränderung in meiner Umgebung. Es war kühler im Innern des Hains und feucht – der Geruch von Rauch, moosüberwachsener Baumstämme und herabgefallener Blätter stieg mir in die Nase. Die Luft war still; der Wald schwieg. Kein Laut war zu hören – kein Wind in den Blättern, kein Rascheln im Unterholz, kein Vogelruf.

Vorsichtig tasteten wir uns vorwärts und hielten uns dicht an die Bäume. Llew spannte sich, berührte mich am Arm und blieb stehen. „Was hast du gesehen?" flüsterte ich.

„Es ist eine Art Bild – eine Schnitzerei. Hier –"

Er nahm meine Hand und legte sie auf den Stamm des Baumes neben mir. Die Rinde war abgeschabt worden, und in das glatte Holz war eine Figur eingeschnitzt. Ich betastete die Schnitzerei mit den Fingern und fühlte ein grobes Bild: einen ausgehöhlten Kreis mit einem schmalen Stab, der sich durch seine Mitte zog. Es war ein Rad mit einem Speer als Achse.

„Es gibt noch mehr davon", flüsterte Llew, „mindestens eine Schnitzerei an jedem Baum."

Ich brauchte die in die turmhohen Eichen geschnitzten Bilder nicht zu sehen, um zu wissen, daß wir an einen Ort der Macht gekommen waren. Ich spürte die Stille des Hains – eine Stille, die seit undenklicher Zeit bestand; länger, als Menschen auf der Erde wandelten, sogar länger, als dieser Wald stand – eine Stille, die jeden Laut überwältigte, die beruhigte, schlichtete, befriedete mit einem Frieden, der alle Dinge mit sich selbst versöhnte.

Das Bild in den Baumstämmen zeigte an, um was für einen Hain es sich hier handelte. Er gehörte Gofannon, dem Meister der Schmiede. Sein Heiligtum war es, in das wir eingetreten waren.

„Dies ist ein *Nemeton*", flüsterte ich, „ein uralter Ort, ein heiliger Ort. Dieser Wald ist für Gofannon geheiligt; er gehört ihm. Komm", sagte ich und zupfte sanft an Llews Ärmel, „wir wollen diesen Herrn begrüßen und sehen, ob er nicht Erbarmen mit uns hat."

Mit lautlosen Schritten schlichen wir uns tiefer in das Nemeton. Ich streifte im Vorbeigehen mit den Händen an den rauhen Stämmen der großen Bäume entlang und roch den süßen, trockenen Rauch von brennendem Eichenholz ... wir näherten uns dem Herzen dieser Zuflucht und traten ein in die Gegenwart des Herrn des Hains.

# 11

## Gofannons Geschenk

„Er ist hier.“ Llew hauchte die Worte kaum hörbar. „Er ist ... Tegid, er ist gewaltig – ein Riese.“

„Wie sieht er aus? Beschreibe ihn.“

„Er ist doppelt so groß wie der größte Mann, den ich je gesehen habe. Seine Arme mit den starken Muskeln sehen mehr wie die Äste einer Eiche aus als wie Arme. Er hat überall rauhes, schwarzes Haar – auf den Armen und der Brust, auf den Beinen, den Händen und dem Kopf. Er trägt einen langen, geteilten Bart und langes, schwarzes Haar. Er trägt es straff an den Kopf gebunden wie ein Krieger. Sein Gesicht ... Warte! Er dreht sich um – jetzt schaut er in unsere Richtung!“

Llew umklammerte meinen Arm in seiner Erregung. „Er hat uns noch nicht gesehen.“

„Was noch? Erzähl mir mehr. Wie sieht er aus? Was macht er?“

„Seine Haut ist dunkel – geschwärzt von Rauch. Auch seine Augen sind dunkel, und er hat buschige, dichte, schwarze Brauen. Seine Nase ist flach und riesig, und sein Schnurrbart ist enorm – er bedeckt den ganzen Mund und ist an den Enden aufwärts gelockt. Er trägt nur lederne Breecs; seine Arme und seine Brust sind nackt – bis auf zwei riesige Goldbänder um die Handgelenke.“

„Was macht er?“

„Er sitzt auf einem Erdhaufen vor dem Eingang zu einer Höhle. Die Höhle hat einen eingefaßten Eingang: zwei rechteckige Steinpfosten, über denen ein steinerner Türsturz liegt. Die beiden Pfosten haben Schädelnischen, auf jeder Seite drei, mit Schädeln darin – von Vögeln und anderen Tieren, glaube ich –, und in den Türsturz ist der Endlose Knoten eingemeißelt. Die Schädel und die Gravur sind mit Indigo blau gefärbt. Direkt vor dem Höhleneingang steht ein Stein mit einem Amboß darauf. Neben dem Stein sehe ich einen Hammer – riesig –, es ist der größte Hammer, den ich je gesehen habe. Und auf dem Amboß liegt eine Zange."

„Weiter", drängte ich, „was noch?"

„Er sitzt vor einer Feuergrube und hält einen riesigen Spieß in den Händen. An dem Spieß hängt Fleisch – ein ganzes Schaf oder Reh. Er richtet das Fleisch auf dem Spieß an – macht es zum Braten bereit. Ein Feuer hat er noch nicht angemacht, und ... jetzt schaut er wieder hierher. Tegid! Er hat uns gesehen!"

Ich hörte eine Stimme, so tief wie die Stimme der Erde selbst, ernst und befehlend.

„Willkommen, kleine Menschen", sagte der Herr des Hains. „Steht auf und kommt zu mir."

Obwohl er streng sprach, hörte ich keine Drohung und keinen bösen Willen in seiner Aufforderung. Llew, der immer noch meinen Arm umklammert hielt, zog mich mit sich, und wir traten langsam von dem äußeren Kreis unter die Augen des Uralten.

„Sei gegrüßt, Herr", rief ich. „Wir grüßen dich mit Achtung und aller Ehrerbietung."

Gofannon erwiderte: „Gebt mir ein Zeichen dieser Ehrerbietung, von der du redest. Was für ein Geschenk bringt ihr mir?"

„Großer Fürst", antwortete ich in die Richtung, aus der die Stimme kam, „wir sind Verbannte, die in einem Land, das uns unbekannt ist, Zuflucht suchen. Wir wurden von Feinden überfallen und dem Meer übergeben. Wir bringen dir nur das kleine Gut der Geselligkeit, die unsere Gegenwart dir bringen wird. Doch wenn dir das als eine erstrebenswerte Gabe erscheint, so geben wir sie frohen Herzens."

„Das ist wahrhaftig eine seltene Gabe", erwiderte der Uralte voller Ernst. „Denn es ist lange her, seit ich Menschen in meinem Hain willkommen hieß. Ich nehme eure Gabe mit Freuden an. Setzt euch zu mir, und eßt mit mir."

Wir traten näher – Llew legte mir die Hand unter den Ellbogen und führte mich – und setzten uns auf den Boden.

„Kennt ihr mich?“ fragte der Uralte.

„Großer Fürst, du bist der Sucher der Geheimnisse“, erwiderte ich. „Du bist der Gräber nach Erz, der Entdecker der Schätze. Du bist der Veredler und Former des Metalls, der Meister der Schmiede.“

Die tiefe Stimme grunzte zustimmend: „All das bin ich – und mehr. Wagst du es, meinen Namen auszusprechen?“

„Du bist Gofannon“, antwortete ich freimütig, obwohl ich innerlich zitterte.

„Der bin ich“, erwiderte der Herr. Ich hörte Befriedigung in seiner Stimme. Er war zufrieden mit seinen Gästen. „Wie kommt es, daß du meinen Namen kennst und weißt, wer ich bin?“

„Ich bin ein Barde und ein Sohn von Barden, mächtiger Fürst. Ich bin gelehrt in den Dingen der Erde und des Himmels und allem, was für die Menschen notwendig ist.“

„Hast du einen Namen, kleiner Mann?“

„Ich bin Tegid Tathal“, erwiderte ich.

„Und der kleine Mann, der bei dir ist“, sagte Gofannon, „hat er auch einen Namen? Oder teilt ihr beide euch einen Namen?“

„Er hat einen Namen, Herr.“

„Hat er auch eine Zunge? Oder muß deine Zunge euch beiden dienen?“

„Er hat eine Zunge, Herr.“

„Warum nennt er dann nicht seinen Namen? Ich möchte ihn hören, wenn nichts ihn daran hindert.“ Ich hörte an der Stimme des Riesen, daß er sich an meinen schweigsamen Begleiter gewandt hatte.

„Nichts hindert mich, großer Fürst“, sagte Llew leise. „Und ich habe auch meine Zunge nicht verloren.“

„Dann sprich, kleiner Mann. Du hast meine Erlaubnis.“

„Mein Name ist Llew. Ich war einst ein Fremder in Albion, aber durch den Mann, den du vor dir siehst, ist es mir zur Heimat geworden.“

„Ich sehe viel, kleiner Mann. Ich sehe, daß ihr verwundet seid“, sagte Gofannon. „Du hast eine Hand verloren, und dein Freund hat seine Augen verloren. Und ich sehe, daß diese Wunden euch immer noch schmerzen. Wie ist das geschehen?“

„Unsere Feinde griffen uns an einem heiligen Ort an", sagte Llew. „Die Barden von Albion wurden dahingemetzelt. Wir haben als einzige überlebt, doch sie verwundeten uns und übergaben uns in einem Boot dem Meer."

Der Herr des heiligen Hains dachte lange darüber nach und gab ein leises, kehliges Grollen von sich, als er unsere Worte in seinem scharfen Geist bewegte und ihre Wahrheit abwägte. „Jetzt kenne ich euch", erwiderte Gofannon endlich. Wieder spürte ich die Befriedigung in seiner Stimme. „Kommt, wir wollen zusammen essen. Aber zuerst brauchen wir Holz für das Feuer."

Seine nächsten Worte waren an Llew gerichtet. „Du, kleiner Mann, wirst das Feuerholz hacken."

Ich hörte, wie sich der Riese erhob und davonging. Llew flüsterte: „Er will, daß ich Holz hacke. Meine Hand – wie soll ich eine Axt benutzen? Das schaffe ich nicht."

„Sag es ihm."

„Hier ist die Axt", sagte Gofannon, als er zurückkehrte. „Dort ist das Holz. Hacke genug für die ganze Nacht, denn wir werden es brauchen."

„Es ist mir eine Freude, dir zu dienen, Herr", sagte Llew höflich. „Aber wie du siehst, bin ich verwundet. Ich kann die Axt nicht halten, geschweige denn damit Holz hacken. Vielleicht gibt es etwas anderes, das ich für dich tun kann."

Trotz Llews höflicher Ablehnung ließ sich der Meister der Schmiede nicht beirren. „Du hattest zwei Hände und hast nur eine verloren. Hast du denn keine andere mehr?"

„Doch", antwortete Llew, „aber meine Verletzung ist –"

„Dann gebrauche die Hand, die dir geblieben ist."

Llew sagte nichts mehr; er stand neben mir auf, und wenige Augenblicke später hörte ich die Schläge der Axt, als er langsam und unbeholfen anfing das Feuerholz zu hacken. Ich hielt Gofannons Forderung für sehr hart, hielt es aber nicht für weise, mich einzumischen.

Also lauschte ich den dumpfen Schlägen der Axt und Llews stoßweisem Atem. Und ich knirschte um Llews willen mit den Zähnen und spürte seinen Schmerz und seine Verzweiflung, als er sich mit der Axt des Riesen abmühte.

Als Llew endlich mit seiner Arbeit fertig war, ließ Gofannon ihn das Holz zur Feuergrube tragen. Er tat es ohne ein Wort des Protestes, obwohl ich wußte, daß nach dieser Prüfung der Schmerz in seiner Wunde wild pochen mußte. Unzählige Male trug er mit der gesunden Hand Holz vom Haufen zur Feuergrube. Als er den letzten Scheit abgelegt hatte, ließ sich Llew neben mir auf den Boden fallen.

Er war naß vom Schweiß und zitterte vor Erschöpfung und Schmerz. „Das ist vorbei", flüsterte er durch zusammengebissene Zähne.

„Still", beschwichtigte ich ihn. „Ruh dich aus."

„Gute Arbeit!" rief der Herr der Schmiede. „Jetzt werden wir essen."

Mit diesen Worten klatschte der Riese in die Hände, und ich hörte das Knistern eines Feuers und roch bald darauf den Duft bratenden Fleisches. Der Geruch ließ mir das Wasser im Mund zusammenlaufen, und plötzlich spürte ich, wie leer mein Magen war. Während Gofannon sich mit seiner Aufgabe beschäftigte, lag Llew auf dem Boden und kam allmählich wieder zu Kräften. Ich lauschte auf das Zischen des brodelnden Fettes, während der Herr des Hains den Spieß drehte und die heißen Säfte in den Flammen verdampften.

Als das Fleisch endlich gar war, war mir schon schwindlig vor Hunger.

„Laßt uns essen!" rief der Former des Metalls plötzlich, als könne er nicht länger warten. Dann hörte ich ein lautes Knacken und ein dumpfes, reißendes Geräusch, und bevor ich mich versah, wurde mir eine dampfende gebratene Hirschkeule in die Hände gedrückt. Ein weiteres ohrenbetäubendes Knacken, und Llew hatte ebenfalls eine ganze Keule vor sich. „Das ist genug Fleisch für eine Woche!" flüsterte Llew. Der Rest des Hirsches gehörte unserem riesenhaften Gastgeber.

„Eßt, meine Freunde! Eßt und werdet satt", bellte er fröhlich, und ich hörte ein schnaufendes Geräusch, als unser Gastgeber begann, Fleisch von den Knochen abzunagen.

Ich warf alle Zurückhaltung beiseite, hob die Keule an den Mund und begann zu essen. Ich bearbeitete das Fleisch mit den

Zähnen, füllte mir gierig den Mund und genoß die Wärme und den Geschmack. Die aromatischen Säfte flossen mir an Kinn und Hals hinab bis auf die Brust. Ich ließ sie fließen, so hungrig war ich.

„Fürst Gofannon", sagte Llew plötzlich, „ich habe noch nie so gutes Fleisch gegessen. Hättest du uns von deinem Mahl nur einmal kosten lassen, so wärest du dennoch der großzügigste aller Gastgeber gewesen."

„Wo man allein ißt, da ist jede Mahlzeit mager", antwortete der Uralte freundlich. „Doch wo wahre Gefährten der Feuerstelle miteinander Mahl halten, da wird die Mahlzeit zum Fest!"

Der Herr der Feuerstelle lachte, und wir lachten mit ihm und erfüllten den Hain mit dem Lärm unserer Freude. Wir beendeten unser Mahl und weideten uns an dem herrlichen Gefühl des warmen Essens in unseren Bäuchen.

„Trinkt mit mir, kleine Männer!" rief der Uralte mit einer Stimme, die die Blätter an den Eichenzweigen rauschen ließ. Er klatschte in die Hände, und es war ein Geräusch wie Donner.

„Ich kann es nicht glauben!" keuchte Llew und beugte sich vor.

Ich hörte einen Laut wie den Fall eines Steins in einen tiefen Teich. „Was ist passiert?"

„Es ist einfach aus dem Nichts erschienen", flüsterte Llew.

„Was ist erschienen?" flüsterte ich zurück. „Sei meine Augen, Mann! Beschreibe mir, was du siehst."

„Es ist ein Faß! Ein goldenes Bierfaß – so groß wie ..." stotterte er. „Es ist riesig! Fünfzig Männer könnten darin stehen! Dreihundert könnten davon trinken!"

Ich hörte ein weiteres Plätschern, und ein Kelch wurde mir in die Hand gedrückt. Aber was für ein Kelch – ein Becher, so groß wie ein Eimer! – und gefüllt mit schäumendem Bier.

„Trinkt!" rief Gofannon. „Trinkt, meine Freunde! Trinkt und seid fröhlich!"

Ich hob den Becher und trank das kühle, erfrischende Bier in gierigen Zügen. Es war ein großartiges Gebräu, bittersüß und auf der Zunge prickelnd, mit vollem Geschmack und sahniger Fülle – zweifellos das beste, das ich je gekostet habe, und ich habe schon in den Hallen vieler Könige getrunken.

Da ich dachte, Llew würde gar nicht in der Lage sein, seinen Becher zu heben, wandte ich mich zu ihm und bot ihm meinen an. „Keine Sorge, Bruder", erwiderte er herzhaft und saugte sich den Schaum aus dem Schnurrbart. „Ich habe einfach mein ganzes Gesicht in den Becher getaucht!"

Er lachte, und in dem Klang seines Lachens hörte ich den Mann zurückkehren, den ich kannte. Wir tranken und lachten, und ich spürte, wie die Qual meiner Wunde und die Trauer über meine Blindheit sich zu lösen begannen und von mir abfielen wie Lasten, die man an der Schwelle eines gastlichen Hauses zurückläßt. Doch es lag nicht allein am Essen, am Trinken und an der Fröhlichkeit. Wir befanden uns in der Gegenwart von jemandem, der noch größer ist als der Herr der Schmiede – jemandem, dessen Gegenwart an sich schon ein lindernder Balsam war, ein Geschenk von unschätzbarem Wert. Ich vergaß meine Verletzungen und meine Schwäche; in der Gegenwart des Gütig-Weisen war ich wieder heil und gesund.

Als wir soviel wir konnten gegessen und getrunken hatten, sagte Gofannon zu mir: „Du sagst, du bist ein Barde. Hast du Rang und Namen unter deinesgleichen?"

„Ich bin Penderwydd von Prydain", erwiderte ich. „Früher war ich der Oberste Barde Meldryn Mawrs."

Unser Gastgeber gab wieder sein kehliges Grollen von sich und sagte dann: „Es ist lange her, seit ich das Lied eines Barden in meinem Hain gehört habe."

„Wenn es dir gefällt, großer Fürst", sagte ich, „werde ich singen. Was möchtest du hören?"

Der Meister der Handwerker dachte eine Weile nach, ständig vor sich hin knurrend. „Bladudd der Entstellte", antwortete er endlich.

Eine seltsame Wahl, dachte ich. Das *Lied von Bladudd* ist schon sehr alt. Es ist wenig bekannt und wird kaum gesungen – vielleicht, weil keine Schlachten darin vorkommen.

Als ob er meine Gedanken belauschte, sagte Gofannon: „Es ist eine selten gehörte Geschichte, ich weiß. Doch dies ist die Geschichte, die ich hören möchte. Ein echter Barde müßte sie kennen."

„So sei es", sagte ich und stand auf. Als ich so vor ihm stand, vermißte ich plötzlich meine Harfe. „Ich muß dich um Nachsicht bitten, Herr, aber ich habe keine Harfe. Doch das Lied wird unter diesem Mangel nur wenig leiden. Das verspreche ich dir."

„Kein Wort davon!" rief Gofannon mit einer Stimme, die die Bäume zum Erzittern brachte. „Warum sollte man auch nur auf eine solche Kleinigkeit verzichten, wenn doch diese Kleinigkeit leicht zu beschaffen ist, wenn man nur darum bittet?"

„Großer Fürst", erwiderte ich, immer noch zitternd von seiner gewaltigen Stimme, „wenn es dir gefällt, könnte ich eine Harfe haben?"

„Eine Harfe!" rief er. „Du bittest um eine Harfe, aber du stehst da und läßt deine Arme an den Seiten herunterbaumeln! Halte die Hände auf, wenn du etwas empfangen willst."

Ich hielt ihm meine Hände entgegen und empfing eine Harfe. Meine Arme schlossen sich um das vertraute, wohltuende Gewicht, und ich lehnte das Instrument gegen Brust und Schulter. Ich strich über die Saiten. Sie klangen melodiös und volltönend. Außerdem waren die Saiten bereits gestimmt. Ich schlug einen Akkord an, und die Luft füllte sich mit einem herrlichen Klang, voll und schwingend. Die Harfe war eine gute Arbeit, und es war eine Freude, sie zu spielen und zu hören.

Ich machte mich bereit zum Singen und wartete, während meine Zuhörer sich niederließen, um das Lied zu empfangen. Dann begann ich mit einem schimmernden Akkord: „In alter Zeit, bevor Schweine in Albion bekannt waren und Könige das Fleisch von Rindern aßen, erhob sich in Caledon ein Herrscher von gewaltigem Ruhm, und Rhud Hudibras war sein Name." Mein riesiger Gastgeber grunzte beifällig, und die Geschichte begann.

„Nun hatte dieser Häuptling, ein Mann von großem Ansehen und beliebt bei seinem Volk, drei Söhne. Der erste Sohn war ein Jäger und Krieger von großer Geschicklichkeit und Schlauheit, und der zweite Sohn war wie der erste. Beide Männer genossen nichts so sehr wie ein Festmahl mit guten Kameraden und das Lauschen auf die Lieder der Barden. Das Leben erschien ihnen gut, wenn Met in ihren Bechern und eine Jungfrau in ihren Armen war.

Doch der dritte Sohn machte sich nichts aus der Jagd oder dem Krieg. Ihm erschien es erstrebenswerter, sich Weisheit zu erwerben. Ja, angenehmer war ihm das Wissen als der Harfenklang der Barden, das Festmahl mit Freunden oder gar sein Arm um die schlanke Taille eines Mädchens. Bladudd war sein Name. Wahrheit und Wissen waren stets seine Freude. Und es begab sich folgendes:

Eines Tages rief König Rhud seine drei Söhne zu sich, sprach freundlich zu ihnen und sagte: ‚Ich bin euer Diener, meine Geliebten. Gute Gaben sollen euch zuteil werden. Sprecht zu mir, meine Söhne. Offenbart mir das Sehnen eurer Herzen. Bittet, um was ihr wollt, und es soll euch gegeben werden.'

Die ersten beiden Söhne antworteten ihrem Vater, dem König: ‚Unsere Freude ist die Jagd und das Festmahl, wie du weißt. Darum erbitten wir nichts als schnelle Pferde, reiche Beute und ein warmes Feuer und einen mit Freunden geteilten Willkommenskelch am Ende des Tages.'

Der König hörte ihnen zu und sagte: ‚Diese Dinge habt ihr bereits. Gibt es nicht noch etwas, das ich euch geben könnte?' Denn es war seine Absicht und sein Wunsch, denen, die er liebte, gute Gaben zuteil werden zu lassen.

Die Söhne, starke und kühne Männer, berieten sich untereinander und antworteten ihm: ‚Du hast recht, wenn du sagst, daß wir bereits haben, was wir begehren. Doch eines gibt es, das wir nicht haben.'

‚Nennt mir nur dieses eine, und es soll euch zuteil werden, meine Kühnen', sprach Rhud, der weise Vater.

Und seine Söhne antworteten und sprachen: ‚Wir wünschen uns unendliche Lebensjahre, so daß wir diese Freuden für immer genießen können.'

‚Wenn es das ist, was ihr wünscht', erwiderte Rhud, ‚so läßt es sich leicht erfüllen. Aber gibt es nicht noch etwas anderes, das ihr begehrt?'

‚Du hast gefragt, und wir haben geantwortet', erwiderten die beiden Jäger. ‚Mehr wünschen wir nicht.'

‚Nun gut', sprach der gute König. ‚Geht eures Weges. Was ihr wünscht, ist euer.'

Dann wandte sich der König, der weise Herrscher, an seinen jüngsten Sohn, der ein wenig abseits stand, die Stirn gedankenvoll gerunzelt. ‚Bladudd, mein geliebter Sohn', sagte der Vater, ‚ich bin dein Diener. Gute Gaben sollen dir zuteil werden. Sprich zu mir, mein Sohn. Offenbare mir das Sehnen deines Herzens. Was immer du erbittest, wird dir gegeben werden.'

Bladudd, der die ganze Zeit über nachgedacht hatte, antwortete sofort: ‚Vater, da du ein Mann bist, der zu seinem Wort steht, werde ich dir rundheraus antworten. Wie du weißt, ist es meine ganze Freude, nach der Wahrheit zu forschen und mir Wissen zu erwerben. Doch ich habe einen Wunsch, und ich weiß nicht, ob er mir Schmerz oder Freude bringen wird. Ich zögere, ihn auszusprechen, denn ich fürchte, er könnte mir verweigert werden.'

‚Was ist es, mein Sohn?' fragte sein Vater. ‚Sag mir, was du auf dem Herzen hast. Wenn du mir nichts vorenthältst, werde auch ich dir nichts vorenthalten.'

‚Dann höre mich an, wenn ich sage, daß ich in ein fernes Land reisen möchte, wo ich mein Wissen vermehren kann, so daß ich die Wahrheit über alle Dinge erkenne und aus meiner Kenntnis der Wahrheit große Weisheit schöpfe. Denn ich lüge nicht, wenn ich dir sage, daß ich alles gelernt habe, was es in diesem Reich zu wissen gibt – einschließlich aller Zaubersprüche. Aber was sind Zaubersprüche, verglichen mit der Wahrheit?'

Als er das hörte, weinte Rhud, der weise und liebende Vater, vor Schmerz und Freude zugleich. Vor Schmerz, weil er das Leid kannte, das seinen geliebten Sohn erwartete; vor Freude, weil Bladudd eine Gabe begehrte, die mehr wert war als alle anderen. Zu seinem Sohn sagte er: ‚Wo liegt dieses ferne Land? Wie heißt es?'

Bladudd erwiderte: ‚Es ist ein Reich im Westen, jenseits der Stelle, wo die Sonne im Meer versinkt. Es heißt das Land der Verheißung, und dort ist das kleinste Kind weiser als der weiseste Mann in diesem Weltenreich.'

König Rhud erhob seine Hände und sprach: ‚Geh deines Weges, mein geliebter Sohn. Was du begehrst, ist dein.'

Noch am gleichen Tag segelte Bladudd mit einem Schiff davon. Seine Reise dauerte lang und führte ihn weit fort, immer nach

Westen, dem Ort entgegen, wo die Sonne versinkt. Viele Tage vergingen, ohne daß er das ferne Land erreichte, und dann viele weitere Tage. Sechs Monde zogen des Nachts über seinen Kopf dahin, und dann noch zwei. In der Nacht der Neugeburt des neunten Mondes – es war Beltain – befiel ihn ein tiefer Schlaf. Er zog sich den Umhang über den Kopf, schloß die Augen und fiel bald in den tiefsten Schlaf, den er je erlebt hatte.

Nur kurze Zeit schien ihm vergangen zu sein, als er einen Laut wie die Stimme eines Flohs hörte. Er erwachte, und als er seinen Umhang zurückschlug, erblickte er ein tanzendes Licht. Er hörte leise Musik in der Luft. Das Licht leuchtete überall um ihn her, und es kam aus dem Meer. Bladudd richtete sich auf, hielt sich mit den Händen am Bootsrand fest und steckte sein Gesicht ins Wasser, um zu sehen, woher das Licht kam.

Wenn das Licht über den Wellen schön anzusehen war, so war es unter den Wellen von blendender Schönheit. Und die Musik war die lieblichste, die er je gehört hatte. Doch es war weder das Licht noch die Musik, was ihn fesselte. Keineswegs. Was Bladudds Staunen erregte, war der Anblick geschwungener grüner Hügel und blühender Apfelbäume.

Wo er zuvor Fische und Meerespflanzen erblickt hatte, sah er jetzt Vögel und Blumen – strahlende Vögel und weithin sich erstreckende Wiesen voller blauer und weißer Blumen. Die Vögel flogen zu den Apfelbäumen und stimmten einen so lieblichen Gesang an, daß Bladudd glaubte, sein Herz müßte zerspringen. Es war, als sei er sein ganzes Leben lang taub gewesen, bis diese Musik begann.

Als er es wagte, die Vögel zu begrüßen, erhoben sie sich unter flatternden Flügelschlägen in einem Schwarm aus den Apfelbäumen. Und als sie auf dem Boden landeten, verwandelten sich die Vögel in fünfzig junge Frauen von unvergleichlicher Schönheit. Bladudd betrachtete diese Jungfrauen voller Entzücken und hätte sie voller Freude von jenem fernen Tag bis heute betrachtet, wäre nicht plötzlich über den Hügel ein Rudel Hirsche erschienen.

Als die Hirsche den Ort erreichten, wo die Jungfrauen warteten, verwandelten sie sich in fünfzig junge Männer, so prächtig, wie die Frauen schön waren. Jeder der Männer trug einen Torc aus dickem Gold um den Hals; jede der Jungfrauen trug eine goldene Krone. Sie gesellten sich zueinander und begannen auf den Wiesen zu lustwandeln, und ihr Spiel war ein wahrhaft ergötzlicher Anblick.

Und die Anmut dieser wunderbaren Rasse weckte in Bladudds Seele die Sehnsucht, zu ihnen zu gehören. Sofort kletterte er aus dem Boot und sprang ins Wasser. Als Bladudd plötzlich auftauchte, verwandelten sich die Jungfrauen wieder in Vögel und die jungen Männer in Hirsche und flohen über den Hügel.

Rasch bedachte Bladudd bei sich selbst, was er tun könnte. ‚Ich werde mich mit einem Unsichtbarkeitszauber verbergen', dachte er. Und er tat es.

Unsichtbar rannte er zu dem Ort, wo die jungen Männer sich in Hirsche verwandelt hatten, wählte den vordersten von ihnen aus und legte seine Arme um das anmutige Geschöpf. So rannten der Hirsch und Bladudd Seite an Seite über den Hügel. Doch obwohl der Hirsch allen anderen voraus gewesen war, kam er als letzter über den Hügel, weil Bladudd sich an seinem Hals festhielt.

Weiter rannten sie, und bald erblickten sie ein mächtiges Caer auf einem hohen, weitläufigen Hügel. Hinauf zum Caer flogen die Vögel, und die Hirsche rannten hinterher. In der Mitte des Caers stand eine prächtige Halle. Die Schönheit des Landes rund um das Caer übertraf an Schönheit bei weitem alles, was Bladudd je gesehen hatte, und auch die Halle des Königs überstrahlte alle anderen, die Bladudd kannte.

Als sie das Caer erreichten, verwandelten sich die Hirsche und Vögel wieder in anmutige junge Männer und Frauen. Die jungen Männer lachten über den Hirsch, der ihnen voraus gewesen war und nun als letzter ins Caer gelangte. Lachend fragten sie ihn, ob ihr Spiel ihn erschöpft hätte. ‚Nein', erwiderte der junge Mann, ‚aber als ich anfing zu rennen, spürte ich plötzlich ein Gewicht an meinem Hals. Wenn der Tod, der sich eng an die sterblichen Menschen klammert, sich an mich geheftet hätte, so hätte das Gewicht nicht schwerer sein können.'

Darauf begab sich das Schöne Volk in die Halle, und Bladudd folgte ihnen. Unsichtbar durch seinen Zauber, suchte er sich eine

Säule in der Halle, neben die er sich stellte, und legte sich die Hand über den Mund, um nicht erstaunt auszurufen über all die Dinge, die er sah. Denn wohin sein Auge auch blickte, sah er wunderbare Schätze und unzählige Wunder in jeder Ecke und Ritze der Halle. Und der geringste der Schätze, die er dort sah, wäre noch weitaus kostbarer gewesen als alle Schätze in seiner eigenen Welt. Auf einem juwelenbesetzten Thron saß der König. Sein Haar leuchtete hell wie eine Flamme, und sein Gesicht war voller Glanz. Wenn jemand schön war an seinem Hof – und das waren sie! das waren sie! –, dann war der König selbst noch schöner.

Bladudd glaubte, er würde nicht entdeckt werden. Doch kaum hatte er seinen Platz neben der Säule eingenommen, da sprang der König auf und rief: ‚Es ist ein toter Mann unter uns!' Darüber erschrak Bladudd so sehr, daß er seinen Unsichtbarkeitszauber vergaß und vor den Augen der schönen Gesellschaft sichtbar wurde.

Der König betrachtete Bladudd und fragte ihn nach seinem Namen und seinem Rang. ‚Das Blut in meinen Adern ist nicht so gering, daß du dich deines Gastes schämen müßtest', erwiderte Bladudd stolz. ‚Da ich ein Fremder unter euch bin, erbitte ich dieselbe Gastfreundschaft von dir, die du auch von mir erbitten würdest, wenn wir unsere Plätze tauschten: die besten Speisen und Getränke, eine schöne Frau zu deiner Begleitung, Harfner, die deine Ohren mit Wohlklang erfüllen, den besten Platz am Feuer und einen Stapel frischer Felle als dein Bett.'

‚Ein furchtloser Bittsteller', bemerkte der König. ‚Was hat dich hierhergeführt?'

‚Ich kam hierher auf der Suche nach der Wahrheit, die zur Weisheit führt', antwortete Bladudd. ‚Ich schwöre bei den Göttern, bei denen mein Volk schwört, daß ich gegen niemanden hier eine böse Absicht hege. Ja, alles, was ich mitnehme, wird euch nicht ärmer machen, denn ich begehre nichts als ein wenig von eurem Wissen.'

Als der König das hörte, warf er den Kopf zurück und lachte laut auf. ‚Glaubst du denn, daß wir unser Wissen so leicht hergeben?'

‚Ich glaube, daß es niemals schaden kann zu fragen', erwiderte Bladudd.

‚Das ist wahr', bestätigte der König. ‚Wie auch immer, ich hätte gedacht, daß kein Sterblicher es fertigbringen würde, einen Weg zu diesem Ort zu finden, es sei denn es wäre Bladudd ap Rhud Hudibras von Caledon.'

‚Dieser Mann bin ich', erklärte Bladudd, erstaunt, daß sein Name bei einem so großartigen und mächtigen Volk bekannt war.

‚Wohlan', sprach der König, ‚deine Geistesgegenwart und deine furchtlose Zunge haben dir einen Platz unter uns erworben – wenn auch vielleicht nicht den Platz, den du dir erhofft hast. Du wirst meine Schweine hüten.'

So wurde Bladudd – der noch nie ein Schwein gesehen, geschweige denn eines gerochen hatte – der Schweinehirt des Königs des Landes der Verheißung. Diese Schweine waren, wie Bladudd bald erfuhr, die bemerkenswertesten Geschöpfe, die er je gesehen hatte. Ihre merkwürdigste Eigenschaft war diese: Sooft sie auch geschlachtet und verspeist wurden, am nächsten Tag waren die Schweine wieder lebendig. Aber das war noch nicht alles. Weit gefehlt! Denn es war das Verspeisen des Fleisches dieser Schweine, das das Volk des Königs vor dem Tod bewahrte.

Sieben Jahre lang, so schien es ihm, hütete Bladudd die wunderbaren Schweine – doch in all dieser Zeit hatte er niemals die Gelegenheit, auch nur die Spitze seines kleinen Fingers in den Saft eines bratenden Schweines zu tauchen, geschweige denn etwas von dem Fleisch zu kosten. Dabei kamen jeden Tag um die Mittagszeit die Diener des Königs und trieben so viele Schweine weg, wie für das Festmahl des Abends gebraucht wurden. Und jeden Morgen waren die Schweine wieder zurück in Bladudds Obhut.

Die ganze Zeit über hielt der schlaue Bladudd die Augen und Ohren offen. Mit seinen Schweinen durchwanderte er das Land der Verheißung, begegnete den Menschen, redete mit ihnen und lernte viel. Des Nachts lauschte er dem Gesang der Barden in der Halle des Königs und lernte noch mehr. So konnte er trotz seines niedrigen Standes sein Wissen vermehren und war zufrieden.

Am Ende der sieben Jahre hütete Bladudd eines Tages die unvergleichlichen Schweine an einem Bachufer. Da hörte er den

Stoß eines Jagdhorns, blickte auf und sah eine Gruppen von Männern ungezügelt durchs Unterholz reiten. Zu Füßen der Reiter rannten ihre Hunde, und Reiter und Hunde waren einem herrlichen Hirsch auf den Fersen, so weiß wie Meeresschaum, mit roten Hörnern und Ohren.

Der fliehende weiße Hirsch sprang in einem riesigen Satz über den Bach, landete nur wenige Schritte von Bladudd entfernt, schüttelte sein Geweih und verschwand im Wald. Die Hunde und Reiter suchten nach dem Hirsch, und obwohl die Hunde bellten und die Reiter lange suchten, konnten sie die Spur nicht wiederfinden.

Bladudd beobachtete sie und entdeckte, daß er sie wie ein Spiegelbild in einem Teich sah und nicht wie Fleisch und Blut vor seinen Augen. Daran erkannte er, daß dieser Bach eine der Grenzen war, die ein Weltenreich vom anderen trennen, und daß er in die Welt, die er zurückgelassen hatte, hinüberblickte. Er sah die leuchtenden Muster auf ihren Kleidern und hörte den Tonfall ihrer Sprache, als sie miteinander redeten, und eine starke Sehnsucht überkam ihn. Tränen strömten aus seinen Augen, und er legte sich neben dem Bach nieder und weinte um sein früheres Leben.

Von diesem Moment an war Bladudds Wunsch, im Land der Verheißung zu bleiben, verschwunden, und er trachtete danach, wieder in sein eigenes Land zurückzukehren. Er dachte darüber nach, wie er zu seinen Clansleuten zurückkehren könnte, und hielt stets Ausschau nach einer Gelegenheit dazu.

Er beobachtete und wartete, und seine Gelegenheit kam am Samhain, an dem die Wege zwischen den Welten offenstehen und man von einer in die andere gehen kann. So ergriff Bladudd seine wenigen Habseligkeiten und machte sich auf den Weg zur Furt des weißen Hirsches. Heimlich verließ er das Caer des Königs, damit niemand versuchen könnte, ihn aufzuhalten oder zum Bleiben zu überreden. Und als er ging, trieb er neun von den Schweinen des Königs vor sich her, denn er wollte eine Gabe mit zurück nach Albion bringen.

Das war ein guter Plan, aber die Schweine schrien im Laufen und weckten jedermann mit ihrem erbärmlichen Gequietsche.

Der König hörte den Lärm und machte sich an die Verfolgung. Bladudd floh und versuchte dem König mit einem Zauberspruch nach dem anderen zu entkommen.

Als er den Bach erreichte, erdachte sich der tapfere Bladudd einen Zauberspruch, der ihn in einen Lachs und die neun Schweine in silberne Schuppen auf seinem Rücken verwandelte. Doch der König nahm die Gestalt eines Otters an. Dann verwandelte er sich in ein Eichhörnchen und die Schweine in neun Nüsse in einem Kiefernzapfen. Doch der König verfolgte ihn in Gestalt eines Frettchens. Darauf verwandelte sich Bladudd in einen Reiher und die Schweine in neun Federn an seinem Hals. Doch der König wurde zu einem Adler, der sich aus der Höhe auf seine Beute stürzte. Zuletzt verwandelte sich Bladudd in einen Wolf und die neun Schweine in Kletten in seinem Fell. Doch der König ereilte ihn in der Gestalt eines Jägers zu Pferde; er schüttelte seinen Speer über Bladudd und den Schweinen und verwandelte sie zurück in ihre eigenen Gestalten.

‚Was für ein treuloser Schweinehirt', sprach der König.

Kühn antwortete ihm Bladudd: ‚Nein, mächtiger König. Sieben Jahre lang habe ich dir treu gedient. In all dieser Zeit hast du keinen Verlust erlitten, denn ich habe deine Schweine davor bewahrt, von Wolf und Adler geraubt zu werden, sich zu verirren, zu verwahrlosen und dergleichen Unheil mehr, das Schweine befallen kann. Nicht ein einziges Haar von der zarten Haut des kleinsten Ferkels ging verloren. Und was hatte ich von ihnen? Ich sage dir die Wahrheit: Ich habe nicht einmal einem von ihnen meine Fingerspitze auf die Schwarte gelegt, wenn es gebraten wurde, und hinterher meinen Finger abgeleckt. Und du hast mich für die Dienste, die ich dir geleistet habe, nicht einmal mit einem freundlichen Wort belohnt. Deshalb, tapferer König, erschien es mir angemessen, mir einen kleinen Tribut aus dem Zuwachs der Herde auszuwählen.'

‚Du hast meine Schweine gestohlen!' fuhr ihn der König an.

‚Keineswegs, großer Fürst. Ich habe es unternommen, die Ehre deines guten Namens zu bewahren und deinen Ruhm in meinem Land ebenso groß zu machen wie in deinem eigenen, indem ich meinem Volk diese Schweine als Geschenk von dir überbringe.

Dies habe ich getan, damit niemand dich für geizig und schäbig hält.'

Das Gesicht des Königs verfinsterte sich vor Zorn. ‚Das war unklug gesprochen', rief er wütend. ‚Du ahnst nicht, welches Unheil du mit deinen Machenschaften heraufbeschworen hättest, wenn ich dich nicht gehindert hätte. Eine schreckliche und schwere Prüfung hätte euch erwartet, hätten diese Schweine je ihren Fuß in dein Land gesetzt. Doch um der Unschuldigen willen werde ich es verhindern. Du kannst mir für meine Freundlichkeit danken.'

‚Dann danke ich dir für nichts', gab der kühne Prinz zurück.

‚Du kamst, um dir Wissen zu erwerben –'

‚Und Wissen habe ich empfangen – was ich nicht dir verdanke.'

‚Doch hättest du gelernt, deine Selbstsucht und deinen Stolz aufzugeben, so hättest du eine weitaus größere Gabe empfangen, als selbst du dir zu erbitten vorstellen könntest.'

Mit diesen Worten erhob der König seinen Speer und schlug ihn Bladudd flach auf den Kopf, so hart, daß ihm alle Sinne schwanden und er wie ein Schlafender zu Boden fiel. Als Bladudd seine Augen öffnete, war er wieder in Albion; vom König und seinen wundersamen Schweinen war nichts zu sehen.

Doch etwas blieb ihm: Der Schlag, den ihm der König versetzt hatte, hatte seinen Leib so versehrt, daß er alle Schönheit und Ansehnlichkeit verlor. Sein Haar fiel aus, seine Zähne verfaulten, seine Haut entzündete sich und seine Muskeln erschlafften. Seine einst feinen Kleider hingen in schmutzigen Fetzen von ihm herab. Er sah aus wie einer, den der Fürst Tod als sein Eigentum beansprucht hatte.

Also versuchte er mit allen Mitteln, seine alte jugendliche Gestalt wiederherzustellen. Doch alles, was er gelernt hatte, nützte ihm nichts. Er konnte das Unheil, das ihm widerfahren war, nicht ungeschehen machen.

Als Bladudd das begriff, klagte er laut: ‚Eine frostige Heimkehr sehe ich für mich voraus. Dies ist nicht die Gestalt eines Mannes, der von seinen Freunden gefeiert oder von den Barden besungen wird, geschweige denn eines, der die Gunst der Frauen gewinnen kann.'

Er hüllte sich, so gut es ging, in seine abgerissenen Kleider und machte sich auf den mühseligen Weg nach Hause, zur Festung seines Vaters. Die Menschen, denen er begegnete, fuhren bei seinem Anblick voller Abscheu und Ekel zurück, und niemand wagte es, ihn aufzuhalten – bis er die Tore der Festung seines Vaters erreichte. Die Torwächter wollten ihn nicht hindurchlassen. ‚Wer bist du?' fragten sie. ‚Was suchst du hier? Wie kommst du auf den Gedanken, wir würden deinesgleichen erlauben, vor unseren König zu treten?'

‚Wer ich bin und was ich suche, ist meine eigene Angelegenheit', erwiderte der geheimnisvolle Fremde. ‚Was euren König betrifft, so sagt ihm, daß ich ein Mann bin, der von Wundern erzählen kann, die alle Vorstellung übersteigen. Und wenn ihn das nicht rührt, so sagt ihm, daß ich Nachricht von seinem verschollenen Sohn Bladudd bringe.'

Kaum hörte König Rhud davon, befahl er, den Fremden sofort vor ihn zu bringen. ‚Wer bist du, Herr?' fragte Rhud ihn höflich. ‚Und wichtiger noch: Welche Kunde bringst du von meinem Sohn?'

‚Dein Sohn steht vor dir', erwiderte der Fremde und breitete die Arme weit aus, so daß die Lumpen von ihm abfielen und er in seiner ganzen Scheußlichkeit dastand.

Der Gütig-Weise König weinte. Und Prinz Bladudd weinte. Und all ihre Clansleute weinten ebenfalls. Denn so ansehnlich der Prinz einst gewesen war, so häßlich war er jetzt. Nach einer Weile hörten sie auf zu weinen und brachten dem jungen Mann Brot und Fleisch und gutes Getränk, und während er sich nach seiner Reise erfrischte, erzählte er ihnen seine wundersame Geschichte. Der König hörte alles, was ihm sein Sohn berichtete, und beriet sich dann mit seinen Häuptlingen, um zu entscheiden, was zu tun sei.

‚Es ist ein trauriger Fall und höchst beklagenswert', sagte einer der Berater des Königs. ‚Dennoch – bitte vergib mir, was ich jetzt zu sagen habe – sind die Gesetze des Königtums eindeutig: Wer einen Makel hat, kann nicht König sein. Bladudd ist, wie du zugeben mußt, mit mehr Makeln behaftet als die meisten anderen. Deshalb kann der Prinz nicht an seinen Platz unter den Adligen zurückkehren, die zum Zeichen, daß sie des Königtums würdig sind, den silbernen Torc tragen .'

Der weise Ratgeber sprach die traurige Wahrheit. Selbst der verunstaltete Bladudd stimmte zu, daß ihm nichts übrigblieb, als sich vor den Augen der Menschen zu verbergen. Er begab sich weit fort und baute sich ein Haus im Wald, wo niemand seinen Makel sehen konnte.

So lebte er sieben Jahre lang in seinem einsamen Haus, und nur ein Diener war bei ihm. In all dieser Zeit kam kein Mann in seine Nähe, geschweige denn, daß er die schöne Gestalt einer Frau erblickte. Eines Tages nach sieben Jahren kam sein Diener zu ihm und sagte: ‚Bladudd, steh auf. Da ist jemand, der dich sehen will.'

‚Das ist ein Wunder', erwiderte Bladudd. Er blickte sich um und fragte: ‚Wo ist dieser außergewöhnliche Mensch?'

‚Er steht draußen und wartet auf dein Wort, Herr.'

‚Führe meinen Besucher sofort herein', rief Bladudd. ‚Das ist mein Wille!'

Sofort wurde der Besucher hereingeführt. Und als er die Kapuze zurückschlug, die seinen Kopf verhüllte, stand vor Bladudd eine Frau. Doch diese Frau besaß weder Schönheit noch Anmut. Mit ihren schielenden Augen, ihren Zahnlücken und ihren dicken Lippen war sie so häßlich wie Schlamm. Dennoch bezauberte sie Bladudd aus dem einen Grunde, weil sie freiwillig zu ihm kam und bei seinem Anblick nicht zurückfuhr oder würgte, sondern nur lächelnd dastand, als ob Bladudds abscheuliches Aussehen ihr nicht das geringste bedeutete. Sie begrüßte ihn herzlich, ohne Furcht oder Ekel vor seiner Entstellung zu zeigen.

Bladudd war gefesselt, er war fasziniert. ‚Wer bist du, Frau? Wo ist deine Heimat, und welches Anliegen führt dich hierher?'

‚Ich komme von einem Ort, den du gut kennst, wenn du es vielleicht auch nicht ahnst. Und ich suche dich auf, weil ich gute Nachricht für dich habe.'

‚Warum läßt du mich dann warten? Ich lechze nach einem guten Wort', rief Bladudd. ‚Erzähl mir sofort deine gute Nachricht!'

‚Ich habe einen Weg gefunden, um dich zu heilen, Herr, wenn du Heilung begehrst.'

‚Ob ich sie begehre!‘ rief der verunstaltete Prinz. ‚Die Barden kennen kein Wort für die Größe meines Begehrens, geheilt zu werden. Das kannst du wohl sagen, daß ich es begehre! Weißt du, daß ich seit sieben Jahren keine Frau gesehen habe? Übrigens auch keinen Mann außer meinem Diener. Natürlich begehre ich, geheilt zu werden!‘

‚Wohlan‘, sagte die Frau, ‚dann folge mir.‘

Bladudd wollte ihr sofort folgen, doch der Gedanke an die furchtbare Wirkung, die seine Erscheinung auf seine Clansleute haben konnte, ließ ihn zögern. ‚Warte. Woher weiß ich, daß du mir Gutes und kein Übel zugedacht hast?‘ fragte er. ‚Vergib mir, aber du könntest mich in Demütigung und Schande führen.‘

‚Wie du willst, Prinz‘, erwiderte die Frau. Sie machte auf dem Absatz kehrt und schickte sich an zu gehen.

‚Warte!‘ rief Bladudd. ‚Wo gehst du hin?‘

‚Entscheide dich, Bladudd‘, erwiderte die Frau. ‚Willst du mich begleiten oder nicht?‘

‚Ich will‘, sagte Bladudd. Er raffte seine Lumpen auf und eilte hinter der Frau her.

Der entstellte Prinz folgte seiner Besucherin, und sie führte ihn zu einem kahlen Hügel, dann darüber hinweg zu einem kahlen Moor und dann zu einem Teich aus stinkendem, schwarzem, blubberndem Schlamm.

‚Wirf deine Lumpen ab und bade in dem Teich‘, sagte die häßliche Frau zu ihm, während sie sich auf einem Felsen niederließ. ‚In diesem Wasser liegt die Heilung.‘

Bladudd betrachtete zweifelnd die übelriechende Brühe. Die Oberfläche des Schlamms wogte und seufzte und gab stinkende Dämpfe ab. Es erschien ihm mehr wie eine Strafe als eine Heilung. Doch er wollte seine Besucherin nicht noch einmal verärgern, und außerdem waren sie einen weiten Weg gegangen. Also stieg er in den faulen Teich hinab.

Der Schlamm war heiß. Er verbrannte seine Haut. Tränen rannen ihm in Strömen aus den Augen. Doch Bladudd, der seine entsetzliche Krankheit mit großer Tapferkeit ertragen hatte, ertrug auch den Schmerz um seiner Sehnsucht nach Heilung willen. Doch auch er konnte es nicht für immer aushalten. Als ihm das brühheiße Schlammbad unerträglich wurde, zog er sich aus dem stinkenden Teich heraus und stellte sich vor die Frau.

‚Das ist prächtig anzusehen, kein Zweifel', bemerkte Bladudd, während er empört an seiner schlammverkrusteten Gestalt hinabblickte. ‚Doch ich hatte mir mehr erhofft.'

‚Dafür sollte ich dich eigentlich so zurücklassen, wie ich dich vorgefunden habe', sprach die Frau. ‚Doch deine Heilung ist beinahe vollendet.' Die Frau mit den Zahnlücken deutete auf einen Weidenbaum, den Bladudd zuvor noch nicht bemerkt hatte. ‚Am Fuß dieses Baumes steht ein Faß mit Wasser. Wasch dir den Schlamm ab, und du wirst überrascht sein, was du siehst, wenn du es auch jetzt nicht glaubst.'

Bladudd begab sich zu dem Faß, kletterte hinein und wusch sich. Das Wasser war klar und kühl und linderte den Schmerz auf seiner vom Schlamm verbrühten Haut. Er entspannte sich in dem Wasser und vergaß seine Schmerzen. Ja, er vergaß all seine früheren Verletzungen und Sorgen. Als er sich endlich wieder rührte, um sich aus dem Faß zu erheben, war er innerlich erneuert. Er betrachtete seinen armen, entstellten Körper und sah, Wunder über Wunder, daß auch sein Leib erneuert worden war.

Er begab sich direkt zu der Frau, die auf ihrem Felsen saß und ihn erwartete. ‚Ich bin geheilt!' sagte er und blickte voller Freude an seinem Körper hinab. ‚Ja, ich lüge nicht, wenn ich dir sage, daß ich jetzt ansehnlicher bin als damals, bevor mich der König des Landes der Verheißung mit dem Schaft seines Speeres schlug.'

Als die Frau keine Antwort gab, blickte der Prinz auf und sah, daß die häßliche Frau verschwunden war und an ihrer Stelle die schönste Jungfrau saß, die er je gesehen hatte. Ihr Haar war so hellblond, daß es fast weiß schimmerte; ihre Haut war hell und glatt wie Milch und ihre Augen waren vom tiefsten Blau und leuchteten wie Edelsteine; ihre Zähne waren strahlend und gleichmäßig und ihre Nase gerade; ihre Stirn war glatt, ihr Hals schlank und anmutig; ihre Finger waren lang, ihre Arme geschmeidig, ihre Brüste weich und wohlgeformt. Eine schönere Jungfrau hätte sich Bladudd nicht erträumen können.

‚Herrin', hauchte Bladudd mit leiser, ehrfurchterstickter Stimme, ‚wo ist die Frau mit den Zahnlücken, die mich zu diesem Ort geführt hat? Ich muß ihr für den einzigartigen Dienst danken, den sie mir erwiesen hat.'

Die schöne Jungfrau sah Bladudd an; sie blickte nach links und nach rechts. ‚Ich sehe hier keine andere Frau', erwiderte sie. Und oh, ihre Stimme war wie flüssiger Honig. ‚In der Tat, ich glaube, du mußt dich irren. Oder glaubst du etwa, ich hätte Zahnlücken?'

Bei diesen Worten lächelte sie so lieblich, daß Bladudds Knie zitterten und er fürchtete, er könnte vor ihr auf sein Gesicht fallen. ‚Herrin', sagte er, ‚ich sehe an dir nicht den geringsten Makel oder Fehler.'

‚Und ich auch nicht an dir', sprach die Dame. ‚Aber vielleicht würdest du dich wohler fühlen, wenn du ein paar Kleider anziehen würdest.'

Bladudd errötete und sah sich um. ‚Du hast recht, mich daran zu erinnern', erwiderte er und erspähte seine schmutzigen Lumpen auf dem Boden, wo er sie abgeworfen hatte. ‚Doch lieber gehe ich ohne Umhang und Kleider, als daß ich diese Lumpen wieder trage.'

‚Lumpen?' wiederholte die schöne Frau. ‚Du mußt an ganz besonders feine Kleider gewöhnt sein, wenn du diese hier als Lumpen bezeichnest.' Mit diesen Worten beugte sie sich von ihrem Felsen herab und hob den Haufen Kleider auf. Verblüfft sah Bladudd, daß seine Lumpen sich in die feinsten Kleider verwandelt hatten, die er sich vorstellen konnte.

‚Meine Kleider?' staunte er, und das zu Recht, denn vor sich sah er Umhang, Siarc, Breecs und Stiefel, die kostbarer und prächtiger waren als alles, was selbst sein Vater, der König Rhud Hudibras, besaß. ‚Sind das meine?'

‚Du glaubst doch nicht etwa, daß sie mir gehören?' erwiderte die Dame und strich sich mit ihren schlanken Händen über ihren weichen, weißen Mantel. ‚Und von uns beiden', fügte sie hinzu, ‚scheinst du sie dringender zu brauchen.'

Der erstaunte Bladudd zog sich rasch an, entzückt über die prächtige Verarbeitung seiner neuen Kleider. Als er fertig war, sah er aus wie ein König. ‚Ich sage dir die Wahrheit', sprach er, ‚ich bin mit guten Dingen vertraut, aber so feine Kleider habe ich noch nie besessen.'

‚Hast du dein Schwert vergessen?‘ fragte die Dame.

Bladudd sah hin und bemerkte, daß die Dame ein Schwert mit goldenem Griff auf ihren Handflächen trug. ‚Ist das meines?‘ fragte er argwöhnisch. Denn niemand, den er kannte, hatte jemals eine annähernd so herrliche Waffe besessen.

‚Ich sehe außer dir niemanden vor mir‘, erwiderte die Dame. ‚Und ich sage dir die Wahrheit, der Anblick, den du mir bietest, gefällt mir wohl.‘

Voller Freude schnallte sich Bladudd das Schwert an seine Hüfte und fühlte sich noch mehr wie ein König als zuvor. Mit erwachender Liebe sah er die Jungfrau an. ‚Große Herrin, flüsterte er, und Liebe und Dankbarkeit wallten in seinem Herzen auf, ‚wie ist dein Name, damit ich dich anreden kann?‘

Die schöne Jungfrau sah Bladudd unter ihren langen Wimpern hervor an. ‚Kennst du mich denn nicht?‘ fragte sie.

‚Hätte ich dich je zuvor gesehen‘, antwortete er, ‚so sei gewiß, daß ich mich deiner erinnern würde. Würde ich deinen Namen nur einmal hören, so würde ich von dem Klang für immer leben.‘

Die Jungfrau erhob sich von ihrem Felsen. Sie lächelte und hob Bladudd ihre Hand entgegen. ‚Mein Name ist Königtum‘, erwiderte sie. ‚Lange habe ich dich gesucht, Bladudd.‘

Der makellose Bladudd legte seinen Kopf schief. ‚Ein Name wie kein anderer‘, sage er. ‚Doch er paßt auf das Vortrefflichste zu dir.‘ Dann ergriff er ihre warme Hand, und als er sie so hielt, erfüllte es ihn mit unaussprechlicher Freude. ‚Herrin‘, sprach er, ‚willst du mit mir in mein Haus kommen?‘

‚Und ich dachte schon, du würdest mich das niemals fragen‘, erwiderte die schöne Jungfrau. Sie deutete auf den Weidenbaum, an dem jetzt zwei Pferde angepflockt standen. Gemeinsam ritten die Jungfrau und der makellose Prinz in das Reich von Rhud Hudibras.

Als der Vater seinen Sohn erblickte, der ihm in aller Vollkommenheit wiedergegeben wurde, weinte er Tränen der Freude, so groß war sein Jubel. Und er befahl, ein Festmahl zu bereiten, um die Rückkehr seines einst verunstalteten Sohnes zu feiern. ‚Du bist geheilt, mein geliebter Sohn!‘ rief der König unter Tränen. ‚Erzähl mir, wie das gekommen ist.‘

Und der glückliche Prinz berichtete alles, was ihm widerfahren war, seit er und sein Vater zuletzt unter einem Dach gesessen hatten: von den sieben Jahren einsamer Verbannung, von der Ankunft seiner Besucherin, von dem Bad in brühheißem Schlamm, von dem Faß, von dem Erscheinen der Jungfrau und von allem anderen. König Rhud hörte die Geschichte, schüttelte langsam den Kopf und staunte über alles, was er hörte.

‚Und so bat ich die Jungfrau, mich in meine Heimat zu begleiten', schloß Bladudd, ‚und hier ist sie.' Er richtete seinen liebevollen Blick auf die Jungfrau und sagte: ‚Ich hoffe, sie wird für immer bei mir bleiben. Ja, ich glaube, ich könnte nicht einen Tag länger leben, wenn sie meinen Blicken entschwände.'

‚Ich werde bei dir bleiben, Bladudd', erwiderte die Jungfrau.

‚Willst du denn meine Frau werden?' fragte Bladudd, und das Herz klopfte ihm in der Brust wie eine Trommel.

‚Ich will deine Frau werden, Bladudd', schwor die schöne Jungfrau. ‚Denn ich bin für dich geboren und du für mich – wenn du es nur wüßtest.'

Und so wurden Bladudd und die schönste Jungfrau des ganzen Landes noch am gleichen Tage Mann und Frau. Und an diesem Tage wurde Bladudd auch König. Denn als sein Vater sah, wie weise und gut sein Sohn geworden war und wie schön und weise seine Frau war, nahm Rhud Hudibras seinen goldenen Torc ab und rief seine Häuptlinge und sein Volk herbei. Er rief auch seinen Liedmeister herbei und sprach zu der dicht gedrängten Schar: ‚Hört mir alle zu! Ich will nicht länger König sein', erklärte er. Und die Clans begannen zu klagen, denn er war ein großer und guter Herrscher gewesen. ‚Nun ist es an dir, meinen Nachfolger zu erwählen', sprach er zu seinem Barden. ‚Triff nun eine kluge und gute Wahl.'

Der Barde und das Volk berieten sich eine Weile, und der König wartete. Als eine angemessene Zeit verstrichen war, sprach er: ‚Nun? Wie ist eure Entscheidung?'

In der Stimme des Volkes antwortete der Barde mit einem lauten Schrei und sprach: ‚Wir wissen, daß wir niemals einen so großen und guten Herrn wie dich finden werden, um über uns zu herrschen, aber da du sagst, daß du dein Königtum niederlegen mußt – was wir lange und bitterlich bedauern werden –, wählen wir Bladudd. Möge er uns eine Säule des Schutzes und ein Schwert des gerechten Urteils sein.'

Rhud strahlte vor Freude, denn das Volk hatte seine Absicht richtig erraten. Und der Liedmeister legte Bladudd den goldenen Torc des Königtums um den Hals. Von diesem Tag an herrschte Bladudd weise und gut. Seine große Begierde nach Wahrheit und seine Frau Königtum blieben in allen Dingen an seiner Seite – und alle Dinge gelangen Bladudd wohl.

Hier endet die Geschichte von dem entstellten Prinzen. Empfange sie, wer will."

Die letzten Töne der Harfe schwebten noch lange im Hain. Ich nahm wieder meinen Platz am Feuer ein, legte die Harfe zur Seite und trank aus meinem faßgroßen Becher. Die Stille des Hains vertiefte sich, als die Nacht ihren Umhang über uns zog und uns in ihr dunkles Herz hüllte.

Endlich rührte sich Gofannon und sagte mit einer Stimme, die wie ein leiser Donner aus dem Hügel zu kommen schien: „Ich bin durch die Gabe deines Liedes gesegnet worden – und nicht weniger durch die vorzügliche Gesellschaft, die ihr mir geleistet habt."

„Es ist an uns, dir zu danken, Herr", erwiderte ich. „Deine Speise und dein Trank haben uns gerettet."

„Ach!" sagte der Riese ungeduldig. „Fleisch und Trank befriedigen nur für kurze Zeit, dann sind sie dahin. Doch die Gabe, die ihr mir gegeben habt, wird mich begleiten und stärken, wohin immer ich mich wende. Aufgrund dieser Wahrheit gewähre ich euch eine Gunst: Ich werde euch geben, was dein Lied besingt."

„Großer Fürst Gofannon", sagte ich, „wir haben die Fülle deiner Feuerstelle, deine Freundlichkeit und die Gemeinschaft mit dir genossen. Du hast uns wahrhaftig bereits mehr geschenkt, als wir hätten erbitten dürfen."

„Dennoch", antwortete der Riese, „werde ich euch gut belohnen für den Dienst, den ihr mir heute abend erwiesen habt." Ich hörte ein Rascheln, und die Stimme des großen Fürsten drang zu mir herab. „Jetzt werden wir schlafen", sagte er. „Ruht euch an meinem Feuer aus. Sorgt euch um nichts. Kein Feind wird eure Ruhe stören; nichts wird euch in meinem Hain widerfahren."

Die Stimme entfernte sich und wurde leiser, und ich erkannte, daß der Herr des Hains sich in seine Höhle zurückzog. Noch einmal drang seine Stimme zu uns, bevor er uns unserer Nachtruhe überließ: „Meine Belohnung wird euch zur rechten Zeit erreichen“, sagte er. „Seht zu, daß ihr bereit seid, sie zu empfangen.“

# 12

## Druim Vran

„Er hat sie dir gegeben", sagte Llew. „Er wollte, daß du sie behältst."

Ich war in Versuchung. Noch nie hatte ich eine solche Harfe in der Hand gehalten. „Hat er noch irgend etwas anderes zurückgelassen?" fragte ich.

Llew sah sich im Lager um. „Nein", sagte er, „nur die Harfe. Das Bierfaß ist weg, auch die Becher, selbst die Überreste unseres Mahls. Alles ist weg außer der Harfe. Sie ist dein, sage ich dir. Sie hat sogar einen Riemen."

Als wir erwacht waren, hatten wir niemanden mehr im Hain gesehen; der Herr der Schmiede hatte uns verlassen. Doch die Harfe hatte er zurückgelassen. Vielleicht hatte Gofannon sie tatsächlich mir zugedacht, wie Llew behauptete. Doch mir waren Zweifel bezüglich unseres riesenhaften Gastgebers gekommen.

„Du kannst sie ruhig nehmen, Tegid", drängte Llew, „denn hier liegenlassen kannst du sie nicht."

„Du hast recht, Bruder", lenkte ich ein, ergriff den Riemen und schnallte mir die Harfe über die Schulter. „Gehen wir."

Leise, um den Frieden des Nemetons nicht zu stören, schlichen wir uns davon – Llew ging voraus, und ich folgte ihm mit meiner linken Hand auf seiner Schulter, wobei ich mir mit dem Eschenast in meiner Rechten den Weg ertastete. Wir kehrten nicht zu unserem Lager vom Vortag zurück, sondern schlugen wieder den Pfad am Flußufer entlang ein. Lange wanderten wir schweigend. Ich spürte, daß Llew in Gedanken versunken war, und mich beschäftigten meine eigenen Gedanken.

Es war ein warmer Tag. Wir gingen am Ufer entlang, wo der Weg am leichtesten war. Gegen Mittag hielten wir, um aus dem Fluß zu trinken, indem wir das Wasser mit den Händen schöpften und uns in den Mund spritzten. Dann ließen wir uns am grasigen Ufer nieder, um zu rasten.

„Letzte Nacht war das erste Mal seit“ – er stockte –, „seit Meldron – das erste Mal, daß ich keine Schmerzen hatte.“

Erst da wurde mir bewußt, daß auch meine eigene Wunde nicht mehr pochte und brannte. Ich berührte mit einer Hand den Verband über meinen Augen, und der Schmerz war weg, wenn auch die Wunde noch empfindlich war.

„Es scheint, daß Gofannon uns ein Geschenk gemacht hat, wie er es versprochen hat“, bemerkte Llew.

„Ich glaube nicht, daß es Gofannon war“, sagte ich mehr zu mir selbst als zu Llew.

„Was?“

„Er erschien in der Gestalt Gofannons“, antwortete ich, „aber ich glaube, daß es nicht der Meister der Schmiede war, der uns gestern abend bewirtete.“

„Wer war es denn?“

„Ein anderer Fürst, größer noch und älter. Vielleicht die Schnelle Sichere Hand selbst.“

„Ich frage mich, ob du recht hast“, erwiderte Llew nachdenklich. „Du hast ihn nicht gesehen, als du sangst. Aber ich habe ihn beobachtet. Er veränderte sich, Tegid. Zuvor war er wild, hatte fast etwas wie Wahnsinn in den Augen. Doch als er deinem Lied lauschte, sah er plötzlich ganz anders aus. Ich sage dir, Bruder, er verwandelte sich.“

„Wahrhaftig?“

„Hättest du ihn gesehen, würdest du mir zustimmen. Als du fertig warst, konnte er nicht sprechen. Ich auch nicht. Du hast schon immer gut gesungen, Tegid. Aber gestern abend ...“ Llew stockte und suchte nach Worten. „Gestern abend hast du gesungen wie der Phantarch selbst.“

Ich dachte darüber nach. Während ich sang, hatte ich das Gefühl gehabt, ich könnte sehen. Mit dem Lied in meinem Mund, den Worten, die von meinen Lippen fielen, war ich nicht länger blind gewesen. Für die Zeit, die das Lied währte, hatte ich die Welt hell vor mir gesehen – als ob meine Finsternis durch das Licht des Liedes erleuchtet würde, als ob die Vision des Liedes mein Augenlicht würde.

Wir wanderten tiefer in die waldige Hügellandschaft Caledons hinein. Das Gelände unter meinen Füßen begann anzusteigen; immer höher wurden die Hügel, immer tiefer die Täler, je näher wir den Berggipfeln kamen. Der Fluß verengte sich, wurde tiefer und schneller, das Rauschen des Wassers lauter. Llew führte mich gut: Er war mein Augenlicht.

Dennoch verlangsamte sich unsere Geschwindigkeit zu einem mühseligen Kriechen, als der Pfad steiler wurde und der Baumbestand sich zu einem Wald verdichtete. Um uns von unserer Anstrengung abzulenken, unterhielten wir uns über das Land und die Jahreszeiten und über die Bewegungen der Sonne an der Himmelskuppel. Wir sprachen über die Schar des Himmels: den Nagel des Himmels, Bran den Großen, den Gesegneten, den Pflug, Keiler und Bär, die Sieben Jungfrauen, Arianrhod vom Silbernen Rad und all die anderen. Wir vertieften uns in uraltes, heiliges Wissen. Wir redeten von verborgenen und bekannten Dingen, sichtbaren und unsichtbaren: den Mächten der Luft, des Feuers, des Wassers und der Erde; von Grundsätzen und den Tugenden: Wahrheit, Ehre, Treue, Freundschaft und Gerechtigkeit. Und wir erinnerten uns an große Könige und Häuptlinge, an weise und törichte Führer. Ja, wir sprachen lange über das wahre Königtum – die rechte Herrschaft über Völker und Nationen, die Geheimnisse der Urteilskraft, das heilige Gesetz des Königtums.

Wie schon zuvor hörte Llew allem bereitwillig zu. Seine Aufnahmebereitschaft war grenzenlos. Llew hatte das Gedächtnis eines Barden. Er lernte etwas und behielt es daraufhin für immer. Er wuchs, wie ein Baum wächst, wenn seine Wurzeln das unter der Erde verborgene Wasser berühren – aufrecht, hoch und stark breitet er seine Äste aus und beansprucht die Vorherrschaft im Wald. Llew wurde zu einer Eiche des Wissens, wie Ollathir gesagt hätte.

Vieles von dem, was ich ihm sagte, war Wissen, das den Barden vorbehalten war. Aber wenn schon – es gab keine Barden mehr in

Albion, und Wissen ist wie Feuer – es mehrt sich, wenn es geteilt wird.

Doch obwohl er an Wissen zunahm, bemerkte ich kein Auflodern des Awen-Funkens, kein Aufblitzen des Strahlens, das in ihm schlummerte. Ollathirs Awen blieb ein verborgener Edelstein, der darauf wartete, sich zu offenbaren, wann und wo er wollte.

Wir ernährten uns von dem wenigen, das wir fanden, doch der Hunger blieb unser ständiger Begleiter. Durst litten wir jedoch nicht, denn zu trinken fanden wir genug in den kalten Bächen, die in den Fluß mündeten. Mangel und die Strapazen der Wanderung ließen unsere Körper abmagern. Die geteilte Not zog uns zueinander hin und ließ unsere Seelen zusammenwachsen. Llew und ich wurden Brüder des Herzens, verbunden mit einem Band, das stärker war als das Band des Blutes.

Nach vielen Tagen erwachten wir eines Morgens bei Regen und Wind. Wir blieben unter den Bäumen und warteten auf das Ende des Regens. Doch es regnete den ganzen Tag über weiter, und als es endlich aufhörte und die Wolken sich teilten, war es zu spät, um unsere Wanderung fortzusetzen. Doch wir gingen noch ein Stück den Pfad hinauf, nur um zu sehen, was vor uns lag.

„Wir sind auf einem Hügel, und vor uns liegt ein tiefes Tal", sagte Llew. „Der Hügel auf der anderen Seite des Tales ist hoch – höher als dieser."

„Was liegt dahinter?"

„Das kann ich nicht sehen – er bildet eine steile, hohe Wand. Es wird schwierig sein, dort hinaufzusteigen. Vielleicht sollten wir lieber einen anderen Weg gehen."

Ich nickte und versuchte mir die Landschaft vorzustellen. „Wie sieht der Wald hier aus?"

„Es sind größtenteils Kiefern; sie stehen sehr dicht zusammen – besonders in den Tälern; zu den Kuppen hin werden sie etwas lichter." Er hielt inne, um das Gelände links und rechts zu betrachten. „Ich glaube, der Hügel gehört zu einem größeren Kamm. Es scheint, als ob auf dem Kamm ein Pfad von Norden nach Süden verläuft. Wenn das stimmt, können wir vielleicht diesen Weg nach Süden einschlagen.

Ich dachte einen Augenblick darüber nach. Gab es irgendwelche alten Wanderwege in Caledon? Möglich war es, obwohl mir keiner bekannt war. Nach dem Regen drehte der Wind plötzlich, und eine Bö traf uns aus Süden. Mit dem Wind kam der Duft von Kiefern, stark und frisch nach einem Tag Regen.

Ich atmete den berauschenden Duft ein, und vor meinem inneren Auge erstand das Bild eines Sees: des Sees aus meiner Vision. Plötzlich sah ich das tief eingeschnittene Tal im tiefen Wald und die hohen Kiefern, die sich einem blauen, wolkenlosen Himmel entgegenreckten, der sich in einem klaren Bergsee spiegelte.

„Was ist los, Tegid?“ fragte Llew; er gewöhnte sich allmählich daran, daß ich manchmal plötzlich in Schweigen fiel. „Woran denkst du?“

„Laß uns zum höchsten Punkt des Bergkamms hinaufsteigen.“

Llew sagte nicht nein. „Wir haben nicht mehr viel Licht. Es ist ziemlich hoch, und wahrscheinlich wird es dunkel sein, bevor wir den Gipfel erreichen.“

„Das ist mir einerlei.“

Llew stieß mich mit dem Ellbogen an. „Ein Witz, Tegid? Das ist das erste Mal, daß du deine Blindheit nicht so schwarzsiehst.“

„Daß ich meine Blindheit nicht schwarzsehe? Hältst du dich für einen Barden, daß du in solchen Rätseln sprichst?“

„Das ist deine Schuld, Bruder – du hast mir den Kopf mit deinem Gerede angefüllt.“ Er betrachtete den Pfad vor uns und sagte. „Also, dann komm.“

Den Abstieg schafften wir sehr schnell. Für den Aufstieg auf der anderen Seite brauchten wir viel länger. Llew beeilte sich so sehr, wie er es in dem nachlassenden Licht nur wagen konnte. Ohne mich hätte er vielleicht schneller gehen können, doch nicht sehr viel. Und obwohl die blauen Flecken auf meinen Schienbeinen etwas anderes anzeigten, wurde ich immer geschickter darin, mich mit Hilfe meines Stabes zurechtzufinden. Ich war wieder in der Lage, mich mit einiger Geschwindigkeit zu bewegen.

Da der Hang sehr steil war, wurden Llews Anweisungen knapper; er sprach nur noch, wenn es nötig war, um mich zu führen. Und ich fragte mich, ob er wußte, wie gut, wie natürlich er führte. War es eigentlich ein großer Unterschied, ob man einen Blinden führte oder ein Volk? War es nicht eigentlich dasselbe – die Richtung wählen, den sichersten Weg finden, den unsicheren Schritt mit ermutigenden Worten stärken, leiten, vorausgehen, aber nicht zu weit voraus – war nicht das Handwerk eines Wegführers ganz ähnlich wie das eines Königs?

„Nur noch ein kurzes Stück“, rief Llew mir von direkt oberhalb zu. „Du bist fast da.“

„Was siehst du?“ fragte ich ihn.

„Ich hatte recht mit dem Bergkamm“, erwiderte er. Seine Hand ergriff meinen Arm, und er zog mich hoch, bis ich neben ihm stand. „Die Aussicht von hier aus ist überwältigend, Tegid. Die Sonne ist jetzt untergegangen, und der Himmel hat die Farbe von Heidekraut. Wir stehen auf einem hohen Kamm. Vor uns liegt ein weites, kesselförmiges Tal, fast ganz umgeben von der Wand des Bergkammes. Irgendwo unter uns verläuft ein Bach zwischen den Hügeln, der in einen See in der Mitte des Tales mündet. An drei Seiten ist der See von hohen Bäumen umgeben, an der vierten grenzt er an eine weite Grasfläche. Der See ist wie ein Spiegel; ich kann das Spiegelbild der Wolken auf der Wasseroberfläche sehen – und Sterne, die ersten Sterne kommen hervor. Es ist einfach ein wunderschöner Anblick“, schloß er. „Ich wünschte, ich könnte es dir besser beschreiben. Aber noch mehr wünschte ich, du könntest es sehen.“

„Ich habe es gesehen“, sagte ich. „Und es ist wirklich wunderschön.“

„Du kennst diesen Ort?“

„Ich bin noch niemals hiergewesen“, erklärte ich. „Aber ich bin sicher, daß dies der Ort ist, den ich in meiner Vision gesehen habe.“

„Die Vision, die du im Boot hattest – ich erinnere mich.“ Seine Stimme schien sich zu entfernen, als er seinen Blick wieder dem See zuwandte. „Was siehst du sonst noch hier, Tegid?“

Ich vertiefte mich in die Erinnerung an jene stürmische Nacht und brachte den schimmernden Überrest meiner Vision zum Vorschein. „Ich sehe einen See ... ich sehe eine Festung, aus hohen Stämmen gebaut und stark ... und ich sehe eine unvergleichliche Kriegsschar – viele hundert Krieger, die sich um einen Thron scharen, der auf einem Hügel steht", beschrieb ich ihm die Bilder, an die ich mich erinnerte. „Ich sehe –"

„Nein, ich meine, beschreibe es. In allen Einzelheiten."

Ich konzentrierte mich und hielt die Bilder in meinem Geist fest. „Ich sehe", begann ich langsam, „eine Reihe hoher Kiefern entlang dem Bergkamm zu unserer Rechten. Der Hang ist steil und dicht bewaldet. Er steigt direkt vom diesseitigen Ufer des Sees auf."

„Weiter."

„Der See ist länger als breit; er erstreckt sich beinahe über die gesamte Länge des Talgrundes. Wald umgibt ihn von drei Seiten, es ist so wie du gesagt hast, und eine weite Grasfläche von der vierten."

„Wie sieht die Grasfläche aus?"

„Sie bildet eine Ebene zwischen dem See und dem Bergkamm; eine vollkommen eingeschlossene Ebene, weil der Fuß des Kammes sich am anderen Ende abrupt erhebt wie eine schützende Mauer."

„Was noch?"

„Der See ist von einem rauhen Felsufer umsäumt; die Steine sind schwarz und haben die Größe von Brotlaiben. Durch den Wald führen zahlreiche Wildpfade und Spuren hinunter an den See."

„Das ist verblüffend", gestand Llew. „Unglaublich. Es ist genauso, wie du es beschreibst." Er schlug mir mit der Hand auf die Schulter. „Laß uns hinab zum See gehen. Wir werden dort unser Lager aufschlagen."

„Aber du sagst doch, daß es dunkel wird. Wie willst du denn den Weg erkennen?"

„Ich kann den Weg nicht erkennen", erwiderte er leichthin. „Es ist jetzt schon zu dunkel. Aber ich brauche ihn auch nicht zu sehen, denn du wirst mich führen."

„Machst du dich über mich lustig?"

„Dir ist es doch einerlei, oder nicht?" fragte Llew. „Dein inneres Augenlicht wird uns an den Ort führen, der uns bestimmt ist. Wir werden nicht straucheln oder in die Irre gehen. Nein, wir werden nicht einmal einen Fuß an die falsche Stelle setzen."

Aus der Luft erscholl das Krächzen eines Raben. Ich lauschte und hörte einen Antwortruf – dann noch weitere. Bald widerhallte der ganze Bergkamm von dem rauhen, heiseren Lärm der Raben, die sich zur Nacht in den Bäumen sammelten.

„Hörst du das?“ sagte Llew. „Die Hüter dieses Ortes begrüßen uns. Komm, Bruder, wir sind willkommen hier.“

Wir standen auf Druim Vran, dem Kamm der Raben ... Dies ist der Ort, den ich gesehen habe, dachte ich, und wieder hörte ich die Prophezeiung der Banfáith: Doch glücklich wird *Caledon sein; der Flug der Raben wird sich in seinen vielschattigen Tälern sammeln, und Rabengesang wird sein Lied sein.*

Llew sprach die Wahrheit. Wieder richtete ich meinen Geist auf die Vision, die mir geschenkt worden war. Und tatsächlich! Ich konnte den Pfad sehen, der sich vor meinen Füßen erstreckte – als wäre es heller Tag.

„Nun gut“, sagte ich. „Stellen wir meine Vision auf die Probe. Wir gehen zusammen hinab.“

Ich zog die Harfe an ihrem Riemen fester und schritt tapfer voran. Mein Fuß traf den Pfad, so wie ich ihn im Geist sah. Ich tat einen weiteren Schritt, dann noch zwei. Zu meiner Überraschung verschob sich der Pfad meines inneren Bildes leicht, als ich mich in Bewegung setzte. Ich sah den schmalen Pfad vor mir sich den Hang hinabwinden – weniger ein Pfad als ein ausgetrockneter Wasserlauf voller verschlungener Baumwurzeln und loser Steine. So ein Weg war bei jedem Licht gefährlich; für Llew mußte er in der Dunkelheit besonders tückisch sein.

Ich tat ein paar weitere Schritte. „Der Pfad fällt hier plötzlich steil ab“, warnte ich und beschrieb, was ich vor meinem inneren Auge sah. „Leg deine Hand auf meine Schulter. Wir werden langsam gehen.“

Llew tat, wie ich ihm sagte, und gemeinsam begannen wir den langen, mühsamen Weg hinab zum See. Es erforderte meine ganze Konzentration; obwohl die Nacht kühl war, rann mir der Schweiß reichlich von der Stirn und am Rücken hinab. Jeder Schritt war eine Glaubensprüfung, jeder Schritt eine Hingabe, die erneuert werden mußte – und er wurde nicht leichter dadurch, daß der letzte gelungen war.

Immer weiter hinab stiegen wir und folgten dem verschlungenen Pfad. Im Gegensatz zu Llews vollmundiger Behauptung setzten wir selten einen Fuß an die richtige Stelle: Wir stolperten über Steine und freiliegende Wurzeln, rutschten über loses Geröll, und Zweige aus dem Unterholz zu beiden Seiten zerkratzten uns die Haut. Doch wir ignorierten diese kleinen Ärgernisse und setzten unseren Weg fort.

„Tegid, du bist ein Wunder", keuchte Llew erleichtert, als wir wieder ebenen Boden erreichten. Wir gingen noch ein Stück weiter bis zu einer Stelle, von der aus der See zu überblicken war. Die Bäume standen hoch; wir fanden einen Platz unter schützenden Ästen und ließen uns auf ein dick mit Kiefernnadeln gepolstertes Bett sinken. „Ich bin müde", sagte Llew mit einem Gähnen. Augenblicke später war er an Ort und Stelle eingeschlafen.

Auch ich war erschöpft. Doch innerlich war ich vor Erregung hellwach. Blind hatte ich den tückischen Pfad beschritten. Von meiner inneren Vision geleitet, hatte ich den unsichtbaren Pfad gemeistert, und ich spürte die neu gefundene Kraft wie eine frisch entfachte Flamme in mir auflodern. Die Vision, die mir geschenkt worden war, hatte sich als echt erwiesen. Schritt für Schritt hatten wir sie auf die Probe gestellt, und sie hatte standgehalten.

Ich war immer noch blind, doch ich hatte eine neue Sehkraft gefunden. Und mir schien, daß die Sehkraft, die ich jetzt besaß, größer war als die, die ich zuvor gekannt hatte. Sehen! Nicht länger beschränkt durch die Grenzen der Helligkeit oder gar Entfernung. Sehen! Wenn ich über die weitesten Entfernungen hinweg sehen konnte, konnte ich dann vielleicht auch über die Gegenwart hinausblicken in die Zukunft ... in Reiche, die erst noch erstehen würden?

Ich schlief nicht. Wie hätte ich schlafen können? Ich saß, in meinen Umhang gehüllt, und betrachtete innerlich den See, wie er war und wie er vielleicht sein würde. Leise strich ich über die Saiten der Harfe und sang, verlieh noch einmal der Vision, die in mir brannte, eine Stimme. Gütig-weise ist der Große Geber; ein jeder ehre ihn und singe ewig das Lob des Einen, der alles mit seiner Schnellen Sicheren Hand erhält.

# 13

## Das Crannog

Wir schlugen unser Lager auf einer Lichtung zwischen den Kiefern an den Hängen oberhalb des Sees auf. Am ersten Tag fing Llew zwei Fische in Fallen, die er aus geflochtenen Binsen hergestellt und zwischen den Schilfhalmen und hohen Wassergräsern verborgen hatte.

Während Llew an jenem Abend den Fang des Tages über dem Feuer briet, sprachen wir über alles, was uns zu diesem Ort geführt hatte. Wir redeten über die Bedeutung der Vision und darüber, wie sie sich vielleicht erfüllen mochte, und beschlossen, was wir alles unternehmen würden. Und dann aßen wir, die Vision wärmte unsere Herzen, unseren Fisch und unterhielten uns weiter.

Später jedoch, als ich mich mit meiner Harfe zurücklehnte und über die Saiten zu streichen begann, packte Llew mein Handgelenk und hielt es fest.

„Tegid", sagte er drängend, „ich will etwas tun."

„Was willst du tun?" fragte ich.

„Wir können hier nicht einfach so herumsitzen", fuhr er fort, „sonst wird nichts geschehen. Wir müssen dafür sorgen, daß etwas geschieht. Ich glaube, wir sollten einen Anfang machen."

„Was ist es, das du tun möchtest? Sag es mir, und wir werden es tun."

„Ich weiß nicht", gab er zu. „Aber mir wird etwas einfallen."

Er sprach an diesem Abend nicht weiter davon. Doch am nächsten Morgen erwachte er bei Anbruch der Dämmerung und verließ das Lager. Ich wachte später auf und suchte mir alleine meinen Weg hinunter ans Seeufer, da ich Llew ebenfalls dort vermutete. Doch er war nirgends zu finden.

Ich stieg bis zur Hüfte ins Wasser und wusch mich, indem ich mich mit kaltem Wasser bespritzte. Als ich wieder ans Ufer ging, hörte ich ein dumpfes, klopfendes Geräusch. Ich hörte es wieder, als ich meine Kleider anzog. Ich wandte mich in die Richtung, aus der das Geräusch kam. „Llew?" rief ich. Dann lauter: „Llew! Wo bist du?"

„Hier!" kam die Antwort. „Hier drüben!"

Ich ging in die Richtung, aus der seine Stimme kam, und fand ihn auf der weiten Grasfläche oberhalb des Sees. „Was war das für ein Geräusch, das ich gehört habe?" fragte ich ihn.

„Das hier", sagte er und legte mir einen großen, schweren Gegenstand in die Hände. Er war rund und glatt und fühlte sich kühl an.

„Warum schleppst du Steine durch die Gegend?"

„Ich markiere die Umrisse unseres Caers", erwiderte er, während er einen weiteren Stein aufhob. „Dies sind die Markierungssteine."

Offenbar hatte er Steine vom Seeufer gesammelt und zu einem Haufen aufgeschichtet. Nun wanderte er um den Grundriß seiner zukünftigen Festung herum und benutzte die Steine, um den Verlauf der Mauern zu markieren. Wir begannen die Mauern zu umrunden, und er zeigte mir, wo er die Steine abgelegt hatte.

„Das ist gut", sagte ich. „Aber eigentlich sollte ein Barde den Ort für die Errichtung einer Festung aussuchen, wenn sie Bestand haben soll. Um so mehr, wenn es der Sitz eines Königs werden soll."

„Ich bin kein König", knurrte er. „Das vergißt du ständig, Tegid. Ich bin ein verstümmelter Mann. In dieser Welt folgen die Menschen keinem Krüppel. So ist es nun einmal!"

„Ja", stimmte ich zu. „So ist es! Doch gütig-weise ist der Große Geber –"

„Hör auf! Ich will nichts davon hören."

„Aber du wirst es hören!" beharrte ich. „Die Schnelle Sichere Hand hat dir ihr Zeichen aufgeprägt; sie hat beschlossen, auf diese Weise in dir zu wirken. Jetzt ist es an dir, zu entscheiden: Willst du ihr folgen oder dich abwenden. Einen anderen Weg gibt es nicht. Wenn du folgst, wird dir vielleicht noch mehr offenbart."

„Es ergibt keinen Sinn, mich auszuerwählen. Das ergibt alles keinen Sinn."

„Ich habe es dir schon gesagt – es ist ein Geheimnis."

„Und dennoch bleibst du dabei?"

„Ich bleibe dabei", antwortete ich.

„Warum? Was macht dich so sicher?"

„Aber ich bin doch gar nicht sicher", sagte ich ihm. „Nichts ist sicher. Willst du Sicherheit?"

„Ja!"

„Dann willst du den Tod."

„Das ist alles sehr schwer für mich, Tegid!"

„Es ist schwer, ja. Es ist schwierig. Das Leben ist hart und rücksichtslos. Am Ende wirst du deine Wahl treffen – so oder so. Niemand kann sich der Entscheidung entziehen."

„Pah! Es hat keinen Zweck, mit dir zu reden", rief er, und seine Stimme widerhallte über den See wie der Ruf eines Vogels.

„Der Weg offenbart sich, indem man ihn begeht", sagte ich.

„Du klingst wie ... wie ein Barde", erwiderte er mißmutig.

„Wie ein Barde, der sich des Eindrucks nicht erwehren kann, daß es einen Sinn hat, daß wir an diesen Ort geführt worden sind. Und der Eine, der uns hierhergebracht hat, wird nicht zulassen, daß sein Plan fehlschlägt."

„Er ist bereits fehlgeschlagen! Ich habe dir *geglaubt*, Tegid!"

Oh, der Schmerz saß tief in ihm. Das erkannte ich jetzt, und mir wurde auch klar, daß der Verlust seiner Hand das Geringste dabei war. Eine tiefe Bitterkeit lauerte in ihm wie eine vergiftete Quelle, deren Wasser in seine Seele rann. Er hatte sein Leiden tapfer getragen, aber es hatte ihn dennoch zermürbt. Das war es, was hinter seiner Ungeduld vom vergangenen Abend steckte – und hinter seiner impulsiven Steineschlepperei.

„Ich sage dir die Wahrheit, da ist ein Geheimnis –"

„Hör auf!" brüllte er und schleuderte den Stein, den er trug, zu Boden. „Komm mir nicht mehr mit deinen Geheimnissen, Tegid – und sag kein Wort mehr vom Königtum. Ich will nichts davon hören!"

Er stand bebend da; ich spürte förmlich die Hitze seines Zorns, die die Entfernung zwischen uns überbrückte. „Ach, was soll das alles überhaupt?“ grollte er; dann riß er mir den Stein aus den Händen und warf ihn davon. „Wir haben nicht einmal genügend Werkzeug, um einen Weidenast abzuschneiden, geschweige denn irgend etwas zu bauen. Hätten wir es, würden wir nicht hierbleiben; wir würden nach Sci zurückkehren, wo wir hingehören. Es ist hoffnungslos, und ich bin es leid.“

Lange standen wir schweigend da. Die Sonne schien uns warm auf den Rücken; der Wind fuhr leicht durch die Kiefern. Drüben auf dem Druim Vran hörte ich das Krächzen eines Raben. „Er irrt sich“, dachte ich. *Hier* ist der Ort, wo wir hingehören. „Es ist nicht hoffnungslos“, sagte ich. „Unmöglich vielleicht, aber nicht hoffnungslos.“

„Barden“, grunzte Llew. „Wir können wirklich nicht hierbleiben, Tegid. Hier gibt es nichts für uns zu gewinnen. Wenn wir schon nicht nach Sci kommen können, dann laß uns wenigstens nach Süden zu den Galanae gehen. Vielleicht werden Cynans Leute uns aufnehmen.“

Als ich nicht antwortete, fragte er: „Hast du gehört?“

Ich bückte mich nach dem Stein vor meinen Füßen – ich hatte die Erschütterung des Bodens gespürt, als er ihn hingeworfen hatte. „Ich habe es gehört“, sagte ich. „Du hast recht.“

„Daß wir nach Süden gehen sollten?“

„Daß wir einen Anfang machen sollten. Aber nicht hier.“

„Was macht das für einen Unterschied?“ fragte er finster.

Ich wandte mich dem See zu. Als ich mich umdrehte, erwachte mein inneres Augenlicht, und ich sah die Festung; ich sah, wo sie stehen sollte. „Beim See, ja“, sagte ich ihm. „Aber nicht hier. Da draußen.“

„Du bist verrückt.“

„Vielleicht.“ Ich ging auf den See zu.

„Im Wasser, meinst du?“

„Ja.“

„Draußen auf dem See?“

„Es muß ein *Crannog* werden“, erklärte ich.

„Ein Crannog.“

„Das ist eine Behausung auf einer künstlichen Insel aus Holz und Steinen, die –“

„Ich weiß, was das ist“, unterbrach mich Llew ungeduldig. „Aber wenn wir nicht einmal in der Lage sind, eine schlichte Lehmhütte auf der Wiese zu errichten, wie sollen wir dann eine Festung auf dem See bauen?“

Bei seinen Worten veränderte sich meine innere Vision, und ich sah ein Bild des Crannogs, wie es einmal aussehen würde. „Nicht nur eine Festung“, erwiderte ich. „Eine Stadt.“

Wahrhaftig, die Festung, die ich sah, war ebenso groß, wie Sycharth es gewesen war. Es war eine Insel aus Erde und Holz in der Mitte des Sees – und nicht nur eine einzige Insel, sondern eine Ansammlung kleinerer Inseln, die durch Brücken und Dämme miteinander verbunden waren und so eine große Festung bildeten, ein Caer auf dem Wasser: runde Gebäude aus Flechtwerk und Lehm, Palisaden, Getreidespeicher, Lagerhäuser und auf einem Erdhügel in der Mitte der zentralen Insel eine riesige, aus Holz errichtete Halle für den Häuptling.

Ich sah Rauch von den Kochhäusern aufsteigen und von der Feuerstelle der Halle. Ich sah Schafe und Kühe und Schweine in Pferchen auf dem Crannog, und auch auf der weiten Grasfläche, wo Getreidefelder angepflanzt worden waren. Viele Dutzende großer und kleiner Boote durchpflügten das Wasser rund um das Inselcaer, und Kinder schwammen und spielten, und Frauen fischten im seichten Wasser.

Das alles sah ich – und ich sah noch mehr. Und alles schilderte ich Llew, genauso, wie es mir vor Augen stand.

„Das will ich sehen“, sagte er, und ich spürte, wie seine Bitterkeit nachließ, wie sie in seinem Innern wieder unterging. Llew nahm den Stein, den er in der Beuge seines verwundeten Arms trug, ging hinab ans Seeufer und schleuderte ihn hinein. Ich hörte das Klatschen, als er im Wasser einschlug. „Da!“ rief er zu mir zurück. „Ich habe einen Anfang gemacht. Wie sollen wir deine Wasserstadt nennen?“

„Du hast ihr bereits einen Namen gegeben“, sagte ich und ging zu ihm hinab. „Dinas Dwr – Wasserstadt –, das soll ihr Name sein.“

Llew gefiel der Name, und er warf einen weiteren Stein ins Wasser. „Dinas Dwr hat begonnen", sagte er. „Wahrhaftig, ich hoffe, der Dagda, der Große Geber, sendet uns ein Boot, sonst werden wir ewig brauchen, wenn wir es auf diese Weise bauen wollen."

„Wir werden mehr brauchen als nur ein Boot. Wir werden eine Schar von Bauleuten und Handwerkern brauchen. Das wird keine armselige Stadt werden, Bruder. Es wird eine Zuflucht für viele sein, und ein Leuchtfeuer im Norden für ganz Albion."

Wir setzten uns für eine Weile an das steinige Seeufer und unterhielten uns darüber, wie das Crannog aufgebaut sein würde. Ich beschrieb die Materialien und die Bauart, seine Vorteile in Zeiten der Gefahr, seine Begrenzungen. Llew hörte sich alles an und dachte darüber nach, und als er alles durchdacht hatte, erhob er sich. „Diese gewaltige Arbeit können wir nicht leisten, wenn wir uns nur von Wurzeln und Rinde, kleinen Fischen und hin und wieder einem Vogel ernähren", erklärte er. „Arme, die schwere Steine und Holz tragen sollen, brauchen Fleisch, um bei Kräften zu bleiben."

„Was schlägst du vor?"

„Daß wir uns ein paar Eschensetzlinge suchen und Speere machen, damit ich jagen kann", erwiderte er. „Der Wald ist voller Wild – wir müssen es uns nur holen."

„Ja, aber –" fing ich an.

Er unterbrach mich. „Ich weiß, was du denkst. Aber Scatha hat immer darauf bestanden, daß ein Mann, der nur mit einer Hand kämpfen kann, nur ein halber Krieger ist. Auf Ynys Sci haben wir gelernt, unsere Waffen mit beiden Händen zu gebrauchen."

„Ich habe nie an dir gezweifelt."

„Ich werde etwas üben müssen", gab er zu, „aber ich werde es mir schon wieder aneignen, keine Sorge."

„Wie willst du den Eschensetzling schneiden und schnitzen?"

„Mit Feuerstein", antwortete er. „Es gibt Feuersteine auf dem Bergkamm und auf den Hängen. Daraus können wir uns Schaber, Äxte und Speerspitzen machen – so viele wir wollen."

So verbrachten wir den nächsten Tag damit, Feuersteine zu sammeln und zu schärfen, um daraus die Klingen zu machen, die wir brauchten. Das Arbeiten nur nach dem Tastsinn war leichter, als ich gedacht hatte, und ich entwickelte bald großes Geschick darin, Steinklingen herzustellen, die ebenso scharf waren wie Eisen. Wir hatten kein Leder, um die groben Klingen an den Hölzern zu befestigen, aber ich benutzte Fäden vom Saum unserer Umhänge. Jeweils drei Fäden flocht ich zusammen und dann wieder drei dieser geflochtenen Stränge zu einer Schnur: dreimal drei, eine sehr befriedigende Zahl und sehr stark.

Während ich die Schnüre flocht, suchte sich Llew einen kräftigen Ast, der als Stiel für die Axt dienen sollte. Er fand ein kurzes, dickes, gegabeltes Stück Eiche, und ich befestigte die fertige Axtklinge an den Ast.

Llew probierte das Werkzeug an einem Stück Feuerholz aus. „Die wird es tun", verkündete er und wog die fertige Axt in der Hand. „Und jetzt suchen wir uns einen schönen, geraden Setzling."

„Die kannst du reichlich am östlichen Rand des Bergkammes finden", sagte ich.

„Hast du das gesehen?"

„Nein, aber dort wachsen diese Bäume."

Für den Rest dieses Tages war er unterwegs, und kurz vor Einbruch der Nacht kehrte er nicht nur mit einem oder zwei, sondern sechs schönen, geraden Eschensetzlingen zurück. Vier waren noch grün, aber zwei waren trocken, da sie am Hang entwurzelt worden waren. Die Zweige und Spitzen hatte er bereits abgeschnitten, und nun konnte er sie mit dem Schaber aus Feuerstein bearbeiten.

Aus einem der Setzlinge machte er einen Stab für mich. Er war länger und dünner als alle anderen Stäbe, die ich bisher besessen hatte. Doch für einen blinden Barden war er leichter zu gebrauchen, wie ich feststellte. „Tut mir leid, daß es keine Eberesche ist", sagte Llew. „Aber vielleicht wird er seinen Dienst tun, bis wir einen besseren finden."

Ich strich mit den Händen an dem glatten, runden Holz entlang. Er hatte mit seinen groben Werkzeugen gute Arbeit geleistet, und ich lobte ihn dafür: „Gut gemacht, Llew. Das ist ein vorzüglicher Stab. Ich brauche keinen anderen."

Während Llew am nächsten Tag an dem Speerschaft arbeitete, stellte ich die Speerklinge fertig und machte einen weiteren geflochtenen Strang, um sie zu befestigen. „Morgen werden wir Fleisch essen“, erklärte Llew, während er auf einem Stück Malvenwurzel herumkaute. Einen Moment später fügte er hinzu: „Wenn wir nur ein wenig Salz hätten.“

„Dafür sind wir zu weit vom Meer entfernt, aber in diesen Wäldern gibt es jede Menge aromatischer Kräuter. Ich werde ein paar sammeln, während du weg bist.“

„Bereite das Feuer vor. Ich komme mit unserem Abendessen zurück“, versprach er.

Er machte sein Versprechen wahr, aber es war kein Keiler oder Hirsch, den er zum Braten zurückbrachte – nur ein Eichhörnchen. Llew war sehr enttäuscht und sagte, er hätte seine Zeit mit Fischen besser nutzen können.“

„Die Rehe laufen zu schnell“, murmelte er, während wir darauf warteten, daß das Eichhörnchen garte. „Sie sind weg, bevor ich richtig zum Werfen komme. Ohne Pferd werde ich ihnen nie folgen können. Und Wildschweine sind gefährlich für einen Jäger zu Fuß.“ Er dachte eine Weile darüber nach und sagte dann: „Wenn ich ein Reh oder ein Schwein erwischen will, muß ich wohl auf einen Baum oberhalb eines Wildpfades steigen und warten.“

„Besser wäre es, den Pfad zu suchen, den sie benutzen, um ans Wasser zu kommen“, schlug ich vor. „Die Tiere auf dieser Seite des Kammes kommen zum Trinken vermutlich an den See. Finde den Ort, und du kannst sie dort erwarten.“

Am nächsten Morgen eilte Llew zum See hinab und suchte das Ufer nach der Wasserstelle ab. Ich nahm den Stab, den Llew für mich gemacht hatte, stocherte damit ein wenig unter den umstehenden Bäumen umher und fand einen Vorrat an Nüssen, den ich in eine Tasche aus Blättern hüllte.

Gegen Mittag kehrte Llew zurück und berichtete, er habe die Wasserstelle und den dazugehörigen Wildpfad, der aus dem Wald herausführte, gefunden. „Am Westufer ist eine niedrige Stelle; dort ist der Wald sehr dicht und das Wasser seicht. Nach den Spuren zu urteilen, die ich gesehen habe, sind dort Rehe und

Schweine zu finden. Und weniger als hundert Schritte von der Wasserstelle aus aufwärts gibt es eine Kiefer, auf die ich klettern kann – sie ist alt und groß, und das Unterholz in der Umgebung ist dünn. Der Pfad führt unter einem der größeren Äste hindurch. Von dort aus werde ich vielleicht einen guten Wurf landen können. Wünsch mir Glück, Tegid."

„Ich wünsche dir nichts anderes", sagte ich. „Aber willst du jetzt aufbrechen?"

„Ich halte es für das beste. Ich möchte reichlich vor Einbruch der Nacht an Ort und Stelle sein, damit meine Witterung verfliegen kann."

„Dann los, und nimm das hier mit", sagte ich und reichte ihm das Blätterbündel mit den Nüssen. „Gute Jagd."

Er nahm das Bündel, und den Rest des Tages verbrachte ich mit Warten. Der Mond würde spät aufgehen – lange nach Einbruch der Dunkelheit. Ich rechnete nicht damit, daß er vor dem Morgen zurück sein würde. Dennoch hielt ich das Feuer die ganze Nacht über in Gang, damit er den Weg zurück zum Lager finden könnte, falls er noch im Dunkeln zurückkäme.

Als die Nacht vorrückte, nahm ich die Harfe und begann zu spielen. Der liebliche Klang der Saiten erfüllte die Sphäre der Nacht um mich her – wie das Licht des Lagerfeuers, wenn ich es hätte sehen können. Ich sang leise, eine Melodie des Friedens und der Ruhe, um die Stille des Waldes und der Nacht nicht zu stören.

Die fließenden, kristallklaren Töne der Harfe schwebten leicht durch die Luft, das Feuer knisterte leise, und ich spürte plötzlich, daß ich nicht allein war. Eine unmerkliche Veränderung in der Luft, ein leises Zittern der Erregung auf der Haut – ich wurde beobachtet.

Ich spürte den Besucher unmittelbar außerhalb des Lagerkreises, beobachtend. Ein Tier? Nein, kein Tier.

Ich hörte auf zu singen, strich jedoch weiter über die Saiten und lauschte über den Harfenklang hinweg auf die leisen Nachtgeräusche um mich her. Zuerst hörte ich nicht, worauf ich lauschte, doch dann ... das gedämpfte Hauchen eines Atemzuges.

Ich hörte auf zu spielen, legte die Harfe nieder und stand langsam auf. „Wer ist da?" fragte ich freundlich.

Keine Antwort – obwohl ich glaubte, das Zittern von Blättern wahrzunehmen, als ob ein zur Seite gehaltener Zweig wieder in seine normale Stellung zurückgeschwungen wäre.

„Komm hervor", sagte ich – diesmal mit mehr Nachdruck und Autorität. „Du bist mir an meinem Feuer willkommen."

Immer noch keine Antwort.

„Du brauchst dich nicht zu fürchten. Ich werde dir kein Leid zufügen. Komm und geselle dich zu mir. Wir werden miteinander reden."

Wieder keine Antwort. Doch ich hörte ganz deutlich das Knacken eines Zweiges und das Rascheln von Blättern, als der Fremde sich entfernte. Ich wartete einen Augenblick ... Stille. Ich war wieder allein.

Ich ging um die Feuerstelle herum zu der Stelle, an der mein Besucher gesessen hatte. Auf meinen Stab gelehnt, lauschte ich eine Weile, aber es war nichts mehr zu hören. Dann, als ich mich wieder dem Feuer zuwandte, spürte ich etwas unter meinem Fuß. Ich beugte mich hinab und hob es auf. Es war ein flacher, brüchiger Gegenstand, mit spitzen Stacheln oder Dornen an einem hölzernen Stiel.

Nachdem ich es ein paarmal in den Fingern herumgedreht hatte, wurde mir klar, was es war: ein Stechpalmenzweig.

# 14

## Besucher

In der Morgendämmerung kehrte Llew mit Beute zurück – einem Reh, das er einfach neben dem Feuer fallen ließ und sofort vergaß. Er erzählte hastig, was er gesehen hatte.

„Es war unglaublich!“ keuchte er. „Du wirst es niemals glauben – Tegid!“ Er war den ganzen Weg vom See gerannt, den kleinen Rehbock auf den Schultern, und war von dem Aufstieg zu unserem Lager außer Atem.

„Ich mußte wach bleiben –“ Er schnappte nach Luft. „Sonst wäre ich ... aus dem Baum gefallen ... Mir wurde kalt“, keuchte er und schluckte. „Deshalb mußte ich ... mich bewegen, um nicht steif zu werden ... und ich ... ich war ...“

„Beruhige dich“, sagte ich. „Ich kann warten.“

Er holte tief Atem, dann noch einmal. „Ich ließ meinen Speer fallen“, fuhr er mit ruhigerer Stimme fort. „Er fiel mitten auf den Pfad. Es war dunkel, aber beim Mondlicht konnte ich ihn unter mir liegen sehen. Ich kletterte hinunter, um ihn zu holen –“ Er hielt inne und atmete noch einmal tief durch. „Ich hob den Speer auf, und – Tegid, es mag merkwürdig klingen, aber ich wußte einfach, daß da etwas in meiner Nähe war. Ich spürte einen Blick auf mir – als ob ich von jemandem beobachtet würde. Da wir hier noch keine Menschen gesehen haben, dachte ich, es wäre vielleicht ein Hirsch. So schnell und leise ich konnte, kletterte ich wieder den Baum hinauf und hielt mich bereit, den Speer zu werfen, wenn der Hirsch den Pfad entlangkäme.“

Er schluckte wieder und sprach hastig weiter. „Die ganze Zeit über verfluchte ich mich selbst, daß ich nicht besser aufgepaßt hatte. Ich war sicher, die Gelegenheit zu einer Beute verpaßt zu haben.

Doch gerade, als ich wieder in Stellung war, hörte ich ein Geräusch auf dem Pfad. Ich schaute hinab, und genau unter dem Ast, auf dem ich saß, stand –“ Llews Stimme zitterte vor Erregung. „Ich habe es gesehen, Tegid! Du wirst es niemals glauben! Zuerst wußte ich nicht, was es war. Ich sah nur eine dunkle Masse unter dem Baum. Aber es hatte ein Gesicht, und ich konnte seine Augen sehen! Tegid, die Augen schimmerten im Mondlicht. Es sah mich direkt an! Es sah mich! Es war –“

„Ja – was?“ fiel ich ein. „Was sah dich an, Bruder?“

„Es war – wie soll ich es nennen? – ein Baumwesen.“

„Ein Baumwesen?“

„Ich weiß nicht, wie es heißt. Wie würdest du es nennen?“

„Das kann ich dir nicht sagen, solange du mir nicht sagst, was du gesehen hast“, erwiderte ich. „Beschreibe es mir.“

„Es war wie ein Mensch – sehr groß und dünn und mit Blättern und Dornen bedeckt. Es hatte auch Haare, glaube ich, aber es war von Kopf bis Fuß mit allen möglichen Zweigen und Blättern behängt. Seine Augen – Tegid, seine Augen waren riesig, und es sah mich direkt an. Ich weiß, daß es mich gesehen hat. Es wußte, daß ich dort war. Ich wäre beinahe aus dem Baum gefallen, als ich es sah! Dieses Ding stand einfach da und schaute hinauf zu mir. Dieses Ding – dieser –“

„*Cylenchar*“, half ich ihm.

„Cylenchar?“ Llew versuchte der Bedeutung des Wortes auf den Grund zu gehen. „Schüchterner Busch ... furchtsamer Baum?“

„Baum oder Wald, ja“, erwiderte ich. „Allerdings nicht schüchtern – eher getarnt oder verborgen. Es ist ein sehr altes Wort; es bedeutet ‚der Verborgene des Waldes‘.“

„Aber was ist es?“

Ich hielt ihm den Stechpalmenzweig entgegen. Llew nahm ihn mir aus der Hand. „Hierher ist er auch gekommen“, erklärte ich. „Ich glaube, meine Harfe hat ihn herbeigelockt.“

„Er?“

„Der Verborgene, der Cylenchar.“

„Der Grüne Mann“, sagte Llew leise. „In meiner Welt nennen wir so etwas einen Grünen Mann oder ‚Jack o'the Green‘. Ich habe einmal einen gesehen. – Es war ...“ Er verstummte, als er sich an den Vorfall erinnerte.

„Was ist, Bruder? Woran erinnerst du dich?“

„Simon und ich haben einen gesehen – wir haben einen Grünen Mann gesehen, einen Cylenchar, auf der Straße. Bevor wir hierherkamen. Wir reisten durch Schottland – durch Caledon ... an einem See entlang, wie diesem hier ...“ Seine Stimme verklang wieder.

Ich legte etwas Holz nach. „Setz dich“, sagte ich. „Ruh dich aus.“

Er tat es. „Ein Grüner Mann“, flüsterte er.

Ich streckte meine Hände nach dem Rehbock aus, den er gebracht hatte. Mit den Fingern befühlte ich das Fell und die Gliedmaßen; es war ein junges Tier, noch klein und geschmeidig. Das Fleisch würde zart und saftig sein. „Du hast uns eine gute Beute mitgebracht. Wir werden tagelang gut zu essen haben.“

„Aber ich habe das Reh nicht erlegt“, sagte Llew. „Der Cylenchar brachte es mir. Kurz vor der Dämmerung hörte ich ein Geräusch in den Büschen und machte mich zum Wurf bereit. Dann sah ich ...“ Er hielt inne und schluckte. „... einen grünen Schimmer – Äste, Blätter und Zweige, knisternd und in Bewegung – und dann war er wieder weg, und ich sah den Rehbock unter dem Baum liegen. Er war schon tot. Ich kletterte hinab. Der Bock war noch warm; er war erst Augenblicke zuvor getötet worden. Ich wartete eine Weile, aber nichts tat sich. Dann hob ich das Reh auf und brachte es hierher.“

Eine Weile lang saßen wir da, lauschten dem Knistern des Feuers und fragten uns, ob der Cylenchar uns in diesem Augenblick beobachtete. Er hatte uns von Anfang an gesehen, vermutete ich, und uns beobachtet, während wir unser Lager aufschlugen und die Speere herstellten. Er hatte uns beobachtet und uns etwas zu essen als Geschenk gebracht. Es war seine Art, uns willkommen zu heißen.

„Die Verborgenen sind sehr alt“, sagte ich nach einer Weile. „Als der Tau der Schöpfung noch frisch auf der Erde lag, bewohnten sie das Land. Als die Menschen nach Albion kamen, zogen sie sich in die Wälder zurück, wo sie warten und beobachten."

„Was beobachten sie?"

„Sie beobachten alles. Sie wissen alles, was sich zwischen den Blättern und in den Schatten tut. Sie kümmern sich um die Bäume und die Tiere, die unter den Bäumen hausen. Sie sind die Hüter des Waldes."

„Du sagtest, wir seien willkommen geheißen worden. Warum sollte er das tun?"

„Das weiß ich nicht. Aber wir werden beobachtet, und ich glaube, wir werden von jetzt an beschützt."

„Und mit Nahrung versorgt."

„Ja, beobachtet und mit Nahrung versorgt. Wir werden einen Teil des Fleisches für den Cylenchar beiseite legen – um unseren Respekt und Dank zu zeigen. Wenn das Fleisch angenommen wird, werden wir wissen, ob unsere Anwesenheit hier willkommen ist."

Llew hängte den Bock an den Hinterbeinen an einen Ast, schnitt ihm die Kehle durch und ließ ihn zum Ausbluten zurück; dann sammelte er einige Weidenäste und kehrte zurück, um sich an das Abhäuten des Tieres zu machen. „Du bist müde", sagte ich zu ihm. „Leg dich schlafen. Den Rest erledige ich."

„Bist du sicher?"

„Ja. Ich wecke dich zum Essen", sagte ich ihm.

Es war nur ein wenig schwieriger, als ich es mir vorgestellt hatte – was mehr damit zusammenhing, daß ich keine richtige Eisenklinge besaß, als mit meiner Blindheit. Mit der Feuersteinklinge und dem Schaber zog ich sorgfältig das Fell ab. Dann viertelte ich das Reh und trennte, so gut ich konnte, die Keulen ab. Die Teile, die ich aufheben wollte, hüllte ich in das Fell; die Innereien ließ ich für die Vögel und anderen Tiere zurück. All das erledigte ich in einiger Entfernung vom Lager, da ich unsere Lagerstätte nicht mit den Überresten besudeln wollte.

Als ich fertig war, kehrte ich mit dem Fleisch zum Feuer zurück, schürte die Flammen hoch auf und steckte zwei Keulenstücke auf die grünen Weidenspieße, die Llew vorbereitet hatte.

Dann ließ ich die Bratenstücke langsam am Rande des Feuers garen und wartete, bis Llew erwachte.

Wir aßen gegen Mittag und schlugen uns mit dem saftigen Rehfleisch den Bauch voll. Wir aßen, bis wir nicht mehr konnten; dann gingen wir hinunter an den See, um zu trinken und zu baden. Das Wasser war kalt und ließ uns die Haut prickeln, als wir darin schwammen und herumtollten. Ich bedauerte es, keine Seife zu haben, und der nasse Verband über meinen Augen war mir unangenehm. Llew sah, wie ich den Verband abwickelte, und schwamm zu mir herüber.

„Es wird Zeit, nachzusehen, wie es heilt", sagte ich.

„Stimmt", erwiderte er. „Ich werde es dir gleichtun." Damit begann er die Stoffstreifen von seinem Handgelenkstumpf abzuwickeln.

„Nun? Sag mir, was du siehst."

Ich spürte seine Hand an der Seite meines Kopfes. Er drehte mein Gesicht nach links und rechts. „Ich werde dich nicht anlügen, Bruder", sagte er ernst. „Es sieht nicht gut aus. Aber es ist auch nicht so übel, wie es sein könnte. Die Farbe ist jetzt besser, glaube ich." Ich spürte seine behutsam tastenden Finger. „Die Schnitte in deinen Augen sind tief. Kannst du irgend etwas sehen?"

„Nein. Und ich glaube, mein Augenlicht wird nicht zurückkehren."

„Es tut mir leid, Tegid." Sein Tonfall ließ keinen Raum für Hoffnung.

„Wie steht es mit deinem Arm?"

„Er heilt allmählich ab. Die Haut ist immer noch leicht entzündet und ziemlich rot. Aber die Wunde schließt sich allmählich über dem Stumpf. Es sickert immer noch etwas Flüssigkeit aus der Wunde, aber sie ist wäßrig, nicht gelb. Ich werde sie später lieber wieder verbinden, aber es wird nicht schaden, sie jetzt zu waschen. Das kalte Wasser tut gut."

„Wenn wir einen Kessel hätten, würde ich dir ein Heilbad machen, um etwas von der Entzündung aus dem Fleisch zu ziehen ..." Noch während ich die Worte aussprach, flackerte mein inneres Gesicht auf, und ich sah einen Mann am Ufer des Sees stehen, der ein Becken in der Hand hielt. Er hob das Becken über den Kopf, und als die Sonne über den Bergkamm stieg, schleuderte er es in den See. Ich sah das Aufspritzen des Wassers und das Schimmern des versinkenden Gefäßes.

„Was ist los, Tegid? Was siehst du?"

„Da ist ein Becken – eine bronzene Schüssel –, hier", sagte ich und deutete auf das Wasser vor mir. „Es war die Gabe eines Fürsten zum Gedenken an einen neugeborenen Sohn, der gestorben war."

„Hier?"

„Im See." Ich deutete auf die Stelle, die ich vor meinem inneren Auge sah. „Genau dort."

„Warte hier", sagte Llew. „Ich werde sie finden, wenn ich kann."

Er akzeptierte meine Vision, ohne Fragen zu stellen. Sofort begann er, im See zu tauchen und zwischen den gerundeten Steinen des Seebodens nach dem Becken zu suchen. Er tauchte etliche Male, fand jedoch nichts.

„Warte!" rief ich ihm zu. „Hör auf mich; ich werde dich leiten."

Ich stieg aus dem Wasser ans Ufer. Wie schon zuvor veränderte sich auch jetzt das Bild in meinem Kopf meinen Bewegungen entsprechend. Zu meiner Rechten sah ich einen großen Felsen, halb im Wasser und halb am Ufer – als ich den Mann gesehen hatte, hatte er mit dem Becken in den Händen auf diesem Stein gestanden. Ich stieg vorsichtig über die Steine hinweg zu diesem Felsen und kletterte hinauf. Wieder wandte ich mich dem Wasser zu und streckte die Hände aus. „Wo bist du, Llew?"

„Hier antwortete er. „Ich bin nur ein kleines Stück links von dir."

Ich machte seinen Standort nach dem Klang seiner Stimme aus und stellte ihn mir vor dem Hintergrund meines inneren Bildes vor – und er erschien in meinem inneren Gesicht genau an dieser Stelle. „Heb deine Hand, Llew."

Er hob seine Hand über den Kopf, und mein inneres Bild reagierte ebenso: Es zeigte das, was ich wirklich vor mir hatte.

„Die Schüssel ist ein Stück rechts hinter dir", sagte ich.

„Wie weit?"

Ich schätzte die Entfernung zwischen ihm und der Stelle, wo ich das Aufspritzen gesehen hatte. „Zwei Schritte von dir aus nach rechts", antwortete ich, „und sieben oder acht Schritte nach hinten."

Er wandte sich von mir ab, und mein inneres Gesicht erlosch. Ein Plätschern war zu hören, als Llew zu der Stelle watete, die ich ihm beschrieben hatte – und dann ein Klatschen, als er tauchte. Er tauchte einmal und dann noch einmal. Dann noch einmal. Ich stand und lauschte und wartete darauf, daß er wieder an die Oberfläche käme. Einige Momente lang hörte ich nichts ... und dann ...

Gleichzeitig ein lautes Klatschen und ein Ruf. „Ich habe sie!" rief Llew. „Sie ist hier, Tegid! Ich habe die Schüssel gefunden."

Er stürmte aus dem Wasser. Ich streckte meine Arme aus und fühlte das kühle, feuchte Gewicht, als Llew das Becken in meine Hände legte. Die Schüssel war groß und flach; die Bronze dick und die Oberfläche uneben, wo das Material gehämmert worden war. Drei tiefe Rillen waren um den Rand herum eingraviert.

„Sie ist größer, als ich erwartet habe", sagte Llew; ich hörte förmlich das Grinsen auf seinem Gesicht. „Sie lag mit der Unterseite nach oben. Unter Wasser sah sie aus wie ein Stein. Aber sie war genau da, wo du es beschrieben hast." Er hielt inne und wandte sich kurz ab. „Ich frage mich", fügte er hinzu, „was wohl sonst noch alles da draußen liegt?"

Ich wollte antworten, doch bevor ich sprechen konnte, hörte ich das Wiehern eines Pferdes. „Horch!"

Das Wiehern ertönte erneut, klar und deutlich in der Stille des Tals.

„Es kommt von der anderen Seite des Sees", sagte Llew.

„Siehst du etwas?"

Llew sagte nichts. Ich spürte, wie er sich neben mir spannte. Ich hörte die leichte Brise auf dem Wasser, den Wind, der vom Bergkamm über den See zu uns herabwehte.

„Ich sehe ihn", flüsterte Llew. „Ein Krieger. Er trägt einen Schild und einen Speer. Er ist zum See herabgekommen, um sein Pferd zu tränken. Er hat uns nicht gesehen – noch nicht."

„Ist er allein?"

„Ich sehe niemanden bei ihm."

„Beobachte ihn weiter."

Wir warteten.

„Nein – es ist sonst niemand da. Er ist allein."

„Was tut er jetzt?"

„Er kniet ... jetzt trinkt er ..." Llew hielt inne. „Er steht auf. Er schaut in diese Richtung ..."

Llew packte meinen Arm. „Er hat uns gesehen!" zischte er. „Jetzt steigt er wieder auf sein Pferd –"

„Kommt er hierher?"

Llew zögerte. „Nein", antwortete er dann und ließ meinen Arm los. „Er reitet zurück. Er reitet weg" – und einen Moment später: „Er ist weg."

„Dann komm", sagte ich, reichte ihm die Bronzeschüssel und stieg von dem Felsen herab. „Ich glaube, wir müssen uns auf Besucher vorbereiten."

„Glaubst du, daß er wiederkommt?"

„Ja", rief ich über die Schulter zurück, während ich über die Steine stelzte. „Ich glaube, wir müssen davon ausgehen, daß er wiederkommt, und das nächste Mal wird er nicht allein kommen."

Wir warteten die Nacht und den nächsten Tag hindurch. Und obwohl Llew zum Bergkamm hinaufstieg und den größten Teil des Tages das Tal beobachtete, sah er niemanden kommen. Ich fing schon an zu denken, ich hätte mich geirrt und der Reiter würde doch nicht zurückkehren.

„Ich bin den ganzen Kamm abgegangen", sagte Llew, als er ins Lager zurückkehrte. „Ich habe nichts gesehen oder gehört." Mit einem erschöpften Seufzen steckte er seinen Speer in die Erde und ließ sich auf der anderen Seite des erkalteten Feuerringes zu Boden fallen. „Das Ausschauhalten hat mich heute wirklich hungrig gemacht, Tegid", sagte er. „Laß uns ein Feuer machen und noch etwas von dem Fleisch braten."

Ich zögerte. Am Abend zuvor hatte ich nicht zugelassen, daß wir Feuer machten, um nicht die Aufmerksamkeit von Eindringlingen auf uns zu lenken.

„Was meinst du", lockte Llew. „Es kommt bestimmt niemand. Wäre jemand im Wald, so hätte ich ihn heute gehört. Es ist niemand in der Nähe."

Meine Vorsicht erschien sinnlos und ein wenig töricht. „Also gut", gab ich nach, „geh Holz holen. Wir werden ein Feuer machen."

Llew schichtete das Feuerholz hoch auf, und ich entfachte die Flamme. Binnen kurzem drehte sich alles, was von dem Reh noch übrig war – die drei Portionen, die wir noch nicht gegessen hatten – an Spießen am Rand des Feuers, und der Duft des bratenden Fleisches zog durch die Luft. Zischend quoll das heiße Fett hervor.

Llew, dessen Hunger nicht länger warten konnte, zog mit den Fingern heiße Streifen Fleisch von seinem Spieß und blies sie an, bevor er sie in den Mund steckte. „Mmm", murmelte er zufrieden, „das gefällt mir schon besser, Tegid. Darauf habe ich den ganzen Tag gewartet."

Während das Fleisch garte, holte ich die bronzene Schüssel ans Feuer. Während Llews Abwesenheit hatte ich das Heilbad vorbereitet. Im Wald gab es einen reichlichen Vorrat an Kräutern verschiedenster Art, und trotz meiner Blindheit hatte ich alles, was ich brauchte, innerhalb kurzer Zeit gesammelt. Das schwierigste war, mit der Schüssel Wasser zu schöpfen und es zurück ins Lager zu bringen, ohne es unterwegs zu verschütten.

Ich hatte die Kräuter bereits im Wasser eingeweicht und stehenlassen, damit sich ihre Auszüge vermischen konnten. Jetzt, da wir ein Feuer hatten, stellte ich die Schüssel an den Rand des Feuers, um sie richtig zu erhitzen. Während ich darauf wartete, daß das Wasser kochte, bereitete ich einen Haselzweig vor, um die Mixtur zu rühren. Llew war immer noch damit beschäftigt, Fetzen garen Fleisches vom Spieß zu reißen und sich die Finger abzulecken, und ich rührte in der Schüssel und sog den Duft der zerkleinerten Kräuter ein.

„Was ist da drin?" fragte Llew träge. „Wenn es ein –"

„Pst!" zischte ich.

Ich spitzte die Ohren und lauschte auf die Waldgeräusche um uns her. Ich hörte den Specht und die Drossel. Ich hörte das winzige Rascheln in den trockenen Blättern unter den Büschen ... und ich hörte das leise Klingeln von Pferdezaumzeug.

„Sie sind noch ziemlich weit entfernt", sagte ich ihm. „Laß das Feuer. Wir verstecken uns im Wald, bis wir wissen, was sie wollen."

Llew stand auf und zog seinen Speer aus dem Boden. Doch bevor er auch nur einen Schritt in meine Richtung machen konnte, sagte eine Stimme hinter mir: „Halt, mein Freund."

Ich wirbelte zu der Stimme herum.

„Seid nicht töricht", sagte die Stimme.

Eine andere Stimme fügte hinzu: „Nimm deinen Speer hoch, mein Freund." Er sprach mit vor Drohung gespannter Stimme zu Llew.

Und ein dritter sagte: „Ist das etwa ein angemessener Empfang für Krieger von unserem Rang?"

Der erste sprach wieder: „Bleibt stehen, wo ihr seid."

Ich hörte Bewegungen hinter mir und zu beiden Seiten. Sie hatten ihre Pferde in einiger Entfernung stehenlassen und sich unserem Lager zu Fuß genähert. Es gab kein Entkommen. Wir waren umzingelt.

# 15

## Tödliche Allianzen

„Wer seid ihr?“ fragte Llew. „Warum greift ihr uns an?“

Ich hörte die wachsame Schärfe in seiner Stimme. Er hatte sich nicht entspannt. Ich versuchte durch schiere Willenskraft, mein inneres Gesicht zu wecken, aber mein geistiges Auge blieb dunkel.

„Leg deinen Speer nieder“, erwiderte der erste Krieger schroff.

„Erst, wenn ich weiß, warum ihr in unser Lager eingedrungen seid“, beharrte Llew.

„Es ist bei uns nicht Brauch, bei vorgehaltenem Speer Fragen zu beantworten“, sagte der Eindringling hinter mir.

„Und ist es bei euch Brauch, ein friedliches Lager durch List und Gewalt zu betreten?“ gab Llew mit ausdrucksloser, leiser Stimme zurück.

„Gehört dieser Wald euch“, fragte einer der Krieger schlagfertig, „daß ihr euch das Recht nehmt, jedem, der darin wandert, Fragen zu stellen?“

Ich hörte einen raschelnden Schritt, als einer der Männer näher kam. Ich breitete meine Arme aus, um zu zeigen, daß ich keine Waffe hatte. „Frieden“, sagte ich, „ihr habt nichts von uns zu befürchten.“ Ich sprach freimütig, doch ohne Drohung. „Gesellt euch zu uns an unsere Feuerstelle.“

Die Antwort war Schweigen. Ich spürte ihre Augen auf mir. „Wer seid ihr?“ fragte einer der Fremden.

„Ich werde euch sagen, wer ich bin, wenn ihr mir gesagt habt, warum ihr unser Friedensangebot und die Gemeinschaft unserer Feuerstelle ausschlagt.“ Als niemand darauf antwortete, fügte ich hinzu: „Vielleicht haltet ihr es für unter eurer Würde, euch zu uns zu setzen und unser Essen mit uns zu teilen?"

Der erste Krieger antwortete. „Wir wollen niemandem etwas Böses", sagte er finster. „Rhoedd sah zwei Männer am See. Wir wurden von unserem Schlachtenführer hergeschickt, um herauszufinden, wer sich hier aufhält."

„Wer ist euer Herr?" fragte ich.

„Cynfarch von Dun Cruach", antwortete der Krieger.

„Ihr seid weit nach Norden gewandert, Mann", sagte Llew. „Wo ist euer Schlachtenführer?"

„Er wartet im Tal am Flußufer auf uns", antwortete der Krieger.

„Bringt ihn her", sagte Llew. „Wir werden ihn hier willkommen heißen."

Der Krieger wollte Einwände erheben. „Bringt ihn her", wies ich ihn an. „Sagt ihm, daß Llew und Tegid ihn hier erwarten."

„Aber wir sind keine –"

„Geht!" befahl ich, und meine Stimme hallte laut durch die Stille der Lichtung. „Kommt mit eurem Schlachtenführer zurück oder gar nicht!"

Ohne ein weiteres Wort drehten die drei Krieger sich unversehens um und verschwanden eilends auf demselben Weg, auf dem sie gekommen waren. Wir lauschten ihnen nach, wie sie durchs Unterholz liefen, und als sie weg waren, atmete Llew deutlich erleichtert auf.

„Sie waren kurz davor, uns anzugreifen", sagte er.

„Sie hatten Angst."

„Glaubst du, daß Cynan bei ihnen ist?"

„Das werden wir bald herausfinden." Ich bückte mich zu der Schüssel am Feuer hinab. Das Gefäß war heiß, und das Kräutergebräu brodelte. „Das Heilbad ist fertig. Laß uns nach deiner Wunde sehen."

Ich zog das Becken von den Flammen fort. „Mach den Verband ab und bade die Wunde im Wasser."

„Aber es kocht", meinte Llew.

„Es muß heiß sein, um dir etwas zu nützen. Die Hitze des Heilbades wird das Gift aus der Wunde ziehen."

Llew fügte sich widerstrebend, ständig vor sich hin nörgelnd. Als das Gebräu zu kalt wurde, um noch wirken zu können, erhitzte ich es wieder, indem ich die Schüssel zurück ans Feuer stellte. Auch darüber beschwerte sich Llew. Er nörgelte immer noch, als unsere Besucher zurückkehrten.

Diesmal ritten sie direkt in unser Lager ein – sieben berittene Männer mit gezogenen Waffen und erhobenen Schilden. „Wer seid ihr, daß ihr Kriegern, die nicht die euren sind, Befehle erteilt?" erklang eine ernste Stimme aus den Bäumen hervor. „Steht auf, Freunde, damit ich euch sehen kann."

„Cynan!" Llew sprang von seinem Platz am Feuer auf und stieß dabei die Schüssel um. Ich hörte das Zischen des Dampfes, als das Heilbad sich über die brennenden Scheite ergoß.

„Dann stimmt es also!" rief Cynan. Ich hörte das Ächzen von Leder, als er sich aus dem Sattel schwang. „Sie haben mir gesagt, daß Tegid und Llew auf der anderen Seite des Kammes lagern, aber ich habe es nicht geglaubt. Ich kam her, um selbst nachzusehen, und hier steht ihr vor mir!"

Einen Augenblick lang herrschte völlige Verwirrung. Ich hörte das Schnauben und Scharren von Pferden und die Stimmen erregt durcheinanderredender Männer. Ich hörte lautes Gelächter, und dann stand Cynan vor uns. „Willkommen, Bruder!" rief Llew. „Unsere Feuerstelle ist bescheiden, und unsere Halle hat kein Dach, aber alles, was wir haben, gehört euch. Es ist gut, dich zu sehen, Cynan."

„Und ich bin froh, dich zu –" Cynan mußte seine Hände ausgestreckt haben, um Llews Arme zu ergreifen, und dabei seine Verletzung entdeckt haben. „*Clanna na cù!*" rief er. „Was ist mit dir geschehen, Mann?"

Cynan wandte sich nun mir zu. „Tegid, und du –?" Ich spürte, wie sein Zorn aufflammte wie eine Fackel. „Wer hat das getan? Sprecht nur den Namen aus, und ich werde euch zehnfach rächen! Hundertfach!"

Llew antwortete. „Meldron" war alles, was er sagte.

„Ich werde ihn töten", schwor Cynan.

„Meldron trägt eine unermeßliche Blutschuld", sagte ich, „aber nicht für unsere Wunden. Wahrhaftig, dies ist das geringste seiner

Verbrechen." Dann erzählte ich Cynan und den anderen von dem Massaker unter den Barden auf dem heiligen Hügel.

In entsetztem Schweigen hörten Cynan und seine Männer zu. Als ich endete, war es, als wären sie mit der Nacht verschmolzen. Ich hörte nichts als das knisternde Flackern des Feuers und das sanfte Wehen der Nachtluft in den Kiefernnadeln.

Als er endlich wieder sprach, war Cynans Stimme ein enger Knoten aus Zorn und Verzweiflung. „Es ist noch schlimmer, als ihr wißt", sagte er. „Meldron hat einen Krieg gegen die Herrscher von Llogres angezettelt. Er hat die wichtigsten Festungen der Cruin und der Dorathi angegriffen. Viele wurden getötet, und noch mehr sind in die Berge und Wälder geflohen."

„Wann ist das geschehen?" fragte ich.

„Wir erfuhren kurz vor Beltain davon. Einige suchten bei uns Zuflucht, und sie warnten uns davor, daß Meldron Krieger nach Caledon entsandt hat, um die Schwächen des Landes auszukundschaften."

„Ah", erwiderte Llew, „darum also seid ihr so weit nördlich unterwegs."

„Genau", bestätigte Cynan grimmig. „Wir sind durch die Täler und an den Flüssen entlang geritten, um zu sehen, ob sie uns von der Wildnis her angreifen wollen, wo wir ungeschützt sind."

„Habt ihr jemanden gesehen?" fragte ich.

„Niemanden – bis Rhoedd euch vor zwei Tagen entdeckte", antwortete Cynan.

„Aber warum habt ihr zwei Tage gebraucht, um hierher zurückzukehren?" fragte Llew.

„Wir hatten unser Lager einen Tagesritt weit von hier entfernt", erwiderte Cynan. „Ich hatte meinen Männern befohlen, sofort zurückzukehren, falls sie irgendein Zeichen von Fremden im Land entdecken sollten."

„Hätte er zu uns gesprochen, so hätten wir ihn willkommen geheißen", sagte Llew. „Es hätte leicht jemand verletzt werden können."

„Was das betrifft, so tut es mir leid", erwiderte Cynan bedauernd. „Doch wenn ihr Spione Meldrons gewesen wärt, so hättet ihr sicherlich nicht gezögert, meine Männer zu ermorden – selbst unter dem Vorwand eines Willkommens. Wir wußten ja nicht, daß ihr es seid."

„Nun, jedenfalls bin ich froh, daß ihr hier seid. Setzt euch zu uns", sagte Llew, „und eßt mit uns. Wir haben nur ein wenig Fleisch und Wasser, aber ihr seid uns willkommene Gäste."

„Wir haben Vorräte bei uns, und da wir unerwartet in euer Lager hereinplatzen, müßt ihr uns erlauben, unseren Teil beizusteuern", bot Cynan freundlich an.

„Dazu sage ich nicht nein", erwiderte Llew, und Cynan befahl zweien seiner Männer, ein Mahl vorzubereiten.

Dann setzten wir uns zusammen, und während die anderen Wasser und Holz holten und sich daranmachten, unser Lager zu erweitern, blieben Cynan und Rhoedd bei uns sitzen und berichteten uns alles, was sich seit unserem Zusammentreffen auf Ynys Sci in Albion ereignet hatte. Ich hörte Cynans Aufzählung der Stämme und Clans, die Meldron niedergewalzt oder unterworfen hatte, und schüttelte erstaunt den Kopf.

„Cynan", sagte ich, „wie hat Meldron das so schnell geschafft? Als wir Sycharth verließen, hatte er nicht mehr als hundert Männer. Wie ist es möglich, daß er Clans mit größeren und besser bewaffneten Kriegsscharen besiegt?"

„Das ist leicht erklärt", sagte Cynan rauh. „Er hat sich mit den Rhewtani verbündet."

Die Rhewtani sind ein kriegerischer Clan, der im Norden von Llogres ansässig ist. Lange hatten sie sowohl Prydain als auch Caledon schwer zu schaffen gemacht – bis Meldryn Mawr ihrer Kriegslust mit einer Reihe schmerzlicher Niederlagen ein Ende bereitet hatte. Seltsam, daß sie sich nun mit Meldron verbündeten und dem Sohn ihres früheren Feindes halfen, seine Ziele zu erreichen. Ich fragte mich, was Meldron ihnen wohl versprochen haben mochte, um sich ihre Hilfe zu sichern.

„Die Rhewtani", wiederholte ich. „Noch jemand?"

„Von weiteren Verbündeten habe ich nicht gehört", antwortete Cynan, „aber es heißt, daß einige der besiegten Häuptlinge lieber zu ihm übergelaufen seien, als sich der Niederlage und dem Tod zu stellen. Obwohl", fügte er wild hinzu, „ein Häuptling, der so etwas tut, diesen Titel nicht verdient."

Wir unterhielten uns über die Neuigkeiten aus Albion und warteten darauf, daß das Essen fertig wurde. Unsere Besucher steuerten einen mehr als reichlichen Teil aus ihren Vorräten bei, und das Essen wurde zu einem Festmahl unter Freunden.

„Ich lüge nicht, wenn ich sage, daß ihr die letzten seid, die ich hier zu finden erwartet hätte", sagte Cynan und schlug sich auf den Schenkel.

„Nachdem Meldron den heiligen Hügel angegriffen hatte", berichtete ihm Llew, „wurden wir gefangengenommen. Dann überließ er uns als Treibgut den Gezeiten, damit wir sterben."

Er erzählte von dem Sturm auf See und davon, wie wir landeinwärts gewandert und bis zu diesem Ort gelangt waren – wobei mir auffiel, daß er von dem Nemeton und dem Cylenchar in seinem Bericht nichts erwähnte.

Cynan und seine Männer hörten seiner Schilderung aufmerksam zu. Als Llew geendet hatte, meinte Cynan: „Trotzdem ist es merkwürdig. Wir hatten schon beschlossen, nach Hause zurückzukehren, als Rhoedd glaubte, jemanden zu sehen, der sich zwischen den Bäumen verbarg." Cynan wandte sich an Rhoedd. „Erzähl ihnen, was du gesehen hast."

„Ich sah jemanden, der uns über den Fluß hinweg beobachtete", begann Rhoedd. „Ich berichtete Fürst Cynan davon und bat um die Erlaubnis, mich auf die Verfolgung machen zu dürfen. Ich nahm die Spur auf und folgte ihr, bis ich den Wasserfall erreichte. Doch da ich kein weiteres Zeichen gesehen hatte, beschloß ich, die Suche abzubrechen. Als ich gerade umkehren wollte, sah ich jemanden auf den Felsen oberhalb der Wasserfälle."

„Hast du gesehen, wer es war?" fragte ich.

„Nein, Herr", erwiderte Rhoedd. „Aber er trug einen grünen Umhang. Das habe ich gesehen."

„Also folgtest du der Spur weiter?"

„Das tat ich. Es war nicht leicht, einen Weg um die Fälle herum zu finden – und ich würde wohl immer noch danach suchen, wenn ich nicht eine Hirschkuh in einer Spalte zwischen den Felsen hätte verschwinden sehen. Ich folgte ihr und fand einen Pfad, der mich hierherführte, zu diesem Bergkamm. Vom Kamm aus sah ich den See und ritt hinab, um mein Pferd zu tränken. Meine

Absicht war es, auf demselben Weg zurückzukehren. Wenn ich euch nicht auf der anderen Seite des Sees gesehen hätte, wären wir inzwischen nach Dun Cruach zurückgekehrt. Den Rest kennt ihr."

„Wenn und wenn und wenn", bemerkte ich. „Mir scheint, daß dich ein ganz unbegreifliches Maß an Glücksfällen hierhergeführt hat."

„Dasselbe denke ich auch", gab Rhoedd zu. „Ich habe den Mann, dessen Spur ich folgte, niemals zu Gesicht bekommen. Ohne ihn hätte ich gewiß niemals hierher gefunden."

„Nein", antwortete ich, „und du wirst den Mann, dem du gefolgt bist, auch nicht zu Gesicht bekommen, falls er sich dir nicht zeigt. Denn es war der Hüter dieses Ortes, der dich hergebracht hat."

„Wer ist dieser Mann, Herr?" fragte Rhoedd.

„Es ist kein Mann", antwortete ich. „Es ist einer der Uralten."

Dann erzählte ich ihnen von dem Cylenchar und davon, wie wir von dem Hüter des verborgenen Tales beobachtet und schließlich willkommen geheißen worden waren.

Cynan und seine Männer waren fasziniert, und wir redeten bis tief in die Nacht darüber und über alles andere, was sich in Albion ereignet hatte. Die Begrüßer der Dämmerung hatten bereits mit ihrem Gesang begonnen, als wir uns gähnend unseren Liegestätten zuwandten.

Als wir am nächsten Tag aufstanden, sagte Cynan: „Ihr seid willkommen, mit uns zurückzukehren. In Dun Cruach haben wir Platz für euch."

„Ich danke dir, Cynan Machae", erwiderte ich, „aber uns ist es bestimmt, hierzubleiben."

„Hier? Warum, hier gibt es doch nichts." Cynan wandte sich an Llew. „Ihr seid verletzt und müßt gepflegt werden. Außerdem braucht ihr Nahrung und Ruhe, damit ihr wieder zu Kräften kommt. Beides werdet ihr in Dun Cruach finden."

„Nochmals, wir danken dir", erwiderte Llew. „Aber es ist so, wie Tegid sagt: Wir bleiben hier."

„Was wollt ihr machen, wenn Meldron euch entdeckt?" fragt Cynan scharf. „Ihr seid verletzt. Du kannst nicht einmal ein

Schwert halten. Kommt mit uns zurück. Wir können euch schützen."

Llew zeigte sich nicht beleidigt. Er schob Cynans grobe, aber gut gemeinte Anteilnahme mit einer freundlichen Antwort beiseite: „Es geht nicht darum, daß du mich beschützt, Bruder, sondern darum, daß wir einander beschützen."

„Wie das?" fragte Cynan. Llews Ablehnung verärgerte ihn ein wenig, aber noch mehr reizte sie seine Neugier.

„Hör zu", sagte Llew leise, so daß alle Umstehenden näher kamen, um ihn hören zu können. Ich konnte mir vorstellen, wie Cynan und die anderen aufmerksam seinen Worten lauschten. „Tegid hatte eine Vision – eine Vision von diesem Ort hier. Er hat eine große Festung gesehen, die sich auf dem See aus dem Wasser erhebt. Es ist eine Insel –"

„Eine Insel?" fragte einer seiner Zuhörer verblüfft.

„Aber hier ist keine Insel", meinte ein anderer.

„Still! Laßt ihn zu Ende sprechen", sagte Cynan.

„Das stimmt", gab Llew zu, „es ist keine Insel da – noch nicht. Es wird eine von Menschen gemachte Insel sein. Es ist eine Insel, die aus vielen Crannogs besteht, eine Festung aus vielen Festungen: Dinas Dwr ist ihr Name. Und sie wird eine Zuflucht und Herberge für ganz Albion sein."

„Das hast du gesehen?" Die Frage war an mich gerichtet; ich spürte Cynans Hand auf meinem Arm.

„Das habe ich gesehen, ja", erwiderte ich und widerstand mühsam dem Drang, noch mehr zu sagen. „Es ist so, wie Llew es gesagt hat."

„Dinas Dwr", sinnierte Cynan. „Dinas Dwr – ja, das ist ein guter Name."

„Mit einer Festung im Norden wäre der Süden sicherer. Wir wären wie zwei Schwertbrüder, die Rücken an Rücken kämpfen; jeder deckt die Schwäche des anderen, jeder schützt den anderen; Schild an Schulter, Schulter an Schild."

Den Kriegern wurde rasch klar, wie weise dieser Plan war. Llew hatte ihn durch ein schlichtes Bild für sie lebendig werden lassen, und sie äußerten ihre Zustimmung.

„Meldron wird versuchen, uns da anzugreifen, wo wir am

schwächsten sind", gab Cynan zu. „Ich bin wirklich kein schlechter Kämpfer – aber selbst ich kann nicht zwei Orte gleichzeitig verteidigen."

„Dann laß uns den Norden verteidigen", bot Llew ihm an. „Was sagst du dazu, Bruder?"

„Nun", räumte Cynan ein, „es ist kein schlechter Plan."

„Unterstütze mich dabei, Cynan", sagte Llew mit stiller Eindringlichkeit; keine Spur von Flehen war in seiner Stimme. „Gemeinsam können wir diese Vision lebendig werden lassen."

Cynan schwieg einen Moment lang. Dann sprang er plötzlich auf und schrie vor Eifer. „So soll es sein!" rief er. „Die Erde und die Sterne sollen meine Zeugen sein: Ich verbürge mich mit allem, was ich habe, dafür, dir bei dieser gewaltigen Arbeit zu helfen!"

Ich stand auf und erhob meine Hände zu einer Deklamation, die Linke mit der Handfläche nach außen hoch über meinem Kopf, in der Rechten meinen Stab. *„Der Goldene König in seinem Reich wird mit seinem Fuß an den Stein des Anstoßes stoßen"*, verkündete ich die Worte der Prophezeiung der Banfáith. *„Der Wurm mit dem feurigen Atem wird den Thron von Prydain beanspruchen; Llogres wird ohne Herrscher sein. Doch glücklich wird Caledon sein!"*

Die Krieger nahmen diese Worte feierlich auf und stellten sich mit eigenen Schwüren hinter das Versprechen ihres Herrn. Dann begannen alle mit vor Erregung scharfer Stimme durcheinanderzureden; und im Klang ihres Hochgefühls hörte ich, wie meine Vision feste Gestalt annahm, wie mein Glaube Fleisch wurde.

Eine Weile lang hörte ich ihren eifrigen Gesprächen zu; dann stand ich auf, nahm einen Stab und zog mich in den Wald zurück. Ich wollte mit meinen Gedanken allein sein, um zu verarbeiten, was Cynan uns gesagt hatte: Die Cruin waren besiegt, und die Dorathi ebenfalls; Llogres war ihnen bereits zum Opfer gefallen. Meldron und die Rhewtani, das war eine tödliche Allianz.

Ich dachte darüber nach, aber ich konnte meine Gedanken nicht lange darauf konzentrieren. In den Baumwipfeln hörte ich die Bewegungen der Äste, und im Wind roch ich den bevorstehenden Regen. Ich konnte den Himmel nicht sehen, doch ich wußte, daß er noch klar war und die Sonne hell schien. Noch vor dem Abend würde es regnen, doch für diejenigen, die um unsere schlichte Feuerstelle versammelt waren, brachte die Zukunft keine Wolken.

Ich lauschte den Stimmen der Männer, deren Freundschaft sich über ihren Plänen verfestigte: Die Gemeinschaft ehrenhafter Männer ist eine sehr starke Macht. Die Allianz zwischen Llew und Cynan, die aus Vertrauen und Achtung geboren war, würde ein wahres Bollwerk bilden. Und wenn jemand versuchte, sie durch Verrat oder Gewalt zu zerbrechen, würde er feststellen, daß auch dies eine tödliche Allianz war.

Offenbar wirkte die Schnelle Sichere Hand mit all ihrer ihr zur Verfügung stehenden Macht: Kräfte im Land, die lange in Schlummer gelegen hatten, rührten sich wieder; Führer und freundliche Geister sammelten sich um uns; uralte Mächte halfen uns auf unerwartete Weise.

Glücklich wird Caledon sein ... So sei es!

# 16

## Der Flug der Raben

„Ich werde so bald wie möglich zurückkehren“, versprach Cynan. „Und ich werde Männer, Werkzeuge und genügend Vorräte mitbringen, um eine Festung zu errichten, der keine andere in Caledon gleicht!“

„Mir wäre schon neue Kleidung und ein Dach recht, um mir den Regen vom Leib zu halten“, erwiderte Llew. „Wie auch immer, ich werde auf beides verzichten müssen, wenn du jetzt nicht aufbrichst.“

Noch während er sprach, versiegte der Regen, der uns zwei Tage lang belagert hatte. Die Pferde schüttelten die Köpfe und ließen ihr Zaumzeug klingeln vor Begierde, sich wieder in Bewegung zu setzten.

„Also schön, wir gehen. Aber ich lasse Rhoedd bei euch zurück – und genügend Waffen für alle. Er kann euch bei euren alltäglichen Arbeiten helfen.“

„Wir können selbst für uns sorgen“, protestierte Llew schwach. „Wir brauchen keinen Diener, wir sind auch ohne ihn ganz gut zurechtgekommen. Wenn du unterwegs Meldron begegnest, wirst du Rhoedds Speer brauchen.“

„Dennoch steht er euch zur Verfügung“, beharrte Cynan. „Sei nicht störrisch.“

„Also gut, ich nehme an“, erwiderte Llew und verabschiedete sich von Cynan. Die anderen warteten bereits auf dem Pfad; ich hörte sie rufen, als Cynan seinen Platz an ihrer Spitze einnahm, und dann das Trommeln der Hufe, als sie ihre Pferde wendeten und zwischen den Bäumen verschwanden.

„Nun", sagte Llew, als er zurückkam, wo ich auf meinen Stab gestützt stand, „jetzt haben wir ein Pferd und einen Krieger zur Verfügung. Der Anfang für unsere Kriegsschar ist gemacht."

„Spotte nur, wenn du willst", sagte ich. „Es gab schon große Könige, die mit weniger begonnen haben."

„Wenn du es sagst, werde ich es glauben", erwiderte er mit einer Heiterkeit in der Stimme, die ich bei ihm seit langem nicht gehört hatte. „Was mich betrifft, so bin ich zufrieden damit, Rhoedd hier zu haben. Und unter uns, Tegid, er sieht aus wie eine harte Nuß. Ich bin sicher, er kann es mit zehn Männern ganz alleine aufnehmen."

Rhoedd lachte darüber. „Cynan hat dich gewarnt!" sagte er fröhlich. „Hat er dir auch von meiner Übellaunigkeit erzählt?"

So begann die enge Gemeinschaft unserer Feuerstelle im Wald, die wir die Jahreszeit der Wärme hindurch genossen. Rhoedd entwickelte sich zu einem wahren Segen für uns: Unermüdlich und mit grenzenloser Findigkeit unterstützte er uns in allen Dingen und vermehrte die kargen Bequemlichkeiten unseres Lagers.

An den meisten Tagen jagten oder fischten Llew und Rhoedd am frühen Morgen und verbrachten den Rest des Tages damit, die Wurzeln und sonstigen eßbaren Pflanzen zu sammeln, die wir zu uns nahmen. Am frühen Abend badeten wir im See, und bei Einbruch der Nacht nahmen wir am Feuer unsere Mahlzeiten ein. Dann nahm ich meine Harfe und sang und sandte die silberhellen Töne auf dem duftenden Rauch unseres Eichenfeuers empor. So füllten wir die Tage unseres Wartens auf Cynans versprochene Rückkehr.

Eines Tages erschien Rhoedd atemlos am Seeufer, wo ich gerade frisches Trinkwasser schöpfte. Er und Llew waren erst kurz zuvor zum Jagen aufgebrochen. Ich antwortete auf seinen Ruf und wandte mich in die Richtung, aus der er auf mich zugerannt kam.

„Was ist passiert? Ist Llew verletzt?"

„Fürst Llew ist nichts geschehen", antwortete Rhoedd. „Er hat mich geschickt, dich zu holen. Wir haben auf dem Flußuferpfad unterhalb des Bergkammes Männer gesehen."

„Wie viele?"

„Sechs – vielleicht noch mehr. Sie waren zu weit entfernt, um sicher zu sein, wie viele es sind. Sie werden vor dem Mittag hier sein. Llew beobachtet den Pfad."

Ich ergriff meinen Stab, und Rhoedd führte mich den Hang hinauf auf den Bergkamm – wobei er an unserem Lager haltmachte, um die zusätzlichen Speere und Schilde mitzunehmen, die Cynan uns hinterlassen hatte. Auf dem Kamm eilten wir eine Weile in westlicher Richtung dahin; dann ging es einen langen, steilen Pfad hinab, auf dem wir schließlich zu Llew gelangten, der ein Stück unterhalb des Kammes hinter einem Felshaufen kauerte und die Männer beobachtete.

„Sie haben uns beinahe erreicht", sagte Llew. „Ich glaube, Rhoedd und ich können es mit ihnen aufnehmen, aber wir werden deine Hilfe brauchen, Tegid. Wir müssen sichergehen, daß sie dieses Tal nicht wieder verlassen."

„Meldrons Spione? Ist es das, was du vermutest?"

„Wer könnte es sonst sein? Cynan hat uns gewarnt, daß sie das Land auskundschaften."

Wir erörterten Hinterhalttaktiken und legten uns einen Plan zurecht, wie wir die Eindringlinge überwältigen könnten.

„Östlich von hier ist eine Stelle, wo sich das Tal verengt", sagte Llew. Die Felsen reichen bis an das Flußufer hinab. Dort können ihre Pferde ihnen nichts nützen."

„Und noch weiter östlich?" fragte Rhoedd.

„Noch weiter östlich öffnet sich das Tal zu einer weiten Ebene."

„Dann haben wir an der Engstelle die beste Gelegenheit", stimmte Rhoedd zu.

Wir eilten zurück, hinauf auf den Bergkamm und dann östlich den Pfad entlang, bis wir zu der betreffenden Stelle kamen. Wir gingen in Stellung, so daß wir den Uferpfad unter uns überblicken konnten, setzten uns hin und warteten. Der Mittag verstrich, ohne daß wir irgendein Zeichen unserer näherkommenden Besucher sahen oder hörten. Llew wurde ungeduldig.

„Warum brauchen die so lange? Was machen die denn?"

„Vielleicht haben sie den Pfad verlassen", meinte ich. „Vielleicht tränken sie ihre Pferde."

Llew schickte Rhoedd hinab, sich die Sache näher anzusehen, wobei er ihm einschärfte, darauf zu achten, daß er nicht gesehen würde. Das Warten auf die Rückkehr Rhoedds erwies sich als ebenso entnervend wie das Warten auf die Eindringlinge. Llew vertrieb sich die Zeit damit, mit dem Ende eines Speers auf den Felsen zu klopfen – ich fand, es klang wie Knochen, die gegeneinanderschlagen.

Dann hörte das Klopfen auf. „Was kann ihn so lange aufhalten?" platzte er schließlich heraus.

„Horch!"

Einen Augenblick später hörten wir Rhoedd auf dem Pfad; kurz darauf kauerte er sich keuchend vor uns hin. „Ich war ganz unten im Tal", berichtete er, als er wieder sprechen konnte. „Ich habe sie gefunden. Sie schlagen ein Lager auf."

„Hat jemand dich gesehen?"

„Nein."

„Kennst du sie?"

„Sie gehören zu keinem Stamm oder Clan, den ich kenne. Ich glaube, daß sie überhaupt nicht aus dem Norden stammen." Er hielt inne und mäßigte um unseretwillen seinen verächtlichen Tonfall. „Für mich sahen sie wie Leute aus dem Süden aus."

„Meldron ..." murmelte Llew. „Wie viele hast du gesehen?"

„Es sind sechs", antwortete Rhoedd.

„Falls es Llwyddi sind", sagte ich, „kennen wir sie vielleicht. Ich könnte mit ihnen reden."

„Warum?" fragte Llew. „Nach dem, was sie mit der gelehrten Bruderschaft gemacht haben – was könntest du da noch zu ihnen sagen?"

Ich wandte mich zu Rhoedd. „Bring uns zu der Stelle, von der aus du sie gesehen hast."

Obwohl der Pfad uneben und mühsam war, kamen wir recht schnell voran, ohne ein Geräusch zu verursachen. Wir schlichen uns so nahe wie möglich heran. „Sag mir, was du siehst", sagte ich und berührte Rhoedd an der Schulter.

„Sechs Männer – mit Pferden", sagte Rhoedd. „Es ist so, wie ich es euch schon beschrieben habe."

„Beschreibe es!" drängte ich ihn. „Gib mir Einzelheiten."

Rhoedd mußte Llew fragend angesehen haben, denn Llew fügte hinzu: „Tu, was er sagt; sag ihm, was du siehst."

„Nun, da sind sechs Männer", erwiderte Rhoedd langsam. „Sie haben sechs Pferde bei sich – drei Rotgescheckte, einen Falben, einen Grauen und einen Schwarzen. Es sind gute Pferde. Die Männer sind – nun ja, es sind Männer –"

„Haben sie dunkle oder helle Haare? Was haben sie an?"

„Nun, die meisten haben dunkle Haare; dunkel und unrasiert – Haar und Bärte geflochten. Sie tragen lange Umhänge, obwohl es warm ist. Sie tragen keine Waffen, aber ich sehe zu Bündeln zusammengebundene Speere und eingehüllte Schwerter auf den Pferden. Mindestens drei der Männer haben Schilde."

„Schon besser", spornte ich ihn an. „Weiter – was noch?"

„Sie tragen Ringe an Armen und Handgelenken – aus Gold und Silber. Einer der Männer hat einen goldenen Armring und eine goldene Brosche an seinem Umhang. Er sieht wie ein Meisterkämpfer aus; als einziger trägt er einen Torc, aber der ist aus Silber, nicht aus Gold. Alle haben eine Tätowierung auf ihrem Schwertarm – das Bildnis eines Vogels, vielleicht eines Falken oder Adlers – das kann ich von hier aus nicht erkennen. Ich glaube, sie haben einen weiten Weg hinter sich. Sie wirken erschöpft und niedergeschlagen, und ihre Gesichter sind hager."

„Prächtig!" lobte ich ihn. „In dir steckt etwas von einem Barden, Rhoedd."

„Es wird schwierig sein, sie alle auf einmal zu überwältigen", sagte Llew. „Wir haben insgesamt fünf Speere; es müßte also Rhoedd und mir gelingen, zumindest drei von ihnen zu stoppen, bevor sie ihre Waffen erreichen."

„Und die anderen drei?" fragte ich.

„Gegen die werden wir wohl in der Minderzahl kämpfen müssen", gab Llew zu. „Doch wenn wir rasch zuschlagen, können wir sie vielleicht überwältigen."

„Wenn wir bis zur Dunkelheit warten", warf Rhoedd ein, „haben wir vielleicht eine bessere Chance. Wir könnten sie angreifen, während sie schlafen."

„Aber dann werden sie ihre Waffen griffbereit haben", entgegnete Llew. „Kein Krieger schläft unbewaffnet in einem fremden

Land. Außerdem werden sie vermutlich über Nacht eine Wache aufstellen. Ich sage, laßt uns lieber jetzt hingehen."

Er und Rhoedd ergingen sich in Einzelheiten darüber, wie sie ihren Angriff am besten beginnen wollten. Während ich ihrem Gespräch zuhörte, wurde ich immer unruhiger; nicht vor Furcht – eher aus einem Gefühl, etwas Unrechtes zu tun.

„Tegid, du nimmst das hier", sagte Llew und drückte mir einen Dolch in die Hand. „Falls einer versuchen sollte zu entkommen –"

Ich ließ den Dolch fallen, als hätte er mir die Handfläche verbrannt. „Wir können das nicht tun" erwiderte ich. „Es ist nicht richtig."

„Ich glaube nicht, daß jemand hier entlangkommen wird", versuchte Rhoedd mich zu beruhigen. „Es ist nur zu deiner eigenen Verteidigung."

„Das ist es nicht, was er meint", sagte Llew. „Was ist los, Tegid?"

„Wir dürfen keine unbewaffneten Männer angreifen. So würde Meldron handeln, und es ist niederträchtig."

„Nun, was schlägst du dann vor, Tegid Tathal?" fragte Llew, und ich hörte, wie Verärgerung in seiner Stimme mitschwang.

„Sie willkommen heißen."

„Sie willkommen heißen", sinnierte Llew trocken. „Nun ja, Tegid, das ist gewiß etwas, das Meldron niemals tun würde."

„Hoher Barde", begann Rhoedd, „wenn wir sie willkommen heißen, und es sind Spione, werden wir tot sein, bevor die Sonne untergeht."

„Aber Rhoedd, mein Freund, wenn wir sie angreifen, und es sind friedliche Männer, werden wir Mörder sein."

„Was schlägst du vor?"

„Empfangen wir sie als Gäste an unserer Feuerstelle." Mit diesen Worten ergriff ich meinen Stab und stand auf.

Ich war schon bereit loszugehen, als sich Llew rasch erhob und seine Hand auf meinen Arm legte.

„Ich gehe zuerst", sagte er und ging dicht vor mir her, so daß ich ihm folgen konnte, ohne zu stolpern oder unbeholfen umherzutasten und mich dadurch vor den Fremden bloßzustellen.

Zusammen traten wir drei aus der Deckung der Bäume hervor und schritten offen in das Lager der Fremden.

„Seid gegrüßt, Freunde!“ rief Llew. „Friede sei mit euch und mit eurem Herrn, wer immer er sein mag.“

Unser plötzliches Erscheinen überraschte sie. Ich hörte das Klappern herabfallender Utensilien und das Scharren von Füßen, als die Fremden nach ihren Waffen tasteten und zu uns herumwirbelten – dann drei Herzschläge lang Schweigen, während sie sich überlegten, wie sie uns empfangen sollten.

„Seid gegrüßt“, erwiderte einer der Fremden langsam. „Ihr habt euch an unser Lager angeschlichen.“

„Das stimmt“, erwiderte Llew. „Vergebt uns, wenn wir euch in Unruhe versetzt haben. Doch wenn eure Absichten friedlich sind, wird euch hier nichts geschehen. Ist Streit euer Ziel, so werdet ihr anderswo einen wärmeren Empfang erhalten. Wenn euch nichts daran hindert, wüßte ich gerne, wer euer Herr ist und was euch hierhergeführt hat.“

„Wir nehmen deinen Willkommensgruß gerne an“, erwidert der Fremde. „Wir hegen keine böse Absicht gegen dich, Freund, und hoffen nur, durch dieses Land zu ziehen, ohne jemandem, der hier lebt, Anstoß zu geben. Ja, wir würden es als Ehre betrachten, wenn du uns sagen würdest, wer der Herr dieses Ortes ist, damit wir ihn grüßen können, wie es seinem Rang gebührt.“

Llew wollte antworten, doch ich schaltete mich ein und sagte: „Du sprichst mit großem Geschick, Freund. Wie kommt es dann, daß du die Frage nicht beantwortet hast, die dir gestellt wurde? Oder vielleicht hast du einen Grund, den Namen deines Herrn zu verschweigen.“

„Ich habe nicht geantwortet“, erwiderte der Fremde bedauernd, „weil dieser Name mir bitterer geworden ist als alle anderen. Ich verschweige ihn, weil ich ihn vergessen will. Ich sage dir die Wahrheit: Ich wünschte, ich hätte ihn niemals gehört.“

Da wurde mir klar, wer diese Männer waren und warum sie gekommen waren.

„Legt euren Schmerz und eure Not beiseite“, sagte ich. „Die Schnelle Sichere Hand hat euch hierhergebracht, wenn ihr es vielleicht auch nicht ahnt. Wenn ihr den Herrn dieses Ortes ehren wollt, es ist der, der euch begrüßt hat und jetzt vor euch steht und seine Hand zum Friedensgruß entgegenstreckt."

„Dieser Ort ist mir unbekannt, und wir haben nicht erwartet, daß jemand uns empfangen, geschweige denn willkommen heißen würde. Wenn meine Rede oder mein Verhalten dich beleidigt hat, Herr, erbitte ich deine Verzeihung. Das war nicht meine Absicht."

„Ich sehe, daß du ein Mann bist, der sagt, was er denkt", erwiderte Llew gelassen. „Doch eine Beleidigung kann ich in deinen Worten und deinem Verhalten nicht erkennen. Und ich sage dir noch einmal, ihr seid willkommen hier. Wir haben unser Lager jenseits des Bergkammes; es ist nur eine grobe Feuerstelle, doch sie steht zu eurer Verfügung. Kommt mit uns und ruht euch aus."

Die Fremden stimmten zu, und wir setzten uns den Pfad hinauf in Bewegung. Llew bat Rhoedd vorauszugehen, und die sechs Fremden folgten und führten ihre Pferde am Zaumzeug. Llew und ich gingen als letzte.

„Warum hast du ihnen erzählt, ich sei der Herr dieses Ortes?" fragte Llew, sobald die anderen weit genug voraus waren, so daß sie uns nicht mehr hören konnten.

„Weil du es bist."

„Was werden sie tun, wenn sie erfahren, daß meine Herrschaft sich über nicht mehr als eine Lichtung unter den Bäumen erstreckt?"

„Weißt du denn nicht, wer sie sind?"

„Nein." Er schwieg und dachte darüber nach, was er gesehen und gehört hatte. „Weißt du es denn?"

„Ja."

„Woher?"

„Ihre Ankunft wurde vorausgesagt."

„Und? Wirst du es mir erzählen? Oder werde ich alt und grau werden, während ich mir den Kopf darüber zerbreche?"

„Sie sind die Raben."

„Die Raben? Welche Raben?"

*„Glücklich wird Caledon sein"*, wiederholte ich die Worte der Prophezeiung der Banfáith, *„der Flug der Raben wird sich in*

*seinen vielschattigen Tälern sammeln, und Rabengesang wird sein Lied sein.*"

„Sechs Krieger", bemerkte Llew säuerlich. „Nicht gerade ein riesiger Schwarm, oder?"

„Er wird wachsen", sagte ich. „Du wirst schon sehen."

„Ich sage dir, was ich sehe", erwiderte Llew mit scharfem Vorwurf in der Stimme. Er blieb stehen und drehte mich zu sich herum. „Du bist fest entschlossen, diese Prophezeiung auf irgendeine Weise wahr werden zu lassen. Du weißt, daß es nicht sein kann, und doch beharrst du störrisch darauf, mich zu ihrem Mittelpunkt zu machen."

„Nicht störrischer als die Hartnäckigkeit, mit der du es leugnest", gab ich zurück. „Die Prophezeiung wurde dir gegeben. Der Awen des Obersten Barden wurde dir gegeben."

„Ja!" Das Wort war ein heftiges Zischen. „Und auch das hier wurde mir gegeben."

Ich brauchte keine Augen, um zu sehen, daß er mir seinen Armstumpf entgegenschüttelte.

„Ich bin nicht hierhergekommen, um König von irgend etwas zu werden. Ich bin gekommen, um Simon endlich in seine Welt zurückzubringen", fuhr er mich an, „und sobald ich einen Weg dazu gefunden habe, werde ich genau das tun. Und das ist *alles,* was ich tun werde."

Er wandte sich abrupt ab und begann, den Hang hinaufzusteigen. Von irgendwo hoch über mir hörte ich das rauhe Krächzen eines Raben. Sofort erwachte mein inneres Gesicht. Vor meinem Geist erstand das Bild eines Raben, der auf der Lehne eines Throns aus Hirschgeweih hockte – das Bild aus meiner Vision. Und außer diesem ersten Raben sah ich noch andere – viele andere, einen ganzen Schwarm, der schwebend den Thron umkreiste. Während ich zusah, kamen weitere Raben herbei, wie es Raben tun – wo ein paar sich sammeln, werden andere angezogen und dann noch mehr, bis eine unermeßliche Wolke den Himmel erfüllte. Die schwarzen Flügel schimmerten im Sonnenlicht; die schwarzen Augen glänzten tödlich und hell.

„Llew!" rief ich ihm nach. „Laß uns das jetzt klären und hinter uns lassen."

Ich hörte seine Schritte verhalten und ihn dann wieder zu mir zurückkommen. „Wie?“

„Bist du bereit?“

„Ich bin bereit“, erklärte er. „Was schlägst du vor?“

„Die Krieger, die zu uns gekommen sind“, fing ich an; „sie sollen unser Prüfstein sein.“

„Wie soll das gehen?“

„Ich sage dir, sie sind der Flug der Raben, dessen Ankunft uns vorausgesagt wurde.“

„Wieder diese Prophezeiung –“

„Ja, wieder die Prophezeiung. Die Prophezeiung ist unser Pfad. Gofannon, der Cylenchar und jetzt die Raben – sie sind die Lichter entlang des Weges. An ihnen erkennen wir, daß der Weg wahr ist.“

Da er nicht antwortete, bohrte ich weiter: „Wenn die Prophezeiung als wahr erwiesen werden kann, wirst du dann deinen Zweifel abwerfen und dem Pfad folgen, der dir vorgezeichnet ist?“

Llew dachte lange nach. „Es ist schwer“, sagte er endlich.

„Schwerer, als daß ein einhändiger Mann König wird?“

„Nein, schwerer als das nicht, glaube ich.“

„Worum machst du dir dann Sorgen?“

„Also schön“, willigte er ein, wobei das Widerstreben seine Stimme herunterzog wie ein Gewicht. „Stellen wir diese Prophezeiung ein für allemal auf die Probe. Sag mir jetzt, wer diese Männer deiner Meinung nach sind.“

Ich antwortete, ohne zu zögern, ganz im Vertrauen auf die Einsicht, die ich empfangen hatte: „Sie sind Rhewtani.“

„Na prächtig“, zischte Llew. „Genau das, was uns noch gefehlt hat.“

„Aber sie sind keine Spione oder Verräter. Sie sind ehrenhafte Männer. Ja, sie schätzen ihre Ehre höher als ihr Leben. Denn als ihr falscher Herr eine schändliche Allianz mit Meldron einging, entschieden sie sich dafür, lieber als Ausgestoßene zu leben, als einem Verräter zu dienen.“

„Sie haben ihren Herrn verlassen. Das klingt für mich nicht sonderlich vertrauenswürdig.“

„Sag nicht, sie hätten ihren Herrn verlassen", erwiderte ich. „Sag lieber, daß sie einen Herrn suchen, der ihrer Loyalität würdig ist."

„Rhewtani", sinnierte Llew. „Höchst interessant. Aber das reicht noch nicht aus. Was noch?"

„Du wirst feststellen, daß derjenige, der mit dir sprach, der Schlachtenführer ist, und die bei ihm sind, sind die besten Krieger aus der Kriegsschar der Rhewtani. Wenn du ihnen sagst, wer du bist und was du an diesem Ort zu tun vorhast, werden sie sich deiner Führung unterstellen."

„Schon besser ..." erwiderte Llew, und ich spürte, wie er allmählich Interesse an der Herausforderung gewann. „Noch etwas – aber es muß etwas Schwieriges sein."

„Wie könnte etwas Leichtes dich zufriedenstellen?" gab ich zurück und dachte nach, das Bild der Raben vor meinem inneren Auge. „Daran", sagte ich schließlich, „wirst du erkennen, daß der Pfad wahr ist: Sie sind die Raben."

„Das hast du mir bereits gesagt."

„Ja, aber sie haben es noch nicht gehört. Und es ist ihr wahrer Name", erklärte ich. „Wenn du sie fragst, werden sie sagen: ‚Wir sind die Raben.' Also, einverstanden?"

Llew holte tief Atem, und ich wußte, daß er sich auf die Probe gefaßt machte. „Einverstanden. Machen wir es so, wie du sagst."

# 17

## Glorreiche Pläne

Als wir das Lager erreichten, waren die Fremden dabei, eine Koppel für ihre Pferde zu errichten. Llew wartete, bis sie fertig waren, und lud sie dann ein, sich zu uns zu setzen. Die sechs ließen sich rund um unsere Feuerstelle auf dem Boden nieder.

„Ich sehe, daß ihr Männer seid, die an bessere Unterkünfte gewöhnt sind", sagte Llew. „Doch vielleicht ist euch ein Himmelsdach, das ihr mit ehrenhaften Männern teilt, lieber als die Halle eines gewissenlosen Königs und die Gesellschaft von schändlichen Verrätern."

„So ist es", erwiderte der erste der Krieger. „Wir leben lieber als Ausgestoßene, als mit falschen Fürsten und heimtückischen Ränkeschmieden beim Fleisch zu sitzen."

„Dann sind wir einander nicht unähnlich", beruhigte Llew ihn rasch. „Auch wir haben unsere Feuerstelle und unseren Clan verlassen, weil wir nicht die Ungerechtigkeiten und die schändlichen Ziele von Schurken ertragen wollten."

Die Krieger rutschten unruhig hin und her. Ihr Führer zögerte und fragte dann: „Kennst du uns, Herr?"

„Ich kenne euch", antwortete Llew mit Überzeugung. „Ich glaube, ihr seid Krieger der Rhewtani."

„Das ist wahr", erwiderte der Kriegerhäuptling. „Wir sind die Raben der Rhewtani."

„*Clanna na cù!*" murmelte Llew.

Ich hörte ein Klatschen und wußte, daß der Mann sich mit der flachen Hand auf den Unterarm geschlagen hatte. „Das hier war einst ein Ehrenzeichen –"

Alle haben eine Tätowierung auf ihrem Schwertarm, hatte Rhoedd gesagt, das Bildnis eines Vogels ...

„– aber jetzt ist es uns verhaßt geworden. Es ist ein Zeichen der Schande." Der Krieger schlug sich wieder auf die Tätowierung, und seine Stimme wurde scharf vor Verbitterung. „Wenn wir könnten, würden wir es herausschneiden."

„Nein", entgegnete ihm Llew, „laßt es ein Zeichen der Ehre bleiben. Denn ihr habt lieber auf Rang und Achtung verzichtet, als einem treulosen König zu dienen. Meldron mag die Achtung eures Königs gestohlen haben, aber ihr habt nicht zugelassen, daß er auch euch um eure Ehre bringt. Dafür seid ihr hier willkommen."

Als Meldrons Name fiel, erhob sich erstauntes Gemurmel unter den Fremden.

„Wer bist du, Herr, daß du über diese Dinge Bescheid weißt?" fragte ihr Anführer verdutzt.

„Ich heiße Llew. Und der Mann neben mir ist Tegid ap Tathal, der Oberste Barde von Prydain."

Bei dieser Eröffnung stießen die Fremden überraschte Rufe aus. Ihr Anführer sagte: „Dann haben wir von euch gehört!"

„Wir haben gehört, ihr wäret tot!" fügte ein anderer hinzu.

„Nicht so tot, wie manche es gerne hätten", erwiderte Llew.

„Es heißt auch, du wärest der König von Prydain", fügte der Krieger in herausforderndem Ton hinzu.

„Das war ich einmal –" gab Llew zu. „Aber jetzt nicht mehr. Meldron hat dafür gesorgt, daß ich auf diesen Anspruch nicht länger bestehen kann."

„Was tust du hier, Herr?" fragte ein anderer.

„Wir waren auf der Suche nach einer Zuflucht und werden bleiben, um eine Festung zu erbauen", erwiderte Llew und berichtete kurz von dem Bund, den er mit den Galanae im Süden geschlossen hatte.

„Dann wirst du Männer brauchen, die dir helfen", sagte der Meisterkämpfer der Rhewtani entschlossen. „Wir werden bleiben, wenn ihr uns aufnehmt."

Diese Worte des Mannes waren so gut wie ein Treueschwur. Und während er sprach, flackerte mein inneres Gesicht auf. Ein

Rascheln von Kleidung war zu hören, als die Krieger einer nach dem anderen aufstanden und zu uns sprachen.

„Ich bin Drustwn", sagte eine leise, ernste Stimme. Ich sah einen Mann mit kräftigem Hals und ernster Miene, beherrscht und selbstbewußt.

„Ich bin Emyr Lydaw", sagte ein anderer, und vor meinem geistigen Auge sah ich einen blonden Mann, über dessen Schulter an einem breiten braunen Lederriemen ein riesiges kupfernes Horn hing.

„Ich bin Niall", sagte der dritte mit heller Stimme. Ich sah einen dunkelhaarigen Krieger mit lebhaften, wachen Augen und einem stets zum Lachen bereiten Mund.

„Ich bin Garanaw", sagte der vierte Mann mit einer Stimme, mit der man Funken aus Stahl hätte schlagen können: ein Mann von rastloser Vitalität, breitschultrig und stark, mit rötlichbraunem Haar und Bart.

„Ich bin Alun Tringad", sagte der fünfte; seine Stimme war lebhaft und voller Leidenschaft. Vor mir erstand das Bild eines schlanken, langgliedrigen Mannes mit hoher, edler Stirn und blauen Augen, ebenso begierig auf einen Kampf wie aufs Vergnügen.

„Und ich bin Bran Bresal", sagte der Anführer, dem man den Stolz auf seine Männer anhörte. Er kam vor mein inneres Auge als ein großer Mann mit langem, dunklem Haar und Bart, sorgfältig geflochten, die Arme und Handrücken mit schwarzem, dichtem Haar bedeckt. Mit ruhigen, schwarzen Augen sah er Llew an. „Wir erbitten die Aufnahme an deiner Feuerstelle, Herr", sagte er und breitete seine Arme aus, um seine Männer einzuschließen.

Ich trat vor, hob meine Hand und sagte: „Eure Ankunft wurde vorausgesagt, und ihr seid uns dreimal willkommen. Möge es euch bei uns wohl ergehen und uns mit euch. Möget ihr unter uns alles finden, was ihr sucht." Ich ließ die Hand sinken. „Ich würde den Willkommenskelch bringen lassen, aber wir haben keinen Kelch und kein Bier, mit dem wir ihn füllen könnten."

„Euer Willkommen ist uns Erfrischung genug", sagte Bran Bresal. „Ihr werdet feststellen, daß wir keine lästigen Gäste sind. Wir wollen unseren Teil beitragen –"

„Mehr als unseren Teil!" warf einer der Männer ein.

„Ja, mehr als unseren Teil“ fuhr Bran fort. „Wo es Arbeit gibt, da werdet ihr uns finden.“

„Wir danken euch“, erwiderte Llew. „Aber die Arbeit kann warten; ruht euch jetzt aus, und laßt es euch wohl ergehen. Ihr seid sicher müde von eurer Reise.“

„Müde, ja, und auch staubig“, antwortete Bran. „Ein Bad wäre jetzt ein Segen.“

„Das sollt ihr haben“, sagte Llew. „Rhoedd hat Seife, und er wird euch zeigen, wo wir baden.“

Die sechs Krieger gingen mit Rhoedd zum See hinab und ließen Llew und mich für eine Weile allein.

„Nun?“ sagte ich, als sie weg waren, „akzeptierst du jetzt die Wahrheit der Prophezeiung?“

„Gibt es denn nichts, was du nicht weißt?“ fragte er zurück.

„Antworte mir“, beharrte ich. „Wirst du jetzt dem Pfad vertrauen, der dir vorgezeichnet ist?“

„Das werde ich tun, Bruder“, erwiderte Llew und fügte dann hinzu: „Aber ich will etwas als Gegenleistung von dir.“

„Sag mir, was du wünschst, und ich werde es dir geben, wenn ich kann.“

„Es darf keine Rede mehr vom Königtum sein.“

„Llew, das ist –“

„Ich meine es ernst, Tegid. Kein Wort mehr davon – verstehst du?“

Ich hielt es für das beste, die Sache fürs erste damit bewenden zu lassen, und drang nicht weiter in ihn. Er hatte den ersten Fuß auf den Pfad gesetzt; das reichte für den Augenblick.

„Also schön“, lenkte ich ein. „Ich werde nicht mehr vom Königtum sprechen.“

„Die Raben“, murmelte Llew leise. „Wer hätte das gedacht?“

„Horch!“ sagte ich.

Wir hielten inne, und das Geräusch, das an mein Ohr gedrungen war – gebrochen und undeutlich zunächst –, verdichtete sich zu Gesang: Die Krieger hatten auf ihrem Weg hinab zum See zu singen begonnen.

„Glücklich wird Caledon sein“, sagte ich. „Der Flug der Raben wird sich in seinen vielschattigen Tälern sammeln –“

„Und Rabengesang wird sein Lied sein", beendete Llew den Satz. Und als die Krieger das Seeufer erreichten, hallten ihre Stimmen stark und schön durch die stille Abendluft und erfüllten das Tal mit einem neuen Klang voller Freimut. „Sie singen gut, diese Raben."

Llew und ich gingen zu den Männern an den See hinab; nachdem sie mit ihrem Bad fertig waren, zeigte ihnen Llew, wo wir die Festung errichten würden. Der Gedanke eines Crannogs faszinierte sie, und sie verpflichteten sich sofort, an dem Bau mitzuarbeiten. Ich glaube, sie hätten an Ort und Stelle mit der Arbeit begonnen, wenn ich sie nicht darauf hingewiesen hätte, daß uns noch das Werkzeug dazu fehlte.

Glücklicherweise hielt uns dieser Mangel nicht lange auf. Die ersten Lieferungen von Cynan erreichten uns drei Tage später, begleitet von Cynan selbst und einer Schar von mehr als zwanzig Männern. Er brachte acht von Ochsen gezogene Wagen mit Werkzeugen, Vorräten und Versorgungsgütern; dazu auch sieben Pferde – fünf Stuten und zwei Hengste, um eine Herde zu beginnen – sowie vier Jagdhunde, um ein Rudel zu züchten. Unter den Männern waren elf Bauleute, von denen einige ihre Frauen und Kinder mitgebracht hatten.

„Sie werden hier bei euch bleiben, bis die Festung errichtet ist", erklärte Cynan, als die Begrüßung vorüber war. „Ich habe meinem Vater von euren Plänen erzählt. Er nannte es einen glorreichen Plan – ‚Das ist ein guter und glorreicher Plan', sagt Cynfarch, und er hat geschworen, alles zu tun, um euch zu unterstützen, bis ihr in der Lage seid, euch selbst zu versorgen. Er ist begierig, sich euren guten Willen zu sichern, und wünscht sich, einen starken Verbündeten im Norden zu gewinnen." Er hielt inne, als Bran herankam. „Und es sieht so aus, als ob dieser Tag nicht mehr fern wäre."

„Dies ist Bran Bresal", sagte Llew, „der Anführer der Raben. Sie bleiben bei uns und wollen uns dabei helfen, Dinas Dwr zu bauen."

Mir fiel auf, daß Llew nichts davon erwähnte, daß Bran und seine Männer Rhewtani waren.

„Cynan soll sie erst einmal kennenlernen", erklärte er mir später. „Warum soll man die Probleme herausfordern?" Ich war beeindruckt von Llews feinfühliger Diskretion.

Cynan und Bran begrüßten sich, worauf Cynan nach dem Kelch rief und sagte: „Laßt uns auf neue Freunde und glorreiche Pläne trinken!"

„Cynan, du bist unbezahlbar", lachte Llew. „Ich würde gerne den Willkommenskelch für dich bringen lassen, aber leider haben wir kein Bier, wie du weißt."

„Habt ihr nicht?" sinnierte Cynan. „Und was ist das für ein schäumendes Faß, das ich da an eurer Feuerstelle stehen sehe?"

Der Prinz mit dem silbernen Torc hatte uns sein eigenes Bierfaß mitgebracht und seine Männer angewiesen, es an der Feuerstelle aufzustellen. Noch während Cynan sprach, hörte ich das Plätschern der Kelle, als der Kelch gefüllt wurde.

„Auf uns!" rief Cynan. *„Báncaraid gu bráth!"*

„Sláinte môr!" riefen wir zur Antwort, während das schäumende Gebräu von Hand zu Hand ging.

In dieser Nacht aßen wir gut, und vor dem hoch auflodernden Feuer sang ich die *Schlacht der Bäume:* ein Lied über Gemeinschaft und gemeinsame Arbeit, ein Lied, das Männer zum Handeln anspornte. Am nächsten Morgen begannen sie mit der Arbeit.

Die Bauleute sammelten ihre Werkzeuge und Materialien auf der Wiese oberhalb der Stelle im See, die ich ausgewählt hatte. Llew, Cynan und ich erörterten unseren Plan mit dem Anführer der Arbeiter – einem Mann namens Derfal, dem Baumeister von König Cynfarch. Während wir redeten, räumten seine Leute den Boden frei, um einige Hütten zu errichten. Inzwischen waren die Krieger damit beschäftigt, Bäume für das Bauholz zu schlagen – sowohl für die Hütten als auch für Boote. Wir würden sechs bis acht tüchtige, breite Boote benötigen, um Steine und Holz zum Bauplatz im Wasser zu schaffen.

Während der ersten Tage sah man vor allen Dingen die Ochsen, die Baumstämme aus dem Wald zur Wiese schleppten. Dann wurden rasch die Hütten für die Bauleute errichtet, und die Boote begannen Gestalt anzunehmen. Als die fertigen Boote zu Wasser gelassen wurden und die eigentlichen Bauarbeiten begannen, verwandelte sich unser einst so friedliches Waldlager in ein fröhlich lärmendes Durcheinander.

Von morgens bis abends widerhallte der Wald von Axtschlägen und dem Gebrüll der Ochsen. Im Lager waren die Stimmen der Frauen zu hören, die kochten und backten, um die ständig ausgehungerten Arbeiter zu versorgen. Am Seeufer erschallte Kinderlachen und das Bellen von Hunden. Die Luft klingelte vor fröhlichem Lärm; ein Regenbogen der Freude breitete sich über das Tal. Ich ging umher, lauschte all diesen Geräuschen, und sie erschienen mir wie die Fröhlichkeit selbst. „Glückliches Caledon", dachte ich.

Lange Holzsäulen wurden vorbereitet, fünf sorgfältig ausgewählte Eichenstämme, geglättet und gerundet, und dann noch einmal fünf. Mit großer Umsicht und noch größerer Mühe wurden diese zur Baustelle in der Mitte des Sees gezogen und in den Schlamm des Seebodens getrieben, so daß ihre oberen Enden über die Wasserfläche hinausragten. Dann durchpflügten die Bauleute und ihre Helfer unaufhörlich mit ihren Booten das Wasser und brachten endlose Ladungen von Steinen vom Seeufer zur Baustelle. Die Steine wurden um jeden der Eichenpfeiler zu Wasser gelassen, so daß die Pfeiler in einem dicken Bett aus Steinen gesichert wurden.

Die fünf Pfeiler wurden mit den anderen fünf Stämmen oberhalb der Wasserfläche verbunden, so daß ein fünfseitiger Ring entstand. Zuletzt wurde zwischen den fünf Seiten des Ringes ein solides Geflecht aus Eichenästen gewebt. Dies war die Plattform, die zuerst mit Steinen und dann mit Erde bedeckt wurde. Auf dieser mit Erde beschichteten Plattform sollten die ersten runden Holzbauten errichtet werden.

Zu diesem Crannog würde später ein weiteres hinzugefügt werden, dann noch eines und dann noch weitere – bis es zwanzig kleine Crannogs sein würden, alle durch Brücken und Stege miteinander verbunden und umringt von widerstandsfähigen Holzwänden. Kaum war das erste Crannog fertig, als schon das zweite begonnen wurde.

All dies spielte sich unter Llews wachsamem Blick ab. Er war immer bei den Bauleuten zu finden: Tagsüber arbeitete er mit ihnen Schulter an Schulter; nachts steckten er und Derfal die Köpfe zusammen und besprachen die Arbeiten des nächsten Tages. Auch Cynan war ganz in seinem Element. Ja, er betrachtete die Errichtung von Dinas Dwr fast wie ein eigenes Unternehmen. Ich glaube, für ihn war es das erste Mal, daß er eine echte Aufgabe hatte, eine Arbeit von Gewicht und Bedeutung. Gewiß war sein Vater ein fähiger Herrscher und kein Mann, der sich allzusehr auf die Menschen in seiner Umgebung verließ; so hatte Cynan wohl kaum allzu viele wichtige Aufgaben, mit denen er sich im Hause seines Vaters beschäftigen konnte. So wurde Llews Vorhaben ebenso zu seinem eigenen, und er widmete sich dieser Aufgabe, wie nur er es konnte.

Maffar verging in einem Dunst von Schweiß und Anstrengung. Rhylla, die Jahreszeit der fallenden Blätter, kam mit ihren kühleren Tagen und Nächten als willkommene Erleichterung. Wir wollten so lange weiterarbeiten, wie das Wetter es zuließ, und es blieben uns noch viele schöne Tage, bis das Eis und der Wind des Sollen unserem Tun ein Ende bereiten würden.

Cynan, der so lange wie irgend möglich bei uns geblieben war, kündigte seine Rückkehr in den Süden an. „Die Ernte wird bald beginnen, und ich werde gebraucht, um den Tribut des Königs einzuholen", erklärte er. „Doch noch vor dem Schnee werde ich zurückkehren und ausreichend Vorräte mitbringen, damit ihr den Sollen übersteht."

„Du bist ein guter Freund und Bruder", sagte Llew, als Cynan und seine Begleiter ihre gesattelten Pferde bestiegen; Cynan nahm vier Krieger mit sich, doch der Rest würde bleiben. „Warte mit deiner Rückkehr, bis sich das Wetter aufklart. Ich bin sicher, daß wir mit dem, was du beim ersten Mal mitgebracht hast, bis zum Gyd überleben können."

Cynan lehnte das Angebot kommentarlos ab. „Und außerdem bringe ich euch Nachricht aus der Welt jenseits eures Tales", sagte er.

„Dann geh", erwiderte Llew, „und lebe wohl. Komm zurück, wann du kannst."

Als Cynan aufgebrochen war, gingen wir zum See hinab. Ich hörte die dumpfen Schläge der unermüdlichen Äxte, mit denen die Bauleute die Stämme schlugen und formten. Ich hörte den langsamen Schritt der Ochsen auf dem Waldboden, die Baumstämme zur Sammelstelle schleppten. Ich hörte die Kinder, die am Seeufer spielten.

Wir setzten uns auf die Steine zwischen die nach Kiefer riechenden Holzspäne und dachten an alles, was wir bereits erreicht hatten: Zwei Crannogs waren fertig – auf dem ersten standen bereits zwei große Behausungen und ein Lagerhaus –, und ein drittes war begonnen worden; ein Pferch auf der Wiese für die Ochsen und Pferde; zwei Hütten für die Werkzeuge und Materialien der Bauleute und vier geräumige Behausungen am Seeufer. Es war ein guter Anfang.

„Wir haben viel erreicht", sagte Llew. „Es sieht schon richtig nach etwas aus. Ich wünschte, du könntest es sehen, Tegid."

„Aber ich habe es doch gesehen", entgegnete ich. „Ich habe es alles gesehen."

„Vielleicht so, wie es einmal sein wird. Aber –"

„Ja, wie es einmal sein wird – und wie es ist." Ich berührte meine Stirn mit den Fingerspitzen. „In der Zeit, die wir hier verbracht haben, hat meine Gabe zugenommen."

„Tatsächlich?"

„Sie kommt, wann sie will – wie der Awen –, ich kann sie nicht steuern. Manchmal kommt sie von ganz allein, doch oft ist es ein Wort, das sie wachruft. Oder ein Geräusch. Ich weiß nie im voraus, wann sie erwachen wird. Doch mir scheint, daß ich jedesmal mehr sehe."

Rhyllas kühle Nächte ließen die Nebel vom See aufsteigen und brachten goldene Tage mit sich, die im sterbenden Licht der Sonne loderten. Doch die strahlenden Tage verblaßten und wurden grau, wie Feuer zu Asche wird – wie das Samhainfeuer, das den Niedergang des Jahres markiert: so hell und blendend, wie es auf der Hügelkuppe lodert und mit seinem tapferen Licht die sorgenbeladene Nacht auf Abstand hält. Doch am Ende erstirbt das Feuer zu grauer Asche – graue Tage voller Regen, endlos, bis die schleichende Dunkelheit sie einsammelt und davonträgt.

Nach Samhain roch ich oft schon den Winter in der Luft. Die Felle der Pferde und Rinder wurden weich, dick und lang. Die

Krieger jagten, fischten und schlugen Holz für die Jahreszeit des Schnees. Die Frauen machten das Fleisch haltbar – einiges räucherten sie, der Rest wurde eingesalzen; sie buken das harte Schwarzbrot, das uns durch den Winter begleiten würde. Die Kinder bedeckten ihre sonnengebräunten Glieder mit warmen, wollenen Umhängen und Hosen. Die Bauleute fetteten abends ihre Werkzeuge ein und legten sie eingewickelt in die Hütten am Seeufer, um sie vor Rost zu schützen.

Wir zogen von unserem Lager zwischen den Bäumen in die Behausungen am Seeufer. Wir waren insgesamt weniger als dreißig Leute, so daß die vier großen Gebäude am Seeufer reichlich Platz für uns boten ... bis die ersten Flüchtlinge eintrafen.

# 18

## Die Herausforderung

Cynan kehrte am ersten Vollmond nach Samhain zurück und brachte sieben Krieger und fünf Wagen voller Vorräte mit – Getreide und Samen: Hafer, Gerste und Roggen – und ein paar besondere Reichtümer: Honig, Salz und Kräuter, gewebte Stoffe und gegerbtes Leder. Außerdem brachte er neue Speere und genügend Schwerter und Schilde für alle Krieger mit. Und wie um sicherzugehen, daß wir vor Überfluß nicht selbstzufrieden wurden, brachte er dazu dreißig erschöpfte Eothaeli mit – hungernde, fußkranke Überlebende eines Stammes, der sich Meldrons Forderungen nach Geiseln und Tribut widersetzt hatte. Sie hatten mit ansehen müssen, wie ihr König, ihre Kriegsschar und ihre Clansleute hingemetzelt, ihr Caer niedergebrannt und all ihre Tiere davongetrieben wurden.

„Ich wußte nicht, was ich sonst mit ihnen machen sollte", erklärte Cynan etwas verlegen. „Sie hatten sich im Moorgebiet verirrt. Frierend und hungrig ... mit Kindern und allem – und nirgendwo ein Ort, wo sie hingehen konnten."

„Du hast das Richtige getan", sagte Llew.

„Sie hatten weder Waffen noch Vorräte – sie wären binnen kurzem erfroren", fuhr Cynan fort. „Wenn ich mit ihnen gerechnet hätte, hätte ich mehr Getreide mitgebracht. Aber wie die Dinge liegen, kann ich nicht –"

„Mach dir keine Sorgen, Bruder", beruhigte ihn Llew. „Für solche Leute wie sie bauen wir Dinas Dwr. Bring sie nur her."

Die Eothaeli standen etwas abseits, da sie nicht recht wußten, wie sie empfangen würden. Llew, Cynan und ich sprachen mit ihnen – es waren acht Männer, fünfzehn Frauen und der Rest Kinder, davon mehrere, die noch nicht laufen konnten. Llew versicherte ihnen, sie hätten von uns nichts zu befürchten, ganz im Gegenteil: Sie würden Nahrung und Kleidung erhalten, sie würden mit allem, was sie brauchten, versorgt, und wenn sie wollten, könnten sie bei uns bleiben. Dennoch zögerten sie noch, an ihr Glück zu glauben.

Ein kleines Kind fing an zu schreien und wurde rasch von seiner Mutter beruhigt. Das Geräusch entfachte mein inneres Auge, und ich sah einen abgerissenes Häuflein erschöpfter Leute, wachsam und unbehaglich, mit Furcht in ihren stumpfen Augen. An ihrer Spitze stand ein hagerer Mann mit grauem Gesicht, der seinen Arm in einen schmutzigen, blutdurchtränkten Fetzen gehüllt trug. Er schien der Anführer der Gruppe zu sein, die aus dem bestand, was von drei Familienstämmen übriggeblieben war. „Es ist nicht recht, daß man uns schändlich behandelt", antwortete der hagere Mann mit Empörung in der Stimme. „Wir wurden ohne Grund angegriffen; unsere Festung wurde zerstört, unser Volk dahingemetzelt und unser Vieh davongetrieben. Wir sind dem Tod entronnen – doch selbst der Tod ist uns lieber als die Schande."

„Ihr seid hier willkommen" entgegnete Llew. „Was ist daran schändlich? Es sei denn, ihr findet unsere Gastfreundschaft unter eurer Würde."

„Wir sind Eothaeli", informierte der Mann Llew mit eisiger Stimme. „Wir sind kein unbedeutendes Volk, das man wie Vieh behandeln kann."

Llew beugte sich zu mir herüber und berührte mich leicht am Arm. „Rede du mit ihm, Tegid. Ich fange an, mich zu wiederholen."

Die Eothaeli sind ein selbstgenügsamer Stamm. Sie leben – oder lebten – im Süden von Llogres und hingen mit der Hartnäckigkeit von Kletten an ihren felsigen Küstengebieten. Während sie bekannt dafür sind, ihre kleinen, eng zusammenhaltenden Clans mit wilder Entschlossenheit zu schützen, sagt man ihnen jedoch keinen großen Reichtum an Gold oder Vieh und auch kein herausragendes Geschick in der Schlacht nach. Was Meldron sich davon versprochen hatte, sie anzugreifen, konnte ich mir nicht denken. Vielleicht ein paar Schiffe und eine Herde magerer Rinder.

Die Eothaeli hatten begonnen, finster untereinander zu murmeln. Ich erhob meinen Stab und stieß damit fest auf den Boden. „Hört zu, ihr Begriffsstutzigen!“ rief ich plötzlich. „Hört den Obersten Barden von Prydain!“

Das brachte sie zum Schweigen. Gegen einen Barden wagten sie nicht zu murren. Llew hatte es mit Beschwichtigungen versucht; ich entschied mich für eine direktere Sprache.

„Schämt euch! Seid ihr so ungesittete und undankbare Gäste, daß ihr die Gabe der Freundschaft ausschlagt, die euch angeboten wird? Ihr kommt verloren und mit leeren Händen zu uns, doch wir weisen euch nicht ab. Die Wärme unserer Feuerstelle gehört euch, wenn ihr sie annehmen wollt. Warum steht ihr dann da wie Gefangene in der Kerkergrube?“

Ich erhob meinen Stab, deutete auf den Anführer und fragte: „Wie ist dein Name?“

„Iollan“, antwortete der hagere Mann knapp und kniff dann den Mund wieder zu.

„Dann hör zu, Iollan von den Eothaeli. Folge deiner eigenen Weisheit. Wir haben euch unser Willkommen geboten. Es liegt an euch, ob ihr es annehmt oder ablehnt. Ihr habt die Wahl. Wenn ihr bleibt, werdet ihr gut behandelt. Aber wenn ihr gehen wollt, werdet ihr gehen, wie ihr gekommen seid: allein und ohne Hilfe.“

Iollan runzelte die Stirn, sagte aber nichts.

„Störrischer Esel!“ flüsterte Cynan.

„Lassen wir sie in Ruhe darüber nachdenken“, sagte Llew und wandte sich ab.

Cynan und ich folgten ihm, doch wir waren noch keine zehn Schritte weit gekommen, als der Anführer uns nachrief: „Wir nehmen euer Angebot, uns einen Platz zum Ausruhen und Nahrung zu geben, an. Wir werden bleiben – aber nur, bis wir stark genug sind, um weiterzuziehen.“

Llew drehte sich zu ihm um. „Also gut. Ihr habt die Freiheit, zu tun, was euch beliebt. Wir stellen keine Forderungen an euch.“

Dann führten wir sie zu den Behausungen auf der Grasfläche und richteten die Unterkünfte für sie ein. Meine Absicht war, ihnen ein Haus für sich allein zu geben, aber Llew riet davon ab.

„Nein, mischen wir sie lieber unter uns – so werden sie eher an dem Leben hier Anteil nehmen. Niemand sollte sich in Dinas Dwr wie ein Fremder fühlen.“

Also teilten wir die Flüchtlinge unter uns auf und schufen in jedem Haus Platz für einige von ihnen. Innerhalb eines Tages hatte sich unsere Zahl verdoppelt, so daß es in den vier Häusern nicht mehr so bequem war wie zuvor. Doch wenn erst die eisigen Winde nachts durch die Dachbalken heulten, würde uns durch die Nähe unserer Mitbewohner um so wärmer sein.

Der Sollen begann kalt und feucht, aber für uns war er nicht unerträglich. Unsere Häuser waren behaglich, die Feuer loderten hell. An so manchem Abend versammelten wir uns in dem größten der Häuser, und ich nahm meine Harfe und sang. Ich sang die Lieder, die seit dem Beginn dieses Weltenreiches gesungen wurden – die *Geschichte von Rhiannons Vögeln* und *Mathonwys Quelle;* ich sang *Manawyddan und die Tylwyth Teg* und *Cwn Annwn* und die *Geschichte von Arianrhods silbernem Rad* und viele, viele andere. Ich sang den kalten Sollen davon, und allmählich wurden die Tage wieder länger.

Als die Zeit kam, daß Gyd der Erde die ersten grünen Triebe entlockt hatte, war bei den Flüchtlingen unter uns keine Rede mehr vom Aufbruch. Sie waren mit uns verwachsen, und ihr Trotz – geboren aus Stolz und Furcht – war einer ebenso hartnäckigen Entschlossenheit gewichen, das Gewicht der Arbeit zu schultern, die notwendig war, um die Siedlung zu vergrößern. Sie waren begierig, uns die Freundlichkeit zu vergelten, die wir ihnen erwiesen hatten, und ihre Dankbarkeit nahm die Gestalt unermüdlicher Arbeit an: Sie machten den flachen Talboden urbar, ruderten die endlosen Bootsladungen von Steinen für die Crannogpfeiler, versorgten die Rinder und Pferde, hackten Holz, pflügten den Boden, kochten, hüteten, pflegten.

Wo immer eine Arbeit zu tun war, war einer von den Eothaeli zur Stelle und tat sie, fröhlich, unermüdlich und aus freien Stükken. Sie arbeiteten härter als Sklaven. Ja, hätten wir sie zu Sklaven gemacht, so hätten wir ihnen niemals so viel auferlegt, wie sie aus eigenem Antrieb taten.

„Diese Leute sind nicht wie wir, Cynan", erklärte Llew eines milden Tages, als er die frisch gepflügten Felder betrachtete. „Ich habe noch nie Leute erlebt, die so begierig darauf waren, sich in Arbeit zu erschöpfen. Sie demütigen uns mit ihrem Fleiß."

„Dann müssen wir härter arbeiten", erwiderte Cynan. „Es geht nicht an, daß sich die edlen Clans von Caledon von irgend jemandem übertreffen lassen."

Alun Tringad, der in der Nähe stand, hörte das und verkündete laut: „Bilde dir nicht ein, du könntest die Eothaeli übertreffen, falls du nicht vorhast, auch die Rhewtani weit hinter dir zu lassen – und das ist unmöglich."

Cynan richtete sich zu voller Höhe auf, um der Herausforderung des Rhewtani zu begegnen. „Wären die Männer von Llogres ebenso fleißig im Arbeiten wie im Angeben, so würde ich dir vielleicht glauben. Doch bisher habe ich nichts gesehen, was mich entmutigen könnte."

„Ach nein, Cynan Machae?" gab Alun zurück. „Dann mach deine Augen auf, Mann! Hat dieses Feld dort sich selbst gepflügt? Hat dieses Holz sich selbst gehackt? Haben sich die Baumstämme hingelegt und sind von selbst an den See gerollt?"

„Ich glaube, ich werde eher sehen, wie ein Feld sich selbst pflügt, wie Holz sich selbst hackt und wie Baumstämme sich hinlegen und von selbst an den See rollen, als daß ich einen Pflug, eine Axt oder eine Ochsenpeitsche in deiner Hand sehe, Alun Tringad!"

Andere hörten diesen Wortwechsel und blieben stehen; sie lachten laut über Cynans Antwort. Jemand rief Alun etwas zu und feuerte ihn an, Cynan seine Worte zurück in den Hals zu stopfen.

„Bruder, du hast mir mit deinen unbedachten Worten das Herz durchbohrt", sprach Alun mit vorgespielter Verletzung. „Ich sehe, daß es nur einen Weg gibt, meine Ehre zu retten. Ich werde einen Tag meiner Arbeit gegen einen Tag deiner Arbeit setzen, und dann sollst du deine übereilten Worte bereuen."

„Falls du nicht vorhast, mich zur Unterwerfung zu beschwatzen", erwiderte Cynan, werde ich mein Tagwerk mit dir messen, und dann werden wir sehen, wer der bessere Mann ist." Er wandte sich an mich. „Morgen werden wir beide pflügen, Holz hacken und Stämme transportieren. Von Sonnenaufgang bis Sonnenuntergang werden wir arbeiten. Und du wirst richten, wer mehr gearbeitet hat."

„Bist du damit einverstanden, Alun?" fragte ich.

„Mehr als einverstanden", erwiderte der leichtherzige Alun. „Hättest du sieben Sonnenaufgänge und sieben Sonnenuntergänge gesagt – oder gar siebenundsiebzig! –, so wäre mir die Aufgabe dennoch nicht zu schwer. Doch ein Tag mag genügen. Denn ich möchte Cynan nicht übermäßig ermüden – ich weiß ja, wie er seine Erholung schätzt."

Cynans Antwort war scharf wie ein Dorn: „Ich weiß deine Rücksicht zu schätzen, Alun Tringad, aber du brauchst dir meinetwegen keine Sorgen zu machen. Und wenn ich zehn Joch Land pflüge, werde ich dennoch reichlich Zeit zum Ausruhen haben, während du dich noch abmühst, die Ochsen anzuschirren!"

„So sei es!" rief ich. „Morgen werden wir alle Zeugen dieses Schauspiels sein. Und dann werden wir sehen, wer würdig ist, neben den Eothaeli zu stehen."

Als wir am Abend beim Essen saßen, wurden Wetten abgeschlossen, wer die Oberhand behalten würde. Die Rhewtani unterstützten lautstark Alun, während die Galanae auf Cynans Seite standen. Beide Gruppen scharten sich um ihre Recken und ermutigten sie mit anfeuernden Worten und Lobeshymnen. Die Eothaeli, fiel mir auf, wetteten nicht mit den anderen, aber sie nahmen dennoch an den Belustigungen teil, indem sie abwechselnd Cynan und Alun anfeuerten, je nachdem, wie ihnen gerade zumute war.

Cynan und Alun schliefen gut in dieser Nacht. Sie erwachten am nächsten Morgen bei Anbruch der Dämmerung und gingen hinaus zum Ochsenpferch, um ihren Tieren das Joch anzulegen und sie an die Pflüge anzuschirren. Alle folgten ihnen unter Gelächter und ermutigenden Zurufen. Die Kinder rannten voraus, sprangen durch die stille, klare Luft und ließen das Tal von ihren fröhlichen Rufen und Schreien widerhallen.

Unter spaßhaft abfälligen gegenseitigen Zurufen legten die Gegner ihre Hand an die Pflüge, und der Wettkampf begann.

Cynan gelang es, sein Ochsengespann anzuschirren, bevor Alun auch nur dem ersten seiner Ochsen das Joch angelegt hatte. Während er seine Tiere aus dem Pferch führte, rief er über die Schulter zu Alun zurück: „Gewöhne dich daran, meinen Rücken anzusehen, Bruder. Es ist die einzige Aussicht, die du den ganzen Tag über genießen wirst!"

„Deine Rückseite ist kein erfreulicher Anblick, Cynan Machae! Allerdings werde ich nicht viel davon zu sehen bekommen – außer wenn du dich bückst, um als Unterlegener meine Füße zu küssen."

Schmunzelnd verließ Cynan den Pferch. Er führte sein Ochsengespann zu einer Fläche, die am Vortag zum Pflügen bereinigt worden war; tief grub er die Pflugschar in die noch unbebaute Erde und erhob die Weidengerte.

„Hü! Auf! Hü!" rief er, und ich hörte das Schnalzen der Gerte und das leise, seufzende Stöhnen, als der Pflug die Erde aufriß. Ich roch den schweren Duft guter, schwarzer Erde und hörte das tiefe Grunzen der Ochsen. In diesem Augenblick erwachte mein inneres Auge. Ich sah die Ochsen ihre Nacken beugen und die Köpfe senken. Zitternd bewegte sich der Pflug vorwärts; Cynan hielt den Griff fest und zwang das Messer mit seinem Gewicht hinab, während die Ochsen sie über die Grasfläche zogen. Eine schwarze Narbe erschien inmitten des Grüns, wo die eiserne Pflugschar hindurchgefahren war.

Cynan trieb eine gerade, tiefe Furche bis zum Ende der bereinigten Fläche. Dann wendete er die Ochsen und trat unter den Hochrufen der versammelten Menge den Rückweg an. Als er gerade seine zweite Furche beendete, kam Alun, der inzwischen seine Tiere angeschirrt hatte, auf dem Weg zu seiner Fläche an ihm vorbei.

„Ruh dich aus, Freund Alun", rief Cynan ihm zu, „denn dieses Feld wird bald fertig sein."

„Pflüge nur weiter, Cynan Machae", gab Alun fröhlich zurück. „Und während du an deinem ersten Feld arbeitest, werde ich zwei weitere beenden."

Alles lachte, aber diejenigen, die auf Cynans Seite standen, begannen die anderen zu drängen, ihre Wetten zu erhöhen. Aluns

Anhänger reagierten mit Trotz, und rasch wurden neue Wetten abgeschlossen.

Alun erreichte die Stelle, an der er anfangen wollte; er setzte die Pflugschar an und ging nach vorn zu den Köpfen seiner Ochsen.

„Ihr schönen Tiere!" rief er laut genug, daß alle es hören konnten. „Seht euch all diesen köstlichen Boden vor euch an. Seht den leuchtend blauen Himmel und die Sonne, die rot hinaufsteigt. Es ist ein guter Tag zum Pflügen. Ihr werdet an diesem Tag Wunder vollbringen. Kommt, laßt uns diesen faulen Bummlern zeigen, wie man ein Feld zubereitet!"

Dann bückte er sich und hob einen Klumpen Erde auf, zerrieb ihn in den Händen und rieb die Schnauzen der Ochsen damit ein. Einige der Zuschauer lachten, und einer rief: „Alun, willst du sie etwa eine Furche in den Acker fressen lassen?"

Der stolze Rabe gab keine Antwort, sondern trat näher zu seinen Ochsen und flüsterte ihnen etwas in die Ohren; dann ging er an seinen Platz hinter dem Pflug. Er rief den Tieren nichts zu und gebrauchte auch keine Gerte, sondern schnalzte nur mit der Zunge. „Tch! Tch!" lockte er.

Auf diese sanfte Aufforderung hin legten sich die Tiere ins Zeug. Der Pflug lief glatt durch die Erde, und Alun Tringad ging hinterher, schnalzte leise und gurrte seinen Ochsen zärtliche Worte zu. Auf diese Weise erreichte er das Ende des Feldes, wendete und machte sich auf den Rückweg – und das mit viel weniger Mühe, als irgend jemand sich hätte vorstellen können. Und ganz gewiß mit weniger Anstrengung, als Cynan auf sich nahm.

Aluns Ochsen zogen den Pflug gleichmäßig durch den dichten Boden und öffneten eine gerade, tiefe Furche nach der anderen. Cynan dagegen kämpfte sich ans Ende einer weiteren Furche, wendete sein Gespann und begann mit schnalzender Gerte den mühseligen Rückweg. Der Pflug in seinen Händen hing und sprang, wenn die Klinge gegen Steine stieß; seine breiten Schultern wogten und schwollen an, während er mit dem Pflug und mit seinen Ochsen kämpfte. Und mir schien, als ob er zu stark drückte – als ob er die Pflugschar mit eigener Kraft durch die Erde treiben wollte – und die Erde sich ihm widersetzte.

Alun dagegen schien mit sanftem Locken und Zureden die Klinge durch die nachgiebige Erde gleiten zu lassen. Sein Gespann zog gleichmäßig und präzise. Stück für Stück begann er, Cynans Vorsprung aufzuholen.

Furche für Furche pflügten sie. In langen, ungebrochenen schwarzen Locken rollte die fruchtbare Erde von den Pflugscharen ab. Vögel fanden sich ein und hüpften in den frisch aufgerissenen Gräben herum. Die Sonne stieg höher, und der Tag wurde hell und warm. Cynan sah seinen Vorsprung schwinden und verdoppelte seine Anstrengungen. Er schrie und ließ die Gerte knallen und trieb seine Ochsen immer stärker an. Die robusten Tiere senkten die Köpfe, bis ihre Schnauzen fast den Boden berührten; ihre großen, muskulösen Leiber stemmten sich gegen das hölzerne Joch und zerrten den widerstrebenden Pflug vorwärts.

Trotz all seiner Kraft und Anstrengung konnte Cynan nicht verhindern, daß Aluns Gespann mit ihm gleichzog. Schritt für Schritt arbeitete sich Aluns sanft überredetes Gespann an Cynans schwer kämpfende Tiere heran – und zog dann an ihnen vorbei.

Aluns Anhänger riefen laut durcheinander, als die letzte Furche beendet war und Alun den Pflug ausschirrte; er führte sein Gespann von dem frischgepflügten Feld fort und winkte dabei allen Zuschauern fröhlich zu. Mit zusammengebissenen Zähnen und gesenkten Brauen beendete Cynan sein Feld, schirrte seine Tiere aus und eilte hinter Alun her, der bereits mit der Axt in der Hand im Wald verschwand, gefolgt von einem Strom von Leuten.

„Die einzige Arbeit, die heute getan wird, wird von Cynan und Alun getan werden", bemerkte ich, als die Schlachtenbummler davoneilten, um Cynan zu folgen.

„Gib ihnen diesen Tag", erwiderte Llew. „Sie haben ihn verdient." Er wurde nachdenklich. „In meiner Welt", sagte er langsam, „gesteht man den Menschen einen Tag der Ruhe von ihrer Arbeit zu – jeden siebten Tag. Früher wurde diese Gabe eifersüchtig gehütet, aber heute schätzt man sie nicht mehr so hoch ein."

„Einer von sieben Tagen", wiederholte ich und ließ mir den Gedanken durch den Kopf gehen. „Eine ungewöhnliche Sitte, aber nicht gänzlich unbekannt. Es gab Barden, die von Zeit zu

Zeit solche Gedanken geäußert haben, und manche Könige haben ihrem Volk einen solchen Erlaß gegeben.“

„Dann laß auch uns diesen Erlaß geben.“

„So sei es! An jedem siebten Tag werden die Leute von Dinas Dwr von ihrer Arbeit ausruhen“, stimmte ich zu.

„Gut, wir werden es den anderen sagen“, sagte Llew. „Aber jetzt noch nicht. Laß uns erst zu Cynan gehen und ihn zum Sieg anfeuern.“

Cynan hatte sich genügend Zeit genommen, um aus dem Lagerhaus am Seeufer eine gute, kräftige Axt auszusuchen. Wir erreichten ihn, als er mit der Ochsengerte in der einen und der Axt in der anderen Hand seine Tiere am Uferpfad entlang in den Wald führte.

„Gut gemacht, Cynan“, sagte Llew, konnte aber nicht widerstehen, hinzuzufügen: „Allerdings dachte ich, du würdest lange vor Alun fertig sein.“

„Und ich dachte, ich würde überhaupt nie fertig werden. Das war der härteste Boden, in den ich je einen Pflug gesteckt habe. Hast du gesehen, wie groß diese Steine waren? Felsbrocken! Und diese Ochsen sind die störrischsten Biester, die ich je erlebt habe!“

„Keine Sorge, Bruder“, sagte Llew. „Du wirst Alun schon bald wieder einholen. Mit der Axt kann er es nicht mit dir aufnehmen!“

„Warum sollte ich mir Sorgen um Leute wie Alun Tringad machen?“ schnaubte Cynan. „Soll er hacken, soviel er will, ich werde ihn in Staunen versetzen. Selbst wenn er für jeden Axthieb von mir fünfzig bekommt, werde ich immer noch mehr Bäume fällen!“

Als wir die Waldlichtung erreichten, wo die Arbeiter Holz für die Crannogs geschlagen hatten, hatte Alun bereits einen guten Anfang gemacht. Eine große Kiefer neigte sich schon und war kurz davor zu fallen. Die Zuschauer standen auf der Lichtung und begleiteten jeden Axthieb mit beifälligen Zurufen.

Cynan suchte sich einen Baum aus, spuckte in die Hände und begann mit leichten, rhythmischen Schlägen zu hacken. Seine Anhänger feuerten ihn an, und bald widerhallte die Lichtung von den Schlägen der Äxte auf hohen Baumstämmen und dem Klang der zujubelnden Stimmen.

Alun fällte seinen Baum als erster – sehr zur Freude der Zuschauer, die ein Triumphgeheul anstimmten. Er verlor keine Zeit, sondern sprang sofort nach vorn, um die oberen Äste der Kiefer abzuschlagen. Sobald er die größten Äste beseitigt hatte, schlug er die Spitze des Baumes ab und verband den Stamm durch eine Kette mit dem eisernen Ring des Jochs.

Dann trieb er mit einem Zungenschnalzen die Ochsen ein paar Schritte vorwärts. Der Stamm rollte herum, und Alun brachte sein Gespann rasch zum Stehen; dann kehrte er zu dem Baum zurück und beseitigte die restlichen Äste. Er eilte zu den Ochsen, und die begannen unter dem Beifall seiner Anhänger den Stamm von der Lichtung zu schleppen.

„Keine Sorge, Cynan", rief er im Vorbeigehen. „Ich werde dir ein paar Bäume zum Fällen übriglassen – die kleinen."

„Mach dir um mich keine Gedanken, Alun Tringad", erwiderte Cynan durch zusammengebissene Zähne. Er holte weit aus, und die Klinge grub sich tief ins Holz. Schon hatte sich zu seinen Füßen ein beachtlicher Haufen Späne angesammelt. „Cynan persönlich wird dich mit einem Kelch in der Hand erwarten, wenn du fertig bist."

„Möchtest du wetten, wessen Hand diesen Kelch halten wird, Bruder?" fragte Alun.

Cynan schwang die Axt weit. Wieder flog ein dicker Span aus der Kerbe. „Die Leute werden mich einen Dieb nennen, wenn ich dir deine Schätze abnehme", erwiderte er.

„Sollen sie dich nennen, wie sie wollen", sagte Alun. „Zwei goldene Armbänder für deinen silbernen Torc – was meinst du?"

Einige der Umstehenden, die Cynan kannten, murmelten untereinander. Cynans blaue Augen verfinsterten sich, und sein Lächeln gefror. „Dein Gold ist nicht ein Zehntel meines Torcs wert", sagte er trocken zu Alun.

„Dann drei goldene Armbänder."

„Sieben", entgegnete Cynan mit zuckendem Schnurrbart.

„Vier."

„Mindestens fünf", verlangte Cynan. „Und zwei Ringe!"

„Abgemacht!“ rief Alun und wandte sich wieder seinem Gespann zu. „Tch! Tch!“ schnalzte er. Die Ochsen zogen an und schleiften den Stamm hinter sich her.

Cynan kehrte an seine Arbeit zurück, und wenn er zuvor mit Entschlossenheit gearbeitet hatte, schuftete er jetzt wie ein Berserker – wie zu erwarten war. Sein Gesicht loderte und schien sein rotes Haar in Flammen zu setzen; er war von Kopf bis Fuß wie eine gespannte Sehne.

„Ich fürchte, Alun hat sein Schicksal besiegelt“, bemerkte Llew nach diesem Wortwechsel. „Cynan hätte es vielleicht hingenommen, von Alun übertroffen zu werden, aber diesen Torc wird er niemals hergeben.“

Beim Klang von Cynans Axthieben erzählte mir Llew, wie er und Cynan in Scathas Kriegerschule Freunde geworden waren. „Es lag alles nur an diesem Torc“, sagte Llew. „Damals schätzte er ihn höher als sein Leben, und heute nur wenig geringer, glaube ich.“ Er schmunzelte bei der Erinnerung. „Er war unerträglich! Hochmütig, pompös ... ich sage dir die Wahrheit, Tegid, die Sonne seiner Eitelkeit ging niemals unter.“

Es ertönte ein lautes Knacken und ein langes, tiefes Ächzen, als der Baum kippte und dann zu Boden krachte. Sofort war Cynan zur Stelle und schlug die Äste und Zweige ab. Während seine Anhänger ihm aufmunternde Worte zuriefen, schirrte er die Ochsen an den Stamm, rollte ihn und beendete das Säubern des Stammes. Als er die Spitze abschlug, hatten sich die Ochsen bereits in Bewegung gesetzt.

Alun kehrte zur Lichtung zurück, während Cynan weg war, und machte sich an das Fällen eines weiteren Baumes. Doch schon bald gesellte sich der Klang von Cynans Axt, der rennend auf die Lichtung zurückgekehrt war, zu der von Alun. Alun ahnte noch nicht, was für einen Sturm er entfesselt hatte, doch er sollte es bald erfahren. Denn der nächste Baum, der fiel, war Cynans; er hatte die Krone bereinigt und die Spitze abgeschlagen, bevor Aluns Baum gefallen war.

Cynans Unterstützer erhoben ein fröhliches Geschrei, als der Stamm davongeschleppt wurde. Aluns Anhänger begannen ihren Recken zu mehr Geschwindigkeit anzutreiben, und der Rhythmus seiner Axt beschleunigte sich entsprechend. Der Baum ächzte unter seiner Klinge und fiel dann. Kurz darauf hatte er ihn bereinigt und die Spitze abgeschlagen; sofort zerrten die Ochsen den Stamm langsam von der Lichtung.

Der Wettkampf fand einen ernsthaften Rhythmus. Immer abwechselnd fällten die Gegner ihre Bäume, bereinigten sie, schlugen die Spitzen ab und schleppten sie von der Lichtung hinab ans Seeufer, wo sie sich nur für einige Augenblicke aufhielten, um ein wenig Wasser zu trinken, bevor sie wieder zurückeilten. Die Sonne stieg höher und sandte ihr Licht über die Baumwipfel hinweg auf die Lichtung. Die beiden Rivalen, schweißnaß von ihrer Anstrengung, streiften ihre Siarcs ab und schlugen auf die Bäume ein und wichen als robuste Krieger nicht von ihrer Arbeit. Cynans Torc blitzte an seinem Hals; der blaue Rabe auf Aluns Arm schien zu schweben, als sich die Muskeln unter der Haut spannten.

Die Wetten wurden verdoppelt und dann verdreifacht – mal in der einen Richtung, dann in der anderen, als mal einer und mal der andere Herausforderer die Führung zu übernehmen schien. Selbst die Eothaeli beteiligten sich diesmal an den Wetten und ließen sich auf den Trubel ein. Llew verließ mich, um sich zu den lärmenden Zuschauern zu gesellen, und ich zog mich ein wenig zurück, um mich auf einen Haufen Holzspäne zu setzen. Ich streckte meine Füße aus und lehnte mich an einen Baumstumpf.

Die Waldlichtung widerhallte von den Hochrufen der Menge. Die Rufe wurden zu Sprechchören, als die Leute sich immer mehr für die Anstrengungen ihrer Recken erhitzten. Die Rufe der Leute erfüllten meine Ohren und meinen Kopf wie die Schreie einer siegreichen Kriegsschar. Und vor meinem geistigen Auge sah ich Dinas Dwr, fest gegründet und stark, auf der glänzenden Oberfläche des Sees schweben. Ich sah üppige Felder, die sich über das Tal erstreckten, und breite Jagdschneisen in den Wäldern an den umgebenden Hängen des Druim Vran. Ich sah ein tapferes Volk erstehen, um einen Platz unter den Großen und Mächtigen dieses Weltenreiches zu beanspruchen.

Als ich aus dieser Schau in die Gegenwart zurückkehrte, stellte ich fest, daß ich allein war. Das Sonnenlicht erwärmte die Haut nicht mehr – die Lichtung lag im Schatten. In geringer Entfernung hörte ich die Stimmen der Leute, die den Hang hinabströmten und Alun und Cynan folgten, die ihre Gespanne hinab zum Seeufer trieben, wo die Stämme, die sie geschlagen hatten, gestapelt lagen. Ich wollte aufstehen und spürte, wie jemand meinen Arm ergriff und mich auf die Beine zog.

„Ich dachte schon, du wärst gegangen", sagte Llew. „Hast du geschlafen?"

„Nein", erwiderte ich, „aber geträumt."

„Na, dann komm. Die Sonne wird bald untergehen, und der Sieger wird gleich verkündet. Das wollen wir nicht versäumen."

Wir eilten den Pfad hinab zum Ufer, wo alle sich versammelt hatten, um die Entscheidung zu erwarten. Bran Bresal hatte es auf sich genommen, zu der Menge zu sprechen. „Die Prüfung des heutigen Tages war eine dreifache: Pflügen, Holzfällen und Stämmeschleppen. Von Sonnenaufgang bis Sonnenuntergang wurde die Prüfung durchgeführt –" Er hielt inne, als wir uns unter die neugierigen Zuschauer mischten, und schickte sich an, Llew seinen Platz einzuräumen.

„Mach weiter", sagte Llew freundlich. „Du hast einen guten Anfang gemacht.

Doch Bran wollte nicht und sagte: „Herr, es ist an dir, zwischen ihnen zu richten. So lautet die Abmachung."

„Also gut." Llew nahm seinen Platz ein und kletterte auf den Stapel aus Baumstämmen. „Die Sonne geht unter; die Arbeit ist beendet", klang seine Stimme durch die Dämmerung. „Zwei Felder wurden gepflügt, mit jeweils der gleichen Zahl von Furchen. Daher urteile ich, daß das Pflügen ein Gleichstand erzielt wurde."

„Gleichstand!" rief Cynan. „Mein Feld bestand nur aus Wurzeln und Steinen!" protestierte er. „Es war viel schwieriger. Die Entscheidung sollte an mich gehen!"

„Ich habe als letzter begonnen, bin aber als erster fertig geworden", entgegnete Alun Tringad. „Die Entscheidung sollte an mich gehen!"

Auch die Anhänger der beiden Männer erhoben protestierend ihre Stimmen. Doch Llew blieb fest. „Der Wettkampf betrifft die Menge der geleisteten Arbeit – nicht ihre Schwierigkeit. Die Anzahl der Furchen ist bei beiden gleich, also haben sie die gleiche

Arbeit geleistet. Wir müssen einen anderen Weg finden, um den Wettkampf zu entscheiden."

„Zählt die Stämme!" rief jemand. Sofort griff die Menge den Zuruf auf: „Die Stämme! Die Stämme! Die Stämme!"

Allmählich verebbten die Sprechchöre. „Also schön", sagte Llew, „an den Stämmen soll sich die Angelegenheit entscheiden. Bran, du wirst sie zählen."

Bran trat zuerst zu Cynans Stapel und begann laut zu zählen, wobei er jeden Stamm mit der Hand berührte, während er die Zahl ausrief: „Eins ... zwei ... drei ... vier ... fünf ..." Die Menge wartete schweigend mit angehaltenem Atem, während die Zählung voranschritt. „... neun ... zehn ... elf ... ZWÖLF! Cynan Machae hat zwölf Baumstämme gestapelt!"

Sofort erhoben Cynans Anhänger ein lautes Beifallsgebrüll. Cynan rief Alun etwas zu, aber seine Worte gingen in dem Lärm unter. Llew, der immer noch auf dem Stapel stand, brachte die Leute mit erhobener Hand zum Schweigen. Als die Menge wieder zur Ruhe kam, sagte er: „Zwölf Stämme für Cynan. Jetzt werden wir das Holz in Aluns Stapel zählen."

Bran ging zu dem zweiten Stapel von Baumstämmen hinüber. „Eins ... zwei ..." begann er.

Doch wie viele Bäume Alun gefällt hatte, erfuhren wir nicht, denn in dem Augenblick, als Bran sich zum Zählen hinabbeugte, fiel vom Bergkamm wie das Brüllen eines wahnsinnigen Stiers der entsetzlich laute, furchterregende Klang einer Carynx herab und dröhnte über den See hinweg und durch das Tal.

# 19

## Invasion

Wie vom Donner gerührt fuhren wir zum Bergkamm herum. Wieder erscholl das Schlachthorn, und der Klang brauste durch das stille Tal wie ein Schaudern der Furcht. Sofort loderte mein inneres Gesicht auf, und ich sah das Bild eines im Licht der untergehenden Sonne rot und golden glühenden Himmels, und eine Kriegsschar, die aus dem Wald hervorstürmte – teils zu Fuß, teils zu Pferd: hundert Mann mit gezogenen Waffen. Ich sah ihre Schilde im ersterbenden Licht schimmern. Ich sah ihren Anführer an der Spitze seiner Krieger reiten, umringt von einer berittenen Leibwache.

Llew rief die Krieger zu ihren Waffen und wies alle anderen an, auf die Crannogs zu fliehen. Obwohl die hölzernen Palisaden noch nicht standen, würden die Leute auf den Inseln sicherer sein als in den Häusern am Ufer. Die Raben eilten zu den Hütten, um ihre Waffen zu holen, und alle anderen strömten dem See zu. Cynan befahl seinen Kriegern, ihre Pferde mitzubringen, und drei Herzschläge später rannten die Krieger wild durcheinander, holten ihre Speere und Schwerter und warfen ihren Pferden die Halfter über. Männer rannten, um die Boote anzuschieben, und Frauen rannten, ihre Kinder an sich geklammert, zum Ufer hinab; Kinder schrien, und Boote glitten ins Wasser.

„Wir werden sie auf der Wiese aufhalten!" rief Cynan, während er in den Sattel sprang.

„Dort, wo der Bach das Tal kreuzt", erwiderte Llew. „Das gibt den Leuten Zeit, die Festung zu erreichen.

Garanaw brachte Llew ein Schwert und begann es ihm um die Hüfte zu schnallen. Llew schickte ihn weg.

„Zwanzig gegen hundert", sagte Llew, als ich zu ihm kam. „Wie denkst du über unsere Chancen, Tegid?"

„Ich glaube, es wäre klug, zu warten und zu sehen, wer diese Männer sind und warum sie gekommen sind", erwiderte ich.

Er hörte auf, an dem Lederriemen herumzureißen. „Was hast du gesehen?"

„Nur das, was du auch gesehen hast: Krieger, die in unsere Siedlung einreiten. Doch sie verkünden ihre Ankunft mit der Carynx", erinnerte ich ihn. „Ein seltsames Verhalten, wenn doch die Überraschung einen leichten Sieg sichern könnte."

Llew fuhr fort, den Riemen mit seiner einen Hand zu bearbeiten. „Damit wollen sie uns Angst einjagen. Ihnen ist es lieber, wenn wir uns kampflos geschlagen geben."

„Vielleicht wollten sie uns aber auch warnen."

Cynan kehrte zurück und sprach das letzte Wort. „Es ist eine Herausforderung – keine Warnung", mahnte er. „Ich sage, liefern wir ihnen die Schlacht, bevor sie die Gelegenheit haben, uns zu umzingeln."

„Kämpfen oder Reden, es liegt an dir", sagte ich zu Llew.

Llew zögerte und wägte die Folgen seiner Entscheidung ab. Cynan rutschte ungeduldig im Sattel hin und her. „Wir müssen ihnen entgegentreten", drängte er. „Wir sind weit in der Minderzahl. Wir können nicht zulassen, daß sie uns umzingeln."

„Nun? Was wirst du tun?" fragte ich.

„Cynan hat recht. Sie kommen mit gezogenen Schwertern. Wir müssen ihnen entgegentreten."

„Ja!" erwiderte Cynan. Er riß hart an den Zügeln. „Hü!" Er stieß seinem Reittier die Fersen in die Flanken. Das Pferd galoppierte davon.

Rhoedd kam herbeigerannt, einen gescheckten Hengst am Halfter. Er drückte Llew die Zügel in die Hand, verschränkte seine Hände zu einem Steigbügel und half ihm in den Sattel; dann reichte er einen Schild hinauf, den Llew an seinem verstümmelten Arm befestigte; schließlich gab er ihm noch einen kräftigen Speer.

Bran Bresal kam auf einer lebhaften Falbenstute heran. „Wirst du mit uns reiten, Fürst Llew?"

„Ja, das werde ich."

Die Carynx ließ ihr Stiergebrüll über die Wiese erschallen. Die Pferde stampften, schüttelten die Köpfe und trippelten seitwärts am Strand umher.

„Stärke uns den Rücken, Tegid“, sagte Llew.

Ich hob meinen Stab zu ihm hinauf und rief ihnen zu: „Möge deine Klinge schnell und leicht sein. Möge dein Speer sicher sein Ziel finden.“

Bran ließ sein Pferd herumwirbeln; Llew trieb sein Tier an, und die beiden galoppierten davon. Ich ging zum Ufer hinab, wo die letzten unserer Leute auf die Rückkehr der Boote warteten, die sie in Sicherheit bringen sollten.

Ich hörte rasche Schritte auf dem steinigen Strand und drehte mich um, als Rhoedd, den Speer in der Hand, mich erreichte.

„Ich soll bei dir bleiben“, murmelte er, ohne seine Enttäuschung darüber zu verbergen, zurückbleiben und auf einen blinden Barden aufpassen zu müssen.

„Keine Sorge, Rhoedd“, beschwichtigte ich ihn. „Wir werden hierbleiben, wo wir alles sehen können.“

Er sah mich verdutzt an. Doch ich wollte ihm nichts von meinem inneren Gesicht erzählen. Die Boote kehrten zurück, um die letzten Passagiere zu holen, und einer der Männer rief uns zu, uns zu beeilen.

„Sag ihnen, sie sollen ablegen. Wir bleiben hier.“

Rhoedd winkte ihnen zum Aufbruch und sagte ihnen, wir würden am Ufer bleiben. Dann kam er zu mir zurück und fragte. „Was wirst du tun, Herr?“

„Komm mit.“ Ich ergriff meinen Stab, wandte mich vom See ab und setzte mich dann in Richtung der Grasfläche in Bewegung. Rhoedd ging zu meiner Rechten, warf mir flüchtige Seitenblicke zu und rätselte darüber, wie es kam, daß ich sehen konnte.

Llew, Bran und die Raben rückten über die Grasfläche in Richtung Druim Vran vor. Cynan und die Kriegsschar der Galanae ritten ein wenig südlich des Rabenfluges. Die Eindringlinge hielten auf den Bach zu. Sie rückten langsam vor, die berittenen Krieger an der Spitze, die Waffen im Anschlag. Inzwischen waren die letzten von ihnen aus dem Wald heraus.

„Ich komme auf zweimal fünfzig und zehn“, sagte ich.

Rhoedd vollzog eine kurze Schätzung. „Ja“, antwortete er und warf mir wieder einen verwunderten Blick zu.

Der gelbliche Schimmer von Sonnenlicht auf Metall blitzte vor meinem inneren Auge auf, und wieder ertönte der Ruf der Carynx: laut wie Donner, roh wie eine offene Wunde.

Die Feinde stürmten mit einem Aufschrei voran. Ihre Pferde sprangen über den Bach und auf die Wiese und trommelten mit ihren Hufen wie auf einer hohlen Trommel.

Die Raben spornten ihre Pferde zum vollen Galopp an. In direkter Linie stürmten sie auf die Eindringlinge zu. In geschlossenem Verband, Llew unter ihnen, schossen sie über den frisch gepflügten Boden dahin, und die Hufe wirbelten die Erde hoch empor. Die Geschwindigkeit ihres Angriffs war atemberaubend. Wie ein gut geschleuderter Speer flogen sie gerade und zielsicher dahin.

Der heranstürmende Feind sammelte sich wie ein Muskel, der sich zusammenzieht, und machte sich auf den Zusammenstoß gefaßt. Speere erhoben sich und schimmerten tödlich und grausam.

Ich blieb stehen und wartete auf den Zusammenprall.

Im letzten Augenblick lenkte Bran die Raben zur Seite ab: weg von denjenigen, die sich bereithielten, sie zu empfangen, auf ein neues Ziel zu. Der vorrückende Feind sah die Raben plötzlich auf einen neuen Kurs umschwenken, und die Krieger wußten, daß der Tod sie erwischt hatte, denn ihnen blieb keine Zeit, sich auf den Angriff vorzubereiten.

Ein scharfer Schrei ertönte, wie der eines Adlers, der sich auf seine Beute hinabstürzt. Ich erschrak über den unheimlichen Laut, der scharf wie eine geschliffene Klinge Ohr und Herz durchbohrte. Es waren Bran und seine Krieger, die ihre Stimmen zu dem entsetzlichen Schlachtruf der Raben erhoben.

Die vorrückende Linie kam ins Stocken. Die Eindringlinge verstreuten sich. Pferde stolperten und warfen ihre überraschten Reiter ab. Fußkrieger warfen sich auf den Boden, um den heranstürmenden Hufen zu entgehen.

Die Mitte der Feindeslinie schmolz vor dem Flug der Raben dahin. Cynan, der seinen Angriff begonnen hatte, sah die Bresche und stürmte darauf zu. Männer, die den Raben mit Mühe entkommen waren, sahen nun einen weiteren Schrecken auf sich zukommen.

Die Fußkrieger kehrten um und rannten über den Bach zurück. Doch die berittenen Krieger waren entschlossen, ihre Stellung zu halten. Sie ließen ihre Pferde herumwirbeln und legten die Speere an. Der Boden schien unter ihrem Zusammenprall zu erzittern. Ich hörte ein Knacken wie von einem sich spaltenden Baumstamm.

Der Feind verschwand. Cynans Ansturm fegte ihn mit Gewalt hinweg.

„Ho! Ho!“ rief Rhoedd und hob seinen Speer. „Das war es!“

Der Angriff der Raben war ein Dolchhieb gewesen, der von Cynan ein Speerstoß, der den offenen Schnitt vollendete. Als er sah, daß die Mitte seiner Frontlinie zerschlagen war, ließ der feindliche Schlachtenführer zum Rückzug blasen. Er mußte seine Krieger neu gruppieren, um die beiden Hälften der Linie wieder zu vereinen.

Doch Bran dachte nicht daran, ihnen die Gelegenheit zur Neuformierung zu geben. Denn noch während die Carynx ihr Signal erschallen ließ, kreiste er hinter die feindliche Linie. So standen die Feinde wieder den rasch zuschlagenden Raben gegenüber, als sie sich zum Rückzug wandten.

Wer sich ihnen entgegenstellte, wurde niedergemäht. Wer zu fliehen versuchte, fiel unter die Hufe der Pferde. Der feindliche Vorstoß scheiterte, als die Linie nach dem Verlust ihrer Mitte völlig zusammenbrach. Die Feinde flohen über den Bach und rannten auf den schützenden Wald zu. Der feindliche Schlachtenführer tat sein Bestes, um die wilde Flucht seiner Männer zu wenden. Ich sah ihn seine Krieger kommandieren und vergeblich versuchen, sie zu sammeln, während sich die Raben zu einem neuen Ansturm formierten.

Die Carynx erscholl einmal, dann noch einmal. Doch es war Cynan, der dem Ruf Folge leistete. Der flammenhaarige Feuerscheit legte den Speer an, und die Krieger der Galanae jagten im Sturm vorwärts, mit fliegenden Umhängen und blitzenden Schilden.

Dann sah ich eine einzelne Gestalt auf einem gescheckten Pferd aus dem Schutz des Waldes hervorreiten. Mein Herz pochte mir in der Brust wie eine geballte Faust.

Ein verzweifeltes Stöhnen entfuhr meinen Lippen. Ich taumelte und klammerte mich an meinen Stab, um nicht zu fallen. Rhoedd packte mich am Arm, um mich zu stützen.

„Was ist los? Bist du krank?"

„Aufhören!"

„Was?"

Ich ergriff Rhoedds Arm und beschwor ihn mit eindringlicher Simme: „Wir müssen aufhören!"

„Aufhören – zu kämpfen?" fragte er verblüfft, während ich schon auf den Bach zurannte. „Warte!"

Ich stolperte, als ich den gepflügten Boden erreichte; ich konnte nicht schnell genug rennen. Im Laufen schrie ich: „Halt! Halt! Llew! Halt!"

Vielleicht erregte der Anblick eines blinden Barden, der wie wahnsinnig über das Feld rannte und über die Furchen strauchelte, irgend jemandes Aufmerksamkeit. Ich weiß es nicht. Aber ich hörte einen Schrei, und Llew drehte sich im Sattel um; er sah mich nicht, aber seine Augen suchten die Grasfläche ab.

„Llew!" schrie ich.

Er sah mich auf sich zurennen und rief über die Schulter hinweg Bran etwas zu. Ich rang nach Atem und schrie mit aller Kraft: „Calbha!"

Ich glaube, er hörte mich, denn er blieb stehen und wandte sich zur Seite. „Es ist Calbha!" schrie ich und deutete mit meinem Stab auf den einzelnen Reiter. „Calbha!" Ich rannte weiter.

„Was ist los?" rief Rhoedd mir nach.

„Ein Irrtum!" schrie ich, und zusammen rannten wir auf den Bach zu.

Ein paar rasche Schritte trugen uns über das Gewässer. Als wir auf der anderen Seite aufs Trockene taumelten, hörte ich den langgezogenen, klaren Ruf von Emyrs Schlachthorn. Ein weiteres Signal, und die Raben hielten und verharrten in Angriffsstellung.

Llew galoppierte auf mich zu. „Tegid!" rief er. „Bist du sicher?"

„Es ist Calbha!" rief ich ihm zu und deutete mit meinem Stab auf den näherkommenden Reiter. „Sein Pferd! Schau dir sein Pferd an! Du hast einen Freund angegriffen!"

Er fuhr im Sattel herum und schaute in die Richtung, in die ich deutete. *„Clanna na cù!"* rief er. „Was macht er hier?"

„Halt, Cynan!"

Llew riß so hart an den Zügeln, daß sein Pferd sich aufbäumte und im Wenden beinahe hintenüberstürzte. Er gab dem Tier die Sporen und stürmte vorwärts, um Cynans Angriff abzuschneiden. Bran ritt ihm nach, als er an ihm vorbeikam. Llew verhielt gerade lange genug, um dem Schlachtenführer ein Wort zuzurufen, und trieb dann sein Pferd wieder zu voller Geschwindigkeit an. Bran rief Emyr etwas zu, der daraufhin mit aller Macht die Carynx zu blasen begann.

Ich schaute in die Richtung, wo Cynans Kriegsschar den fliehenden Feinden nachsetzte. Ein Blitzen von rotem Haar war das letzte, was ich sah; dann löste sich mein inneres Gesicht in Dunkelheit auf. Plötzlich war ich wieder blind. „Rhoedd!" rief ich. „Wo bist du?"

„Hier, Herr", kam die Antwort von dicht hinter mir.

„Rhoedd, ich kann nicht sehen! Sieh hin, und sag mir, was sich tut."

„Aber ich dachte –"

„Rede, Mann! Was passiert?" Er zögerte. „Rückt Cynan noch vor?"

„Ja, Herr, er rückt noch vor. Nein – warte! Jetzt halten sie an!"

„Beschreibe es mir, Rhoedd. Sag mir alles – wie du es schon einmal getan hast."

„Cynan hat sich im Sattel erhoben; er dreht sich in alle Richtungen. Er ruft etwas; ich sehe, wie sich sein Mund bewegt. Er scheint seiner Kriegsschar Befehle zu erteilen. Sie hören auf ihn ... und jetzt ... reitet Fürst Cynan allein vorwärts. Er reitet Llew entgegen, glaube ich – ja."

„Was ist mit dem feindlichen Reiter? Dem auf dem gescheckten Hengst – was macht er?"

„Er ist stehengeblieben. Er sitzt auf seinem Pferd und wartet."

„Wie sieht er aus? Kannst du das erkennen?"

„Nein, Herr, er ist zu weit weg."

„Was siehst du noch?"

„Jetzt reiten Cynan und Llew aufeinander zu. Llew macht mit der Hand das Friedenszeichen – er gibt seiner Kriegsschar ein Zeichen. Die Galanae sind stehengeblieben, und Cynan reitet auf Llew zu."

„Was ist mit Bran?"

„Die Raben schwenken zur Seite ab", antwortete Rhoedd nach einem Augenblick. „Sie reiten zu den Gefallenen auf dem Schlachtfeld." Er wandte sich wieder Llew und Cynan zu. „Die Herren haben die Stelle erreicht, wo der Fremde wartet."

„Bring mich hin", befahl ich und umklammerte seinen Ärmel. „Führe mich! Rasch!"

Rhoedd ging voraus, und ich hielt mich an seinem Siarc fest. „Sie reiten auf den Fremden zu. Cynan hält seinen Speer senkrecht. Der Fremde wartet auf sie."

Das Gelände stieg zum Bergkamm hin an. Rhoedd blieb stehen. „Ein gefallener feindlicher Krieger." Er bückte sich zu dem Körper hinab. „Er ist tot, Herr."

Wir eilten weiter. Ich drängte meinen Führer, mit seiner Schilderung fortzufahren. „Sie sind jetzt angekommen. Offenbar sprechen sie miteinander ..."

„Ja? ... Rhoedd?" Er blieb wie angewurzelt stehend. „Was geht da vor? Rede –"

„Ich kann es nicht glauben, hoher Barde", erwiderte er mit vor Überraschung scharfer Stimme.

„Rede, Mann! Was ist passiert?"

„Die beiden – sie ... sie –" stotterte er.

„Ja? Ja?"

„Sie strecken ihre Arme aus – sie umarmen sich!"

Die Erleichterung löste mein Herz aus einem Klammergriff. „Komm, Rhoedd. Schnell."

Llew und der Fremde waren abgestiegen und redeten miteinander, als wir die Stelle erreichten.

„Hier, Tegid", rief Llew, und ich wandte mich in seine Richtung. Ich ging auf den Klang seiner Stimme zu und spürte, wie sein Armstumpf meinen Ellbogen streifte.

„Sei gegrüßt, Calbha“, sagte ich. „Hätten wir nur gewußt, daß du es bist, hätten wir dir einen Kampf erspart – und das Leben guter Männer.“

„Deine Worte sind bitter für mich, Tegid Tathal – um so mehr, als sie wahr sind. Ich trage die Schuld; die Blutschuld lastet allein auf mir.“ Seine Reue war echt; zerknirscht stand er vor uns. „Es tut mir leid. Ich bin zwar ein König ohne Reich und Schätze, aber bei meiner Ehre, was auch immer euch als Wiedergutmachung angemessen erscheint, werde ich tun.“

„Calbha“, sagte Llew, „sprich nicht von Wiedergutmachung. Wir haben heute keinen dauerhaften Schaden erlitten.“

Cynan ergriff das Wort. „Wir haben nicht einen einzigen Mann verloren – es ist nicht einmal einer verletzt worden.“

„Trachte danach, deine eigenen Leute zu trösten“, sagte Llew. „Du hast den Verlust getragen, und wir bedauern unseren Anteil daran.“

„Fürst Calbha“, sagte ich, „du bist sehr weit fort von deiner Heimat.“

„Ich habe keine Heimat“, murmelte er finster. „Ich habe kein Land, kein Gebiet, kein Königreich. Meine Ländereien sind geraubt, mein Reich ist verloren, mein Volk vertrieben.“ Er hielt inne, und seine Stimme brach wie eine gespaltene Eiche. „Meine Königin ... meine Frau ist tot.“

„Meldron hat ihn angegriffen“, erklärte Llew, obwohl ich bereits erraten hatte, was geschehen sein mußte.

„Ja, Meldron hat mich angegriffen – wie er auch jeden anderen in Llogres angegriffen hat“, erklärte der König der Cruin. „Wir hielten stand, solange wir konnten, doch seine Streitmacht war besser bewaffnet und zahlreicher. Wen er nicht hingemetzelt hat, dem hat er eine Allianz aufgezwungen. Wir widerstanden einige Zeit, aber es war nutzlos.“

„Wie bist du darauf gekommen, hierherzufliehen?“ fragte ich.

„Wir hörten, es gebe eine sichere Zuflucht im Norden, in Caledon.“

„Warum bist du dann mit dem Schwert gekommen, Mann?“ rief Cynan verzweifelt. *„Mo anam!“*

Calbha antwortete mit einem Stöhnen: „Ahh ... ich hatte Angst ... ich habe übereilt gehandelt."

„Töricht!" flüsterte Rhoedd. Er hatte seinen Platz neben mir eingenommen.

Bran kam heran, und Llew begrüßte ihn. „Acht Tote", berichtete der Schlachtenführer. „Sechs Verwundete – sie werden gerade versorgt."

„Die Blutschuld lastet allein auf mir", murmelte Calbha. „Ich schäme mich zutiefst."

„Wie viele sind bei dir?" fragte Llew.

„Dreihundert – die Kinder nicht gerechnet."

„Dreihundert!" wiederholte Rhoedd erstaunt.

„Sind sie jetzt bei dir?" fragte Llew.

„Ja", antwortete Calbha, „sie warten im Wald."

„Hol sie, und bring sie an den See. Wir werden sie dort empfangen."

„Was werden wir mit so vielen machen?" fragte sich Rhoedd laut. „Dreihundert –"

„Es sind nicht nur Cruin", fügte Calbha eilends hinzu. „Unterwegs sind wir anderen begegnet: Addani und Mereridi. Sie waren ohne Herrn und ohne Schutz. In den Bergen wandern auch Mawrthoni, Catrini und Neifioni umher ... wir haben sie gesehen." Er verstummte, als das ungeheuerliche Ausmaß der Katastrophe ihm aufging. „Ganz Llogres ist in Aufruhr – keine Feuerstelle ist mehr sicher."

Die Prophezeiung der Banfáith fiel mir ein: „Llogres wird ohne Herrscher sein", sagte ich sinnierend.

„Glaubt mir", sagte Calbha ernst, „wenn Meldron mit Llogres fertig ist, wird er sich Caledon zuwenden. Seine Kriegslüsternheit kennt keine Grenzen. Er will über ganz Albion herrschen."

Mit diesen Worten stieg der König der Cruin wieder auf sein Pferd und kehrte in den Wald zurück, um seine Leute zu holen. Und die Invasion von Dinas Dwr begann.

## 20

# Der Große Hund der Verwüstung

Calbha verschwand im Wald, und wir kehrten an den See zurück, um die Ankunft der Leute zu erwarten. Bald strömten sie aus dem Schutz der Bäume hervor. Sie kamen in Scharen; Stämme, Clans und Familien, Überlebende der Vernichtungswillkür Meldrons. Erschöpft und ausgelaugt von ihrer Wanderung, schleppten sie sich mühsam aus ihrem Versteck. Doch die niedergehende Sonne schien in ihre hageren Gesichter und erfüllte ihre Augen mit Licht.

„Rhoedd hat recht“, bemerkte Bran, während er zusah, wie die Ströme von Flüchtlingen zu einer Flut verschmolzen. „Es sind zu viele. Wie sollen wir sie ernähren?“

„Der Wald ist voll von Wild“, entgegnete Llew, „und der See ist voll von Fischen. Wir werden überleben.“

Cynan war nicht so zuversichtlich. „Sie können nicht hierbleiben“, wandte er ein. „Nein – laß mich ausreden. Ich habe nachgedacht, und es liegt auf der Hand, daß wir nicht die Mittel haben, um sie durchzubringen.“

„Ich habe Calbha bereits gesagt, daß sie bleiben können“, erwiderte Llew.

„*Clanna na cù*“, brummte Cynan. „Einen Tag – höchsten zwei. Dann müssen sie weiter. Ich sage das nicht gern, Bruder, aber jemand muß es sagen: So lobenswert deine Großzügigkeit ist, so tollkühn ist sie auch.“

„Fertig?“

„Mann, ich sage dir, wenn sie bleiben, werden wir hungern. So einfach ist das.“

„Und *wenn* wir hungern", sagte Llew fest, „dann werden wir alle zusammen hungern. Ja?"

Cynan holte Luft, um zu sprechen. Ich konnte ihn nicht sehen, aber ich stellte mir vor, wie er irritiert den Kopf schüttelte oder mit seinen großen Händen durch sein wildes, rotes Haar fuhr.

„Es wird alles gut werden, Bruder", beschwichtigte ihn Llew. Ich hörte das leichte Klatschen einer Hand auf einer Schulter. „Dazu haben wir diese Siedlung gegründet. Dreihundert Menschen! Denk nur an all die Arbeit, die wir mit so vielen Händepaaren bewältigen können. Dinas Dwr wird über Nacht erstehen!"

„Falls es nicht vorher unter seinem eigenem Gewicht versinkt", murmelte Cynan.

Später, als wir die Neuankömmlinge für die Nacht untergebracht hatten – es waren zwanzig Lager für sie rund um den See errichtet worden –, saßen wir mit einem grimmig schweigenden Calbha und seinen niedergeschlagenen Schlachtenführern um die Feuerstelle auf dem Crannog. Wir hatten uns dorthin zurückgezogen, um in Ruhe miteinander reden zu können, ohne fürchten zu müssen, daß jemand uns hörte. Wir aßen Brot und Fleisch und reichten die Kelche von Hand zu Hand, während wir darauf warteten, daß Calbha uns das sagte, was wir vor allem hören wollten – was zu sagen ihn bis ins Mark schmerzte.

Der Kelch tat seine Wirkung, und endlich löste sich Calbhas Zunge. Er begann bereitwilliger zu reden, und wir steuerten ihn behutsam näher an die wichtigen Dinge heran.

„Meldron hat die Barden von Caledon und Llogres dahingemetzelt", sagte ich. „Darin hat er sogar Fürst Nudd übertroffen, der nur die von Prydain ermordete."

„Uns wollte er auch töten", fügte Llew hinzu. „Doch bisher habe ich nur eine Hand und Tegid hat seine Augen an ihn verloren."

„Meldron ist wahnsinnig", stöhnte Calbha. „Er besetzt das Land und raubt das Vieh; was er nicht davontragen kann, das brennt er nieder. Er schlägt eine breite Schneise der Vernichtung, und hinter ihm bleibt nur Asche zurück. Ich habe die Köpfe von Kriegern aufgestapelt gesehen, so hoch wie mein Kinn, und Hände, so hoch wie mein Gürtel. Ich habe Kinder mit herausgeschnittenen Zungen gesehen ..." Er wurde zornig und fragte: „Was haben sie verbrochen, daß man sie so behandelt?"

Es gab keine Antwort, und wir versuchten auch nicht, eine zu geben, sondern nippten an unserem Bier und lauschten auf das leise Knistern der Flammen vor uns. „Erzähle uns, was passiert ist", sagte Llew behutsam.

Calbha nahm einen letzten Schluck aus dem Becher, wischte sich den Schnurrbart am Ärmel seines Siarcs ab und begann: „Sie fielen ohne Vorwarnung über uns her. Ich hatte Männer ausgeschickt, die an den Grenzen des Landes auf Patrouille ritten, aber sie wurden getötet, glaube ich; keiner von ihnen kehrte jemals zurück. Ich hatte Wachen postiert. An dem Tag, an dem ihr uns verließt, richtete ich eine ständige Wache ein, sonst hätten sie uns völlig überrascht. Ach, ich wünschte, ich hätte auf euch gehört – wären wir gegen Meldron geritten, wie ihr vorschlugt, so hätten wir seinem Treiben ein Ende machen können, bevor er so stark wurde."

„Wie viele Krieger ritten in seiner Kriegsschar?" fragte Bran.

„Zweihundert Mann zu Pferd und dreihundert zu Fuß." Calbha hielt inne und fügte dann mit Verbitterung in der Stimme hinzu: „Die meisten der Reiter waren Rhewtani. Sie und ihr Herrscher ritten unter Meldrons Befehl. Tut mir leid, aber du hast gefragt."

„Wo großes Unrecht ist", erwiderte Bran, „da müssen alle ihren Teil der Schande tragen. Ich kenne die Last, die ich trage, nur zu gut."

Einer von Calbhas Schlachtenführern ergriff das Wort. „Aber weißt du auch, wie es ist, seinen Sohn unter den Hufen angreifender Rhewtanikrieger zerschmettert zu sehen?" Die Stimme des Mannes war eine Wunde, roh und blutig.

„Es tut mir leid", sagte Bran Bresal sanftmütig.

„Es tut uns allen leid", brummte Calbha. Er trank wieder und fuhr dann fort.

„Wir verteidigten das Tor und die Bollwerke einen Tag lang – so dumm war ich nicht, ihnen auf dem Schlachtfeld entgegenzutreten. Sie waren uns zahlenmäßig überlegen, und ich wußte, daß wir auf dem Feld keine Chance gegen sie haben würden. Aber ich dachte, wir könnten sie auf Abstand halten. Unsere Verluste waren gering, wir hatten reichlich Vorräte, und durch unsere Befestigungen kamen sie nicht hindurch, wie viele Pferde sie auch immer haben mochten.

Auf diese Weise leisteten wir drei Tage lang Widerstand, und wir hätten noch viel länger aushalten können. Doch Meldron griff einige der kleineren Liegenschaften an und nahm die Leute gefangen. Diese Geiseln brachte er nach Blár Cadlys und begann, sie einen nach dem anderen vor den Toren zu töten. Freilich gab er sich nicht zufrieden damit, sie einfach nur zu ermorden."

Seine Stimme wurde zu einem Krächzen. „Er ließ eiserne Achsstangen in einem großen Feuer bis zur Rotglut erhitzen. Dann nahm er die glühenden Stangen und löschte sie im Fleisch der Gefangenen. Manchen durchbohrte er den Hals, anderen den Bauch. Die Schreie ... die Schreie ... Könnt ihr euch vorstellen, wie es ist, auf diese Weise zu sterben? Könnt ihr euch vorstellen, wie das klingt?"

„Was tatest du dann?" fragte Llew leise.

„Was konnte ich schon tun?" fragte der König der Cruin. „Ich konnte nicht zulassen, daß meine Leute so leiden mußten. Also befahl ich den Angriff. Vielleicht würden wir alle umkommen – das wußte ich, und es zerriß mir das Herz –, aber immerhin würden wir im Kampf sterben."

Cynan lobte die Entscheidung: „Lieber mit Ehre sterben wie Männer als sich abschlachten lassen wie Tiere."

„Kein Tier wurde jemals so schändlich geschlachtet, wie die Leute meines Clans", erklärte Calbha. „Und denkt nicht, er hätte sich damit begnügt, nur Männer zu foltern. Auch Frauen und Kinder mußten leiden."

„Was hast du getan?" fragte Llew.

„Wir griffen an", stieß einer von Calbhas Schlachtenführern hervor. „*Mór Cù* mähte uns nieder wie Setzlinge."

„Mór Cù?" sinnierte Llew. „Warum nennt ihr ihn Großer Hund?"

„Dieser Meldron ist wie ein wahnsinniger Hund", erwiderte der Mann, „der das Land durchstreift und alles verschlingt, was ihm in den Weg kommt – ein großer Hund der Verwüstung."

„Unsere Verluste waren schwer“, berichtete Calbha. „Wir konnten ihnen nicht standhalten – sie waren zu viele, und sie legten es darauf an, uns zu vernichten.“

„Und wie seid ihr entkommen?“

„Die Dämmerung brach über uns herein; es wurde zu dunkel für den Kampf. Das war eine Gnade. Ich sammelte alle, die noch gehen oder reiten konnten, und wir flohen im Schutz der Dunkelheit.“ Calbha hielt inne; er hatte Mühe, seine Stimme im Zaum zu halten. „Der Große Hund wollte uns nicht einmal die Schande des Entkommens lassen. Er verfolgte uns die ganze Nacht hindurch und jagte uns mit Fackeln. Sie ritten uns nieder wie Tiere und töteten jeden, der fiel: Wer Glück hatte, den durchbohrten ihre Speere; wer weniger Glück hatte, der wurde von ihren Hunden zerrissen.“

Calbhas Stimme war zu einem heiseren Flüstern herabgesunken. „Meine Frau, meine Geliebte ... sie gehörte nicht zu den Glücklichen.“

Eine Brise ging über den See. Ich hörte das Plätschern der Wellen an den Balken des Crannogs. Auf meinem Herzen lag schwer die Trauer über das Unheil, das Calbha befallen hatte; es lag mir wie ein Stein in der Brust.

Es dauerte lange, bis der König der Cruin wieder sprach. „Ich weiß nicht, wie meine Leute diese Nacht durchhalten konnten“, sagte er, nachdem er etwas von seiner Fassung zurückgewonnen hatte. „Doch bei Tagesanbruch rauften wir uns zusammen und stellten fest, daß der Große Hund uns nicht mehr verfolgte. Hätte er die Verfolgung nicht abgebrochen, so hätte kein einziger von uns überlebt.“ Er schluckte schwer.

„Und dann gingt ihr nach Norden“, sagte Llew, um ihn am Reden zu halten.

„Wir gingen nach Norden. In Llogres gab es keinen sicheren Ort mehr. Doch ich dachte, wenn wir uns in den menschenleeren Bergen von Caledon verkriechen könnten, dann könnten wir vielleicht entrinnen. Wir wanderten nachts, um Meldrons Kundschaftern aus dem Weg zu gehen; das taten wir viele Nächte lang, bis wir ein gutes Stück in Caledon waren. Bis dahin waren wir auf andere Wanderer gestoßen – Clans und Stämme, die entweder entkommen waren oder sich lieber in die Hügel und Täler zurückgezogen hatten, anstatt zu warten, bis sie angegriffen und vertrieben würden."

Als Calbha wieder schwieg, fragte Llew: „Was brachte euch auf den Gedanken, gerade hierherzukommen? Woher wußtet ihr von diesem Ort?"

„Die Catrini und einige der anderen hatten von einer Siedlung im Norden Caledons gehört, wo wir Zuflucht finden könnten. Wir wollten danach suchen."

„Mann, warum habt ihr uns dann angegriffen?" fragte Cynan. Es lag etwas Vorwurf in seiner Frage, aber noch mehr Neugier. „Wenn es Zuflucht war, was ihr suchtet, dann habt ihr aber eine seltsame Art, sie zu suchen."

Calbhas Schlachtenführer knurrten mißbilligend. Sie sahen in der Frage einen Angriff auf die Würde ihres Königs. Doch Calbha brachte sie mit einem Wort zum Schweigen. „Es war mein Fehler, und ich bereue ihn", sagte er. „Ich habe Schande über mich und meine Leute gebracht. Lange werde ich an dieser Schande tragen." Er richtete sich auf, und seine Stimme wurde ernst. „Ich beanspruche *Naud* von dir."

Der Anspruch auf Naud war die ernsthafteste Bitte um Vergebung und Absolution, die jemand aussprechen konnte, und nur ein König konnte sie gewähren. Llew antwortete ihm mit dem gebotenen Takt. „Ich höre deinen Anspruch und würde ihn dir aus vollem Herzen gewähren, aber ich bin kein König, daß du bei mir Naud suchen könntest. Es war ein Irrtum, Bruder. Niemand hier verurteilt dich."

„Meine Clansleute liegen heute nacht kalt unter der Erde!" rief Calbha. „Das Blut dieser guten Männer verurteilt mich."

„Fürst Calbha", sagte ich, „wir haben dir Frieden versprochen und statt dessen Krieg gegeben. Es war genauso unser Irrtum und unser Versagen."

Der König der Cruin ließ sich Zeit mit seiner Antwort. „Ich danke dir, Tegid Tathal", sagte er endlich, „aber ich weiß, was ich getan habe. Ich sah die Siedlung hier und die Pferde, und ich bekam Angst, wie wir hier empfangen werden würden. Ich hatte Angst, und aus Angst griff ich an. Kein Wort, das du sagen könntest, kann daran etwas ändern.“ Er hielt inne und fügte dann hinzu: „Ich hatte die Hoffnung verloren.“

„Jetzt bist du hier“, sagte Llew. „Es ist vorbei.“

„Es ist vorbei“, stimmte Calbha niedergeschlagen zu. „Ich bin nicht länger würdig, König zu sein.“

„Sprich nicht so, Herr“, klagte einer der Cruin-Häuptlinge. „Wer sonst hätte uns in die Sicherheit führen können?“

„Jeder Feigling hätte das für euch tun können, Teirtu“, antwortete Calbha.

„Du bist kein Feigling, Herr.“

„Wir alle sind Feiglinge, Teirtu“, antwortete Calbha leise, „sonst hätte Meldron niemals so stark werden können. Durch unsere Angst haben wir ihm das ans Messer geliefert, was wir durch Mut hätten schützen sollen.“

Wir schliefen unter freiem Himmel in dieser Nacht – und noch so manche Nacht danach. Es dauerte lange, bis wir genügend Unterkünfte für unseren stetig wachsenden Clan gebaut hatten. Und wir würden weiter wachsen. Wie Calbha uns angekündigt hatte, wanderten noch viele heimatlose Stämme durch die Hügel. In Albion gärte es; die Menschen durchwanderten das Land auf der Suche nach Schutz und Trost. Die Clans im südlichen Caledon und in Llogres waren wie hilflose Schafe, die der wütende Hund vor sich hertrieb. Ich hatte wenig Zweifel, daß sie ihren Weg zu uns nach Dinas Dwr finden würden, der sicheren Zuflucht im Norden.

Während des ganzen langen Maffar, der Jahreszeit der Sonne, trafen sie ein. Die Mawrthoni, Catrini und Neifioni, die Calbha gesehen hatte, waren die ersten. Andere folgten: Dencani, Saranae und Vynii aus dem Südosten; Ffotlae und Marcanti aus dem fruchtbaren Mittelland; Iuchari von der Ostküste; und Goibnui, Taolentani und Oirixeni aus den hohen Bergen im nördlichen Llogres.

Wir befragten jeden Stamm und Clan, der zu uns kam, und hörten uns ihre traurigen Geschichten an. Es war immer dieselbe Geschichte: Meldron, der Große Hund der Verwüstung, tobte voller Mordlust durch das Land. Tod und Vernichtung ritten mit ihm, und Verwüstung folgte seinem Fuß.

Viele erzählten uns, daß sie von unserer Zuflucht im Norden gehört hätten. Als wir sie fragten, woher sie gewußt hätten, wo wir zu finden waren, sagten alle, daß jemand anderes es ihnen gesagt hätte. Die Nachricht schien sich mit dem Wind zu verbreiten; Leute, die im Land unterwegs waren, hörten sie und folgten. Wir berieten uns untereinander, um zu beschließen, was wir tun sollten, denn es schien nur eine Frage der Zeit zu sein, bis auch Meldron Wind davon bekam und nach Norden ritt, um uns zu vernichten.

„Wir können uns nicht für immer vor ihm verstecken", sagte Cynan. „Eines Tages wird er gegen uns aufmarschieren. Doch wenn wir eine Reihe von Signalfeuern entlang des Bergkamms einrichten, dann erfahren wir es wenigstens frühzeitig, wenn er kommt."

Das taten wir.

Doch am Ende war es kein Signalfeuer, das uns auf Meldrons Vorrücken aufmerksam machte. Der Alarm kam von dem armseligen Rest eines kleinen Clans an der Ostküste, fünf Brüdern und ihrer sterbenden Mutter, die uns von Schiffen voller Krieger auf dem Weg nach Ynys Sci berichteten.

## 21

# Angriff auf Sci

Mit meinem inneren Auge sah ich sie: dreimal dreißig Krieger, die am Strand standen und die in die Bucht einlaufenden Schiffe beobachteten. Eine drohende Front dunkler Wolken schob sich niedrig aus Osten heran; der Wind ließ unsere Umhänge flattern. Doch in der geschützten Bucht blieb das Wasser glatt wie geschmolzenes Blei. Ich wandte meine blicklosen Augen zum Himmel und sah über uns immer noch eine klare, blaue Fläche leuchten. Regen lag in der Luft, und von außerhalb der Bucht hörte ich die hohe Brandung an der felsigen Küste.

Vier Schiffe mit viereckiger Takelung und kräftigen Masten segelten heran. Die blutroten Segel blähten sich im Wind, als die tiefliegenden Boote vor dem Sturm dahinflogen. Unsere Pferde, die den herannahenden Sturm spürten, ruckten und tänzelten, schüttelten ihre Köpfe und stampften nervös mit ihren Hufen auf dem Strand herum. Zwei Männer und vier Jungen würden sie zurück nach Dinas Dwr führen, wo Fürst Calbha wartend zurückgeblieben war. Aber wo wir hingingen, konnten wir keine Pferde gebrauchen, und wenn wir scheiterten, würde Calbha sie dringend benötigen.

Es war der Abend des dritten Tages, seit wir Dinas Dwr verlassen hatten. Und die Schiffe waren aus dem Süden Caledons heraufgesegelt, um uns aufzunehmen.

„Drei Tagesritte auf dem Bergkamm entlang werden euch an die Küste bringen", hatte Cynan gesagt und mit einem Stock auf den Boden geklopft, wo er mit ein paar Strichen eine einfache Karte gezeichnet hatte. „Hier werden euch die Schiffe aufnehmen.“ Wieder klopfte er auf den Boden. „Mehr als vier Schiffe haben wir nicht“, fügte er wie zur Warnung hinzu.

„Vier sind genug“, sagte Llew entschlossen.

„Die Pferde werden wir nicht mitnehmen können.“

„Pferde würden uns auch nichts nützen“, erwiderte Llew.

„Wir sind nur ein kleiner Haufen gegen Meldrons Streitmacht“, warf Bran ein. „Er hat doch mindestens fünfhundert Männer –“

„Wenn man unseren Beobachtern glauben darf“, sagte Calbha skeptisch. „Sie konnten sich nicht einig werden, wie viele Schiffe sie gesehen haben.“

„Soll Meldron doch so viele mitnehmen, wie er mitschleifen kann“, erwiderte Llew mit einigem Nachdruck. „Wir können nicht mehr Männer mitnehmen, als wir haben.“

„Aber wenn es zur offenen Schlacht kommt –“ beharrte Calbha. Der König erhob Einwände, weil beschlossen worden war, daß er zurückbleiben und sich um die Leute von Dinas Dwr kümmern sollte.

Llew schüttelte leicht den Kopf. „Eines Tages werden wir Meldron auf dem Schlachtfeld gegenüberstehen – und dann werden wir es darauf anlegen, daß unsere Streitmacht der seinen ebenbürtig ist. Aber noch ist es nicht soweit. Die zahlenmäßige Überlegenheit wird Meldron nichts nützen, und sie wäre auch für uns keine Hilfe.“ Er stand auf und streifte sich die Erde von den Händen. „Der Tag deiner Rache wird kommen, Calbha.“

Damit war der Kriegsrat beendet.

Cynan war sofort mit vier Kriegern aufgebrochen und nach Dun Cruach im Süden geeilt, um die Schiffe seines Vaters zu holen. Die nächsten Tage verbrachten wir damit, die Waffen und Pferde für die Reise zur Küste vorzubereiten, auf den Tag unseres Aufbruchs zu warten und Fürst Calbhas verletzten Stolz darüber, daß er nicht mit der Kriegsschar ziehen sollte, zu beschwichtigen.

Drei Tage später brachen wir in der Morgendämmerung auf und ritten am Ufer des langen, glasglatten Sees entlang durch das stille Tal. Hin und wieder, ohne Vorwarnung, wurde die dicht verschleierte Finsternis meiner Blindheit durch leuchtende Bilder der Welt um mich her erleuchtet: Männer und Pferde, die durch tiefgrüne Täler zogen ... silbriger Nebel, der von den Hängen des hohen Bergkammes hinabglitt ... helles Sonnenlicht auf schimmerndem Metall ... Krieger mit roten Umhängen und runden, weißen Schilden ... der funkelnde blaue See und der noch blauere Himmel, unterbrochen von wenigen kleinen, grauen Wolken ... Zwielicht, das dunkel über die Himmelskuppel kroch, und Sterne, die wie Lagerfeuer auf einer riesigen, schwarzen Ebene brannten ...

Und ich hörte den scharfen Ruf von Adlern, die auf den Winden schwebten. Ich hörte den gedämpften Hufschlag der Pferde auf dem Pfad und das leise Klingeln des Zaumzeugs. Ich hörte die entspannten Frotzeleien der Männer, die sich mit Humor für die bevorstehende Konfrontation rüsteten.

Es war ein riskanter Plan – wie es jeder Plan sein mußte, wenn man unsere weit unterlegene Position bedachte. Unser einziger Vorteil war die Überraschung. Nie wieder würden wir hoffen können, Meldron auf diese Weise zu erwischen, nicht zuletzt deswegen, weil diese Aktion ihn darauf aufmerksam machen würde, daß Llew und ich noch am Leben waren und ihm Schwierigkeiten machen würden. Wir hatten eine Chance und nur diese eine. Doch wenn alles gutging, würde diese eine vielleicht ausreichen.

Llew kannte die Insel gut. Seine sechs Jahre in Scathas Schule hatten ihn für das Unternehmen gut ausgerüstet. Er wußte, von wo unsere Schiffe sich nähern konnten, ohne gesehen zu werden; er wußte, welche Hügel und Täler uns Schutz bieten konnten; er wußte, wie das Caer so wirkungsvoll wie möglich anzugreifen war. Unser Plan hing von Llews großer Vertrautheit mit Sci ab. Und Cynan kannte die Insel fast ebensogut.

Während wir auf dem Bergkamm entlang zur Küste zogen, versuchte ich – wie ich es schon oft zuvor versucht hatte – ein wenig vorauszuschauen, den Schleier der Zukunft ein wenig zur Seite zu schieben und einen Blick darauf zu erhaschen, was uns erwartete, wenn wir Meldron begegneten. Doch ich empfing nichts, weder eine Vision noch eine Vorausschau wurde mir zuteil, so daß ich es seinließ. Das Wissen würde zu mir kommen, wenn der Dagda es mir gab und nicht vorher. So sei es!

Nun standen wir am Strand und sahen Cynfarchs Schiffe in die Bucht einlaufen – einen der unzähligen Einschnitte und Meeresarme, die das Meer in die harte Felsoberfläche der nördlichen Küste gegraben hatte. Dieser Ort sollte einen Namen bekommen, dachte ich, während ich der Brandung und dem fernen Donnergrollen lauschte, das von dem anschwellenden Wind herangetragen wurde: *Cuan Doneann,* die Sturmbucht.

Llew, der am Ufer gestanden und mit Bran gesprochen hatte, kam mit raschen Schritten über den Kiesstrand auf mich zu.

„Ich mag diesen Mann von Tag zu Tag mehr, Tegid", sagte er, während er sich neben mich stellte.

„Er wird ein guter Schlachtenführer für dich sein", sagte ich. „Der Flug der Raben wird unter seinem Befehl schweben. Und er wird dir folgen, wohin immer du führst, Bruder."

Er ließ die Bemerkung ohne Kommentar durchgehen. „Hast du irgend etwas von Ynys Sci sehen können?" fragte er statt dessen.

„Noch nichts", gestand ich. „Sei gewiß, daß ich es dir sagen werde, wenn ich etwas empfange."

„Glaubst du, daß wir eine Torheit begehen?"

„Ja", erwiderte ich. „Aber was soll's? Wir können nicht tatenlos danebenstehen, wenn auch nur die geringste Chance besteht, daß wir sie retten können."

„Ich hoffe, es ist nicht schon zu spät", murmelte Llew finster.

„Was willst du, daß ich dir sage? Sprich es aus, und ich werde es sagen!" Ich sprach heftiger, als ich empfand, größtenteils, um die Unsicherheit auszumerzen, die ich in Llews Stimme gehört hatte. Unsicherheit ist eine Form der Furcht, ebenso wie Zweifel und Zögern.

„Ich will, daß du mir die Wahrheit sagst", erwiderte Llew. „Was, glaubst du, werden wir finden?"

„Du willst die Wahrheit hören? Ich werde dir die Wahrheit sagen: Ich weiß es nicht. Erst wenn wir Sci erreichen, werden wir wissen, was uns erwartet!"

„Beruhige dich, Bruder", sagte Llew pikiert. „Ich habe ja nur gefragt."

„Aber ich werde dir etwas anderes sagen", sagte ich einlenkend.

„Und zwar?"

„Wenn wir Erfolg haben, wird es lange dauern, bis Meldron es wieder wagen wird, irgend jemanden anzugreifen. Und das ist das Wagnis wert, glaube ich."

Donner rollte über das Wasser, und wir lauschten dem Widerhall, der über die Landzunge zog. „Das wird eine rauhe Überfahrt", sagte Llew nach einem Augenblick.

„Um so besser. Bei diesem Wetter kommen sie bestimmt nicht auf den Gedanken, nach Schiffen Ausschau zu halten.

Vom Ufer drang ein Ruf zu uns herauf. „Komm", sagte Llew, „wir können jetzt an Bord gehen. Wir wollen die anderen nicht warten lassen."

Wir gingen ans Ufer hinab und wateten zum Schiff hinüber – Llew mit seinem Speer und seinem Schild, ich mit meinem Eschenstab. Die Männer folgten uns, zogen im Strom zu den Schiffen und kletterten an Bord. Die Überfahrt würde rauh werden, aber die Schiffe würden fliegen wie die Möwen vor dem heraufziehenden Sturm.

Und wie wir flogen! Obwohl die See unter uns wogte und rollte und die Segel sich spannten und die Masten ächzten, durchschnitten die scharfen Buge der Schiffe die schäumenden Wellen und zerteilten sie mit mächtigen Schlägen. Den ganzen Tag über und die endlose, stürmische Nacht hindurch trotzten wir dem tosenden Meer.

Als der Morgen dämmerte, war unser Ziel in Sichtweite: Über der schiefergrauen See erhoben sich schimmernd die silbrig-grünen Felsvorsprünge von Ynys Sci. Doch wir liefen die Insel nicht an, sondern ließen die Segel herab und warteten auf den Einbruch der Nacht. Die Sonne schien jedoch an den Himmel gekettet zu sein, so langsam bewegte sie sich auf ihrer Bahn voran. Während die Schiffe auf den Wellen schaukelten, schliefen die Männer unruhig oder saßen träge herum und schärften zum wiederholten Male die Klingen ihrer Schwerter. Über uns flogen die Wolkenfetzen dem Horizont entgegen.

Endlich, halb verborgen hinter dem zerklüfteten grauen Wolkenvorhang, versank die Sonne hinter dem Rand der Welt und trat ihre Reise durch das Reich der Tiefe an. Im Osten zog sich die Dunkelheit zusammen und breitete sich über dem Wasser aus. Als wir von der Insel aus nicht mehr zu sehen waren, gab Llew das Signal, und die Segel wurden gehißt.

Wir näherten uns Ynys Sci von Osten und gingen in einer kleinen Bucht, die Llew kannte, vor Anker. Die Krieger glitten über die Reling ins Wasser und kämpften sich ans Ufer, wo sie auf unsicheren Beinen in der Dunkelheit umhergingen. Die Brandung ging hoch, und die Küste war tückisch – steile Felswände, die zu flachen, felsenübersäten Buchten herabsanken –, so daß sich die Schiffe sicherheitshalber wieder zurückzogen, als der letzte Mann an Land gegangen war. Wir versammelten uns auf dem schmalen Uferstreifen und machten uns durch Felsspalten voller Geröll auf den Weg nach oben. Als wir die Klippen erstiegen hatten, eilten wir weiter ins Innere der Insel, um bis zum Morgen unsere Stellung zu erreichen.

Wir marschierten ohne Fackeln und so schnell wir konnten; so mancher der Männer kam auf dem schwierigen Pfad im Dunkeln ins Stolpern. Llew ging voraus und fand ohne Schwierigkeiten seinen Weg durch das rauhe Gelände: drei Reihen von Männern, die durch die Nacht eilten, um noch vor Sonnenaufgang die ausgewählte Stelle zu erreichen.

Nach einiger Zeit ging der unebene Pfad in langgestreckte, sanfte Hügel über, und das raschelnde Flüstern von Füßen im Gras war das einzige Geräusch, das von uns zu hören war. Über die Hügel, über kleine Bäche, über den aufgeworfenen Rücken der Insel marschierten wir und erreichten rechtzeitig unser Ziel. Während die Männer sich im Tal ausruhten und auf die Dämmerung warteten, stiegen Llew, Cynan, Bran und ich auf die Kuppe des Hügels, von wo aus wir Scathas Siedlung überblicken konnten: eine Handvoll Unterkünfte für die Krieger und ein paar kleinere Behausungen – Kochhäuser, Getreidespeicher, Hütten und Lagerhäuser –, die eine große Halle mit hohem Dach umringten.

Ich saß mit dem Rücken zum Hang, während die anderen auf dem Bauch lagen, über die Kuppe spähten und warteten, bis die Dämmerung allmählich die Siedlung vor uns erhellte.

„Er ist dort, kein Zweifel", sagte Bran. „Der Übungsplatz ist voll von Pferden. Ich schätze, es sind fast zweihundert."

„*Clanna na cù!*“ fluchte Cynan leise. „Er ist ein arroganter Hund. Packen wir ihn jetzt gleich.“

„Ruhig Blut, Bruder“, warnte Llew, „Scatha und die anderen kommen zuerst. Ihnen ist nicht damit geholfen, daß wir uns mit Meldron einlassen.“

„Aber er ist ahnungslos, und wir sind kampfbereit. Er kann nicht entkommen, und er kann auch nicht mehr Leute herholen, als er bereits hat. Ich sage, greifen wir ihn uns jetzt. Wir könnten ihn schlagen.“

„Wahrscheinlich würden wir eher bei dem Versuch sterben“, sagte Llew. „Denk nach, Cynan, sie sind uns fünf zu eins überlegen. Sie würden uns niedermähen wie Gras.“

„Eine bessere Chance werden wir nie bekommen“, brummte Cynan.

„Sieh mal“, sagte Llew. „Ich verabscheue Meldron ebensosehr wie jeder von uns. Aber es nützt niemandem etwas, wenn wir uns aus purem Haß umbringen lassen. In Dinas Dwr sind Hunderte davon abhängig, daß wir zurückkehren. Wir werden nur das tun, wozu wir hergekommen sind. Sind wir uns einig?“

Cynan lenkte widerwillig ein und sagte: „Was ist, wenn er sie schon umgebracht hat?“

„Ich sehe keine Anzeichen einer Schlacht“, berichtete Bran. „Ich glaube nicht, daß hier gekämpft wurde.“

„Es sei denn, er hat sie ohne Kampf ermordet“, meinte Cynan. „Fähig wäre er dazu.“

Ich rollte mich auf die Seite und kroch zu den anderen. „Meldron ist hergekommen, weil er etwas suchte“, gab ich zu bedenken. „Und er ist immer noch hier.“

„Was bedeutet, daß er noch nicht bekommen hat, was er suchte – willst du das damit sagen?“ überlegte Cynan laut. „Dann sind wir also nicht zu spät gekommen.“ Ich hörte, wie er sich auf dem Boden bewegte. „Llew, wir werden ... Llew?“

Llew antwortete nicht. Ich hörte eine raschelnde Bewegung neben mir und den leichten Tritt von sich entfernenden Schritten. Vor meinem inneren Auge sah ich Llew aufstehen und zur Kuppe des Berges hinaufgehen. Er umklammerte den Speer in der linken Faust und hob ihn in einer Geste des stillen Trotzes hoch über seinen Kopf. Das rotgoldene Glühen der Morgendämmerung brach sich über ihm, so daß ein Schimmer des Heldenlichtes aus ihm zu leuchten schien. Einen Augenblick lang blieb er stehen, dann wandte er sich ab und ging langsam den Hang hinab, zurück zu seiner wartenden Kriegsschar.

„Woran denkst du, Bruder?“ fragte ich, als ich ihn einholte. Er zögerte lange, und ich sah, wie er seine Stirn gegen den Speerschaft lehnte. „Llew?“

„Ich denke daran, daß ich heute vielleicht meinem Freund gegenüberstehen werde“, erwiderte er. „Simon – Siawn – war einst mein Freund, mein engster Gefährte – wir aßen zusammen, wohnten zusammen ... ich hätte mir nie träumen lassen, daß es einmal soweit kommen würde. Ich sage dir die Wahrheit, Tegid; ich begreife es nicht.“

„Es ist gut, über den Verlust eines Freundes zu trauern“, beschwichtigte ich ihn. „Trauere also, aber laß dich nicht täuschen. Diese Männer dort unten sind in ihrer Gier der Bosheit verfallen. Ihr Frevel besudelt ganz Albion mit dem Blut der Unschuldigen, die sie getötet haben. Das Böse, das sie getan haben, hat sie verdorben, und es muß ihm ein Ende gemacht werden. Heute ist der Tag, an dem wir anfangen, ihm ein Ende zu machen.“

Llew erwiderte leise: „Ich weiß ... ich weiß es, und es macht mich krank. Es fühlt sich an wie ein Dolch in meinem Bauch, Tegid. Simon war mein Freund!“

„Weine um deine Freundschaft, aber weine nicht um Siawn. Du mußt wissen: Er war immer gegen dich, von dem Augenblick an, als du zu uns kamst. Er hatte immer nur seinen eigenen Vorteil im Sinn. Er und Meldron sind tollwütige Tiere, und sie müssen vernichtet werden.“

Ich hörte ein Geräusch hinter mir und erkannte Cynans Schritte. Llew richtete sich auf. „Es ist Zeit“, sagte Cynan. „Die Schiffe werden bald die Bucht erreichen. Wir müssen in Stellung gehen.“

„Geh zu deinen Männern“, sagte ich ihm. „Wir kommen nach.“

„Wir haben keine Zeit zu –“

„Nur noch einen Moment, Cynan. Bitte.“

„Also gut.“ Cynan entfernte sich.

„Was ist?“ fragte Llew.

„Ich habe nachgedacht", erwiderte ich. „Über die Singenden Steine."

„Und?"

„Falls Meldron die Steine nach Ynys Sci mitgebracht hat, dann müssen wir versuchen, sie zurückzubekommen. Es macht mich krank, daß Meldron das Lied von Albion in der Hand hält und zu seinen Zwecken nutzt. Wir müssen die Steine wiederbeschaffen und nach Dinas Dwr bringen, wo wir sie bewachen können."

Bevor Llew etwas erwidern konnte, ertönte ein Ruf von Bran, der auf der Kuppe geblieben war: „Sie kommen!"

„Wir müssen jetzt los, Tegid." Er wollte sich abwenden, doch ich streckte die Hand aus und erwischte den Ärmel seines Siarcs. „Was ist los?" fragte er ungeduldig.

„Die Singenden Steine", wiederholte ich drängend. „Wir müssen sie wiederbeschaffen."

„Ja, ja", stimmte er hastig zu, „wenn das möglich ist. Doch wenn alles gutgeht, wird es nicht zu einer Schlacht gegen Meldron kommen. Wir werden vielleicht keine Gelegenheit haben, nach den Steinen zu suchen – und überhaupt hat er sie vermutlich nicht mit hierhergebracht."

„Er hat sie immer bei sich."

„Woher weißt du das?"

„Ich kenne Meldron", erwiderte ich.

„Sieh mal, Tegid, wir haben jetzt keine Zeit, das zu erörtern. Du hättest eher etwas davon sagen sollen. Jetzt müssen wir los. Die Schiffe laufen in die Bucht ein."

„Aber wenn die Singenden Steine auf Ynys Sci sind?"

„Dann werden wir sie holen, wenn wir können", versprach Llew. „Einverstanden?"

„Also gut", lenkte ich ein, und wir wandten uns um, um zu den anderen zu gehen.

Die Kriegsschar war in zwei Abteilungen aufgeteilt – eine unter Cynans und die andere unter Brans Befehl. Llew und ich würden mit Bran zur Festung gehen, während Cynan seine Männer zu der Bucht unterhalb von Scathas Caer führen sollte.

Auf Brans Zeichen hin brachen wir auf. Llew wußte genau, wie nahe wir herangehen konnten, ohne gesehen zu werden. Den größten Teil des Weges würden wir im Schutz der Hügel hinter dem Caer zurücklegen, und näher bei den Behausungen gab es hohe Kornfelder, durch die wir uns ungesehen weiter nähern konnten.

Lautlos bewegten wir uns vorwärts. Die tiefe, feuchte Erde dämpfte unsere Geräusche, und mit klopfenden Herzen schlichen wir uns den Hang hinab zu dem Gerstenfeld. Wir bückten uns, drangen in das Feld ein und durchquerten es mit gesenkten Köpfen und gebeugten Rücken. Nur die Halme raschelten.

Wir krochen zwischen den spröden Halmen hindurch, den Geruch von feuchter Erde und trockenem Getreide in unseren Nasen, und lauschten auf irgendein Zeichen, daß man uns entdeckt hatte. Doch kein Alarmruf drang uns entgegen, so daß wir am Rande des Feldes verharrten und warteten.

Unsere Schiffe waren unterdessen nicht einfach vor Anker geblieben. Mit jeweils nur zwei Mann Besatzung waren sie um den östlichen Küstenvorsprung in die Südbucht gesegelt, die als einziger Hafen von Ynys Sci genutzt wurde. Bei Sonnenaufgang sollten die Schiffe in die Bucht einlaufen, die Segel schwarz im Morgenlicht, und ein Wald von Speeren sollte aufrecht gegen die Reling gelehnt sein.

Wir mußten nur abwarten, bis Meldrons Wachen die Schiffe sahen und Alarm gaben.

## 22

# Die Rettung

Als erstes kamen die Rufe – gedämpft und undeutlich. Das war der erste Alarm, als einer der Wächter auf seinem Rundgang die einlaufenden Schiffe erspähte, und er wurde rasch von einem weiteren Ruf aus geringerer Entfernung beantwortet.

Der größte Teil der Kriegsschar Meldrons mußte außerhalb der Halle gelagert haben, denn die Reaktion kam sofort. Ein rasches Geklirr ertönte, als Männer Schwert, Speer und Schild ergriffen, und dann das Trampeln rennender Füße, als sie hinauf auf die Klippen stürmten. Einen Moment später strömten Männer aus der Halle und aus den Häusern der Krieger und rannten ihren Schwertbrüdern nach, die sich oberhalb der Bucht sammelten.

„Ich hoffe, wir haben Meldrons Eitelkeit nicht überschätzt", flüsterte Llew.

„Die dürfte kaum zu überschätzen sein", erwiderte ich. „Horch!"

Noch während ich sprach, ertönte das furchterregende Dröhnen der Carynx. „Da!" sagte Llew. „Also los, Meldron. Fang an."

Wir kauerten im Feld und warteten. Wieder dröhnte die Carynx, und während der Klang von den Hügeln um uns her widerhallte, mischten sich darin das Wiehern der Pferde und die erregten Ausrufe der Männer. Mein dunkles inneres Auge erwachte zum Leben und zeigte mir Bilder von Reihen von Pferden, die auf dem Hof neben Scathas Halle rastlos an ihren Koppeln zerrten, und von Männern, die mit fliegenden Umhängen und blitzenden Waffen zu ihren Reittieren eilten.

„Siehst du ihn?" fragte ich.

„Nein“, antwortete er und warf mir einen raschen Blick zu. „Du?“

Ich schüttelte den Kopf. „Nein. Meldron ist nicht bei ihnen.“

Die Reiter sammelten sich auf dem Hof. Wieder ließ die Carynx ihren furchtbaren Ruf ertönen, und ich hörte das hohle Trommeln der Pferdehufe, als sie davongaloppierten.

Darauf hatten wir gewartet. Auf ein lautloses Signal von Bran kroch Niall aus der Deckung der Gerstenhalme hervor und schoß über die kurze Entfernung zwischen dem Feld und dem nächsten Gebäude, einem Kornspeicher, hinweg. Er hielt kurz inne und verschwand dann um die Ecke des Lagerhauses. Einen Augenblick später erschien er wieder und winkte uns zu kommen.

In Dreier- oder Vierergruppen durchquerten wir die offene Strecke zwischen dem Feld und dem Lagerhaus. Der Hof war menschenleer, die Pferde fort; kein Krieger war mehr zu sehen.

Bran gab wieder ein Signal, und einen Herzschlag später liefen wir über den leeren Hof zur Halle hinüber. Rasch hasteten wir um die Wände herum zum Eingang. Bran und Niall waren die ersten, Llew und ich unter den letzten. Wir bogen um die nächste Ecke der Halle herum und prallten auf unsere Vordermänner.

Sie standen wie angewurzelt und starrten alle in dieselbe Richtung.

„Was ist los?“ fragte Llew und schob sich nach vorn an die Spitze. „Warum seid ihr stehengeblieben?“

Ich hielt mich hinter Llew; er trat neben Bran und blieb wie alle anderen wie angewurzelt stehen. Ich streckte meine Hand aus und packte seine Schulter. Er wandte sich halb zu mir, das Gesicht vor Abscheu verzerrt.

„Llew?“

Mein inneres Gesicht verlagerte sich auf die Ursache seines Entsetzens: In zahllosen Reihen standen Speere auf halber Länge in den Boden gerammt, und auf der aufrecht stehenden Spitze eines jeden Speers steckte der Kopf eines Jungen. Meldron hatte die Krieger-Mabinogi aus Scathas Schule ermordet und ihre Köpfe vor der Halle in widerwärtigem Hohn über eine Kriegerversammlung aufgespießt. Krähen hatten sich über die Köpfe hergemacht, und leere Augenhöhlen starrten uns anklagend an.

Llew wandte sich von dem Greuel ab und ging auf den Eingang zu. Doch Bran packte ihn am Arm und hielt ihn zurück. Er winkte den Raben, mit ihm zu gehen, und sprang in die Halle, das Schwert fest umklammert, den Schild hoch erhoben und kampfbereit.

Die Raben folgten Bran auf den Fersen, und andere schoben sich hinterher und stürmten so rasch wie möglich in die Halle, um denen entgegenzutreten, die drinnen waren.

Doch Meldron war nicht dort, und die beiden Krieger, die er zurückgelassen hatte, waren rasch überwältigt – zwei kurze Speerstöße brachten sie zum Schweigen. Dann wandten wir unsere Aufmerksamkeit ihrem Gefangenen zu.

Llew ließ seinen Speer sinken und kniete neben der nackten Gestalt nieder, die auf der blutbesudelten Feuerstelle lag. „Boru?"

Zu meiner Überraschung öffnete die vermeintliche Leiche die Augen; die Lippen verzogen sich zu einem schwachen Lächeln. „Llew ..." Die Stimme war ein heiseres Rasseln. „Du bist gekommen ..."

„Er lebt noch. Bringt Wasser", befahl ich, und Niall eilte davon.

Ich kniete neben Llew nieder, während Bran die Lederriemen an den Händen und Füßen des Mannes zerschnitt. Er war gefesselt und gefoltert worden. Lange Hautstreifen waren ihm von Bauch, Schenkeln und Rücken abgezogen worden. Sein Haar war abgesengt; offenbar hatte man seinen Kopf in die Flammen gehalten. Eine Seite seines Körpers, wo man ihn an der Feuerstelle geröstet hatte, war verkohlt.

„Boru – hör zu, wenn du kannst", sagte Llew. „Wir haben nicht viel Zeit, bis Meldron zurückkehrt. Wo ist Scatha?"

Der Mann bemühte sich zu sprechen, doch es gelang ihm nicht, sich verständlich zu machen. Niall kehrte mit einem Becher Wasser zurück. „Bringt die Männer nach draußen, und wartet dort auf uns", wies Llew ihn an und wandte sich wieder Boru zu. Bran hob behutsam Borus Kopf an, und Llew hielt ihm den Becher an die Lippen. Der unglückliche Boru schluckte etwas Wasser, würgte und hustete. Als der Krampf vorüber war, ließ Bran den Kopf wieder auf die Feuerstelle hinabsinken.

„Scatha ... sie –" hustete er, und aus dem Husten wurde ein rasselndes Ringen nach Luft.

„Ja, Scatha", flüsterte Llew. „Wo ist sie, Boru?"

„... Ich wußte, daß du zurückkommen würdest ... ahh", lächelte Boru wieder und schüttelte sich vor Qualen. Seine schwarze Zunge trat zwischen den aufgesprungenen Lippen hervor. Llew befeuchtete seine Finger und ließ Wasser auf Borus Zunge tropfen.

„Wo ist Scatha? Und ihre Töchter? Boru, weißt du, wo sie sind?"

Borus lederartige Augenlider flatterten, und sein gefolterter Körper krampfte sich zusammen. Als der Krampf ihn losließ, seufzte er so tief, daß ich schon dachte, sein Geist hätte ihn verlassen. Doch Llew hielt ihn noch ein wenig länger fest. Er nahm Borus Gesicht zwischen seine Hand und seinen Armstumpf, beugte sich nahe heran und sagte: „Du bist der einzige, der uns jetzt helfen kann. Sag mir, Boru: Ist Scatha am Leben?"

Die Augenlider öffneten sich mühsam, und ein fiebriges Licht glühte in den Augen. „Llew ... du bist hier ..."

„Wo ist Scatha – und wo sind ihre Töchter, Boru? Sind sie hier? Sind sie am Leben?"

Boru versteifte sich und bemühte sich, mit seiner geschwärzten Zunge die Worte zu formen. „Die Höhlen ... die Strandhöhlen ..." flüsterte er heiser, und ich glaube fast, diese Stimme kam von jenseits des Todes, denn noch während Boru die Worte hervorstieß, verschleierten sich seine Augen, und seine Muskeln erschlafften; er ließ das Leben los, und es floh von ihm.

„Geh ein in deine Ruhe, Bruder", sagte Llew leise und ließ Borus verbrannten und geschundenen Kopf behutsam auf die Steine der Feuerstelle sinken.

„Die Strandhöhlen", sagte Bran, „kennst du sie?"

„Ja. Es gibt Höhlen auf der Westseite der Insel. Wir sind dort manchmal entlanggeritten."

„Ist es weit?"

„Nein", sagte Llew, „aber wir brauchen Pferde, wenn wir vor Meldron dort sein wollen."

Bran machte einen kurzen Rundgang, um die Halle zu inspizieren, und kehrte mit aschgrauem Gesicht zurück.

Llew sah ihn an. „Was hast du gefunden?"

Statt zu antworten, winkte uns der Schlachtenführer, ihm zu folgen. Er führte uns zu Scathas Kammer am anderen Ende der Halle. Dort lag Govan auf den Schaffellen der Bettstatt, den Mantel bis zu den Hüften hochgeschoben. Sie war vergewaltigt worden, und als ihre Angreifer dieser Belustigung überdrüssig geworden waren, hatten sie ihr die Kehle durchschnitten. Ihre Haut war so weiß wie das Fell unter ihr, außer an den Stellen, wo sich ihr Blut gesammelt hatte und geronnen war. Ihr Kopf lag etwas zur Seite geneigt, und ihre glasigen Augen starrten nach oben.

Llew stöhnte und taumelte gegen mich.

„Der Leichnam ist kalt", sagte Bran leise. „Sie war tot, bevor wir herkamen."

Llew machte einen Schritt nach vorn. Ich ergriff seinen Arm und hielt ihn auf. „Dazu ist keine Zeit. Laß uns die Lebenden retten, wenn wir können."

Er entwand seinen Arm meiner Hand und trat zu der Bettstatt. Mit zitternder Hand richtete er Govans Beine gerade, erst das rechte und dann das linke, und zog dann ihren Mantel herab, um sie zu bedecken. Er verschränkte ihre Arme über der Brust, richtete behutsam ihren Kopf gerade und strich mit den Fingerspitzen über ihre Augen, um sie zu schließen. Einen Moment lang hielt er inne und blickte auf sie hinab, und als er wieder zurücktrat, sah sie aus, als ob sie schliefe – bis auf das Blut und den tödlichen Schnitt unter ihrem Kinn.

Ohne ein weiteres Wort verließ er die Kammer und ging auf die Tür der Halle zu. Bran hielt ihn an der Schwelle auf. „Ein Mann allein hat vielleicht eine bessere Chance", sagte er. „Ich werde gehen."

„Du weißt nicht, wo die Höhlen sind", sagte Llew. „Wir werden zusammen gehen." Er wandte sich an Niall, der draußen vor dem Eingang wartete. „Bring die Männer zurück an den Strand, und wartet dort auf die Schiffe. Wir werden dort zu euch stoßen."

„Wie werdet ihr zu uns stoßen?" fragte ich. Unsere Schiffe waren, die Decks mit unzähligen Speeren bestückt, in die Bucht eingelaufen, um Meldrons Krieger von der Halle fortzulocken. Sobald der Feind in der Bucht auftauchte, um der Scheininvasion entgegenzutreten, sollten unsere Schiffe weiter um die Insel herum segeln; wiederum mit dem Anschein, als suchten sie eine günstige Stelle, wo die Krieger an Land gehen könnten. Meldron würde sich an die Verfolgung machen, wie wir hofften, und uns so die Zeit geben, die Gefangenen zu befreien. Cynans Leute sollten sich verborgen halten, bis der Feind außer Sicht war, und dann Meldrons Schiffe zerstören. Sobald ihre Aufgaben erledigt waren, sollten beide Gruppen dorthin zurückkehren, wo wir an Land gegangen waren; dort sollten uns die Schiffe, die inzwischen ihre Umrundung der Insel vollendet haben würden, wieder an Bord nehmen.

Nun schien es, als ob sich Meldron tatsächlich von der Bucht würde weglocken lassen, wie wir geplant hatten – aber in derselben Richtung, in die Llew gehen mußte, um Scatha und ihre Töchter zu finden. Wir konnten sie nicht befreien, ohne gesehen zu werden, und das konnten wir nicht riskieren.

„Du kannst die Insel nicht bei Tageslicht überqueren – es ist zu gefährlich, und die Entfernung ist zu groß.“

„Wir haben keine andere Wahl“, fuhr mich Llew an und ging hinaus auf den Hof. Er blickte zur Bucht hinab, wo Rauch von Meldrons Schiffen aufstieg, die Cynan in Brand gesetzt hatte. „Es sei denn, wir können Cynan aufhalten.“

Wir rannten zu den Klippen oberhalb der Bucht. Sechs Schiffe lagen tief im Wasser; ihre Segel standen in Flammen, und ihre Rümpfe waren eingedrückt. Cynan und seine Männer waren weg; sie hatten ihre Aufgabe erfüllt und sich aus dem Staub gemacht.

„Zu spät“, sagte Llew. „Wir hätten eines von diesen Schiffen benutzen können.“

„Geht zu den Höhlen und bleibt dort. Wir werden euch ein Schiff senden, wenn es dunkel wird.“

Bran und Llew verließen die Bucht im Laufschritt. Ich wandte mich den Raben zu. „Niall, du führst die Männer zurück zu der Bucht, wo wir gelandet sind, und wartest auf die Schiffe“, sagte ich. „Und ihr – Garanaw, Emyr, Alun und Drustwn – kommt mit mir.“

Niall und die Krieger brachen auf, und die übrigen Raben begleiteten mich zurück zur Halle. Garanaw und Drustwn hoben

Borus zerschundenen Leichnam auf; ich zog meinen Umhang aus und breitete ihn auf dem Boden aus, und Emyr und Alun hüllten den Leichnam darin ein. Während Garanaw und Drustwn Borus Leichnam aus der Halle trugen, führte ich Emyr und Alun in Scathas Kammer. Wir hüllten Govan in ein Fell von der Bettstatt und folgten Garanaw und Drustwn aus der Halle und zurück durch das Gerstenfeld. Auf dem Hügel oberhalb des Caers hackten die Raben mit ihren Schwertern ein flaches Grab in die Erde. Wir legten die Leichen nebeneinander in das Grab und schoben rasch die Erde wieder darüber.

Ich blickte zur Bucht hinüber, konnte sie aber von unserem Standort aus nicht sehen. Auch von Meldrons Streitmacht nahm ich nichts wahr. Ich wandte mich den Hügeln zu, die durch die Wolkenschatten mit einem fließenden graugrünen Fleckenmuster überzogen waren; diese Bewegung würde unsere eigenen Bewegungen verdecken. Das war der letzte Blick, den ich erhaschte, dann sank die Blindheit wieder auf mich herab, und Finsternis löschte das Bild aus.

Wir machten uns auf den Rückweg über die Hügel und die Steilküste hinab zu der felsigen kleinen Bucht, in der wir im Morgengrauen an Land gegangen waren. Dort stießen wir zum Rest unserer Kriegsschar, versammelten uns am Strand und konnten von nun an nur abwarten. Drustwn fand einen trockenen Felsen, auf den er sich hocken konnte, und wir setzten uns gemeinsam hin.

„Cynan müßte eigentlich inzwischen hiersein", sagte Drustwn nach einer Weile. Er stand auf und ging ungeduldig am Strand auf und ab.

Der Wind blies stetig vom Meer her, und die Wellen brandeten seufzend gegen die Felsen. Wir warteten.

Drustwn kehrte zurück und stellte sich vor mir auf. „Irgend etwas ist schiefgegangen", sagte er. „Sie hätten längst hiersein müssen."

Bei diesen Worten stieg in mir ein Bild auf: ein Schiff, das langsam an der felsigen Küste entlangglitt. Im gleichen Augenblick ertönte vom Strand her ein Ruf: „Ein Schiff! Ein Schiff kommt!"

Drustwn schoß davon. Er rannte ein paar Schritte den Strand hinauf und kehrte sofort zurück. „Es ist eines von Meldrons Schiffen“, sagte er.

Ich versuchte das Bild des Schiffes festzuhalten, doch es verblaßte, bevor ich mehr sehen konnte. Die Krieger auf dem Strand erhoben ein wütendes Geschrei, als das Schiff in die Bucht einlief, und machten sich zum Kampf bereit. Ich ergriff meinen Stab, stand auf und rief Drustwn zu mir. „Sag mir, was du siehst“, sagte ich.

Noch während ich sprach, verwandelte sich das wütende Geschrei am Strand in Willkommensrufe. „Es ist Cynan!“ rief jemand.

„Ja! Ja, es ist Cynan“, bestätigte Drustwn. „Er hat eines von Meldrons Schiffen mitgenommen.“ Ein weiterer Ruf vom Ufer her ertönte, als ein zweites Schiff in Sicht kam. „Noch ein Schiff! Er hat zwei mitgenommen!“

„Bring die Männer an Bord“ sagte ich zu Drustwn. „Rasch! Vielleicht gelingt uns diese Rettungsaktion doch noch.“

Drustwn befahl den Männern, an Bord zu gehen; dann nahm er mich beim Arm und führte mich durchs Wasser zum nächsten Schiff. Er half mir, über die Reling zu klettern, und gab den Befehl zum Auslaufen. Als er sich über die Reling schwang, wurden die Schiffe bereits gewendet und mit langen Stangen in tieferes Wasser geschoben.

Cynan begrüßte uns. „Wo ist Llew?“

„Er sucht noch nach Scatha“, antwortete ich und berichtete ihm, was wir in der Halle gefunden hatten. Unter den ermordeten Schülern Scathas waren Jungen aus seinem eigenen Clan.

„Ich werde Meldron töten“, schwor Cynan, als ich fertig war. „Ich werde ihm mit bloßen Händen sein schwarzes Herz aus dem Leib reißen.“

„Wie ist es dir in der Bucht ergangen?“

„Es hätte gar nicht besser gehen können“, erwiderte Cynan. Die Schiffe lagen dicht am Ufer – acht Stück; diese hier waren die besten. Wir mußten nur warten, bis unsere eigenen Schiffe die Bucht verlassen hatten und Meldron hinter ihnen herjagte. Dann schlugen wir die Rümpfe ein und setzten die Segel in Brand.“ Er schlug mit der Hand auf die Reling. „Wir zerstörten alle Schiffe außer diesen beiden. Sie sind größer und schneller als unsere. Ich konnte es nicht über mich bringen, sie zurückzulassen."

„Gut", sagte ich und informierte ihn, wohin Llew und Bran gegangen waren.

Daraufhin wirbelte Cynan herum und rief dem Steuermann zu, auf die Westseite der Insel zuzuhalten. „Der Große Hund hat den Köder geschluckt", sagte er, als er sich wieder mir zuwandte. „Vielleicht wird er in seiner Hast, die Schiffe einzuholen, versäumen, hinter sich zu schauen."

„Und wenn er es doch tut?"

„Nun", erwiderte Cynan verschlagen, „dann wird er nur zwei von seinen eigenen Schiffen sehen, die sich den Eindringlingen an die Fersen geheftet haben. Bis er sich daran erinnert, daß er keine Verfolgung befohlen hatte, sind wir schon außer Reichweite."

Wenn uns die kurze Küstenfahrt zu der Bucht unterhalb von Scathas Caer schon lang erschien, so schien uns die Reise von der Bucht zur Westseite von Ynys Sci kein Ende zu nehmen. Mit jedem Moment, der verging, wuchs meine Unrast. Je näher wir kamen, desto unruhiger wurde ich. Ich sandte mein Gedanken in alle Richtungen, um herauszufinden, was mich so beunruhigte. Doch ich fand nichts und fiel noch tiefer in eine brütende Vorahnung.

Drustwns Ruf brachte mich abrupt in die Gegenwart zurück. „Dort! Ich sehe sie! Hier!" rief er von der Reling. „Llew! Bran! Hier!"

Auf den Ruf des Raben hin schwand meine Dunkelheit, und mein inneres Gesicht kehrte zurück. Drustwn stand, eines der Masttaue umklammernd, auf der Reling und winkte wild mit seiner freien Hand. Ich wandte meine blicklosen Augen der Küstenlinie zu und suchte sie ab.

Das Ufer war gespickt mit scharfkantigen, zerklüfteten Felsen und trügerischen Einschnitten. Einige davon waren kaum mehr als kleine Löcher im Fels, andere enthielten Höhlen, die groß genug waren, um ein Boot in ihnen zu verstecken. Durch das hüfttiefe Wasser kam Llew mit Goewyn auf den Armen auf uns zugewatet. Hinter ihm kam Bran, dicht gefolgt von Scatha.

Ein Hochruf entfuhr den Kehlen derer, die an der Reling standen. Doch der Ruf erstarb in der Luft, denn über den Gestalten, die sich durchs Wasser kämpften, erschien auf der Klippe eine Reihe feindlicher Krieger. Sofort begannen fünfzig oder mehr von ihnen die Klippen hinabzuklettern, während die Zurückbleibenden den durch die Brandung fliehenden Gestalten ihre Speere nachschleuderten.

„Näher heran!" rief Cynan. Der Steuermann gab etwas zur Antwort, das ich nicht verstand. Cynan achtete nicht auf ihn. „Näher!" schrie er und trommelte mit den Fäusten auf die Reling.

Speere schossen von den Klippen herab ins Wasser. Cynan beugte sich über die Reling hinab und formte die Hände zu einem Trichter am Mund: „Schwimmt!" schrie er, und seine Stimme dröhnte über das Wasser. „Schwimmt!"

Speere fielen aus der Höhe herab, flogen im Bogen durch die Luft, trafen die Wasseroberfläche, deckten alles ein. Und jetzt hatten die ersten Feinde den Strand erreicht und stürzten sich, ohne zu zögern, ins Wasser, um den Fliehenden nachzusetzen.

Die Krieger an Bord des Schiffes begannen Llew und Bran mit ermutigenden Rufen anzufeuern. Llew stolperte mit Goewyn auf den Armen und beide lagen im Wasser. Triefend stand er sofort wieder auf, packte Goewyn fester und stürmte weiter.

„Das schaffen sie nie!" rief Cynan, das Gesicht rot angelaufen, und schlug mit seinen großen Händen auf die Reling.

Die Worte waren kaum ausgesprochen, als das Schiff mit einem hohlen Schlag zur Seite kippte. Der Kiel war gegen einen Felsen gestoßen. Männer sprangen mit langen Stangen an die Reling und begannen zu schieben, um das Schiff von dem Felsen abzuhalten. Beim ersten Anzeichen dieses neuen Problems ertönten triumphierende Schreie von den Klippen. Einige der impulsiveren feindlichen Krieger schleuderten ihre Speere nach uns. Sie verfehlten unsere Männer, aber nur knapp.

Cynan warf ein Bein über die Reling und sprang ins Wasser. Hinter ihm tauchten die Raben in die Wellen ein, und ein paar seiner Krieger folgten. Die ersten schwammen Llew entgegen und halfen ihm, Goewyn zum Schiff zu tragen. Der Rest folgte Cynan und stellte sich den Feinden entgegen, die durchs Wasser auf sie zugewatet kamen. Bran sah seine Männer kommen, drehte sich um und schickte Scatha weiter zum Schiff.

Llew und Niall erreichten das Schiff und hoben Goewyn zur Reling empor; rasch wurde sie an Bord gehievt. Llew folgte. Ich eilte zu der Stelle, wo Llew neben ihr niederkniete.

Goewyn war nur halb bei Bewußtsein. Durchnäßt und reglos lag sie an der Reling, und ihr Atem ging in raschen, flachen Stößen. Eine Seite ihres Gesichts war geschwollen und verfärbt; an ihrem Hals waren rote Striemen zu sehen, und ihre Arme und Handflächen waren mit Kratzspuren überzogen, als ob sie durch ein Feld voller Stechginster gekrochen wäre.

Scatha erreichte das Schiff, streckte ihre Arme zu den Männern empor, die sie erwarteten, und wurde an Bord gehievt. Auch ihre Hände und Arme waren zerkratzt, aber sonst schien sie unverletzt zu sein. Sie kniete neben Llew nieder. Jemand reichte ihr einen Umhang, den sie über Goewyn breitete. „Geh jetzt. Ich werde mich um sie kümmern“, sagte sie zu Llew.

Er stand auf und wandte sich mir zu. Noch bevor er etwas sagen konnte, ertönte von den Klippen das laute, wütende Dröhnen der Carynx. „Es ist Meldron!“ rief jemand. Er hatte die Schiffe gesehen und seine Verfolgung der Eindringlinge abgebrochen, um hierher zurückzukehren. Ein rascher Blick sagte ihm alles. Wieder ertönte die Carynx, und Hunderte von Kriegern folgten ihren Schwertbrüdern die Klippen hinab.

„Wendet das Schiff!“ rief Llew.

Die Männer stemmten sich gegen die Stangen, und langsam schwenkte der Bug zum offenen Meer hin.

Inzwischen trafen Cynan und die Raben auf die Feinde. Schwerter wurden geschwungen, Speere gestoßen, und das Klirren der Waffen widerhallte scharf von den Felsen. Vor meinem inneren Auge drehten sich Bilder: vom Sonnenlicht, das auf den Schildreliefs und Schwertklingen aufblitzte; von rotem Blut, das das meergrüne Wasser durchdrang; die Brandung, die an den leblosen Gliedern schwimmender Leichen zerrten; die weißschaumigen Wellen, die die Beine der Kämpfenden umspülten ...

Oben auf den Klippen wüteten die Feinde. Weiße Möwen wirbelten schreiend durch die blaue Luft. Niall rief den Kriegern zu, den Angriff abzubrechen. Sofort blies Emyr das Schlachthorn, und Cynan hob sein Schwert und wandte sich zurück zum Schiff. Augenblicke später beugten sich die Männer an Bord über die Reling und zogen ihre Clansleute aus dem Meer.

Vor meinem inneren Gesicht flackerte das Bild eines Mannes zu Pferd auf, der vor finsterer Wut schäumte: Meldron – voller Raserei über den Verlust seiner Schiffe und darüber, daß er aufs Glatteis geführt worden war und nun mit ansehen mußte, wie seinen Feinden die Flucht gelang.

Und ich sah noch etwas anderes – Siawn Hy, gelassen im Sattel sitzend. Wie Meldron sah er zu, wie unser Schiff aus ihrer Reichweite entschwand. Aber anders als Meldron war er nicht wütend; er lächelte. Und das Lächeln auf seinem Gesicht war von grausamer Kälte und unglaublicher Brutalität. Ich sah, wie er sich vorbeugte und ein Wort zu Meldron sprach, der sich umwandte und Siawn unverwandt anstarrte.

Wieder sprach die Schlange Siawn, und Meldrons Gesicht hellte sich auf. Er wirbelte im Sattel herum und rief seiner Kriegsschar etwas zu. Als er sich wieder zu uns wandte, war der zornige, finstere Ausdruck aus seinem Gesicht gewichen, und seine Züge hatten sich wieder beruhigt; ein heimtückisches Licht schimmerte in seinen schmalen Augen.

Und aus den Reihen der Kriegsschar näherte sich ein Reiter: breitschultrig und hoch aufgerichtet im Sattel. Auf dem Kopf trug er einen Helm aus Bronze; sein Schild war länglich, sein Schwert lag entblößt an seinem Schenkel. Noch bevor ich sein Gesicht sah, erkannte ich den Mann – ich hätte ihn allein an der Art erkannt, wie er im Sattel saß.

Paladyr!

## 23

# Flucht

„Paladyr!“ schrie Llew. „Tegid! Es ist Paladyr!“

„Ich habe ihn gesehen“, erwiderte ich, und vor meinem inneren Auge sah ich, wie Meldron sich zu seinem Meisterkämpfer wandte. Paladyr wendete sein Pferd und verschwand vom Rand der Klippen.

„Wo reitet er hin?“ fragte Llew. „Kannst du es vor deinem inneren Auge sehen, Tegid?“

„Nein“, antwortete ich, während eine lähmende Furcht sich in meinem Bauch zusammenrollte.

Cynan, triefend vor Wasser und Blut aus einem Schnitt an seinem Oberarm, trat neben uns. „Wo sind die anderen?“ fragte er.

„Boru ist tot“, berichtete Llew, „und die ganze Kriegerschule ebenfalls.“ Er senkte die Stimme. „Auch Govan ist tot. Aber ich glaube nicht, daß Scatha es schon weiß.“

„Und Gwenllian?“

„Ich weiß es nicht“, antwortete Llew. „Scatha sagte, sie seien gefangengenommen worden, als sie sich geweigert habe, sich Meldrons Kriegsschar anzuschließen. Sie und Goewyn konnten entkommen.“

„Vielleicht ist auch Gwenllian entkommen“, meinte Cynan hoffnungsvoll.

Bei Cynans Worten traf mich das Entsetzen wie ein Schlag auf den Hinterkopf. Ich schwankte auf den Beinen und streckte haltsuchend meine Hand aus, während ich die andere gegen meine Stirn preßte.

Llew bemerkte es und packte mich am Arm, um mich vor dem Fallen zu bewahren. „Was ist los?" Als ich nicht sofort antwortete, schüttelte er mich an den Schultern. „Tegid, was stimmt nicht? Was ist los? Was ist passiert?"

Ich machte den Mund auf, um zu sprechen, doch statt dessen kam nur ein Stöhnen heraus. Es schwoll zu einem Heulen an. Ich konnte es nicht unterdrücken und versuchte es auch nicht.

„Seht!" rief Bran. Llew und Cynan wandten sich zur Klippe. Paladyr war zurückgekehrt und stand nun mit irgendeiner Last auf den Schultern am Rand der Steilküste.

„Was ist das? Was hat er da?" fragte Cynan.

„Nein ..." murmelte Llew heiser vor Qual.

Paladyr ließ seine Last zu Boden gleiten und hielt sie aufrecht. Obwohl ich bereits wußte, was er dort in der Hand hielt, sank mir das Herz.

„*Mo anam!*" fluchte Cynan.

Llew murmelte unter zusammengebissenen Zähnen einen Fluch; Bran verfluchte Meldron und alle, die mit ihm ritten; Scatha starrte in stummem Entsetzen hinüber: Ihre Tochter stand schwankend neben Meldrons Meisterkämpfer auf den Klippen.

Oben packte Paladyr den Halsausschnitt des Mantels der Banfáith und riß ihn ihr vom Leib. Ihre Handgelenke waren gefesselt, und sie wehrte sich nur schwach. Paladyr versetzte ihr einen Faustschlag ins Gesicht. Ihr Kopf prallte zurück, und ihre Knie gaben nach. Sie taumelte gegen Paladyr.

„Gwenllian!" schrie Scatha.

Die anderen konnten wegsehen, aber ich konnte die Vision nicht von meinem inneren Auge verbannen. Alles spielte sich vor jenem unverwandten Blick ab, und ich sehnte mich zurück nach meiner Blindheit.

Paladyr ergriff Gwenllian und hob sie mit seiner enormen Kraft langsam über seinen Kopf. Sie wand sich in seinem Griff und trat mit den Beinen aus, doch er hielt sie hoch, trat an den äußersten Rand der Klippe und schleuderte sie hinab.

Gwenllians Schrei wurde abrupt abgeschnitten, als ihr Körper auf die Felsen aufschlug. Ihre Wirbelsäule brach, Arme und Beine wurden wild durcheinandergeschleudert. Ihr Körper verharrte einen Moment weiß auf den schwarzen, nassen Felsen, rollte dann herum und glitt, eine purpurrote Spur hinterlassend, ins Wasser.

„Gwenllian!“ schrie Scatha noch einmal, und der Schrei verebbte in einem Schluchzen.

Ich preßte mir die Hände vors Gesicht, um dem entsetzlichen Anblick zu entgehen, doch mein inneres Auge fuhr hinauf zur Klippe, und ich sah Paladyr finster ins Wasser hinabstarren. Meldron sagte etwas zu seinem Meisterkämpfer, und er wandte sich um und antwortete seinem Herrn. Dann bückte sich Paladyr, hob den Umhang seines Opfers auf und hielt ihn hoch, damit wir ihn sehen konnten. Er ließ ihn aus den Händen gleiten und ins Meer hinabsegeln. Dann wendete Meldron sein Pferd und ritt davon, doch Siawn Hy blieb zurück. Er saß auf seinem Pferd und starrte hinab zu den Schiffen. Und als er sah, daß wir zu ihm hinaufblickten, lächelte er und erhob langsam seinen Speer zu einem grausamen Gruß.

Dann ritt auch er davon, und ich sah nur noch das Bild eines wohlgestalteten Frauenkörpers, der leblos in den Wellen schwamm ... das milchweiße Fleisch zerschunden und zerschmettert ... das dunkelrote Haar mit dem Seetang in der sanften Strömung treibend ... die großen, grünen Augen erloschen, der Mund offen und voller Wasser ...

Das Bild löste sich wie ein schwarzer Nebel in Finsternis auf, und die Blindheit ergriff wieder Besitz von mir.

Wir ließen den wütenden Feind auf den Klippen zurück, wendeten unsere gestohlenen Schiffe und segelten an der Westküste von Ynys Sci entlang. Als der Nachmittag sich neigte, kamen unsere eigenen Schiffe in Sicht. Zuerst versuchten sie, vor uns zu fliehen, doch Meldrons Schiffe waren schneller, und als wir sie einholten, erkannten sie uns. Wir brachten die Schiffe in der rollenden Brandung Seite an Seite nebeneinander, ließen einige der Krieger in die leichter beladenen Schiffe umsteigen und segelten weiter in Richtung Festland.

Llew brachte Scatha und ihre Tochter in dem Windschutz vor dem Mast unter und bat mich, ihnen zu berichten, was wir über Govans Tod wußten. Ich überbrachte ihr die grausame Nachricht von ihren Leiden und schilderte ihr Begräbnis. Goewyn schlug sich den Mantel vors Gesicht und weinte bitterlich. Scatha dagegen trug ihren Verlust ohne Tränen und mit großer Würde.

„Ich danke dir, Tegid Tathal", sagte Scatha und wandte sich dann Goewyn zu, um sie zu trösten. „Laß uns jetzt allein. Bitte."

Der Wind trieb uns kräftig und gleichmäßig über die Meerenge, und bei Anbruch der Dämmerung erreichten wir einen geschützten Meeresarm an der nördlichen Küste von Caledon. Wir gingen an Land, um auszuruhen und die nächsten Schritte unseres Plans zu besprechen. Als die Männer sich niedergelassen hatten, versammelten wir uns – Bran, Cynan, Llew und ich – ein wenig abseits auf einem grasbewachsenen Hügel oberhalb des weißen Sandstrandes. Das Seufzen der Brandung am Strand klang wie ein melancholisches Lied.

„Die Blutschuld ist schwer, und Meldron wird sie bezahlen", erklärte Cynan finster. „Es wird einige Zeit dauern, bis er die Insel verlassen kann. Ich meine, wir sollten jetzt seine Festung angreifen und seinen Rückhalt mit der Wurzel ausrotten."

„Ich bin derselben Meinung", sagte Bran. „Wir sollten jetzt zuschlagen, während seine Hauptkräfte anderswo sind. Eine solche Chance finden wir vielleicht nicht wieder."

Cynan und Bran erörterten die Klugheit dieses Schrittes, und Llew hörte ihnen zu. Dann spürte ich Llews leise Berührung an meinem Arm. „Nun, Tegid? Was sagst du?"

„Was soll ich sagen, das nicht schon gesagt worden wäre? Wir haben Meldron einen schmerzlichen Schlag versetzt. Laßt uns um jeden Preis gegen ihn in die Schlacht ziehen."

Llew hörte die Mißbilligung aus meinen Worten heraus und fragte: „Was ist los, Tegid? Was stimmt nicht?"

„Habe ich gesagt, daß etwas nicht stimmt?"

„Nein, aber mir machst du nichts vor." Wieder stieß er mit seinem Stumpf gegen meinen Arm. „Was ist es? Spann uns nicht auf die Folter."

„Die Singenden Steine –" begann ich.

„Ach ja", sagte er gereizt. „Was ist mit ihnen?"

„Meldrons Festung angreifen – schön und gut", erwiderte ich. „Aber die Mühe ist vergeblich, wenn wir die Steine nicht wiederbeschaffen."

„Du sagtest doch, er führt sie überall mit sich", entgegnete Llew.

„Ich sagte, daß ich das für wahrscheinlich halte. Doch da wir Sci nicht durchsuchen konnten, denke ich, wir sollten seine Festung durchsuchen."

Bran unterbrach uns und fragte: „Diese Singenden Steine, von denen ihr redet – sie müssen sehr wertvoll sein. Doch ich habe noch nie von ihnen gehört."

Cynan sagte: „Sag es ihm, Barde. Ich habe die Geschichte zwar schon einmal gehört, doch ich würde sie sehr gern noch einmal hören."

Ich nickte und schwieg einen Moment, um meine Worte zu sammeln.

„Schon bevor Sonne, Mond und Sterne auf ihre unveränderlichen Bahnen gesetzt wurden, bevor lebendige Wesen den ersten Atemzug taten, bevor alles, was ist oder sein wird, seinen Anfang nahm, wurde das Lied von Albion gesungen. Das Lied erhält dieses Weltenreich, und alles, was ist, wird durch das Lied getragen. Das Lied ist der größte Schatz dieses Weltenreichs und darf nicht von kleingeistigen Geschöpfen oder unwürdigen Dienern entehrt werden."

Nachdem ich einmal begonnen hatte, formten sich die Worte wie von selbst auf meiner Zunge und flossen in dem Singsang der Barden aus meinem Mund:

„Meldryn Mawr, der große König, und die mächtigen Könige Prydains vor ihm verteidigten das Lied während der langen Zeitalter der Vorherrschaft unseres Clans. Tief unter der hochgelegenen Bergfestung Findargad schlief Albions Phantarch, der Erhabene, seinen Zauberschlaf, geborgen im Schutz eines Wahren Königs.

Doch der Wurm mit dem feurigen Atem biß tief ins Fleisch, und Eiter floß aus der Bißwunde. Das Königtum von Prydain verfaulte und verdarb. Die gerechte Herrschaft siechte dahin; der Verteidiger strauchelte, und die Feinde des Liedes nutzten ihre Gelegenheit. Der Phantarch wurde getötet, um das Lied zum Schweigen zu bringen, doch seine Kraft war die Kraft des Liedes von Albion selbst, und sein Werk hatte Bestand. Obwohl der

Phantarch, der Barde über alle Barden, in den Tod hinabging, wurde das Lied gerettet."

Bran begriff nicht, wie das zugegangen sein konnte. „Das hat mir auch Rätsel aufgegeben, als ich es hörte", sagte Cynan. „Aber hör nur zu." Dann wandte er sich mir zu. „Weiter."

„Du kennst die Geschichte", erwiderte ich. „Erzähle du sie."

„Gern", antwortete Cynan; ich hörte den Eifer in seiner Stimme. „Es geschah so", begann er. „Mit einem starken Zauber band der Phantarch das Lied an dieselben Steine, die ihn umbrachten. In dem Augenblick, als sein Leben von ihm floh, hauchte der Weise das kostbare Lied den Steinen ein, die ihm zum Grab wurden. Das tat er, damit das Lied von Albion nicht verlorenginge." Er endete mit der Frage: „Habe ich es richtig in Erinnerung?"

„Wort für Wort", erwiderte ich.

„Verzeiht mir", sagte Bran, „aber da ist etwas, das ich nicht verstehe. Wenn es Meldron darum ging, das Lied zum Schweigen zu bringen, warum hortet er dann die Singenden Steine? Warum vernichtet er sie nicht jetzt, wo er die Gelegenheit dazu hat?"

„Du bist scharfsinnig, Bran", bemerkte ich. „Du hast den Kern der Sache getroffen."

„Dann erleuchte mich, wenn du kannst", sagte der Schlachtenführer.

Ich wollte antworten, doch Llew kam mir zuvor. „Dies alles ist das Werk Siawn Hys", sagte er. „Er stammt nicht aus dieser Welt. Er ist ein Fremder hier, wie ich es auch bin. Doch im Gegensatz zu mir glaubte Simon – das ist sein Name in meiner Welt – nicht an die Macht des Liedes von Albion. Er dachte, wenn er den Phantarchen zum Schweigen brächte, könnte er die Macht an sich reißen – zumindest ist es das, wozu er Meldron überredet hat."

„So kam es, daß für eine kurze Zeit das Lied schwieg", fuhr ich fort. „Da das Lied seine Flucht nicht mehr verhinderte, konnte sich der Cythrawl losreißen, das Geschöpf der Tiefe. Der Oberste Barde Ollathir bezahlte mit seinem Leben dafür, die Höllenbrut zu bannen – doch erst, als der Cythrawl bereits Nudd, den Fürsten von Uffern, und seine Dämonenhorde heraufbeschworen hatte, damit er Tod und Vernichtung über das Volk von Prydain brächte, weil sie es gewagt hatten, das Lied zu schützen. Viele bittere Prüfungen mußten wir erdulden; doch am Ende wurde der uralte Feind vor den Toren von Findargad besiegt."

Cynan konnte nicht länger an sich halten. „Llew vollbrachte die Heldentat auf der Mauer", rief er und erzählte, wie wir die Singenden Steine gefunden hatten und wie Llew, inspiriert durch den Awen des Obersten Barden, die Steine benutzt hatte, um Albion zu retten. „Und Nudd und die widerwärtigen Coranyid wurden zurück nach Annwn getrieben."

„Nach der Schlacht sammelten wir die Bruchstücke der Singenden Steine ein", ergänzte Llew. „Und Meldron nahm sie an sich."

„Wir wußten damals nicht, was er vorhatte, sonst hätten wir es nicht zugelassen", sagte ich. „Doch Meldron hatte die Macht der Steine gesehen, und jetzt glaubt er, er könnte diese Macht benutzen, um sich selbst zum Höchsten König von ganz Albion zu machen."

„Nicht, solange ich lebe und atme", schwor Bran. „Ich werde ihn niemals als Hochkönig sehen."

„Und ich auch nicht", fiel Cynan ein. „Ich sage, wir dürfen nicht ruhen, bis wir dem Großen Hund die Singenden Steine entrissen haben."

Wir sprachen über diese und andere Dinge, und dann kehrten Bran und Cynan zu ihren Männern zurück. Als sie gegangen waren, sagte ich: „Du hast uns nicht verraten, wie du darüber denkst, die Festung des Großen Hundes anzugreifen: Cynan hat gesprochen und Bran, aber du hast keine Zustimmung geäußert. Bist du nicht einverstanden?"

„Doch", gab er zu, „der Zeitpunkt ist günstig. Meldron sitzt auf Ynys Sci fest – er wird alle Hände voll zu tun haben, seine Schiffe zu reparieren."

„Wir können die Steine wiederbeschaffen und nach Dinas Dwr zurückkehren, bevor er auch nur ein seetüchtiges Schiff hat", sagte ich. „Warum zögerst du?"

„Ich zögere nicht, Tegid", erwiderte er gereizt. „Ich glaube nur, daß all dieses Gerede über die Singenden Steine fehl am Platze ist."

„Inwiefern?"

„Wir haben genug Sorgen, ohne uns auch noch um die Singenden Steine zu kümmern. Außerdem nimmt Meldron sie doch vermutlich sowieso überallhin mit – das hast du selbst gesagt. Es ist reine Zeitverschwendung, und nichts wird dabei herauskommen."

„Warum fürchtest du dich dann davor, sie zu finden?"

„Habe ich gesagt, daß ich sie fürchte?" fuhr er mich an. „Also schön – geh und such sie, solange du willst, wenn es dich glücklich macht."

„Llew", sagte ich beschwichtigend, „es muß sein. Das alles wird nicht vorbei sein, bis wir die Steine des Liedes wiederbeschafft haben und –"

„Tegid, es wird nicht vorbei sein, bis Simon wieder dort ist, wo er herkam!"

Er machte kehrt und stürmte davon, und für den Rest des Tages ging er mir aus dem Weg. An diesem Abend, als die Lagerfeuer hoch und hell loderten, sang ich *Pwyll, Fürst von Prydain,* eine stattliche Geschichte. Scatha und ihre Tochter schliefen in einem der Schiffe, und wir schliefen unter den Lichtern des Himmels. Vor der Dämmerung erhoben wir uns, und als die Sonne ihre Reise über die blaue Himmelskuppel antrat, machten wir uns auf den Weg nach Süden, nach Prydain.

Maffar, die strahlendste der Jahreszeiten, segnete uns mit ruhiger See und stetigen Winden. Unsere Schiffe flogen wie die Möwen dahin und glitten über das klare grüne Wasser. Nachts gingen wir in Buchten entlang der Küste vor Anker, tagsüber segelten wir ohne Unterbrechung. Überall an der Küste fielen uns verlassene Behausungen und ungepflügte Felder auf, und gelegentlich erspähte einer von uns einen Wolf, der verstohlen über die Hügel huschte. Falken, Füchse, Wildvögel und andere Tiere wurden gesichtet, doch von menschlichen Bewohnern nahmen wir kein Anzeichen wahr.

Prydain war immer noch eine Wüste. Statt alles in seiner Macht Stehende zu tun, um das edle Land unseres Volkes wiederzubeleben, hatte Meldron nur die Verwüstung verschlimmert, die Nudd und die Coranyid angerichtet hatten. Denn durch ihn hatte sich die Verheerung auch dorthin ausgebreitet, wohin der verhaßte

Nudd nie gelangt war, und nun bluteten auch Llogres und Caledon unter seiner grausamen Raubgier.

Ich wunderte mich darüber. Ja, ich hatte oft und lange darüber nachgedacht. Warum hatte der Übeltäter Nudd nur Prydain angegriffen? Warum waren Caledon und Llogres unangetastet geblieben? War Prydain auf irgendeine Weise verwundbarer gewesen als die anderen beiden Reiche?

Vielleicht hatte der Grund mit dem Phantarchen und dem Lied zu tun. Oder vielleicht gab es eine andere Erklärung, die wir erst noch finden mußten.

Wie auch immer, das trostlose Land gab auch mir ein Gefühl der Trostlosigkeit. Ich spürte die Leere der kalten Feuerstellen und verlassenen Behausungen. Ich spürte das Gewicht der Trauer um alle Toten Prydains: unbeklagt, unbegraben und nur dem Dagda allein bekannt. Als unsere Reise sich ihrem Ende näherte, versank ich in einer Niedergeschlagenheit, wie ich sie noch nie erlebt hatte. Verzweiflung war die einzige Antwort auf die Verschwendung, die Grausamkeit, die Verluste, die Qualen und die Not.

Scatha sehnte sich in ihrer Trauer nach irgendeinem kleinen Trost von mir. Aber ich konnte ihr nichts sagen. Wie konnte ich ihr ihren Verlust erleichtern, wenn ganz Prydain mich um ein heilendes Wort anflehte und ich keines wußte? Vor all diesem schrecklichen Elend stand ich stumm. Nichts konnte ich sagen, das die Zerstörung gemindert oder den Verlust gelindert hätte.

*Klage und sei bekümmert, tiefe Trauer wird Albion dreifach zuteil,* hatte die Banfáith gesagt. Oh, Gwenllian, deine Worte waren immer lautere Wahrheit.

# 24

## Tal des Elends

„Laßt mich das machen“, sagte Cynan. „Ich tue es gern.“

Llew wollte erneut Einwände erheben, doch Bran ergriff das Wort. „Das Risiko ist groß, aber Cynan hat recht – es ist gerade die Sorte Plan, die Erfolg haben könnte.“

„Und wenn nicht?“ fragte Llew.

Bran zuckte die Achseln. Cynan sagte: „Dann könnt ihr das Caer angreifen. Doch wenn es gelingt, werden wir viele Menschenleben gerettet haben.“

Llew wandte sich an mich. „Was meinst du, Tegid?“

„Warum sollten wir durch Gewalt nehmen, was wir auch durch List bekommen können?“ Ich wandte mich an Cynan. „Aber geh nicht allein; nimm Rhoedd mit.“

„Also gut“, gab Llew nach, „wenn du nicht zu halten bist, dann geh. Wir werden hier auf dich warten. Aber wenn es Schwierigkeiten gibt, komm heraus. Du kennst das Signal.“

„Und ob“, versicherte Cynan. „Wir haben geredet, bis selbst die Pferde das Signal kannten. Es wird alles gutgehen, Bruder. Wenn die Steine dort sind, werde ich sie finden.“

Cynan und Rhoedd bewaffneten sich, und wir verabschiedeten sie. Llew und Bran sahen von einem Versteck aus zu, wie die beiden zum Caer Modornn hinaufgingen. Da mir das innere Gesicht verwehrt blieb, stützte ich mich auf meinen Stab und wartete. Es war warm und windstill. Ich roch den kräftigen, erdigen Duft von vermoderndem Laub und Holz und feuchter Erde. Wir hatten uns zwischen den hohen Sträuchern am Fluß unterhalb von Caer Modornn verborgen – nahe genug, um zu sehen, ohne gesehen zu werden. Wir waren nur zehn Mann; die anderen lagerten in einiger Entfernung außer Sichtweite.

„Sie sind am Tor", berichtete Bran wenig später. „Die Wachen haben sie angerufen. Auf der Palisade stehen Männer."

„Cynan redet mit ihnen", sagte Llew. „Das ist ein gutes Zeichen. Er kann einem Tisch die Beine abschwatzen."

„Die Tore öffnen sich", fügt Bran hinzu. „Ein paar Männer kommen heraus – es sind drei ... nein vier. Der eine dort – siehst du ihn?" fragte Bran Llew. „Der Dunkelhaarige, der jetzt mit Cynan spricht –"

„Ich sehe ihn", erwiderte Llew.

„Das ist Glessi. Er ist ein Rhewtani-Häuptling – das heißt, das war er einmal. Jetzt scheint er bei Meldron eine neue Heimat gefunden zu haben. Es überrascht mich nicht; er war schon immer aalglatt wie eine Schlange."

„Was passiert jetzt?" fragte ich.

„Sie reden immer noch", antwortete Llew. „Der Mann, der Glessi heißt, scheint sich die Sache zu überlegen. Er verschränkt die Arme vor der Brust ... er kratzt sich am Bart. Er ist dabei, eine Entscheidung zu treffen. Cynan redet – ich wünschte, ich könnte hören, was er sagt." Er hielt inne und fügte dann hinzu: „Aber was auch immer es ist, es scheint zu wirken. Sie gehen ins Caer. Da!"

Ich hörte das leichte Klatschen einer Hand auf einer Schulter oder einem Arm. „Er hat es geschafft!" sagte Llew. „Er ist drinnen."

„Jetzt heißt es warten", erwiderte Bran. „Ich übernehme die erste Wache."

Llew stand auf und führte mich zurück zum Flußufer zu den Raben. Wir ließen uns zwischen den Hagedorn- und Weidensträuchern nieder. Einige dösten vor sich hin, andere unterhielten sich leise. Ich versank wieder in der trüben Tagträumerei, die mich im Bann gehalten hatte, seit wir sechs Tage zuvor in Prydain an Land gegangen waren.

Eine düstere Reise entlang der Westküste nach Süden hatte uns zum Muir Glain gebracht, der breiten, silbrig dahinfließenden Flußmündung östlich des zerstörten Sycharth, an dem Meldryn

Mawr seine Werften unterhalten hatte. In der Zeit, seit ich den Ort zuletzt gesehen hatte, war dort, wo früher aus starker Eiche Schiffsrümpfe gebaut wurden, ein Dickicht aus Baumheide und Birken gewachsen. Wo früher sich die Holzspäne wie Schneeverwehungen gesammelt hatten, blühten jetzt dicht an dicht die Nesseln.

Wir liefen in die Mündung ein und segelten den Fluß hinauf, so weit wir konnten; als das Wasser zu seicht für die Schiffe wurde, ankerten wir. In einem bewaldeten Wiesengrund errichteten wir ein Lager, in dem wir den Hauptteil unserer Kriegsschar zurückließen. Mit vierzig Mann drangen wir am nächsten Morgen tiefer in das Modornntal vor; die anderen blieben zurück, um die Schiffe zu bewachen.

Scatha brachte es nicht über sich, mit uns zu gehen, sondern blieb zurück, um sich um Goewyn zu kümmern, deren Verletzungen Pflege erforderten. Sechs Tage lang folgten wir dem glänzenden Band des Flusses durch das weite Tal nach Norden. Als wir uns der Siedlung näherten, ließen wir dreißig unserer Männer in Rufweite zurück und bezogen Stellung unterhalb des Caers.

Meldron hatte beschlossen, seine Festung am Standort des alten hölzernen Caers zu errichten, das dem nördlichen Prydain diente. Caer Modornn war bisher nur in Kriegszeiten genutzt worden; eine Siedlung war es nie gewesen. Und obwohl ich Meldron einmal davon abgeraten hatte, es zu besetzen, konnte ich jetzt verstehen, warum er darauf beharrt hatte. Ein König, dem es darum gegangen wäre, Prydain wiederherzustellen, hätte von einer Festung im Süden, von der aus er Zugang zum Seehandel gehabt hätte, größeren Nutzen gehabt.

Doch Meldron hatte höhere Ziele. Der Große Hund der Verwüstung wollte die ganze Insel der Mächtigen an sich reißen. Und Caer Modornn lag ein einer günstigen Stelle für eine Kriegsschar, die Überfälle nach Llogres und Caledon machen wollte. Oh, hätte ich nur seine Absichten erkannt – hätte ich nur geahnt, wie tief sein Verrat ging und wie groß seine Gier war, so hätte ich ihn vernichtet, wie man einen tollwütigen Hund erlegt.

Wie viele Krieger schliefen nun seinetwegen unter dem Gras? Wie viele Frauen weinten nachts nach ihren Männern? Wie viele

Kinder schrien nach ihren Müttern? Hätte ich gewußt, was in seinem Herzen verborgen war, so hätte ich ihn voll Freude getötet. Doch ob voll Freude oder mit tiefem Bedauern, ich hätte ihn unbedingt töten müssen, bevor er das Land mit seiner Fäulnis besudelte.

Von unserem Versteck aus hatten wir das Caer beobachtet und beraten, wie wir am besten vorgehen sollten, um die Singenden Steine zu finden. Cynan hatte eine einfache, aber kühne Täuschung vorgeschlagen: Er wollte einfach zum Tor gehen und die Gastfreundschaft beanspruchen, die wandernden Kriegern gebührte.

„Sie kennen mich nicht", hatte er gesagt. „Ich werde allein mit Rhoedd hingehen. Zwei Krieger an ihrem Tor werden sie noch nicht argwöhnisch machen. Wir stellen keine Bedrohung für sie dar."

„Mir gefällt das nicht", hatte Llew entgegnet. Er hielt das Unternehmen für tollkühn und leichtsinnig.

„Aber das ist genau der Grund, warum es gelingen wird, Bruder. Sie werden unsere wahren Absichten nie erraten", hatte Cynan gesagt. Nach weiteren Debatten hatte er sich durchgesetzt. Und nun warteten wir.

Allmählich ging der Tag zu Ende. Ich spürte den kühlen Nachthauch auf meiner Haut und hörte die Nachtlieder in den Zweigen und im Unterholz um mich her erklingen, während die Dämmerung in den Abend überging. Dann hörte ich leise Schritte und setzte mich auf.

„Noch kein Zeichen", sagte Bran leise.

„Ich übernehme die nächste Wache", sagte Llew. Ich hörte das leichte Rascheln seiner Kleidung, als er aufstand und davonging.

Bran nahm Llews Platz neben mir ein, und die Nacht verdichtete sich um uns her. „Bald wird es dunkel sein", sagte Bran nach einer Weile. Mir kam in den Sinn, daß er mich ansah, und mir schien, ich könne die Bewegungen seiner Augen spüren, als sein Blick mein Gesicht berührte.

„Ja?" fragte ich. „Was möchtest du mich fragen?"

Er schmunzelte. „Du weißt, daß ich dich anstarrte", sagte er. „Aber woher weißt du es?"

„Manchmal stelle ich mir vor, was passiert, und dann kann ich mich irren“, sagte ich. „Aber manchmal sehe ich auch Dinge hier drinnen“ – ich tippte mir mit dem Finger auf die Stirn –, „und dann sehe ich mehr, als ich mir in meiner kühnsten Phantasie hätte vorstellen können.“

„Wie auf Ynys Sci?“

„Ja“, bestätigte ich, und ich erzählte ihm von unserer Begegnung mit Gofannon in dem heiligen Hain. „Seit damals“, sagte ich, „bekomme ich offenbar immer dann, wenn ich etwas sehen muß, das Geschenk des inneren Gesichts. Aber es kommt und geht, wie es will; ich kann es nicht beherrschen.“

Wir verbrachten den frühen Abend im Gespräch miteinander. Niall kam mit Brot und Trockenfleisch aus unseren Vorräten. Wir aßen und redeten weiter, und dann rief Bran Alun Tringad zu, die nächste Wache zu übernehmen. Ich schlief, aber nur leicht, und die Wachen wechselten sich die Nacht hindurch ab.

Ich erwachte von Emyrs drängendem Flüstern. „Das Tor ist offen“, sagte er. Ich erhob mich sofort. Bran war bereits auf den Beinen.

„Weck die anderen – und sag Llew, daß er zu uns stoßen soll“, befahl ihm Bran. Dann eilte er zu dem Beobachtungspunkt, und ich folgte ihm. Ich hörte das Knarren und Knacken kleiner Zweige, als Bran sie zur Seite schob, um besser sehen zu können.

„Was siehst du?“

„Das Tor ist –“ fing er an; dann sagte er: „Da bewegt sich jemand. Sie kommen in unsere Richtung.“

„Ist es Cynan?“

„Das kann ich nicht erkennen – es ist zu dunkel, und die Entfernung ist zu groß. Aber er muß es sein. Er kommt in unsere Richtung.“ Er machte eine Pause und sagte dann: „Nein, es ist Rhoedd, glaube ich.“

Wir warteten, und wenige Augenblicke später hörte ich rasche Schritte. „Hier! Hierher!“ flüsterte Bran scharf. „Wo ist Cynan?“

Rhoedds Stimme antwortete. „Fürst Cynan wird bald nachkommen. Er hat mich vorausgeschickt, um das Tor zu öffnen und euch zu wecken. Wir müssen vielleicht schnell verschwinden, wenn er kommt.“

„Warum?“ fragte Llew, der gerade neben mich trat. „Was macht er?“

„Wir haben den Ort gefunden, wo die Singenden Steine aufbewahrt werden. Es gibt keine Wachen, aber eine Tür, die mit einer Kette verriegelt ist. Er will die Tür aufbrechen und die Steine holen.“

„Er ist wahnsinnig! Er wird es niemals schaffen, die Steine allein zu tragen“, sagte Llew. „Jemand muß hinauf und ihm helfen.“

In diesem Moment ertönte ein Ruf aus der Richtung des Caers. Ein Hund begann wild zu bellen, und kurz darauf erschollen weitere Stimmen. Und dann erschütterte das Brüllen einer Carynx die Nacht.

„Na ja“, brummte Llew, „jetzt dürften ja alle wach sein!“ Ich hörte das Flüstern seines Schwertes, als er es aus der Scheide zog. „Jetzt hängen wir drin. Haltet euch bereit!“

„Seht!“ sagte Bran. „Da kommt jemand. Es ist Cynan. Er ist frei!“

Doch im nächsten Moment hörte ich Schritte, die hektisch trommelnd den Hang hinab auf uns zukamen. „Lauft!“ rief Cynan, als er näherkam. „Sie sind hinter mir her!“

Mehr sagte er nicht, und das war auch nicht nötig. Denn noch während er sprach, erhob sich ein gewaltiger Lärm aus der Richtung des Caers: bellende Hunde, rufende Männer, klirrende Waffen.

„Hier entlang!“ rief Bran.

Eine Hand ergriff meinen Arm. „Komm mit!“ sagte Llew.

Wir rannten zum Fluß und stürzten uns kopfüber hinein. Irgendwie schwammen wir hinüber und sammelten uns am anderen Ufer. „Sie werden zuerst das Dickicht durchsuchen“, sagte Bran. „Wenn wir auf dieser Seite bleiben, können wir sie vielleicht abhängen.“

„Laßt uns nach Norden gehen“, sagte ich.

„Aber unsere Leute sind im Süden“, entgegnete Rhoedd.

„Falls wir keine Schlacht heraufbeschwören wollen, tun wir besser daran, sie von unseren Leuten fortzuführen“, erklärte ich. „Wir können auf einem anderen Weg zurückkehren.“

„Zuerst müssen wir entkommen", sagte Alun. „Laßt uns gehen, solange wir können!"

„Wo sind die Steine?" fragte Llew.

„Sie waren nicht dort", sagte Cynan keuchend. „Meldron muß sie mitgenommen haben."

„Bist du sicher?"

„Warum, glaubst du, habe ich die Kiste zerschlagen?"

„Du hast die Kiste zerschlagen?"

„Natürlich", erwiderte Cynan. „Ich mußte sichergehen."

„Kommt!" drängte Bran. „Reden können wir später!"

Während die Verfolger hinter uns am anderen Ufer das Dikkicht durchsuchten, verschwanden wir im buschigen Unterholz und machten uns in nördlicher Richtung davon. Zuerst schien es, als ob wir ihnen leicht entkommen könnten, doch dann kamen einige der Verfolger über den Fluß, wo die Hunde unsere Fährte aufnahmen und ein lautes Geheul erhoben.

Dann hieß es rennen. Über Felsen und unter niedrigen Bäumen hindurch rasten wir, und die Zweige peitschten uns ins Gesicht oder verfingen sich an unseren Ärmeln und Umhängen. Bran lief voraus und gab ein mörderisches Tempo vor, während der Lärm der Verfolger uns von hinten antrieb. Strauchelnd und stolpernd über jede Wurzel und jeden Stein, kämpfte ich mich vorwärts. Llew und Garanaw rannten neben mir her, zerrten mich hoch, wenn ich fiel, hielten mich auf den Beinen – ja, sie trugen mich beinahe.

Allmählich wurden die Geräusche hinter uns leiser und der Abstand zu unseren Verfolgern größer. Als wir eine seichte Stelle erreichten, führte Bran uns zurück über den Modornn, und wir setzten unsere Flucht auf der anderen Seite fort. Zur Sicherheit überquerten wir den Fluß noch zweimal, und als der Morgen dämmerte, befanden wir uns weit nördlich der Festung. Wir blieben stehen und lauschten, doch wir hörten nichts.

„Ich glaube, sie sind umgekehrt", sagte Cynan. „Wir können uns ausruhen."

Doch davon wollte Bran nichts hören. „Noch nicht", sagte er und führte uns zu einem hohen, heidebewachsenen Hügel, der sich in einiger Entfernung im Osten erhob; von dort aus konnten wir das Tal überblicken, während wir uns ausruhten. Wir setzten uns ins Heidekraut oder legten uns auf die Felsen und warteten, bis unsere Kräfte wiederkehrten.

„Also“, sagte Llew nach einer Weile, „müssen wir es dir aus der Nase ziehen? Was ist da hinten vor sich gegangen?“

Cynan richtete sich auf. „Ich wünschte, ihr hättet mich sehen können“, sagte er. „Ich war brillant.“ Er rief nach Rhoedd. „War ich nicht brillant?“

„Das warst du, Herr“, erwiderte Rhoedd. „Wahrhaftig.“

„Erzähle uns von deiner Heldentat“, lockte ihn Alun Tringad, „damit wir deine Brillanz recht zu würdigen wissen.“

„Und damit wir dann“, warf Drustwn ein, „deine Leistung angemessen loben können.“

„Nicht, daß du dazu unserer Hilfe bedürftest“, fügte Emyr hinzu. „Das scheinst du sehr gut alleine zu können.“

Cynan straffte sich. „Hört euch das an“, sagte er, „und staunt.“

„Erzähle endlich!“ rief Llew.

„Rhoedd und ich gingen zusammen hinauf zum Caer“, begann er. „Wir gehen gemächlich, wie zwei wandernde Krieger, wer wird da schon Verdacht schöpfen, was?“

„Ja, ja“, sagte Alun, „das wissen wir alles. Wir haben euch gesehen. Erzähle uns, was passierte, als ihr hineinkamt.“

„Rhoedd und ich gingen zusammen hinauf zum Caer“, wiederholte Cynan unbeirrt. „Und ich überlege mir ständig: Was sage ich den Torhütern, daß sie uns hineinlassen? Wir wandern so dahin, und ich denke nach –“

„Das wissen wir!“ beschwerte sich Alun. „Sie öffneten das Tor und ließen euch hinein. Was passierte dann?“

Cynan ignorierte ihn. „Wir wandern so dahin, und ich denke nach. Ich sage zu Rhoedd: ‚Weißt du, Rhoedd, diese Männer sind an Lügen gewöhnt. Vermutlich werden sie von Meldron und seiner Brut vom ersten bis zum letzten Sonnenstrahl belogen.‘

‚Eine höchst scharfsinnige Beobachtung, Fürst Cynan‘, sagte Rhoedd zu mir. ‚Höchst scharfsinnig.‘

Die Raben stöhnten, doch Cynan ignorierte sie und fuhr fort. ‚Deshalb‘, sage ich zu Rhoedd, ‚werde ich ihnen die Wahrheit sagen. Ich werde ihnen genau berichten, was mit Meldron passiert ist, und sie werden so erstaunt sein, daß sie uns einladen werden, hereinzukommen und an ihrem Tisch zu sitzen, nur um die Geschichte hören zu können.' Genau das also tat ich.

Also, wir gehen auf das Tor zu, nicht wahr, und jetzt sind wir schon sehr nahe dran, und sie sehen uns. ‚Halt!' rufen sie von den Palisaden herunter. ‚Wer seid ihr? Was habt ihr hier zu suchen?' Und ich sage es ihnen: ‚Ich bin Cynan ap Cynfarch, und ich komme gerade von Ynys Sci. Ich bringe Nachricht von unserem Herrn Meldron.'"

„Was sagte der Torhüter darauf?" fragte Garanaw. Allmählich erwärmten sich die Raben für die Erzählung.

„Was der Torhüter darauf sagt?" schmunzelte Cynan. „Er sagt: ‚*Unser* Herr Meldron?' Und ich sage: ‚Mann, willst du damit sagen, daß es noch einen Herrn Meldron in diesem Weltenreich gibt? Ich kenne nur den einen.' Habe ich es nicht genau so gesagt, Rhoedd?"

„Genau so", bestätigte Rhoedd. „Wort für Wort."

„Nun, das gibt unserem Mann einen Augenblick lang zu denken, und dann ruft er nach seinen Männern – vermutlich, damit sie ihm beim Denken helfen. Und wir stehen da, kühn wie der hellichte Tag, und zucken mit keiner Wimper. Dann öffnet sich das Tor, und vier von denen kommen zu uns heraus. Einer davon hat einen großen, breiten Schnurrbart –"

„Er heißt Glessi", warf Bran ein.

„Stimmt", bestätigte Cynan. „Unser Glessi runzelt die Stirn, schlägt sich auf die Brust und sagt: ‚Was habt ihr von Meldron zu berichten?' und ‚Wer seid ihr überhaupt?' Nicht gerade durch Umgangsformen eingeengt ist unser Mann. Also sage ich ihm, daß ich Nachricht von seinem Herrn bringe, so daß ihm keine Wahl bleibt, als mich anständig willkommen zu heißen. ‚Was willst du?' sagt er.

‚Was ich will?' sage ich. ‚Ich will einen kühlen Trunk und ein warmes Essen und einen Platz an der Feuerstelle für meine Bettstatt – das will ich.' Er runzelt die Stirn noch mehr – unser Glessi ist ein mächtiger Runzler –, und er sagt: ‚Nun, wenn du von Meldron kommst, dann ist es wohl am besten, wenn du hereinkommst.' Und was machen wir dann, Rhoedd?"

„Wir marschieren stolz wie die Schwäne hinein“, antwortete Rhoedd heiter.

„Und was passierte dann?“

„Nun, sie bringen rasch die Becher herbei, und wir trinken und reden eine Weile. ‚Wie ist es auf Sci?‘ fragen sie, und ich sage ihnen: ‚Das Wetter ist schön und die Luft mild.‘ Sie zu mir: ‚Schön, das zu hören. Aber was ist mit Meldron?‘ Ich zu ihnen: ‚Freunde‘, sage ich, ‚freut euch, daß ihr heute nacht hier seid und nicht da, wo euer Herr ist.‘

‚Wie das?‘ fragen sie.

‚Ich sage euch die Wahrheit‘, sage ich, ‚es steht nicht gut mit Meldron auf Sci. Er ist angegriffen worden. Sechs seiner Schiffe wurden zerstört und zwei gestohlen. Er wird lange brauchen, um auch nur eines davon zu reparieren, um die Insel verlassen zu können.‘“

„Was sagten sie dazu?“ fragte Niall.

„Was sie dazu sagten? Sie sagen: ‚Schrecklich! Höchst unangenehm!‘ Und was sage ich? Ich sage zu ihnen: ‚Aye, schrecklich ist es. Wir sind mit knapper Not entkommen und kamen her, so schnell wir konnten.‘“ Cynan lachte, und die Raben lachten mit ihm. „Sie haben uns gedankt, daß wir es ihnen erzählt haben, nicht wahr, Rhoedd?“

„Das haben sie, Fürst Cynan, das haben sie.“

„Dann essen wir und trinken noch etwas – ich achte darauf, daß die Becher in Bewegung bleiben, wißt ihr –, und die ganze Zeit über beobachte ich, was sie tun und wohin sie gehen. Ich sage ihnen, daß ich pinkeln muß, und Rhoedd und ich gehen nach draußen. Wir laufen ein bißchen herum, aber inzwischen ist es dunkel, und ich sehe nicht sehr viel. Doch ein Lagerhaus in der Nähe der Halle sehe ich, und seine Tür ist mit einer Kette verriegelt. Als ich wieder hineingehe, nehme ich Glessi zur Seite und sage: ‚Meldron muß ja riesige Schätze besitzen, um so ein großes Lagerhaus damit zu füllen.‘“

„Das hast du gesagt?“ fragte Bran.

„Das habe ich gesagt“, verkündete Cynan. „Und unser Glessi ist nach ein paar Bechern etwas unvorsichtig; er läßt sich zum Prahlen hinreißen. ‚Schätze!‘ ruft er. ‚Das ist nichts Geringeres als die Singenden Steine von Albion. Höchst selten und mächtig und unvorstellbar wertvoll. Ihre größte Eigenschaft ist, daß sie Unbesiegbarkeit in der Schlacht verleihen.' Das erzählt er mir und noch mehr dazu. Nun, ich brauche nur zu warten, bis sie eingeschlafen sind; dann entfernen Rhoedd und ich uns von der Feuerstelle, schleichen hinaus zum Lagerhaus und dringen ein. Und da steht die Truhe: Aus Holz ist sie, und mit Eisenbändern und Ketten beschlagen."

„Was hast du dann gemacht?" fragte Drustwn.

„Sag du es ihm, Rhoedd."

„Fürst Cynan sandte mich, das Tor zu öffnen. Er sagte zu mir: ‚Rhoedd, ich fürchte, ich muß eine Menge Lärm machen. Wir müssen fluchtbereit sein.' Also ging ich zum Tor und öffnete es, und dann kam ich zu euch, um euch zu warnen."

„Ich beobachte ihn von der Tür aus", fuhr Cynan fort. „Und als er das Tor offen hat, hebe ich die Truhe hoch. Sie ist schwer, ja – aber ich habe das Gefühl, daß sie nicht so schwer ist, wie sie sein sollte. Ich nehme sie auf die Arme, trage sie nach draußen, hebe sie hoch empor und schleudere sie gegen den Wassertrog auf dem Hof. Oh! Was für ein Getöse!"

„Und dann?" fragte Llew. „Was hast du gesehen?"

„Ich sehe, daß die Truhe nicht zerbrochen ist. Ich muß sie noch einmal werfen. Also hinauf damit und wieder hinunter, und – krach! – die Truhe zerspringt in tausend Stücke. Und ich krieche auf Händen und Knien herum und durchsuche die Splitter. Und was finde ich?"

„Nun sag schon – was findest du?" fragte Alun ungeduldig. „Mach schon, Mann."

Doch Cynan ließ sich nicht hetzen. „Ich suche nach den Singenden Steinen. Ich suche, aber ich sehe sie nicht. Was sehe ich?"

„Cynan!" rief Llew. „Spuck's aus!"

„Ich sehe Sand", verkündete Cynan. „Nichts als Lehm und Sand vom Flußufer – das ist es, was ich sehe! Die Steine waren nicht in der Truhe. Hier! Seht selbst!" Ich hörte eine Bewegung und das Rieseln von Sand auf Steinen.

„Das war in der Truhe?" fragte Llew.

„Sonst nichts", versicherte ihm Cynan.

Llew nahm meine Hand und zog sie mit der Handfläche nach oben zu sich. Er füllte sie mit einer trockenen, körnigen Substanz. Ich hob sie an mein Gesicht und schnüffelte daran. Es roch nach Holz und Erde. Ich schüttelte das Zeug aus der Hand und berührte mit einer Fingerspitze meinen Mund: Schlamm.

„Das ist meine Geschichte", schloß Cynan. „Ich wünschte, sie hätte ein besseres Ende, aber so ist es gewesen."

„Vielleicht sind sie woanders versteckt", überlegte Bran.

„Nein", erwiderte ich, „wir werden die Steine in Caer Modornn nicht finden. Laßt uns zu den Schiffen zurückgehen und heimkehren."

„Wir können nicht auf dem gleichen Weg zurück, auf dem wir gekommen sind", sagte Llew. „Wir werden das Caer im Westen umgehen müssen."

„Um so besser", sagte ich. „So können wir das Land auskundschaften und herausfinden, wie es Prydain unter Meldrons Herrschaft ergeht."

Wir wandten uns nach Westen, weg vom Fluß, und sobald wir außer Sichtweite des Caers waren, bogen wir wieder nach Süden ab und erreichten bald eine Siedlung – wenn es auch in Wahrheit nicht mehr war als eine Handvoll armseliger Hütten aus Lehm und Reisig an einem flachen, träge dahinplätschernden Bach. Doch in diesem engen Häuflein von stinkenden Baracken lebten mehr als siebzig Menschen – Clansleute der Mertani, deren König und Adel besiegt und getötet worden waren. Siebzig schlecht gekleidete und unterernährte arme Teufel. Unter dem Vorwand, sie mit Nahrung und ausreichend Kleidung versorgen zu wollen, hatte Meldron sie versklavt.

Ein abgemagerter Hund bellte, als wir die Liegenschaft erreichten, und alarmierte die Einwohner, die aus ihren Hütten hervorkrochen, als wir näher kamen. Beim Kläffen des Hundes flackerte mein inneres Gesicht auf, und ich sah den Ort, den wir erreicht hatten. Halbnackte Kinder mit bloßen Füßen und großen Augen versteckten sich hinter ihren Eltern, die mit hängenden Schultern dastanden. In allen Augen sah ich den trostlosen, hohlen Blick von Leuten, denen das Leben zu einer Last geworden ist, die sie nicht länger ertragen können.

Cynan sprach das Oberhaupt der Siedlung an, einen Mann namens Ognw, der uns berichtete, sie müßten auf den Feldern arbeiten, aber die Früchte ihrer Arbeit blieben ihnen vorenthalten. „Meldron nimmt alles", klagte er, während seine Leute hinter ihm finster murmelten. „Er läßt uns die Spreu. Mehr nicht."

„Aber ihr könnt doch in den Wäldern jagen", warf Bran ein. „Ihr müßtet doch nicht hungern".

„*Och aye,* jagen dürfen wir", erwiderte Ognw bitter, „aber wir haben weder Speere noch Dolche."

„Warum nicht?" fragte Cynan.

„Waffen sind uns verboten", murmelte der Häuptling. „Habt ihr schon einmal versucht, einen Hirsch mit bloßen Händen zu erlegen? Oder ein Wildschwein?"

„Wir bekommen kein Fleisch", warf einer der Umstehenden ein. „Wir bekommen nur angefaultes Getreide und saure Milch."

Ein einäugiger Mann schilderte, wie der König Krieger entsandte, um die Ernte mitzunehmen, noch während sie eingebracht wurde. „Sie sagen immer, wir würden soviel Getreide bekommen, wie wir brauchen, wir brauchten nur darum zu bitten", sagte der Mann höhnisch. „Und wir bitten darum – und wie wir bitten. Aber wir bekommen nur Speichel." Er spie auf den Boden.

„Zwei unserer Clansleute sind zum König gegangen und haben um Fleisch gebeten", fügte Ognw hinzu. „Drei Tage später wurden uns ihre Leichen gebracht, damit wir sie begraben. Sie sagten uns, unsere Clansleute seien von einem wilden Tier angegriffen worden."

„Aber da war kein wildes Tier im Spiel", sagte der Einäugige. „Nur Meldron."

„Meldron nimmt alles für sich selbst", erzählte eine Frau. „Er nimmt alles und gibt nichts zurück."

Wir verließen die Mertani und setzten unseren Streifzug durchs Land fort. Je näher wir Caer Modornn kamen, desto dichter beieinander lagen die Siedlungen. In jeder Liegenschaft erlebten wir dieselbe erbärmliche Armut und hörten ähnliche Elendsgeschichten: die Anforderungen des Königs, die Wünsche des Königs, die Lügen des Königs waren der Nährboden ihres Leidens. Meldron hatte das weite, fruchtbare Modornntal in ein Tal des

Elends verwandelt. Die Menschen ächzten unter dem Gewicht ihrer Not.

Während wir uns ihr verzweifeltes Flehen anhörten, wurde mir immer klarer, wie es Meldron gelungen war, so gut mit den Königen von Llogres fertig zu werden. Wer schwächer war als er, den griff er an; die stärkeren Könige zog er mit Schmeicheleien, reichen Geschenken und großzügigen Bündnissen und Handelsabkommen auf seine Seite. All das zum Schaden des Volkes.

Selbst die Llwyddi, Meldrons Clansleute – und die meinen! –, entkamen nicht den Quälereien ihres grausamen Herrschers. Ihnen erging es nicht besser als dem Vieh, das sie auf den bewaldeten Hügeln hüteten. Mit meinem inneren Auge sah ich meine eigenen Blutsverwandten, und ich erkannte sie nicht wieder!

„Sagt uns, was wir verbrochen haben", forderte einer der Männer, ein Clansmann, der Meldryn Mawr treu gedient und den Schrecken Nudds und die Entbehrungen von Findargad erduldet hatte. „Sagt uns, was wir getan haben, um das hier zu verdienen. Unser Vieh wird besser behandelt als wir – und wenn einer es wagt, es anzurühren, dann muß er sich vor Meldron verantworten."

Eine Frau mit eingesunkenen Wangen und einem nackten, kränklichen Säugling an ihrer Brust streckte uns ihre Hand entgegen. „Bitte, Herr, hilf uns. Wir sterben hier."

Cynan wandte sich an Llew. „Nun, gibst du den Befehl, Bruder, oder soll ich es tun?"

„Ich werde es tun", erwiderte Llew, „mit Freuden."

Llew wandte sich an die Raben. „Drustwn, Emyr, Alun", rief er, „bringt das Vieh her. Wir werden es schlachten. Garanaw und Niall, holt Holz und bereitet ein Feuer vor." Dann sagte er zu den Leuten: „Heute werdet ihr ein Festmahl halten, bis ihr keinen Bissen mehr essen könnt."

Doch die Leute waren entsetzt. „Nein!" schrien sei. „Wenn Meldron das herausfindet, wird er uns töten!"

„Meldron wird es nicht herausfinden", versicherte ihnen Cynan. „Er ist weg und kommt so schnell nicht wieder. Und wenn er kommt, könnt ihr ihm sagen, Llew und Cynan hätten das Vieh getötet, um ihm zu schaden."

Das Vieh wurde von den Hügeln herbeigetrieben und das Feuer entfacht. Drei Kühe wurden geschlachtet, und den Rest der Herde trieben wir zu den umgebenden Siedlungen. An jedem Ort wurden Tiere geschlachtet, damit die Leute davon essen konnten. Obwohl sie über das Fleisch froh waren, fürchteten sie immer noch Meldrons Zorn, und das überzog ihr Festmahl mit einem düsteren Schatten.

„Wir sollten hier nicht länger bleiben", warnte Bran. „Wir haben für sie getan, was wir können."

„Ich würde gerne noch mehr tun", sagte Llew. Er wandte sich an mich. „Glaubst du, wir könnten sie mit uns nehmen?"

„Wenn sie mitkommen wollen. Aber ich glaube nicht, daß sie ihre Hütten verlassen werden."

Cynan widersprach: „Ihre Hütten nicht verlassen? Wenn du ein Sklave Meldrons wärst, würdest du auch nur einen Moment länger bleiben, wenn jemand dir die Freiheit anböte?"

„Nun, biete sie ihnen an", erwiderte ich.

Das taten Cynan und Llew; sie unterbreiteten ihr Angebot der Freiheit jedem, der es hören wollte. Doch niemand wollte mit uns gehen; alle zogen es vor, in ihren Hütten zu bleiben, so elend sie auch waren – und sie waren in der Tat widerwärtig. Und obwohl wir lange auf sie einredeten, konnten wir sie nicht überzeugen, daß wir uns nicht gegen sie wenden würden, wie Meldron es getan hätte. Wir konnten ihnen nicht begreiflich machen, daß es das Leben war, was wir ihnen anboten, nicht jener Tod bei lebendigem Leibe, den sie kannten.

Ihre Weigerung, die Sklaverei zu verlassen, machte mich trauriger als alles andere, was ich gesehen hatte. Meine Seele schrie auf, verwundet wie von der Klinge eines Feindes. Ich hätte weinen können um ihre Dummheit. Doch Meldron hatte sie so sehr eingeschüchtert und verwirrt, daß sie nicht mehr denken und fühlen konnten wie Menschen. Sie verstanden nicht, daß wir ihnen eine Rückkehr zu Freiheit und Würde boten. Wie hätten sie es auch verstehen können? Diese Worte hatten ihre Bedeutung verloren.

In der nächsten kleinen Liegenschaft wiederholten wir unser Freiheitsangebot. Wieder wurden wir abgewiesen. Ohne auch nur ein Wort zu sagen, führte uns der Häuptling auf die Kuppe des Hügels hinter der Siedlung, wo ein kleines Cairn stand. Wir wunderten uns über sein Verhalten, doch als wir näher kamen, flatterte eine Schar Krähen von dem Cairn auf, und wir sahen, daß es nicht aus aufgeschichteten Steinen bestand, sondern aus Schädeln. An vielen hing noch das vertrocknete Fleisch und Strähnen verfilzter Haare. Doch die Vögel waren nicht untätig gewesen, und überall schimmerten Knochen hart und weiß in der Sonne.

Der Anblick blieb mir erspart, doch ich mußte es auch nicht sehen, um das Greuel dieser Tat zu empfinden. Llew schilderte es mir sehr anschaulich, und dann wandte er sich an den Häuptling. „Was ist hier geschehen?“ fragte er behutsam.

„Meldron fand, die Ernte sei zu klein. Er warf uns vor, etwas davon zurückzubehalten“, erklärte der Mann. „Als er das Getreide nicht finden konnte, von dem er behauptete, daß wir es verborgen hätten, fing er an, die Leute zu ermorden. Das hier hat er uns hinterlassen, damit wir es nicht vergessen.“

„Mann“, sagte Cynan, „wollt ihr denn nicht jetzt mit uns kommen?“

„Und Meldron einen weiteren Vorwand zum Töten liefern?“ erwiderte der Mann. „Wenn er uns einholte, würde keiner mehr am Leben bleiben.“

„Bei uns seid ihr in Sicherheit“, entgegnete Bran.

Der Mann verzog höhnisch das Gesicht. „Niemand ist in Sicherheit, solange Meldron lebt.“

„Das macht mich krank“, erklärte Cynan. „Laßt uns gehen.“

Llew stimmte widerstrebend zu. „Wir können nichts mehr für sie tun, und wenn wir noch länger bleiben, bringen wir nur uns selbst noch mehr in Gefahr.“

Wir ließen die Llwyddi-Siedlung hinter uns und schlugen in den Wäldern nicht weit von Caer Modornn unser Lager auf. Sobald es Tag war, umgingen wir die Festung und schlugen die Richtung der Flußmündung ein, wo unsere Schiffe warteten. Unterwegs stießen wir wieder zu unserer Kriegsschar und machten uns gemeinsam auf den Weg zu den Schiffen. Obwohl jeden Tag die Sonne auf uns schien, konnte sie uns nicht wärmen oder unseren Geist erhellen; Prydain war öde und trostlos geworden wie ein Sumpf. Das Wissen um Meldrons Bosheit ließ uns die Seelen sauer werden, so daß selbst im hellen Tageslicht der Pfad vor uns finster und bedrohlich wirkte.

Sobald wir an Bord waren, setzten wir Segel und verließen Prydain mit einsetzender Ebbe. Leider hatten wir nur wenig von dem erreicht, was wir uns vorgenommen hatten. Gwenllian, Govan, Boru und alle Jungen aus Scathas Schule waren tot. Die Singenden Steine waren immer noch außerhalb unserer Reichweite. Doch immerhin hatten wir Scatha und Goewyn gerettet. Und wir hatten Meldron einen Schlag versetzt, den er so schnell nicht vergessen würde.

Das hätte Grund genug zur Freude sein können. Doch nicht Jubel, sondern Trauer begleitete unsere Rückkehr nach Caledon. Unsere Herzen waren schwer beladen mit dem Elend, das wir in Meldrons Reich gesehen hatten. Jeder Mann unter uns beklagte die Not jenes gequälten Landes, und jeder Mann, ein jeder auf seine Art, schwor, sie zu rächen.

## 25

# Dinas Dwr

In Caledon, im fernen, unzugänglichen Norden, wuchs das verborgene Reich. Wie eine sprossende Eichel, die ihre Wurzel tief eingrub, wie eine schlanke Gerte ihren Stamm emporsandte, bis sich Zweige formten und neue Blätter sich in glänzenden Büscheln ausbreiteten ... eine Bergeiche. Das war Dinas Dwr, eine Eiche der Berge, jung und grün, aber stärker werdend. Im fernen, unzugänglichen Caledon, in Dinas Dwr, wurden wir zu einem Volk.

Es geschah unter unsäglichen Mühen: Land wurde für Felder gerodet; Viehherden gezüchtet; Behausungen errichtet, um unsere wachsende Bevölkerung unterzubringen; Erz wurde aus den Bergen gegraben, um Kupfer und Eisen für die Schmieden zu gewinnen; Kinder wurden gelehrt und Krieger ausgebildet; Handwerker wurden gefunden, die unser Leben mit Schönheit schmückten; Häuptlinge wurden ernannt, um Führungsaufgaben zu übernehmen.

Wir machten das Land urbar, fügten Joch um Joch hinzu; wir pflanzten Roggen und Gerste und füllten unsere Lagerhäuser – dann bauten wir weitere Lagerhäuser und füllten auch diese. Unser Vieh wurde fett, sein Fell seidig von dem reichlichen Gras der Wiesengründe; die Herden wuchsen. In den Bergen brachen wir die Felsen auf, um an ihr Erz zu gelangen; wir schmolzen Kupfer und Eisen und sogar Gold für die Handwerker und Schmiede. Unsere Bauleute vergrößerten ständig die Crannogs auf dem See, und die Stadt auf dem Wasser wuchs. Häuptlinge sprossen aus diesem neuen Volk hervor, Anführer, die Loyalität und Gerechtigkeit auf ihre Fahnen geschrieben hatten; wir verliehen ihnen Autorität und wurden dafür mit Treue belohnt.

Ständig grollte jenseits des Schutzes, den uns der hohe Bergkamm bot, der Donner der kriegerischen Auseinandersetzungen. Und vom Druim Vran floß wie ein ärmlicher Bach ein nie endender Strom von Flüchtlingen herab. Jede Schlachtensaison brachte weitere Flüchtlinge, die eine sichere Zuflucht vor dem Blutsturm suchten, der im Land tobte. So hörten wir die Nachrichten aus der größeren Welt, und diese Nachrichten waren nicht gut.

Ich wußte, daß Meldron nach jedem Hinweis auf uns Ausschau halten mußte. Ja, manchmal loderte plötzlich mein inneres Gesicht auf, und ich sah wie durch Sturmwolken hindurch das wütende Gesicht des Großen Hundes selbst vor mir. Ich sah seine haßerfüllten Augen den Horizont absuchen, sah, wie sich sein Kiefer wölbte, als er die Zähne zusammenbiß, und wußte, daß irgendwo Blut fließen und Feuer wüten würde.

Eines Tages würden wir ihm in der Schlacht gegenüberstehen. Ob dieser Tag nahe oder noch weit entfernt war, konnte ich nicht sagen. Doch ich gewann allmählich den Eindruck, daß wir sicher sein würden, solange wir in unserem verborgenen Tal hinter dem hohen Bollwerk des Druim Vran blieben. Vielleicht gab es eine Macht, die uns hier schützte und vor Meldrons suchendem Blick verbarg. Vielleicht bedeckte uns die Schnelle Sichere Hand mit dem *Llengel,* Mathonwys Umhang der Verborgenheit. Wer konnte es wissen? Und obwohl ich durch jede Umdrehung des Jahresrades ständig Ausschau hielt, sah ich kein klares Zeichen.

Während all dieser Zeit diente ich unserem vielstämmigen Clan als Liedmeister. Ich sang auch sonst oft, aber an den heiligen Tagen tat ich es immer. Das machte mir keine Mühe, aber als die Jahreszeiten vergingen, erfaßte mich eine Unruhe. Denn mir schien, daß meine Stellung als Letzter meines Standes gefährlich war. Wenn mir irgendein Unfall zustieße, oder wenn wir angegriffen würden und ich in der Schlacht niedergemäht würde, dann würden Albions großartige, wunderbare Geschichten verloren sein, und das gewaltige Wissen unseres Weltenreiches würde verschwinden. Ich sah mich selbst immer mehr als eine Kerze in einer zugigen Ecke: Eine unvorhergesehene Bö, ein unberechenbarer Windhauch, und das Mark und die Seele unserer Rasse würde ausgeblasen und für immer verloren sein.

Ich dachte nicht gerne daran, wieviel durch die Vernichtung der Gelehrten Bruderschaft bereits verloren war. Ich war ein Barde – der Oberste Barde der Insel der Mächtigen. Wenn der Niedergang, den ich befürchtete, aufgehalten und wieder in einen Aufstieg umgekehrt werden konnte, dann war es meine Pflicht, es zu versuchen.

Im Gyd, als die Wärme der Süßen Jahreszeit das Land streichelte, beschloß ich, eine Bardenschule zu gründen. Lange brütete ich darüber nach, und dann ging ich mit meinem Plan zu Llew. Ich traf ihn eines Morgens an, als er dem begabten Garanaw zusah, wie er einer bereitwilligen Handvoll Jungen den Umgang mit dem Speer beibrachte.

„Er ist ein Phänomen", sagte Llew über Garanaw. „Wenn du ihn nur sehen könntest, Tegid. Weißt du, wie die Jungen ihn jetzt nennen?" fragte er. „Garanaw Braichir – Garanaw Langarm. Sein Geschick mit dem Speer erinnert mich an Boru."

Scatha hatte im Jahr zuvor wieder mit ihrer Kriegerschule begonnen. Sie und Bran hatten die geschicktesten und fähigsten der kleinen Jungen ausgewählt, in die Schule einzutreten, und sie und die Raben hatten begonnen, sie auszubilden.

„Wir werden Krieger brauchen", sagte Llew. Obwohl er die Worte nur geistesabwesend sprach, sah ich vor meinem inneren Auge das Bild eines rauchüberwölkten Schlachtfeldes. Inmitten der Dunkelheit und des Rauches schien eine Schlacht zu toben, die ich nicht sehen konnte. Ob dieses Bild ein gegenwärtiges oder ein zukünftiges Ereignis darstellte, konnte ich nicht wissen.

„Ja, wir werden immer Krieger brauchen", antwortete ich, während ich das Bild abschüttelte. „Aber wir werden auch Barden brauchen. Vielleicht noch dringender als Krieger."

„Das ist wahr." Obwohl ich ihn nicht sehen konnte, spürte ich, daß er sich umgewandt hatte, um mich anzusehen; ich fühlte seinen Blick. „Nun, Bruder Barde, sprich es aus. Worauf willst du hinaus, Tegid?"

„Scatha und Bran bilden junge Hände darin aus, unsere Schwerter zu schwingen", sagte ich ihm. „Ich muß anfangen, junge Zungen darin auszubilden, unsere Lieder zu singen. Wir brauchen Schlachtenführer, ja. Aber ebenso brauchen wir Meisterkämpfer des Liedes!"

„Beruhige dich, Bruder", sagte Llew beschwichtigend. „Eine Schule für Barden – ist es das, was du willst? Sag es nur."

„Ich sage es. Und ich habe vor, sofort zu beginnen. Ich habe schon zu lange gewartet."

„Das ist schön. Großartig."

Wir machten kehrt und gingen auf den See zu. Inzwischen standen mehr Hütten am Ufer; mehrere Handwerker – ein Steinmetz, ein Bronzeschmied und ein Zimmermann – hatten im Laufe der Zeit ihre Hütten zwischen unseren ersten Behausungen am Ufer errichtet.

„Dinas Dwr", sagte Llew und ließ sich die Worte auf der Zunge zergehen. „Es wird Wirklichkeit, Tegid. Krieger, Barden, Handwerker, Bauern –" sagte er, während wir zwischen den Behausungen hindurchgingen. „Es wird Wirklichkeit. Dinas Dwr ist ein eigenständiges Reich."

„Was ihm fehlt, ist nur ein König", warf ich ein. Llew antwortete nichts darauf.

Wir gingen ein Stück weiter, und ich hörte das Klatschen von Rudern, als ein Boot von den Crannogs sich dem Ufer näherte. Ich spürte, wie Llews Aufmerksamkeit sich verlagerte, als das Boot den Grund berührte. Ich hörte das Kratzen des hölzernen Rumpfes auf den kleinen Steinen, und mein inneres Gesicht flakkerte auf mit dem Bild der Insassin des Bootes: einer Frau in einem schlichten weiten Mantel in blaßgelb, der Farbe süßer Butter. Das Sonnenlicht glänzte auf ihrem Haar und färbte es mit der Farbe der Sonne. Um den Hals trug sie eine Kette aus winzigen goldenen Scheiben, von denen jede einen schönen blauen Stein trug.

„Sei gegrüßt, Goewyn", rief ich, noch bevor sie oder Llew ein Wort gesagt hatten. Ich sah auch ihr bereitwilliges Lächeln, als ihr wacher Blick rasch zu Llews Gesicht und dann wieder zurück zu mir flog.

„Hallo, Goewyn", sagte Llew, und ich bemerkte die Ausdruckslosigkeit in seiner Stimme.

„Ich glaube überhaupt nicht, daß du blind bist, Tegid Tathal", sagte sie heiter zu mir, als sie vor mich trat. „Ich glaube, du gaukelst uns deine Blindheit nur vor."

„Inwiefern?" fragte ich. „Warum sollte ich eine so unsinnige List anwenden?"

„Aber sie ist überhaupt nicht unsinnig", beharrte sie. „Wenn ein Mann, der für blind gehalten wird, in Wirklichkeit sehen kann, dann sieht er mehr als alle anderen – denn er sieht, wie ihn die Menschen in Wirklichkeit ansehen. Da sie ihn für blind halten, würden die Menschen ihr Verhalten nicht zu verbergen suchen. Er würde sie sehen, wie sie sind, und sie als das erkennen, was sie sind. Am Ende wäre der blinde Mann der Weiseste von allen."

„Schlau", gab ich zu. „Aber leider ist es bei mir nicht so. Dessen darfst du sicher sein."

„Aber ich bin nicht sicher", erwiderte sie freundlich. „Sei gegrüßt, Llew. Ich dachte, ich würde dich bei Garanaw auf dem Übungsfeld antreffen."

„Wir haben ihm zugesehen", sagte Llew. „Aber Garanaw braucht keine Hilfe – am wenigsten von einem einhändigen Krieger."

Seine Worte waren barsch und sein Ton abweisend. Goewyn verabschiedete sich von uns und ging ihres Weges. Ich wandte mich sofort an Llew. „Warum versuchst du sie von dir wegzustoßen?"

„Was? Sie wegzustoßen? Ich versuche sie nicht wegzustoßen."

„Sie liebt dich."

Llew lachte, aber es klang nicht heiter. „Du hast zu lange in der Sonne gestanden. Ich mag Goewyn; es ist eine Freude, sie zu sehen und mit ihr zusammenzusein."

„Warum bist du dann so abweisend zu ihr?"

„Aufdringlicher Barde, wovon redest du überhaupt?" Er sagte es freundschaftlich, aber eine plötzliche Gepreßtheit in seiner Stimme verriet ihn.

„Glaubst du, sie schert sich darum, daß einer deiner Arme ein Stück länger ist als der andere? Du bist es, den sie liebt, nicht deine rechte Hand."

„Du redest Unsinn."

„Oder liegt es daran, daß sie von Meldrons Wölfen mißbraucht wurde."

„Wer hat dir das gesagt?" fuhr er mich an.

„Sie selbst – im letzten Winter. Sie hat lange gebraucht, um sich von den Verletzungen zu erholen, die sie von Meldrons Hand erlitten hat. Du hast sie befreit; du hast ihren Zustand gesehen – sie hatte angenommen, du wüßtest Bescheid. Sie kam zu mir und fragte mich, ob das der Grund sei, warum du sie verschmähst."

„Hör auf, Tegid. Du machst dich lächerlich."

„Tue ich das?"

„Ja – das tust du."

Ich spürte die Hitze seines Zorns, als er kehrtmachte und wütend davonstapfte. Seine Verleugnung war ebenso deutlich wie heftig – und sie bewies, daß das, was ich gesagt hatte, die Wahrheit war. Und diese Wahrheit reichte bis tief in eine wunde Stelle in seinem Innern.

Ich setzte meinen langsamen Rundgang um den See fort. Ich wußte, daß ich auf den bewaldeten Hügeln zwischen den Kiefern einen Birkenhain finden würde, der mir als erster von vielen Lehrplätzen dienen würde. Während ich ging und den unebenen Boden vor mir mit meinem Stab abtastete, ordnete ich in meinem Geist die Rangstufen der Gelehrten Bruderschaft und begann mit dem untersten Rang: den Mabinogi.

Diejenigen, die ich auswählte, würden zunächst *Cawganog* und *Cupanog* werden, und ich würde damit anfangen, ihren Geist für die Heldentat des Gedächtnisses zu schulen, die die Kunst des Barden ist. Vielleicht würde ich einen finden, in dem der Awen bereits glühte wie eine Kohle – das wäre am besten. Jeder, der die geistigen Übungen meisterte, würde zu einem Filidh werden, dann zu einem Brehon, dann zu einem Gwyddon und schließlich zu einem Derwydd. Aus den Derwyddi würden die Penderwyddi ausgewählt werden, die Obersten Barden, je einen für jedes der drei alten Reiche von Albion. Und eines Tages würde aus den Obersten Barden von Prydain und Llogres und Caledon ein Phantarch erstehen – der Oberste der Obersten, der in seiner verborgenen Kammer das Lied von Albion singen würde, das dieses Weltenreich aufrechterhält.

Der Gedanke weckte in mir die Frage: Würde es je wieder einen Phantarchen geben? Würde das Lied von Albion je wieder in Domhain Dorcha gesungen werden? Würde das lebenspendende Lied je wieder als ein Licht in der tiefen Finsternis leuchten?

Ich blieb am Ufer des Sees stehen. Die Sonne wärmte mir Gesicht und Nacken; die Brise vom Wasser her fuhr mir durchs Haar; Vogelgesang erfüllte rein und klar meine Ohren. An diesem geschützten Ort waren wir in Sicherheit. Doch diese Sicherheit würde nicht lange Bestand haben, wenn die Worte der Prophezeiung der Banfáith sich als wahr erweisen sollten. Und bisher war ihre Prophezeiung untrüglich eingetroffen. So sei es!

Es war kühl unter den schlanken, weißen Birken. Ich stand bewegungslos da, und die jungen Äste bewegten sich leicht über meinem Kopf. Die neuen Blätter flatterten wie Federn, und vor meinem inneren Auge sah ich das gesprenkelte Licht über die schlanken Stämme und das dichte, grüne Gras des Wäldchens spielen. „Hier", dachte ich, „werden wir beginnen. Hier in diesem Hain werde ich das Bardentum von Albion neu begründen."

Vor mir erstreckte sich eine gewaltige Arbeit, ein Pfad, dessen Ziel in weiter Ferne lag. Morgen würde ich beginnen; ich würde die Jungen aussuchen, die mit mir diese Reise antreten sollten – die Reise durch die Oghamrunen der Bäume, Vögel und Tiere; durch die Geheimnisse von Holz und Wasser, von Erde und Luft und Sternen; durch alle Arten von Geschichten: die Anruth und Nuath und Eman, die Dindsenchas und Cetals, die Großen Reden; durch die *Bretha Nemed,* die Gesetze der Vorrechte und des Königtums; durch die Vier Künste der Dichtung, die Bardischen Gesetze und die *Taran Tafod,* die Geheime Sprache; durch alle heilige Riten unseres Volkes. Vielleicht würde ich einen finden, in dem das *Imbas Forosnai,* das Licht der Vorausschau, hell brannte – vielleicht einen neuen Ollathir.

Ich verharrte in dem Hain und vollzog einen Segensritus: Ich schnitt drei schlanke Zweige von drei Birken und flocht sie zu einem blättrigen Reif. Diesen Reif nahm ich und rollte ihn in einem Kreis im Sonnensinn um den Rand des Hains – dreimal um den Hain, und dann legte ich den Reif in die Mitte des Hains. Dann zog ich meinen Beutel hervor, in dem ich die Nawglan aufbewahrte, und schüttete etwas von den Heiligen Neun in die Mitte des Birkenreifes, und zwar in der dreistrahligen Form der *Gogyrven,* der drei Strahlen der Wahrheit. Während ich das tat, sprach ich die Segensworte:

*Auf dem steilen Pfad unserer gemeinsamen Berufung,*
*Sei er leicht oder schwer für unser Fleisch,*
*Sei er hell oder dunkel, daß wir ihm folgen,*
*Sei er steinig oder glatt unter unseren Füßen,*
*Gib uns, o Gütig-Weiser, deine vollkommene Leitung,*
*Damit wir nicht fallen oder in die Irre gehen.*

*Im Schutz dieses Hains*
*Sei unser Teil und unser Führer;*
*Aird Righ durch die Vollmacht der Zwölf:*
*Des Windes der Böen und Stürme,*
*Des Donners der dräuenden Wolken,*
*Der Strahlen der hellen Sonne,*
*Des Bären der sieben Schlachten,*
*Des Adlers auf dem hohen Felsen,*
*Des Keilers im Wald,*
*Des Lachses im Teich,*
*Des Sees im Tal,*
*Der Blüten auf dem heidebewachsenen Hügel,*
*Der Kunst des Handwerkers,*
*Der Worte des Dichters,*
*Des Feuers der Gedanken in den Weisen.*
*Wer erhält das Gorsedd, wenn nicht du?*
*Wer zählt die Zeitalter der Welt, wenn nicht du?*
*Wer befiehlt dem Rad des Himmels, wenn nicht du?*
*Wer erweckt das Leben im Schoß, wenn nicht du?*
*Darum, Gott aller Tugend und Macht,*
*Segne uns und beschirme uns mit deiner Schnellen*
*Sicheren Hand,*
*Führe uns in Frieden bis ans Ende unserer Reise.*

Mit diesen Worten erhob ich mich, verließ den Hain und kehrte zum See zurück. Als ich unter den Bäumen hervortrat und den Uferpfad entlangging, hörte ich ein leises Plätschern hinter mir. Ich dachte, ein Fisch oder ein Frosch wäre gesprungen, kümmerte mich nicht darum und ging weiter, den Weg vor mir mit dem Stab abtastend. Doch als ich mich der ersten Hütte am Ufer näherte, hörte ich das Geräusch wieder – ein feuchtes Klatschen am Rand des Wassers.

Ich blieb stehen. Langsam drehte ich mich um und rief: „Komm her!"

Niemand antwortete auf meinen Ruf, doch ich hörte, wie jemand atmete. „Komm her", sagte ich wieder. „Ich möchte mit dir reden."

Ich hörte das leise Geräusch eines nackten Fußes auf einem Stein. „Ich warte", sagte ich.

„Woher weißt du, daß ich hier bin?" kam die Antwort. Die Stimme war klar und selbstbewußt, freimütig, doch nicht ohne eine Prise Respekt; der Sprecher war ein kleiner Junge.

„Das werde ich dir sagen", erwiderte ich, „wenn du mir zuerst sagst, warum du mir nachläufst. Abgemacht?"

„Abgemacht", erwiderte mein junger Schatten.

„Also gut."

Der Junge holte tief Luft, hielt einen Moment inne und sagte dann: „Ich bin dir gefolgt, weil ich sehen wollte, ob du vielleicht singst." Bevor ich antworten konnte, fügte er hinzu: „Jetzt bist du dran."

„Ich wußte, daß du hinter mir bist, weil ich dich gehört habe", antwortete ich; dann wandte ich mich rasch ab und tastete mich weiter den steinigen Uferpfad entlang.

Dem Jungen reichte meine Antwort nicht aus. Er rannte mir nach, und als er neben mir war, protestierte er: „Aber ich war doch ganz leise!"

„Ja", stimmte ich zu, „du warst ganz leise. Aber meine Ohren sind sehr lang geworden."

„So lang sind sie gar nicht."

„Lang genug, um einen lärmenden Burschen wie dich hören zu können."

„Ich lärme nicht!“ erwiderte mein junger Begleiter. Und dann fragte er, ohne auch nur Luft zu holen: „Tut es dir an den Augen weh, daß du blind bist?“

„Früher ja – am Anfang. Jetzt nicht mehr“, sagte ich. „Aber ich bin nicht so blind, wie du vielleicht denkst.“

„Warum klopfst du dann die ganze Zeit mit deinem Stab herum?“ Es klang zwar unverschämt, aber er wollte mich nicht beleidigen.

„Warum stellst du so viele Fragen?“

„Wie soll ich denn etwas herausfinden, wenn ich keine Fragen stelle?“ fragte er zurück.

„Warum möchtest du mich singen hören?“

„Ich bin nicht der einzige, der viele Fragen stellt“, erwiderte der Junge murmelnd.

Ich lachte, und ihm schien es Spaß zu machen, daß er mich zum Lachen gebracht hatte. Er hüpfte ein paar Schritte voraus und wartete; ich hörte das Glucksen der Kieselsteine, die er in den See warf.

„Wie heißt du, Junge?“

„Ich heiße Gwion Bach“, antwortete er fröhlich, „wie der in dem Lied.“

„Von welchem Clan kommst du?“

„Von den Oirixeni aus Llogres. Aber es gibt nicht mehr so viele von uns wie früher“, sagte Gwion. Stolz lag in seiner Stimme, aber keine Trauer. Wahrscheinlich war er noch zu jung, um zu begreifen, was mit seinem Clan geschehen war oder was das zu bedeuten hatte.

„Sei gegrüßt, Gwion Bach. Ich bin Tegid Tathal.“

„Ich weiß – du bist der Oberste Barde“, sagte er. „Dich kennt doch jeder.“

„Warum wolltest du mich singen hören?“

„Ich habe noch nie einen Barden singen hören, bevor ich hierherkam“, erklärte er.

„Und dir gefällt, was du hörst?“

„Ich mag die Harfe.“

„Und die Lieder?“

„Meine Mutter singt besser.“

„Dann solltest du vielleicht lieber wieder zu deiner Mutter gehen."

„Sie ist nicht mehr bei uns", murmelte er. „Sie wurde getötet, als Angreifer unsere Festung niederbrannten."

Ich blieb stehen. „Es tut mir leid, Gwion Bach. Es war unklug von mir, so zu reden."

„Ich verstehe", erwiderte er. Als er diese schlichte Bestätigung aussprach, flackerte mein inneres Gesicht auf, und ich sah einen Jungen mit schwarzen Locken, zierlich, aber flink wie ein Gedanke, mit großen, dunklen Augen und einem Gesicht, in dem jeder flüchtige Gedanke abzulesen war. Ich schätzte ihn auf acht oder neun Sommer, nicht mehr. Doch er war intelligent und selbstsicher; sein Selbstvertrauen hätte selbst einem doppelt so alten Jungen gut angestanden.

„Sag mir, Gwion Bach", sagte ich, „würdest du gerne die Lieder lernen?"

Er antwortete nicht sofort, sondern ließ sich Zeit zum Überlegen. „Bekomme ich dann auch eine eigene Harfe?"

„Wenn du die Kunst, sie zu spielen, meisterst – ja, natürlich. Aber es ist sehr schwierig, und du mußt dir viel Mühe geben."

„Dann werde ich es versuchen", antwortete er in einem Tonfall, als überreiche er mir ein großzügiges Geschenk.

„Wer ist dein Vater? Ich werde ihn fragen, ob er mir erlaubt, dich zum Barden auszubilden."

„Mein Vater ist Conn, aber er wurde auch getötet." Sein Gesicht verfinsterte sich, als er sich an seinen Kummer erinnerte.

„Wer kümmert sich jetzt um dich?"

„Cleist", erwiderte er schlicht und ohne weitere Erklärungen. „Siehst du mich jetzt?"

Die Frage überraschte mich. „Ja", sagte ich, „gewissermaßen. Manchmal kann ich Dinge sehen – nicht mit meinen Augen, aber in meinem Kopf."

Er legte den Kopf schief. „Wenn du mich siehst, was habe ich in der Hand?"

„Du hast einen silbernen Zweig in der Hand", sagte ich, „einen Birkenzweig. Du hast gesehen, wie ich sie in dem Hain geschnitten habe, und hast dir auch einen abgebrochen."

Daraufhin kniff er die Augen zu und preßte sich mit dem Daumen auf die Mitte seiner Stirn. Nach einem Moment öffnete er die Augen wieder und verkündete: „Ich kann dich nicht sehen. Bringst du mir bei, wie man das macht?"

Sein kleines Gesicht war so voller Ernst und Vertrauen, daß ich wieder lachen mußte. „Ich werde dir bessere Dinge beibringen als das, Gwion ap Conn."

„Wenn Cleist einverstanden ist?"

„Ja, wenn Cleist einverstanden ist."

Wir gingen zusammen zwischen den Hütten hindurch, und Gwion führte mich zu dem Haus, wo er mit mehreren seiner Clansleute von den Oirixeni wohnte. Ich würde Cleist fragen, und wir würden die Angelegenheit erörtern, wie es sich gehörte. Doch ich wußte bereits, daß ich meinen ersten Mabinog gefunden hatte. Oder besser, er hatte mich gefunden.

## 26

# Totes Wasser

Wespen schwirrten durch den schattigen Hain und summten träge in der Mittagshitze. Gwion und seine beiden Mitschüler – der schlaue Iollo von den Taolentani und der schüchtern lächelnde Daned von den Saranae – saßen auf ihrem Birkenstamm, nestelten an der papierähnlichen Rinde herum und bemühten sich, sich das Ogham der Bäume zu merken. Mit geschlossenen Lidern döste ich friedlich vor mich hin und lauschte dem Singsang meiner drei Mabinogi.

„*Beith,* die Birke", sagten sie. „*Luis,* die Eberesche, *Nuinn,* die Esche, *Fearn,* die Erle, *Saille,* die Weide, *Huath* ... die Eiche –"

„Nein. Wartet mal. Halt", sagte ich und hob meinen Kopf. „Huath, die Eiche? Stimmt das?"

Einen Moment herrschte Schweigen, dann meldete sich Daned zu Wort: „Huath ist die Stechpalme?"

„Nein, aber du bist schon näher dran. Denk nach. Was ist es?"

„Hagedorn?" überlegte Iollo.

„Richtig. Weiter."

„*Huath,* der Hagedorn, *Duir,* die Eiche", begannen sie.

„Von Anfang an", wies ich sie an. „Fangt noch einmal von vorne an."

„Noch einmal?" protestierte Gwion. „Es ist zu heiß zum Denken. Und überhaupt habe ich genug von Bäumen. Ich möchte über etwas anderes reden."

Unter anderen Umständen hätte ich darauf bestanden, daß sie ihre Rezitation beendeten, aber Gwion hatte recht: Es war zu heiß zum Denken, zu heiß, sich zu bewegen. Seit *Alban Heruin,* dem Höchsten Licht, waren die Tage drückend heiß geworden. Die Sonne ergoß sich von einem weißen Himmel herab wie geschmolzenes Metall aus einem Tiegel und ließ alles Grün unter dem Himmel verdorren. Die Luft lag schwer, schal und bewegungslos auf uns. Nicht einmal das Flüstern einer Brise bewegte die Seeoberfläche; kein Blatt rührte sich.

„Also schön", gab ich nach, „worüber möchtet ihr reden."

„Über Fische", erwiderte Gwion.

„Gut, dann rezitiert das Ogham der Fische", schlug ich vor.

„Bitte, Penderwydd", sagte Iollo, „muß das sein?"

Ich zögerte einen Moment, und Gwion sah seine Chance. „Ich möchte mehr über den Lachs wissen", sagte er rasch.

Da ich in seiner Frage eine Falle witterte, erwiderte ich vorsichtig: „Ja?"

„Nun", antwortete er ernsthaft, „warum gibt es keine Lachse in unserem See?"

„Aber die Antwort darauf kennst du doch", sagte ich. „Oder, du solltest sie kennen."

„Der Lachs ist ein Meeresfisch", meldete sich Daned zu Wort.

„Ja."

„Aber in unserem Fluß in Llogres gab es Lachse", beharrte Gwion. „Und wir waren weit vom Meer entfernt."

„Iollo", sagte ich, „was ist der wichtigste Unterschied zwischen einem Fluß und dem Meer?"

„Flüsse und Bäche haben Süßwasser; das Meer ist salzig." Er dachte einen Moment nach. „Wie kommt es dann, daß man Lachse in Flüssen findet?"

„In der Tat, wie kommt das?"

Gwion spürte, daß die Debatte ihm entglitt. Er versuchte sie wieder auf Kurs zu bringen. „Aber warum gibt es dann in unserem See keine Lachse?"

„Weil unser See nicht mit einem Fluß verbunden ist", erklärte Iollo, „deshalb können die Lachse nicht herein."

„Aber es gibt doch einen Fluß", beharrte Gwion. „Er ist auf der anderen Seite des Druim Vran. Und er fließt unter dem Berg hindurch in den See hinein."

„Stimmt das, Penderwydd?" wollte Daned wissen.

„Es stimmt", bestätigte ich.

„Ich werde es ihm zeigen", bot Gwion an und sprang auf – ein wenig zu bereitwillig, wie ich fand. „Soll ich, Penderwydd?"

Ich zögerte. Gwion hielt den Atem an. Als ich so auf meinem Erdhügel saß, den Stab über die Knie gelegt, erinnerte ich mich an einen anderen heißen, trägen Tag in einem anderen grünschattigen Hain – einen Tag, an dem ich auf so einem Baumstamm gesessen hatte, dumm vor Trägheit, und mich bemüht hatte, mich an irgendeine ungreifbare Einzelheit zu erinnern, voller Sehnsucht nach Schlaf und nach Ollathirs Anerkennung.

„Oh, na schön", gab ich nach. „Laßt uns die Antwort auf diese Rätsel herausfinden. An den See! Geh voraus, Gwion!"

Gwion setzte sich in Bewegung. „Ich höre und gehorche, Weiser."

„Dann los!" Sie stürmten aus dem Hain hinaus und rannten den Pfad zum See hinab. Die Birkenblätter zitterten noch von ihren Jubelrufen voll wilder Erleichterung, als ich einen von ihnen zurück zu mir rennen hörte. Zwei Herzschläge später spürte ich, wie sich zwei schlanke Arme um meine Hüfte schlangen und ein verschwitzter Kopf sich gegen meinen Bauch preßte. Gwion sagte kein Wort, aber seine Umarmung war die Beredsamkeit selbst. Ich fuhr ihm mit den Fingern durchs schweißfeuchte Haar, und er schoß wieder davon.

Ich ergriff meinen Stab und ging den vertrauten Hang vom Hain zum See hinab. Unterwegs blieb ich einen Moment in dem grellen Sonnenlicht stehen. Ich spürte es wie eine Flamme auf meinem Gesicht und meinen Armen. Die Hitze raubte sowohl die Kraft als auch den Willen; sie schien etwas ganz Unnatürliches zu haben.

Während ich nachdenklich dastand, hörte ich einen Ruf vom See her und kurz darauf ein Klatschen, als einer meiner Jungen ins Wasser sprang. Bei dem Geräusch loderte mein inneres Gesicht auf, und ich sah das Bild eines anderen jungen Gesichts – diesmal eines weiblichen, hager vor Hunger und bleich vor Erschöpfung unter dem Schmutz und dem Schweiß, doch mit gerader Stirn und klaren Augen, in denen eine wilde Entschlossenheit leuchtete. Ich kannte das Gesicht; ich hatte es schon einmal gesehen ...

„Penderwydd!" rief Gwion. „Komm ins Wasser!"

Ich ging ans Ufer hinab, setzte mich auf die Felsen, zog meinen Siarc und meine Stiefel aus und stand wieder auf. Das kühle Wasser an meinen heißen Füßen erfrischte mich wunderbar. Gwion sah mich bis zu den Knöcheln im Wasser stehen und drängte mich, weiter hineinzukommen.

Warum nicht? Ich streifte meine Breecs ab und watete hinein. Das Wasser war eine Wonne. Ich ließ mich bis zum Hals darin versinken und spürte die runden Steine wie kühle Klumpen unter mir. „Hier! Hier drüben sind wir, weiser Meister", riefen meine Mabinogi.

Ich tauchte unter Wasser und schwamm dem Geräusch ihrer Stimmen entgegen. Bald tobten wir zusammen im Wasser herum, und unsere Stimmen hallten durch die stille, tote Luft. Kurz darauf erhielten wir Antwort auf unsere Rufe – wild, übermütig, fröhlich: die Rufe der jungen Krieger, die dem kühlen Wasser entgegenrannten. Garanaw folgte unserem Beispiel und erlaubte seiner lärmenden Bande ein Bad.

Wir entfernten uns weiter vom Ufer, um Platz für die Krieger-Mabinogi zu machen. „Hier ist es kühler!" rief Iollo.

„Schaut mal her!" gab Gwion zurück.

Ich hörte ein Platschen, als er untertauchte. Einen Augenblick später kam er wieder an die Oberfläche und spuckte im hohen Bogen eine Wasserfontäne durch die Luft. „Es ist kalt da unten", berichtete er.

„Ich kann länger unter Wasser bleiben", behauptete Daned, und die anderen nahmen die Herausforderung an. Alle drei tauchten zum Grund des Sees hinab, wo sie sich an die Steine klammerten, um nicht zu schnell wieder aufzutauchen. Damit waren sie eine Weile beschäftigt, und ich ließ mich träge auf der Oberfläche treiben, bis Gwions Stimme mich wieder zurück zu ihrem Treiben rief.

„Penderwydd! Ich habe etwas gefunden! Penderwydd!"

Ich schwamm seiner Stimme entgegen. „Was denn, Gwion?"

„Hier", sagte er. Das Wasser war nicht zu tief für mich, so daß ich bequem auf dem Grund des Sees stehen konnte, und er legte mir einen Gegenstand aus Metall in die Hände. „Ich dachte zuerst, es wäre ein Stein", sagte er.

Ich drehte den Gegenstand in den Händen und befühlte die Seiten und den Rand. Iollo und Daned kamen heran. „Eine Schüssel!“ sagte Iollo. „Wo hast du das gefunden?“

„Im Wasser“, antwortete Gwion. „Da unten.“

„Fürst Llew hat auch eine Schüssel im See gefunden, ganz am Anfang, als wir hierherkamen.“

„Wie ist sie dahin gekommen?“ wollte Daned wissen.

„Es muß schon früher Menschen in dieser Gegend gegeben haben“, antwortete ich. Ich betastete die gemusterten Wände der Schüssel, die an einer Seite glatt war, wo das Wassermoos auf ihr gewachsen war wie ein Otterfell.

„Ich suche mir auch eine!“ verkündete Iollo.

Damit begann die Taucherei erst richtig. Ich dachte schon, sie würden ertrinken vor lauter Eifer, sich gegenseitig auf der Suche nach einem weiteren, noch viel kostbareren Schatz zu übertreffen. Ich hielt es für unwahrscheinlich, daß sie irgend etwas von größerem Wert finden würden, und sie fanden tatsächlich nichts, bis –

„Penderwydd!“ rief Iollo. „Hier! Ich habe etwas gefunden – und es ist aus Silber!“

Er plantschte auf mich zu, und ich streckte die Arme aus. „Was ist das?“ wollte er wissen.

„Du kannst es immerhin sehen. Kannst du es nicht sagen?“

Er legte mir den Gegenstand in die Hand. Meine Finger spielten über die merkwürdige Form: klein und flach, das Metall glatt, obwohl ein paar Kratzer oder ein eingraviertes Muster auf der Oberfläche zu sein schienen.

„Sieht aus wie ein Fisch“, meinte Gwion. „Aber es ist flach, und es hat keinen Schwanz und keine Flossen.“

„Da sind Schriftzeichen“, fügte Daned hinzu. „Hier.“ Ich spürte, wie eine kleine Hand meine Finger nahm und auf den Gegenstand drückte.

„Wißt ihr nicht, was das ist?“ fragte ich. „Habt ihr so etwas noch nie gesehen?“

„Es sieht aus wie ein Blatt“, sagte Gwion.

„Es ist ein Blatt“, erwiderte ich.

„Aus Silber?“ fragte Iollo. „Dann ist es sehr wertvoll.“

„Ja, und nicht nur das", sagte ich. „Es ist eine Opfergabe für den Gott dieses Ortes: ein Birkenblatt aus Silber, angefertigt zu Ehren des Herrn des Hains."

Die Entdeckung des silbernen Blattopfers spornte sie zu erneutem Eifer an, und es dauerte nicht lange, bis die jungen Krieger von dem Fund gehört und sich der Schatzsuche angeschlossen hatten. Ich ließ ihnen den Spaß und zog mich ans Ufer zurück. Ich stieg aus dem Wasser und legte mich auf die Felsen, um mich von der Sonne trocknen zu lassen.

„Tegid! Hier finde ich dich endlich!"

„Ja, Drustwn, hier bin ich." Ich setzte mich langsam auf.

„Llew hat mich geschickt, dich zu holen", sagte der dunkle Rabe.

Ich hörte die Dringlichkeit in seiner Stimme und fragte: „Was ist passiert?"

„Ein Reiter aus Dun Cruach ist gekommen. Llew hat mich gebeten, dich zu suchen. Bran und Calbha sind bei ihm."

„Wir werden schneller hinkommen, wenn du mich führst", sagte ich, während ich bereits nach meinen Kleidern griff. Ich zog mich an und hob meinen Stab auf. Drustwn führte mich am Ufer entlang, half mir in ein Boot und schob es mit einem kräftigen Ruck seiner breiten Schultern vom Ufer weg. Mit der gleichen Bewegung sprang er ins Boot und ruderte uns übers Wasser auf das Crannog zu.

Unsere schwimmende Stadt war gewachsen und hatte mit unserer steigenden Zahl Schritt gehalten. Das Crannog ähnelte nun einer Insel mit Büschen und Bäumen zwischen den eng zusammenstehenden Behausungen; Beerensträucher wuchsen entlang dem Erdwall außerhalb der umgebenden Palisadenwand. Eine Schar kleiner Mädchen fischte am Ende des Landungsstegs; ich hörte das Plätschern ihrer Füße, die sie ins Wasser baumeln ließen. Ihr fröhliches Geschnatter klang mir wie Vogelgesang im Ohr.

Drustwn kletterte aus dem Boot, als es den Landungssteg erreichte. Ich spürte seine Hand auf meinem Arm, als ich aufstand, und er ließ mich nicht los, bis meine Füße sicher auf den rauhen Planken standen. Wir eilten durch das offene Tor auf den ersten von etlichen zusammenhängenden Höfen, durch diesen hindurch zum nächsten und dann wieder zum nächsten, wo die Halle auf ihrer erhabenen Plattform aus Erde und Steinen stand.

Ich roch kalten Rauch, als wir durch die offenen Türen eintraten, und hörte das leise Gemurmel von Stimmen am anderen Ende der Halle, wo Llew und die anderen versammelt waren.

Der Reiter, wer immer es war, roch nach Pferd und Schweiß. Gierig schüttete er das Bier aus seinem Becher in sich hinein, wie es nur ein sehr durstiger Mann tun kann. Llew berührte meine Schulter mit dem Stumpf seines rechten Arms, als ich neben ihn trat – diese Berührung war für ihn zu einer gewohnten Geste geworden. Wenn er Beratungen mit anderen zu führen hatte, wollte er mich an seiner Seite haben. Und er berührte stets meine Schulter – wie um den blinden Mann seiner Stellung zu versichern. Aber ich glaube, er wollte eher sich selbst vergewissern.

„Ah, hier ist Tegid“, sagte Llew. „Tut mir leid, daß ich deinen Unterricht unterbreche, aber ich dachte mir, du würdest das hier hören wollen.“

„Sei gegrüßt, Tegid“, sagte der Bote.

„Sei gegrüßt, Rhoedd“, antwortete ich, als ich die Stimme erkannte. „Du bist hart geritten. Deine Botschaft muß sehr dringend sein.“

„Trink deinen Becher aus“, sagte Llew, „und dann kannst du uns berichten.“

Rhoedd trank den Rest des Willkommenskelchs und holte tief Luft. „Ah, ich danke dir, Fürst Llew. Noch nie habe ich einen besseren Trunk geschmeckt, und noch nie habe ich dringender einen gebraucht.“

Bei diesen Worten sah ich im Geist einen schilfumsäumten Teich, still – unnatürlich still. Er lag dunkel schimmernd unter einer dunstverhangenen Sonne; kein Windhauch berührte die träge Oberfläche, kein Vogel rührte sich zwischen den trockenen Schilfhalmen. Totes Wasser, leblos und ohne Laut. Als ich die Vision betrachtete, sah ich das verfaulende Skelett eines Schafes am Rand dieses toten Teiches im Schlamm versinken.

„Füllt seinen Becher noch einmal“, befahl ich. „Er hat seit drei Tagen nichts getrunken.“

„Stimmt das?“ fragte Llew.

„Ja, Herr, es stimmt", sagte Rhoedd, und ich hörte das Bier in seinen erhobenen Becher plätschern. „Ich hatte nur Wasser für zwei Tage."

Dankbar trank Rhoedd noch einmal. Wir warteten, während er die süße, braune Flüssigkeit in einem Zug austrank. „Ich danke euch noch einmal", sagte Rhoedd, als er genug hatte. „Ich komme von Cynan, der euch seine Grüße schickt."

„Seine Grüße?" wiederholte Bran fragend.

„Mann, hast du etwa deinem Pferd die Hufe von den Beinen geritten, um uns Grüße von Cynan Machae zu bringen", fragte Calbha unverblümt.

„Grüße", erwiderte Rhoedd steif, „und eine Warnung. Die Warnung ist diese: Schützt euer Wasser."

Die anderen waren so überrascht über Rhoedds Worte, daß sie einen Augenblick brauchten, bis sie reagieren konnten. Doch ich hatte die Vision des toten Teichs gesehen. „Gift", sagte ich.

„Das ist die Wahrheit", sagte Rhoedd. „Unser Wasser ist vergiftet worden. Es ist verdorben, und wer davon trinkt, wird krank. Einige sind sogar gestorben."

„Vergiftetes Wasser", murmelte Calbha mitleidig mit ernster Stimme. „Das ist grausam."

„Wo ist das sonst noch passiert?" fragte Llew.

„Es ist in allen Siedlungen der Galanae dasselbe", antwortete Rhoedd. „Wie weit sich das Gift schon ausgebreitet hat, ist nicht bekannt – darum habe ich auch auf meinem Weg hierher kein Wasser geschöpft."

„Aber unser Wasser ist gut", sagte Drustwn. „Konntest du das nicht sehen?"

„Ich sage dir, was ich gesehen habe", erwiderte Rhoedd. „Ich habe kleine Kinder gesehen, die sich in Qualen wälzten, während sie starben; und ich habe ihre Mütter in der Nacht jammern hören. Ich habe starke Männer gesehen, die die Kontrolle über ihre Gedärme verloren und in ihrem eigenen Schmutz zusammenbrachen; und ich habe Kinder gesehen, die vom Fieber erblindeten. Das habe ich gesehen. Die Verderbnis hat sich weit ausgebreitet – ich wußte nicht, wie weit genau. Ich habe es nicht gewagt, dem Wasser, das ich unterwegs fand, zu trauen."

„Nun, du kannst unbesorgt trinken, soviel du willst“, sagte Bran. „Hier gibt es keine Verderbnis.“

„Was ist zu tun?“ fragte Llew. „Wie können wir Dun Cruach helfen? Können wir Wasser hinbringen?“

„König Cynfarch erbittet keine Hilfe“, sagte Rhoedd. „Er wollte euch lediglich auf die Gefahr aufmerksam machen.“

„Dennoch“, erwiderte Llew, „werden wir zu ihm gehen. Und wir werden soviel Wasser mitbringen, wie wir transportieren können.“

„Viel können wir nicht tragen.“

„Wir können immerhin genug hinbringen, daß sie hierherkommen können“, sagte Llew. „Wir brechen auf, sobald Fässer fertiggestellt werden können.“

Obwohl ich davon abriet, wurde beschlossen, daß wir Wasser nach Dun Cruach bringen und die Leute von dort nach Dinas Dwr bringen sollten. Ich hatte Bedenken gegen die Entscheidung. Nicht daß ich Cynan das Wasser nicht gegönnt hätte – weit gefehlt! Auch gegen Llews Wunsch zu helfen hatte ich keine Einwände. Doch der Gedanke, Dinas Dwr zu verlassen, machte mich unruhig und nervös.

Llew wollte wissen, warum ich so empfand. „Ich halte es nicht für klug, daß wir Dinas Dwr verlassen.“ Mehr konnte ich ihm nicht sagen.

Während der nächsten zwei Tage wurden Wagen vorbereitet, die das Wasser tragen sollten, und die Gefäße gefüllt. Am Abend, bevor wir von Dinas Dwr aufbrechen sollten, wartete ich, bis Llew die Halle verlassen hatte, und ging dann zu seiner Unterkunft. „Wir dürfen morgen nicht fortreiten“, sagte ich, als ich eingetreten war. „Es ist gefährlich, Druim Vran jetzt zu verlassen.“

„Willkommen, Tegid. Was befürchtest du?“

„Hast du gehört, was ich gesagt habe?“

„Ich habe dich gehört. Und ich habe schon den ganzen Tag auf dich gewartet.“ Ich hörte seine leisen Schritte auf dem Steinfußboden, als er zu dem Tisch am anderen Ende des Raumes ging. Dort nahm er einen Krug in die Hand, und ich hörte das leise Plätschern der Flüssigkeit, als er die Becher füllte. Er wandte sich zu mir, und ich spürte, wie sein Stumpf meine Hand streifte. „Hier", sagte er, „setz dich und rede."

Er ließ sich auf ein Kalbsfell auf dem Boden sinken, und ich setzte mich ihm gegenüber und legte meinen Stab vor mich. Llew ergriff seinen Becher. „*Sláinte!*" sagte er.

„*Sláinte môr*", erwiderte ich und erhob meinen Becher. Er stieß den Rand seines Bechers an meinen, und wir tranken. Das Bier war warm und abgestanden; es schmeckte sauer in meinem Mund.

„Also, was beunruhigt dich?" fragte er nach einem Moment. „Du hast deine Bardenschule begonnen. Du hast gesagt, daß wir hier in Sicherheit sind; das Tal ist geschützt."

„Das Tal ist geschützt. Kein Unheil kann uns hier erreichen", erwiderte ich. „Darum dürfen wir diesen Ort nicht verlassen."

„Das verstehe ich nicht, Tegid. Wir sind nach Ynys Sci gesegelt und sogar zu Meldrons Festung geritten. Damals sagtest du nichts davon, daß wir hierbleiben müßten. Korrigiere mich, wenn ich mich irre, aber du hast uns sogar zum Handeln gedrängt."

„Das war etwas anderes."

„Inwiefern?" fragte er. „Inwiefern war es anders. Ich will es wissen."

Ich fühlte, wie sich mein Magen zusammenzog. Wie konnte ich ihm erklären, was ich nicht einmal mir selbst erklären konnte? Ich sagte: „Damals haben wir Meldron überrascht. Das wird nicht wieder geschehen."

„Das ist kein Grund."

„Meldron muß wissen, daß wir uns irgendwo in Caledon verborgen halten. Wir können uns ausrechnen, daß er in diesem Augenblick nach uns sucht. Wenn wir das Tal verlassen, wird er uns finden, und wir sind noch nicht stark genug, um ihm in der Schlacht entgegenzutreten."

„Du überraschst mich, Tegid. Wir wollen nur Wasser nach Dun Cruach bringen, nicht in die Schlacht gegen Meldron reiten. Das ist das mindeste, das wir für sie tun können – nach allem, was Cynan und sein Vater für uns getan haben."

„Ich stelle unsere Schuld gegenüber Fürst Cynfarch und seinem Sohn nicht in Frage. Du hast recht damit, so zu empfinden. Aber wir können das Tal jetzt nicht verlassen."

„Aber jetzt ist der Augenblick, wo sie das Wasser brauchen", beharrte Llew freundlich, aber mit wachsender Erregung. „Jetzt – nicht am nächsten Lugnasadh oder wann auch immer."

„Wenn wir Dinas Dwr verlassen, wird es Schwierigkeiten geben", sagte ich ihm rundheraus.

„Schwierigkeiten", sagte er langsam. „Was für Schwierigkeiten."

„Das kann ich nicht sagen", gab ich zu. „Eine Katastrophe."

„Eine Katastrophe", wiederholte er. „Hast du diese Katastrophe gesehen?"

„Nein", bekannte ich. „Aber ich spüre sie in meinem Mark."

„Es ist zu heiß, um darüber zu streiten, Tegid", sagte er, und bei den Worten erwachte mein inneres Auge.

Ich sah Staub, der in schwarzbraunen Wolken von einem ausgedörrten Land aufstieg und von heftigen Winden emporgetragen wurde. Die Sonne schien nicht, sondern hing in trüber, gelber Blässe an einem braunen Himmel. Und weder am Himmel noch am Boden war auch nur ein einziges lebendiges Ding zu sehen. Die Worte aus der Prophezeiung der Banfáith fielen mir ein: „*Der Staub der Alten wird auf den Wolken aufsteigen*", intonierte ich leise, „*das Wesen Albions wird zerstreut und zerrissen von widerstreitenden Winden.*"

Llew schwieg einen Moment. „Und das bedeutet?" fragte er schließlich.

„Meldrons Herrschaft ist besudelt", erklärte ich ihm. „Die Entweihung, die durch ihn geschehen ist, hat das Land selbst zu verderben begonnen. Sein unrechtmäßiges Königtum ist das Greuel, das das Land durchwandert, es vergiftet, es tötet. Und es wird noch schlimmer kommen."

Er schwieg wieder. Ich nahm meinen Becher, trank und stellte ihn wieder auf den Boden.

„*Am Tag des Ringens tauschen Wurzel und Ast ihre Plätze, und die Neuheit wird als ein Wunder gelten*", rezitierte ich.

„Und? Kläre mich auf", sagte er müde.

„Wurzel und Ast haben ihre Plätze getauscht, siehst du das nicht? Durch Meldron haben König und Königtum die Plätze getauscht."

„Es tut mir leid, Tegid – es ist spät; ich bin müde –, ich verstehe das nicht."

„Die Worte der Prophezeiung –"

„Ich weiß, ich weiß, die Prophezeiung – ja. Was bedeutet sie denn?"

„Die Königsherrschaft, Llew. Meldron hat die Macht an sich gerissen, deren Hüter allein die Barden sind. Er hat sich selbst zum König gemacht und beansprucht nun die Königsherrschaft. Er hat die Reihenfolge umgekehrt."

„Und das hat das Wasser vergiftet?" fragte Llew, mühsam darum ringend, mich zu verstehen. „Buchstäblich vergiftet?"

„Ich glaube ja. Wie lange, meinst du, kann ein solch empörendes Unrecht im diesem Weltenreich regieren, ohne das Land selbst zu vergiften?" fragte ich. „Das Land ist lebendig. Es zieht sein Leben aus den Menschen, die es bearbeiten, so wie sie ihr Leben aus dem König ziehen. Wenn der König der Verderbnis anheimfällt, dann leiden auch die Menschen – ja, und letzten Endes wird auch das Land in Mitleidenschaft gezogen werden. So muß es kommen."

„Das haben wir Simon zu verdanken", sagte er, wobei er wieder Siawn Hys früheren Namen benutzte. „All das ist nur durch ihn geschehen. Simon war es, der Meldron eingeredet hat, er könne das Königtum durch Gewalt an sich reißen. Und nun liegt Albion deswegen im Sterben."

Er wartete nicht auf meine Antwort. „Hätte ich getan, wozu ich hergekommen bin, dann wäre all das Schreckliche nicht geschehen."

„Es ist sinnlos, so zu reden", erwiderte ich. „Wir können nur etwas tun, wenn wir wissen, was wir zu tun haben; wir tun, was wir können."

„Um so mehr Grund, Cynan jetzt zu helfen", gab er zurück.

Er war nicht davon abzubringen. Ich hatte gesagt, was ich zu sagen hatte, und es hatte seine Meinung nicht geändert. „Also gut", sagte ich. „Wir werden gehen. Wir bringen Wasser nach Dun Cruach, und wir werden uns den Folgen stellen."

„Was immer du sagst, Bruder", stimmte Llew liebenswürdig zu. „Was ist mit deinen Mabinogi?"

„Goewyn wird sich um sie kümmern."

„Dann wäre das geregelt. Bei Tagesanbruch brechen wir auf."

Wir trennten uns, und ich überließ ihn seiner Ruhe. Ich selbst war zu aufgedreht und wütend, um in dieser Nacht zu schlafen, und die Luft war zu unbewegt und warm.

## 27

## Der Stein des Riesen

Ich saß nackt auf dem Erdhügel in meinem Hain, hielt Wache und spürte die Hitze der Nacht auf meiner Haut – ich lauschte in die unnatürliche Stille hinein und suchte mit meinem inneren Gesicht das, was ich früher vielleicht in der Seherschüssel gesucht hätte. Ich forschte in den vielschattigen Pfaden der Zukunft nach der Quelle meiner düsteren Vorahnung. Mein inneres Auge brachte viele Bilder hervor – allesamt öde und entmutigend: hungernde Kinder mit dürren Gliedmaßen und vorstehenden Bäuchen, Rinder mit aufgeblähten Leibern, die tot an vergifteten Bächen lagen, leblose Siedlungen, verdorrtes Getreide, Krähen, die auf den schimmernden Brustkörben der unglücklichen Toten Hof hielten ...

Mir schien, daß die Bedrückung wie ein erstickendes Fell auf dem Land lag – dick, schwer, dicht und riesig: eine verwesende Tierhaut, eitrig vor Fäulnis, die alles unter sich erstickte.

Schweren Herzens erhob ich mich, zog meine Kleider an und ging den Pfad hinab ans Seeufer, wo die Pferde und Wagen bereitstanden und auf unseren Aufbruch warteten. Goewyn war unter den wenigen, die sich versammelt hatten, um uns zu verabschieden.

„Lebewohl, Tegid. Sorge dich um nichts, während du weg bist – ich werde mich um die Mabinogi kümmern“, sagte sie, während sie meine Hände ergriff. Ihre Hände fühlten sich warm an.

„Ich danke dir, Goewyn.“

„Du bist beunruhigt. Was ist los?“ Sie ließ meine Hände nicht los, sondern drückte sie noch fester. „Was hast du gesehen?“

„Nichts ... ich weiß nicht – nichts Gutes", antwortete ich. „Wenn es nach mir ginge, würden wir überhaupt nicht von hier fortgehen."

Sie beugte sich zu mir heran, und ich spürte ihren warmen Atem auf meiner Wange, als sie mich küßte. „Geh in Frieden und kehre sicher zu uns zurück", sagte sie.

Dann näherten sich Llew und Bran. Sie führten ihre Pferde am Halfter. Goewyn sagte ihnen Lebewohl, und da von Llew kein freundliches Wort kam, entfernte sie sich.

„Du und Alun, ihr führt die Wagen an", wandte sich Llew an Bran. „Ich reite mit Tegid und Rhoedd und den anderen hinter euch her."

Wir bestiegen unsere Pferde, und das Signal zum Aufbruch wurde gegeben. Ich hörte das Knacken und Ächzen der hölzernen Räder auf dem Kies, als die Wagen sich langsam am Seeufer entlang in Richtung des Bergkammes in Bewegung setzten. Wir warteten, bis der letzte Wagen an uns vorübergezogen war, und hängten uns dann ans Ende des Zuges.

Insgesamt waren es sechs hochwandige Wagen voller Schläuche und Fässer mit frischem Wasser, begleitet von zehn Kriegern unter der Führung von Bran und zwei weiteren Raben. Der Rest unseres Rabenfluges sollte zurückbleiben, um unter dem Befehl von Calbha und Scatha Dinas Dwr zu schützen.

Obwohl die Sonne gerade erst aufgegangen war, herrschte bereits große Hitze. Wir folgten den ächzenden Wagen den Hang des Druim Vran hinauf und dann vorsichtig und mühsam die steile Außenwand des Kammes hinab. Als wir endlich das Tal auf der anderen Seite erreicht hatten, waren wir alle schweißüberströmt und erschöpft; dabei hatte unsere Reise gerade erst begonnen.

Wir folgten der Biegung des Flusses nach Südosten. Unsere beiden Raben, Alun Tringad und Drustwn, ritten ein gutes Stück voraus, um den Weg zu erkunden, damit wir nicht irgendwelchen Spionen Meldrons in die Arme liefen. Doch wir begegneten niemandem. Wir sahen auch keine Anzeichen, daß Meldrons Fäulnis bereits ins nördliche Caledon vorgedrungen wäre. Die Flüsse und Quellen flossen rein und klar; die Seen wirkten frisch. Dennoch hielten wir uns an Rhoedds Warnung und tranken aus keiner der Quellen, die wir unterwegs fanden.

Während der ersten beiden Tage unserer Reise lauerte ich auf jeden Laut und jeden Geruch – ich suchte wohl nach irgendeinem Zeichen des Unheils, wie schwach auch immer, das ich mit jedem Schritt, den wir uns von Dinas Dwr entfernten, näher kommen fühlte. Obwohl wir ungehindert unseres Weges zogen, empfand ich die Furcht so deutlich wie eh und je.

Nach drei Tagen verließen wir den Flußlauf und schlugen den Sarn Cathmail ein, den alten Bergpfad, der die dunklen nördlichen Wälder mit der heidebewachsenen Hügellandschaft des Südens verband. Unsere Kundschafter ritten noch weiter voraus, als das Gelände offener wurde; und obwohl sie sich mit großer Vorsicht bewegten, sahen sie niemanden. So zogen wir weiter – und mein Unbehagen nahm zu.

Und dann, am Mittag des vierten Tages, kamen wir in Sichtweite des Wegsteines, der die halbe Strecke des Sarn Cathmail markiert. *Carreg Cawr,* der Stein des Riesen, ist eine gewaltige blauschwarze Platte, die sich drei Mann hoch über den erhabenen, mit Steinen gepflasterten Weg erhebt. Wie andere Steine dieser Art sind auf ihm Segenssymbole eingraviert, die den Weg und diejenigen, die darauf wandern, vor Unheil und möglichen Gefahren schützen sollen.

„Noch einen Tag, denke ich“, sagte Llew. „Wir kommen trotz der Hitze gut voran. Es ist sehr trocken hier – das Gras ist braun.“

Bei seinen Worten flackerte mein inneres Gesicht auf, und ich sah den langen, schiefergrauen Weg, der sich vor uns über eine grasbewachsene Ebene zwischen flachen Hügeln unter einem weißen, trostlosen Himmel erstreckte. Ich sah die beladenen Wagen, wie sie über den Weg ratterten und wackelten, und den Carreg Cawr, der schwarz in dem grellen Sonnenlicht über uns aufragte.

Die Kundschafter hatten den Stein des Riesen passiert und waren weiter vorausgeritten. Was hätte sie auch daran hindern sollen? Bran und die Krieger ritten vorbei, und dann erreichten einer nach dem anderen die Wagen den Stein und rumpelten weiter. Doch als ich mich dem Stein näherte, wuchs die böse

Vorahnung, die mich schon vor unserem Aufbruch begleitet hatte, zu einer greifbaren Furcht an.

Als ich den Stein erreichte, brachte ich mein Pferd zum Stehen. Llew ritt noch ein paar Schritte weiter und hielt dann beinahe direkt unterhalb des hoch aufragenden Steins. Er starrte ihn an und musterte die alten Symbole. „Die Symbole", rief er zu mir zurück. „Kannst du sie lesen?"

„Kann ich", gab ich barsch zurück. „Es sind Zeichen des Schutzes. Sie heiligen den Sarn."

„Das weiß ich", sagte er gereizt. „Ich meine, was sagen sie?"

Ohne auf eine Antwort zu warten, drehte er sich im Sattel um, hob die Zügel an und trieb sein Pferd weiter. Ich blieb einen Moment lang lauschend zurück. Ich hörte nur den Wind in Stößen durch das hohe Gras auf den glatten Hügeln fegen und in der Ferne den Schrei eines Falken. Und dann hörte ich Llew aufschreien.

In seinem Aufschrei lag mehr Überraschung als Schmerz. Ich erhaschte die Bewegung eines Schattens hinter dem Stein des Riesen, als Llew im Sattel herumwirbelte. „Was war das? Hast du etwas gehört?"

„Nein."

„Irgend etwas hat mich gerade getroffen. Es fühlte sich an wie ein Stein – hier im Rücken. Ich hätte –"

„Pst! Horch!"

Llew verstummte, und ich hörte aus der Richtung des Steins ein leises, kratzendes Geräusch. Dann kam ein dumpfes Klicken – wie von den Gliedern einer eisernen Kette – und dann ... nichts mehr.

„Da versteckt sich jemand hinter dem Stein des Riesen", sagte ich zu Llew, der sich sofort bewaffnete und seinen Speer unter dem Sattel hervorzog.

Er wandte sein Reittier dem Stein zu. „Komm heraus", rief er. „Wir wissen, daß du dich dort versteckst. Komm sofort hinter dem Stein hervor."

Wir warteten. Es kam keine Antwort. Llew wollte wieder sprechen, doch ich hielt ihn mit einer Handbewegung davon ab. „Hör mich an", rief ich in die Richtung des Steins. „Zu dir spricht der

Oberste Barde von Albion. Ich verlange, daß du dich sofort zeigst. Es wird dir nichts geschehen."

Einen Moment lang herrschte Stille. Dann hörte ich den leisen, langsamen, behutsamen Schritt von jemandem, der sich durch das hohe, trockene Gras am Sockel des Riesensteins bewegte.

Eine zierliche, weibliche Gestalt erschien, gekleidet in die Überreste eines zerfetzten Siarcs und eines grünen Umhangs. Und neben der geheimnisvollen Person ging ein riesiger, schiefergrauer Hund mit einem unverkennbaren weißen Streifen über der Schulter. Ich wußte sofort, wer es war, noch bevor Llew ihren Namen ausrief: „Ffand!"

Er sprang aus dem Sattel und rannte auf das abgerissene Mädchen zu. Der Hund bellte und wurde mit einem schlichten „Twrch!" zum Schweigen gebracht.

„Ffand!" rief Llew. „Ah, tapfere Ffand!" Er schloß sie in die Arme und riß sie vom Boden empor. Sie lachte, als er sie auf eine ihrer schmutzigen Wangen küßte. „Was machst du hier – ganz allein so weit draußen?" fragte er und ließ sie los.

„Aber ich bin doch gar nicht allein", erwiderte Ffand. „Twrch ist bei mir." Sie klopfte dem Hund auf den Rücken, der ihr bis zur Hüfte reichte.

„Twrch!" Llew streckte dem Hund seine Hand entgegen.

Twrch streckte seinen Kopf vor und beschnüffelte Llews Hand. Erkannte er den Geruch seines alten Herrn? Ja, tatsächlich, denn das riesige Tier begann zu bellen und sprang sogleich an ihm hoch, legte ihm die Pfoten auf die Schultern und leckte ihm das Gesicht. Llew hielt den Kopf des Hundes mit seiner Hand und strich ihm mit seinem Stumpf über den Hals, und Twrch leckte auch daran. „Ruhig! Ruhig, Twrch!" Llew sah Ffand an. „Was machst du hier?" fragte er wieder. „Wie bist du hierhergekommen?"

„Ich habe dich gesucht", sagte Ffand.

„Mich gesucht?" wiederholte Llew erstaunt.

„Man sagt, daß Llew im Norden ein Königreich errichtet. Und Meldron sucht den Norden nach dir ab. Also bin ich nach Norden gekommen, um dich zu suchen", erklärte Ffand.

„Sehr vernünftig", lobte Llew.

„Du hast gesagt, du würdest kommen und den Hund holen", sagte Ffand etwas beleidigt. „Du bist gekommen, aber du hast nicht auf uns gewartet." Ihr Ton war anklagend, doch dann lenkte sie sofort wieder ein. „Also haben wir beschlossen, zu dir zu kommen."

„Nicht auf euch gewartet? Was meinst du damit?"

„Als du nach Caer Modornn kamst."

Ich stieg ab und ging zu ihnen. „Es stimmt, daß wir in Caer Modornn waren, aber dich haben wir nicht gesehen, Ffand."

„Ihr habt mich vergessen", sagte sie empört.

„Ja", gestand Llew, „es tut mir leid. Hätte ich gewußt, daß du auf uns wartest, wären wir nie ohne dich gegangen."

„Und ich hätte dich nicht mit Steinen bewerfen müssen", sagte sie, und vor meinem inneren Auge erstand das Bild einer schönen jungen Frau mit langen braunen Haaren und großen braunen Augen; ihre Haut war von der Sonne leicht getönt. Offenbar war sie sehr weit gewandert, doch sie wirkte gesund und stark, wenn auch ein wenig abgerissen und dünn.

Sie war gewachsen, seit ich sie zuletzt gesehen hatte, obwohl noch viel von einem Kind an ihr war. Mit ihren geschmeidigen Bewegungen wirkte sie so listig wie ein Geschöpf des Waldes. Sie erzählte uns von ihrem Leben in den Jahren, seit sie uns befreit hatte.

Da es nie genug zu essen gab, waren sie und Twrch dazu übergegangen, in die Wälder zu ziehen, um für sich selbst zu sorgen. Ihre meiste Zeit verbrachten sie mit der Jagd, und was sie erlegten, brachten sie zurück in die Siedlung, um es mit den anderen zu teilen. „Selbst wenn es nur ein Hase oder ein Eichhörnchen war", sagte sie. „Es war das einzige Fleisch, das wir bekamen."

„Ffand", sagte Llew, „du bist ein Wunder. Hast du Hunger?"

„Mehr Durst als Hunger", erwiderte sie. „Das Wasser hier in der Gegend ist schlecht."

Ich kehrte zu meinem Pferd zurück und öffnete den Vorratsbeutel, der hinter meinem Sattel angebunden war. Mit einem Stück hartem Käse und einigen der kleinen Gerstenbrote, die wir bei uns hatten, kehrte ich zurück. Sie wurden dankbar angenommen. Dann gab ich ihr meinen Wasserschlauch, den sie fast leerte, bevor sie Twrch den Rest anbot; der Hund trank, was übrig war, und leckte dann den Schlauch ab.

Ffand brach eines der Brote und begann sofort zu essen. Wie ich vermutet hatte, war sie ausgehungert. Der Hund saß neben ihr und leckte sich die Lefzen, ohne zu klagen.

„Es wundert mich nicht, daß Meldron euch so sehr fürchtet", sagte sie, während sie ein Brot in zwei Hälften brach und sich eine davon in den Mund stopfte.

„Woher weißt du, daß er uns fürchtet?" fragte ich.

„Seit ihr nach Caer Modornn gekommen seid", sagte sie fröhlich kauend, „hat Meldron nach euch gesucht. Es gibt niemanden in Albion, der noch nicht von Meldrons Wolfsrudel befragt worden ist: ‚Wo ist Llew, der Krüppel? Wo ist der blinde Tegid?'" Sie schluckte und fuhr fort: „Er hat geschworen, euch zu vernichten. Er sagt, daß derjenige, der euch finde, Ländereien und Reichtum bekommen solle – großen Reichtum."

„Und da", sagte Llew, „hast du dich aufgemacht, um mich zu suchen."

Ffand nahm seinen Scherz ernst. „Doch nicht für ihn! Niemals für Meldron!" rief sie, entsetzt darüber, daß er so etwas von ihr denken konnte. „Ich bin gekommen, um euch zu warnen und Twrch zurückzubringen. Er ist ein guter Hund – ich habe ihn selbst ausgebildet –, und jeder König sollte einen guten Hund haben."

„Und ich danke dir, Ffand", erwiderte Llew herzlich. „Ich könnte wirklich einen guten Hund gebrauchen – auch wenn ich jetzt kein König mehr bin. Wieder einmal stehe ich tief in deiner Schuld."

Der letzte Wagen war über die Kuppe verschwunden. „Wir müssen jetzt gehen", sagte ich. Ich drehte meinen Kopf und wandte mein inneres Auge dem Wegstein zu. „Wir sollten uns hier nicht länger aufhalten."

„Tegid hat recht, wir sollten uns den anderen anschließen."

„Komm, Ffand, du kannst mit mir reiten, bis wir die Wagen eingeholt haben." Ich ging zu meinem Pferd, schwang mich in den Sattel und reichte ihr die Hand hinunter.

Sie blickte neugierig zu mir auf und biß sich auf die Lippe. „Kannst du mich sehen?“ fragte sie.

„Ja“, antwortete ich ohne weitere Erklärungen. „Also hör auf, mich so anzustarren, und gib mir deine Hand.“

Ich zog sie zu mir herauf in den Sattel; Llew bestieg sein Pferd, und wir setzten unseren Weg fort. Twrch trottete zwischen uns einher, mal neben Llew, mal neben Ffand und mir – als würde er fröhlich seine Zeit zwischen zwei Meistern aufteilen.

Bevor mein inneres Gesicht sich wieder verdunkelte, sah ich den großen Hund anmutig neben Llew hertraben, den Kopf hoch erhoben und die Nase im Wind, als hätte er schon immer wie selbstverständlich eine hohe Stellung genossen.

Dann verblaßte das Bild, und die Dunkelheit ergriff wieder von mir Besitz. Nun blieb mir nur noch, über die Bedeutung dessen zu sinnieren, was sich ereignet hatte. Ffands Erscheinen stellte gewiß keine Bedrohung für uns dar, soweit war ich mir sicher. Doch ebenso gewiß waren meine unverminderten Empfindungen der Furcht. Immer noch saß mir die düstere Vorahnung tief in den Knochen. Der Stein des Riesen ragte immer noch über dem Weg auf, eine dunkle, drohende Masse, doch wir zogen ungehindert daran vorbei.

Da schien mir, daß ich einen seltsamen Pulsschlag in meinem Magen und meiner Brust spürte. Und dann hörte ich das Geräusch: Etwas Schweres bewegte sich, langsam, schwerfällig – ein Klang wie von riesigen, mahlenden Mühlsteinen. Ich zog die Zügel an und drehte mein Reittier auf dem Weg herum.

„Ffand“ sagte ich drängend, „schau den Wegstein an – den Stein des Riesen –, schau ihn an, und sag mir, was dort vor sich geht. Was siehst du?“

„Ich sehe gar nichts –“

„Schnell, Mädchen! Sag mir, was du siehst!“

Mein Ruf machte Llew auf uns aufmerksam, der stehenblieb und zu mir zurückrief: „Was ist los, Tegid?“

„Ich sehe den Stein“, sagte Ffand. „Sonst nichts. Es ist nur ...“ Sie hielt inne. „Was war das?“

„Hast du etwas gesehen?“

„Nein, ich habe etwas gespürt – hier, in meinem Bauch.“

Das Pferd wurde unruhig, es wieherte und trippelte seitwärts. „Laß die Augen nicht von dem Stein", sagte ich. „Schau nicht weg. Sag mir alles, was du siehst."

„Nun", fing sie wieder an, „er steht einfach da. Wie ich schon sagte, er ist –" Sie stieß einen spitzen Schrei aus. „Schau!"

„Was? Ffand! Sag mir, was da vor sich geht!"

„Tegid!" rief Llew, und ich hörte das scharfe Klappern eisenbeschlagender Hufe auf Stein, als sein Pferd scheute und sich aufbäumte.

Mein Pferd schüttelte den Kopf und wieherte erschrocken. Ich schlang mir die Zügel um die Hand und hielt sie straff. Ffand klammerte sich eng an meinen Umhang.

„Rede, Mädchen!"

Llew kam neben uns heran. „Der Stein bewegt sich", sagte er. „Er zittert oder vibriert ganz langsam. Und rundum spaltet sich der Boden auf."

Ich hörte ein Geräusch wie das Ächzen eines Baumstammes, der entwurzelt wird ... und dann Stille. „Was jetzt? Ist da noch etwas?"

„Nein", erwiderte Llew nach einer Pause. „Jetzt hat es aufgehört."

Ich hörte ein weiteres tiefes Rumpeln und erkannte, daß der Laut von Twrch kam; der Hund knurrte leise – ein drohender Ton, der tief aus seiner Kehle kam. „Ruhig, Twrch", wies Ffand ihn zurecht.

Dann hörte ich einen Vogelruf ... nein, einen Pfiff – es war ein Signal; jemand gab ein Signal mit einer Pfeife ...

Twrch bellte. Ich hörte das Scharren von Krallen auf den Pflastersteinen, und Ffand rief: „Twrch! Komm zurück!"

„Sag mir, was passiert!" rief ich. „Ich kann es nicht sehen!"

„Der Hund", sagte Llew. „Twrch läuft auf den Stein zu. Ich sehe nicht –"

„Seht!" rief Ffand. Ich spürte, wie ihr schlanker Leib vor Erregung zitterte. „Da ist etwas ..."

„Sag es mir! Sag es mir!"

Llew antwortete. „Es ist ein Tier. Ein Fuchs, glaube ich. Nein, die Beine sind zu kurz, und der Kopf ist zu groß. Vielleicht ein

Dachs ...“ Er hielt inne. „Nein, es ist zu weit weg – ich kann nicht richtig sehen, was es ist. Aber es ist aus dem Sockel des Steins herausgekommen.“

Twrch bellte wieder. Diesmal klang es weiter entfernt.

„Jetzt hat das Tier Twrch gesehen. Es läuft weg.“

„In welche Richtung?“

„Es läuft in einem Winkel zu uns vom Stein weg. Twrch jagt hinter ihm her. Er wird es einholen –“

„Twrch!“ schrie Ffand hinter mir. „Nein!“

Sie schlang mir einen Arm um die Hüfte, beugte sich zur Seite und glitt vom Pferd. Ich hörte die Schritte ihrer Stiefel auf den Pflastersteinen, als sie dem Hund nachlief und rief: „Twrch! Halt! Komm zurück!“

In einiger Entfernung hörte ich das Bellen Twrchs, der dem Tier näher kam. Dann kam ein knurrendes Fauchen, als das Tier sich umdrehte, um sich zu verteidigen. Das Fauchen verlor sich in einem erschrockenen Winseln – das dann abrupt abbrach. Selbst aus der Entfernung konnte ich das Knacken seines Genicks hören, als der große Hund das unglückliche Geschöpf packte und ihm das Leben ausschüttelte.

„Nun“, sagte Llew, „es ist vorbei. Was immer es war, Twrch hat es getötet. Komm, wir werden sehen, was es war.“

Wir verließen den Sarn und ritten eine kurze Strecke auf die freie Ebene hinaus zu der Stelle, wo Ffand stand und Twrch festhielt, der sich mit aller Kraft in sein Kettenhalsband stemmte. Der Hund bellte eifrig, als wir abstiegen, zufrieden mit seiner Beute.

„Nein“, stöhnte Llew. „Oh nein, bitte nicht ...“

„Was ist das?“ fragte Ffand mit einem verwirrten Unterton in der Stimme. Ich konnte mir vorstellen, wie sie verdutzt das tote Ding anstarrte, das da im Gras vor ihr lag.

„Weißt du, was das für ein Geschöpf ist, Llew?“ fragte ich.

„Es ist ein Hund – eine Art Hund“, antwortete er in einem Tonfall der Sorge und des Bedauerns.

# 28

## Dyn Dythri

„Ein Hund? Bist du sicher?" fragte Ffand.

„Ein Corgiterrier, glaube ich."

Als er das seltsame Wort aussprach, flackerte mein inneres Gesicht auf, und ich sah das Bild eines merkwürdigen, kurzbeinigen Geschöpfes mit dichtem, rot, gelb und braun gesprenkeltem Fell. Es hatte einen großen Kopf mit fuchsähnlichen Ohren und eine kurze Schnauze; der Körper war dick, gedrungen und schwanzlos. Das eigentümliche Tier sah aus wie eine Mischung aus Fuchs und Dachs, aber ohne die Anmut und Wendigkeit dieser beiden.

Das Bild verblaßte, aber erst, nachdem ich einen besorgen Blick von Llew zum Stein des Riesen hin aufgefangen hatte.

„Ich glaube, wir sollten hier verschwinden", sagte er unruhig.

Gerade als wir wieder in die Sättel stiegen, hörten wir das hohle Mahlen des zitternden Steins und spürten das tiefe Vibrieren der Erde in unseren Eingeweiden. Der Boden bebte unter meinen Füßen. Die Pferde wieherten. Ich zog die Zügel straff, um das Tier zurückzuhalten, als das unheimliche Geräusch lauter wurde und das tiefe, rhythmische Pulsieren sich verstärkte.

Twrch knurrte und rannte auf den Stein des Riesen zu. Ffand schrie und rannte hinter ihm her. Und Llew, der jetzt im Sattel saß, trieb sein Pferd an, um sie einzuholen, und rief: „Ffand! Warte!"

Mein Pferd bäumte sich unter mir auf. Ich riß mit aller Kraft seinen Kopf herunter, um es vom Buckeln und Ausschlagen abzuhalten.

Das tiefe Zittern hörte auf.

„Halt ihn fest, Ffand!“ rief Llew.

Mein inneres Auge blieb dunkel, und ich verfluchte meine Blindheit. „Was ist los?“ rief ich ihm nach. „Sag es mir!“

„Ein Loch – ein Durchgang hat sich unter dem Stein geöffnet“, sagte er. „Ich habe etwas gesehen, das sich bewegte. Jetzt ist es nicht mehr zu sehen, aber ich glaube, es war ein Mensch.“

Er stieg ab und drückte mir die Zügel in die Hand. „Halte das!“ sagte er. „Twrch wird ihn in Stücke reißen.“

Bevor ich etwas erwidern konnte, begann Twrch wieder wild zu bellen. Ffand schrie schimpfend auf ihn ein. Doch der Hund achtete nicht auf sie. Fast im selben Augenblick hörte ich einen Ruf aus der Richtung des Steins – eine menschliche Stimme, die Stimme eines Mannes. Die Stimme rief wieder – ein Wort, das ich nicht kannte.

Llew rief Twrch etwas zu, um ihn zu beruhigen. „Halt ihn fest, Ffand!“ befahl er. „Was auch passiert, laß ihn nicht los.“

Ich hörte einen weiteren Ruf in der seltsamen Sprache, dann eine Antwort. Llew rief etwas, das ich nicht verstand. Und dann – „Tegid, runter mit dir!“ schrie er.

Im selben Augenblick zuckte ein peitschender Donner durch die Luft. Ich spürte den Druck des Geräuschs auf meiner Haut. Etwas flog pfeifend an meinem Ohr vorbei.

„Twrch!“ schrie Llew. „Nein!“

Der scharfe Donner ertönte wieder. Ffand schrie auf. Twrchs Knurren steigerte sich zu einem bestialischen, wilden Fauchen, einer tödlichen Warnung. Llew schrie, um ihn zurückzuhalten.

„Twrch!“ schrie Llew mit zusammengeschnürter, panischer Stimme. „Twrch, nein! Halt ihn fest, Ffand!“

Ein dritter Donnerschlag erschütterte die Luft. Ich hörte einen Mann schreien.

Und dann hörte ich nur noch Twrchs Knurren und Llews Schreie. Ich rannte auf die Laute zu. „Llew!“

„Twrch!“ brüllte Llew.

„Llew! Was ist los?“

Meine Ohren dröhnten, und mein Kopf schmerzte von dem Geräusch. Ich roch sauren Rauch in der Luft. Llew schrie auf

Twrch ein, um ihn zurückzuhalten. Dann wurde alles sehr still. Twrch knurrte leise, als ob er an einem Knochen herumkaute. Llew murmelte etwas, das klang wie: „Er hat es getan."

Rasch ging ich zu Llew hinüber. „Was ist passiert?"

„Es ist ein Mann, ein Fremder – Dyn Dythr", sagte er, was bedeutete, daß der Fremde aus Llews Welt stammte. „Er hatte eine Pistole – eine Waffe."

„Eine Waffe hat dieses Geräusch gemacht?"

„Ja." Seine Stimme bebte noch vor Erregung und Schrecken. „Er hatte Angst. Er fing an, auf uns zu schießen –"

„Schießen?"

„Tut mir leid – die Waffe zu benutzen, meine ich –, er hat uns mit der Waffe angegriffen. Twrch hat ihn getötet."

„Zu dumm. Dieser Fremde hat einen ungewöhnlichen Mangel an Umsicht gezeigt."

„Das kannst du laut sagen", stimmte Llew säuerlich zu. „Es war dumm von ihm, zu –"

Bevor er den Satz beenden konnte, hörte ich ein kratzendes Geräusch aus der Richtung des Carreg Cawr; Llew spannte sich. „*Clanna na cù!* Da kommen noch mehr!" Er sprang vor, um den Hund festzuhalten. „Twrch! Bleib hier, Twrch!"

In meine Richtung rief er: „Rühr dich nicht, Tegid. Ich werde mit ihnen sprechen."

„Wie viele sind es?"

„Es sind zwei", sagte er. „Nein – warte ... drei. Jetzt kommt noch einer ..." Er hielt inne, und dann hörte ich ihn ein seltsames Wort rufen:

„Nettles!"

Dieser merkwürdige Laut weckte mein inneres Auge. Die Dunkelheit verdünnte und erhellte sich, und ich sah, daß sich im Sockel des Wegesteines eine Höhle geöffnet hatte. Vor dieser Öffnung standen drei verängstigte Männer von schwächlicher Statur, gekleidet in die seltsamen, farblosen Kleider der Fremden; ihr Haar war dicht an der Kopfhaut abgeschnitten, so daß ihre Haut, die von ungesunder, gelbgrauer Farbe war, zum Vorschein kam. Offensichtlich brannte das Licht des Lebens nicht allzu hell in ihnen.

Die Dyn Dythri standen zusammengekauert, die Hände vor die Gesichter geschlagen, und Tränen strömten aus ihren schwachen Augen. Als sie endlich wieder wagten, zwischen ihren Fingern hindurchzuspähen, starrten sie uns an, die Hände immer noch vor ihren bleichen Gesichtern, als ob ihre Augen schmerzten. Ihre Münder standen vor Überraschung offen; ihre verkümmerten Gliedmaßen zitterten. Diese jämmerlichen Fremden waren in der Tat trübe, kraftlose Gestalten.

„Nettles!" rief Llew wieder. Einer der Männer zuckte zusammen, und mir wurde klar, daß das seltsame Wort sein Name sein mußte. Er war kleiner als die anderen, hatte ein rundes Gesicht und auf dem Kopf einen spärlichen Nebel silbriger Haare wie Wolkenfetzen, die um eine kahle Bergkuppe wogen. In seinem Gesicht schimmerte ein einzigartiges Schmuckstück: zwei in Metallringe eingefaßte runde Kristalle, die mit dünnen, silbernen Bändern miteinander verbunden waren.

Der Mann, dessen Augen hinter den Kristallen weit aufgerissen erschienen, betrachtete Llew einen Moment lang und lächelte dann erleichtert, als er ihn erkannte. Einer seiner Begleiter, der immer noch bei unserem Anblick zitterte, murmelte etwas, und ich merkte, daß ich diese rauhe Sprache schon einmal gehört hatte: Es war dieselbe Sprache, die Llew gesprochen hatte, als er zu uns in diese Welt kam. Und das bedeutete, daß diese Besucher seine Clansleute waren.

„Tegid! Es ist Nettles – Professor Nettleton. Ich habe dir von ihm erzählt, erinnerst du dich?" Llew drehte sich um und ging auf den kleinen Mann zu. Die beiden anderen, die zuschauten, schienen noch mehr in sich zusammenzusinken – als ob sie gleich völlig verschwinden würden.

Llew sagte: „*Mo anam,* Nettles. Was machst du hier? Du hättest nicht kommen sollen." Er sprach zu dem kleinen Mann, der ihn nur verständnislos ansah und dünn und unsicher lächelte. Dann erinnerte sich Llew an seine frühere Sprache und sagte etwas zu dem Mann, der darauf antwortete. Sie redeten eine Weile miteinander. Llew sah die beiden anderen Männer an, die unter seinem Blick zusammenzuckten, und zog dann den kleinen Mann zu mir herüber.

„Das ist Nettles. Er ist das, was in unserer Welt einem Barden am nächsten kommt. Er ist derjenige, der mir geholfen hat."

„Ich erinnere mich", erwiderte ich. Mein inneres Gesicht hielt das Bild vor mir fest, und ich sah, daß trotz seiner Zerbrechlichkeit und Häßlichkeit in seinen Augen die leuchtende Intelligenz eines scharfen und weisen Geistes schimmerte. Ich mochte diesen ungewöhnlichen Mann sofort.

Unter Stocken und Stammeln sprachen die beiden miteinander, und ich wandte meine Aufmerksamkeit den anderen beiden zu, die immer noch schaudernd unterhalb des Steines standen. Sie hatten den Mann gesehen, den Twrch getötet hatte – die Leiche lag mit dem Gesicht nach unten nur ein paar Schritte von ihnen entfernt – und waren erschüttert darüber.

Einer der Männer – er war etwa eine Handbreit größer als der andere – hatte etwas von einem Führer an sich. Er trat zögernd auf die Leiche zu. Twrch knurrte, und seine Nackenhaare sträubten sich. Der Mann trat sofort zurück. Twrch legte sich wieder hin.

Der kleine Mann warf einen Blick auf die Leiche und sagte dann etwas zu Llew, der ihm in seiner Sprache antwortete. Sie redeten einen Moment, und dann sagte Llew zu mir: „Ich habe ihm erzählt, was passiert ist. Ich habe ihn gefragt, ob sie noch weitere – äh, Waffen bei sich haben. Er weiß es nicht."

Llews Augen verengten sich, als er die beiden Männer vor dem Stein ansah. „Das ist eine Katastrophe, Bruder", erklärte er unverblümt. „Du weißt, wie viele Probleme Simon hier verursacht hat – diese Männer hier sind viel schlimmer als er und können großes Unheil anrichten. Ich habe sie schon einmal gesehen, aber sie erkennen mich nicht. Der Größere – Weston – ist ihr Anführer. Twrch hat einen seiner Leute getötet."

Llew wandte sich in seiner unbeholfenen Sprache an den kleinen Mann Nettles und sagte dann zu mir: „Sie müssen bewacht und so bald wie möglich in ihre eigene Welt zurückgebracht werden. Nettles ist derselben Ansicht; er hat versucht, sie zurückzuhalten", erklärte Llew. „Er hat sie lange Zeit daran gehindert, hierherzukommen. Doch heute hatten sie Glück – oder besser gesagt Pech."

Ich verstand nicht alles, was Llew sagte – obwohl ich wußte, daß er über die Ankunft der Fremden sprach. Er war wütend und wollte, daß sie wieder zurückkehrten – soviel verstand ich.

Kurz darauf gingen Llew und der kleine Mann zu den beiden anderen hinüber. Die beiden Fremden zuckten zusammen, als Llew auf sie zukam – verständlicherweise. Denn obwohl er nur eine Hand hatte, hätte er jeden der beiden mit einem einzigen Schlag töten können.

Als ich ihn den beiden gegenüberstehen sah, wurde mir bewußt, wie sehr sich Llew verändert hatte. Schultern und Rücken waren breit, die Arme muskelbepackt, die Beine lang und kräftig. So wie der Stein des Riesen über ihm aufragte, so überragte er die zerbrechlichen Geschöpfe, die davor kauerten.

Er trat vor sie, und vor meinem inneren Auge sah ich ihre feigen, angstverzerrten Gesichter. Ich hörte sie in ihrer ruppigen Sprache mit Nettles reden.

Llew kehrte zu mir zurück. „Nettles sagt ihnen, was zu –" Er blieb stehen und sah sich rasch um. „Warte mal! Wo ist Ffand?"

Plötzlich rannte Llew davon. „Sie ist getroffen worden!" rief er. „Dieser Idiot hat Ffand angeschossen!"

„Was?"

„Hier drüben, Tegid! Beeil dich!"

Sie lag zusammengekrümmt auf dem Boden – kaum mehr als ein aufs Gras geworfener Umhang, wie es schien. Ein tiefroter Fleck breitete sich langsam über ihre Seite aus.

„Sie blutet. Es sieht übel aus, Tegid." Behutsam tastete er die Wunde mit den Fingern seiner Hand ab. „Die Kugel –" sagte er, „ich glaube, sie ist durchgegangen. Die Wunde ist glatt, aber sie blutet sehr stark."

Ich riß einen Streifen Stoff vom Saum ihres Umhangs, faltete ihn zusammen und preßte ihn auf die Verletzung. „Wir werden die Wunde verbinden", sagte ich. „Mehr können wir nicht tun, bis wir nach Dun Cruach kommen."

Llew drückte den zusammengefalteten Stoffstreifen auf die Wunde, während ich sie mit meinem weiteren Streifen, den ich aus ihrem Umhang riß, verband. Ich zog den Knoten fest über der Verletzung zusammen, um die Bandage zu fixieren.

„Ich hoffe, das reicht, bis wir nach Dun Cruach kommen. Du mußt sie zu den Wagen bringen, Tegid. Ich werde mich um diese – diese Eindringlinge kümmern." Die letzten Worte preßte er zwischen zusammengebissenen Zähnen hervor. „Kannst du sehen?"

„Gut genug." Ich bückte mich, um Ffand auf die Arme zu nehmen, und hörte hinter mir das Trappeln näherkommender Pferde: Bran und Alun waren gekommen. Das plötzliche Erscheinen der beiden Raben mit ihren blauen Tätowierungen, Armbändern, Speeren und Schilden versetzte die Fremden erneut in Schrecken. Sie kauerten sich dicht an den Stein des Riesen und betrachteten die Krieger aus weit aufgerissenen, furchtsamen Augen.

„Wir haben ein seltsames Geräusch gehört", erklärte Bran, während er die Fremden beäugte, „und dachten uns, wir sehen lieber nach, was mit euch passiert ist. Können wir irgend etwas für euch tun? Ist jemand verletzt?"

Alun betrachtete die Fremden stirnrunzelnd. „Dyn Dythri", murmelte er.

„Kein Angst, Alun", sagte Llew kalt. „Sie bleiben nicht lange. So bald wie möglich gehen sie dahin zurück, woher sie gekommen sind."

„Wirst du es jetzt tun?" fragte Alun und blickte zum Stein des Riesen hinüber. „Hier?"

„Nein", erwiderte Llew. „Das Portal – das Tor ist jetzt geschlossen. Wir müssen einen anderen Ort finden, um sie zurückzuschicken." Er deutete auf die Fremden, die zitternd im Schatten des Steins standen. „Bring sie zu den Wagen, Alun." Zu Bran sagte er: „Du nimmst Ffand mit dir. Mach ihr ein bequemes Lager zurecht. Tegid und ich werden nachkommen – wir haben zuerst noch etwas zu tun."

Ich hob Ffand empor und gab sie Bran, der das bewußtlose Mädchen vor sich auf den Sattel nahm, sein Pferd wendete und losritt. Alun ritt mit dem Speer im Anschlag zu den mit offenen Mäulern gaffenden Fremden hinüber. Eine rasche Geste mit der Speerspitze reichte, um sie in Bewegung zu setzen. Sie entfernten sich auf dem Sarn Cathmail; wir warteten, bis sie hinter der Kuppe verschwunden waren, und machten uns dann an die Arbeit, den toten Fremden im Schatten des Carreg Cawr zu begraben.

Llew durchschnitt die Grasnarbe mit seinem Schwert und rollte das Gras zurück. Er hieb mit seinem Dolch auf die Erde ein, dann scharrten wir die lose Erde mit den Händen heraus; Twrch half uns beim Graben. Als wir ein flaches Grab ausgehoben hatten, ging Llew zu der Leiche hinüber. Einen Moment lang stocherte er im Gras herum, bis er gefunden hatte, was er suchte. Er bückte sich und hob einen seltsamen Gegenstand auf, wie ich ihn zuvor noch nie gesehen hatte: klein, eckig, mit einem kurzen vorstehenden Schaft; die Farbe war blauschwarz, aber die Oberfläche schimmerte metallisch.

„Das ist die Waffe – eine Pistole", erklärte er. Der Gegenstand sah weder groß noch mächtig genug aus, um ernsthaften Schaden anzurichten, geschweige denn das krachende Geräusch zu verursachen, das wir gehört hatten. Llew brach das Ding auf und schüttelte mehrere winzige, samenkornähnliche Gegenstände heraus. Er hob sie auf.

„Kugeln", sagte er und steckte die Spitze eines der Dinger in den Mund. Er biß die Spitze ab, spuckte sie aus und schüttete aus der zurückbleibenden bronzefarbenen Hülle ein schwarzes Pulver heraus. Ebenso verfuhr er mit jedem der Dinger; dann warf er die Pistole in das Grab. „So", sagte er mit grimmiger Befriedigung, „die hat ihren letzten Schuß abgefeuert."

Wir zerrten den Leichnam des Fremden zum Grab und rollten ihn hinein. Die Kehle des Mannes war zerrissen; Blut durchtränkte die Vorderseite seines dünnen Siarcs. Twrch beobachtete uns still, während wir die Erde und die Grasnarbe wieder darüber deckten.

Dann kehrten wir zu unseren Pferden zurück und ritten eilig los, um die Wagen und unsere Freunde wieder einzuholen. In jener Nacht lagerten wir in der Heide am Sarn Cathmail. Wir bewachten die Dyn Dythri, um ihnen keine Chance zur Flucht zu lassen, und am nächsten Tag setzten wir unseren Weg fort. Allmählich veränderte sich das Gelände: Der Boden, der bisher schon trocken gewesen war, war jetzt aufgebrochen und von der Sonne steinhart gebacken; das wenige Gras, das noch blieb, war dünn und ausgebleicht. Die Heide war braun und der Himmel schmutziggelb von dem Staub, den der Wind durch die Luft trug.

Die Kundschafter kehrten mit der Nachricht zurück, daß die vor uns liegenden Bäche und Sumpfquellen verdorben seien. Wenig später erreichten wir einen kleinen, toten See. Das Wasser war faulig, und ein schwärzlicher Schaum schwamm auf der Oberfläche. Fliegen schwärmten in Wolken am Ufer, wo tote Fische sich in der Sonne blähten.

Wir ritten weiter, vorbei an Bächen und Teichen und Seen verschiedener Größe, und überall war das Wasser schwarz und giftig, die Ufer mit fauligen, ockerfarbenen Ablagerungen umsäumt; alle Pflanzen an den Rändern der Gewässer waren verwelkt, braun und eingetrocknet. Hier und da schimmerten die Knochen vergifteter Tiere trübe in der Sonne, und in der Nähe lagen die Kadaver von Aasvögeln herum.

Wir reisten durch ein stilles und schweigsames Land. Doch sein Schweigen war die Pest, und seine Stille die Stummheit des Todes. Die Luft stank nach Krankheit, Verfall und Verwesung. Hitze und Gestank verbündeten sich und setzten uns grausam zu. Unsere Augen brannten, und unsere Mägen drehten sich um; wir schwankten vor Übelkeit in unseren Sätteln. Selbst den Pferden machte die faulige Luft zu schaffen: Schaum tropfte von ihren Mäulern, ihre Muskeln bebten und zuckten, und sie wollten nicht fressen.

„Es ist noch schlimmer geworden", murmelte Rhoedd finster. „Schlimmer als bei meinem Aufbruch. Jetzt ist auch die Luft schlecht; es hat nicht so gestunken, als ich zuletzt hier war."

„Mit der Zeit", bemerkte Bran, „stinken alle Leichen."

Rhoedd hatte uns gewarnt, doch die Wirklichkeit war schlimmer als alles, was er hätte sagen können. Denn für das Land unter diesem tristen, gelben Himmel schien jede Hilfe zu spät zu kommen. Und mit jedem Schritt wurde es schlimmer. Die geheimnisvolle Verderbnis war tief eingedrungen und nach außen gesickert und hatte ihr Gift durch ganz Albion verbreitet.

# 29

## Fäulnis

Das Gewicht der Wagen hinderte uns daran, schneller zu reiten, sonst hätten wir Dun Cruach vielleicht früher erreichen können. Doch so mußten wir noch zwei weitere Tage in der bedrückenden Hitze der sengend vom Himmel herabbrennenden Sonne ertragen, den Gestank des Todes in unseren Nasen, mit jedem Schritt Staub und Verfall einatmend.

Die Sonne schien den Himmel zu versengen und den Boden in Asche zu verwandeln. Mir blieb das augenverbrennende Licht erspart, doch die stehende, unbewegte Luft lag auf meinen Lungen wie Wolle und machte jeden Atemzug zu einer Qual. Wir ritten wortlos dahin, die Köpfe gesenkt, entmutigt von der erbarmungslosen Fäulnis.

Das Gelände war zu uneben und holprig, um auf den Wagen zu fahren; deshalb wechselten wir uns ab, Ffand zu tragen. Sie wog fast nichts und kam nur selten zu Bewußtsein. Wir gaben ihr zu trinken und wuschen ihr Gesicht und ihren Hals mit kühlenden Tüchern, um ihr Erleichterung zu verschaffen, aber ihre Verletzung war schwer, und ich glaubte nicht, daß sie noch lange durchhalten würde.

Wir erreichten Dun Cruach in der Abenddämmerung – benommen vor Hitze auf strauchelnden Pferden und stumpf von den Strapazen der Reise. Doch der Anblick der Festung und ihrer Menschen, die aus den Toren geströmt kamen, um uns zu empfangen, ließ uns die Herzen leichter werden. Sie sahen die Fässer und rannten zu ihnen. Augenblicke später waren die Wagen umringt, und Freudenschreie und fröhliche Rufe ließen die stille Luft erzittern. Ffand, die ich vor mir auf dem Sattel trug, rührte sich bei den Geräuschen, wurde jedoch nicht wach.

Cynans Stimme übertönte alle anderen. „Willkommen, Brüder!" begrüßte er uns fröhlich. „Nie waren Gäste willkommener in Dun Cruach. Trotzdem werdet ihr keinen Willkommenskelch bekommen. Das letzte Bier haben wir gestern getrunken."

„Sei gegrüßt, Cynan", sagte Llew, während er sich aus dem Sattel gleiten ließ. „Wir sind gekommen, so schnell wir konnten."

„Und keine Stunde zu früh", erwiderte Cynan. Ich hörte ein dumpfes Klatschen, als Cynan Llew den üblichen Schlag auf die Schulter verabreichte; dann spürte ich, da ich noch im Sattel saß, seinen Griff an meinem Knie. „Danke, Freunde. Das werden wir euch nicht vergessen."

„Es ist nur eine kleine Gegenleistung für all das, was ihr für uns getan habt", erwiderte Llew.

„Wen hast du da bei dir, Tegid?" fragte Cynan. „Erzähl mir nicht, daß du dir eine Braut genommen hast."

„Das ist Ffand", antwortete ich. „Wir haben sie unterwegs getroffen."

„Sie war es, die uns half, Meldron in Sycharth zu entkommen", sagte Llew.

„Wirklich?" staunte Cynan.

„Und sie ist verletzt", fuhr Llew fort. Bevor er weitersprechen konnte, kamen Bran und Alun auf uns zu und fragten, was mit den Fremden geschehen sollte. „Bringt sie zu mir", sagte Llew.

„Dyn Dythri unter uns?" wunderte sich Cynan. Er hatte wohl seinen Blick dem Wagen zugewandt, wo Bran und Alun unsere Gefangenen entluden. Er schwieg und betrachtete ihre seltsame Erscheinung. „Wie ich sehe, hast du es vorgezogen, sie zu fesseln", bemerkte er.

„Es schien das beste zu sein", erwiderte Llew. „Sie sind Feinde. Einer von ihnen hat Ffand verletzt – er ist tot", sagte er und berichtete, wie wir die Eindringlinge gefangengenommen hatten. „Wir werden sie so bald wie möglich in ihre eigene Welt zurücksenden. Bis dahin müssen wir dafür sorgen, daß sie uns nicht entkommen." Er hielt inne und fügte hinzu: „Der mit dem Haar wie Lammwolle allerdings – der ist ein Freund."

„Eine merkwürdige Art, einen Freund zu behandeln. Doch wenn die Dinge so liegen, werde ich einen Lagerraum für sie vorbereiten lassen. Mein Vater hatte noch nie Verwendung für ein Kerkerloch.“ Er rief Bran und Alun ein paar Anweisungen zu, drehte sich dann um und drängte uns, mit ihm in die Halle zu kommen. „Es ist zu heiß, um hier draußen in der Sonne herumzustehen. Drinnen ist es kühler.“

Cynan rief einige seiner Leute heran und befahl ihnen, Ffand zu nehmen, ihre Wunde zu verbinden und ihr ein Ruhelager zu bereiten. „Ich werde mich bald um sie kümmern“, sagte ich, als ich das Mädchen ihrer Obhut übergab.

Wir gingen in die Halle, um Cynfarch zu begrüßen. Der König hieß uns steif, fast zornig willkommen; dann wandte er sich ab und gab seinen Männern Anweisungen, das Wasser auszuteilen.

„Es fällt ihm schwer, eure Hilfe anzunehmen“, erklärte Cynan. „All das ist so schnell über uns gekommen – es gab keine Vorwarnung. Wir haben durch das Gift viele Leute verloren. Wir haben versucht, neue Brunnen zu graben, aber es ist so trocken –“

„Wir sind gekommen, um euch mit nach Dinas Dwr zu nehmen“, sagte Llew. „Das Wasser, das wir mitgebracht haben, wird ausreichen, um uns dorthin zu bringen. Wie bald könnt ihr marschbereit sein?“

Cynan schwieg einen Augenblick. „Wir könnten sofort gehen“, antwortete er. „Aber ich glaube nicht, daß Cynfarch gehen will.“

„Wir werden mit ihm reden.“

„Unbedingt“, stimmte Cynan zu. „Aber rechnet nicht damit, seine Haltung ändern zu können. Ich hatte schon alle Mühe, ihn dazu zu bringen, Rhoedd zu schicken – und selbst dann wollte er mir nicht erlauben, euch um Hilfe zu bitten. Mein Vater kann sehr störrisch sein.“

„Vielleicht wird er seine Meinung ändern, jetzt, wo wir da sind“, meinte Llew.

„Vielleicht“, gab Cynan zu. „Laßt mich nach dem Essen noch einmal mit ihm reden.“

Es war ein trübsinniges Mahl, das wir an diesem Abend einnahmen. Cynfarch, dem es peinlich war, daß er uns nicht angemessen bewirten konnte, saß finster und schweigsam auf seinem Stuhl, ein grimmiger Tischgenosse. Obwohl die Leute sich über das Wasser freuten, kamen sie gegen die Melancholie ihres Herrn nicht an. Inmitten eines verödeten Landes war Dun Cruach zu einem trostlosen und verzweifelten Ort geworden.

„Es ist schlimmer, als ich dachte“, flüsterte Llew, als wir uns endlich von der Tafel zurückziehen konnten. Wir standen vor der Halle, doch die Luft war immer noch heiß, und kein Windhauch frischte sie auf.

„Wir hätten nicht kommen sollen“, sagte ich.

„Ohne das Wasser wären sie gestorben“, gab Llew bitter zurück.

Cynan trat zu uns. Er sah Llews Gesichtsausdruck und sagte: „Wenn ihr Pläne für Meldrons Untergang schmiedet, bin ich euer Mann.“

„Hast du schon mit Cynfarch gesprochen? Wir wagen es nicht, uns hier länger aufzuhalten als nötig.“

„Ich habe soeben ausführlich mit ihm gesprochen“, erwiderte Cynan düster. „Mein Vater würde eher sterben, als sein Reich zu verlieren.“

„Sein Reich ist bereits verloren!“ zischte Llew. „Sein Leben ist als nächstes verspielt.“

„Meinst du, das weiß er nicht?“

Einen Moment lang herrschte Schweigen. Die beiden standen sich gegenüber und sahen sich an; ich spürte ihre Spannung und ihren Zorn in der Hitze.

„Würde er es um seines Volkes willen tun?“ fragte ich.

„Für sein Volk, aye, aber aus keinem anderen Grund.“

„Dann müssen wir ihm begreiflich machen, daß sein Volk sterben wird, wenn wir auch nur einen Tag länger bleiben.“

„Leicht gesagt, aber schwer zu bewerkstelligen“, gab Cynan zurück. Nach einer Pause fügte er hinzu. „Mein Vater meint, daß Regen kommen und die Fäulnis beenden wird. Er irrt sich, und das habe ich ihm gesagt. Aber er will nicht auf mich hören.“

„Wir sollten jetzt mit ihm reden“, schlug Llew vor, „und die Sache ein für allemal klären.“

„Es ist spät, und er ist nicht in der Stimmung zum Reden“, sagte Cynan. „Warten wir lieber bis zum Morgen.“

Wir fielen wieder in ein unbehagliches und mißgestimmtes Schweigen. Die Stille wurde gespannt und peinlich; wir alle dachten an die Aufgabe, die vor uns lag, und daran, ob wir jetzt auf Cynfarch zugehen oder bis zum Morgen warten sollten. Rhoedd ersparte uns die Entscheidung – er erschien in diesem Moment, um uns mitzuteilen, daß Cynfarch die Eindringlinge zu sehen wünschte. „Der König wünscht, daß sie sofort vor ihn gebracht werden", sagte Rhoedd.

Llew zögerte. „Na schön", sagte er langsam. Ich merkte, daß es ihm nicht gefiel, den Fremden auch nur einen vorübergehenden Blick auf die Freiheit zu gewähren. „Bring sie her." Sie wandten sich wieder der Halle zu. „Kommst du, Tegid?"

„Gleich", antwortete ich. „Ich will erst nach Ffand sehen."

Cynan rief eine der Frauen aus der Halle und wies sie an, mir den Weg zu zeigen, und ich folgte ihr zu einer nahe gelegenen Behausung. „Hier ist sie", sagte die Frau, und beim Klang ihrer Stimme erwachte mein inneres Auge. Ich sah Ffand schlafend auf einem weichen Lager aus Fellen liegen; neben ihr saß eine Frau und hütete ein glühendes Windlicht. Da es warm im Raum war, lag sie nackt unter einer dünnen, gelben Decke. Die Frauen hatten kostbares Wasser verwendet, um sie zu waschen, und die Wunde mit sauberen Tüchern verbunden. Sie hatten Ffands Haar gekämmt und geflochten.

Ich kniete neben ihr nieder und sprach ihren Namen aus. „Ffand. Ich bin es, Tegid. Kannst du mich hören?" Ich berührte ihre kleine, nackte Schulter. „Kannst du mich hören, Ffand?"

Sie bewegte sich, und ihre Lider öffneten sich langsam. „Das ist nicht Llews Festung", stellte sie fest. Ihre Stimme klang dünn wie Spinnweben.

„Nein, das ist sie nicht. Wir sind in Dun Cruach, der Siedlung unserer Verbündeten, Cynan Machaes und seines Vaters König Cynfarch."

„Oh", seufzte sie erleichtert.

„Dachtest du, es wäre Dinas Dwr?"

„Es heißt, Dinas Dwr sei eine verzauberte Festung mit Wänden aus Glas, so daß man sie nicht sehen könne", flüsterte sie. „Darum kann Meldron sie nicht finden. Und ich habe *nicht* gedacht, daß das hier Dinas Dwr ist", meinte sie mit tiefer Verachtung. Sie schloß ihre Augen wieder, als wollte sie einen widerwärtigen Anblick ausschließen.

„Wie fühlst du dich, Ffand? Tut es weh?" Sie schüttelte leicht den Kopf. „Bist du hungrig?"

Ihre Augen flackerten wieder auf. „War er einer von Nudds Männern?"

„Wer?"

„Der Fremde", sagte sie, und ihre Stimme wurde noch leiser. „Hat er sich deshalb unter dem Stein des Riesen versteckt?"

Ich dachte einen Augenblick lang darüber nach. „Ja", antwortete ich dann. „Er war einer von Nudds Männern. Darum hat er sich unter dem Stein versteckt."

„Dann bin ich froh, daß Twrch ihn getötet hat." Sie schluckte; ihre Halsmuskeln arbeiteten, aber ihr Mund war trocken. Ich hob ihren Kopf an und nahm den Becher. Sie trank einen Mundvoll; mehr wollte sie nicht.

Ich stand auf. „Ich werde bald wieder nach ihr sehen", sagte ich. „Sagt mir Bescheid, wenn sie vorher wieder aufwacht."

Die Frauen nickten und nahmen ihre Wache wieder auf. Ich kehrte in die Halle zurück. Mein inneres Auge blieb wach, so daß ich die Fremden sehen konnte, als ich eintrat. Sie standen vor Cynfarch, jeder bewacht von einem Krieger, der seinen Arm umklammerte. Die Fremden blinzelten und starrten die Menge an, die um sie versammelt war. Ich nahm meinen Platz neben Llew ein, der ein wenig abseits stand und zusah.

Cynfarch, stets eine beherrschende Erscheinung, saß mit stolzer Autorität auf seinem Stuhl. Er betrachtete die Fremden mit kalter Neugier, dann hob er die Hand und winkte dem großen Fremden, vorzutreten. Der schluckte hart und hob beschwörend die Hände, wobei er in seiner widerwärtigen Sprache beschwörend jammerte. Auch ohne die Worte zu verstehen, war mir klar, daß der arme Tropf um sein elendes Leben winselte.

*„Rhoi taw!"* warnte ihn Cynan. Was er meinte, war deutlich genug, denn der Mann klappte mit einem Wimmern den Mund zu. „Edler Vater", sagte Cynan und wandte sich wieder an den König. „Ich habe die Dyn Dythri vor dich gebracht, wie du

befohlen hast. Sieh sie an, Herr, und erkenne, daß sie nicht von unserer Art sind."

„Das ist nicht zu übersehen", erwiderte Cynfarch. „Ich möchte wissen, warum sie hierhergekommen sind."

„Ich werde sie fragen", erbot sich Cynan, „aber ich glaube nicht, daß sie unsere Sprache sprechen."

„Das mag sein", erwiderte der König, „doch ein Mann muß für sich selbst sprechen, wenn er kann. Frage sie."

Cynan wandte sich dem Mann namens Weston zu und fragte: „Wie heißt du, Fremder? Und warum bist du hergekommen?"

Der Fremde versteifte sich, als Cynan ihn ansprach. Er gab einen miauenden Laut von sich und vollführte eine hilflose Geste. Einige der Zuschauer lachten, aber es war ein unbehagliches Lachen, das sofort wieder erstarb. Der andere Fremde wand sich mit schreckgeweiteten Augen.

Cynan wandte sich wieder an seinen Vater. „Offenbar besitzt der Fremde nicht die Gabe des Verstehens, Herr."

„Das wundert mich nicht, wenn ich ihn mir ansehe", sinnierte der König. „Dennoch möchte ich wissen, warum er und seine Begleiter gekommen sind. Ist hier jemand, der für ihn sprechen kann?"

„Das werde ich sogleich herausfinden", sagte Cynan und trat zu Llew und mir. „Nun, Bruder? Möchtest du für ihn sprechen?"

„Dabei kann nichts Gutes herauskommen", murmelte Llew, als er vortrat. Er ignorierte den Mann namens Weston und winkte statt dessen den kleinen, weißhaarigen Fremden zu sich.

„Dieser Mann heißt Nettles", sagte Llew dem König. „Ich kenne ihn; er ist mein Freund. Er ist so etwas Ähnliches wie ein Barde, und man kann sich darauf verlassen, daß er die Wahrheit sagt. Darin ist er anders als die anderen." Llew winkte dem Mann, neben ihn zu treten, und legte ihm seine Hand auf die schmale Schulter. „Er ist ehrenwert – ein Mann von großer Weisheit und Gelehrsamkeit. Er hat darum gekämpft, diese anderen daran zu hindern hierherzukommen und wird dein Urteil in dieser Sache unterstützen." Er hielt inne und betrachtete den kleinen Mann mit Zuneigung. „Ich bin in der Lage, seine Sprache zu verstehen. Frage ihn, was du willst, ich bin bereit, für ihn zu sprechen."

Zur Überraschung aller in der Halle Versammelten antwortete der schneehaarige Mann ohne Zögern in einer Sprache, die der unseren sehr ähnlich war, obwohl ich sie nicht verstehen konnte. „Was sagt er?“ fragte ich Llew, der den kleinen Mann grimmig lächelnd beobachtete.

„Keine Ahnung“, erwiderte er. „Er spricht eine Sprache namens Gälisch.“

„Hast du ihm gesagt, daß er das tun soll?“

„Nein“, antwortete er, „es war seine eigene Idee. Er dachte wohl, es könnte nützlich sein.“

Bevor er weitere Erklärungen abgeben konnte, schaltete sich der König ein: „Dieser Mann spricht mit Offenheit. Was hat er gesagt?“

„Erlaube mir, mit ihm zu sprechen, edler Herr“, sagte Llew zu Cynfarch. Llew wandte sich zu dem kleinen Mann, und sie redeten miteinander. Weston und der andere Fremde starrten sie verblüfft an.

Dann richtete der kleine Mann mit sicherer Stimme das Wort an den König. Als er geendet hatte, ergriff Llew das Wort. „Großer König“, sagte Llew, „er sagt, sie seien von einem Ort jenseits dieses Weltenreichs hierhergekommen. Er sagt, er lüge nicht, wenn er dir sage, daß die Männer, die mit ihm gekommen sind, keine guten Männer seien. Sie haben seit langem versucht, sich einen Zugang nach Albion zu verschaffen, und wie du siehst, haben sie es endlich geschafft.“

Llew legte seinen Kopf nahe an den seines Freundes, und sie redeten leise miteinander. Weston beugte sich vor, um zu hören, was sie sagten, doch sein Bewacher packte ihn am Arm und zog ihn zurück.

Nettles sprach wieder, und Llew fuhr fort, dem König zu übersetzen, was er gesagt hatte: „Laß dich nicht täuschen. Sie mögen dir schwächlich und unbedeutend erscheinen, doch sie bringen eine schreckliche Macht und Bosheit mit, um dieses Weltenreich zu verderben und zu beschmutzen. Sie ahnen kaum, was sie tun, doch das wenige, was sie wissen, dient keiner guten Absicht. Es ist richtig, daß sie gefangengenommen wurden, denn man kann ihnen nicht trauen.“

Der König hörte sich das ernst an und wandte dann seine Aufmerksamkeit wieder Weston zu. Der Fremde erzitterte erbärmlich unter Cynfarchs strengem Blick, und Schweiß lief an der Seite seines Kopfes und am Hals hinab. Als er schließlich den Blick des Königs nicht länger ertragen konnte, streckte er seine Hände flehend nach Nettles aus und blökte ihn in seiner häßlichen Sprache an.

Llew und Nettles besprachen sich miteinander. „Dieser Mann heißt Weston", wandte sich Llew dann an den König. „Er verlangt zu wissen, warum er gefangengehalten wird. Er sagt, du hättest kein Recht, ihn so zu behandeln, und befiehlt dir, ihn sofort freizulassen."

Die Forderungen des Fremden erzürnten den König, der sofort sein Urteil über die Dyn Dythri fällte. „Die Unwissenheit dieses Fremden ist unübersehbar", sagte Cynfarch mit einem drohenden Knurren in der Stimme. „Weiß er nicht, daß ich ein König bin? Und da Gerechtigkeit meine Pflicht ist, ist ihre Ausübung mein Recht. Begreift er das nicht?"

„Ich glaube, er erkennt keinen König über sich an, Herr", meinte Llew. „Ich glaube, ich kann mit Sicherheit sagen, daß diese Fremden das Königtum weder achten noch respektieren – sei es bei sich selbst oder bei anderen."

Cynfarchs blaue Augen verengten sich. „Auch das ist unübersehbar. Kein kluger Mensch tritt mit Forderungen vor einen souveränen Herrn, ohne sich vorher durch Treue und Dienst dieses Recht erworben zu haben."

„Vater", warf Cynan ein. „Llew hat sich dafür ausgesprochen, diese Fremden so bald wie möglich in ihre eigene Welt zurückzuschicken."

„Stimmt das?" wandte sich Cynfarch an Llew.

„So ist es, Herr", erwiderte Llew. „Der Oberste Barde weiß, wie das zu bewerkstelligen ist."

„Dann wollen wir verfahren, wie du es für richtig hältst", sagte der König. „Wenn wir uns vor Schaden schützen können, ohne den Fremden Leid zuzufügen, indem wir sie in ihr eigenes Weltenreich verbannen, dann soll es so geschehen." Er winkte den Wachen. „Bringt sie weg. Ich will nichts mehr hören."

Die Fremden wurden sofort hinausgeführt. Weston protestierte immer noch lärmend, als die Krieger ihn aus der Halle zerrten. Der König machte ein finsteres Gesicht und schüttelte langsam den Kopf. Das ungehobelte Verhalten der Fremden hatte ihn in Verlegenheit gebracht.

Llew, der seine Gelegenheit erkannte, sagte: „Fürst Cynfarch, du hast gesehen, wie die Dinge stehen. Das Wasser ist vergiftet; ungehobelte Fremde dringen frech in Albion ein; Meldron durchstreift Caledon und vernichtet alle, die es wagen, ihre Hand gegen ihn zu erheben."

„Es sind sehr schlechte Zeiten. Zeiten, wie ich sie in meinem ganzen Leben noch nicht erlebt habe", stimmte der König zu.

„Und es wird noch schlimmer kommen", fuhr Llew fort. „Doch in Dinas Dwr gibt es Wasser genug für alle und Nahrung, und hinter dem Druim Vran sind wir sicher. Ich lade dich ein, dich bei uns im Norden in Sicherheit zu bringen – wenigstens so lange, bis Meldron besiegt ist."

„Aber wie soll Meldron besiegt werden", fragte Cynfarch, „wenn sich ihm niemand entgegenstellt?"

„Wir werden uns Meldron entgegenstellen", versicherte ihm Llew. „Wenn die Zeit dazu gekommen ist, wirst du feststellen, daß wir nicht zögern, zu den Waffen zu greifen. Wir haben Wasser mitgebracht; es wird genügen, bis wir Dinas Dwr erreichen. Doch wir können nicht länger warten. Wir müssen sofort aufbrechen."

Der König dachte darüber nach. „Ich höre deine Worte", erwiderte Cynfarch schließlich. „Ich werde dir meine Entscheidung am Morgen mitteilen."

Llew schien weiter in ihn dringen zu wollen, doch ich wußte, daß er damit nur Cynfarchs Haltung verhärten würde. Ich schaltete mich ein und sagte: „Wir werden deine Entscheidung erwarten, Herr."

Daraufhin zog sich Cynfarch in seine Kammer zurück, und die Leute gingen zu ihren Schlafstätten, so daß Llew, Cynan, Bran und ich allein zurückblieben. „Wie kann er ablehnen?" fragte Llew. „Hier gibt es kein Wasser. Ihr könnt nicht länger hierbleiben."

„Aber wir können auch nicht fortgehen, wenn der König es nicht will", sagte Cynan. „So ist es nun einmal. Wir werden bis morgen auf seine Entscheidung warten müssen."

„Nun gut", warf Bran ein. „Ich gehe schlafen." Er stand auf, und ich hörte, wie sich seine Schritte in eine Ecke der Halle entfernten, wo er sich vermutlich auf einem Kalbsfell auf dem strohbedeckten Boden niederlegte.

„Das ist vernünftig", sagte Cynan. „Kommt, ich zeige euch eure Schlafstätten."

Wir standen auf und gingen zur Tür der Halle. Als wir jedoch nach draußen traten, kam uns eine der Frauen, die über Ffand wachten, aufgeregt entgegengelaufen. „Hoher Barde", wandte sie sich ehrfurchtsvoll an mich, „du mußt sofort kommen. Das Kind ruft nach dir."

Wir gingen alle drei zusammen zu Ffand. Als wir den spärlich erleuchteten Raum betraten, hörte ich die Frau an ihrer Seite sagen: „Hier ist der Barde, Kind. Llew ist bei ihm."

Bei diesen Worten erwachte mein inneres Gesicht, und ich sah die schlanke Gestalt des Mädchens auf dem Lager liegen, die Haut bleich in dem trüben Licht. „Tegid?" sagte sie.

„Hier, Kind", sagte ich und kniete neben dem Bett nieder. „Ich bin hier, Ffand."

„Mir ist kalt", sagte sie. Ihre Stimme war ein Flüstern, in dem kaum noch Atem lag.

Die Hütte war unbehaglich eng, die Luft abgestanden. Doch sie zitterte vor Kälte. „Bring noch einen Umhang", sagte ich zu einer der Frauen.

Llew kniete neben mir nieder. „Tut es weh, Ffand?"

Sie schluckte. „Nein", sagte sie, „aber mir ist so kalt ... so kalt."

„Was wolltest du mir sagen", fragte ich.

Es dauerte einen Moment, bis sie wieder sprach. „Wo ist Twrch?" fragte sie dann.

„Er ist draußen. Er wartet auf dich. Er ist den ganzen Tag nicht von der Tür gewichen."

„Soll ich ihn hereinbringen?"

Sie schüttelte den Kopf – eine kaum merkliche Bewegung. „Er wird ohne mich in Schwierigkeiten kommen", flüsterte sie.

„Ffand“, sagte Llew, „es wird dir bald wieder bessergehen. Bald wirst du dich wieder um ihn kümmern können.“

„Kümmere du dich um ihn“, sagte das Mädchen mit noch schwächerer Stimme. „Er ist alles, was ich habe.“

„Ffand, hör zu –“ begann Llew. Er nahm ihre Hand. „Ffand?“

Doch ihr Geist war bereits entflohen. Ohne auch nur einen Schauder oder ein Seufzen war Ffand gestorben.

Llew blieb einen Moment sitzen und hielt ihre Hand, dann beugte er sich über sie und küßten sie auf die Stirn. Rasch stand er auf und ging nach draußen. Die Frau war mit dem Umhang zurückgekehrt. Gemeinsam entfalteten wir ihn und breiteten ihn über Ffands Leichnam. Dann ging ich hinaus zu den anderen.

„... und dann holst du Bran und Alun“, sagte Llew gerade. „Ich hole die Pferde.“

Cynan stürmte davon, und Llew wandte sich mir zu. „Die Dyn Dythri müssen heute nacht verschwinden! Dafür werde ich sorgen“, sagte er wütend.

„Aber wir müssen –“

„Heute nacht!“ rief Llew und stürmte davon. „Und du kommst mit uns, Tegid!“

## 30

### Wo zwei Wege sich kreuzen

Die Hitze des Tages war zu einer bedrückenden Schwüle dahingeschwunden; selbst in der tiefen Nacht war keine noch so geringe Erleichterung zu finden. Dennoch kamen wir rasch vorwärts: Llew, ich und vier von Cynans Kriegern, die die beiden Wagen eskortierten, in denen wir die gefesselten Fremden transportierten. Cynan ritt mit einer Fackel voraus und erkundete den Weg; Bran und Alun folgten.

Unser Ziel war die Stelle, wo der Sarn Cathmail, unsere Straße, die aus dem Norden herabführte, den Weg kreuzte, der nach Westen in die zentralen Berge von Caledon führte – eine Wegkreuzung. Nach Cynans Worten befand sich an dieser Kreuzung ein Hügel mit einem Birkenhain auf der Kuppe. Das war ein heiliger Ort, und von hier aus wollten wir die Dyn Dythri zurück in ihre eigene Welt befördern.

Llew beharrte weiterhin darauf, daß die Fremden sofort zurückmüßten, und es schien keinen Grund zu geben, ihm zu widersprechen. Also brachen wir auf, in der Hoffnung, die Kreuzung rechtzeitig zur Dämmerung, der Zeit zwischen den Zeiten, zu erreichen, wenn die Tür zwischen den Welten an diesem heiligen Ort sich für einen Moment öffnen würde.

Die Nacht arbeitete gegen uns: Kein Mond beleuchtete unseren Weg, und die Reise hatte viel länger gedauert, als wir vorausgesehen hatten. Nun beeilten wir uns, so sehr wir konnten, um den Ort rechtzeitig zu erreichen.

„Es ist unheimlich", murmelte Cynan. „Ich kenne die Gegend hier. Wir müssen in der Dunkelheit an dem Hügel vorbeigeritten sein." Er zügelte sein Pferd und wandte sich mir zu. „Vielleicht sollten wir umkehren."

Aus der Dunkelheit kam Llews Antwort. „Nein", erwiderte er knapp, während er mit uns gleichzog. „Wir hätten etwas von dem Hügelpfad sehen müssen – selbst im Dunkeln. Wir werden weiterreiten."

„Etwas sehen müssen!" protestierte Cynan. „Ich sehe meine Hand vor Augen nicht, geschweige denn den Weg vor mir."

Llew blieb hart. „Wir reiten weiter, Cynan. Ich werde nicht dulden, daß sie auch nur einen Tag länger in Albion bleiben."

Cynan seufzte, doch er trieb sein Pferd zu einem rascheren Schritt an.

Heller Mittag oder schwärzeste Nacht – für mich machte das keinen Unterschied. Mein inneres Auge blieb blind. Da ich nichts sah, lauschte ich auf jeden Laut, der durch die stille Nachtluft zu mir drang: Twrchs leise Pfoten und sein gelegentliches Schnüffeln auf dem Weg; das Knistern der Fackel, der Hufschlag der Pferde und das Ächzen der Wagenräder. Einmal hörte ich einen Vogel, der durch unseren Zug aufgeschreckt worden war und, während er emporflatterte, einen scharfen Ruf ausstieß, der körperlos in der gestaltlosen Leere verklang.

Nach einiger Zeit ritten wir einen langen Hang hinab in ein Tal. Cynan hielt, um unseren Standort zu bestimmen. Hinter uns kamen die Wagen holpernd zum Stehen. „Ich sehe nicht das geringste", beschwerte sich Cynan. „Tegid hätte eine bessere Chance, die Kreuzung im Dunkeln zu finden."

„Wir können nicht weit abgekommen sein", meinte Llew. „Kennst du dieses Tal?"

„Nein", erwiderte Cynan mit gereizter Stimme.

„Aber du mußt doch irgendeine Vorstellung haben, wo wir sind", beharrte Llew.

„Vielleicht, wenn ich etwas sehen könnte", gab Cynan zurück.

Llew schwieg für eine Weile. Die Fackel knisterte – sie machte Cynans Frustration hörbar.

„Nun?" fragte Cynan.

„Wir reiten weiter. „Vielleicht führt dieser Pfad zum Sarn Cathmail –"

„Vielleicht“, stimmte Cynan säuerlich zu, „vielleicht aber auch nicht.“

Llew schnalzte mit der Zunge und trieb sein Pferd weiter. Ich hörte das Seufzen des Leders und das Ächzen der Räder, als die Wagen sich wieder in Bewegung setzten. Ich folgte den anderen und wünschte, mein inneres Gesicht würde erwachen und mir irgendein Kennzeichen des Geländes offenbaren. Doch wie die anderen ritt ich weiter in Finsternis.

Lange Zeit ritten wir, ohne den Weg oder den Hügel zu finden. Niemand sprach; es war kein anderes Geräusch zu hören als der Hufschlag der Pferde und ein gelegentliches Holpern der Wagenräder. Ich mußte wohl, ohne es zu merken, im Sattel eingedöst sein, denn das nächste, was mir bewußt wurde, war, daß wir uns über eine flache Hügelkuppe schleppten und ich jemanden sagen hörte: „Es wird hell im Osten.“ Und fast im selben Augenblick rief Cynan: „Da ist es!“

Ich schüttelte mich, bis ich völlig wach war. „Da ist der Hügel“, sagte Cynan. „Man kann ihn im Süden ganz schwach ausmachen.“

„Wie weit?“ fragte ich, während ich neben Llew stehenblieb.

„Nicht weit“, antwortete er. „Wenn wir uns beeilen, schaffen wir es gerade rechtzeitig.“

Er schlug mit den Zügeln. „Reitet!“

Einen Herzschlag später rasten wir alle Hals über Kopf durch die lichter werdende Dunkelheit auf den Hügel zu. Ich folgte dem Klang der Hufschläge und kam dicht hinter Llew an. „Der Sarn Cathmail!“ rief er und sprang aus dem Sattel. Er rannte zu meinem Pferd und legte seine Hand auf die Zügel, als ich das Tier zum Stehen brachte. „Beeil dich, Tegid. Wir haben nicht mehr viel Zeit.“

Ich glitt von meinem Reittier und zog meinen Stab hinter dem Sattel hervor, als meine Füße den Boden berührten. „Bring mich zu der Stelle, wo sich die beiden Wege kreuzen.“

Llew führte mich zu der Stelle, wo ein gut ausgetretener Weg sich an dem Hügel entlangzog und den Sarn Cathmail kreuzte; dort nahm ich meinen Stab und hielt das Holz in die vier Viertel empor, wobei ich die jeweiligen Eigenschaften eines jeden Viertels beschwor, um die Kreuzung als heiligen Mittelpunkt zu markieren. Dann rannte ich ins östliche Viertel, von wo die verhüllende Dunkelheit kommt. An dieser Stelle setzte ich meinen Stab auf die Erde und begann einen Kreis auf dem Boden zu beschreiben, wobei ich die anfachenden Worte des Taran Tafod sprach.

*„Modrwy a Nerth ... Noddi Modrwy ... Noddi Nerth ... Modewy Noddi .. Drysi ... Drysi ... Drysi Noddi ... Drysi Nerth ... Drysi Modrwy ...“* wiederholte ich eines ums andere Mal – und ich spürte den durch die Worte entfachten Awen wie eine Flamme in mir auflodern. Meine Zunge schien vom Feuer berührt zu werden, und die Worte der Dunklen Sprache entflogen mir wie Funken in die schwindende Dunkelheit.

Ich fuhr fort, die Worte zu wiederholen, bis ich wieder meinen Ausgangspunkt erreicht hatte, so daß ich die ganze Kreuzung in einen Kreis eingeschlossen hatte. Und als die Spitze meines Stabes die beiden Enden des Kreises verband, spürte ich, wie sich die Haare auf meinen Armen emporstellten; mein Haut prickelte unter dem Ansturm der Kraft, die mich umfloß.

„Bringt die Dyn Dythri her“, rief ich, und gleich darauf hörte ich rasche Schritte, als sie sich näherten.

„Seht ihr den Kreis, den ich auf dem Boden markiert habe?“ fragte ich. „Laßt euch davon leiten. Cynan, nimm dir zwei Männer, und geht jeder mit einem der Fremden dreimal im Sonnensinn um den Kreis herum“, wies ich ihn an und deutete die Bewegung mit der Hand an.

„Jetzt?“ fragte Cynan.

„Ja, jetzt. Rasch.“

Cynan rief Bran und Alun herbei, damit sie sich der beiden anderen Fremden annahmen, und sie begannen den Kreis, den ich beschrieben hatte, zu umrunden. Als sie fertig waren, sagte ich: „Und jetzt bringt die Fremden in die Mitte, wo sich die beiden Wege kreuzen. Beeilt euch!“

„Erledigt“, meldete Bran wenige Augenblicke später. „Was sollen wir jetzt tun?“

„Bindet sie los, damit sie sich nicht selbst Schaden zufügen“, befahl ich.

Als das getan war, sagte Cynan: „Erledigt.“

„Laßt sie dort stehen, und kommt aus dem Ring heraus", erwiderte ich. „Haltet eure Speere bereit."

Die Männer gehorchten, worauf Llew fragte: „Und jetzt?"

„Und jetzt warten wir."

„Was wird geschehen?" fragte Bran.

„Das wirst du bald erleben", erwiderte ich. „Sag mir, was du siehst."

Wir warteten. Ich lauschte aufmerksam, doch ich hörte nur das Atmen der Männer.

Nach einer Weile beschwerte sich Cynan: „Es tut sich nichts."

„Warte nur", sagte Llew.

„Aber es ist fast Tag, und –"

„Still!"

Während dieses Wortwechsels bewegte sich einer der Fremden – ich hörte seine Füße auf den Pflastersteinen. Alun Tringad keuchte: „Habt ihr das gesehen?"

„Was?" fragte Llew. „Ich habe nichts gesehen."

„Schaut!" sagte Cynan aufgeregt. Ich spürte, wie er meinen Arm umklammerte. „Da passiert etwas!"

Twrch bellte laut auf.

„Sagt mir, was ihr seht! Beschreibt es!"

„Ich sehe Wasser! Es sieht aus wie Wasser – als ob sie mit Wasser bedeckt sind", sagte er.

„Versinken sie in dem Wasser?" fragte ich.

„Nein, sie stehen genauso da wie vorher; sie haben sich nicht bewegt", sagte Llew. „Aber sie verändern ihre Form – wie ein Spiegelbild auf den Wellen."

Da begriff, ich, was er meinte. Es war die Zeit zwischen den Zeiten. Die Dyn Dythri standen auf der Schwelle, aber sie mußten hinübergetrieben werden in ihre eigene Welt.

„Gut", sagte ich, „und jetzt, Cynan – du und deine Männer, ihr nehmt eure Speere und erhebt sie. Auf mein Zeichen fangt ihr alle gleichzeitig an zu schreien: Rennt auf die Fremden zu, als wolltet ihr sie jagen. Aber seht zu, daß ihr nicht selbst in den Kreis geratet. Verstanden?"

„Ja", erwiderte er und rief seinen Kriegern zu, sich zu einem Scheinangriff bereitzuhalten.

„Beeilung!“ rief Llew.

Ich hob meinen Stab hoch in die Luft und schlug fest damit auf den Boden. „Jetzt!“

Mit einem wilden Geschrei sprangen Cynan und die Krieger auf die Fremden zu. Ich hörte einen verwirrten Ruf und ein Geräusch, als ob jemand stolperte und mit einem Grunzen zu Boden fiel. „Was geht da vor?“

„Es ist – sie verschwinden“, erwiderte Llew. „Sie gehen über die Schwelle. Einer von ihnen ist bereits weg – ich kann ihn nicht mehr sehen. Er ist verschwunden! Und jetzt geht auch Weston ... er ist –“ Llew brach ab.

„Was ist los? Llew?“

Er antwortete nicht, aber ich spürte, wie er sich in Bewegung setzte. „Nein! Komm zurück, Llew!“

„Nettles!“ rief er. „Halt!“

Ich streckte die Hand aus und erwischte einen flatternden Zipfel seines Umhangs, als er nach vor stürmte. „Llew! Bleib stehen!“

Ich hielt seinen Umhang fest. Er versuchte sich loszureißen. „Laß mich!“

„Llew! Bleib hier!“

Twrch bellte wild.

Llew streifte den Umhang ab und rannte vorwärts, in den Kreis hinein. Cynan rief ihn zurück. Bran schrie ... aber er war schon verschwunden.

In sprachloser Verblüffung standen wir da. Die drei Fremden waren verschwunden – und Llew mit ihnen.

„Warum ist er gegangen?“ fragte Cynan, als er seine Sprache wiedergefunden hatte.

„Ich weiß nicht. Vielleicht hat er etwas gesehen ...“

„Aber was? Ich verstehe das nicht. Warum wollte er uns verlassen?“

„Ich kann es nicht sagen.“

Wir warteten in der unbehaglichen Stille nach dem Tumult der letzten Augenblicke. Ein leichter Wind erhob sich, als die Sonne emporstieg. Cynan berührte mich leicht am Arm. „Ich glaube, wir sollten von hier verschwinden.“ Bedauern und Schreck ließen seine Stimme fremd in meinen Ohren klingen.

„Ja", stimmte ich zu.

Als ich mich nicht bewegte, berührte er mich noch einmal. „Bald", sagte er. „Es wird hell."

„Wir werden bald gehen."

Er rief nach seinen Männern, und sie setzten sich in Richtung der Pferde und Wagen in Bewegung. Ich blieb allein zurück, immer noch fassungslos über das, was gerade geschehen war. Dann hörte ich Hufe auf dem Weg hinter mir; Bran, der bereits im Sattel saß, führte mein Pferd zu mir und drückte mir die Zügel in die Hand.

„Komm", sagte er. „Er ist weg."

Ich umklammerte meinen Stab und hievte mich langsam in den Sattel. Meine Begleiter entfernten sich bereits. Ich hörte das hohle Schlagen der Hufe auf dem Weg und das leichte Poltern der Wagenräder. In der Hoffnung, mein inneres Gesicht würde erwachen und ich würde etwas sehen können, blieb ich noch stehen ... doch mein inneres Auge blieb dunkel. Also hob ich die Zügel und wendete mein Pferd, um den anderen zu folgen.

Noch während ich das Tier herumlenkte, hörte ich Twrch leise wimmern – ein klagender Ruf nach seinem verschwundenen Herrn. Ich brauchte ihn nicht zu sehen, um zu wissen, daß der Hund immer noch dastand und zu der Stelle starrte, wo er Llew hatte verschwinden sehen; er hatte sich nicht von der Stelle gerührt.

Leise pfiff ich nach ihm. Als er nicht reagierte, rief ich ihn: „Komm, Twrch."

Doch der Hund bewegte sich nicht.

„Twrch!" rief ich schärfer. „Komm, mein Junge."

Als der Hund meinem Befehl keine Folge leistete, lenkte ich mein Pferd wieder herum und kehrte zu der Kreuzung zurück. Ich stieg ab, ging, von seinem Wimmern geleitet, zu dem Hund hin, ergriff sein Kettenhalsband und zog. Der Hund nahm kaum Notiz von meinen Anstrengungen; obwohl seine Vorderbeine vom Boden abgehoben waren, war Twrch nicht von der Stelle zu bewegen.

„Twrch! Komm jetzt!" Ich riß hart an den eisernen Kettengliedern. Das störrische Tier gab nicht nach. Wieder riß ich an dem

Halsband; der Hund kläffte vor Schmerz, aber er rührte sich keinen Fingerbreit. „Twrch!"

Ich mochte ihm nicht weh tun, aber ich konnte das Tier nicht dazu bewegen, mir zu folgen. Andererseits konnte ich ihn aber auch nicht hier zurücklassen. Ich brauchte ein Seil, um ihn wegzuschleppen. Ich drehte mich um und rief nach Cynan. Twrch bellte.

Ich drehte mich wieder um, bückte mich nach dem Hund und streckte meine Hand nach dem Halsband aus. Der schlaue Bursche mußte meine Absicht erraten haben, denn er wich zur Seite aus, bevor ich ihn wieder ergreifen konnte. „Twrch! Hör auf! Komm, Junge."

Ich sprang vor, stolperte über einen Pflasterstein und fiel auf die Knie. Der Stab flog mir aus der Hand. Ich tastete wie wild in der Gegend umher, denn ich war ohne den Stab orientierungslos, doch dann erwischte ich eine Handvoll Fell und hielt sie fest. Während ich mit der anderen Hand nach dem Halsband tastete, versuchte ich, wieder auf die Beine zu kommen. Twrch bellte wieder, laut, wild, sprang vorwärts und zerrte mich mit sich.

Ich fiel auf den Weg, und der Hund wand sich und riß sich los. „Twrch!" rief ich, während ich mich aufrappelte. „Hierher, Junge! Komm her, Twrch!"

Ich trat einen Schritt vor. Twrch bellte scharf – einmal, zweimal ... der Laut schien aus großer Entfernung zu kommen. Und dann hörte ich nur noch den Klang meiner eigenen Schritte auf den Pflastersteinen der Kreuzung.

Ich hockte mich nieder und tastete den Boden um mich her nach meinem Stab ab. Ein Geräusch wie ein Luftzug drang an meine Ohren, aber ich spürte nichts. Instinktiv streckte ich die Hände aus.

Mein umhertastender Arm stieß gegen einen lebendigen Körper.

Ich schlug wieder aus. Zu meiner Überraschung brach die Gestalt zusammen und fiel über mich, so daß ich wieder auf allen vieren auf dem Weg landete. Mit schwingenden Armen und austretenden Beinen kämpfte ich gegen meinen Angreifer und landete hin und wieder einen Zufallstreffer.

„Tegid!" rief jemand. Ich schwang meine Faust in Richtung der Stimme. Eine Hand packte mein Handgelenk mitten in der Bewegung und hielt es fest. „Tegid! Hör auf, Tegid!"

Es war Llews Stimme. Und es war Llew, der über mir stand.

„Llew! Du bist zurückgekommen."

Er ließ meine Hand los und sank keuchend neben mir auf die Knie. Er war so außer Atem, daß es einige Zeit dauerte, bis er wieder normal sprechen konnte. Ich packte und schüttelte ihn.

„Llew! Was hast du getan? Warum bist du fortgegangen?"

„Hier, hilf mir", sagte Llew. „Nettles –"

Erst dann wurde mir klar, was er getan hatte. „Nettles ist bei dir?"

„J-ja", erwiderte Llew, nach Luft ringend. „Ich bin – ihm nach ... ich habe ihn wieder zurückgebracht ..."

Neben mir tauchte Bran auf. Er packte mich am Arm und zog mich auf die Füße. „Was ist passiert?" fragte er, ebenso verblüfft über Llews plötzliches Wiederauftauchen wie über sein abruptes Verschwinden.

„Er hat die Schwertbrücke zwischen den Welten überquert und den Fremden zurückgeholt."

„Warum?"

„Das weiß ich nicht."

„Wo ist Twrch?" fragte Bran.

„Der Hund ist seinem Herrn gefolgt", erwiderte ich. „Doch im Gegensatz zu Llew ist er nicht zurückgekommen."

„Twrch ist mir gefolgt?" staunte Llew.

„Ja", fuhr ich ihn rauh an – denn ich war wütend auf ihn. „Ich habe versucht, es zu verhindern, aber ich konnte ihn nicht zurückhalten. Twrch ist fort. Und ich glaube nicht, daß er den Weg zu uns zurückfinden wird."

Das Klappern eisenbeschlagener Hufe ertönte auf den Pflastersteinen hinter uns, und im nächsten Augenblick stürzte sich Cynan mit einem Schrei von seinem Pferd auf uns – als wollte er zwei Kampfhähne trennen –, packte uns mit den Händen und zerrte uns auseinander.

„Hör auf!" schrie Bran. „Cynan, hör auf! Es ist Llew!"

„Llew!" Cynan zerrte Llew auf die Beine.

Die Sonne stand jetzt schon vollständig über dem Horizont – ich spürte die Wärme ihrer Strahlen voll auf meinem Gesicht. Zu Cynan sagte ich: „Glaubst du, du findest den Heimweg?"

„Schließlich habe ich auch im Dunkeln hierhergefunden, oder etwa nicht?" schnaubte Cynan verächtlich.

„Dann reite voraus. Wir sollten von hier verschwinden."

Cynan befahl, Llews Pferd zu bringen, und ich wandte mich Llew zu, der über Nettles' schmächtigen Körper gebeugt stand. Er sprach in ihrer rauhen Sprache mit dem kleinen Mann, richtete sich jedoch auf, als ich ihn berührte. „Ihm geht es gut. Er kann in einem der Wagen fahren."

„Und du?"

„Mir ist nichts passiert", sagte er und legte mir seine Hand auf die Schulter. „Es tut mir leid, Tegid. Ich hätte dich gewarnt, aber ich habe zu spät daran gedacht."

Nettles stieß etwas in seiner stockenden Sprache hervor, und Llew antwortete ihm. Dann fuhr er zu mir gewandt fort: „Ich mußte es tun, Tegid. Sie hätten ihn ermordet. Weston hätte Nettles getötet, sobald sie zurückgekehrt wären. Außerdem glaube ich, daß wir ihn hier brauchen werden. Er weiß vieles, das uns helfen kann."

„Also gut", sagte ich. „Zweifellos ist es so am besten. Kommt jetzt ..."

„Wir werden ihm die Sprache beibringen müssen – das kannst du tun, Tegid. Mir hast du sie schließlich auch beigebracht. Und Nettles wird schnell lernen – er weiß schon eine Menge. Wie ich schon sagte –"

„Sag jetzt nichts mehr", drängte ich. „Wirklich, ich bin in dieser Sache nicht gegen dich. Wir werden später weiterreden. Aber jetzt sollten wir gehen."

Das Holpern der zurückkehrenden Wagen auf den Steinen des Sarn erfüllte unsere Ohren mit einem dumpfen Donner – und darum hörten wir die feindlichen Reiter erst, als sie uns fast erreicht hatten.

# 31

## Trafferth

„Reitet! Weg hier!" schrie Cynan. Ich hörte das metallisch schabende Geräusch eines Schwertes, das aus der Scheide gezogen wurde. „Weg hier! Ich halte sie auf!"

„Wie viele sind es?" rief ich.

„Zwanzig, glaube ich", sagte Llew. „Vielleicht noch mehr. Ich weiß es nicht."

„Geht!" drängte Cynan.

„Wir stehen gemeinsam", sagte Llew. Bran und Alun bestätigten Llews Entscheidung, und die Krieger stießen zustimmende Rufe aus. „Aber sie sind uns zwei zu eins überlegen", fügte Llew hinzu. „Was schlägst du vor?"

„Wir haben Wagen", meinte Cynan. „Mit denen können wir eine Menge Schaden anrichten. Ich nehme den einen; Bran soll den anderen fahren."

„Gut", sagte Llew. Er rief Bran einen kurzen Befehl zu und wandte sich dann an mich. „Tegid, bring Nettles hier weg. Bleibt einfach nur auf dem Weg. Wir werden euch einholen, sobald wir können."

„Ich bleibe hier", sagte ich.

„Du kannst entkommen –"

„Ich bleibe hier."

Llew hatte keine Zeit zum Streiten. „Dann bleibe", sagte er. Ich hörte das Klatschen von Leder auf den Flanken eines Pferdes und ein Durcheinander von Männerstimmen, die Befehle riefen, klappernde Hufe auf den Pflastersteinen und die Schreie der näher kommenden feindlichen Krieger.

Jemand kam auf mich zugerannt. „Halte unsere Pferde", sagte Alun Tringad, drückte mir die Zügel in die Hand und rannte wieder davon.

„Mir nach!" rief Cynan. „Hü! Hüja!"

Das Hämmern eisenbeschlagener Hufe erklang auf dem Sarn, als die Krieger an mir vorbeischossen. Bei dem Lärm erwachte plötzlich mein inneres Auge, und ich sah vor mir den ebenen Weg und zwei Wagen darauf. Cynan lenkte den ersten und jagte auf eine dicht gedrängte Schar von zwanzig oder mehr feindlichen Kriegern zu. Im zweiten Wagen, links neben Cynan, stand Bran, und Alun steuerte ihn, während er die Pferde zur gleichen Geschwindigkeit antrieb wie Cynan seine. Llew ritt rechts von Cynan, umringt von den übrigen Kriegern.

Eine Stimme neben mir sagte. „*Trafferth?*"

Ich schaute hinab und sah Nettles zu mir aufblicken. Er wiederholte das Wort. „Trafferth?"

Er versuchte, in unserer Sprache zu mir zu reden. Seine Aussprache war zwar unbeholfen, aber ich verstand, was er sagen wollte. „Ja", antwortete ich, „Ärger."

Ich weiß nicht, ob er mich verstand, doch er nickte und wandte seinen Blick wieder der Schlacht zu. Mein inneres Gesicht verlagerte sich, und ich sah die beiden Linien aufeinander zustürmen – doch ich beobachtete sie von weit, weit oben, mit den Augen eines schwebenden Falken.

Ich sah die schimmernden Hälse der Pferde dem Zusammenprall entgegenstreben, die Köpfe vorgeschoben, die Nüstern gebläht, fliegende Schaumfetzen vor den Mäulern. Ich sah Cynan, wie er den Wagen lenkte, das rote Haar wie eine Flamme über seinen glänzenden Schultern lodernd, die Muskeln gespannt, ein Bündel Speere zu seiner Rechten; Llew, das Schwert an der Seite, den Speer hoch erhoben; und Bran wie eine Eiche mitten auf dem zweiten Wagen, drei Speere in der Hand, während Alun mit gesenktem Kopf die Zügel umklammerte und seinen Pferden herzhafte Anfeuerungsrufe zuschrie. Ich sah die Krieger, die sich wild in den Kampf stürzten, Schwerter und Speere in den Händen, ihre scharfen Klingen, ihre im Morgenlicht hart glitzernden Speerspitzen. Die Beine der Pferde verschwammen vor Schnelligkeit, streckten sich und stießen sich ab und trommelten mit den Hufen – ein dumpfes Donnern auf der Erde.

Die Feinde kamen immer näher und schwärmten zu einem weiten Bogen aus, um die Schlacht zu umringen und mit ihrer Überzahl für sich zu entscheiden. Sie trugen Speere und lange Schilde; ihre Pferde trugen Brustplatten, Beinschützer aus Bronze und auf den Köpfen Helme mit langen Hörnern. Etliche der Krieger trugen gehörnte Schlachtenhelme, und einer von ihnen trug eine Carynx, die sich um Hüfte und Schulter schlang wie eine riesige Schlange. Ihre Gesichter waren hart: Wilde Entschlossenheit brannte in ihren verengten Augen. Wie es aussah, waren es Angehörige von Meldrons Wolfsrudel – was bedeutete, daß der Große Hund sich ganz in der Nähe aufhalten mußte.

Die beiden Linien näherten sich einander. Ich machte mich innerlich auf den Zusammenprall gefaßt und biß die Zähne zusammen.

Cynan und Alun hielten auf die Mitte der feindlichen Linie zu und durchtrennten sie, als feindliche Krieger zu beiden Seiten ausschwärmten – sie wichen den Wagen aus und hielten statt dessen auf die berittenen Krieger zu. Doch Llew und die anderen blieben ein gutes Stück zurück, so daß die Feinde sie nicht frontal nehmen und dadurch dem Angriff die Spitze nehmen konnten.

Die Wagen schwangen hinter den wendenden Pferden herum und wirbelten hohe Staubwolken auf. Die wie eine zerschnittene Schlange durchtrennte feindliche Linie rollte sich zusammen, als die beiden getrennten Hälften sich wieder zu schließen versuchten. In diesem Augenblick griffen die berittenen Krieger an.

Die Reiter brachen hinter Cynan hervor und schossen wie ein geschleuderter Speer geradewegs und pfeilschnell auf die Feinde zu. Der Boden erzitterte unter ihrem Zusammenprall; Pferde wurden von ihren Beinen gerissen und seitlich zu Boden geworfen. Speere splitterten und brachen. Schwerter blitzten.

Cynan und Alun trieben ihre Wagen in das Getümmel und schlugen von den Flanken her zu. Die Feinde strömten rückwärts wie eine zurückfließende Welle, als sie den heranbrausenden Wagen auszuweichen versuchten. Männer schrien auf, und Pferde prallten gegeneinander.

Bran, der aufrecht auf seinem Wagen stand, hob seinen Arm und schleuderte einen Speer in das Durcheinander. Durch die Wucht des rasenden Wagens hinter dem Wurf wurde ein angreifender Feind glatt aus dem Sattel gerissen, als der Speer sein Schild spaltete und ihn durchbohrte.

Cynan fegte durch die feindlichen Ränge wie ein wilder Stier durch einen Nebel. Vor Überraschung und Furcht aufheulend flohen die Krieger vor ihm. Mit hoch erhobenem Kopf und wilden, herausfordernden Schreien mähte er sie mit seinem schnellen, tödlichen Speer im Sturm nieder. Mehr als einen Mann sah ich unter seine Räder geraten.

Innerhalb weniger Augenblicke war die feindliche Linie zerschmettert und ihre Krieger zerstreut. Die Wagen wirbelten gleichzeitig herum und stürmten auf die zweite Hälfte der feindlichen Kriegsschar zu, die inzwischen gewendet und sich zum Angriff gesammelt hatte. Wieder gab es kein Entrinnen vor der Geschwindigkeit der Wagen und der Wildheit des Angriffs von Cynan und Bran.

Die Wagen fuhren in die Mitte des vorrückenden Feindes hinein – sie prallten auf, verschwanden in einem Durcheinander von sich aufbäumenden Pferden und sich windenden Leibern, um auf der anderen Seite wieder zu erscheinen, wo sie hielten, wendeten und sich zu einem neuen Schlag anschickten. Die Staubwolke verzog sich. Fünf Männer lagen auf dem Boden, drei Pferde wälzten sich im Staub, und fünf berittene Krieger drehten sich kopflos hin und her.

Llew und die anderen machten kurzen Prozeß mit ihnen. Ich sah die schwingenden Schwertklingen in der Sonne blitzen und dann fünf Pferde reiterlos über den Sarn fliehen. Ich blickte zu Nettles hinab: Er kniete mit zitternden Schultern im Staub und hielt sich die Augen bedeckt.

Die restlichen Feinde sammelten sich zu einem letzten Angriff. Cynan und Alun zogen ihre Wagen Seite an Seite zusammen. Cynan hob seinen Speer und peitschte sein Gespann zum Galopp an. Die Pferde bäumten sich auf und stürmten dann begierig vorwärts. Alun stieß einen langgezogenen, jubelnden Schrei aus, und sein Gespann schnellte vorwärts wie von einer Schleuder geschossen. Llew und die andern wendeten und stürzten auf die Wagen zu, die Speere im Anschlag.

Das war zuviel für den Feind. Der Angriff kam ins Stocken und zerstreute sich, als die Reihen der Feinde brachen und vor dem Ansturm flohen. Kopflos flohen sie zurück in die Richtung, aus der sie gekommen waren. Von den zwanzig Angreifern waren nur sechs übriggeblieben. Llew und die Krieger setzten ihnen nach und schleuderten den fliehenden Feinden Speere hinterher. Doch die Speere flogen nicht weit genug, und die sechs entkamen.

Da stieß Cynan ein Triumphgeheul hervor, sprang von seinem immer noch rollenden Wagen und schlug mit einem raschen Schwerthieb dem nächsten der gefallenen Feinde den Kopf ab. Er hob den Speer des Mannes auf, spießte den Kopf darauf und rammte den Speer in den Boden.

Überwältigt von Freude und Erleichterung erhob ich meine Stimme zu einem Siegeslied voller Jubel – als wollte ich die fernen Hügel von meinem trotzigen Gesang widerhallen lassen. Ich wandte mich zu Nettles. „Es ist vorbei! Wir haben sie besiegt!"

Er ließ seine Hände sinken und blinzelte mich an; er verstand mich nicht, aber das machte nichts. „*Gorfoleddu!!*" sagte ich zu ihm. „Freue dich!"

Der kleine weißhaarige Mann lächelte. „Gorfoleddu", wiederholte er, dann sagte er es noch zweimal zu sich selbst und nickte erleichtert.

Bran und Alun kehrten als erste zurück. Llew und die berittenen Krieger folgten dicht dahinter, und danach kam Cynan und drängte: „Wir sollten sie verfolgen. Sie werden Meldron Bericht erstatten."

„Wir hatten diesmal Glück", sagte Bran. „Sie waren auf die Wagen nicht vorbereitet. So wird es nicht noch einmal sein."

„Um so mehr Grund, zu beenden, was wir angefangen haben", wandte Cynan ein.

„Bran hat recht", sagte ich. „Es kann sein, daß gleich jenseits des Hügels Meldrons ganze Kriegsschar lagert. Wir sollten nach Dun Cruach zurückkehren, solange wir die Chance haben."

Cynan ließ sich nicht überzeugen. „Sollen sie doch den Großen Hund selbst herbeiholen. Ich habe keine Angst."

„Es wird noch weitere Schlachten geben“, sagte Llew. „Laßt uns den Sieg annehmen, der uns geschenkt wurde, und das weitere Kämpfen auf einen anderen Tag verschieben. Es warten Leute auf uns, Bruder. Führe uns heim.“

Wir stiegen auf, wendeten unsere Pferde und eilten davon. Ich konnte Llews Führung folgen und hatte selbst mit Nettles hinter mir im Sattel keine Schwierigkeiten, Schritt zu halten. Die Wagen holperten über den Sarn, und wir machten uns auf den Weg nach Dun Cruach. Der Tag wurde heiß und stickig, doch Cynan gab ein gleichmäßiges Tempo über die trockenen, welken Hügel vor, und wir erreichten Dun Cruach, als die Sonne zu einem trüben Fleck aus weißer Asche dicht über dem westlichen Horizont herabgesunken war.

Als wir ankamen, erfuhr ich, daß Ffand im Laufe des Tages begraben worden war. „Es ist so heiß“, erklärte die Frau, die sich um sie gekümmert hatte, „da konnten wir mit dem Begräbnis nicht warten – und ich wußte ja nicht, wann ihr zurückkehren würdet. Bist du verärgert, Herr?“

Sie wollte mich nicht tadeln, aber ihre Worte stachen mich. „Nein“ erwiderte ich, „du hast recht getan. Ich hätte mich selbst um sie kümmern müssen.“

Sie führte Llew und mich zu Ffands Grab: einem kleinen, rechteckigen Erdhügel im Schatten der großen Halle des Königs. „Hier ist es kühler“, sagte die Frau. „Es ist der beste Platz, den ich finden konnte.“

Ich dankte ihr, und sie verließ uns. Llew schwieg lange Zeit und starrte auf die frisch aufgewühlte Erde. „Du siehst, wie es ist“, sagte er endlich. „Wir Fremden gehören nicht hierher, Tegid. Wir können nicht bleiben – wir können niemals bleiben.“

Nach einem frühen Abendessen saßen wir in Cynfarchs Halle bei Bechern voller Wasser zusammen, und Cynan berichtete über die Ereignisse des Tages. Diejenigen von uns, die im Caer zurückgeblieben waren, um die Vorbereitungen für unsere Rückreise zu beaufsichtigen, drückten lautstark ihre Verärgerung darüber aus, daß sie die Aufregungen verpaßt hatten. Und wir mußten die Geschichte immer wieder aufs neue erzählen, so daß alle etwas davon hatten. Infolgedessen war die Nacht schon weit vorgerückt, als wir endlich Gelegenheit hatten, mit Cynfarch zu sprechen.

Llew erhob sich, um das Wort an den König zu richten. „Fürst Cynfarch“, sagte er, „es ist gut, heute abend bei dir zu sitzen und dir von unserem Sieg zu berichten. Doch ich kann nicht vergessen, daß wir bereits einen Tag verloren haben, und wir warten auf deine Entscheidung. Wirst du mit uns nach Dinas Dwr gehen?“

Das Gesicht des Königs verfinsterte sich. „Ich habe beschlossen ...“ sagte er barsch.

Llew schwieg und wartete auf Cynfarchs Entscheidung. Doch der König kam nie dazu, seine Antwort auszusprechen. Denn in diesem Augenblick hörten wir den Ruf des Wächters auf den Palisaden. Einen Augenblick später ertönte der kurze, scharfe Alarmruf des Schlachthorns.

Der Alarmruf weckte mein inneres Gesicht. Ich sah den Palisadenzaun vor mir ... Krieger, die in Stellung gingen, vom Mondlicht silbern umsäumt ... Sterne, die hart und hell aus einem tiefschwarzen Himmel herableuchteten ... die Tür der Halle flog weit auf, und Krieger stürmten hinaus auf das blaßgelbe Rechteck aus Licht, das durch die Tür der Halle auf den Hof fiel ...

Ich rannte mit den anderen zu den Palisaden und stieg auf die Befestigungsanlage. Ich sah das dunkle Land vor mir ... leer – bis auf den schwachen Schimmer eines einzigen Lagerfeuers in der Ferne. Ich wandte mich an den Krieger, der den Alarm gegeben hatte, und öffnete den Mund, um zu sprechen. Doch noch während ich mich umdrehte, fing ich eine flackernde Bewegung in der Dunkelheit auf: ein weiteres Feuer.

Der Krieger hob den Arm und deutete in die schwarze Ferne. Ich blickte an seinem Finger entlang und sah, wie das zweite schimmernde Flackern sich in einen Haufen aus mehreren einzelnen Lichtern aufspaltete. Diese Haufen trennten sich wiederum und formierten sich zu einer langen Kette von Lichtern.

Bran erschien an meiner Seite. „Was ist los?“

„Es ist Meldron“, erwiderte ich. „Er hat uns gefunden.“

Plötzlich wimmelte es auf dem Wall von Kriegern. Llew und Cynan standen neben mir und beobachteten, wie sich die lautlosen, schimmernden Lichter formierten und über die Ebene ausbreiteten. Inzwischen waren es Dutzende von flackernden Lichtern, zitternden Lichtdornen, und mit jedem Atemzug wurden es mehr.

„So, er will also bei Nacht angreifen“, meinte Cynan. „Laßt ihn kommen. Wir werden ihm ein Willkommen bereiten, an das er sich noch lange erinnern soll.“

Llew sagte nichts. Er starrte in die Dunkelheit, als wollte er sie abschälen; sein Gesicht war starr vor Konzentration, seine Augen verengten sich, die Brauen schoben sich zusammen. Seine Kiefernmuskeln wölbten sich.

Sein Gesichtsausdruck beunruhigte mich mehr als der Anblick von Meldrons Kriegsschar. „Llew?“ Ich berührte seinen Arm; es war, als hätte ich die freiliegende Wurzel eines Baums berührt. Das Gefühl beängstigte mich. „Llew!“

Er wandte mir sein Gesicht zu. Seine Augen glitzerten seltsam im Mondlicht – er starrte mich an, ohne mich zu sehen.

„Rede, Llew“, sagte ich und legte meine Hand auf seinen unnatürlich starren Arm. „Was siehst du?“

Er öffnete langsam den Mund ... und ich sah die winzigen Schaumflecken in seinen Mundwinkeln und wußte Bescheid! Mein Herzschlag beschleunigte sich. Ich wußte, was ihn gepackt hatte. Ich wußte es – und das Wissen brachte sowohl Hoffnung als auch Furcht mit sich. Denn ich hatte es schon oft gesehen und wußte, woher es kam.

Auch Cynan hatte die Veränderung in Llew bemerkt. „Was ist los mit ihm?“ fragte er. „Tegid! Was stimmt da nicht?“

Llew begann zu zittern. Er griff nach mir und umklammerte meinen Arm. Cynan packte seine Arme und bemühte sich, ihn zurückzuhalten. „Tegid! Hilf mir! Ich kann ihn nicht halten!“

# 32

## Feuersturm

Cynan warf seine Arme um Llews Schultern und hielt ihn im Griff eines Ringers. Llews Augenlider flatterten. Aus seinem offenen Mund ertönte ein Schrei – scharf und laut und wild – wie der eines jagenden Wolfs oder eines kreisenden Adlers. Er hob seine Arme und schleuderte Cynan zur Seite, als wäre er nichts als ein Fetzen Stoff auf seinem Rücken.

Im gleichen Bewegungsablauf sprang Llew von dem Wall hinab und rannte über den Hof auf die Halle zu. Cynan wälzte sich auf die Beine und wollte hinter ihm her, doch ich hielt ihn auf und sagt: „Warte! Hindere ihn nicht. Er kann dich nicht hören, und du könntest zu Schaden kommen."

„Was stimmt nicht mit ihm, Tegid?" fragte Cynan, während Llew in der Halle verschwand. *„Saethu du!"* fuhr er mich an. „Was ist los?"

„Schau!" sagte ich, und im selben Moment stürmte Llew wieder aus der Halle heraus – in seiner Hand einen brennenden Scheit, unter dem anderen Arm einen ledernen Behälter. Er lief zum Tor, stemmte sich dagegen und zwängte sich durch den Spalt.

*„Clanna na cù!"* sagte Cynan.

„Geh", sagte ich ihm. „Hol deine Männer, und haltet euch bereit, ihm zu folgen." Cynan starrte mich erstaunt an.

„Beeil dich, Mann!"

Cynan wirbelte herum und rief seinen umstehenden Kriegern Befehle zu. Er sprang vom Wall hinab auf den Hof und rief nach seinen Waffen. Seine Worte schwangen noch in der Luft, als die

Carynx erklang. Die Krieger wirbelten wie ein Mann herum und stürmten vom Wall zur Halle. Aus dem Durcheinander erschien die Gestalt Bran Bresals, den Speer in der Hand und den Schild am Arm.

„Bran!" rief ich. „Hierher!" Einen Augenblick später stand der Schlachtenführer unter mir. „Folge Llew, aber faß ihn nicht an. Tu, was immer er dir sagt! Hindere ihn nicht!"

Er hob grüßend den Speer und schoß davon. Mir wurde klar, daß ich ihn nicht hätte zu ermahnen brauchen. Bran würde jedem Befehl, den Llew aussprach, bereitwillig und ohne zu fragen gehorchen.

Ich drehte mich wieder um und beobachtete Meldrons Kriegsschar, die inzwischen näher gekommen war – das Licht von Hunderten hell lodernder Fackeln breitete sich auf der Ebene aus –, und Llew, der mit hoch erhobenem Feuerscheit den Feinden entgegenstürmte.

Der Hof unter mir war ein brodelndes Durcheinander: Krieger schwärmten umher, Stimmen riefen durcheinander, Pferde bewegten sich durch das trübe Mondlicht, Waffen schimmerten. Das Tor schwang auf, und gleich darauf rannte Bran mit einer Fackel in der Hand hinaus.

Er rannte Llew hinterher, und ich sah zu, wie sich ihre beiden Lichter entfernten, bis sie eine Stelle in einiger Entfernung von der Befestigung erreichten, wo Llew stehenblieb und seine Fackel in den Boden rammte. Er hob sich den Lederbehälter auf die Schulter und begann langsam rückwärts zu gehen.

Cynan kam wieder zu mir auf den Wall, in Waffen und kampfbereit. „Was macht er da?" fragte er. „Ist er wahnsinnig?"

„Nein", erwiderte ich. „Jetzt sammle deine Männer, und halte dich bereit."

Cynan sprang wieder davon, und ich wandte mich zurück, um Llew zu beobachten. Er blieb einen Augenblick lang auf seiner abgemessenen Stelle stehen, dann eilte er zurück zu der Stelle, wo er seinen brennenden Scheit befestigt hatte. Immer noch mit dem Lederbehälter auf der Schulter ging er nun rückwärts in die entgegengesetzte Richtung. Ich beobachtete ihn, und mir wurde klar, was er tat.

„Cynan!“ rief ich, und wandte mich von der Palisadenwand ab. „Cynan! Hol den König!“

Cynan stand in der Mitte des Hofes und formierte seine Männer. Die Pferde waren bereitgemacht worden, und Stallknechte eilten herbei, um sie zu den Kriegern zu bringen. Er riß einem herbeieilenden Jungen die Zügel aus der Hand. „Cynan!“ rief ich. „Wo ist Cynfarch?“

„Er macht seinen Kampfwagen bereit“, rief Cynan. „Er wird uns voraus in die Schlacht reiten.“

„Laß ihn zu mir auf den Wall bringen. Ich muß sofort mit ihm sprechen. Beeil dich!“

Cynan legte dem Krieger, der ihm am nächsten stand, die Hand auf den Arm und nickte, und der Mann verschwand im Durcheinander auf dem Hof. „Komm du auch mit“, rief ich ihm zu.

Ich spürte, daß jemand hinter mir stand. Als ich mich umdrehte, sah ich Nettles bei mir auf dem Wall. Er hob seinen Arm und deutete hinaus auf die Ebene. Wo zuvor Hunderte von Fackeln geleuchtet hatten, brannten nun Tausende. Und ich hörte einen Laut wie fernen Donner über die Ebene grollen, als die funkelnden Lichter immer näher kamen.

Llew schleuderte den ledernen Behälter zur Seite, rannte zu seiner Fackel und riß sie aus dem Boden. Bran stand neben ihm, aber Llew schien ihn nicht zu sehen; er ergriff die Fackel und hielt sie an den Boden. Sofort loderten hohe Flammen empor, breiteten sich zu beiden Seiten von ihm aus und beschrieben einen weiten Bogen durch das trockene Gras.

Cynfarch, das Schwert in der Hand erhoben, rief vom Hof unten zu mir hinauf. Im gleichen Moment ertönte ein Laut wie das Rauschen eines aufkommenden Windes, und der Hof wurde von einem flackernden Widerschein erleuchtet. Durch das offene Tor sah der König einen Vorhang aus Flammen hoch in den Nachthimmel emporlodern. Cynfarch warf einen Blick auf das Schauspiel vor ihm und fragte: „Was macht er da?“

„Er bereitet uns einen Weg“, erwiderte ich. „Wir müssen uns zum Aufbruch bereitmachen.“

„Zum Aufbruch?“ Der König verzog den Mund und sog verächtlich die Luft ein.

„Wir ziehen ab", sagte ich ihm. „Schau!" Ich deutete mit der Hand auf die gleißenden Flammen. „Llew hat einen Schild vor uns gestellt."

„Was hat er getan?" brüllte Cynfarch.

„Einen Feuerschild!" rief Cynan.

„Holt ihn her!" rief der König. „Er hat sich meiner Autorität widersetzt."

„Der Awen des Penderwydds liegt auf ihm", entgegnete ich dem König. „Er hört nur die Stimme der Schnellen Sicheren Hand. Ruf ihn, wenn du willst, aber ich glaube nicht, daß er dir gehorchen wird."

Llews Silhouette zeichnete sich vor den Flammen ab, die Hand mit der Handfläche nach außen über den Kopf erhoben, in der Geste eines beschwörenden Barden. Sein Bild flackerte vor dem gleißenden Licht, so daß er vor dem Feuer zu tanzen schien.

Höher und höher schossen die Flammen empor, als sich das Feuer durch das tote, trockene Gras immer weiter ausbreitete. Die Hitze erzeugte einen Luftsog, der die Flammen immer höher aufpeitschte.

Mit erhobenem Speer wandte sich Bran dem Wall zu und winkte die Kriegsschar hervor. Sofort – als hätten sie schon ihr ganzes Leben lang auf dieses Signal gewartet – stürmten die Krieger aus der Festung hervor, um zu Llew zu stoßen. Die Fackeln, die aus der Halle und dem Lagerhaus herbeigeholt worden waren, hoch erhoben, rannten sie durch die Tore hinaus und zu Llew an die Feuerlinie. Die Rufe der Krieger und die lauter werdende Stimme der Flammen, als die Krieger neue Herde entfachten und Feuer sich zu Feuer gesellte, schwollen an und erfüllten die Nacht.

„Cynfarch!" rief ich. „Die Sache ist entschieden. Sammle dein Volk und dein Vieh und alle Schätze, die du tragen kannst. Mach dich bereit für den Abzug und wirf einen letzten Blick auf diesen Ort."

König Cynfarchs Gesicht verfinsterte sich vor Zorn. Doch Cynan, dessen Augen im Widerschein des Feuers leuchteten, legte seine Hand auf die Schulter seines Vaters und sagte: „Dein Zorn vermag nichts gegen diese Tat. Laß uns furchtlose Männer sein, die in ihrer Stärke weise handeln. Laß uns Llews Schild aus Feuer zur Deckung nutzen, während wir abziehen."

„Während wir *fliehen!*" schrie der König zornig. „Das kann er nicht tun! Er hat keine Autorität über mich oder mein Volk!"

„Nicht durch Llews Autorität ist das geschehen", antwortete ich, „sondern durch die Autorität des Einen, der dem Feuer und dem Wind befiehlt. Wenn du den Wind und die Flammen dazu bringen kannst, dir zu gehorchen, dann tu es. Andernfalls schlage ich vor, daß wir uns zum Abzug bereitmachen, solange es noch geht."

Cynfarch drehte sich auf dem Absatz um und eilte in die Halle. Ich drehte mich wieder um und sah, daß die Flammen sich zu einer hohen Mauer aus prasselndem Feuer auftürmten, zu einem gewaltigen, lodernden Segel, das sich in dem durch die Hitze angesogenen Wind nach außen wölbte. Cynfarchs Krieger vollendeten das Werk, das Llew begonnen hatte. Feuerzungen schossen durch das trockene Gras und entfachten riesige Flammenstreifen, die vor dem anschwellenden Wind dahinjagten.

„Komm", sagte ich zu Nettles, „es ist Zeit zu gehen." Der kleine Mann wandte sich von dem Inferno ab und folgte mir ohne ein Wort.

Wir verließen den Wall und tauchten in den Aufruhr ein, der sich auf dem Hof ausbreitete, wo alles durcheinanderlief, um kostbare Besitztümer aus der Halle und aus den Häusern zu holen. Zehn Wagen oder mehr standen auf dem Hof: Vier davon waren die, in denen wir das Wasser gebracht hatten, mit den Fässern immer noch darauf; der Rest füllte sich rasch bis zum Überfließen mit den Reichtümern des Clans.

Cynfarch erschien mit seinem Streitwagen und nahm seinen Platz an der Spitze seines Volkes ein. Cynan ritt zwischen den Leuten umher und rief Befehle. Ein Mann kam mit meinem Pferd herbeigelaufen. Ich nahm die Zügel und entließ den Mann zu seiner Familie, dann stieg ich auf und half Nettles hinter mir in den Sattel – keinen Augenblick zu früh. Ein Trampeln ertönte von der anderen Ecke des Hofes her, und plötzlich wimmelte es um uns herum von Vieh, das beim Anblick der sich auftürmenden Flammen verängstigt röhrte und brüllte.

König Cynfarch, der neben seinem Wagenlenker im Wagen stand, hob das geschwungene Schlachthorn an die Lippen und ließ ein scharfes Signal ertönen. Zweihundert Menschen setzten sich wie ein Leib in Richtung der Tore in Bewegung. Der König führte uns hinaus auf die hell erleuchtete Ebene.

Ich blieb vor dem Tor stehen, um mit Cynan zu warten, bis alle hinaus waren. Die Familien gingen zuerst hindurch und eilten an der Feuerwand hinter dem Wagen des Königs her. Als nächstes kamen die Viehhirten, die die Schweine und Rinder vor sich hertrieben – die Schafe folgten von selbst –, und zuletzt die Wagen, hoch beladen mit den Schätzen des Stammes.

Cynan wandte sein Gesicht dem Feuer zu. Sein Pferd scheute und schüttelte zuckend den Kopf. „Seht euch das an!“ sagte er, mühsam das Brüllen der Flammen übertönend. „Das Feuer zieht den Wind an!“

Die große Hitze des Feuers erschuf sich ihren eigenen Sturm, der in wilden Stößen in die Flammen hineinfuhr und sie immer höher und schneller zu einem wütenden Strom aufpeitschte.

„Ersticke daran, Meldron! Ha!“ rief Cynan aus. „Llew hat dich wieder übertrumpft.“

„Wo ist Llew?“ rief ich.

„Ich sehe ihn nicht“, antwortete Cynan und blickte suchend an dem lodernden, wogenden Feuer entlang. „Bran auch nicht!“

Ich suchte mit meinem inneren Auge die wogende Feuerwand nach einem Zeichen von Llew ab. Dann tippte mir Nettles auf die Schulter und deutete auf den vorderen Rand des Feuers. Ich sah Llew mit vor Hitze glänzender Haut auf einem Pferd an der gleißenden Mauer entlanggaloppieren. Er schien ein Geschöpf des Sturms zu sein und gar keine Notiz von den Flammen zu nehmen, die um ihn her wirbelten. Bran folgte mit geringem Abstand hinter ihm. Und die Krieger, die jetzt alle beritten waren, rasten mit ihren Fackeln an der lodernden Abgrenzung entlang. Nur an den Lücken in der Feuerwand hielten sie inne, um neue Flammen zu entfachen; dann ritten sie weiter.

„Da!“ rief ich. „Er reitet uns voraus.“

Llew verschwand wieder im wirbelnden Rauch der Flammen, und wir richteten unseren Blick auf die Aufgabe, die vor uns lag.

König Cynfarch führte das Volk hinaus auf die verkohlte und rauchende Ebene und wandte sich dann nach Norden, weg von dem Inferno. Wir folgten mit den Wagen, während Llew und die Krieger vorausstürmten und dafür sorgten, daß zwischen uns und den Feinden immer abschirmende Flammen waren, indem sie den Feuersturm ständig von neuem entfachten.

Den ganzen nächsten Tag über rückten wir durch einen stickigen Rauchvorhang, der den Himmel verdunkelte und die Sonne verschleierte, ungesehen nach Norden vor. Schwarze Asche fiel in einem schmutzigen Regen auf uns herab. Wir zogen uns die Mäntel über die Köpfe und kämpften uns weiter. Bei jedem Schritt rechnete ich damit, daß Meldron mit seiner Kriegsschar aus dem Nebel erscheinen und uns den Fluchtweg abschneiden würde.

Doch kein feindlicher Reiter ließ sich blicken; keine Speerspitze bekamen wir zu sehen und keinen Hufschlag von Verfolgern zu hören. Dennoch war ich ständig auf der Hut vor einer Falle Meldrons.

Ein Tag folgte dem anderen, und mit jeder Dämmerung erhob sich die Sonne heißer und sengender als am Tag zuvor. Das Land, das bereits trocken und hart war wie gebrannter Ton, brach auf wie ein Brot, das zu lange im Ofen gelegen hat. Dichte Staubwolken wirbelten auf, wo die Leute gingen. Die Hitze wurde immer unerträglicher. Wir rasteten vom ersten bis zum letzten Sonnenstrahl und durchwanderten die Nächte – wodurch wir hofften, sowohl der Hitze als auch Meldrons Kriegsschar zu entgehen, die gewiß unseren Fußspuren im Staub folgten.

Erst als wir den langen Aufstieg in die nördlichen Berge begannen, keimte in mir die Hoffnung auf, wir könnten dem Feind doch noch entkommen – und erst als das Gelände zum Druim Vran hin anstieg, fing ich an zu denken, daß wir es tatsächlich geschafft hätten.

Nach der Raserei des Awen hatte sich Llew sehr in sich selbst zurückgezogen. Bran blieb neben ihm, doch er redete mit niemandem und ritt mit gesenktem Kopf, den Körper im Sattel vorgebeugt, als hätte er Schmerzen. Ich versuchte ihn aufzuheitern, aber es gelang mir nicht – er ging selbst Nettles aus dem Weg.

Der kleine Fremde ritt mit mir; er wurde zu meinem ständigen Begleiter, meinem Schatten. Ich begann ihm unsere Sprache beizubringen und gewann bald Achtung vor seinem lebhaften Verstand – vor der Schnelligkeit, mit der er selbst die schwierigsten Ausdrücke meisterte. Noch bevor wir den Druim Vran erreichten, konnten wir uns in einfachen Worten unterhalten. Ich fand in ihm einen liebenswerten Kameraden, stets bereitwillig und eifrig.

Das war das einzig Gute, das bei dieser Reise herausgekommen war. Was den Rest betraf, so war ich nach wie vor wachsam und mißtrauisch – und es ging nicht nur mir allein so. Trotz Llews brillanter Ablenkung fürchtete auch Cynan, daß wir Meldron allzu leicht entkommen waren, und der Gedanke ließ ihm keine Ruhe. Wir standen zusammen neben unseren Pferden, als der letzte Wagen und die letzten Schafe den Scheitelpunkt des Druim Vran überquerten und den Abstieg zu unserer verborgenen Wasserfestung begannen.

„Nun, Bruder", sagte er, „du magst mich für einen Narren oder einen Jammerlappen halten, aber ich bin immer noch beunruhigt." Er wandte sich von mir ab, während er sprach; und obwohl ich ihn nicht sehen konnte, wußte ich, daß er den Pfad hinter uns beobachtete und Ausschau nach irgendeinem Zeichen von Meldron hielt.

„Du warst immerhin froh, als wir Dun Cruach verließen", meinte ich.

„Oh, aye", stimmte er finster zu. „Das war richtig so. Und notwendig, das gebe ich zu. Wir hatten keine andere Hoffnung. Trotzdem –" Er hielt inne und spähte wieder den Pfad hinab. „Abziehen ist eine Sache, aber sicher ankommen eine andere. Habe ich recht?"

„Aber wir sind sicher angekommen."

„Sind wir das? Oder willst du dich selbst beruhigen?" Er schwieg einen Moment und knurrte dann: „Ich lausche, Barde, aber ich höre nichts."

„Ich mache kein Hehl aus meinen Befürchtungen. Und du darfst sie gerne teilen, Cynan Machae. Ich habe von Anfang an nichts von dieser Reise gehalten und davor gewarnt. Und obwohl wir uns jetzt wieder im Schutz unseres hohen Bergkammes befinden, fühle ich mich hier nicht mehr sicher. Ich sage dir die Wahrheit: Die Tat ist noch lange nicht vollbracht."

Noch während ich so redete, hörte ich den hohlen Hall meiner eigenen Verzweiflung. Warum? Cynan hatte recht, wenn er danach fragte. Ich war dagegen gewesen, Dinas Dwr zu verlassen, aber das Unternehmen war gut ausgegangen. Warum spürte ich dann immer noch diese kalte Vorahnung in meinen Knochen? War alles so friedlich, wie es in unserem verborgenen Reich zu sein schien, oder wartete irgendeine neue Katastrophe nur auf ihre Entdeckung.

Da drangen grüßende Rufe vom See zu uns herauf, als die Leute uns entgegeneilten, um uns willkommen zu heißen. Cynan stieg wieder auf sein Pferd. „Komm, sonst verpassen wir unsere Begrüßung."

Ich lauschte den freudigen Rufen und hörte in ihrem Klang nicht nur ein Willkommen, sondern noch etwas anderes – einen schwer greifbaren Unterton. Was war es? War die Begrüßung ein wenig zu leidenschaftlich, das Willkommen zu überschwenglich? Oder hatte ich so lange damit verbracht, das Schlimmste zu erwarten, daß ich Fröhlichkeit nicht mehr erkannte, wenn ich sie hörte?

Cynan bemerkte mein Zögern. „Warum bleibst du zurück?"

„Es ist nichts", erwiderte ich, griff nach den Zügeln und stieg wieder in den Sattel. „Stürzen wir uns in den Trubel." Ich schlug mit den Zügeln und setzte mich den steilen Pfad hinab in Bewegung.

„Tegid", rief er mir nach, „stimmt etwas nicht?"

Seine Frage blieb nicht unbeantwortet, denn kaum hatten wir den halben Weg zum See hinab hinter uns, da stieg uns auch schon der unverkennbare Gestank des Todes in die Nasen.

Mein Pferd blieb stehen und wollte nicht weitergehen. Doch ich schlug ihm mit den Zügeln auf die Flanken und trieb es zu mehr Tempo an. Cynan rief mir nach, ich solle auf ihn warten. Doch ich achtete nicht auf ihn, sondern stürmte Hals über Kopf den Pfad hinab zum See.

## 33

## Das Wort, das schon gesprochen wurde

Noch bevor ich Dinas Dwr erreichte, wurde mir klar, was nicht stimmte. Man braucht keine Augen, um den Gestank von verfaulenden Fischen zu erkennen – dazu reicht selbst die abgestumpfteste Nase. Der Gestank wurde stärker, je näher ich dem See kam, und attackierte die Sinne mit jedem Schritt stärker.

Als ich eintraf, war die Menge still geworden. Ich schob mich durch die eigentümlich schweigsame Versammlung und fand Llew, wie betäubt am Ufer stehend. „Du hast mich gewarnt, Tegid", murmelte er. „Aber ich wollte nicht auf dich hören."

Der Klang seiner Stimme weckte mein inneres Gesicht. Ich sah unseren strahlenden See tot vor mir, das sonst klare Wasser trübe von giftigem Schaum – wie das Auge einer lange verstorbenen Leiche oder die einst glänzende Oberfläche eines nun angelaufenen Silberspiegels. Das Ufer war mit sterbenden Pflanzen übersät, verwelkt und stinkend in der heißen Sonne. Von einem Ende zum anderen war der See mit den aufgeblähten Überresten von Fischen und Wasservögeln übersät. Die Oberfläche schien zu zittern und leise zu gurgeln, wo sich Blasen bildeten und platzten, aus denen ein übelriechender Dampf die Luft verpestete. Das ganze Tal stank.

Bran, der neben mir stand, betrachtete den besudelten See und sagte: „Nun hat das Gift doch noch Dinas Dwr erreicht. Und nun gibt es in diesem ganzen Weltenreich keinen sicheren Ort mehr."

Scatha und Goewyn kamen auf uns zu. Die Frauen begrüßten uns herzlich und küßten uns. Ich sah, daß Goewyn ihren Platz neben Llew einnahm und dort blieb; sie sagte wenig, doch ihr

Blick wich nie von ihm. Trotz ihrer Nähe hatte Llew kein Wort für sie übrig. Er sah sie auch nicht an – hätte er es getan, so hätte er gesehen, wie seine Mißachtung ihr ins Herz schnitt.

Als sie Ruß und Asche neben dem Staub auf unseren Kleidern entdeckte, vermutete Scatha, daß wir durchs Feuer gekommen waren, und Alun ergriff das Wort und pries Llew und berichtete allen Versammelten von der Heldentat des Feuerschildes.

„Ich wollte, ich wäre dabeigewesen und hätte es gesehen", erwiderte Scatha, und die Raben stimmten ein und versuchten uns aufzuheitern. Doch trotz allem blieb ihr Willkommen düster, denn sie waren nicht weniger entsetzt als wir über die Krankheit, die Dinas Dwr befallen hatte.

„Es ist eine traurige Heimkehr", sagte Goewyn. Halbherzig streckte sie eine Hand zum See hin aus. „Es tut mir leid, daß ihr es so vorfinden müßt."

Llew blickte sich unter den Versammelten um. „Wo ist Calbha?"

„Er sucht nach Wasser. Er hat sechs Männer mitgenommen, und sie sind seit vier Tagen unterwegs", antwortete Scatha. „Unsere Vorräte sind fast erschöpft."

„Wir haben das Crannog verlassen", sagte Goewyn verlegen.

Scatha fügte hinzu: „Wir hielten es für das beste – bis die Plage vorüber ist."

„Zweifellos ist es so am besten." Voller Trauer blickte Llew über den See hinaus. Tränen schimmerten in seinen Augen; er blinzelte, und sie quollen aus seinen Lidern hervor und rannen an seinen Wangen hinab. Rasch wischte er sie mit seinem Armstumpf ab. „Wenn ich hiergewesen wäre ..." murmelte er, und dann wandte er seiner Stadt auf dem See den Rücken zu.

Wie Goewyn gesagt hatte, waren die Leute vom Crannog in ein Lager am Ende des Tales umgezogen, dicht am Fuß des Bergkammes – so weit wie möglich vom See entfernt. Doch selbst das war nicht weit genug. Der Gestank des toten Sees unter der sengenden Sonne attackierte uns mit unverminderter Gewalt.

Cynfarch und seine Leute ließen sich unter uns nieder, verwirrt und hoffnungslos. Ihnen war, als wären sie in ein Geschick geflohen, das schlimmer war als das, dem sie entronnen waren. Entmutigt und rastlos stapfte Cynfarch durch das Lager der Galanae, wie ein Sturm, der darauf wartet auszubrechen. Man mußte ihm zugute halten, daß er seine Zunge hütete und seinen Grimm für sich behielt.

Zwei Tage vergingen, und die bleierne Sonne brannte immer heißer auf uns herab. Wir bemaßen das Wasser und teilten es sorgfältig ein, während wir auf eine Nachricht oder ein Zeichen von Calbha warteten. Doch es kam keines.

Auch vor dem Gestank des Sees gab es kein Entrinnen. Die sengende Sonne und die ausdörrende Hitze beschleunigten die Fäulnis und den Verfall und verwandelten das einst klare, kalte Wasser in eine faulige, eiternde, brodelnde Brühe. Meine Mabinogi kamen zu mir und wollten ihre Ausbildung fortsetzen, aber wir ertrugen die Hitze und den Gestank nicht; selbst unser schattiger Hain bot keine Erleichterung. Ich setzte den Unterricht aus und sagte: „Wir werden neu beginnen, wenn diese Fäulnis vorüber ist. Geht zurück zu euren Clansleuten, und tut, was ihr könnt, um ihnen zu helfen."

Gwion konnte sich nur schwer damit abfinden; darum gab ich ihm meine Harfe und sagte: „Halte sie gut gestimmt, Gwion Bach. Wenn du je ein Filidh werden willst, mußt du lernen, wie man eine Harfe richtig pflegt."

„Ruf mich, wann du willst, Penderwydd", versprach Gwion. „Du wirst deine Harfe Tag und Nacht bereit finden."

Der Junge schoß davon – er konnte es nicht erwarten, die Harfe auszuprobieren. Ich wandte mich an Nettles, der mich zum Hain begleitet hatte. „Es war nur eine Kleinigkeit", sagte ich.

„Aber es – äh – gab ihm neuen Mut", bemerkte er, wobei er nur kurz stockte.

„Ich wollte, das könnte ich auch für den Rest von Dinas Dwr tun", erwiderte ich.

Tagsüber attackierte uns der Gestank des Todes; nachts schrien die Kinder vor Durst und Fieber. Mahlzeiten wurden zubereitet und serviert, blieben aber ungegessen. Durch die Fäulnis der Luft, die bei jedem Atemzug in unsere Münder gesogen wurde, brachte niemand einen Bissen herunter. Die Hitze und der Gestank raubten uns die Kräfte und den Willen; wir taumelten stumpfsinnig umher, benommen von der Monstrosität unseres Mißgeschicks und entmutigt von unserer Unfähigkeit, es zu überwinden. Hier war ein Feind, gegen den wir nicht einmal kämpfen konnten, geschweige denn ihn besiegen.

In der Abenddämmerung des zweiten Tages kam Llew zu mir, um sich mit mir zu beraten, denn die Lage war sehr ernst. „Es muß dringend irgend etwas geschehen, Tegid. Komm mit." Er führte mich vom Lager fort zu einer Stelle, wo wir reden konnten, ohne daß man uns hörte. Wir setzten uns nebeneinander auf einen Felsen unterhalb einer Steilwand des Bergkammes. Der Felsen war noch immer warm von der Hitze des Tages, und schwarze Fliegen schwirrten durch die Abendluft. „Calbha ist nicht zurückgekehrt, und das wenige Wasser, das wir haben, wird bald aufgebraucht sein."

„Wie viele Tage noch?"

„Drei oder vier, höchsten fünf – wenn wir knauserig sind."

Ein Mundvoll Wasser für Mensch und Tier, zwei für die Kinder ... wie konnten wir noch knauseriger werden?

„Ich glaube nicht, daß Calbha rechtzeitig zurückkommen wird", fuhr Llew fort, „falls er überhaupt zurückkommt."

„Was möchtest du, daß ich tue?"

Llew dachte nach, und ich hörte das Summen der Insekten lauter werden, als die Hitze des Tages etwas verebbte. Das Geräusch war so trocken und staubig wie die hartgebackene Erde selbst.

„Ich weiß es nicht", sagte er mit in Verzweiflung versinkender Stimme. „Es gibt nichts, das irgend jemand tun könnte." Nach einem Moment fügte er voller Reue hinzu: „Ich hätte niemals fortgehen dürfen."

Ich wunderte mich über diese Worte. Es stimmte: Er hätte Dinas Dwr nicht verlassen sollen; das hatte ich ihm ja schon in meiner Warnung gesagt. Aber die Art, wie er das sagte ... die Art, wie er das sagte, rief ein eigentümliches Gefühl in mir hervor: als ob unter meinen Füßen ein Strom flösse, ein mächtiger Fluß, eine Stromschnelle, die unter der Erdkruste unter uns dahinrauschte. Ich bildete mir ein, diese verborgene Kraft durch den Felsen, auf dem ich saß, heraufströmen zu fühlen.

„Du wußtest, daß das passieren würde, Tegid", fuhr Llew fort. „Du sagtest, daß es eine Katastrophe geben würde. Nun, du hattest recht."

„Wie meinst du das?"

„Das hier wäre nicht passiert, wenn ich geblieben wäre", erwiderte Llew ohne Umschweife.

Wieder spürte ich den Strom der verborgenen Kraft, die in der Erde selbst und in der Luft um uns her zu vibrieren schien. *Das hier wäre nicht passiert, wenn ich geblieben wäre ...* Er wußte es! Auch er spürte es. Aber warum?

Warum wäre etwas anders gewesen, wenn wir in Dinas Dwr geblieben wären – es sei denn, Llews Gegenwart selbst übte irgendeine Macht über das Böse aus, das im Land umging? Er besaß Ollathirs Awen. Der Awen des Obersten Barden von Albion konnte eine wirksame und mächtige Waffe sein – das hatte er gezeigt, als er den Feuersturm entfacht hatte. War es das? Oder war da noch etwas?

„Llew, was meinst du damit?"

„Ich hätte auf dich hören sollen", erwiderte er düster. „Da, du siehst es doch. Ich habe es gesagt. Zwing mich nicht, es noch einmal zu sagen."

„Das habe ich nicht gemeint", sagte ich. „Warum glaubst du, daß deine Gegenwart verhindert hätte, daß die Fäulnis den See vergiftet?"

Er rutschte neben mir auf dem Felsen herum. „Wer weiß?" erwiderte er wütend. „Was willst du von mir?'"

„Es heißt, daß der Wahre König in seinem Reich die Macht hat, zu schützen und zu erhalten. Ist das der Grund, warum du meinst, daß deine Gegenwart etwas geändert hätte?"

„Du hast auf alles eine Antwort", gab er bissig zurück. „Dann beantworte mir das hier –" Ich hörte das Klatschen von Haut auf Haut, als er mit der Handfläche gegen seinen erhobenen Armstumpf schlug. „Ich bin verstümmelt, Tegid. Erinnerst du dich?"

Damit stand er auf und stapfte davon, und ich blieb zurück, keinen Deut klüger geworden – außer in einer Hinsicht: Ich wußte jetzt, daß irgendeine große, mächtige Kraft zum Greifen nahe war, wie ein Schwert, das in der Scheide liegt und auf den Tag des

Ringens wartet. Es war an mir, zu entdecken, wie dieses Schwert erhoben werden könnte. Wenn ich das schaffte ...

Aber zuerst mußte ich es finden.

Ich zog meine Beine an, kreuzte sie und setzte mich auf dem Felsen zurecht. Dann atmete ich tief ein und aus – einmal ... zweimal ... dreimal –, bis meine Gedanken sich klärten, Furcht und Angst von mir wichen und in meinem Herzen nur noch der Wunsch lag, das Geheimnis zu durchdringen. Als ich völlig ruhig und gelassen war und Friede sich in mir ausbreitete, tat ich drei reinigende Atemzüge und rezitierte eine Anrufung:

*Preis sei der Schnellen Sicheren Hand*
*für die Erlösung in der Not;*
*Preis sei dem Wort-Geber*
*für die Drei Säulen der Wahrheit;*
*Preis sei dem Lebendigen Licht*
*für das heilige Feuer der Weisheit!*

*Höre mich, Großer Führer, und führe mich auf deinen*
*Wegen. Denn weit ist die Welt, und verworren sind die*
*Pfade, auf denen der Mensch wandeln muß.*
*Und ich bin so leicht in die Irre zu führen.*

*Hier bin ich auf meinem Felsen, und hier bleibe ich:*
*Ich werde mich nicht bewegen, bis du, Unbewegter*
*Beweger, dich in mir bewegst;*
*Ich werde schweigen, bis du, Lebendiges Wort,*
*zu mir sprichst;*
*In Dunkelheit werde ich sitzen, bis du, Licht*
*des Lebens, mich erleuchtest.*

*Gewähre mir nun, Großer Geber, dreierlei, das ich*
*begehre:*
*Wissen über das, was ich nicht weiß;*
*Weisheit, um es zu verstehen;*
*Wahrheit, um es recht zu beurteilen.*

Und dann legte ich, voll innerer Ruhe, schweigend, erwartungsvoll, die Hände auf meine Knie und wartete. Frieden ... Frieden. Ich lauschte und wartete.

Ich wartete ... Frieden ...

Die Luft, still und schwer wie ein Mantel, hüllte alle Laute des Tales ein, als wären sie in Bernstein eingeschlossen. In geringer Entfernung hörte ich die gedämpften Stimmen der Mütter, die ihre Kinder in den Schlaf wiegten. Ich hörte das Wimmern eines Hundes, das Muhen einer Kuh und das Zwitschern der Segler, die zu ihren Nestern an der Felswand über mir zurückkehrten. Ich hörte die Laute einer Welt, die in Dunkelheit versank, einen Hauch wie ein Ausatmen, wie ein Seufzer der Dankbarkeit dafür, den Mühen und Plagen des verhaßten Tages entkommen zu sein.

Ich verschloß meine Ohren vor diesen Lauten und lauschte nach innen ... Frieden ... Frieden ... Frieden ...

Ich hörte mein eigenes Herz langsam und gleichmäßig schlagen. Ich hörte den Klang meiner eigenen Stimme, die wie ein Stein in die Stille eines Brunnens hinabfiel. Ich hörte meine Bitte um Wissen und Weisheit in der Tiefe widerhallen.

Das Echo verklang und wurde von der Tiefe verschlungen. Und zur Antwort hörte ich die Stimme Ollathirs, des Obersten Barden, meines weisen Führers und Freundes, der nun nicht mehr war:

„*Warum ein Wort sagen, das schon gesprochen wurde?*" fragte Ollathirs Stimme ernst. „*Warum offenbaren, was schon gezeigt wurde? Warum eine Wahrheit verkünden, die sich wie ein Berg in eurer Mitte erhebt?*"

Und dann hörte ich den scharfen Ruf der Carynx laut vom hohen Bergkamm herabschallen; ein einziger, langer Ton, gefolgt von zwei kürzeren. Der Laut hallte durch das stille Tal und über den toten See hinweg.

Calbha war zurückgekehrt.

## 34

## Rätsel und Widersinn

Die Leute strömten heraus, um Calbha zu begrüßen. Der Durst beflügelte ihre Wiedersehensfreude, und sie feierten ihn mit Zurufen und Gesängen. Doch die Lieder verklangen bald, und die Rufe erstarben. Calbha hatte kein Wasser mitgebracht – und von dem wenigen, das er mitgenommen hatte, war kein Tropfen mehr übrig.

Die Enttäuschung ging rasch in Entsetzen über, als er berichtete, was er gesehen hatte:

„Meldron ist in das Tal im Süden jenseits des Bergkammes vorgedrungen", sagte er, als er aus dem Sattel stieg. „Wir haben fünftausend Mann zu Fuß und zweitausend zu Pferd gezählt."

„Wie weit sind sie noch entfernt?" Die Frage kam von Llew, der sich durch die plötzlich verstummte Versammlung schob.

„Einen Tagesmarsch", erwiderte Calbha, „mehr nicht."

„Wissen sie, daß wir hier sind?" fragte Cynan und trat neben Llew.

„Sie wissen es. Meldron weiß es." König Calbha gab sich keine Mühe, seine Worte zu mildern, und sie durchbohrten die Herzen aller, die ihm zuhörten. „Die Feinde folgen der Spur, die ihr verursacht habt, als ihr von Dun Cruach zurückgekehrt seid."

„Bran!" rief Llew den Schlachtenführer der Raben, der ihm aus der Menge antwortete. „Wir brauchen Wächter auf dem Bergkamm."

„Wird gemacht." Bran eilte sofort davon.

Llew wandte sich wieder an Calbha. „Haben sie euch gesehen?"

„Und wenn sie uns gesehen hätten, es würde keinen Unterschied machen", erwiderte der König. „Aber nein – wir haben den Tag abgewartet und den Bergkamm erst im Dunkeln überquert, um sicherzugehen, daß uns keine feindlichen Kundschafter sehen. Doch er braucht keine Kundschafter. Ich sage dir, Meldron weiß, wo er uns findet."

„Wir werden uns sofort beraten", sagte Llew rasch. „Cynan, hol Scatha –"

„Ich bin hier, Llew", rief Scatha und trat durch die Menge.

„Tegid?"

„Ich bin hinter dir", antwortete ich.

„Gut. Ruft Cynfarch", befahl er, „und sagt ihm, er möge sich uns anschließen. Wir werden uns beraten, sobald Bran zurück ist."

„Ich werde Cynfarch holen", sagte Cynan und eilte davon, um seinen Vater zu holen.

Goewyn und einige Frauen kamen mit Wasserkrügen für die Reiter heran. „Ihr seid erschöpft und müde", sagte Goewyn und reichte Calbha einen der Krüge. „Trink."

Calbha nahm den Krug und hob ihn an die Lippen. Er blickte sich rasch um. „Ist genug für alle da?" fragte er.

„Es ist genug für euch da", sagte sie. „Ihr seid um unseretwillen weit geritten. Dafür sind wir dankbar. Trinkt und seid erfrischt."

Doch Calbha weigerte sich. „Wenn es nicht genug für alle ist, ist es auch nicht genug für uns. Wir werden nicht trinken, während andere dürsten müssen." Er reichte ihr den Krug unberührt zurück.

Llew erhob seine Stimme und forderte das Volk auf, sich wieder zur Ruhe zu begeben. Während sich die Menge zerstreute, sagte er zu den Zurückbleibenden: „Folgt mir."

Wir gingen über unsere verdorrten Felder hinweg und den Hang hinauf zu der Stelle, wo Llew und ich gelagert hatten, als wir den Druim Vran entdeckten. Llew entfachte ein kleines Feuer, so daß wir einander sehen konnten, und wir breiteten Ochsenhäute aus, die wir aus dem Lager mitgebracht hatten. Dann stießen Cynan und Cynfarch zu uns, und wir ließen uns nieder, um auf Bran zu warten.

Obwohl ich die Gesichter der anderen nicht sehen konnte, spürte ich, wie sich die Furcht kalt in unsere Mitte schlich: Bedrohlich und verzweifelt entrollte sie sich lautlos wie eine Schlange.

„Wir dachten schon, du würdest nicht zurückkehren", sagte Cynan zu Calbha. Er sprach nur, um die wachsende Spannung abzuleiten.

„Wir sind so weit nach Norden gegangen, wie wir konnten", erwiderte der König, begierig, auch seine Stimme in die Stille zu werfen, „viel weiter, als wir geplant hatten."

„Kein Wasser?" fragte Cynan.

„Jede Menge Wasser! Wir fanden Flüsse, Bäche, Teiche, Quellen ... alle vergiftet, alle tot." Seine Stimme wurde zu einem trokkenen Krächzen, und er schwieg einen Moment. „Es gibt nirgendwo mehr gutes Wasser. Das Land stirbt."

„Im Süden ist es genauso", sagte Llew.

„Ah", erwiderte Calbha, „ich hatte mich schon gefragt, was Cynfarch dazu bewogen hat, sich uns anzuschließen."

„Wir haben Meldron in Dun Cruach überlistet", sagte Cynan und berichtete Calbha von der Heldentat des Feuerschildes. „Es war großartig."

Cynfarch konnte es sich nicht verkneifen, hinzuzufügen: „Und wenn ihr nicht eure Sicherheit hier in Dinas Dwr für uns aufgegeben hättet, so würde Meldron jetzt nicht vor euren Toren hocken. Was uns betrifft, so haben wir nur ein Grab gegen ein anderes eingetauscht."

„Fürst Cynfarch", entgegnete ihm Scatha fest, „wir sitzen hier zur Beratung. Dies ist kein Ort für solche Reden."

„Nein?" gab der König zurück. „Wenn ich ungebührlich gesprochen habe, tut es mir leid. Aber wenn ich die Wahrheit gesagt habe, merkt euch meine Worte, und denkt an sie."

Ein unbehagliches Schweigen fiel auf uns herab, das erst durch Brans Ankunft unterbrochen wurde. Als Bran Platz genommen hatte, sagte Llew: „Wir werden gewarnt, sollte Meldron vorzeitig angreifen wollen –"

„Aber er braucht uns doch überhaupt nicht anzugreifen", knurrte Cynfarch. „Uns wird bald das Wasser ausgehen. Der

Durst wird uns ebenso sicher umbringen wie Meldrons Speere – wenn auch langsamer."

„Mit siebentausend Mann", warf Calbha ein, „hat der Große Hund genügend Speere, um ein rasches Ende zu machen."

„Siebentausend ...", sinnierte Cynan. „Ich möchte wissen, woher Meldron das Wasser für eine so große Streitmacht nimmt."

Mein inneres Auge erwachte. Doch vor mir sah ich nicht die Gesichter der im Kreis Versammelten, sondern Meldrons riesige Streitmacht, die in das Tal jenseits des Druim Vran einströmte. Ich sah die langsam vorrückende Reihe der Krieger, die Schilde wie dicke Schuppen auf die Rücken geschnallt, gewunden und schimmernd wie eine tödliche Schlange. Ich sah die Sonne rot in ihren Augen und das Gleißen des Tageslichts auf den Rändern der Schilde und den Kanten der Schwerter. Ich sah den Staub in hohen Wolken unter den Hufen der Pferde und den Füßen der Männer aufsteigen.

Ich sah einen finsteren Himmel, pechschwarz und erdrückend, von Rauch erfüllt, wo der Große Hund entlangzog; Hitzegewitter sandten zerfetzte Blitze durch die Düsternis. Ich sah, wie das Land unter den Schatten fiel – den Schatten einer Dunkelheit, die immer näher an die hohe Wand des Druim Vran herankroch.

„Nun, wir können hier nicht sitzenbleiben und warten, bis der Durst uns umbringt", sagte Llew. „Wir müssen kämpfen, solange wir noch die Kraft dazu haben."

„Kämpfen?" höhnte Cynfarch. „Er hat siebentausend Mann! Und selbst wenn wir eine Schlacht gegen eine so gewaltige Streitmacht überleben könnten, würde uns der Durst ohnehin umbringen."

„Aus dir spricht deine Furcht, Cynfarch", sagte Bran kalt. „Llew, sag uns, was wir tun sollen."

Es war richtig, daß Bran sich Llew unterordnete, und es war nichts Neues – so hatte er es immer gemacht. Doch als er sprach, hörte ich erneut die Stimme Ollathirs: *Warum offenbaren, was schon gezeigt wurde?*

So begann die Beratung. Wir redeten bis tief in die Nacht. Speisen wurden uns gebracht, und wir aßen. Das Brot brach hart und trocken in unseren Mündern und blieb uns im Halse stecken;

Wasser, um es herunterzuspülen, gab es nicht. Unter dem drohend schimmernden Mond wurden die Worte immer hitziger – Stimmen erhoben sich, Jähzorn flammte auf. Doch ich erinnere mich an keinerlei Einzelheiten der Erörterung; auch von der Mahlzeit, die mir vorgesetzt wurde, nahm ich keinen Bissen. Denn ich hatte einen Anblick vor Augen, der alles andere aus meinen Gedanken verbannte: den Umriß des Berges in unserer Mitte.

Während die Schlachtenführer berieten, stiegen in meinem Geist Bilder auf – Bilder vergangener Zeiten, als Ollathir noch am Leben und Meldryn Mawr König war. Ich sah Meldryn Mawr auf seinem Thron in der Halle, das Antlitz so strahlend wie der Torc um seinen Hals ... seine dunklen Augen, die prüfend über die Menge vor ihm wanderten, selbstsicher und weise ... seine Gegenwart, die ebenso hell leuchtete wie die Krone auf seiner Stirn ... den großen Goldenen König, den Herrn und Beschützer seines Volkes.

Und ich sah Ollathir, den Obersten Barden, an seiner Seite, prächtig in seinem purpurnen Umhang und seinem goldenen Torc ... Meisterkämpfer unter den Barden, Krieger der Wahrheit, stolz und ernst und weise, den Ebereschenstab des Penderwydds in seinen starken Händen ... standhaft, aufrecht und unerschütterlich in seinem Verhalten ... Herr der Gelehrten, vertrauenswürdiger Diener des Königtums.

Ich sah das herrliche Prydain, wie es vor seiner Verwüstung gewesen war, ein grüner Edelstein unter einem strahlenden Himmel, und Sycharth, wie es sich auf seiner stolzen Höhe über das flache Land voller kornbeladener Felder erhob, die ewig rastlose See im Hintergrund ... die Festung der Herrscher, die im goldenen Licht der Dämmerung leuchtete und von der untergehenden Sonne in Flammen gesetzt wurde ... die hohen Erdwälle und Palisaden ... die herrlichen, tiefen Wälder, die brausenden Bäche und majestätischen Flüsse ... Prydain, das Begnadetste der Reiche, unangreifbarer Sitz des mächtigsten Königs.

Meldryn Mawr, der Große Goldene Herrscher ... Ollathir, der Fürst der Barden ... Prydain, die Festung der kühnen Könige ... diese drei gemeinsam ... gemeinsam.

Warum diese drei? Was sollte ich dieser Vision entnehmen?

Es erforderte wohl einen schärferen Verstand als den meinen, dieses Geheimnis bis in Innerste zu durchdringen. Inzwischen rotteten sich unsere Feinde jenseits der schützenden Bergkette zusammen. Wenn die Antwort kommen sollte, würde sie bald kommen müssen. In seiner unendlichen Gier würde Meldron nicht lange zögern, seinen Sieg zu beanspruchen.

Der Kriegsrat dauerte bis weit in die Nacht. Doch mein Kopf war voll von dem Rätsel, das meine Gedanken wie ein Sturm durcheinanderwirbelte, und ich konnte nicht länger stillsitzen. Mein Herz brannte in mir, und ich ertrug es nicht mehr, den schrillen Stimmen zuzuhören. Ich stand auf und zog mich aus dem Kreis der Beratenden zurück; niemand bemerkte, daß ich ging, und das war auch gut so.

„Laß sie reden", dachte ich. „Ringsum sammelt sich der Feind – ich muß etwas tun."

Doch ich wußte nicht, was. Also setzte ich mich in Bewegung. Ich wanderte, ließ mich von meinen Füßen tragen, wohin sie wollten, und tastete den Weg vor mir mit meinem Stab ab. Ich umging das Lager und setzte meinen Weg fort.

Es traf sich, daß das Klopfen meines Stabes einen Schläfer aufstörte, der erwachte und sich meiner ziellosen Wanderung anschloß. Nettles sagte kein Wort, doch er erhob sich, kam an meine Seite und begleitete mich. Seit unserer Flucht aus Dun Cruach war mir seine Gegenwart immer lieber geworden, und seine stille Art war mir willkommen. Ich blieb stehen und wandte mich ihm zu. „Komm, gehen wir ein Stück zusammen."

Zu meiner Überraschung antwortete er: „*Mo bodlon, do.*"

Seine Sprache verbesserte sich mit jedem Tag, und das war kein Wunder – er arbeitete unermüdlich daran. Ich nickte und setzte meinen Weg fort. Der kleine Fremde ging neben mir her, und wir wanderten eine Weile schweigend.

„*Mae trafferthu?*" fragte er endlich.

„Ja", erwiderte ich, „es gibt großen Ärger."

Wir gingen weiter, und ich ertappte mich dabei, ihm das Rätsel zu erklären, das mir keine Ruhe ließ. Ich wußte nicht, wieviel er von dem verstand, was ich sagte, und es kümmerte mich auch nicht. Mir erschien es gut, jemandem zum Reden zu haben, jemanden, der mir nur zuhörte.

„Als der Böse seinem Gefängnis in der Unterwelt entkam, wohin floh er?" fragte ich. „Als Nudd, der Fürst von Uffern und Annwn, König der Coranyid, ausritt, um dieses Weltenreich zu verwüsten, wo schlug er zuerst zu?"

Da Nettles, der leise neben mir herstapfte, nichts sagte, beantwortete ich meine Frage selbst: „Er kam nach Sycharth – der wichtigsten Festung des obersten Königs von Prydain. Das ist –"

„Ah", sagte Nettles. „Prydain!"

Wieder bemerkte ich, wie rasch sein Verstand arbeitete. Noch während ich sprach, verleibte er die Worte seinem Wortschatz ein. Also sprach ich meine Gedanken laut und langsam aus, um ihn aufschnappen zu lassen, was er konnte.

„Prydain war es", sagte ich, „das den Zorn Nudds zu spüren bekam – doch erst, als der König durch eine Täuschung davongelockt worden war. Es war Prydain, das von der Dämonenhorde verwüstet wurde – doch erst, als sein König in die Flucht geschlagen war.

Und ich frage dich: Wen verfolgte Nudd in seinem eisigen Haß? Wer ertrug die grausamen Schläge des ältesten Feindes Albions?

Ich werde es dir sagen: Meldryn Mawr. Der Fürst der Ewigen Nacht erwählte sich den großen Goldenen König als Zielscheibe seines schrecklichen Hasses. Es war Meldryn Mawr, der Fürst von Prydain und Herrscher der Llwyddi, der den erbarmungslosen Angriff des Feindes ertrug."

„Ja", dachte ich, „der König von Prydain ertrug den Ansturm – und mehr noch: Er überlebte und triumphierte."

„Aber ich greife voraus", sagte ich zu Nettles, der neugierig an meiner Seite blieb. „Vor alledem – vor dem Fall Prydains, vor Meldryns Flucht, vor der Entfesselung Nudds und der Coranyid ... kam der Cythrawl."

„Cythrawl", wiederholte Nettles leise. *„Hen Gelyn."*

„Ja", bestätigte ich, „der uralte Feind. Und wer war es, den die Bestie des Abgrundes zuerst zu vernichten versuchte? Es war Ollathir, der Oberste Barde von Albion ... Ollathir."

„Penderwydd Ollathir", sinnierte Nettles.

„Der Oberste Barde Ollathir, ja – er hielt das Königtum von Prydain in der Hand! Ollathir allein wußte, wo sich der Phantarch aufhielt!"

Wieder wurde ich mit den dreien konfrontiert: Herr und Reich und Barde. Aber es gab noch andere – andere Herren, andere Reiche, andere Barden –, viele andere. Warum *diese* drei?

„Das ist das Geheimnis, mein Freund", murmelte ich zu Nettles. „Warum diese drei?"

Ich dachte eine Weile nach, und mir wurde klar, daß ich die Antwort bereits kannte – das Wort war schon gesprochen: Das Lied von Albion. Also erzählte ich Nettles von dem Phantarchen, und während ich es ihm erklärte, klärten sich meine eigenen Gedanken.

„Warum diese drei?" fragte ich. „Ich werde es dir sagen: weil nur diese drei die Hüter des Liedes von Albion waren!"

*„Canaid Alba"*, wiederholte Nettles leise.

Ich blieb wieder stehen. Wieviel verstand dieser kleine Fremde? Woher hatte er sein Wissen?

„Das Lied von Albion, ja, das ist es, was die Heerscharen der Finsternis zu zerstören versuchten. Denn solange das Lied Bestand hatte, konnten sie nicht die Oberhand behalten. Darum verwüsteten sie Prydain. Darum griffen sie den Wahren König in seinem Königreich an – sie griffen das Königtum selbst an."

*„Aird Righ?"* sagte Nettles.

Ich verstand den Ausdruck, aber er hatte sich ein wenig verhört. „Nein, nicht der Hochkönig", sagte ich ihm, „der Wahre König, verstehst du."

*„Aird Righ!"* wiederholte er mit mehr Nachdruck. Und ich fing an, mich zu fragen, ob er wußte, was er da sagte.

„Warte", sagte ich. „Laß mich nachdenken."

Das Königtum ... die Gegenwart eines Wahren Königs ... wer sonst außer einem Wahren König konnte der Hüter des Liedes sein? Und konnte es sein, daß dieser König gleichzeitig der Hochkönig war?

„Aber wie wäre es möglich, daß Meldryn Mawr der Hochkönig war, ohne etwas davon zu wissen?" fragte ich meinen kleinwüchsigen Schatten. „Es ist unmöglich. Nein, das ist ganz unmöglich!"

Nettles sagte nichts; ich spürte nur seinen Blick auf mir, bohrend, drängend. Was wußte er?

„Nicht der *Aird Righ*", wiederholte ich und wandte mich ab. Ich ging zwei Schritte weiter und erstarrte. Vielleicht war es gar nicht Meldryn Mawr, der ahnungslos über sein eigenes Königtum war. Vielleicht war ich der einzige Ahnungslose! Meldryn Mawr und Ollathir mochten gute Gründe gehabt haben, darüber zu schweigen – wie sie auch den Phantarchen tief im felsigen Herzen des Berges von Findargad verborgen hatten, um das Lied zu schützen.

Die Erkenntnis traf mich wie ein Faustschlag. Ich wankte. Nettles griff nach mir, um mich zu stützen. Blind! Ich war mehr als blind, ich war auch ahnungslos – und das war wesentlich schlimmer.

„Prydain, Meldryn Mawr, Ollathir", sagte ich langsam, so daß Nettles folgen konnte, „in diesen dreien lag das Wesen Albions."

Und nun trafen sich diese drei Stränge in einer Person: Llew.

Ich spürte, wie mein Herz schneller schlug, wie das eines Jägers, der seine Beute gesichtet hat. „Llew ist der Mittelpunkt", sagte ich. „*Llew* ist das Wort, das schon gesprochen wurde. *Llew* ist der Berg, der sich in unserer Mitte erhebt."

„Llew", sagte Nettles.

„Ja, mein weiser Freund, es ist Llew." Ich setzte mich wieder in Bewegung, und Nettles folgte mir. „Llew besitzt den Awen des Penderwydds, denn er war bei Ollathir, als er starb, und der Oberste Barde hauchte Llew mit seinem letzten Atemstoß den Awen ein. Llew besitzt das Königtum Meldryn Mawrs, denn ich bin jetzt der Oberste Barde von Albion, und ich habe das Königtum ihm gegeben. Und Llew ist in die heiligen Mittelpunkte von Prydain vorgedrungen: Er hat das Môr Cylch im Herzen des Herzens durchwandert und zweimal den Säulenstein von Prydain auf dem Weißen Felsen verteidigt – und ihn mit seinem Blut gesegnet!"

Meine Gedanken flogen auf diesem Weg entlang wie ein Speer auf dem Weg zu seinem Ziel. In Llew trafen sich die drei Stränge;

Llew, der Knoten des Streites. Er war das Gefäß, in das das Wesen von Albion gegossen worden war.

Ah, aber das Gefäß war beschädigt, entstellt. Er konnte das Königtum nicht ausüben, das ihm gegeben worden war. Und das war der Kern des Rätsels:

König und doch nicht König, Barde und doch nicht Barde, herrschte Llew – und weigerte sich doch zu herrschen – über einen Stamm, der kein Stamm war, sondern eine Ansammlung aus verschiedenen Clans, die ein Reich bildeten, das eigentlich gar kein Reich war. Widersinn auf der ganzen Linie. Wenn ein Sinn dahinter lag, war dieser Sinn unerkennbar.

Doch dank Nettles' arglosem Irrtum war ich nun auf einen verblüffenden neuen Gedanken verfallen: daß das Königtum von Prydain vielleicht in Wirklichkeit das Hochkönigtum von ganz Albion war.

Rätsel und Widersinn. Was hatte das zu bedeuten? Ich wußte es nicht, aber der Gedanke würde mir in den folgenden Tagen nicht mehr aus dem Kopf gehen.

Ich schickte Nettles wieder zurück zu seiner Schlafstatt, um die Offenbarung zu überdenken, die ich empfangen hatte. Allein wanderte ich umher und stapfte wie ein ruheloses Tier durch das Tal. Meine Füße fanden den Pfad, der zu dem toten See hinabführte. Ich ging weiter, bis ich den Strand und den Rand des Wassers erreicht hatte. Der Gestank des Sees ekelte mich an, doch ich zwang mich, am Ufer entlangzugehen. Ich war noch nicht weit gekommen, als ich merkte, daß noch jemand anderes herab ans Wasser gekommen war.

„Wer ist da?"

„Tegid ..." antwortete eine Stimme, und ich hörte ein Schluchzen.

„Goewyn?"

Ich ging in die Richtung, aus der das leise Schluchzen kam. Goewyn kam in meine Arme, barg ihr Gesicht in den Händen und legte ihren Kopf gegen meine Brust. „Warum weinst du? Stimmt etwas nicht?"

„Gwenllian ..." sagte sie mit gedämpfter und undeutlicher Stimme. Sie hob ihr Gesicht. „Ich habe sie gesehen, Tegid. Ich habe Gwenllian gesehen – in einem Traum", erklärte sie rasch. „Sie ist im Traum zu mir gekommen."

„Ah", sagte ich beschwichtigend, „ich verstehe."

Sie schob sich von mir weg. „Ich habe sie gesehen. Sie hat zu mir gesprochen. Gwenllian hat zu mir gesprochen."

„Was hat sie dir gesagt?"

Goewyn hielt inne und atmete langsam und zitternd ein. „Ich verstehe es nicht."

„Erzähle es mir."

Goewyn schob ihre Hand unter meinen Arm und drehte mich zur Seite, und wir gingen gemeinsam an dem dunklen, faulenden See entlang. Nach einer Weile sagte sie: „Ich wollte warten, bis die Beratung zu Ende wäre ... um zu hören, was sie vorhaben. Aber ich wurde müde. Mein Kopf wurde schwer, und meine Augen wollten nicht offen bleiben. Ich wollte mich nur einen Moment lang ausruhen. Doch kaum hatte ich mich hingelegt, schlief ich tief und fest ein.

Während ich schlief, hörte ich ein seltsames Geräusch wie das Rascheln von Vogelflügeln über meinem Kopf. Das Geräusch weckte mich ... ich erwachte – ich erwachte in meinem Traum. Doch ich wußte, daß ich noch schlief und träumte."

„Ich kenne solche Träume", sagte ich ihr. „Was hast du gesehen?"

„Ich sah den See", antwortete sie, und ihr Tonfall wurde schläfrig, als sie wieder in ihren Traum eintrat – diesmal in der Erinnerung. „Ich sah den See, wie er ist – verdorben und stinkend. Ich sah, wie sich das Wasser vor Fäulnis verdickte. Und dann sah ich jemanden am Rande des Sees stehen ... eine Frau – ganz in Weiß gekleidet. Sobald ich sie sah, wußte ich, daß es Gwenllian war. Ich lief zu ihr. Ich habe sie umarmt, Tegid! Sie war wieder lebendig! Ich war so glücklich!"

Da ich nichts sagte, fuhr sie fort.

„Dann sprach Gwenllian zu mir. Ich hörte ihre Stimme, und sie schien versöhnt zu sein – und mehr als das. Sie war zufrieden. Sie leuchtete vor Frieden und Zufriedenheit; ihr Gesicht strahlte." Goewyn verstummte in Ehrfurcht vor der Vision.

„Sie sprach zu dir. Was sagte sie?"

„Sie sagte mir, ich solle mich an die Prophezeiung erinnern. Es sei sehr wichtig. Sie sagte, die Vision sei wahrhaftig ausgesprochen worden und würde sich erfüllen.“ In ihrer Erregung umklammerte Goewyn meinen Arm fest. „Sie sagte, es sei der Tag des Ringens, aber die Schnelle Sichere Hand sei mit den *Gwr Gwir.*“

„Bist du sicher? Die *Gwr Gwir,* das hat sie gesagt?“

„Ja, aber ich weiß nicht, was das bedeutet“, erwiderte sie. „*Gwir* – Wahrheit? Wer sind die Männer von Gwir?“

„Ich weiß es nicht“, sagte ich und schüttelte langsam den Kopf. „Es sei denn, die Männer von Gwir sind alle, die sich Meldron entgegenstellen.“

Der Ausdruck war Bestandteil der Prophezeiung, die Gwenllian Llew nach der Heldentat von Ynys Bàinail gegeben hatte; er allein hatte sich dem Cythrawl entgegengestellt, und ihm allein war das prophetische Wort gegeben worden. Ich hatte oftmals über die Prophezeiung nachgedacht und ihre Formulierungen in meinen Gedanken gewälzt. Llew und ich hatten uns oft über ihre Bedeutung gestritten.

„Hat sie noch etwas gesagt?“

Goewyn zögerte und dachte nach. „Ja.“ Ihre Stimme war nur ein Flüstern. „Sie sagte ... ‚Fürchtet euch nicht. Im Wasser ist Heilung.‘“

35

## Die Gwr Gwir

„Sag das noch einmal, Goewyn. Was hat Gwenllian dir gesagt?"

„Sie streckte ihre Hand aus", antwortete Goewyn und deutete von mir weg. Ich folgte ihrer Hand und sah, daß sie auf den See deutete. Dann sagte Gwenllian: ‚Fürchtet euch nicht. Im Wasser ist Heilung.' Und dann ..." Goewyn schluchzte.

„Ja? Und dann?"

„Dann wachte ich auf", erwiderte sie. „Ich bin sofort den ganzen Weg hierher gerannt –" Die Tränen quollen wieder hervor. „Ich kam herunter an den See ... ich dachte, Gwenllian wäre vielleicht hier. Es schien alles so wirklich. Ich dachte, sie wäre zu uns zurückgekehrt ... und ich würde sie hier finden."

„Hat sie sonst noch etwas gesagt. Denk genau nach. Irgendeine Kleinigkeit?"

Mit zitterndem Kinn schüttelte Goewyn langsam den Kopf. „Nein", sagte sie leise, „das war alles. Oh, Tegid ... Tegid, ich habe sie gesehen."

Ich legte Goewyn meine Arme um die Schultern und zog sie an mich. Einen Moment lang standen wir schweigend da, dann straffte sich Goewyn und löste sich aus meinen Armen. Sie trocknete sich die Tränen ab und verließ mich, so daß ich allein über die Bedeutung ihres Traumes nachdenken konnte.

In jener Nacht schlief ich nicht. Ich ging an dem vergifteten See entlang, dessen Gestank mir widerwärtig in die Nase stach. In meinem Kopf überschlugen sich die Gedanken; meine Gespräche mit Nettles und Goewyn hatten ein Gefühl der Verstörung und der Rastlosigkeit hinterlassen. Mit jedem Schritt spürte ich mehr, wie eine furchterregende Absicht unmittelbar jenseits der Grenzen dieses Weltenreichs Gestalt annahm – unerforschlich und unnachgiebig. Ich konnte sie spüren, aber ich konnte sie nicht begreifen.

Vor der Dämmerung versammelten sich die Krieger. Die Vorbereitungen waren während der ganzen Nacht im Gange gewesen, und beim ersten Tageslicht standen alle bereit. Die Carynx rief sie, und mit meinem inneren Auge sah ich sie. Angetan mit all ihrer Ausrüstung für die Schlacht, standen sie fest und stark wie ein Wald aus hohen Eichen und warteten darauf, von den Schlachtenführern, die an ihren Reihen entlanggingen, herausgerufen zu werden.

Scatha, die ihr leuchtendes Haar zusammengenommen und unter ihrem glänzenden Helm gebunden hatte, musterte die Reihen mit kühlen, grünen Augen und wählte als erste. Sie trug einen kleinen, runden Schild an der Schulter und ein ledernes Hemd, das mit überlappenden Bronzescheiben benäht war, die den Schuppen einer Echse ähnelten. Mit ihrem langen, geschmeidigen Arm hob sie einen weißen Speer in die Höhe. Den Schaft ihres Speers hatte sie gleich unterhalb der blattförmigen Klinge mit drei Stoffstreifen umwickelt: zwei schwarzen und einem weißen. Dies waren *Meirwon Cofeb* – Symbole, die an ihre Töchter erinnern sollten, für die sie heute kämpfen und deren Tod und Vergewaltigung sie rächen würde. Mit ihrer klaren Stimme rief sie die Namen der Krieger aus, die die Ehre hatten, ihr in die Schlacht zu folgen.

Die Pen-y-Cat würde die Feldherrin sein; so war es beschlossen worden. Mit ihren beispiellosen Fähigkeiten und ihrer unübertroffenen Urteilskraft war sie eine gewaltige Gegnerin und listige Schlachtenführerin. Unter ihrer Ausbildung hatten sich zahllose Krieger ihre Waffen verdient, und viele davon hatten sich Größe und Ruhm erworben – aber keiner hatte je Scatha übertroffen. Insgesamt wählte sie nur fünfzig Krieger, dann gab sie das Recht der Wahl weiter.

Als nächstes kam Bran Bresal, eine Eiche unter Eichen, das dunkle Haar zu schimmernden Zöpfen geflochten, einen goldenen Reif an seinem rechten Arm und den Torc um den Hals; er erhob seinen rot bemalten Speer. Aus den versammelten Kriegern traten die Raben hervor: Niall, Garanaw, Alun Tringad, Drustwn, und Emyr Lycaw. Wie ihr Anführer trugen sie keinen Umhang, keinen Siarc, keine Breecs und keinen Gürtel. Wie die Helden der alten Lieder, die zum Kämpfen ihre Kleider ablegten, zogen die Raben nackt in die Schlacht, und ihre eingeölten Leiber glänzten in der Sonne.

Jeder der Männer grüßte seinen Schlachtenführer, als er herantrat – indem er mit dem Schaft seines Speers gegen Brans Schild schlug oder die Hand auf die Rabentätowierung auf seinem Schwertarm legte.

Bran rief noch weitere Krieger zu seiner Schar – Krieger, die er ausgewählt hatte, sich dem Flug der Raben anzuschließen. Als alle versammelt waren, nahm der Meisterkämpfer seinen Platz vor ihnen ein, und das Recht der Wahl wurde weitergegeben.

Cynan, dessen blaue Augen vor Erwartung leuchteten, wählte als nächster. Er stellte sich mit erhobenem Arm auf und umklammerte den Griff eines scharf geschliffenen Schwertes in seiner Faust. Sein flammenrotes Haar war kurz geschnitten und mit Fett an die Kopfhaut gelegt; Schnurrbart und Bart waren voll gebürstet. Er rief die Krieger aus der Kriegsschar der Galanae und andere, die er kannte. Dann wandte er sich an König Cynfarch, seinen Vater, der bedächtig nickte. Cynan war der Schlachtenführer seines Vaters, doch der König behielt sich das Recht vor, die Wahl zu bestätigen. Nachdem dieses Ritual vollzogen war, wurde das Recht der Wahl weitergegeben.

König Calbha, angetan mit Torc und Armreif aus Gold, ein schweres Schwert an der Hüfte, rammte die Spitze seines blau bemalten Speers in den Boden und umklammerte den Schaft mit beiden Händen. Mit einer Stimme, die dröhnte wie Eisen, rief er die Mitglieder der Kriegsschar der Cruin hervor. Er rief sie in Zehnergruppen, und als er fertig war, standen dreimal fünfzig Mann hinter ihm.

Llew, der nur Breecs und einen Ledergürtel trug, erhob sich von dem Felsen, auf dem er gesessen hatte, und stellte sich mit dem Schwert in seiner Hand auf; ein langer Schild verbarg seinen Armstumpf vor den Blicken. Er erhob sich und rief die verbliebenen Krieger. Die Männer, die er aufrief, ließen sich nicht lange bitten; viele rannten sogar in ihrer Begier, ihm zu dienen. Jeder der Krieger schlug im Vorbeigehen mit dem Speerschaft auf den Rand von Llews Schild, und der Lärm war wie Donnerschläge. Als alle versammelt waren, standen dreimal dreißig und drei hinter ihm – zu Ehren der ermordeten Barden von Prydain.

Dann hob Llew sein Schwert hoch empor, die Carynx erscholl, und ich sah Rhoedd mit dem großen, gewundenen Schlachthorn an den Lippen auf einem Felsen stehen. Der Laut peitschte die Luft auf, erfüllte das Tal und hallte von den Bergen wieder. Wieder stieß Rhoedd in das Horn, und der Flug der Raben setzte sich rennend in Bewegung. Scatha und ihre Kriegsschar kamen als nächste, dann Cynan und Calbha und zuletzt Llew mit seinen dreifachen Reihen. Ich ergriff meinen Stab, folgte der Heerschar und begann den Aufstieg auf den Kamm des Druim Vran.

Das Volk war gekommen, um uns zu verabschieden. Sie standen an unserem Weg und riefen uns zu, als wir vorbeizogen, um den Mut der Krieger anzustacheln. Ich sah Goewyn in der vordersten Reihe mit einem Birkenzweig winken und neben ihr Nettles mit einem Stechpalmenzweig; Birke und Stechpalme, die Zwillingssymbole für Stärke und Tapferkeit in der Lehre der Barden.

Im frühen Morgenlicht sah ich die Kriegsscharen unseres Stammes furchtlos und begierig, dem Feind entgegenzutreten. Ich sah tapfere Männer, die rannten, um dem Tod entgegenzueilen: Die Gwr Gwir stürmten voran, um gegen den Feind in die Schlacht zu ziehen. Ich erhob meinen Stab, als sie vorüberzogen, und rief die Schnelle Sichere Hand an, sie durch den Kampf hindurchzutragen; ich beschwor den Gütig-Weisen, ihre Schritte zu leiten; ich flehte den Großen Geber an, ihnen den Sieg zu schenken.

Meldrons zahlenmäßige Überlegenheit war erdrückend. Das wußten wir. Doch die Schlachtenführer hatten das Risiko sorgfältig abgewogen: Um überhaupt eine Chance gegen einen so hoch überlegenen Feind zu haben, mußten wir schnell handeln. Unsere Wasservorräte nahmen rasch ab; wir konnten nicht abwarten, bis wir durch Durst geschwächt waren. Um auch nur die geringste Hoffnung aufs Überleben zu haben, mußten wir jetzt zuschlagen

– bevor Meldron sich im Tal jenseits der Bergkette formieren konnte und solange wir noch stark genug waren, um unsere Schwerter zu heben.

Der Kriegsrat hatte beschlossen, Meldron entgegenzugehen und ihn anzugreifen. Wenn es uns gelang, Meldron und sein Wolfsrudel zu töten, so dachte man, bestand die Möglichkeit, daß der Rest seiner Heerschar den Kampf aufgeben würde. Unser Motto war: Schlag den Kopf ab, und die Schlange stirbt. Dann könnten wir Leute nach Norden zu einer der nahegelegenen Inseln senden, um dort Wasser zu holen; denn wir glaubten nicht, daß sich die Fäulnis bereits über die Ufer Caledons hinaus ausgebreitet haben könnte.

Die Kriegsscharen erreichten den Kamm und gingen in Stellung. Als ich sie einholte, hatte sich die Heerschar entlang des gesamten Druim Vran formiert und wartete, während die Heerführer sich berieten.

Wir wollten nicht angreifen, bevor Scatha die Stärke und Stellung des Gegners erkundet hatte; sie wollte Meldron sehen und auskundschaften, wie er stand, bevor sie unsere eigenen Reihen ordnete. Was das betraf, so war freilich jede mögliche Schwäche in Meldrons Stellung durch seine zahlenmäßige Überlegenheit mehr als ausgeglichen. Das Heer des Großen Hundes bedeckte das ganze Tal zu beiden Seiten des Flusses: Tausende ... und wieder Tausende.

„Ich hätte nie gedacht ...“ Llew schüttelte langsam den Kopf, als ich neben ihn trat. Bran stand zu seiner Linken und starrte in das Tal hinab, die Augen hart, den Mund zu einer dünnen Linie zusammengepreßt.

„Der Hund von Prydain hat selbst seinen eigenen entflammten Ehrgeiz übertroffen“, bemerkte ich. „Er ist über die Leiber der Ermordeten und Versklavten hoch aufgestiegen.“

„Dann wird er um so tiefer fallen“, erklärte Bran. „Ich rechne es mir zur Ehre an, den Sturz herbeizuführen, den er sich so reichlich verdient hat.“

Wir standen auf dem Bergkamm und erwarteten Scathas Rückkehr. Da wir Meldron selbst oder sein Wolfsrudel nicht sehen konnten, war sie mit Cynan hinabgegangen, um sich die Sache näher anzuschauen. Wenn sie zurückkehrte, würden wir endgültig entscheiden, wie wir die Schlacht anordnen wollten.

Wir mußten lange warten. Die Sonne stieg höher in den staubigen, braunen Himmel empor und schien heiß auf uns herab, während der Morgen verging. Wir wurden das Warten leid, und die Männer wurden rastlos – und durstig. Wir tranken unsere Wasserration für den Tag und sahen zu, wie die sengende Sonne immer höher stieg. Calbha gesellte sich zu uns, und wir saßen zusammen und beobachteten das Tal unter uns. Der Rauch von ihren Kochfeuern breitete sich wie Wellen grauweiß in die Ferne aus.

„Sie sind ein Ozean", sagte Calbha leise. „Und wir sind nur ein Bach, der aus den Bergen hinabplätschert."

Die Sonne näherte sich schon dem Mittag, als Scatha endlich erschien und einen beunruhigenden Bericht abgab: Noch immer strömten Krieger in großer Zahl in das Tal hinein. „Aber Meldron befindet sich noch nicht bei seinem Heer", sagte Scatha. „Vielleicht ist er bei denen, die gerade jetzt in das Tal kommen, aber wir haben ihn nicht gesehen."

„Die Heerschar ist nicht versammelt. Sie formieren sich nicht zum Angriff", fügte Cynan hinzu. „Offenbar warten sie auf etwas."

„Zweifellos auf Meldron", erwiderte Llew. „Wenn die Dinge so stehen, sollten wir vielleicht nicht warten. Vielleicht sollten wir angreifen."

Cynan blickte zweifelnd, zuckte aber dann die Achseln. „Ich würde zwar lieber gegen den Großen Hund kämpfen als gegen seine Welpen, aber wir können hier nicht länger herumsitzen. Laßt uns anfangen."

Llew sah Scatha an. „Was meinst du, Pen-y-Cat?"

Auch sie erhob sich. „Ich glaube nicht, daß wir sie völlig überraschen können, aber sie sind ungeordnet und unvorbereitet. Ohne Meldron lassen sie sich vielleicht leichter entmutigen. Ja, wir werden angreifen."

Bran, Cynan und Calbha stimmten zu, und alle brachen auf und kehrten zu ihren wartenden Kriegsscharen zurück. „Nun", sagte Llew, während er seinen Armstumpf durch die Schildriemen schob, „es ist soweit. Wirst du uns in der Schlacht den Rücken stärken?"

„Warum fragst du? Du weißt, daß ich das tun werde."

„Ja, ich weiß." Er lehnte sein Schwert gegen seinen Schenkel und ergriff meinen Arm mit seiner Hand. „Lebwohl, Tegid."

„Möge es dir wohl ergehen, Bruder", erwiderte ich und umarmte ihn fest.

Dann wandte er sich ab und ging an seinen Platz an der Spitze seiner Kriegsschar. Einen Augenblick später hob er sein Schwert zu einem lautlosen Signal, und die Krieger setzten sich vom Kamm hinab ins Tal in Bewegung. Bald verschwanden sie zwischen den Bäumen vor meinem inneren Gesicht; ich konnte sie nicht mehr sehen.

Ich ging auf dem Kamm des Druim Vran entlang, bis ich einen Felsvorsprung fand, der groß genug war, daß ich darauf stehen konnte, und hoch genug, daß man mich auch vom Tal aus sehen konnte. Ich kletterte auf meinen felsigen Hochsitz und hockte mich hin, bis die Schlacht begann.

Eine dumpfe, trübe Sonne goß weiße Glut in das Tal, durch das sich der Fluß voranschob wie eine schwarze, giftige Schliere. Der Fluß – dick und verfärbt von dem Schaum seiner Fäulnis – zog einen Moment lang meine Aufmerksamkeit auf sich. Er bildete eine natürliche Barriere im Tal; zugegebenermaßen kein sehr großes Hindernis, doch mir fiel auf, daß die Feinde gebührenden Abstand von seinen Ufern hielten. Durch das ganze Tal hindurch hielten sich die Lager zu beiden Seiten von seinem Gestank fern. Natürlich trank niemand daraus, und es versuchte auch niemand, ihn zu überqueren.

Mit meinem erwachten inneren Auge suchte ich das ganze Tal nach einem Flecken bloßer Erde ab und fand keinen. Das Tal wimmelte von der Horde Meldrons, und immer noch strömten Krieger durch den schmalen Taleingang. Hatte man in Albion schon jemals eine so gewaltige Streitmacht gesehen?

Nein – niemals. Ich saß auf meinem Felsen und starrte auf ein Wunder hinab. Nicht in den Tagen Nemeds, nicht einmal in den Tagen Nuadhas hatte man von einer solchen Heerschar gehört. Die Pferde und Männer waren nicht zu zählen. Die Speere der

Krieger stachen hervor wie ein Eschenwald; das Schimmern ihrer Schwerter in der sengenden Sonne funkelte und glitzerte wie die See, und ihre Schilde waren zahlreicher als die Muscheln an einem endlosen Strand.

Scatha, die weise Heerführerin, hatte es abgelehnt, Pferde einzusetzen – eine Maßnahme von verzweifelter Klugheit. Pferde hätten uns den ersten Ansturm erleichtert, es dann aber dem Feind leichter gemacht, uns auszumachen, zu umzingeln und einzukesseln. Unser Schlachtplan zielte darauf ab, tief in Meldrons Streitkräfte einzudringen, ihn zu finden und auszuschalten – und das konnte Männern, die zu Fuß waren und im Durcheinander der Schlacht unbemerkt durch die Reihen schlüpfen konnten, eher gelingen.

Ich beobachtete den Fuß der Bergkette, wo die ersten Anzeichen des Angriffs erscheinen würden. Scatha hatte auch Anweisung gegeben, den Angriff nicht mit der Carynx einzuleiten. „Sie werden früh genug auf unseren Angriff aufmerksam werden," sagte sie. „Aber vielleicht können wir bis in den Kern von Meldrons Streitmacht vordringen, bevor die auf der anderen Seite des Flusses überhaupt merken, daß die Schlacht begonnen hat."

Das war unsere einzige, dünne Hoffnung: bis in die Mitte vorzudringen und diese Stellung zu halten. Damit würden wir den Feind zwingen, sich nach innen gegen sich selbst zusammenzuziehen, um uns zu erreichen. Wir würden umzingelt sein, ja; aber dort unten waren so viele Krieger, daß wir ohnehin umzingelt werden würden, was auch immer wir taten. Wenn wir die Mitte einnahmen, würden wir zumindest ein kleineres Schlachtfeld erzwingen, und unsere eigenen Kriegsscharen würden nicht gespalten werden.

Wie gesagt, es war eine verzweifelte Taktik. Doch als ich auf die unüberschaubaren Massen von Kriegern hinabblickte, die dort unten lagerten, begriff ich erst die ganze Hoffnungslosigkeit unserer Lage. Wir konnten nicht erwarten, Meldron zu überwältigen. Bestenfalls konnten wir ... was? Seinen Angriff bremsen? Seinen unvermeidlichen Sieg verzögern?

Calbha hatte recht; wir waren nur ein Bach, der aus den Bergen hinabplätscherte. Das Heer des Großen Hundes war so weit und so tief wie das Meer. Sobald die Schlacht begann, würde dieses riesige Meer uns verschlingen, und wir würden ohne eine Spur verschwinden.

Gerade als dieser Gedanke in meinem Geist wurzelte, hörte ich das rauhe Krächzen eines Raben, der sich über dem Bergkamm in die Luft erhob. Ich wandte meine blicklosen Augen dem Himmel zu und empfing die Vision schwarzer Flügel vor einem schmutziggelben Himmel. Der Anblick ekelte mich an, und ich wandte mich ab.

In meinen Ohren vernahm ich, leise wie einen Seufzer, Gwenllians Stimme. Die Banfáith hatte gesagt:

Die Sonne sei trübe wie Bernstein, der Mond berge sein Angesicht: ein Greuel durchwandert das Land. Mögen die vier Winde in entsetzlicher Gewalt miteinander ringen; möge ihr Klang zwischen den Sternen zu hören sein. Der Staub der Alten wird auf den Wolken aufsteigen; das Wesen Albions wird zerstreut und zerrissen von widerstreitenden Winden.

Dann wird der Riese der Bosheit wüten und alle mit der scharfen Schneide seines Schwertes in Angst versetzen. Seine Augen werden Blitze schleudern; von seinen Lippen wird Blut tropfen. Mit seiner großen Streitmacht verwüstet er die Insel. Alle, die sich ihm entgegenstellen, werden von der Flut der Übeltaten hinweggespült, die aus seiner Hand hervorfließt. Die Insel der Mächtigen wird zu einem Grab werden.

All dies ist durch den ehernen Mann geschehen, der ebenso auf seinem Reittier aus Messing große und entsetzliche Not bewirkt. Erhebt euch, Männer von Gwir! Nehmt Waffen in die Hände, und widersteht den falschen Männern in eurer Mitte! *Der Klang des Schlachtengetümmels wird zwischen den Sternen des Himmels zu hören sein, und das Große Jahr wird seiner endgültigen Erfüllung entgegengehen.*

Ja, es war alles eingetroffen, wie sie es vorausgesagt hatte. Doch die Prophezeiung endete mit einem Rätsel:

Höre, o Sohn Albions: Blut ist aus Blut geboren. Fleisch ist aus Fleisch geboren. Doch der Geist ist aus Geist *geboren und bleibt immerdar beim Geist. Bevor Albion eins ist, muß die Heldentat getan werden, und die Silberhand muß herrschen.*

Silberhand war der Name des Meisterkämpfers, der Albion erretten würde. Es war Llews Name: Llew Llaw Eraint, von dem wunderbare Dinge vorausgesagt waren.

Eine anklagende Stimme erhob sich in mir: *„Narr! Was hast du getan?“*

Ich hatte versucht, die Erfüllung der Prophezeiung zu erzwingen, indem ich ihn zum König machte. Doch darin war ich gescheitert. Meldron hatte jede Hoffnung auf eine Herrschaft Llews zerschmettert. Das Gesetz der Königsherrschaft kann nicht durchbrochen oder übergangen werden – aus keinem Grund, für keinen Menschen. Der Große Hund Meldron hatte das Königtum an sich gerissen, als er Llew die Hand abschlug.

„Und nun“, dachte ich, während ich über das stinkende, raucherfüllte Tal und die tödliche Menge der Feinde hinwegblickte, „ist die Insel der Mächtigen zu einem Grab geworden.“

Hinter mir hörte ich leise Schritte näher kommen. Bevor ich mich umdrehen konnte, spürte ich Goewyns Hand auf meiner Schulter. „Ich will bei dir bleiben, Tegid“, sagte sie, ohne Widerspruch zuzulassen.

„Bleib“, sagte ich. „Wir werden den Tapferen gemeinsam den Rücken stärken.“

Sie ließ sich neben mir nieder. „Ich konnte nicht mit den anderen warten. Da dachte ich, vielleicht kannst du jemanden gebrauchen, der für dich sieht.“

Wir saßen nebeneinander und schöpften jeder etwas Trost aus der Gegenwart des anderen, während wir auf den Beginn der Schlacht warteten. Und als sie schließlich begann, war sie nur ein winziges Kräuseln am Rande des riesigen Ozeans, der Meldrons Heer war. Ich sah ein Wirbeln wie einen Wellenstrudel im Lager direkt unter mir – und es dauerte sogar eine Weile, bevor mir bewußt wurde, daß es Scathas Kriegsschar war, die in die Reihen der Feinde eindrang.

„Da!“ sagte Goewyn. „Es geht los!“

Calbhas Kriegsschar stürzte sich rechts hinter Scatha ins Getümmel, während Cynan gleich dahinter zur Linken folgte. Die drei gemeinsam schoben sich rasch durch die ungeordneten und unwachsamen Reihen und drangen tiefer und schneller vor, als ich es für möglich gehalten hätte. Der Feind schien vor ihnen dahinzuschmelzen und ihnen kampflos den Boden zu überlassen.

Der Flug der Raben fiel von rechts außen ein und arbeitete sich auf Scatha zu. Sie waren ein großartiger Anblick! Die Schnelligkeit, mit der sie sich bewegten! Ich sah, wie Bran Hals über Kopf in die Feinde hineinrannte und ganze Stämme von Kriegern vor sich zerstreute; Alun Tringad und Garanaw gaben sich Mühe, ihn zu beiden Seiten zu überholen, und der Rest des Rabenfluges nahm, vom Feind ungehindert, die Beine in die Hand, um mit ihrem Anführer Schritt zu halten.

Llew sah ich zuerst nicht, doch Goewyn sagte: „Ich sehe ihn! Links, jenseits von Cynan. Dort ist er!“

Mit meinem inneren Auge erblickte ich Llew mit seiner Kriegsschar, wie er auf Scatha zuflog. Wie bei den anderen öffneten sich die feindlichen Reihen einfach vor ihnen und machten Platz, wo die Angreifer sich kühn in ihre Mitte stürzten.

Ich hörte einen Ruf vom Bergkamm zu meiner Linken her, und als ich mich umdrehte, sah ich bereits die halbe Bevölkerung von Dinas Dwr auf dem Kamm stehen, während der Rest sich dazwischenzudrängen versuchte, um einen guten Aussichtspunkt zu finden. Sie hatten es nicht erwarten können, vom Ausgang der Schlacht zu hören, und waren alle gekommen, um sie mit eigenen Augen zu beobachten.

Bald schwollen die Stimmen zu einem Chor von Hochrufen an. Ich bezweifelte, daß die Krieger unten die Ermutigungen ihrer Clansleute hören konnten, doch ein zutiefst empfundener Regen des Lobes ergoß sich auf sie hinab. Und eine Zeitlang schien es tatsächlich, als wäre das Unmögliche Wirklichkeit geworden: als ob wir durch schiere Entschlossenheit den Feind an Ort und Stelle besiegen und aus dem Tal vertreiben könnten.

Ein Rasseln von Kieselsteinen zwischen den Felsen zu meiner Rechten machte mich darauf aufmerksam, daß Nettles, unauffällig wie immer, seinen Platz neben mir eingenommen hatte. Cynfarch folgte ihm mit dem Speer in der Hand auf den Fersen und blickte suchend ins Tal hinab. Falls die Größe der Streitmacht des Großen Hundes ihn überraschte, ließ er es nicht erkennen. „Es hat gut angefangen“, bemerkte er, als er sich hinter mich stellte.

„Ihre Zahl ist zwar groß, aber sie sind schlecht ausgebildet und unvorbereitet."

„Ja, es hat gut angefangen", stimmte ich zu. Ich hatte noch nie ein Heer in solcher Unordnung und Verwirrung gesehen, und das sagte ich ihm. „Eigentlich verhalten sie sich überhaupt nicht wie Krieger."

Kaum hatte ich das gesagt, wurde mir bewußt, warum es so war. Dies waren keine Krieger. Natürlich nicht. Woher sollte Meldron ein so riesiges Heer nehmen? Hätte ich zuvor nur einen Moment lang über diese Frage nachgedacht, so wäre mir das Offensichtliche nicht entgangen: Es gab in ganz Albion nicht genug Krieger, um eine so große Heerschar aufzubieten. Meldron hatte seine Reihen mit den Hilflosen aufgebläht, die er unterworfen hatte – mit Bauern und Handwerkern, Hirten und unausgebildeten Jungen. Er hatte ihnen Speere und Schwerter gegeben; doch obwohl sie Waffen trugen, waren sie keine Krieger. Darum machten die glücklosen Feinde angesichts der furchtbaren Verzweiflung unserer Krieger, der sie nicht gewachsen und auf die sie nicht vorbereitet waren, einfach kehrt und liefen davon, oder sie blieben stehen und wurden niedergemäht.

Dabei war gewiß keine Ehre zu gewinnen. Doch der Anblick der vor unseren rasch vorrückenden Kriegern fliehenden Feinde spornte dennoch das Volk zu Jubel und Hochrufen an. Freudiger Beifall erhob sich von den Höhen und hallte in einem funkelnden Wasserfall des Segens die Hänge hinab dem Tal entgegen. Mit meinem inneren Augen sah ich den Feind vor der scharfen Klinge unseres Angriffs kopflos den Rückzug antreten wie die zurückweichende Ebbe. Bauern und Hirten gegen kampferprobte Krieger! Nein, bei einem solchen Sieg war keine Ehre zu gewinnen. Doch so schändlich es sein mochte, wagte ich doch zu hoffen, daß der kühne, entschlossene Ansturm unserer Krieger, die immer tiefer in die Mitte der Eindringlinge vordrangen, den Feinden am Ende doch noch eine vernichtende Niederlage beibringen würde.

# 36

## Tödlicher Fluß

Calbha und Scatha drangen tief in die Mitte des feindlichen Heeres vor – doch leider konnten sie ihren raschen Vorstoß nicht fortsetzen. Am diesseitigen Ufer des Flusses verlangsamte sich der Rückzug und kam dann abrupt zum Stillstand. Die Nachricht von dem Angriff hatte Meldrons berittene Krieger erreicht, die inzwischen Zeit genug gehabt hatten, sich zu sammeln und den ersten ernsthaften Widerstand zu versuchen. Doch es waren so viele verängstigte Leute im Weg, die zu fliehen versuchten, daß die Reiter Scathas Kriegsschar nicht erreichen konnten.

Cynans Truppe wurde durch die zusehends dichter werdende Menschenmenge aufgehalten. Als ihre eigenen Anführer ihnen den Fluchtweg abschnitten, machten die schlecht ausgebildeten Feinde wieder kehrt und stellten sich Cynans verheerendem Zorn entgegen. Es standen so viele Männer dicht gedrängt, daß Cynan kaum sein Schwert schwingen konnte. Bran und die Raben wurden ähnlich behindert. Wir konnten sie zwar nicht deutlich sehen, aber wir beobachteten, wie die Speerspitzenformation sich tief in die Reihen der Feinde hineinschob. Sie bewegten sich immer noch auf Scatha zu, aber ihr Vorstoß hatte sich zu einem Kriechen verlangsamt.

„Sie wollen kämpfen“, bemerkte Cynfarch. „Möge der Dagda ihnen gnädig sein.“

Llews Kriegsschar kämpfte sich auf die Mitte zu, wo Scatha und Calbha waren. Doch wie auch bei Bran und Cynan wurde Llews Vorstoß durch das Auftauchen der berittenen Krieger aufgehalten. Meldrons undisziplinierte Masse bildete eine willenlose

Mauer; Llew kam nicht vorwärts – es waren zu viele Leute zwischen ihm und Scatha.

Doch wenn auch unsere eigenen Krieger mit ihrem Angriff nicht vorankamen, so konnten auch die Feinde nicht wirksam zurückschlagen. Die Schlacht schien auf Grund gelaufen zu sein. Wie gegenläufige Strömungen im Meer liefen Wellen von Kriegern aneinander vorbei – manche auf die Angreifer zu, andere von ihnen weg. Unsere eigenen Kriegsscharen waren wie kleine Inseln inmitten dieser chaotischen Strömungen.

Von jenseits des Tales ertönte der Ruf der Carynx. Die Nachricht von der Attacke hatte endlich die feindlichen Heerführer erreicht, die nun Alarm gaben. Doch sie hatten sich törichterweise auf der anderen Seite des Flusses niedergelassen und konnten nun ihren schlecht ausgebildeten Kriegern, die nutzlos um sich schlugen, keine Anweisungen geben.

Bran Bresal brauchte nicht lange, um dieses Dilemma zu lösen. Als er es unmöglich fand, sich durch das Gewirr zu schlagen, hielt er den Schild vor sich und rammte sich einfach durch die Menge, indem er jeden niedertrampelte, der ihm im Weg stand. Die Raben folgten seinem Beispiel, und bald hatten sie einen freien Pfad durch das Gedränge der Leiber gebahnt. Über diese lebende Straße rückten sie vor. Ich glaube nicht, daß ihre Füße dabei auch nur einmal den Boden berührten.

„Sie haben es geschafft!“ rief Goewyn, als der Flug der Raben in der Mitte des Schlachtfeldes zu Scatha und Calbha stieß. „Und jetzt kommt Cynan in Bewegung!“

Die Feinde strömten in die Lücke, die die Raben hinterlassen hatten. Cynan mußte die Bewegung gespürt haben und schob sich instinktiv darauf zu. Was als ein unsicheres Drängen begann, endete mit einem wilden Ansturm: Cynan drang in das Durcheinander ein und hindurch wie ein Stier, der auf eine sich zerstreuende Herde zurast; viele fielen unter seiner Klinge. Die Gewalt ihres Ansturms trug die Kriegsschar bis in den Kreis, den Scatha und die Raben freigekämpft hatten.

„Jetzt fehlt nur noch Llew“, sagte Goewyn und umklammerte beunruhigt meine Hand, während sie gespannt in den Tumult starrte.

„Die Pferde werden ihnen den Weg abschneiden", entgegnete Cynfarch und deutete mit seinem Speer hinab. „Llew kann sich nicht bewegen."

Da sie nicht an die Mitte herankommen konnten, waren die berittenen Feinde zur Seite abgebogen und bahnten sich nun einen Weg an der Außenseite entlang auf Llew zu, wodurch sie seinen Versuch, zu den anderen in der Mitte zu stoßen, wirksam vereitelten. Llews Kriegsschar würde von dem Hauptteil des Heeres getrennt sein und allein weiterkämpfen müssen – bis sie einen Weg an den Reitern vorbei finden oder erzwingen konnten.

Obwohl die Sonne heiß aus dem tödlichen Himmel herniederbrannte, spürte ich, wie ein Schatten auf mich fiel. „Jetzt brauchen sie Pferde", murmelte Cynfarch. „Und Streitwagen. Pferde und Streitwagen."

Weitere feindliche Reiter bewegten sich auf Llews Schar zu. Obwohl bisher keiner von ihnen sich am Kampf beteiligt hatte, war mir klar, daß es bald soweit sein würde. Auch Goewyn sah das. Sie umklammerte meinen Arm; ihre Fingernägel gruben sich in meine Haut. Ich hörte ein scharfes, klopfendes Geräusch und bemerkte, wie Nettles, der einen Stein in der Faust umklammert hielt, unwillkürlich damit auf den Felsen hämmerte, auf dem er saß, und mit geweiteten Augen in das Schlachtengetümmel hinabstarrte.

Die Reiter kamen näher. Die anderen waren eingekreist, und Llew konnte nichts tun, um sich dem Ansturm entgegenzudrängen. Jetzt war es an mir, zu handeln. Ich stand auf, ergriff meinen Stab und hob ihn der sengenden, gnadenlosen Sonne entgegen. Als Oberster Barde von Albion beschwor ich die Macht des Taran Tafod und entfesselte sie zur Unterstützung unserer Krieger.

Ich hob meinen Stab und erhob meine Stimme zum Himmel und zu den Mächten dahinter. *„Gwrando! Gryd Grymoedd, Gwrando!"* rief ich und hörte, wie meine Stimme lauter wurde. *„Gwrando! Nefol Elfenau, Gwrando! Erfyn Fygu Gelyn! Gwthio Gelyn! Gorch Gelyn! Gwasgu Gelyn!"*

Die Worte formten sich wie Flammen auf meiner Zunge; ich atmete Feuer aus. Meine Stimme war nicht länger die meine, sondern die Stimme des alles erhaltenden Wortes jenseits der

Worte. Ich entleerte mich aller Gedanken und wurde zu einem vibrierenden Schilfhalm, auf dem der Wind nach Gutdünken spielte.

*„Gryd Elfenau A Nefol Grymoedd! Gwrando! Gorch Gormail Fygu!“* rief ich und hörte nur noch den Klang des Taran Tafod, der durch die Luft dröhnte wie die Carynx. Ich füllte meine Lungen, öffnete den Mund und ließ die Worte der alten, heiligen Sprache aus dem Innersten meines Herzens fließen. *„Nefol Elfenau, Gwrando! Erfyn Fygu Gelyn! Gwthio Gelyn! Gorch Gelyn! Gwasgu Gelyn!“*

Eine heftige Brise erhob sich; ich spürte sie auf meinem Gesicht.

*„Gwrando, Gryd Nefol Elfenau! Erfyn Gwrando! Erfyn Nefol! Gorch Gormail Fygu!“* rief ich mit der Stimme eines brüllenden Stieres. Der Wind belebte sich und zupfte an meinen Ärmeln, als ich den Stab mit steifen Armen über meinen Kopf hielt. Ich warf den Kopf zurück und ließ den Taran Tafod hervordonnern, wie er wollte.

Wie zur Antwort auf meinen Ruf hörte ich das Stöhnen des anschwellenden Windes, der aus den vier Vierteln herbeiströmte. Die trockene Hitze des Tages wurde ausgelöscht, als Wolken sich bildeten und die Sonne verschleierten. Jene heiße, weiße Himmelsflamme erbleichte hinter einem Schleier aus Rauch und Wolken ...

*... Die Sonne sei trübe wie Bernstein ...*

Der Wind wirbelte heran; heulend sammelte er Kraft. Ein kalter Windstoß traf mich voll im Gesicht, und ein weiterer fuhr mich von hinten an und peitschte mir gegen Rücken und Beine. Die Leute schrien erschrocken auf und zogen sich hastig vom Rand der Klippen zurück. Cynfarch kauerte sich hinter mir zusammen, und Goewyn schlang ihre Arme um meine Beine – um mich zu stützen wie um sich selbst zu schützen. Nettles kroch näher heran.

*... Mögen die vier Winde in entsetzlicher Gewalt miteinander ringen ...*

Die Winde fegten durch die leeren Himmelswege und fuhren kreischend ins Tal hinab, rissen an den Felsen und an der Erde, schleuderten Säulen aus Staub auf, die sie in finster wallenden Strömen emporwirbelten.

*... Der Staub der Alten wird auf den Wolken aufsteigen ...*

Goewyn klammerte sich an meine Beine, und Cynfarch stützte sich auf seinen Speerschaft, um aufrecht stehenzubleiben. Im Tal unter uns erzitterten die feindlichen Krieger, und ihre Verwirrung steigerte sich auf das herrlichste. Sie jammerten und riefen in ihrer Not, als die unheimlichen Windstöße mit einer unheimlichen Macht auf sie einpeitschten.

*... das Wesen Albions wird zerstreut und zerrissen von widerstreitenden Winden ...*

Jenseits des vergifteten Flusses dröhnten die Schlachthörner der Feinde, doch ihr fürchterliches Getöse ging fast in dem wütenden Toben des Sturmes unter. Der Himmel verdunkelte sich zu einem unnatürlichen Zwielicht – zwischen den strömenden Wolken brannten hart und kristallklar einzelne Sterne. Verängstigte Pferde schrien und bäumten sich auf und warfen ihre Reiter unter ihre Hufe. Die Rufe entsetzter Männer mischten sich mit den Schreien der Sterbenden; das scharfe Krachen der Speere auf den Schilden durchbohrte die Himmelskuppel. Unsere tapferen Krieger stemmten sich in ihre Arbeit, und ihre eisernen Klingen läuteten bei jedem Schlag wie Glocken.

*... Der Klang des Schlachtengetümmels wird zwischen den Sternen des Himmels zu hören sein ...*

Dunkelheit fiel über mein inneres Auge. Die Blindheit forderte mich zurück. Inmitten des wütenden Sturmes hörte ich das Klirren der Waffen und die Rufe der Männer aus dem Tal aufsteigen, doch ich konnte nicht mehr sehen, was sich auf dem Schlachtfeld tat.

„Goewyn!" rief ich. „Goewyn! Komm! Ich kann nicht sehen!"

Ich nahm den Stab in die linke Hand, streckte meine Rechte nach unten aus und ergriff ihren Arm, und sie rappelte sich auf. Sie legte ihren Arm um mich, und gemeinsam standen wir gegen den Sturm. Nettles half mit, mich zu stützen; er erhob sich auf die Knie, schlang einen Arm um meine Beine und hielt mich fest.

„Meine Sicht ist weg", rief ich. „Sieh du für mich, Goewyn! Sei meine Augen!"

„Es ist schrecklich, Tegid! Es sind so viele – ich kann ihn nicht sehen ... Doch! Da ist er! Ich sehe Llew. Die Kriegsschar ist bei ihm. Die Reiter haben sie erreicht, aber sie halten ihre Stellung. Die Pferde haben Angst – sie bäumen sich auf und bocken ... es ist schwierig –, die Reiter können vom Sattel aus nicht kämpfen. Unsere Krieger schlagen auf sie ein, wie sie wollen ... die Kämpfe sind grausam."

„Was ist mit den Raben?"

„Ich sehe die Raben", bestätigte sie. „Ich sehe Bran. Sie rücken vor – sie versuchen Llew zu erreichen. Doch es sind Reiter vor ihnen – und es kommen noch mehr."

„Sie sind abgeschnitten", fügte Cynfarch hinzu. „Die Raben kommen nicht zu Llew durch."

„Und Cynan – was ist mit Cynan? Kannst du ihn sehen?"

„Ja, ich sehe ihn –" begann Goewyn.

„Er ist an der Spitze seiner Männer", warf Cynfarch ein. „Er kämpft. Sie kämpfen alle."

„Und der Feind? Wie steht er?"

„Der Feind hat unsere Heerschar umzingelt. Scatha ist in der Mitte des Ringes. Calbha ist rechts von ihr, Cynan links. Bran steht auch links", erwiderte Cynfarch mit lauter Stimme, um den Sturm zu übertönen.

Goewyn fügte hinzu: „Dutzende, Tegid, Hunderte ergreifen die Flucht – sie wollen nicht kämpfen. Aber ihre Schlachtenführer zwingen sie, sich dem Feind zu stellen. Sie stochern mit ihren Speeren herum, aber sie richten wenig Schaden an."

„Wie viele haben wir verloren? Wie viele sind getötet oder verwundet?"

„Ich glaube –" begann Goewyn und machte eine Pause, um die Zahlen zu schätzen, „der Feind hat viele verloren – viele liegen am Boden. Und ... nein, es ist so ein Gedränge. Ich kann es nicht sagen, Tegid. Ein paar, denke ich, aber nicht viele."

Mein Stab war schwer geworden; mein Arm schmerzte, nachdem ich ihn so lange über den Kopf erhoben hatte. Durch den starken Wind strömten Tränen aus meinen blinden Augen. Ich umklammerte den Stab mit meiner tauben Hand und stützte meinen zitternden Arm. In der geheimen Sprache der Barden rief ich die Schnelle Sichere Hand an, unsere Krieger zu umschließen und zu erheben.

*„Dagda Samildanac!"* rief ich. *„Gwrando, Dagda! Cyfodi Gwr Gwir, Sicur Llaw Samildanac! Cyfodi A Cysgodi, Dagda Sicur Llaw! Gwrando!"*

Der Wind tobte von der Bergkette herab. Kalt und scharf war die Bö. Meine Glieder erzitterten von der Kraft, die mich umspülte. Ich hörte das zerreißende Krachen eines Blitzes und das antwortende Dröhnen des Donners. Meine Eingeweide zitterten; der Boden unter meinen Füßen bebte. Ich schaffte es kaum, inmitten des Sturms auf den Beinen zu bleiben.

„Tegid!" rief Goewyn und preßte sich dichter an mich. „Sie weichen zurück – der Feind weicht zurück!"

„Beschreibe es mir, Goewyn!"

*„Hwynt ffoi!"* rief Nettles. „Sie fliehen!"

„Sie rennen alle auf den Fluß zu!" bestätigte Goewyn. „Sie laufen davon!" Der Sturm riß ihr die Worte von den Lippen, kaum daß sie sie aussprechen konnte.

Ich packte den Stab an einem Ende und richtete seine Spitze gen Himmel. *„Daillaw! Gwasgu Gelyn! Gorch Yr Gelyn!"*

Wieder spürte ich den vibrierenden Puls in meinen Händen und Armen, in meinen Beinen und Knochen und in meinem Blut. Trotz des dahinfegenden Windes spürte ich, wie die Luft um mich her erzitterte und die Himmel sich zusammenzogen.

Der Stab in meiner Hand zerbarst in brennende Stücke, und der heiße, trockene Geruch versengter Luft erfüllte meine Lungen, als das Stiergebrüll des Donners über mich hereinbrach. In meinem Schädel pochte es unter dem Schlag; in meiner Brust hörte mein Herz auf zu schlagen. Grellweißes Licht brannte in meinem Kopf.

Und mir schien, als ob ich flöge – wie ein Adler; hoch, hoch in den sturmzerfetzten Himmel, dahingetragen von den Winden. Tief unter mir sah ich das Schlachtfeld und die Bewegungen der Männer darauf. Doch ich sah sie nicht als Männer: Sie waren Wellen auf einer unruhigen See, tosend und aufgepeitscht. All das sah ich mit dem scharfen Auge eines Adlers, und dann fiel ich – stürzte rasch und steil hinab.

Rauch verschleierte meinen Blick. Ich fiel und fiel. Und als es schien, als müßte ich auf dem Boden aufschlagen, klärte sich der Rauch, und ich sah, daß ich im Tal inmitten der Schlacht stand. Überall um mich her strömten fliehende Männer dahin; die Augen vor Entsetzten geweitet, stolperten sie in ihrer fieberhaften Eile dahin und trampelten über ihre Gefallenen hinweg. Sie flohen zum Fluß und stürzten sich in ihrer Verzweiflung zu entkommen in das stinkende Wasser.

Kopflos und voller Panik sprangen sie aus dem Gedränge am Ufer in die zähfließende Fäulnis. Die ersten Feinde wateten bis zu den Schenkeln hinein und taumelten durch die schwarze Brühe vorwärts, begierig, die andere Seite zu erreichen. Doch schon nach wenigen Schritten blieben sie stehen, als ein neues Entsetzen sie überfiel.

Mit aufgerissenen Mündern drehten sie sich in angstvoller Qual schreiend zu ihren Clansleuten um. Ihre Schreie waren zum Erbarmen. Noch entsetzlicher war der Anblick ihrer aufspringenden, eiternden Haut.

Denn da, wo das giftige Wasser die Haut berührte, verwelkte sie im Nu; Schwären bildeten sich und Blut schoß hervor – Blut und gelber Eiter. Ihre Hände und Arme wurden rot vor gräßlichen Schwären, ebenso ihre Schenkel und Beine. Das Gift spritzte ihnen in die Augen, auf Hals und Brust und ins Gesicht. Das schrille Heulen des Sturms mischte sich alsbald mit den Schreien gequälter Männer, die in dem tödlichen Wasser hilflos um sich schlugen.

Sie taumelten und stolperten. Wer in den Fluß fiel, stand nicht wieder auf. Doch obwohl ihre Clansleute mit ihren unheimlichen Schreien die Luft zerrissen, stürzten sich immer mehr Männer in die tödliche Flut. Auch sie wurden von dem grausamen Gift erfaßt, verstümmelt und getötet. Blut färbte das schwarze Wasser rot.

Schreiend vor Schmerz, heulend wie Tiere, mit aufgerissenen, zerfleischten Gliedmaßen, versuchten sich Männer ans andere Ufer durchzuschlagen. Einen Weg zurück gab es nicht – der Druck der fliehenden Massen hinter ihnen zwang sie weiterzugehen ... zwang sie in den Tod. Die Oberfläche des schwarzen

Flusses war mit Leichen übersät. Keiner erreichte lebend das andere Ufer.

Das Entsetzen dieses unheimlichen Todes erschreckte die feindlichen Krieger am diesseitigen Ufer, und ihre Panik steigerte sich um das Zehnfache. Männer warfen ihre Waffen weg und sanken zu Boden; sie waren wie tot, hätten nicht ihre Glieder gezittert. Auf der anderen Seite des vergifteten Flusses standen Männer wie angewurzelt am Ufer und starrten mit offenen Mündern zu dem entsetzlichen Schauspiel hinüber.

Ich wandte mich von dem grausigen Anblick ab und suchte nach unseren Kriegern – nach Llew und Bran, Scatha und Cynan. Um mich her strömten Männer in heilloser Flucht. Waffen klirrten zu Boden. Wahnsinnig vor Angst, hatten die Feinde der Schlacht den Rücken gekehrt und wollten nun nur noch entkommen. Doch von unseren eigenen Kriegern sah ich nichts.

„Llew!" rief ich und taumelte vorwärts. Ich stolperte über einen Körper vor meinen Füßen und fiel auf alle viere. Bevor ich wieder aufstehen konnte, packte mich jemand ...

„Tegid!" Ich spürte Hände, die an mir zerrten. Goewyn und Nettles hielten mich zu Boden, als ob mich sonst der Wind fortreißen würde.

In meinen Ohren dröhnte das Echo des Donners, der krachend und grollend durch das Tal rollte. Ich keuchte und rang nach Atem. Mühsam kam ich auf die Knie hoch. Ich versuchte aufzustehen, aber meine Beine gaben unter mir nach. Nettles legte mir die Arme um die Schulter und stützte mich.

Goewyn beugte sich zu mir. Ich spürte ihre Hände auf meinem Gesicht. Sie sprach zu mir, doch ihre Stimme klang dünn und leise. In meinen Ohren rauschte es. Ich war wieder blind.

„Mein Stab ... ich – wo ist mein Stab?" Ich streckte die Hände aus und tastete mit tauben Fingern zwischen den Felsen herum.

Goewyn ergriff meine Hände. „Du bist verletzt, Tegid. Dein Stab ist weg."

„Hilf mir aufzustehen."

Goewyn rief nach Cynfarch, und gemeinsam hievten mich die drei auf die Beine. Meine Hände begannen zu schmerzen und dann zu zittern und zu stechen.

„Horcht! Ich höre Schreie!“ sagte Cynfarch. „Am Fluß! Sie treiben die Feinde in den Fluß!“

„Die Fäulnis fordert die Ihren zurück“, sagte ich und erzählte ihnen, was ich gesehen hatte, als die Männer über den tödlichen Fluß zu entkommen versuchten. „Aber schaut jetzt hin und sagt mir, was ihr seht. Rasch!“

„Der Fluß bringt sie um!“ keuchte Goewyn.

„Der Wind hat aufgehört“, sagte Cynfarch. „Der Sturm zieht ab.“

„Der Awen ist weitergezogen“, sagte ich mehr zu mir selbst als zu den anderen. Ich packte Nettles und Goewyn an den Armen und sagte: „Kommt, führt mich. Laßt uns nach unten gehen. Schnell!“

Wir begannen den mühsamen Abstieg an der Wand der Bergkette hinab ins Tal. Cynfarch ging vor mir her; Goewyn und Nettles hielten sich neben mir und stützen mich, denn ich war immer noch unsicher auf den Beinen. Als wir den Grund des Tales erreichten, hatte sich der größte Teil der Feinde an das Flußufer zurückgezogen. Eingeschlossen zwischen unseren Kriegern und dem mörderischen Wasser standen die Feinde an der Uferböschung und bangten um ihr Leben. Viele Hunderte warfen in unterwürfiger Ergebung ihre Waffen zu Boden. Nur die echten Krieger unter ihnen unternahmen verzweifelte, sinnlose Versuche, sich neu zu gruppieren und die Schlacht von neuem wieder aufzunehmen.

Wir eilten durch das Tal, über die Leichen der Unglücklichen hinweg, die von ihrer eigenen Übermacht niedergetrampelt worden waren. Ihre verdrehten Gliedmaßen stachen vom Boden empor wie abgebrochene Stangen; viele hatten nicht einmal Waffen besessen. Dennoch mußten sie die schwersten Folgen von Meldrons Kriegslüsternheit erleiden.

Wir erreichten die Stelle, wo Llew zu Beginn der Schlacht eingekreist worden war, und blieben stehen, um uns unter denen umzusehen, die hier auf dem Boden lagen. Das lange, trockene Gras unter unseren Füßen fühlte sich glitschig an, und ein widerwärtig süßlicher Blutgeruch lag in der Luft. Wir fanden Rhoedd, der immer noch die Carynx umklammert hielt, und andere von den Unseren unter den Toten, und unsere Herzen krampften sich zusammen.

„Wo ist Llew? Seht ihr ihn?"

„Ich glaube, er ist im Gedränge am Fluß", antwortete Goewyn. „Ich sehe, daß dort noch gekämpft wird."

„Bringt mich hin", sagte ich.

Kaum waren wir zehn Schritte vorwärtsgetaumelt, als Cynfarch abrupt stehenblieb. „Was ist los?" fragte ich ungeduldig. „Was siehst du?"

Goewyn antwortete: „Ich sehe es auch. Staub. Staubwolken, die sich über das Tal erheben –"

Cynfarch unterbrach sie. „Reiter!"

Im selben Moment spürte ich das trommelnde Pochen tief in der Erde. „Meldron!"

# 37

## Niederlage

In rasendem Galopp drang Meldron unter dem dumpfen Donner der trommelnden Hufe und unter dem Dröhnen des Schlachthorns in das Tal ein. Die Geräusche weckten mein inneres Gesicht, und ich erblickte Meldron, wie er mit einer Kriegsschar von fünfhundert Mann über die Ebene vorrückte. Er ritt nicht an der Spitze, sondern fuhr in einem Streitwagen, umringt von den auserlesenen fünfzig Kriegern seines Wolfsrudels. Siawn Hy ritt neben dem Großen Hund. Der Verräter Paladyr war nicht bei ihnen, aber ich zweifelte nicht daran, daß er sich in der Nähe aufhielt.

Sie waren über die Hügel gekommen, um den Fluß zu meiden, und kamen nun über das Schlachtfeld geflogen und eroberten den Boden hinter uns. Kaum machten unsere Schlachtenführer kehrt, um dem Feind entgegenzutreten, wurden sie auch schon niedergeritten. Der Feind kam zu rasch über uns. Es blieb keine Zeit, um eine zusammenhängende Verteidigungslinie zu formieren, keine Zeit, die Männer zusammenzuziehen, keine Zeit, sich neu zu gruppieren.

Alle Hoffnung war dahin, bevor wir auch nur eine Klinge gegen die neue Bedrohung erhoben hatten.

Dennoch gaben Bran und Scatha sich nicht kampflos geschlagen. Hätten sie nur eine Warnung erhalten, wer weiß, was sie hätten erreichen können? Immerhin gelang es Bran, drei Reiter von den Pferden zu holen, und Scatha machte kurzen Prozeß mit vier weiteren, bis sie lernten, ihre Tüchtigkeit nicht zu unterschätzen.

Doch Meldron hegte keine Absicht, uns einfach nur zu überwältigen und niederzumähen, was er leicht hätte tun können. Er hatte etwas Unterhaltsameres geplant. Statt seine Krieger in den Kampf zu senden, ordnete er sie in Reihen an, so daß sie eine undurchdringliche Mauer um uns bildeten. Dann begann er uns langsam, Schritt für zähen Schritt, auf den Fluß zuzudrängen. Diejenigen, die wir zu den Ufern zurückgetrieben hatten, gaben dahinter nach, bis unsere Krieger mit dem Rücken zu dem mörderischen Fluß und mit einem dichten Wald aus Speerklingen an den Kehlen standen.

Bran machte einen furchtlosen, sinnlosen Sprung auf einen Krieger zu, der sich unvorsichtigerweise zu nahe herangewagt hatte. Der Mann wurde von seinem Pferd gerissen, und Bran ergriff die Zügel und sprang auf den Rücken des Tieres. Einen Augenblick lang schien es, als könnte er die Reihen durchbrechen. Der Flug der Raben hielt sich bereit, ihm durch die Lücke zu folgen, doch dann wurden dem Pferd die Beine unter dem Leib weggehackt, und Bran fiel unter das Tier, als es zu Boden stürzte.

Goewyn, die neben mir stand, schrie trotzig auf, als sie ihn überwältigten und gefangennahmen. Sie hätte sich den Atem sparen können, denn wir alle erlitten schon bald dieselbe Demütigung. In brennender Schande wurden tapfere Krieger entwaffnet: Einer nach dem anderen wurden die Raben mit Speeren auf den Boden gehalten und ihrer Waffen beraubt; dann fesselte man ihnen die Hände auf dem Rücken, und sie wurden aneinandergebunden – Bran, Alun, Garanaw, Niall, Drustwn und Emyr –, alle zusammengeschnürt, mit Seilschlingen um die Hälse.

Cynans Kriegsschar erlitt dieselbe Behandlung. Diejenigen, die sich widersetzten oder zu kämpfen versuchten, wurden geschlagen, bis sie das Bewußtsein verloren, oder man durchschnitt ihnen die Armsehnen, so daß sie ihre Schwerter nicht mehr heben konnten. Und als sie Cynan bewußtlos geschlagen und seine Waffen beschlagnahmt hatten, wandten sie sich Calbhas und Scathas Kriegern zu.

Erst als wir alle unschädlich gemacht waren, zeigte sich Meldron selbst. Aus der Mitte seines Wolfsrudels, das ihn dicht umringte, rief der Große Hund mit lauter Stimme: „Mehr habt ihr nicht aufzubieten? Ist das die unbesiegbare Streitmacht des mächtigen Llew?"

„Wo ist Llew?" flüsterte Goewyn drängend. „Ich kann ihn nicht sehen."

„Ich auch nicht."

Cynfarch, der bebend neben mir stand, sagte: „Ich glaube, er ist dort – irgendwo in der Mitte. Warum leistet er keinen Widerstand?"

„Ich will neben Llew stehen", sagte ich und begann mich durch die Menge auf die Stelle zuzuschieben, auf die Cynfarch gedeutet hatte. Goewyn blieb dicht neben mir und hielt meine Hand umklammert. Auch Nettles, der leicht zitterte, blieb schweigend an meiner Seite. Ein wütender Aufschrei und eine scharfe Speerklinge in meinem Rücken brachte uns zum Stehen. Näher kamen wir nicht.

„Kannst du ihn sehen?" fragte sie.

„Nein", erwiderte ich.

Auch Meldron fragte sich, wo Llew zu finden sei. „Llew!" brüllte er. „Wo bist du? Komm zu mir, wenn du keine Angst hast. Ich bin gekommen, um dich zu suchen, Llew. Empfängst du so deinen König?"

Llew antwortete aus der Mitte seiner Männer heraus: „Ich bin hier, Meldron."

„Komm heraus, wo ich dich sehen kann", rief Meldron. „Töricht, dich jetzt vor mir zu verstecken, Krüppel. Muß ich deine Männer einen nach dem anderen töten, um dich zu finden?"

Ich hörte Krieger fluchen, als Bewegung in unsere dicht gedrängte Menge kam. „Nein", flüsterte Nettles mit drängender, leiser Stimme. „*Aros ol,* Llew. Bleib zurück."

„Tu es nicht!" schrie Calbha und bekam dafür das Ende eines Speers in die Zähne. Er fiel zu Boden. Seine Männer strömten vor und wurden von einer doppelten Reihe Speerklingen zurückgetrieben.

„Ich bin hier", antwortete Llew, als er aus der Mitte der Gefangenen heraustrat. „Ich verstecke mich nicht vor dir, Meldron."

„Das ist weit genug", knurrte ihn Meldron von seinem Streitwagen aus an. „So! Du dachtest also, wir würden nicht kommen und deine kleine Rebellion ersticken? Hast du geglaubt, du könntest dich ewig vor mir verbergen? Ich beabsichtige, meine Ehre zu rächen."

„Ehre?" fragte Llew kalt. „Ich bin erstaunt, daß du dich an diesem Wort nicht verschluckst."

„Fesselt ihn!" rief Meldron, und Llew wurde gepackt. Inmitten seiner Männer und nachdem sein Gegner entwaffnet und gefesselt war, fühlte Meldron sich sicher genug, Llew von Angesicht zu Angesicht gegenüberzutreten. Der Große Hund stieg von seinem Streitwagen herab. Ich brannte vor Zorn über den Hohn in seinem hochmütigen Gesicht und seinen stolzierenden Gang, als er näher kam. „Dafür wirst du sterben."

Llew gab keine Antwort.

„Hast du nichts zu sagen?" höhnte Meldron. Ich sah sein arrogantes Grinsen. Die Eitelkeit des Großen Hundes war wahrhaftig groß geworden; er würde den Augenblick bis zur Neige auskosten. Er streckte die Hand aus, strich über Llews Armstumpf, versetzte ihm einen leichten Schlag und lachte. Dann drehte er sich suchend hin und her und rief: „Wo ist dein blinder Barde? Wo versteckt sich Tegid? Oder fürchtet er sich vielleicht vor der Strafe für seinen Verrat?"

Ich ließ mit meiner Antwort nicht auf mich warten, sondern schob mich nach vorn und sagte mit lauter Stimme: „Du redest ständig von Furcht und Verstecken, Meldron. Aber jeder weiß, daß der Feigling bei allen anderen Feigheit sieht."

Meldron wandte sich mir zu. „Ah, Tegid!" Er winkte seinen Kriegern, mich vor ihn zu bringen, und ich wurde nach vorn gezerrt. Cynfarch versuchte sie zu hindern, aber er wurde zu Boden geschlagen. „Ich habe dich nicht gesehen – aber du siehst mich ja auch nicht." Er lachte, und ein paar Männer aus seinem Wolfsrudel lachten mit. „Du mußt unter einem doppelten Fluch geboren sein, daß du sowohl blind als auch ein Narr bist."

Ich wartete, während sie die kleine Beleidigung auskosteten. Dann erwiderte ich. „Es ist stets die Art der Kranken, sich einzubilden, daß andere an ihrer Krankheit leiden."

Statt einer Antwort versetzte mir Meldron einen Schlag mit dem Handrücken über den Mund. „Dafür wirst du als letzter sterben", grunzte er, sein Gesicht dicht an meines herangeschoben. „Nach allen anderen – stirbst du."

In diesem Augenblick sah ich etwas, das mir den Atem stocken ließ. Um Meldrons Hals hing an einem Lederriemen, in Gold gefaßt, ein weißer Stein: ein Singender Stein.

Mein Blick schoß rasch zu Siawn Hy hinüber; auch er trug einen Stein! Sie alle trugen welche – alle Häuptlinge Meldrons und die Krieger seines Wolfsrudels trugen Amulette, die Bruchstücke der Singenden Steine enthielten. In der Meinung, das Lied von Albion würde sie unbesiegbar machen, hatten sie aus den Singenden Steinen Talismane gemacht, und jeder Mann trug einen solchen Talisman um den Hals.

Mir blieb nur dieser eine Blick, denn Meldron wandte sich ab und rief: „Bringt sie zum Fluß!"

Man riß mir die Arme auf den Rücken und fesselte mich. Starke Arme ergriffen mich; ich wurde vom Boden emporgehoben. Goewyn schrie auf und wurde sofort zum Schweigen gebracht.

„Meldron!"

Es war Siawn Hy. Er hatte bisher im Schatten des Thronräubers gewartet. Sie wechselten ein paar Worte miteinander, die ich nicht verstehen konnte. Dann drehte sich Meldron um und sagte: „Schon lange war es mein Wunsch, jene verzauberte Stadt zu sehen, die Llew erbaut hat. Meint ihr, daß mich irgend etwas davon abhalten sollte? Nein? Dann werde ich sie mir sofort ansehen."

Dann rief der Große Hund unseren Bewachern zu: „Bringt sie mit! Bringt sie alle mit! Mir nach!"

Wir wurden über den Kamm geschleppt, und die unübersehbare Schar der Feinde ergoß sich über den Druim Vran. Die Füße der Feinde traten auf unsere Pfade, und sie drangen in unser verborgenes Tal ein. Unsere Leute, die auf dem Kamm standen, jammerten, als sie unsere Niederlage sahen. Ihr Aufschrei durchdrang unsere Ohren wie die Klage einer Mutter, deren Kind in die finstere Grube des Todes gefahren ist. Ihr Geheul zog durch das Tal und riß an meinem Herzen.

Als Gefangene wurden wir alle durch den Wald hinab zum See getrieben. All unsere Häuptlinge wurden an Händen und Füßen gefesselt, und wir mußten uns am Seeufer aufstellen. Ich wollte bei Llew sein, an seiner Seite stehen, mich dem Tod stellen und mit Llew gemeinsam Meldron trotzig ins Gesicht sehen, wenn wir starben.

Doch meine Hände waren gebunden, und ich wurde von allen Seiten von feindlichen Kriegern bedrängt. Ich konnte mich nicht von der Stelle rühren. Der Tod war nahe; mit jedem Atemzug spürte ich, wie seine schwarzen Flügel näherkamen.

Ich riskierte alles und doch nichts – denn mir war ohnehin nichts mehr geblieben – als ich meine Stimme erhob: „Meldron! Großer Hund der Vernichtung! Geißel und Plage von Albion, möge dein Leben lange währen – damit du die Verdammung auskosten kannst, die deine Taten heraufbeschworen haben. Groß ist deine Schuld, größer noch wird deine Schande sein. Verderber! Abschaum! Mögest du lange leben, Meldron, und dich an dem Haß weiden, den du dir zu Recht zugezogen hast! Erfreue dich der Abscheu, die dein Name erregt! Jauchze über das Verderben, das du über das Land gebracht hast!"

Mit schierer Willenskraft versuchte ich, meine Worte zu Waffen zu machen, die ihn noch quälen würden, lange nachdem mein Fleisch und meine Gebeine zu Staub zerfallen waren.

„Meldron!" rief ich. „Höre meine Anklage! König der Hunde, sieh, was du geerntet hast!" Ich streckte meine Hand zu dem vergifteten See hin aus. „Fülle deine Lungen mit dem Gestank deiner Taten! Ist das nicht ein betörender Duft? Betrachte die Herrlichkeit deiner Herrschaft, Meldron, König der Verwesung, Fürst der Fäulnis!"

„Bringt ihn zum Schweigen!" schrie Meldron wütend, und im nächsten Augenblick krachte eine Faust gegen meinen Kiefer. Ein zweiter Hieb schleuderte mir den Kopf in den Nacken. Mein Mund füllte sich mit Blut, und ich fiel auf die Knie.

Als ich meinen Kopf wieder hob, sah ich das faulige, schwarze Wasser des toten Sees trübe im weißen Licht der nackten Sonne schimmern. Llew kniete in geringer Entfernung von mir am Ufer; er war an Handgelenken, Knien und Füßen gefesselt. Vor ihm hatte sich Meldron aufgebaut, der mit ungeheurer Befriedigung auf ihn hinabblickte.

Die Augen zu Schlitzen verengt, mit überlegenem Ausdruck im Gesicht, lauerte Siawn Hy im Hintergrund.

Ich ließ meinen inneren Blick über die dicht zusammengedrängte Menge wandern und entdeckte Bran und Scatha in der ersten Reihe der Gefangenen. Calbha stand mit gesenktem Kopf in der Nähe; er blutete aus mehreren Wunden an Hals und Schultern. Alle drei trugen Schlingen um den Hals; ihre Hände und Füße waren mit Lederriemen gebunden. Nettles sah ich nicht mehr, aber Cynfarch stand aufrecht, und neben ihm Goewyn, ein trotziges Feuer leuchtete in ihren Augen. Nach Llew würden sie als nächste sterben.

Nahebei wurde ein Boot an den Strand gezogen. Meldron befahl, Llew in das Gefährt zu schleppen, und vier Männer vom Wolfsrudel packten Llew und warfen ihn rücksichtslos in das Boot. Dann stieg Meldron zu seinem Gefangenen ins Boot und befahl, es vom Ufer abzustoßen.

Jetzt wurde mir klar, was Meldron in seiner schlauen Bosheit vorhatte. Mein Herz bäumte sich in mir auf wie ein gefangenes Tier, das sich gegen die Gitterstäbe seines Käfigs wirft. Ich kämpfte mich auf die Beine.

„Meldron!" schrie ich. Fäuste schlugen mich nieder, und harte Hände hielten mich zu Boden, das Gesicht eine Haaresbreite von dem giftigen Wasser entfernt.

Der Große Hund hatte vor, Llew vor den Augen seines ganzen Volkes auf grausame Weise zu ermorden. Er wollte, daß wir Llew seine letzten Atemzüge hinausschreien hörten, wenn das tödliche Wasser des vergifteten Sees ihm die Haut von den Knochen schälte. Meldron wollte, daß wir Llew in entsetzlichen Qualen sterben sahen, zerbrochen und entstellt, sein Fleisch eine Masse von blutigen Geschwüren.

Zweifellos war es dies, was der teuflische Siawn Hy beabsichtigt hatte – wir waren an den See gebracht worden, um mitten in Dinas Dwr vor den Augen aller gefoltert und ermordet zu werden. Er wollte keinen Raum mehr für den geringsten Zweifel lassen, daß Llew tot und Meldron der König war.

„Großer Hund!" schrie ich. „Ich verfluche dich! Nimm mich zuerst – töte mich!"

Meldron wandte mir sein Gesicht zu und lachte zur Antwort, sagte aber sonst nichts.

Ich versuchte, auf die Beine zu kommen. Jemand versetzte mir einen brutalen Tritt, und die Hände, die mich unten hielten, gaben nicht nach. Mir blieb nichts, als das Unvermeidliche zu erwarten, machtlos, etwas dagegen zu tun.

Meldron nahm die Ruder, und das kleine Boot glitt langsam aufs Wasser hinaus, bis es vom Ufer aus nicht mehr zu erreichen war, jedoch noch nah genug, daß alle sehen und hören konnten, was gleich geschehen würde. Dort stand er auf, während Llew zusammengekauert zu seinen Füßen liegenblieb, und hob seine Hände wie ein großzügiger König, der seinem Volk ein Geschenk gewährt.

Es würgte mich, als ich die Geste sah, denn ich erblickte darin das Bild seines Vaters Meldryn Mawr, des Edelsten von Prydain. Ich war nicht der einzige, der diese höhnische Nachahmung abscheulich fand. Bran schrie: „Meldron! Ich verfluche dich! Ich, Bran Bresal, verfluche dich bis in die siebte Generation!"

Bran stemmte sich nach vorn, um auf Meldron einzustürmen, und empfing einen Hagel brutaler Schläge für seine Mühe. Der Anblick, wie Meldrons gemeines Pack auf diesen edlen Krieger einschlug, erfüllte mich mit Empörung, und auch ich schrie und versuchte aufzustehen – bis mich ein Fuß auf meinem Genick zu Boden drückte.

Die gefangenen Krieger empörten sich gegen diese verächtliche Behandlung ihres Schlachtenführers. Auch sie wurden durch das Wolfsrudel auf die brutalste und schändlichste Art zum Schweigen gebracht. Meldrons Abschaum wagte es sogar, Scatha anzugreifen, doch ihr ekelhaftes Wüten konnte gegen ihre erhabene Würde nichts ausrichten. Obwohl sie sie schlugen, brachten sie sie nicht dazu, vor ihnen zu kauern. Ihr Haupt blieb aufrecht, und ihre grünen Augen loderten mit solcher Wildheit, daß ihre Angreifer rasch von ihrem Treiben abließen und Scatha von weiteren Demütigungen verschont blieb.

Cynan konnte ich nicht sehen, ebensowenig wie den Rabenflug, so dicht gedrängt stand die Masse der Zuschauer auf allen Seiten. Doch ich zweifelte nicht daran, daß sie, wie wir alle, das gleiche Schicksal erleiden würden wie Llew. Ich wußte, daß sie ebenso wie die Menge entlang des Seeufers Zeugen der abscheulichen Tat waren.

Meldron, angeschwollen vor Stolz und glühend vor Selbstbeweihräucherung, stand mit erhobenen Armen im Boot. Die goldenen Ringe an seinen Fingern und Armen glitzerten im grellen Sonnenlicht.

„Mein Volk!" rief er über das tote Wasser hinweg. „Heute werdet ihr Zeugen eines Triumphes sein. Heute werdet ihr Zeugen sein, wie ein König ganz Albion unter seinen Schutz stellt! Denn in diesem Augenblick ist mein letzter Feind ein für alle Mal überwunden."

Seine Worte waren wie Würmer im Mund einer Leiche.

„Ihr habt es gesehen!" rief der Große Hund. „Ihr habt gesehen, wie meine Feinde vernichtet werden! Ihr habt gesehen, wie ich diejenigen zermalme, die Verrat gegen mich planen!"

Meldron packte Llews Arme und zerrte ihn auf die Beine. Llew mußte vor ihm stehen und wurde gezwungen, den Kopf unterwürfig zu senken.

„Jetzt werdet ihr erleben, wie ich mit denen verfahre, die Krieg gegen mich führen!" rief Meldron so laut, daß alle rund um den See – Krieger und Gefangene – es hören konnten. „Jetzt werdet ihr erleben, wie ich die Rache übe, die mir gebührt!"

Llew hob seinen Kopf, straffte die Schultern und sah Meldron mit unerschütterlicher Verachtung an.

Meldron packte Llew an den Armen und drehte ihn herum, so daß er in die Richtung der Zuschauer am Ufer sah. Dann legte der Große Hund mit einem bösen Lächeln seine Hand auf Llews Rücken und versetzte ihm einen harten Stoß. Llew, durch seine Fesseln unfähig, sich zu rühren, stürzte kopfüber in den See.

„Nein! Nein!" schrie Cynan. Irgendwie hatte er sich mit Schulterstößen und Fußtritten bis an den Rand des Wassers vorgekämpft. Nun schrie er seinen hilflosen Trotz heraus, während seine Wächter ihn zu Boden zerrten. „Llew!"

Die stille Luft erzitterte vor Schreien des Entsetzens und der Qual – durchdringend scharf wie der Schmerz selbst. Und dann die schreckliche Stille ...

Llew versank sofort. Es gab keinen Kampf, kein wildes Umsichschlagen, keine gequälten Todesschreie, wie wir sie am Fluß gesehen und gehört hatten. Nur ein einziges Aufspritzen des schwarzen Wassers, und dann eine furchtbare Stille, als sich das tödliche Wasser langsam kräuselte und dann wieder glättete.

Meldron starrte zu der Stelle hin, wo Llew ins Wasser gefallen war. Er schien mit der Plötzlichkeit und Gefaßtheit von Llews Tod nicht zufrieden zu sein. Er hatte wohl auf ein etwas erregenderes Schauspiel gehofft und war enttäuscht worden. Seine Lippen verzogen sich, und sein Gesicht verfinsterte sich vor Zorn, als er auf das leblose Wasser hinabstarrte.

Er wandte sich der Menge am Ufer zu. Ich sah, wie er seinen Arm hob und auf Cynan deutete, um seine Hinrichtung anzuordnen. Doch gerade als er sich umdrehte, bemerkte er ein Schimmern an der Oberfläche des vergifteten Sees und hielt inne. Ich sah es ebenfalls: ein schwaches Glänzen oder Funkeln wie von einem silbrigen Fisch, der durch einen Bach schießt. Irgend etwas bewegte sich direkt unter der Oberfläche des verdorbenen Sees.

Meldrons Arm sank herab; sein Blick kehrte zu der Stelle zurück, wo Llew verschwunden war. Sein Gesichtsausdruck schwankte zwischen Frustration und Erwartung. Vielleicht würde doch noch ein Todeskampf ihm seine Rache versüßen?

Wieder glaubte ich, das Schimmern zu sehen, obwohl es auch das Sonnenlicht gewesen sein könnte. Doch Meldron starrte hin. Sein Arm sackte schlaff herab, als er das Wunder erblickte.

Goewyn war die erste, die es vom Ufer aus sah. Ihr erstaunter Aufschrei klang wie ein durchdringender Harfenton, der über das Wasser zog. Mit meinem inneren Gesicht sah ich sie – die Augen vor Ehrfurcht geweitet, die Züge erleuchtet. Ich wandte mich in die Richtung, in die sie starrte, und sah ein Wunder:

Aus dem Wasser erhob sich die Hand eines Mannes.

Auch die anderen sahen es jetzt. Ein Aufschrei der Freude und Erleichterung ging durch die Reihen. Doch der Jubel brach sofort wieder ab. Die Rufe erstarben in den Kehlen, als die Leute sahen, daß die Hand nicht aus Fleisch und Blut bestand: Sie war aus kaltem, glänzendem Silber.

# 38

## Silberhand

Eine Hand aus Silber, leuchtend weiß und glänzend, stieg aus dem stillen, schwarzen Wasser auf. Aus dem toten See erhob sie sich, und ich sah, daß die Hand an einem nackten Arm hing.

„Es ist Gofannon!“ rief ein Mann. „Es ist Llyr!“ schrie eine Frau, die ein Kind umklammert hielt. Die Leute hielten vor Staunen den Atem an, als ein Kopf und Schultern erschienen. Doch es war weder Gofannon noch Llyr; es waren der Kopf und die Schultern von Llew, die aus dem See aufstiegen.

Seine Augen waren geschlossen, als er an die Oberfläche kam; ich dachte schon, er wäre tot. Dann öffneten sich seine Augen: Plötzlich sog er die Luft ein, schüttelte das faulige Wasser aus seinem Gesicht und begann zu schwimmen.

Die Menge wich zurück. Da sie die frische Erinnerung an die Männer, die in dem vergifteten Fluß zugrunde gegangen waren, vor Augen hatten, erwarteten sie einen Anblick der Qual und des Todes. Doch Llew lebte!

Meldron war nicht weniger erschrocken als alle anderen, doch er erholte sich rasch. Ich hörte das metallische Klingen, als er sein Schwert zog, und sah, wie das Sonnenlicht auf der blanken Klinge zitterte.

Er sprang zum Bug des Bootes und holte mit dem Schwert weit aus. „Stirb!“ schrie er.

Mit einem mächtigen Schwung stürzte seine Klinge herab. Er hielt den Griff mit beiden Händen umklammert, und sein Gesicht war von Haß und Wut verzerrt.

„Llew!“ schrie ich.

Llew drehte sich im Wasser um. Ob es mein Zuruf oder sein Kriegerinstinkt war, der ihn warnte – er schwang herum zu dem Schwert, das auf ihn herabsauste, und erhob eine Hand, um Meldrons mörderischen Hieb abzuwehren.

Mit furchtbarer Schnelligkeit fiel der Schwertstreich hinab. Llews silberne Hand fuhr empor, der Waffe entgegen.

„Paß auf!" bellte Cynan vom Ufer aus.

Diese Hand ... diese Hand aus Metall, die auf einen Stumpf aus Fleisch aufgepfropft war ... traf Meldron. Die silberne Hand fing die herabfallende Klinge auf. Ein Laut wie von einem Hammer, der auf einen Amboß trifft, tönte über das Wasser.

Die mörderische Klinge zerschellte; glitzernde Metallsplitter wirbelten ins Wasser. Die Klinge brach und Meldrons Arm mit ihr.

Der Knochen barst mit einem lauten Knacken, und Meldron sah entsetzt, wie sein Schwertarm zwischen Handgelenk und Ellbogen abknickte und sich verdrehte. Sein gequälter Aufschrei tönte voll Erschrecken durch die Luft, während der Schwertgriff aus seinen Fingern fiel. Während er noch den gebrochenen Arm an sich zog, begann er zu fallen.

„Spring!" schrie Siawn Hy.

Ein Sprung hätte ihn vielleicht retten können, aber es war bereits zu spät. Das Boot kippte, und Meldron, den sein eigener Schwertstreich aus dem Gleichgewicht gebracht hatte, fiel in das verdorbene Wasser. Seine Augen traten vor Entsetzen aus den Höhlen, und ein verzweifelter Aufschrei entfuhr seinem klaffenden Mund, als er aus dem Boot taumelte.

Er hatte seinen Lohn reich verdient, doch Meldrons Todeskrämpfe brachten niemandem Befriedigung, der sie sah. Er schlug wild um sich, als die schwarze Brühe ihn einsaugte. Wie bei so vielen seiner unglücklichen Männer vor ihm runzelte sich seine Haut, und rohes Fleisch brach hervor, als sich überall da, wo das Gift ihn berührte, Wülste und blutige Geschwüre bildeten und sich das Fleisch von den Sehnen und die Sehnen von den Knochen lösten.

Er schlug verzweifelt um sich und schrie vor Qualen und krallte sich in seinem eigenen Fleisch fest, als wollte er es sich selbst von den Knochen reißen. Ein unheimliches Heulen brach aus seiner Kehle hervor. Er wand sich und zuckte, als ob Speere ihn durchbohrten, und das Haar fiel ihm in verfaulten Klumpen von der Kopfhaut. Er riß den Mund weit auf und rang nach Atem für einen letzten gequälten Aufschrei. Doch das Wasser, die tödliche Fäulnis, war in ihn eingedrungen, und er verschluckte sich an dem Schrei. Sein Kopf zuckte bizarr, als der Tod ihn packte und schüttelte.

Dann versank Meldron unter dem schwarzen Wasser. Einen Augenblick später kam seine Leiche wieder an die Oberfläche und schwamm lautlos und reglos dahin, und die toten Augen starrten in den leeren Himmel empor.

Llew wandte sich dem Ufer zu; er schwamm eine kurze Strekke, bis er mit den Füßen Grund fand, und stand dann auf. Seine Kleidung war verschwunden, und die Seile, mit denen er gefesselt worden war, mit ihnen – das ätzende Gift hatte alles von ihm abgestreift –, und nun stand er makellos und unbefleckt vor uns. Seine Haut war glatt, rein und gesund, seine Gliedmaßen gerade und kräftig. Er hob seine silberne Hand und betrachtete sie voller Staunen. Dann trat er vor. Meldrons Krieger wichen vor ihm zurück. Ich spürte, wie die Hände an meinem Rücken ihren Griff lockerten und herabsanken. Ich kämpfte mich hoch und rannte taumelnd über den steinigen Strand. Im Laufen rief ich nach Llew.

Er war noch ein kleines Stück vom Ufer entfernt, tropfnaß und immer noch verwirrt über das, was mit ihm geschehen war, als er stehenblieb. Ich erreichte den Rand des Wassers und rief zu ihm hinüber.

„Llew! Komm aus dem Wasser!“ Cynan kam auf die Beine und starrte kopfschüttelnd hinüber.

„Er lebt! Es ist ein Wunder geschehen. Ich kann nicht glauben, was ich sehe.“ Goewyn kam zu uns gerannt. Sie hatte ein Messer in der Hand und durchschnitt die Fesseln an meinen Handgelenken. „Warum kommt er nicht heraus?“

„Ich weiß es nicht“, antwortete ich, den Blick immer noch auf Llew gerichtet, der hoch aufgerichtet dastand, die Silberhand erhoben.

Cynan hielt Goewyn seine Hände entgegen. Mit ein paar kurzen Schnitten befreite sie ihn. Er fuhr zum See herum, machte zwei kurze Schritte darauf zu und rief: „Seht! Das Wasser!“

Mein inneres Auge schwenkte in die Richtung, in die er zeigte. Ich sah Llew dastehen wie zuvor; er hatte sich nicht von der Stelle gerührt. Doch um ihn her breitete sich in einem rasch größer werdenden gekräuselten Wellenring sauberes Wasser aus. Ja, zwischen dem Ufer und Llew war das Wasser bereits völlig klar, und der Ring reinen Wassers vergrößerte sich mit erstaunlicher Geschwindigkeit.

Die üble schwarze Brühe wich zurück und löste sich auf, während immer mehr Ringe klaren Wassers von Llew ausgingen, dessen Gestalt wie eine Sonne an einem trüben Firmament zu lodern und den Nebel mit seinen Wolkenfetzen wegzusengen und durch das Gleißen ihres Lichtes zu verbannen schien.

„Im Wasser ist Heilung“, flüsterte Goewyn und verschränkte bewegt die Hände unter ihrem Kinn. Tränen schimmerten in ihren Augen.

Ihre Worte hingen noch in der Luft, da stürmte ich schon vor, auf Llew zu.

„Tegid!“ schrie Cynan und sprang vor, um mich zu hindern.

Ich rannte zwei Schritte, stolperte über einen Stein und fiel der Länge nach hin. Mein Kopf geriet unter Wasser, und ich spürte ein Brennen in meinen Augen. Keuchend kam ich hoch und schlug mir mit beiden Händen das Wasser aus dem Gesicht. Helles Licht drang durch meine Finger; ich zog meine Hände zurück und blinzelte.

Alles sah genauso aus, wie ich es zuvor mit meinem inneren Auge gesehen hatte – aber klarer, schärfer, deutlicher als vorher. Mein inneres und mein äußeres Gesicht waren eins geworden: Ich konnte sehen! Licht strömte in meine Augen, blendend, glitzernd, leuchtend in seiner Klarheit, brillant und herrlich; ich schloß die Augen, und das Licht war weg. Wahrhaftig, ich war geheilt!

Cynan stürmte hinter mir in den See. Mit einem wilden Jauchzen kam er spritzend zu Llew und umklammerte ihn in einer heftigen Umarmung. Goewyn eilte ihm nach. Sie küßte Llew glücklich und preßte ihn an sich.

Ich stand auf, rannte zu Llew und faßte ihn an. „Du lebst!“ sagte ich. „Meldron ist tot, und du lebst!“

„Es ist vorbei!“ rief Cynan. „Meldron ist tot!“

Goewyn küßte ihn, und Cynan tat es ihr gleich. Llew erwiderte ihre Umarmungen, aber unsicher, wie jemand, der noch benommen ist. Er streckte seine silberne Hand aus und hielt sie uns vor die Augen. Ich nahm sie ehrfurchtsvoll in meine Hände. Das Metall fühlte sich kalt an, war spiegelblank und glänzte strahlend hell. Die Finger waren leicht gebogen, und die Handfläche offen in einer gebenden Geste.

Die glatte Silberoberfläche war mit Spiralen, Wirbeln und Knotenmustern aus feinen, in das Metall eingravierten Linien bedeckt. Und auf der Handfläche sah ich das Môr Cylch, den Kreistanz, das Labyrinth des Lebens. Ich blinzelte, immer noch meiner Augen unsicher, berührte das Zeichen mit einer Fingerspitze und fuhr auf dem Muster aus schlanken, verschlungenen Linien entlang. Das Zeichen war vorzüglich gearbeitet, und die Linien waren mit Gold eingelegt. Geschick und Weisheit lagen in diesem Werk von phantastischem Entwurf und unvergleichlicher Handarbeit – das Werk eines Fürsten unter den Schmieden.

Als ich das eingravierte Labyrinth berührte, erinnerte ich mich an die Worte einer Verheißung: *Ich werde euch geben, was dein Lied besingt.*

Und vor meinem Geist erschien das Bild dessen, der diese Worte gesprochen hatte: Gofannon, der Herr des Hains und Meister der Schmiede. Ich hatte ihm ein Lied gegeben, für das er mir als Gegenleistung die Gabe meines inneren Gesichts gegeben hatte. Llew hatte für ihn Holz gehackt, aber in jener Nacht keine Gabe von dem großen Fürsten erhalten.

„Ich werde euch geben, was dein Lied besingt“, hatte Gofannon versprochen, und nun hatte er seine Verheißung an Llew erfüllt. Denn das Lied, daß ich in jener Nacht gesungen hatte, war *Bladudd, der entstellte Prinz* gewesen. Oh! Wie schwer von Begriff war ich gewesen! Gewiß hatte ich für die Schnelle Sichere Hand selbst gesungen.

„Sei gegrüßt, Silberhand!“ sagte ich und berührte meine Stirn mit dem Handrücken. „Dein Diener grüßt dich!“

Wild um sich spritzend ließen die Leute von Dinas Dwr ihre Furcht fahren und strömten alle gleichzeitig in den See, der nun absolut rein und klar war. Sie schöpften das lebenspendende Wasser und schütteten es sich in ihre ausgedörrten Kehlen, bis ihr Durst gestillt war. Sie gossen sich das Naß über ihre sonnenmüden Köpfe und kühlten sich ab; sie wuschen sich und wurden rein. Kinder planschten und spielten übermütig wie neugeborene Lämmer.

Getrieben vom Durst und überwältigt vom Anblick soviel frischen Wassers, warfen die Feinde ihre Waffen nieder und liefen herbei, um sich dem Freudenfest anzuschließen. Schilde und Helme, Schwerter und Speere fielen klirrend auf das steinige Ufer, und alles trampelte auf dem Weg zum Wasser darüber hinweg. Die feindlichen Krieger – zumindest diejenigen, die gar keine richtigen Krieger waren – konnten ihre Waffen gar nicht schnell genug loswerden. Endlich von Meldrons brutaler Herrschaft befreit, knieten sie im Wasser und weinten vor Dankbarkeit über ihre Erlösung.

Jeder Gedanken an Bestrafung verschwand beim Anblick ihrer herzlichen Dankbarkeit; sie hatten die übelsten Verfolgungen erleiden müssen; wie hätten wir sie noch mehr bestrafen können? Sie waren niemals unsere Feinde gewesen.

Inzwischen hatten die Raben und Calbhas Kriegsschar Meldrons Schlachtenführer und die Krieger seines Wolfsrudels gefangengenommen und auf dem Strand aufgestellt. Fünfzig Krieger standen grimmig da und erwarteten ihr Urteil.

Bran hob seinen Speer und rief nach uns. „Llew! Tegid! Wir brauchen euch."

Calbha und Bran standen nebeneinander, und die Krieger auf dem Strand hinter ihnen hielten das Wolfsrudel in Schach. Wir gingen zu ihnen, und als wir näher kamen, traten Bran und Calbha auseinander und gaben den Blick auf ihren Gefangenen frei: Siawn Hy. Sein Kopf war gesenkt, als ob er seine gefesselten Hände betrachtete.

Als wir herankamen, hob Siawn seinen Kopf und starrte uns böse und finster an. An seiner rechten Schläfe schwoll eine dunkle Beule.

„Narren!“ zischte er. „Ihr glaubt, ihr hättet diesen Tag gewonnen. Nichts hat sich verändert. Ich habt nichts gewonnen!“

„Schweig!“ warnte ihn Bran. „Es steht dir nicht zu, so mit dem König zu reden.“

„Es ist vorbei, Simon“, sagte Llew.

Als er seinen früheren Namen hörte, holte Siawn Luft und spie Llew ins Gesicht. Schnell wie eine Schlange schoß Brans Hand hervor und traf Siawn am Mund. Blut rann aus seiner aufgeplatzten Lippe. Bran schien noch einmal zuschlagen zu wollen, doch Llew hinderte ihn mit einem Kopfschütteln.

„Es ist vorbei“, sagte Llew. „Meldron ist tot.“

„Töte mich auch“, murmelte Siawn finster. „Ich werde mich dir niemals unterwerfen.“

„Wo ist Paladyr?“ fragte ich und erntete nur ein höhnisch verächtliches Schnauben statt einer Antwort.

Calbha erhob sein Schwert und deutete auf Siawn Hy und dann auf den Rest des Wolfsrudels. „Was soll mit diesen hier geschehen?“ fragte er mit kalter und erbarmungsloser Stimme.

„Bringt sie in die Lagerhäuser und setzt sie fest“, befahl Llew. „Wir werden uns später mit ihnen befassen.“ Alun Tringad und Garanaw nahmen Siawn bei den Armen und führten ihn ab; der Rest des Wolfsrudels folgte unter Calbhas Bewachung.

Drustwn und Niall wateten hinaus zu Meldrons Leiche. Sie hoben seinen Körper aus dem Wasser und wälzten ihn in das Boot wie einen durchnäßten Getreidesack. Dann nahmen sie das Boot ins Schlepptau und brachten den Leichnam fort, um ihn rasch zu begraben und zu vergessen.

Scatha beobachtete alles mit vor der Brust verschränkten Armen und lächelte eisig. „Ich hatte gehofft, seinen Kopf auf meinem Speer zu sehen, aber so soll es mir auch recht sein.“

Llew nickte und ging den Gefangenen nach. Er war noch keine zehn Schritte gegangen, da ergriff Cynan eines der am Boden liegenden Schwerter, hob es hoch empor und rief: „Sei gegrüßt, Silberhand! Heil dir!“

Bran sprang vor und packte einen Speer. „Heil dir, Silberhand!“ rief er und schwenkte den Speer. Und plötzlich widerhallte der Ruf durch das ganze Tal, als die Leute von Dinas Dwr und

Meldrons ehemalige Heerschar ihr Treiben im Wasser unterbrachen und sich wie ein Mann Llew zuwandten, um ihn zu preisen. „Silberhand!“ jubelten sie. „Heil dir, Silberhand!“

Die Rufe schwebten empor, immer höher, als wollten sie den strahlenden Himmel mit ihrem jubelnden Donner ins Wanken bringen. Und Llew, der am Ufer entlangging, blieb stehen, wandte sich der zusammenströmenden Menge zu und hob seine silberne Hand hoch in die Luft.

Wir konnten unseren Sieg nicht feiern, solange unsere Toten noch unbegraben lagen. Wie hätten wir mit Tränen in den Augen feiern können? Wie hätten wir ein Festmahl halten können, während die Leichen unserer Clansleute zur Speise für Aasvögel wurden?

Sobald wir uns ausgeruht, gegessen und uns an dem süßen, reichlichen Wasser sattgetrunken hatten, kehrten wir zum Schlachtfeld zurück und holten unsere Toten – und es waren viele: Beinahe die Hälfte derer, die hinab in den Kampf gezogen waren, waren nicht zurückgekehrt. Fürst Calbha hatte die größten Verluste erlitten; die Kriegsschar der Cruin war zusammengeschmolzen. Auch die Krieger der Galanae hatten einen fürchterlichen Preis bezahlt – Cynfarch war bis ins Mark erschüttert. Llew und Scatha hatten weniger Männer verloren als die anderen, doch selbst ein Toter war in ihren Augen zuviel, und sie waren tief bekümmert. Nur der Rabenflug war unbeschadet aus der Schlacht hervorgegangen. Darum führten Bran und die Raben die Rückkehr zum Schlachtfeld an, um mit der Beerdigung unserer Toten zu beginnen.

Jeder unserer gefallenen Schwertbrüder empfing ein Heldenbegräbnis. Da sie gemeinsam gestorben waren, legten wir sie zusammen in ein riesiges Grab – Schulter an Schulter, mit ihren Speeren in den Händen und ihren Schilden vor sich. Dann bedeckten wir sie mit ihren Umhängen und errichteten ein Haus aus Erde über ihnen.

Während diese Arbeit verrichtet wurde, schleppten Arbeiter riesige Felsbrocken vom Bergkamm herunter. Als der Hügel aufgeschüttet war, konstruierten wir ein würdiges Hünengrab, um die Stelle zu markieren.

Es war schon spät, als wir unsere Aufgabe beendeten und uns den feindlichen Kriegern zuwandten. Die Sonne war bereits herabgesunken, und die ersten Sterne leuchteten an dem dunkler werdenden Himmel auf.

„Lassen wir sie warten", schlug Cynan vor. „Schließlich waren sie begierig, diesen Boden zu gewinnen; nun sollen sie die Früchte ihrer Mühen genießen."

Doch Llew ließ seinen Blick über die unzähligen Leichen der gefallenen Feinde wandern. „Nein, Cynan", sagte er. „Das wäre nicht richtig. Die meisten dieser Männer waren gar nicht Meldrons Krieger –"

„Sie haben für ihn gekämpft. Sie sind für ihn gestorben. Soll er sich jetzt um sie kümmern. Eine würdevolle Bestattung ihrer Leiber ist nicht unsere Aufgabe", erwiderte Cynan bitter.

„Bruder", beschwichtigte ihn Llew, „sieh dich um. Schau sie dir an. Sie waren Bauern, unausgebildete Jungen, Feldarbeiter, Zimmerleute und Schafhirten. Sie hatten in dieser Schlacht nichts zu suchen. Der Große Hund hat sie grausam ausgenutzt und dann fortgeschleudert. Wir haben viel gelitten, aber sie waren ebenso die Opfer seiner Brutalität. Das Geringste, das wir tun können, ist, daß wir ihnen im Tod Achtung erweisen."

Cynan fügte sich widerstrebend. Er rieb sich den Hals und blickte sich auf der rasch dunkler werdenden Ebene um. Seine blauen Augen schimmerten im schwindenden Licht. „Was schlägst du vor?"

„Begraben wir sie, wie wir die Unseren begraben haben", sagte Llew.

„Das haben sie nicht verdient", sagte Cynan entschieden.

„Vielleicht nicht", gab Llew zu. „Trotzdem werden wir es für sie tun."

„Warum?" fragte Cynan.

„Weil wir am Leben sind und die Wahl haben und sie nicht!" erwiderte Llew leidenschaftlich. „Wir tun es für sie, und wir tun es für uns selbst."

Cynan kratzte sich am Kopf. „Für sie macht es keinen Unterschied."

„Aber für uns", erwiderte Llew.

„Es ist ein guter Plan", warf ich rasch ein. „Aber wir haben kein Licht mehr und sind erschöpft. Laßt uns jetzt ausruhen und morgen weitermachen."

Llew wollte nichts davon hören und schüttelte den Kopf, doch ich fügte schnell hinzu: „Morgen werden wir auch über ihrem Grab ein Hünengrab errichten. Wenn wir es sehen, werden wir uns erinnern, was für ein schrecklicher Herrscher die Angst sein kann und wie leicht sie eine Seele zu Fall bringt."

Llew wandte sich zu dem dämmrigen Schlachtfeld hin; er selbst war kaum mehr als eine dunkle Silhouette vor der zwielichtigen Landschaft. „Dann geht, ihr beiden. Ruht euch aus und schlaft. Aber ich werde nicht rasten, bis die letzte Spur der Herrschaft Meldrons verschwunden ist."

Er ging allein davon. Cynan sah ihm nach und sagte: „Dann wird er noch lange nicht schlafen. Es gibt keine Feuerstelle und keinen Hügel in ganz Albion, der nicht durch Meldrons Herrschaft besudelt ist." Er wandte sich mir zu. „*Clanna na cù*, Tegid. Hast du je gehört, daß ein Mann den Leichen seiner Feinde solche Ehre erweist?"

„Nein", gab ich zu, „noch nie. Aber jetzt beginnt eine neue Ordnung. Ich glaube, daß wir alle neue Dinge hinzulernen werden." Ich legte Cynan meine Hand auf die Schulter. „Laß Fackeln bringen und etwas zu essen. Wir werden die Nacht durcharbeiten."

Die ganze Nacht hindurch arbeiteten wir – und durch den langen, heißen Tag, der darauf folgte. Die Leute von Dinas Dwr und ihre früheren Feinde arbeiteten Seite an Seite, willig und eifrig. Und am Ende standen zwei Hügel auf der Ebene – der eine am Fuße des Druim Vran, wo unsere Schwertbrüder begraben lagen, und der andere am Ufer des Flusses, wo so viele von Meldrons Männern gefallen waren. Es war eine edle Tat, und die Leute verstanden sie, wenn sie vielleicht auch nicht die Dringlichkeit verstanden, mit der Llew sie zu Ende bringen wollte. Er sagte, er könne nicht ruhen, bis sie vollendet wäre, und ich glaube, damit sprach er aus seinem tiefsten Herzen. Wahrhaftig, es konnte keinen neuen Anfang geben, solange das Alte nicht ordentlich begraben war.

Als die Arbeiter endlich den Querstein auf das Hünengrab gelegt hatten, stand die Sonne schon tief und warf ein kräftiges, honigfarbenes Licht über den Erdhügel. Der Schatten des Hünengrabes streckte sich lang über die grüne Ebene. Ich befahl Gwion, mir meine Harfe zu bringen, und versammelte das Volk, um die *Klage für die Tapferen* zu singen.

Lange war es her, daß jemand unter uns die belebende Musik der Harfe und zum Gesang erhobene Stimmen gehört hatte, und die Leute weinten bei dem Klang – Tränen der Trauer, ja, aber auch Tränen der Heilung. Wir sangen, und die Tränen flossen aus unseren Augen und aus unseren Seelen.

Als die Klage beendet war, riefen sie nach mehr. Ich strich über die Saiten und überlegte, was ich singen sollte, welche Gabe ich ihnen geben könnte. Es war ein gutes Gefühl, wieder einmal eine Harfe gegen die Schulter zu legen, und bald fanden meine Finger ihren Weg, und ich begann das Lied zu singen, das mir gegeben wurde. Ich sang, und die Worte entfachten von neuem die Vision, und sie begann in der Welt der Menschen zu leben.

Ich sang von dem tief eingeschnittenen Tal im tiefen Wald, in dem hohe Kiefern sich nach dem Himmel reckten ... Ich sang von dem Thron aus Geweih hoch auf dem grasbedeckten Hügel, mit der schneeweißen Ochsenhaut darauf ... Ich sang von dem glänzend polierten Schild und dem schwarzen Raben, der auf seinem Rand hockte, die Flügel ausbreitete und das Tal mit seinem strengen Gesang erfüllte ... Ich sang von dem Signalfeuer, das den Nachthimmel erhellte und dessen Botschaft von Hügel zu Hügel beantwortet wurde ... Ich sang von dem schattenhaften Reiter auf seinem blaßgelben Pferd, von dem Nebel, der sie umhüllte, und von den Funken, die die Hufe des Pferdes auf den Felsen schlugen ... Ich sang von der großen Schar von Kriegern, die in dem Bergsee badeten, und von dem Wasser, das von ihren Wunden rot gefärbt wurde ... Ich sang von der Frau, ganz in Weiß gekleidet, in ihrem sonnenhellen Pavillon aus Bäumen, und von ihrem Haar, das im Licht der Sonne entflammte wie goldenes Feuer ... Ich sang von dem Cairn, dem Grabhügel des Helden.

Während ich sang, ergoß sich die untergehende Sonne rotgolden über den Himmel. Mit rosigem Feuer gefärbte Wolken breiteten sich wie Finger über den Himmel aus. Es war die Zeit zwischen den Zeiten, und ich stand vor einem Hünengrab auf einem Hügel, einem heiligen Ort; Worte, die zu solchen Zeiten gesprochen werden, werden zu Funken, die die Herzen der Menschen entflammen. Und ich wußte bis ins Mark, daß die Dinge, von denen ich sang, noch kommen würden; sie würden geschehen.

# 39

# Oran Môr

Am nächsten Tag ruhten wir aus und kamen wieder zu Kräften. Und dieser Tag war schon weit vorgerückt, als Cynfarch und Calbha uns zu einer Beratung riefen. „Es ist nicht recht, daß die Kriegsschar des Großen Hundes am Leben ist und unter uns atmet, während unsere Schwertbrüder kalt in der Erde liegen", sagte Cynfarch entschieden. „Es muß Gerechtigkeit geschehen."

„Er hat recht", fügte Calbha hinzu. „Je eher wir die Sache hinter uns bringen, desto besser. Ich sage, tun wir es jetzt."

Llew wandte sich an mich. „Was meinst du, Tegid?"

Ich blickte von einem der Könige zum anderen; sie waren fest entschlossen und würden sich nicht beschwichtigen lassen, bis der Gerechtigkeit Genüge getan war. „Es ist wahr", stimmte ich zu, „früher oder später muß die Angelegenheit geregelt werden. Dann lieber früher."

„Also gut", sagte Llew. „Wir werden uns am Ufer versammeln."

Wir verließen das Crannog und begaben uns zu den Lagerhäusern am Ufer, wo die Gefangenen seit Meldrons Niederlage unter Bewachung gestanden hatten. Dort setzten wir uns mit den Gesichtern zum See auf Ochsenhäute, die auf dem Boden ausgebreitet worden waren; Bran setzte sich zur Rechten Llews, ich zu seiner Linken. Neben mir ließ sich Scatha nieder, und Cynan, Cynfarch und Calbha vervollständigten unsere Zahl. Viele der Bewohner von Dinas Dwr versammelten sich hinter uns – unter ihnen bemerkte ich die kleine Gestalt von Nettles, der ziemlich weit vorne stand.

Die Raben führten die Gefangenen vor uns auf den Strand: fünfzig Krieger des Wolfsrudels und Siawn Hy – alles, was von Meldrons Heer noch übrig war. Ihre Hände waren mit Seilen gebunden, ihre Füße angekettet. Ihre Amulette mit den Bruchstücken der Singenden Steine waren ihnen abgenommen worden.

Cynfarch sprach als erster. Kalt betrachtete er die Gefangenen und sagte: „Gibt es jemanden, der für sie sprechen kann?" Als niemand antwortete, fragte er: „Wer ist euer Anführer?"

Siawn Hy hob seinen Kopf. „Ihr wagt es, über uns zu Gericht zu sitzen? Wer gibt euch das Recht dazu?"

„Das Königtum über Caledon gibt mir das Recht", erwiderte Cynfarch. „Du und die, die bei dir sind, haben das Volk dahingemetzelt und das Land besudelt. Ihr habt vergewaltigt und gestohlen und vernichtet –"

„Wir sind unserem König gefolgt!" spie Siawn. „Wir haben ihm gedient, wie eure eigenen Krieger euch dienen. Doch du nennst unsere Loyalität Verrat und unsere Treue ein Verbrechen gegen die Königsherrschaft."

„Ihr seid Diebe und Mörder!" rief Cynan. „Ihr habt alles zerstört, was in eure Hände fiel!"

„Wir haben nichts getan, was ihr nicht getan habt", erwiderte Siawn. „Wer unter euch hat sein Schwert nicht gegen einen anderen erhoben? Wer unter euch hat nie etwas an sich gerissen, das ihm nicht gehörte?"

Sowohl Cynfarch als auch Calbha schwiegen plötzlich verlegen. Siawn lächelte mit verschlagener Befriedigung.

„All das habt ihr getan und mehr", fuhr er vielsagend fort, „und ihr habt es vor euch selbst gerechtfertigt, indem ihr sagtet: ‚Wir sind Könige, es ist unser Recht.' Doch wenn sich jemand wie Meldron erhebt, dann nennt ihr ihn einen Mörder und einen Dieb. Schwächlinge sind doch alle gleich – in der Gegenwart eines Starken werden sie zu Feiglingen. Ihr seid zornig und nennt das Rechtschaffenheit; ihr seid schwach und nennt das Tugend. Doch jeder von euch hätte getan, was Meldron tat, wenn ihr nur den Mut dazu hättet. Ihr wart zufrieden mit euren kleinen Königreichen, aber nur, weil ihr euch davor fürchtetet, mehr zu nehmen."

„Schweig!“ brüllte Cynfarch.

Doch Siawn Hy lachte nur. „Seht ihr! Es ist wahr. Du schreist, daß ich schweigen soll, weil du die Wahrheit hörst und sie nicht ertragen kannst. Du verdammst uns für das, was dir fehlt: für den Willen und den Mut, selbst zu tun, was Meldron getan hat.“

Calbha sprang auf. „Lügner!“ tobte er. „Ich höre mir das nicht länger an.“

Siawn ließ sich nicht einschüchtern. „Warum nicht, Calbha?“ fragte er. „Hast du deine Kriege mit Meldryn Mawr vergessen? In denen es um eine Beleidigung gegen Jagdhunde ging, wenn ich mich recht erinnere. Und das nahmst du zum Vorwand, Ländereien in Prydain an dich zu reißen, ist es nicht so?“

Calbha starrte den aalglatten Gefangenen finster an, verblüfft, daß Siawn sich an eine so alte Fehde erinnerte und sie ihm jetzt vor die Füße warf. „Das war etwas anderes“, murmelte der König der Cruin.

Ich erinnerte mich gut an die Auseinandersetzung der beiden Könige, die Siawn Hy hier geschickt ins Spiel brachte. Calbha und Meldryn Mawr hatten eine Reihe von Schlachten ausgetragen, die sich an einer Bemerkung über Meldryns Jagdhunde entzündet hatte. Die Wahrheit in Siawns Behauptung ließ sich nicht leugnen. Mit einem einzigen meisterhaften Streich hatte er Calbha entwaffnet.

„Calbha und Meldron haben ihre Auseinandersetzungen vor langer Zeit beigelegt“, eilte Cynfarch dem König der Cruin zu Hilfe. „Diese Sache ist jetzt für uns nicht von Belang. Es ist Meldron, über den wir zu Gericht sitzen.“

„Und mit Meldron habt ihr abgerechnet“, erwiderte Siawn. „Warum wollt ihr jetzt auch noch uns für seine Verbrechen bestrafen?“

„Er hätte nicht tun können, was er getan hat“, sagte Bran, „wenn ihr ihn nicht unterstützt hättet.“

„Ist es neuerdings ein Verbrechen, seinen König zu unterstützen?“ fragte Siawn Hy. Die Krieger des Wolfsrudels standen jetzt entspannter da und gewannen rasch zu ihrem Selbstvertrauen zurück. „Du hast deinen Herrn verlassen und denkst jetzt, das gäbe dir das Recht, über mich zu richten?“

Bran betrachtete Siawn wie eine Schlange, die jeden Augenblick zubeißen konnte. „So war es nicht. Du verdrehst die Wahrheit, damit sie zu deinen Lügen paßt."

„Tue ich das?" feixte Siawn. „Ich sage dir, hätte Meldron gesiegt, so würdest du jetzt hier stehen und dich für deinen Verrat verantworten. Das ist die Wahrheit. Leugne sie, wenn du kannst."

Llew beugte sich zu mir herüber. „Siehst du, wie er ist? Er ist ein Meister des Argumentierens. Als nächstes wird er uns dazu bringen, uns ihm zu ergeben."

„Was willst du tun?"

Er runzelte die Stirn. „Das hier war Cynfarchs Idee, nicht meine", sagte er. „Ich nehme an, wir müssen warten und sehen, was passiert." Er blickte sich rasch um, als ob er jemanden suchte. „Wo ist Nettles?"

„Er ist in der Nähe. Ist es wichtig?"

„Hol ihn – ich glaube, er sollte hier dabeisein. Vielleicht brauchen wir ihn."

Ich stand auf und ging nach hinten zu der Menge der Zuschauer. Seit dem Beginn der Verhandlung waren so viele Leute dazugestoßen, daß ich ihn nicht gleich entdeckte. Doch er sah, daß ich nach ihm suchte, und schob sich rasch nach vorn. „Llew hat nach dir gefragt", sagte ich. „Er möchte, daß du zu uns stößt."

Er antwortete nicht, nickte aber, als ob er mich verstanden hätte; wir kehrten zu Llew zurück und nahmen unsere Plätze neben ihm ein. Da Calbha gerade wieder sprach, wandte sich Llew an uns und sagte. „Nettles, du bist hier – gut. Hör zu, wir haben nicht viel Zeit." Er hielt inne. „Verstehst du?"

„Ja", erwiderte der kleine, weißhaarige Mann.

„Gut. Ich werde versuchen, es so einfach wie möglich zu erklären." Er deutete auf die Gefangenen, die am Seeufer vor uns aufgestellt waren und lange Schatten vor der niedrigstehenden Sonne warfen. „Sie stehen vor Gericht – verstehst du?"

„Kriegsgericht", sagte Nettles und nickte wieder, „ich verstehe."

„Gut", sagte Llew, und sein Blick fuhr zu mir herüber. „Gut."

Calbha endete, und Scatha, die bis jetzt geschwiegen hatte, ergriff das Wort. „Du redest gewandt von Loyalität und Recht", sagte sie. „Doch du hast Ynys Sci angegriffen und damit Eide der Treue gebrochen, die seit Generationen bestanden. Dafür verurteilen wir dich."

„Ah ja, Scatha, Höchste Schlachtenführerin, ich beuge mich vor dir – die du so viele Krieger die Kunst des Tötens gelehrt hast", erwiderte Siawn mit einer Stimme wie ein Dolchstoß. „Solange deine Künste gegen andere verwendet wurden, warst du zufrieden. Doch kaum dringt jemand in dein eigenes Reich ein, schreist du von Ungerechtigkeit. Du lehrtest Männer das Töten, du bewaffnetest sie und sandtest sie hinaus, doch du hältst es für ein Verbrechen, wenn die Fähigkeiten, die du gefördert hast, angewendet werden. Wie kleingeistig und widersinnig du bist, Pen-y-Cat."

Siawn verspottete sie alle durch sein unnachgiebiges Argumentieren und überrumpelte sie durch seine gewandte Zunge. Cynfarch und Calbha hatten das nicht erwartet und wußten nicht, damit umzugehen. Noch vor Augenblicken waren sie sich ihres Vorgehens sicher gewesen, doch jetzt hatte alles Selbstvertrauen sie verlassen. Die Ratsmitglieder fingen untereinander an zu reden. Llew wandte sich wieder an Nettles.

„Das ist Simon", sagte Llew. „Erinnerst du dich?"

Der kleine Mann nickte und beobachtete Siawn genau. Er sagte etwas in seiner eigenen Sprache, worauf Llew antwortete und dann zu mir gewandt hinzufügte: „Nettles sagt, daß Weston und die anderen – die Dyn Dythri, die wir zurückgeschickt haben – mit Simon in Verbindung standen. Sie versuchten ihn zu erreichen. Simon hat Albion von Anfang an in Gefahr gebracht. Er hat seine Stellung bei Meldron errungen, um jede Situation für seine eigenen Zwecke auszunutzen."

„Meldrons Platz ist jetzt in Uffern", sagte ich. „Ich glaube, es ist an der Zeit, daß Siawn Hy seinem Herrn folgt."

Siawn, der jetzt offen grinste, rief mit lauter Stimme: „Ihr habt kein Recht, über uns zu richten! Laßt uns gehen!"

Llew sah mich an; ich spürte, wie er die Entscheidung innerlich abwägte. „Du bist der rechtmäßige König", sagte ich ihm und legte meine Hand auf seine Hand aus Silber. Er blickte hinab auf die silberne Hand. „Es ist dein Amt, Gerechtigkeit zu schaffen", sagte ich. „Wie auch immer du dich entscheidest, ich werde dich unterstützen."

Siawn Hy forderte den Rat erneut heraus, und diesmal war es Llew, der ihm antwortete: „Du hast gesagt, wir hätten kein Recht, über euch zu richten, aber du irrst dich. Es gibt einen Schuldlosen, der euch zur Rechenschaft ruft."

„Wer ist dieser Schuldlose?" höhnte Siawn. „Er trete vor und verurteile uns, wenn es ihn gibt."

Die Krieger des Wolfsrudels folgten Siawns Stichwort und kläfften ihm nach, der schuldlose Ankläger möge sich zeigen, falls es ihn gäbe.

Llew stand auf. „Ich bin schuldlos", sagte er schlicht. „Ich habe kein Unrecht getan, doch ich habe durch eure Hände Böses und Unrecht erlitten. Dafür und für jeden Tropfen unschuldigen Blutes, den ihr vergossen habt, verurteile ich euch."

Über Siawns Gesicht breitete sich ein dünnes, triumphierendes Lächeln. „Verurteile mich, solange du willst, mein Freund. Du bist kein König, und deshalb hast du nicht das Recht zu richten."

„Doch, ich bin ein König", erwiderte Llew. „Die Königsherrschaft kann nur vom Obersten Barden allein verliehen werden. Das Königtum von Prydain wurde mir von Tegid Tathal im Ritus des Tán n'Righ gegeben."

Siawn lachte laut und heiser. Die Bosheit in seiner Stimme, als er antwortete, war atemberaubend. „Du! Ein König? Du bist ein Krüppel, mein Freund. Ein Verstümmelter kann nicht König sein."

Doch Llew hob einfach seine silberne Hand und krümmte einen Finger nach dem anderen. Alles – ich selbst eingeschlossen – starrte voll Staunen auf dieses Wunder. Die Hand schien echt zu sein!

„Wie du siehst, Simon, bin ich nicht mehr verstümmelt", sagte Llew. Er drehte sich um, so daß ihn alle sehen konnten, und erhob seine Stimme, so daß alle ihn hörten. „Mit dieser Hand nehme ich das Königtum zurück, das mir gestohlen wurde."

„Wer erkennt dich als König an?" gab Siawn wild zurück, und zum ersten Mal hörte ich etwas wie Verzweiflung in seine Stimme kriechen. „Wer folgt dir?"

„Ich erkenne ihn als König an", sagte Bran leise. „Ich folge und ich diene ihm."

„Du hast deinen König verlassen, Bran Bresal. Du hast ihn verlassen, als es dir paßte. Da du dieses Recht beanspruchst, sage ich, daß uns die gleiche Wahl gewährt werden sollte. Laßt uns einem neuen Herrn die Treue schwören!"

Das rief eine Debatte im Rat hervor. „Vielleicht sollten wir ihnen eine Wahl geben", sagte Calbha etwas unsicher. „Aber könnten wir ihnen trauen?"

„Welche Wahl hatten denn unsere Toten?" entgegnete Llew. „Welche Wahl hatten diejenigen, die sie ermordet und vergewaltigt haben?" Er betrachtete Siawn und das Wolfsrudel mit steinerner Entschlossenheit. „Jedesmal, wenn sie das Schwert zogen oder den Speer erhoben, hatten sie eine Wahl, und jedesmal haben sie gewählt."

„Er hat recht", sagte Scatha. „Sie haben viele Male gewählt, wem sie dienen wollten."

„Das ist auch meine Meinung", sagte Cynan. „Wenn ihr ihnen eine Wahl geben wollt, laßt es diese sein: ob sie von eigener Hand sterben wollen oder von unserer."

Cynfarch und Calbha stimmten zu. „Dann ist es entschieden", sagte Llew und wandte sich den wartenden Gefangenen zu. „Für eure Taten, durch die ihr Meldrons unrechtmäßige Herrschaft gestützt habt, verurteile ich euch. Und ich verlange, daß die Blutschuld mit Blut beglichen wird."

„Llew", sagte Scatha, „erlaube mir, dir dabei zu dienen. Wem immer es an Mut dazu mangeln sollte, soll sehen, daß mein Mut für diese Aufgabe ausreicht."

Die Gefangenen wurden am Seeufer entlang, über den Druim Vran und hinaus auf die Ebene dahinter geführt. Am Grabmal ihrer Clansleute wurden sie in Reihen aufgestellt.

Wir standen unterhalb des Hügels, und in unserem Rücken sank die Sonne herab. Viele Leute waren mit herausgekommen, um die Hinrichtung zu beobachten, obwohl die meisten genug Blutvergießen gesehen hatten und es vorzogen, in Dinas Dwr zu bleiben. Goewyn und Nettles waren unter denen, die uns begleiteten, und standen in der ersten Reihe der Zuschauer, als einem

Verurteilten nach dem anderen die Wahl gegeben wurde: Tod von eigener oder von Scathas Hand.

Dreißig Männer nahmen das Schwert in die eigene Hand und stürzten sich hinein – manche mit einem Aufschrei, manche schweigend bis zuletzt. Der Rest weigerte sich und fiel statt dessen durch Scathas schnelle Klinge. Nicht ein einziges Mal zögerte sie, und ihre Hand zitterte nicht. Sobald ein Mann tot war, wurde die Leiche von Kriegern aus Cynans oder Calbhas Kriegsschar den Hügel hinaufgeschleppt und auf dem Boden rund um das Hünengrab für die Vögel und Tiere liegengelassen.

Dann, als das Glühen der Sonne den Himmel im Westen erleuchtete, kam die Reihe an Siawn Hy, seine Wahl zu treffen.

„Gebt mir das Schwert", knurrte er. „Ich tue es selbst."

Garanaw und Emyr, die zu beiden Seiten des Verurteilten standen, sahen Llew an, um seine Zustimmung zu erhalten. Llew nickte. Scatha trat zur Seite, als Garanaw den Schwertgriff in Siawns gefesselte Hände drückte, und –

– bevor Garanaw auch nur seine Hand zurückgezogen hatte, drehte Siawn die Klinge herum und ließ sie scharf hinab und zwischen seinen Beinen hindurchsausen. Die Fesseln an seinen Füßen wurden durchschnitten und fielen ab, und Siawn Hy hechtete vorwärts, während Emyrs Schwert über seinem Kopf durch die Luft schwang. Er rollte sich auf dem Boden ab, kam rennend auf die Beine und schoß auf den Fluß zu. Im Laufen rief er etwas, aber ich konnte die Worte nicht verstehen.

Siawn erreichte den Fluß, bevor irgendeiner von uns sich rühren konnte. Immer noch rufend, drehte er sich zu uns um – ein triumphierendes Lächeln auf seinem höhnischen Gesicht. Er hob das Schwert in seinen Händen empor wie zu einem spöttischen Gruß.

Brans schneller Speer war bereits in der Luft – bevor irgend jemand merkte, daß er ihn geschleudert hatte. Das schlanke Geschoß erschien wie ein undeutlicher Streifen in der tiefer werdenden Dämmerung, ein blauweißer Strich im schwindenden Licht. Als nächstes sahen wir Siawns Schwert zur Erde wirbeln, und er taumelte rückwärts und krallte die Hände in die Brust, aus der plötzlich Brans Speer aufragte. Die Wucht, mit der Brans Wurf ihn traf, trieb Siawn Hy zum Rand des Wassers zurück. Mit einem Fuß im Wasser und einem auf dem Ufer, schrie er wieder – Worte, die ich nicht verstand – und fiel. In der Zeit zwischen den Zeiten fiel er.

Und als er fiel, schien sein Körper den Blicken zu entschwinden. Er traf auf das Wasser auf – ich sah es! Aber konnte ich meinen Augen trauen? Denn das Wasser spritzte nicht auf ... und wir fanden keine Leiche, als wir zu der Stelle rannten, wo er hineingefallen war. Siawn Hy war verschwunden.

„Er ist zurückgekehrt", sagte Llew und starrte auf das Wasser. „Ich hatte immer vor, ihn zurückzusenden, doch ich dachte, er würde am Leben sein, wenn er ginge."

„Es war seine Entscheidung."

„Nein", sagte Llew. „Es war meine."

Zwielicht legte sich über das Tal; die ersten Sterne hatten zu leuchten begonnen, und der Mond glühte hell über dem Horizont. Llew wandte sich zu den Leuten von Dinas Dwr, seinem Volk, und zu den Königen, den Kriegern und seinen Freunden, die dort versammelt waren. „Der Gerechtigkeit ist Genüge getan", sagte er. „Die Blutschuld ist bezahlt."

„Heil dir, Llew Silberhand!" rief Bran und erhob seinen Speer. Der Flug der Raben nahm den Ruf auf, und dann fiel das ganze Volk in den Sprechchor ein. „Silberhand! Silberhand! Silberhand!"

Er hob seine Hand; das ziselierte Metall glänzte im Zwielicht, und in dem schimmernden Silber sah ich den glühenden Funken des Königtums hell aufleuchten.

Goewyn kam am Flußufer entlang auf uns zu; mit unverwandtem Blick und ohne ein Wort zu irgend jemandem näherte sie sich Llew. Aller Augen erblickten ihre schlanke Gestalt, gekleidet in eine schlichte weiße Robe mit einem himmelblauen Umhang, der von ihren Schultern herabfiel. Mit dem hellen Mondlicht in ihrem hellblonden Haar schien sie zu leuchten wie ein Stern.

In den Händen trug sie eine kleine hölzerne Truhe. Die Truhe war aus Eichenholz – dem Holz der Inspiration in der Lehre der Barden. Sie setzte die Eichentruhe vor Llew auf den Boden, berührte ihre Stirn mit dem Handrücken und trat zurück. Llew beugte sich herab und hob die Truhe auf. Er öffnete sie, drehte sie herum und hielt sie vor sich, damit alle sie sehen konnten. Im Innern befand sich eine Anzahl milchweißer Steine: die Singenden Steine.

Llew nahm einen der Steine heraus und hielt ihn der Menge entgegen. Ich sah, wie die silbernen Finger sich krümmten und spannten, als er den Stein in seiner metallenen Hand zermalmte. Ein Klang wie ein Chor aus Donner brach aus dem zerbröckelten Stein hervor – ein Klang wie die Stimmen der Sterne, die klar und rein wie Edelsteine die endlosen Pfade des Himmels durchwandern – ein Klang wie von zehntausend Harfen, die sich in der herzdurchbohrenden Musik des Oran Môr vereinten, der Großen Musik – ein Klang von jenseits dieses Weltenreiches, erzeugt von der Schnellen Sicheren Hand.

Mein Geist schwebte empor, rasch und hoch; und mir war, als verschmölze ich mit dem unvergleichlichen Klang. Ich vergaß mich selbst und wo ich mich befand; ich wurde eins mit der Melodie, die sich in mir regte. Ich öffnete den Mund, doch es war nicht meine Stimme, die in das Zwielicht hinausdrang. Es war das Lied von Albion.

Ich öffnete den Mund, und die Worte sprudelten in einem Strom herrlichen Gesangs hervor:

*Sonnenherrlichkeit! Sternenglanz im Juwelenhimmel!*
*Licht vom Licht, ein Hohes, Heiliges Land,*
*Das hell erstrahlt, gesegnet von dem Gaben-Reichen;*
*Ewige Gabe für das Volk Albions!*

*Ein Reichtum vieler Wasser! Blausprudelnde Tiefe,*
*Weißumbrandeter Strand, geweiht das Firmament,*
*Groß in der Macht des Einen,*
*Sanft im Frieden eines großen Segens;*
*Ein Reichtum an Wundern für die Clansleute Albions!*

*Blendend das Grün in seiner Reinheit!*
*Wie das köstliche Feuer der Smaragde*
*Glüht es in den tiefen Tälern,*

*Glänzt es auf den sanften Feldern;*
*Ein kostbarer Edelstein für die Söhne Albions!*

*Die weißgekrönten Gipfel, die unermeßlichen Türme,*
*Die Festung der kühnen Berge!*
*Erhabene Höhen – voll dunkler Wälder und*
*Roter Rehe in vollem Lauf –*
*Verkünden weithin den hochgerühmten Glanz Albions!*

*Flinke Pferde auf weiten Wiesen! Anmutige Herden*
*auf den goldblumigen Auen,*
*Starke Hufe trommeln*
*ein donnerndes Lob an den Gütig-Weisen,*
*einen Segen der Freude im Herzen Albions!*

*Golden die Kornkammern des Großen Gebers,*
*Überfließend der Reichtum der strahlenden Felder:*
*Das rote Gold der leuchtenden Äpfel,*
*Die Süße der goldenen Honigwabe,*
*Ein Wunder der Fülle für die Stämme Albions!*

*Silbern der Fang im Netz, wimmelnd der Schatz*
*Aus dem glücklichen Wasser; braun gesprenkelt die Hänge,*
*Seidige Herden dienen*
*Dem Herrn des Festmahls;*
*Überfluß häuft sich auf den Tischen Albions!*

*Weise Männer, Barden der Wahrheit, sprechen kühn*
*Aus Herzen, flammend mit dem Lebendigen Wort;*
*Reich an Wissen,*
*Klar an Einsicht,*
*Ein Glanz der Wahrhaftigkeit für die Wahren Menschen Albions!*

*An himmlischen Flammen entzündet, dem*
*Alles verzehrenden Feuer der Liebe,*
*Brennend aus reiner Leidenschaft,*

*Lodernd im Herzen des Schöpfer-Königs,*
*Eine Pracht des Segens erleuchtet Albion!*

*Edle Fürsten knien in rechter Verehrung,*
*Leisten auf ewig unsterbliche Schwüre,*
*Umarmen die Brust der Gnade;*
*Ein ewiger Tribut dem Herrscher aller Herrscher;*
*Leben über den Tod hinaus für die Kinder Albions!*

*Ein Königtum, geschmiedet aus unerschöpflicher Tugend,*
*Geschliffen von der Schnellen Sicheren Hand;*
*Voll kühner Rechtschaffenheit,*
*Voll tapferer Gerechtigkeit,*
*Ein Schwert der Ehre verteidigt die Clans Albions!*

*Gebildet aus den Neun Heiligen Elementen,*
*Geschaffen von dem Herrn der Liebe und des Lichts;*
*Gnade aus Gnade, Wahrheit aus Wahrheit,*
*Berufen am Tag des Ringens,*
*Ein Aird Righ, der für immer herrsche in Albion!*

Als ich erwachte, war es dunkle Nacht. Ich lag auf einer gelben Ochsenhaut in meiner Hütte auf dem Crannog, doch ich wußte nicht, wie ich dorthin gekommen war. Die Luft war still und unbewegt, die Hitze des Tages immer noch nicht ganz verschwunden. Zuerst glaubte ich, ein Widerhall des Liedes hätte mich geweckt. Bewegungslos lag ich da und lauschte in die Dunkelheit. Nach einiger Zeit hörte ich den Laut wieder und spürte den schwachen Hauch einer kühlenden Brise auf meinem Gesicht.

Da stand ich auf und trat hinaus, als der Donner über den Himmel rollte und die ersten Regentropfen zu fallen begannen – fette, runde Perlen aus Wasser. Und ich roch den frischen Duft kühler, vom Regen gewaschener Luft.

Wieder ertönte der Donner, und dann kam ein Geräusch, das viel zu lange nicht in Albion zu hören gewesen war: das Geräusch von Wind und Regen, die über die Hügel zogen. Die Gewittermusik erfüllte das Tal und hallte durch den Wald, als der dichte Regen sich vom Druim Vran herunterwälzte und über den See hinweg auf Dinas Dwr zukam.

Aus allen Hütten kamen die Leute, die das Gewitter geweckt hatte. Sie hoben ihre Augen zum Himmel auf und ließen den Segen des Regens in ihre emporgewandten Gesichter prasseln. Blitzte leuchteten auf, der Donner antwortete mit seinem dröhnenden Ruf, und der Regen verstärkte sich. Begierige Hände fingen das Wasser auf und spritzten es über ausgetrocknete Glieder und hitzemüde Köpfe; Männer lachten und küßten ihre Frauen; Kinder tanzten barfuß, während der Regen sie bis auf die Haut durchnäßte.

Wieder einmal erwachte mein inneres Gesicht bei dem Gelächter der Freude und Erleichterung. Mit meinem inneren Auge sah ich Hügel wieder ergrünen, Bäche wieder sprudeln und Flüsse wieder fließen. Ich sah Rinder wieder glatt und seidig werden und Ähren auf den Feldern reifen, Apfelbäume unter dem Gewicht ihrer Früchte ächzen und Walnüsse, Haselnüsse und Bucheckern in ihren Schalen anschwellen. Fische tummelten sich in klaren Seen, während Enten, Gänse und Schwäne in den Untiefen nisteten. Milch schäumte weiß, und Met glühte golden im Krug; kräftiges braunes Bier füllte die Becher, und gutes dunkles Brot duftete aus den Öfen; Fleisch aller Art – Schwein, Hirsch, Rind, Fisch, Geflügel – häufte sich auf den Platten. In ganz Albion aßen die Hungrigen und wurden satt; die Durstigen tranken und wurden erfrischt.

Denn die lange Not der Dürre und des Todes war zu Ende. Silberhand hatte seine Herrschaft begonnen.